MW01174631

Юрий НАГИБИН

О любви

РИПОЛ
КЛАССИК

Москва, 2010

УДК 82-821
ББК я44
Н16

На суперобложке портреты:
Юрий Нагибин, 1958 г., и Юрий Нагибин с женой Аллой, 1993 г.

Издательство благодарит А. Г. Нагибину
за помощь в работе над книгой

Нагибин, Ю. М.

Н16 О любви / Ю. М. Нагибин. – М. : РИПОЛ классик, 2010. – 560 с. – (Неоклассика).

ISBN 978-5-386-02031-6

В этой книге – лучшие произведения Юрия Нагибина о любви, написанные за тридцать лет. Он признавался, что лист бумаги для него – это «порыв к отдушине», когда не хватало воздуха, он выплескивал переживания на страницы. В искренности и исповедальности – сила его прозы. Скандальная повесть «Моя золотая теща» – остросоциальная картина разнузданных нравов верхушки советского сталинского общества, пуританских лишь декларативно. Повесть «Дафнис и Хлоя эпохи культа личности, волюнтаризма и застоя» – о первой любви, о запретных, фатальных страстях, и на закате жизни – трагическая история синего лягушонка, тоскующего после смерти о своей возлюбленной. За эротизм, интимность, за откровенность «потаенных» тем его называли «русским Генри Миллером», критики осуждали, ломали копья, но единогласно называли его произведения шедеврами.

УДК 82-821
ББК я44

ISBN 978-5-386-02031-6

© ООО Группа Компаний
«РИПОЛ классик», 2010

ЭХО

Рассказ

Синегория, берег, пустынный в послеполуденный час, девчонка, возникшая из моря... Этому без малого тридцать лет!

Я искал камешки на диком пляже. Накануне штормило, волны, шипя, переползали пляж до белых стен приморского санатория. Сейчас море стихло, ушло в свои пределы, обнажив широкую, шоколадную, с синим отливом, полосу песка, отделенную от берега валиком гальки. Этот песок, влажный и такой твердый, что на нем не отпечатывался след, был усеян сахарными голышами, зелено-голубыми камнями, гладкими, округлыми стекляшками, похожими на обсосанные леденцы, мертвыми крабами, гнилыми водорослями, издававшими едкий йодистый запах. Я знал, что большая волна выносит на берег ценные камешки, и терпеливо, шаг за шагом, обследовал песчаную отмель и свежий намыв гальки.

— Эй, чего на моих трусиках расселся? — раздался тоненький голос.

Я поднял глаза. Надо мной стояла голая девчонка, худая, ребрастая, с тонкими руками и ногами. Длинные мокрые волосы облепили лицо, вода сверкала на ее бледном, почти не тронутом загаром теле, с пупырчатой проголубью от холода.

Девчонка нагнулась, вытащила из-под меня полосатые, желтые с синим, трусики, встряхнула и кинула на камни, а сама шлепнулась плашмя на косячок золотого песка и стала подгребать его к бокам.

— Оделась бы хоть... — проворчал я.

— Зачем? Так загорать лучше, — ответила девчонка.

— А тебе не стыдно?

— Мама говорит, у маленьких это не считается. Она не велит мне в трусиках купаться, от этого простужаются. А ей некогда со мной возиться...

Среди темных шершавых камней вдруг что-то нежно блеснуло: крошечная чистая слезка. Я вынул из-за пазухи папиросную коробку и присоединил слезку к своей коллекции.

— Ну-ка, покажи!..

Девчонка убрала за уши мокрые волосы, открыв тоненькое, в темных крапинках лицо, зеленые кошачьи глаза, вздернутый нос и огромный, до ушей рот, и стала рассматривать камешки.

На тонком слое ваты лежали: маленький овальный прозрачно-розовый сердолик; и другой сердолик — покрупнее, но не обработанный морем и потому бесформенный, глухой к свету; несколько фернампиксов в фарфоровой узорчатой рубашке; две занятных окаменелости — одна в форме морской звезды, другая — с отпечатком крабика; небольшой «куриный бог» — каменное колечко; и гордость моей коллекции — дымчатый топаз, клочок тумана, растворенный в темном стекле.

— За сегодня собрал?

— Да ты что?.. За все время!..

— Не богато.

— Попробуй сама!..

— Очень надо! — Она дернула худым шелушащимся плечом. — Целый день ползать по жаре из-за паршивых камешков!..

— Дура ты! — сказал я. — Голая дура!

— Сам ты дурачок!.. Марки небось тоже собираешь?

— Ну собираю! — ответил я с вызовом.

— И папиросные коробки?

— Собирал, когда маленьким был. Потом у меня коллекция бабочек была...

Я думал, ей это понравится, и мне почему-то хотелось, чтобы ей понравилось.

— Фу, гадость! — Она вздернула верхнюю губу, показав два белых острых клычка. — Ты раздавливал им головки и накалывал булавками?

— Вовсе нет, я усыплял их эфиром.

— Все равно гадость... Терпеть не могу, когда убивают.

— А знаешь, что я еще собирал? — сказал я, подумав. — Велосипеды разных марок!

— Ну да?

— Честное слово! Я бегал по улицам и спрашивал у всех велосипедистов: «Дядя, у вас какая фирма?» Он говорил: «дукс», или, там, «латвелла», или «оппель». Так я собирал все марки, вот только «эндфильда» модели «ройяль» у меня не было... — Я говорил быстро, боясь, что девчонка прервет меня какой-нибудь насмешкой, но она смотрела серьезно, заинтересованно и даже перестала сеять песок из кулака. — Я каждый день бегал на Лубянскую площадь, раз чуть под трамвай не угодил, а все-таки нашел «эндфильд-ройяль»! Знаешь, у него марка лиловая с большим латинским «Р»...

— А ты ничего... — сказала девчонка и засмеялась своим большим ртом. — Я тебе скажу по секрету, я тоже собираю...

— Что?

— Эхо... У меня уже много собрано. Есть эхо звонкое, как стекло, есть как медная труба, есть трехголосое, а есть горохом сыплется, еще есть...

— Ладно врать-то! — сердито перебил я. Зеленые кошачьи глаза так и впились в меня.

— Хочешь, покажу?

— Ну, хочу...

— Только тебе, больше никому. А тебя пустят? Придется на Большое седло лезть.

— Пустят!

— Так завтра с утра и пойдем. Ты где живешь?

— На Приморской, у болгар.

— А мы у Тараканихи.

— Значит, я твою маму видел! Такая высокая, с черными волосами?

— Ага. Только я свою маму совсем не вижу.

— Почему?

— Мама танцевать любит... — Девчонка тряхнула уже просохшими, какими-то сивыми волосами. — Давай купнемся напоследок!

Она вскочила, вся облепленная песком, и побежала к морю, сверкая розовыми узкими пятками...

Утро было солнечное, безветренное, но не жаркое. Море после шторма все еще дышало холодом и не давало солнцу накалить воздух. Когда же на солнце наплывало папиросным дымком тощее облачко, снимая с гравия дорожек, белых стен и черепичных крыш слепящий южный блеск, простор угрюмел, как перед долгой непогодью, а холодный ток с моря разом усиливался.

Тропинка, ведущая на Большое седло, вначале петляла среди невысоких холмов, затем прямо и сильно тянула вверх, сквозь густой пахучий ореховый лес. Ее прорезал неглубокий, усеянный камнями желоб, русло одного из тех бурных ручьев, что низвергаются с гор после дождя, рокоча и звеня на всю округу, но иссякают быстрее, чем высохнут дождевые капли на листьях орешника.

Мы отмахали уже немалую часть пути, когда я решил узнать имя моей приятельницы.

— Эй! — крикнул я желто-синим трусикам, бабочкой мелькавшим в орешнике. — А как тебя зовут?

Девчонка остановилась, я поравнялся с ней. Ореховая заросль тут редела, расступалась, открывая вид на бухту и наш поселок — жалкую горсточку домишек. Огромное, серьезное море простиралось до горизонта водой, а за ним — туманными мутно-синими полосами, наложенными в небе одна над другой. А в бухте оно притворялось кротким и маленьким, играя, протягивало вдоль кромки берега белую нитку, скусывало ее и вновь протягивало...

— Не знаю даже, как тебе сказать, — задумчиво проговорила девчонка. — Имя у меня дурацкое — Викторина, а все зовут Витькой.

— Можно Викой звать.

— Тьфу, гадость! — Она знакомо обнажила острые клычки.

— Почему? Вика — это дикий горошек.

— Его еще мышиным зовут. Терпеть не могу мышей!

— Ну, Витька так Витька, а меня — Сережа. Нам еще далеко?

— Выдохся? Вот лесника пройдем, а там уже и Большое седло видно...

Но мы еще долго петляли терпко-медвяно-душным орешником. Наконец тропинка раздалась в каменистую дорогу, бело сверкающую тонким, как сахарная пудра, песком, и вывела нас на широкий пологий уступ. Тут, в гуще абрикосовых деревьев, ютилась сложенная из ракушечника сторожка лесничего.

Едва мы подступили к уютному домику, как тишина взорвалась бешеным лаем. Гремя цепями, навешенными на длинную проволоку, на нас вынеслись два огромных лохматых, грязно-белых пса, взвились на воздух, но, удушенные ошейниками, выкатили розовые языки, захрипели и шмякнулись на землю.

— Не бойся, они не достанут! — спокойно сказала Витька.

Зубы псов клацали в полушаге от нас, я видел репьи в их загривках, клещей, раздувшихся с боб, на храпе, только глаза их тонули в шерсти. Странно, из сторожки никто не вышел, чтобы унять псов. Но как ни кидались псы, как ни натягивали проволоку, они не могли нас достать. И когда я уверился в этом, мне стало щемяще-радостно. Наш поход вел нас к скалам и пещерам, населенным таинственными голосами, не хватало лишь грозных стражей, драконов, преграждающих смельчакам доступ к тайне. И вот они, драконы — эти заросшие, безглазые, с красномясым зевом псы!

И опять мы петляем орешником по сузившейся тропе. Тут орешник не такой густой, как внизу: многие кусты посохли, на других листва изъедена в паутину мелким блестящим черным жучком.

Я устал и злился на Витьку, она, знай себе, вышагивала своими тонкими, прямыми как палки ногами с чуть скошенными внутрь коленками. Но впереди вдруг просветлело, я увидел склон, поросший низкой бурой травой, вдалеке тянулась кверху серая скала.

— Чертов палец! — на ходу бросила Витька.

По мере того как мы подходили, серый скалистый торчок вздымался выше и выше, — казалось, он вырастал несоразмерно нашему приближению. Когда же мы ступили в его темную прохладную тень, он стал чудовищно громаден. Это был уже не Чертов палец, а Чертова башня, мрачная, загадочная, неприступная. Словно отвечая на мои мысли, Витька сказала:

— Знаешь, сколько людей хотели на него забраться, ни у кого не вышло. Одни насмерть разбились, другие руки-ноги поломали. А один француз все-таки залез.

— Как же он сумел?

— Вот сумел... А назад спуститься не мог, и сошел там с ума, и после от голода умер... А все-таки молодец! — добавила она задумчиво.

Мы подошли к Чертову пальцу вплотную, и Витька, понизив голос, сказала:

— Вот тут... — Она сделала несколько шагов назад и негромко крикнула: — Сережа!..

— Сережа... — повторил мне в самое ухо насмешливо-вкрадчивый голос, будто родившийся в недрах Чертова пальца.

Я вздрогнул и невольно шагнул прочь от скалы; и тут навстречу мне, от моря, звонко плеснуло:

— Сережа!..

Я замер, и где-то вверху томительно-горько простонало:

— Сережа!..

— Вот черт!.. — сдавленным голосом произнес я.

— Вот черт!.. — прошелестело над ухом.

— Черт!.. — дохнуло с моря.

— Черт!.. — отозвалось в выси.

В каждом из этих незримых пересмешников чувствовался стойкий и жутковатый характер: шептун был злобно-вкрадчивым тихоней; морской голос принадлежал холодному весельчаку; в выси скрывался безутешный и лицемерный плакальщик.

— Ну чего ты?.. Крикни что-нибудь!.. — сказала Витька.

А в уши, перебивая ее голос, лезло шепотом: «Ну чего ты?..», — звонко, с усмешкой: «Крикни» — и, как сквозь слезы: «Что-нибудь».

С трудом пересилив себя, я крикнул:

— Синегория!..

И услышал трехголосый отклик...

Я кричал, говорил, шептал еще много всяких слов. У эха был острейший слух. Некоторые слова я произносил так тихо, что сам едва слышал их, но они неизменно находили отклик. Я уже не испытывал ужаса, но всякий раз, когда невидимый шептал мне на ухо, у меня холодел позвоночник, а от рыдающего голоса сжималось сердце.

— До свидания! — сказала Витька и пошла прочь от Чертова пальца.

Я устремился за ней, но шепот настиг меня, прошелестев ядовито-вкрадчиво слова прощания, и хохотнула морская даль, и голос вверху застонал:

— До свидания!..

Мы шли в сторону моря и вскоре оказались на каменистом выступе, нависшем над пропастью. Справа и слева вздымались отроги гор, а под нами зияла бездна, в которой тонул взгляд. Если бы Чертов палец провалился сквозь землю, он оставил бы за собой такую вот огромную, страшную дыру. В глубине провала торчали острые ослизлые скалы, похожие на клыки великана, в них тараном било темное, с чернильным оттенком, море. Какая-то птица, распластав недвижные, будто омертвелые, крылья, медленно, кругами, падала в бездну.

Казалось, что-то еще не кончено здесь, не пришли в равновесие грозные силы, вырвавшие из недр земли гигантский каменный палец, расколовшие горную твердь чудовищным колодцем, изостривившие его дно шипами скал и заставившие море раздирать о них свой нежный язык. Весь каменный громозд вокруг и внизу был непрочным, зыбким, в скрытом внутреннем напряжении, стремящемся к переделу... Конечно, я не умел тогда назвать то мучительно-тревожное ощущение, какое охватило меня на обрыве Большого седла...

Витька легла на живот у самого края обрыва и поманила меня. Я распластался возле нее на твердой и теплой каменистой глади, и сосущая, леденящая притягательность бездны исчезла, стало совсем легко смотреть вниз. Витька наклонилась над обрывом и крикнула:

— Ого-го!..

Миг тишины, а затем густой рокочущий голос трубно прогромыхал:

— О-го-го-у!..

В голосе этом не было ничего страшного, несмотря на силу его и густоту. Видимо, в пропасти обитал добрый великан, не желавший нам зла.

Витька спросила:

— Кто была первая дева?

И великан, немного подумав, отозвался со смехом:

— Ева!..

— А знаешь, — сказала Витька, глядя вниз, — никому не удавалось спуститься с Большого седла к морю. Один дядька добрался до середины и там застрял...

— И умер с голода? — спросил я насмешливо.

— Нет, ему кинули веревку и вытащили... А по-моему, спуститься можно.

— Давай попробуем?

— Давай! — живо и просто откликнулась Витька, и я понял, что это всерьез.

— В другой раз, — неловко отшутился я.

— Тогда пошли... Будь здоров! — крикнула Витька в пропасть и вскочила на ноги.

— Здоров!.. — гоготнул великан.

Мне еще хотелось поговорить с ним, но Витька потащила меня дальше.

Новое эхо — по словам Витьки, «звонкое, как стекло», — гнездилось в узком, будто надрез ножа, ущелье. У эха был тонкий, пронзительный голос, даже басом сказанное слово оно истончало до визга. И что еще противно: провизжав ответ, эхо не замолкало, а еще долго попискивало мышью в каких-то своих щелях.

Мы не стали задерживаться у расщелины и пошли дальше. Теперь нам пришлось карабкаться вверх по крутому склону, то покрытому бурой жесткой травой и колючками, то голому, полированно-скользкому. Наконец мы оказались на уступе, заваленном огромными каменными глыбами. Каждая глыба что-нибудь напоминала: корабль, танк, быка, голову, которую победил Руслан, поверженного воина в доспехах, береговое орудие с отбитым стволом, верблюда, пасть ревущего льва, а то и части тела искромсанного гиганта: нос с горбинкой, ушную раковину, челюсть с бородой, могучий, так и не разжавшийся кулак, босую ступню, лоб с завитками кудрей...

Все эти закаменевшие существа, части существ, предметы, одетые камнем, перебрасывались, будто мячом, прозвучавшим среди них словом, с мгновенной быстротой и резкой краткостью отражая гранями звук. Тут-то и обитало «гороховое» эхо...

Но самым удивительным было эхо, о котором Витька ничего не сказала мне. Мы не шли к нему, а ползли по круче, цепляясь за выступы, за лишайник, сухие кусточки. Из-под наших ног и рук осыпались камешки, увлекали за собой более крупные камни, позади нас творился непрестанный грохот. Когда я оглянулся, то подивился малости той высоты, которая кружила нам голову на обрыве. Море уже не казалось отсюда гладью: беспредельное, неохватное, оно сливалось с небом, образуя с ним единую сферу — купол, царящий над всем зримым простором. И Чертов палец, подчеркивая нашу высоту, вновь умалился до торчка.

Витька остановилась у полукруглого темного провала, ведущего в глубь горы. Я заглянул туда и, когда глаза несколько привыкли к темноте, увидел сводчатую пещеру с длинными бородами каменных сосулек. Стены источали зеленое, красное, синее мерцание, из пещеры тянуло затхлостью склепа, и я невольно отшатнулся.

— Здравствуй! — крикнула Витька, сунув голову в дыру.

И будто заухали, сталкиваясь, пустые бочки, под сводом тяжко отдавалось: «бом!», дребезжало по углам и низким охом наконец вырвалось наружу, словно сама гора испустила дух.

С почтительным изумлением глядел я на Витьку. Худая, крапчатая, с трепаными сивыми волосами, острыми клычками в углах губ, с зелеными блестящими глазами — она сама казалась мне сейчас такой же сказочной, как и сокровенный мир, в который она ввела меня.

— А ну, крикни! — приказала Витька.

Я наклонился и «ахнул» в маленький черный рот горы. И опять там заухало, заверещало, а затем дохнуло мне в лицо нездешним гнилостным холодом. Ужасное одиночество охватило меня вдруг, одиночество и беззащитность посреди этого каменистого, отвесного, из круч и падей, мира, населенного загадочными дикими голосами.

— Пойдем, — сказал я Витьке, выдавая свое смятение. — Пойдем отсюда!..

Дальнейший наш путь я воспринимал как бесконечное падение вниз. На этом пути мимо нас снова промелькнули и каменное кладбище, и Чертов палец, и больной, источенный орешник, и взлетающие на цепях, хрипящие в удушье лесниковы псы, и другой — полный силы — орешник. Наше падение оборвалось в сухой балке, огибавшей поселок со стороны гор.

— Ну что, интересно было? — спросила Витька, когда мы ступили на нашу улицу.

Я вновь чувствовал себя в безмятежной привычности, и Витька уже не казалась мне сказочной хозяйкой горных духов. Просто карзубая, костлявая, некрасивая девчонка. И перед этой-то девчонкой я праздновал труса!

— Интересно... — сказал я лениво. — Только какая же это коллекция?

— А тебе лишь бы в коробку да за пазуху?..

— Нет, отчего же... А только эхо каждому откликается, не тебе одной.

Витька как-то странно, долго посмотрела на меня.

— Ну и что же, мне не жалко! — сказала она, тряхнув волосами, и пошла к своему дому...

Мы подружились с Витькой. Вместе облазили Темрюк-каю и гору Свадебную, и на Свадебной, в гротике, нашли квакающее эхо. А вот Темрюк-кая, с ее отрогами, мощными склонами и остро вонзающейся в небо вершиной, оказалась совсем бесплодной...

Мы почти не расставались. Я привык к тому, что Витька купается голая, она была добрым малым, товарищем, и я совсем не видел в ней девчонки. Смутно я понимал природу ее нестыдливости: Витька считала себя безнадежно уродливой. Я никогда не встречал человека, который бы так просто, открыто, с таким ясным достоинством признавался в своей некрасивости. Рассказывая мне как-то раз об одной школьной подруге, Витька бросила вскользь: «Она почти такая же уродина, как я...»

Однажды мы купались неподалеку от рыбацкой пристани, когда с высокого берега посыпала ватага мальчишек. Я немного знал их, но мои робкие попытки сблизиться с ними ни к чему не приводили. Эти ребята не первый год отдыхали в Синегории, считали себя старожилами и не допускали чужаков в свою ватагу. Коноводом у них был высокий, сильный мальчик Игорь.

Я уже вышел из моря и, стоя на берегу, вытирался полотенцем, а Витька продолжала резвиться в воде. Подкараулив волну, она высоко подпрыгивала и перекатывалась на животе через гребень. Ее маленькие ягодицы сверкали.

Ребята небрежно ответили на мое приветствие и хотели уже пройти мимо, как вдруг один из них, в красных плавках, заметил Витьку:

— Ребята, глядите, голая девчонка!..

Тут пошла потеха: крики, свист, улюлюканье. Надо отдать должное Витьке, она не обращала внимания на выходки мальчишек, но это лишь подливало масла в огонь. Мальчик в красных плавках предложил «загнуть девчонке салазки». Предложение было встречено с восторгом, и мальчик в красных плавках вразвалочку направился к воде. Но тут Витька с звериной быстротой нагнулась, нашарила что-то в воде, и, когда выпрямилась, в руке у нее был увесистый камень.

— Только сунься! — сказала она, ощерив свои острые клычки. — Всю морду разобью!

Мальчик в красных плавках остановился и попробовал ногой воду.

— Холодная... — сказал он, и уши его стали краснее плавок. — Неохота лезть...

Подошел Игорь и уселся на песок у самой кромки берега. Мальчик в красных плавках без слов понял своего вожака и опустился рядом, остальные ребята последовали их примеру. Они цепочкой отрезали Витьку от берега, одежды и полотенца.

Витька долго испытывала их терпение. Она то уплывала далеко в море, то возвращалась назад, ныряла, барахталась в воде, затем сидела на подводном камне, накатывая на себя руками волны. Но холод наконец взял свое.

— Сережа! — крикнула Витька. — Дай мне трусики!

Все это время я, сам того не замечая, вытирался полотенцем. Надраенная кожа горела, словно от ожога, я все тер и тер посуху, будто хотел протереть себя до дыр. В жалкой и унизительной растерянности, владевшей мной, билось лишь одно отчетливое желание: только бы остаться непричастным к Витькиному позору.

— Сережа, подай своей даме трусики! — шутовским голосом пропищал мальчишка в красных плавках.

Повернувшись на локте, Игорь сказал мне с угрозой:

— Попробуй только!..

Напрасное предупреждение: я и так бы не двинулся с места. Витька поняла, что ей нечего ждать от меня помощи. Жалко скорчившись, всем телом запав в худенький свой живот и закрыв его руками, лиловая и пупырчатая от холода, с покривившимся лицом, вылезла она из воды и бочком побежала к своим трусикам под хо-

хот и свист мальчишек. То, чему она в чистоте своей души не придавала значения, предстало перед ней гадким, унизительным, стыдным.

Прыгая на одной ноге и все не попадая другой в кольцо трусиков, она кое-как оделась, подхватила с земли полотенце и побежала прочь. Вдруг она обернулась и крикнула мне:

— Трус!.. Трус!.. Жалкий трус!..

Из всех слов Витька выбрала самое злое, обидное и несправедливое. Должна же она была понять, что не кулаков Игоря я испугался. Но ей, видимо, хотелось вконец опозорить меня перед ребятами.

Не знаю, был ли то каприз вожака, не желающего идти на поводу у стаи, или что-то заинтересовало Игоря в Витьке, но только он вдруг спросил меня дружелюбно и доверительно:

— Слушай, она что — чумовая?

— Конечно, чумовая! — подался я весь навстречу этой доброте.

— А чего ты с ней водишься?

Вовсе не для того, чтобы обелить Витьку, лишь желая выгородить себя, я сказал:

— С ней интересно, она эхо собирает.

— Чего? — удивился Игорь.

В низком порыве благодарной откровенности я тут же выложил все Витькины секреты.

— Вот это да! — восхищенно сказал Игорь. — Третье лето тут живу, а ничего подобного не слыхал!

— А ты не загибаешь? — спросил меня мальчишка в красных плавках.

— Хотите, покажу?

— Всё! — властно сказал Игорь, вновь становясь вожаком. — Завтра поведешь нас туда!..

С утра моросило, горы затянуло сизо-белыми, как бы мыльными облаками, к угрюмому шуму побуревшего, цвета горной травы моря примешивался рокот набухших ручьев и речек.

Но ватага Игоря решила не отступать. И вот снова вьется под ногой теперь уже знакомая тропа, а посреди нее, перекатывая гальку, бежит мутный желтый ручеек. Орешник пахнет уже не медово-сладким, с легкой пригорчью, духом, а гнилью палой листвы, кислетью размытой земли, в которой перетлевает что-то, источая уксусно-винный запах. Идти трудно, ноги разъезжаются на мокрой земле, оскальзываются на камнях...

Возле лесникова дома встретили нас обычным истошным лаем сторожевые псы, но в волглом воздухе лай их звучит мягче, глуше, да и сами они уже не кажутся такими грозными в своей мокрой, свалявшейся шерсти. Видны их черные глаза, похожие на маслины.

А вот и больной, пораженный жучком орешник, ветер и дождь пообрывали его слабую, источенную листву, он стоит оголенный, печальный, и сквозь него виднеется угрюмая протемь моря.

Чертов палец, затянутый облаками, долго не показывался, затем в недосягаемой выси прочернела его вершина, скрылась, на миг обнажился во весь рост его ствол и вмиг истаял в клубящемся воздухе. Странно, ветер рвал к морю, а легкие, как пар изо рта, облака тянули с моря. Они скользили по самой земле, накрывали нас влажной дымкой и вдруг исчезали, оседая росой на склонах.

Наконец из облачной мути вновь выдвинулся Чертов палец и преградил нам дорогу.

— Ну, подавай свои чудеса в решете, — без улыбки сказал Игорь.

— Слушайте! — произнес я торжественно, чувствуя, как знакомо холодеет спина, сложил ладони рупором и закричал:

— Ого-го!..

В ответ — тишина, ни зловеще-вкрадчивого шепота, ни хохочущего всплеска с моря, ни жалобы в выси.

— Ого-го! — крикнул я еще раз, подступив ближе к Чертову пальцу, и все ребята вразнобой подхватили мой возглас.

Чертов палец молчал. Мы кричали еще и еще — и хоть бы малейший отзвук! Тогда я кинулся к пропасти — ребята за мной — и что было мочи заорал в клубящуюся глубь. Но и великан не отозвался.

В растерянности я заметался от пропасти к Чертову пальцу, от Чертова пальца к расщелине, и снова к пропасти, и снова к Чертову пальцу. Но горы безмолвствовали...

Я жалко стал уговаривать ребят подняться наверх, к пещере, уж там-то мы наверняка услышим эхо. Ребята стояли передо мной, молчаливые и суровые, как горы; потом Игорь разжал губы, чтобы сказать одно только слово:

— Трепач!

И, круто повернувшись, он пошел прочь, увлекая за собой всю ватагу.

Я плелся позади, тщетно пытаясь понять, что же произошло. Меня не заботило сейчас презрение ребят, я хотел лишь постигнуть тайну своей неудачи. Неужто горы отзываются только на Витькин голос? Но когда мы были с ней вместе, горы послушно откликались и мне. Может, она впрямь владеет ключом, позволяющим ей запирать в каменных пещерах голоса?..

Наступили печальные дни. Витьку я потерял, и даже мама осудила меня. Когда я рассказал ей загадочную историю с эхом, мама смерила меня долгим, чуждым, изучающим взглядом и сказала невесело:

— Все очень просто: горы отзываются только чистым и честным...

Ее слова открыли мне многое, но не загадку горного эха.

Дожди не прекращались, море как бы поделилось на две части: в бухте оно было мутно-желтым от песка, наносимого реками и ручьями, в отдалении — блистало чистым телом. Непрестанно дул ветер. Днем он размахивал серой простыней дождя, ночью — всегда ясной, в мелких белых звездах — он был сухим и черным, потому что обнаруживал себя в черном, в мятущихся сучьях, ветвях, стволах, в угольных тенях, пробегающих по освещенной земле.

Несколько раз я мельком видел Витьку. Она ходила на море в любую погоду и сумела набрать от скудного, редкого солнца густой шоколадный загар. От тоски и одиночества я каждый день сопровождал теперь маму на базар, где шла торговля местными продуктами: овощами, абрикосами, козьим молоком, варенцом. Раз я повстречал на базаре Витьку. Она была одна, на руке у нее висела плетеная сумка. Я смотрел, как она ходит среди лотков и бидонов в своих желто-синих трусиках, решительно отбирает помидоры, сама шлепает на весы шматок мяса, — и с болью чувствовал, что потерял хорошего друга.

Утром, в первый солнечный день, я бродил по саду, подбирая палые, с мягкой гнильцой абрикосы, когда кто-то окликнул меня. У калитки стояла девочка в белой кофточке с синим матросским воротником и синей юбке. Это была Витька, но я не сразу ее узнал. Ее сивые волосы были гладко причесаны и назади повязаны ленточкой, на загорелой шее — ниточка коралловых бус, на ногах туфли из лосиной кожи. Я бросился к ней.

— Слушай, мы уезжаем, — сказала Витька.

— Почему?..

— Маме тут надоело... Вот что, я хочу оставить тебе свою коллекцию. Мне она все равно ни к чему, а ты покажешь ребятам и помиришься с ними.

— Никому я не покажу! — горячо воскликнул я.

— Как хочешь, но пусть она останется у тебя. Ты догадался, почему у вас ничего не вышло?

— А ты откуда знаешь, что не вышло?

— Слышала... Так догадался?

— Нет...

— Понимаешь, самое главное, это с какого места кричать. — Витька доверительно понизила голос. — У Чертова пальца — только со стороны моря. А ты, наверное, кричал с другой стороны, там никакого эха нету. В пропасти надо свеситься вниз и кричать прямо в стенку. Помнишь, я тогда тебе голову нагнула?.. В расщелине ори в самую глубину, чтобы голос дальше ушел. А вот в пещере всегда отзовется, только вы туда не дошли. И у камней тоже...

— Витька!.. — начал я покаянно.

Ее тонкое лицо скривилось.

— Я побегу, а то автобус уйдет...

— Мы увидимся в Москве?

Витька мотнула головой:

— Мы же из Харькова...

— А сюда вы еще приедете?

— Не знаю... Ну, пока!.. — Витька смущенно склонила голову к плечу и сразу побежала прочь.

У калитки стояла моя мама и долгим, пристальным взглядом глядела вслед Витьке.

— Кто это? — как-то радостно спросила мама.

— Да Витька, она у Тараканихи живет.

— Какое прелестное существо! — глубоким голосом сказала мама.

— Да нет, это Витька!..

— Я не глухая... — Мама опять посмотрела в сторону, куда убежала Витька. — Ах, какая чудесная девчонка! Этот вздернутый нос, пепельные волосы, удивительные глаза, точеная фигурка, узкие ступни, ладони...

— Ну что ты, мама! — вскричал я, огорченный странным ее ослеплением, оно казалось мне чем-то обидным для Витьки. — Ты бы видела ее рот!..

— Прекрасный большой рот!.. Ты ровным счетом ничего не понимаешь!

Мама пошла к дому, я несколько секунд смотрел ей в спину, потом сорвался и кинулся к автобусной станции.

Автобус еще не ушел, последние пассажиры, нагруженные сумками и чемоданами, штурмовали двери. Я сразу увидел Витьку с той стороны, где не открывались окна. Рядом с ней сидела полная черноволосая женщина в красном платье, ее мать.

Витька тоже увидела меня и ухватилась за поручни рамы, чтобы открыть окно. Мать что-то сказала ей и тронула за плечо, верно, желая усадить Витьку на место. Резким движением Витька смахнула ее руку.

Автобус взревел мотором и медленно пополз по немощеной дороге, растянув за собой золотистый хвост пыли. Я пошел рядом. Закусив губу, Витька рванула поручни, и рама со стуком упала вниз. Мне легче было считать Витьку красивой заглазно — острые ключки и темные крапинки, раскиданные по всему лицу, портили тот пересозданный мамой образ, в который я уверовал.

— Слушай, Витька, — быстро заговорил я, — мама сказала, что ты красивая! У тебя красивые волосы, глаза, рот, нос... — Автобус прибавил скорость, я побежал. — Руки, ноги! Правда же, Витька!..

Витька только улыбнулась своим большим ртом, радостно, доверчиво, преданно, открыв в этой большой улыбке всю свою хорошую душу, и тут я своими глазами увидел, что Витька, и верно, самая красивая девчонка на свете.

Тяжело оседая, автобус въехал на деревянный мосток через ручей, границу Синегории. Я остановился. Мост грохотал, ходил ходуном. В окошке снова появилась Витькина голова с трепещущими на ветру пепельными волосами и острый загорелый локоть. Витька сделала мне знак и с силой швырнула через ручей серебряную монетку. Сияющий следок в воздухе сгас в пыли у моих ног. Есть такая примета: если кинешь тут монетку, когда-нибудь непременно вернешься назад...

Мне захотелось, чтобы скорее пришел день нашего отъезда. Тогда я тоже брошу монетку, и мы снова встретимся с Витькой.

Но этому не суждено было сбыться. Когда через месяц мы уезжали из Синегории, я забыл бросить монетку.

1960

СРОЧНО ТРЕБУЮТСЯ СЕДЫЕ ЧЕЛОВЕЧЕСКИЕ ВОЛОСЫ

Рассказ

Гущин замер в удивлении. Черным по белому: густой черной тушью на белом, с морозным глянцем ватмане было смачно выведено: «Срочно требуются седые человеческие волосы». А рядом висели выцветшие, пожелтевшие объявления, оповещавшие, что «Ленфильму» нужны уборщицы, осветители, шоферы, парикмахеры, электротехники, рабочие на пилораму, вахтеры, буфетчица, пиротехник и счетовод.

«А жутковато звучит насчет человеческой седины! — подумал Гущин. — Надо обладать завидно ясным и нетревожным духом, чтобы начертать такое воззвание».

Он услышал короткий смешок. Возле него стояла девушка с чистым детским лицом и пышно-застылой, слишком взрослой и модной прической.

— Не бойтесь, — сказала девушка. — Это же добровольно.

Перенесенный из смутных образов освенцимского злодейства, из полубредовых видений войны, внезапно нахлынувших на него, в детскую нежность взгляда, смеха и голоса, Гущин не понял обращенных к нему слов.

— Вашей седине ничто не грозит, — чуть смущенно пояснила девушка.

У Гущина была та красивая стальная седина, которую приносит раннее поседение, она не старила, скорее молодила его сорокапятилетнее, смуглое и печальное лицо. В отваге обращения и слов девушки таилось лестное для Гущина, но он был человеком оскорбленным, безнадежно оскорбленным собственной женой и потому не испытывал ни радости, ни гордости, скорее даже печаль его усугубилась. Так и всегда бывало, когда из внешнего мира поступали к нему добрые сигналы. Проще было жить с сознанием, что он никому даже мимолетно не интересен, не привлекателен, — наибездарнейший тускляк, вполне заслуживший судьбу домашнего отщепенца.

— Хорошо хоть, что им не требуются человеческие зубы, ногти и кожа, — не понуждая себя ни к любезности, ни к остроумию, хмуро отозвался Гущин.

Страдальческая гримаса покривила лицо девушки, на миг состарив его.

— Простите, — сказала она. — Это была плохая шутка. Я бестактная дура.

— Да что вы! Я вовсе не узник фашистского лагеря.

Ему стало жаль девушку. Бедняжка захотела просто пошутить с незнакомым человеком, и вот какая получилась бодяга!

— Бросьте, ей-богу! Все в порядке. — Гущин улыбнулся. — А для чего им нужны эти волосы?

— Для париков. — Девушка тоже улыбнулась, поверив, что не причинила ему боли.

— А я думал, для матрасов.

— Для матрасов?

— Да. В немецких гостиницах над умывальником висит целлулоидный рожок, туда полагается сбрасывать вычески. Потом этими волосами набивают матрасы.

— Как мило! Как разумно! — Девушка передернула плечами. — И как отвратительно!

Тема была исчерпана, и двум незнакомым людям, случайно столкнувшимся возле студийной доски объявлений, ничего не оставалось, как разойтись в разные стороны. Сейчас незнакомка, с ее чистым детским лицом и взрослой пышной головой, уйдет, исчезнет, растворится в сумятице проспекта ее белый тонкий свитер и короткая плотная юбка, едва достигающая колен по-женски прекрасных ног. И сколько бы еще ни прожил Гущин, он никогда больше не увидит ее больших, доверчивых и веселых глаз, ее рта, сразу стареющего от страдания, не услышит короткого смешка и нежного голоса. В ужасе перед ожидающим его одиночеством, Гущин, тюфяк, размазня, подкаблучник, вдруг ринулся напролом.

— Вы торопитесь?.. Может, побродим по городу? Если у вас, конечно, есть время. Я тут в командировке, только зайду на студию, буквально на пять минут... А потом мы могли бы покататься на речном трамвае, посидеть в кафе или пойти в Летний сад...

Девушка смотрела на него с любопытством и вроде бы с сочувствием. Гущин ее глазами видел себя: тяжелый, темный не по сезо-

ну мосторговский костюм, слишком тугой и округлый — «пастор-
ский» — воротничок, дешевый, не идущий к костюму галстук, давно не чищенные ботинки на микропоре и удручающе огромный,
заношенный дерматиновый портфель.

— Как много всего сразу! Подумайте: прогулка, кафе, речной
трамвай, Летний сад! Вы ничего не забыли? Ведь еще можно подняться на Исаакия, съездить в Лавру и на Волково кладбище, а потом — Эрмитаж, Русский музей, квартира Пушкина.

Она просто смеялась над ним, над жалкой прытью немолодого,
унылого человека в мосторговском костюме и пасторском воротничке.

— Простите, — сказал Гущин, смиренно и без всякой обиды возвращаясь на подобающее ему место. — Это внезапное помрачение
рассудка. Со мной давно никто не заговаривал на улице. Мне вдруг
показалось, что мир сказочно подобрел.

Лицо девушки знакомо притуманилось, будто постарело. Видимо, она обладала редкой способностью проникать за оболочку
слов.

— Зачем вы так? Я же не отказываюсь. Но мне тоже нужно на
студию, и тоже на пять минут.

— Так идемте! — притворно радостным голосом сказал Гущин,
уверенный, что девушка «потеряется» в бесконечных коридорах
«Ленфильма». — Вам в какой отдел?

— В актерский.

— Вы?..

— Да, я именно то, что никогда не требуется на студии, — актриса. А вы? Ума не приложу. Вы не подходите к студийной обстановке.

— Почему? Судя по той же доске объявлений, студия имеет дело не только с творческими работниками.

— Нет, — девушка покачала головой. — Кино, как бог — шельму,
метит всех, кто попадает в его орбиту. Студийный счетовод ближе
к Олегу Стриженову, чем к другому счетоводу из какого-нибудь
ЖЭКа. Вы не киношник, вы серьезный и грустный человек, случайно попавший в страну лжечудес.

— Проще говоря, я инженер. По специальности катапультист.
Меня прислали сюда по вызову группы «Полет в неведомое».

— Знаю, — сказала девушка. — У них там все время катапульти-
руются. Вы москвич?

— Да. Я заметил, ленинградцы мгновенно угадывают москвичей.

— Простонародный говор выдает, — засмеялась девушка. — Ну что же, мы уже знаем друг о друге в пределах анкеты для поездки, скажем, в Болгарию. Не заполнена только первая графа. — Она протянула ему руку. — Проскурова Наталия Викторовна. Наташа.

— Гущин Сергей Иванович.

Они обменялись рукопожатием и вошли в вестибюль киностудии.

— Вам за пропуском? — И гордо: — А у меня постоянный. Значит, встречаемся здесь или лучше у входа через четверть часа.

Кивнув вахтеру, видимо знавшему ее в лицо, она побежала по коридору в глубь помещения. Гущин проводил ее взглядом. Он понимал, что больше не увидит ее, но не испытывал давешней муки. Она не исчезла безымянно, не истаяла сном наяву, она подарила ему свое имя и тем как бы дала право на себя, право помнить, скучать, надеяться. Он может знать и называть ее, говорить с ней в своей душе, его одиночество заполнено. Судьба сделала ему нежданный и незаслуженный подарок, он должен благословлять милосердие судьбы и не помышлять о большем.

Гущин долго ждал, когда инвалид-охранник выпишет ему пропуск искалеченной рукой, но даже мысленно не торопил его. Время ничего не значило теперь для Гущина, ибо пережитое мгновение замерло и стало вечностью. Тот сложный обмен, который происходил сейчас между Гущиным и действительностью, не подчинялся законам времени: творилось вселение Наташи в клешню охранника, в мокрые ресницы престарелой артистки, которой отказали в пропуске, в тонкий прыщеватый профиль длинноволосого юнца, сказавшего своему приятелю самоуверенным и бедным голосом: «Старик, лента удалась!», в испуганные косички двух школьниц, влекомых на жертвенный алтарь искусства, — во все малое, жалкое, ущербное и милое, что окружало Гущина.

Это продолжалось и после, когда с пропуском в руке он наконец-то ступил в студийный коридор, до головокружения напоенный Наташей. Он думал: от кого так неистово оберегают студию? — и жалел маленьких глупых людей, учредивших пропускную канитель, — они находили свое искупление в Наташе. И режиссер игрушечного фильма «Полет в неведомое», и красноносый инженер по технике безопасности, с которыми он в последний раз обсуждал проблемы катапультирования, и высокомерная секретарша директора, отмечавшая ему пропуск и командировку, и толпящиеся в коридорах непризнанные гении — все были невиновны перед миром, осиянные заступничеством Наташи, ее искупительной прелестью.

Когда же он спустился в вестибюль и увидел сквозь мутноватые стекла входных дверей летний уличный мир, уже не принадлежащий студии, ему вдруг не хватило смирения. Он почувствовал, что не в силах распахнуть дверей. Он любил эту студию, где творилась странная, таинственная жизнь Наташи, пусть не вся ее жизнь, а лишь малая и не главная частица, но пока не захлопнулись за ним двери, тоненькая ниточка еще связывает его с Наташей. Внезапно его осенило: а что, если пойти да и сдать цеху париков свои седые человеческие волосы? Он будет вправе еще какое-то время не покидать студию, и, кто знает, быть может, Наташа сыграет в парике из его волос роль старинной светской дамы? Но пусть и не сыграет, все равно он сочетается с ее миром чем-то интимным и вещественным. А там, усмехнулся про себя Гущин, глядишь, и впрямь студии понадобятся человечьи ногти, кожа, кости, внутренности, и он сдаст всего себя, как утиль — чем он на деле и является, — во славу любимой.

— Это бог знает что! — услышал он задыхающийся, беспомощно-гневный голос — Вы... вы просто старый авантюрист!

Перед ним стояла Наташа, ее темные глаза были огромными и полными от возмущения и подступивших слез, а нижняя часть лица: губы с опустившимися уголками и сморщившийся подбородок — совсем старой.

— Я не верил, что вы придете, — пробормотал Гущин.

— Какой вы странный, — сказала Наташа с досадой, но уже безгневно. — Вас, наверное, много обманывали?

Гущин пожал плечами. Да, меня много обманывали, я потерял веру в себя и в окружающих. Я признаю за каждым право меня обмануть. В сущности, это так же безнравственно, как и самый обман. Но я не могу объяснить вам, Наташа, как все это со мной сталось, потому что и сам не постигаю механизма своего падения. Видимо, все дело в постепенности, врабатываешься в примирение с низостью изо дня в день в течение многих лет — так приучают человеческий организм к ядам. Вот ты уже способен безнаказанно глотать мышьяк или отраву еще похуже. Если б на фронте кто-нибудь осмелился мне сказать, что я буду безропотно жить моей теперешней жизнью, я шлепнул бы на месте негодяя... или самого себя.

Они шли по Кировскому проспекту в сторону Невы. Тянущий с моря ветер умерял жару, дышалось легко, было тенисто на проспекте и полно солнечного блеска на площади перед мостом. Наташа спросила Гущина, почему он избрал специальность катапультиста. Она понимает, что все занятия равно почтенны, но не способна постигнуть, как додумывается человек до столь редкой и необычной специальности. В юности все мечтают осчастливить человечество; видимо, и он думал осчастливить своих ближних катапультированием? Конечно, отвечал Гущин, ведь катапультирование неразрывно связано с космическими полетами, а кто в двадцатом веке не мечтает о космосе? Гущин говорил машинально, понимая, что и она спрашивает его лишь ради заполнения тишины, возникшей между ними, едва они вышли из студии. Гущин не был готов к этой новой встрече с Наташей. Она обрела место в его памяти, мечтах, печали, но, живая, грозная своей прелестью, всем напряжением юности, она была ему не по силам.

Я устал. Вечное насилие над собой не проходит даром. Душа во мне устала. Я все время понуждаю ее жить в негодном для нее режиме. Жена была по-своему права, когда говорила: «Ну, чего ты мучаешься? Почти все так живут». Она не поскупилась на примеры. Я и не думал, что дела наших знакомых так запутаны. Но ничего — живут. А у меня не получается. Мне надо было бы принадлежать к меньшинству, которое так не живет. Я не обрел свободы равнодушия. Я не могу разучиться видеть в своей жене чистопрудную девчонку с ошалело влюбленным лицом. Она любила меня тогда куда смелее и беззаветнее, нежели я ее. Я был оглушен войной, пустотой вымершей за войну квартиры, внезапным одиночеством, непроглядью будущего, а она любила очертя голову, изо всех полудетских сил. Это я медленно врабатывался в любовь к ней. Но вработался — и пропал. Потом, когда она стала исчезать из дома и возвращаться все позже и позже, я заставлял себя не замечать размазанного мятого рта, неопрятно поплывших глаз, беспорядка в одежде, запаха вина или коньяка и запаха папиросного дыма, запутавшегося в волосах. Я спрашивал: «Где ты была?», давая ей возможность оправдаться, хотя бы соврать убедительно, спасти вид достоинства в нашей уже неприличной жизни. Я думал, что удерживаю ее этим от какого-то последнего падения. Надеялся победить ее терпением, выдержкой, верой в ее несуществующую честность. Она первая не вынесла этой добавочной лжи. Я открыл ей дверь часов в пять утра. Была зима, и с лестницы мне под халат по голым ногам ударило мозжащим холодом, так и оставшимся во мне навсегда. «Ну, где я была?» — проговорила она хрипло, почти грозно и впервые поглядела на меня с ненавистью. Видно, я до смерти надоел ей со своей игрой в неведение и доверие. Я замолчал, перестал спрашивать и больше не видел ненависти в ее глазах, лишь снисходительное презрение, порой даже что-то вроде сочувствия, жалостливого понимания.

Она приходила к Гущину ночью изредка и всегда нетрезвая. Он понимал, что не любовь толкает ее к нему, а какое-то женское поражение, неутоленность, и, стыдясь, проклиная себя за слабость, брал бедное наслаждение от женщины, которую некогда любил единственной любовью, а сейчас почти боялся. Человек никогда не бывает окончательно несчастен, всегда остается допуск. Самое страшное пришло, когда подросла дочь. Он и терпел свою жизнь из-за дочери. Она любила его с тем оттенком ревнивого обожания, какое часто привносят девочки в любовь к еще молодому, привлекательному и незаласканному в домашней жизни отцу. Но девочка выросла, проникла в суть стыдных семейных тайн и с юной беспощадностью решительно стала на сторону матери, воздвигнув между собой и отцом глухую стену высокомерного небрежения. Жена поступала с ним жестоко, но была не злым человеком. У дочери, когда он делал робкие попытки проникнуть за стену, глаза становились маленькими и ненавидящими. Казалось, она не может простить отцу его унижения, слабости, смирения. Она не любила матери, но взяла ее за образец, выиграв для себя независимость, бесконтрольность, требовательность без всякой отдачи...

— Нет, — сказал Гущин. — Вы ошибаетесь, это не Деламот, а Кваренги.

Они перешли мост и сейчас стояли на краю Марсова поля, возле памятника Суворову, и Наташа, взявшая на себя роль гида, ошибочно приписала Валлен-Деламоту высокий, тускло-зеленый и довольно заурядный дом, построенный молодым Кваренги.

Наташа заспорила с обостренным самолюбием ленинградки, пойманной на незнании своего города.

— Зачем вы спорите? — сказал Гущин. — На доме есть мемориальная доска со стороны площади. Там ясно сказано, что дом построен Кваренги. Хотите сами убедиться?

Но попасть к дому с их угла оказалось не так-то просто — переход улицы напрямик был запрещен, и пришлось бы сделать порядочный крюк. В расчете на это Наташа продолжала сердито отстаивать авторство Деламота.

— Хотите, я назову вам все известные постройки Кваренги и Деламота, как сохранившиеся, так и сгоревшие, снесенные, уничтоженные временем или перестроенные до неузнаваемости? — И Гущин тут же отпулеметил несколько десятков названий, не скупясь на адреса как существующих, так и умерших зданий.

— Можно не переходить улицу, — ошеломленно сказала Наташа. — Ничего не понимаю. Эти познания распространяются и на других архитекторов или у вас узкая специальность: Кваренги — Деламот?

— На всех, кто строил Петербург, — не без гордости отозвался Гущин, — будь то Квасов или Руска, Растрелли или Росси, Фельтен или Соколов, но Кваренги мой любимый зодчий.

— Почему? Разве он лучше Воронихина или Росси?

— Я же не говорю, что он лучше. Просто я его больше люблю.

— Так кто же вы такой? Катапультист, архитектор, искусствовед, гид или автор путеводителя по Ленинграду?

— Катапультист, — улыбнулся Гущин. — Вы можете проверить на студии.

— А при чем тут Кваренги и все прочее? Ведь вы даже не ленинградец!

— Порой человеку нужно убежище, где бы его оставили в покое. Люди даже придумали препаршивое слово для обозначения этого спасительного бегства души: хобби. Так вот, старый Петербург — мое хобби. Тьфу, скажешь — и будто струп на языке!..

И впрямь, какое это счастье — открыть маленький, в красном сафьяновом переплете томик и рассматривать четкие и строгие фотографии на плотной, шелковистой, с благородной прижелтью бумаге: антаблемент, сохранившийся от Елизаветинского века в неприметном особнячке на Каменном острове, портик Кваренгиевой простоты и благородства, уцелевший в глубине отнюдь не живописного складского двора на Литейном, дивно-нетронутую решетку неузнаваемо перестроенной городской усадьбы на Фонтанке, — рассматривать все это и отыскивать в памяти уголок города, приютивший тот или иной останок, вспоминать пейзаж места: окрестные камни и деревья, воображать, как все это выглядело встарь. Перестаешь замечать, что ты опять один в квартире, и уже не помнишь, почему ты один, на душе задумчиво и светло — камень старинных зданий куда мягче и теплее камня ожесточившихся в эгоизме человеческих сердец. Но самую большую радость, не радость даже, а высокое отдохновение, торжественный покой доставляет Джакомо Кваренги, тучный, безобразный карлик с разляпанным носом — творец высшей гармонии. Пусть другие мощнее, пышнее, богаче фантазией, вдохновением — целомудренная простота, художническая щепетильность Кваренги наделяют все им созданное несравненным благородством и завершенностью. Кваренги мыслил объемами, а не украшал плоскость. Тени и свет на простом до вызова фасаде бывшей Академии наук одаряют душу странным чувством гордости. Начинаешь верить, что человека нельзя унизить, пока он ощущает свою причастность к мировому духу. Ты с Кваренги и грустным Аргуновым, с торжественным Чевакинским и всевластным Росси против больших и малых бед жизни, против ночи, неуклонно бросающей тебя в одиночество, против опустошенности и скорби.

— Хотите, я покажу вам совсем особый Ленинград? — с надеждой сказал он Наташе. — Убежден, вы не знаете такого Ленинграда!

— Где он находится — ваш Ленинград?

— В переулках, в маленьких двориках, на задах знаменитых зданий, иногда и прямо посреди Невского, только его не замечают, как часто не замечают того, что рядом.

— Сергей Иваныч, милый, да нам дня не хватит!

Кошачий глазок такси, резко остановленного светофором возле них, подсказал Гущину решение. Он схватил Наташу за руку и втолкнул в машину. Шофер начал было ворчать: не положено, — но Гущин так уверенно и радостно сказал: «Прямо, браток, не робей!», — что тот сразу замолчал и с лязгом включил скорость. Машину дернуло, и Гущин с ужасом вспомнил, что денег у него кот наплакал. На такси, конечно, хватит, но как он расплатится за гостиницу?

Гущин и всегда-то ходил налегке. Дабы избавиться от лишних попреков, он всю зарплату до копейки отдавал жене. Он не курил, не пил, брился дома, а транспортные расходы ограничивал единым проездным билетом. Лишь редкие, случайные приработки он тратил на книги. И в командировку отправлялся, имея в кармане точно из расчета: два шестьдесят суточных и рубль пятьдесят шесть квартирных, да еще на трамваи. Но с той мгновенной сметкой, которая выработалась в нем еще в скупые студенческие годы, когда из стипендии да малого вокзального калыма удавалось выкраивать на билет в консерваторию или во МХАТ, на букетик цветов или скромный подарок будущей своей жене и на другие незапланированные расходы, он рассчитал, что, обменяв купейный жесткий в «Красной стреле» на некупейный в пассажирском поезде, сведет концы с концами, и выкинул из головы заботы о зловеще пощелкивающем счетчике...

Каждому коллекционеру, даже самому нелюдимому и замшелому, хочется хоть раз показать свои сокровища другому человеку. А Гущин по природе был щедр и общителен, нелюдимым его сделали обстоятельства жизни. Да и чем еще мог он поделиться с Наташей? Обидой, угнетенностью, грустью или соображениями о катапультирующих устройствах? И то и другое не подлежало разглашению. Он делился с ней своим единственным достоянием, скопленным по крохам в долгие одинокие вечера. И потому Гущин, человек дели-

26

катный до испуга, швырял такси из одного конца города в другой, таскал Наташу через буераки, старые кладбища, захламленные дворы, стройплощадки и пустыри, вовсе не заботясь о том, интересно ли ей, не устала ли она. Он как будто знал, что такого путешествия больше не будет, и в добром исступлении хотел показать ей все. Он уже понял, что Наташе знакомы лишь знаменитые памятники архитектуры, но неизвестны и те малые следы, приметы исчезнувшей старины, что составляли его коллекцию, и многочисленные второстепенные постройки Кваренги. Он нарочно выбирал маршруты по улице Халтурина, Невскому, Садовой, Фонтанке и, ликуя, выкрикивал:

— Это Кваренги!.. Старая аптека!.. Это опять Кваренги!.. Оловянные ряды!.. Кваренги — больница!.. А это узнаете? Кваренги, черт возьми, самый что ни на есть!..

Его энтузиазм заразил даже краснолицего полусонного шофера с маленькими ушами, сердито прижатыми к бритой голове. Завидев дом с колоннами, он тут же, не дожидаясь указаний, сворачивал к нему.

— Куда вы? Нам прямо!

— А вон этот... Кваренги, — говорил шофер. Наташа смеялась. Казалось, путешествие доставляет ей не меньшую радость, чем самому Гущину. Удивляло лишь, что живое, заинтересованное лицо Наташи в минуты самых пламенных гимнов Гущина какому-нибудь фризу или портику было обращено не к дивной руине, а к нему, Гущину.

— Посмотрите, посмотрите, как это прекрасно! — взывал Гущин.

— Прекрасно, — соглашалась Наташа.

— Ну, правда, ведь вы такого не видели?

— Не видела, — признавалась Наташа. — Даже не знала, что такое бывает.

Отрезвление пришло к Гущину внезапно, когда они осматривали обломок фигуры ангела в маленьком садике на Васильевском острове. От ангела остался каменный хитон и одно крыло — гордое и красивое, как у лебедя на взмахе. Гущин фантазировал, как должен был выглядеть ангел в своем целостном виде, и тут увидел большую металлическую птицу, пасущуюся в траве. На обтекаемое тело птицы была накинута железная кольчужка из мельчайших, плотно прилегающих чешуек. Золотистая рябь пробегала по кольчужке, когда птица попадала в перехват солнечного луча.

— Кто это? — прервал свои рассуждения Гущин.

— Господь с вами, Сергей Иваныч, скворца не узнали!

— Но какой он громадный! — растерянно произнес Гущин.

Скворец был величиной с голубя, царь-скворец, чудо-скворец! Он словно напоминал Гущину о живой жизни, о необыкновенности дарованного ему дня, который он так расточительно тратит на прекрасный, но холодный, мертвый камень.

— Может, хватит старины? — спросил Гущин.

— Как хотите, я не устала.

Гущин отпустил такси, и они медленно побрели в сторону моста Лейтенанта Шмидта.

— Вы одиноки, Сергей Иваныч? — участливо спросила Наташа.

— Вовсе нет! У меня семья: жена и дочь, большая, почти ваша сверстница. А почему вы решили?..

— Мне показалось, что у вас никого нет, кроме... — она слабо улыбнулась, — кроме Кваренги.

— Это правда, — угрюмо сказал Гущин. — Хотя я не понимаю, как вы догадались.

— Ну, это не сложно, — произнесла она тихо, словно про себя.

— А вы? — спросил Гущин. — Вы, конечно, не одиноки? У вас семья, муж?

— У меня никого нет. Отец погиб на фронте, мать — в блокаду. Меня воспитала бабушка, она тоже умерла — старенькая. И замуж меня не берут. Но я не одинока, Сергей Иваныч. Хотите, я покажу вам свой Ленинград?

— А это удобно?

Наташа засмеялась:

— Я была уверена, что вы скажете что-нибудь в этом духе. Конечно, удобно.

Наташин Ленинград находился неподалеку — на Профсоюзном бульваре. Они пошли туда пешком и почти всю дорогу молчали, занятые своими мыслями. Возле бульвара им попался навстречу маленький ослик под громадным, нарядным, обшитым красным плюшем седлом, на таких осликах катают детей.

— Какая крошка! — неожиданно умилился Гущин.

— Спасибо скворцу за то, что он такой большой, а ослику за то, что он такой маленький, — как-то странно растроганно и чуть-чуть лукаво сказала Наташа.

— О чем вы? — не понял и смутился Гущин.

— Спасибо жизни за все ее чудеса, — так же нежно и странно ответила Наташа...

Они оказались в мастерской художника. Чуть не половину обширного помещения занимали гравировальный станок и большая бочка с гипсом. Помимо двух мольбертов, здесь находились приземистая широченная тахта, десяток табуретов и торжественное вольтеровское кресло. С потолка свешивались изделия из проволоки, напоминающие птичьи клетки, — модели атомных структур, вдоль стен тянулись стеллажи с гипсовыми скульптурами каких-то диковинных фруктов. Оказалось, это человеческие внутренности: почки, печень, желудок, кишечник, легкие... Художник считал, что довольно искусству воспевать лишь зримые очевидности человечьей сущности — лицо и тело, не менее прекрасна и совершенна в человеке, венце творения, его требуха: мощный желудок, способный переваривать любую растительную и животную пищу, великолепные легкие, насыщающие кровь кислородом и на вершинах гор и в глубине недр земных, и несравненное по выносливости человеческое сердце, позволяющее слабому, голому, незащищенному существу выдержать то, что не под силу самому могучему зверю, и божественные гениталии, освобождающие человека от сезонной зависимости в продолжении рода.

Картины, рисунки и гравюры свидетельствовали, что мятущаяся натура художника исповедовала множество вер. Суздальские иконописцы, итальянские примитивисты, французские импрессионисты, испанские сюрреалисты, отечественные передвижники и безродные абстракционисты поочередно, а может, и зараз брали в плен его душу. Но во всех ипостасях он оставался размашисто, крупно талантлив. Над камином висели расширяющимся книзу конусом гипсовые слепки рук. Тут были лопатообразные руки пианистов и долгие, с нервными пальцами руки скрипачей, могучие руки скульпторов и слабые, неразвитые — поэтов, руки актеров и ученых, изобретателей и мастеровых.

Среди бесчисленных рук странно и трогательно выглядел слепок маленькой, узкой ступни с тугим натяжением сухих связок на подъеме — нога знаменитой балерины.

Обменявшись рукопожатием с Гущиным, художник тут же выразил желание сделать слепок его руки.

— Но я же никто! — сопротивлялся Гущин.

— Это неизвестно! У вас хорошая, талантливая рука.

И вот Гущин уже сидит с закатанным рукавом, и художник, громадный, бородатый и синеглазый, похожий на Микулу Селяниновича, нежными, щекочущими движениями могучих лап накладывает гипс на его кисть.

Пока подсыхал гипс, художник, украсив свою русую голову венком из ромашек, взгромоздился на бочку и стал играть на свирели. Немедленно из другой комнаты появились два маленьких светловолосых мальчика и принялись грациозно изгибаться под тонкие, переливающиеся звуки. Гущин чувствовал, что во всем этом не было ни ломания, ни желания выставиться перед гостем, мальчики, похоже, и не заметили его присутствия. Так жила семья: отец ваял, писал, рисовал, лепил, тачал, а в минуты отдохновения играл на свирели, украшая себя венком, чтобы, пусть ненадолго, почувствовать себя беспечным лесным обитателем.

Художник отложил свирель, когда пришло время разгипсовать Гущина. Едва он проделал это с присущей ему ловкостью, как Наташа и его жена, худенькая женщина с тающим лицом, внесли круглую столешницу, уставленную бутылками и бокалами. Столешницу поставили на два табурета, и художник с поразительной быстротой наполнил бокалы, не пролив ни капли:

— За искусство!

Все выпили, и художник снова наполнил бокалы:

— За женщин!

Гущин вопросительно взглянул на Наташу, ему не по плечу были такие темпы.

— Ничего не поделаешь — ритуал, — сказала она. — Иначе — смертельная обида.

— За любовь! — в третий раз провозгласил художник.

Гущин выпил сладковатое, игристое вино, и в голове у него приятно зашумело.

— Чудесное вино! — сказал он. — Похоже на цимлянское.

— Это прокисшая хванчкара, — спокойно пояснил художник. — Не выдерживает перевозки.

Пришли два молодых поэта и принесли кубанскую водку. Один из поэтов был мальчик лет девятнадцати, тоненький, хлипенький, с золотой челкой до бровей и круглым детским личиком, к нему тут же пристали, чтобы он прочел стихи. Поэт не ломался. Он стал читать стихи звучным, налитым баритоном, удивительным при его мизерной наружности. И стихи были крупные, звонкие, слегка напоминающие по интонации есенинского «Пугачева», но вовсе не подражательные.

Затем читал красивый поэт. Хотя он был старше и много солиднее своего товарища, Гущин почувствовал, что его поэтическая репутация ниже. Поставленным, негромким, но ясным голосом он прочитал коротенькое стихотворение об одиноком фонаре и ранеными глазами взглянул на Наташу.

— Очень мило, — равнодушно сказала она. Поэт вспыхнул и отвернулся.

Все это время Гущин не обменялся с Наташей и двумя словами. Он разговаривал с художником, пил вино, слушал стихи, а Наташа шепталась с женой художника, играла с детьми, перекидывалась короткими фразами с поэтами и тоже слушала стихи. Но в этой внешней разобщенности Гущина и Наташи была дружеская короткость. Они вели себя как люди, владеющие чем-то сообща и не нуждающиеся в общении из вежливости. И красивый поэт, верно, чувствовал это. Гущин не раз ловил на себе его горячий мрачный взгляд.

Вино, необычность обстановки, все впечатления дня навалились на Гущина свинцовой усталостью. Он еще пил какие-то тосты, чем-то восхищался, кому-то отвечал, но все это будто сквозь сон. Порой возникали просветы, и он слышал, как красивый поэт пел под гитару грустную песню о стране Гиппопотамии, видел, как ворвался в мастерскую волосатый юноша и с ходу обрушился на хозяина: «Значит, Верещагин — гений и светоч?» На что хозяин, рванув ворот рубашки, как древние ратники перед битвой, грудью стал за Верещагина. И еще он помнил свою ясную, трезвую мысль, что люди его поколения зря ругают теперешнюю молодежь; «они лучше нас, лучше, потому что независимее» — ему хотелось сообщить эту мысль еще одному гостю, печальному Мефистофелю с козлиной бородкой, но тут сон опрокинул его в черную яму.

Сон длился недолго и вернул ему свежесть. Он не открыл глаз, придумывая извинительную фразу, и вдруг услышал сосем рядом тихий голос красивого поэта:

— Так он подцепил тебя на улице?

— Нет, это я его подцепила, — спокойно прозвучало в ответ.

— Вот не знал за тобой такой привычки!

— Я тоже не знала.

— И все-таки это свинство так одеваться! — с бессильной злобой сказал поэт. — Сейчас не военный коммунизм.

Гущин пропустил момент, чтобы проснуться и тем прекратить дальнейшее обсуждение своей особы. Теперь услышанное требовало ответа. Но что ему было делать — не драться же с мальчишкой и не читать ему морали, что еще глупее. Оставалось одно: обречь себя на дальнейшее подслушивание, делать вид, будто спишь.

— Странно, — сказала Наташа, — я даже не заметила, как он одет.

Гущин не мог уловить ее интонации, ему послышалась отчужденность в словечке «он».

— Обычно ты замечаешь.

— Ну да, когда нечего больше замечать.

— Почему ты злишься? — горько спросил поэт.

— Я? Мне казалось, это ты злишься.

— Скажи, только правду. Чем мог тебе приглянуться такой вот... пыльный человек?

— Мне с ним надежно. Не знаю, как еще сказать. Я чувствую себя защищенной.

— А со мной беззащитной?

— Ну конечно, ты же боксер-перворазрядник и можешь уложить любого, кто ко мне пристанет. Но я не о такой защищенности говорю.

— Может, он скрытый гений?

— Думаю, что он хороший специалист. Знает свое дело.

— И все?

— Это немало. Мы знакомы с тобой лет семь, и ты все тот же: начинающий поэт, актер-любитель и боксер-перворазрядник. Так начнись же как поэт или стань профессиональным актером или на худой конец мастером спорта.

— Ты никогда не была жестокой, отчего вдруг?..

— Мне не приходилось никого защищать! — перебила Наташа, и Гущину стало жаль бедного красивого поэта.

Он был далек от того, чтобы всерьез считать себя его счастливым соперником. Поэт не нравился Наташе сам по себе, он же, Гущин, случайно оказался в фокусе внимания молодой томящейся души. Его личные достоинства тут ни при чем. Он-то видел настоящую Наташу, и к ней тянулось его сердце. Наташа его не видела, а придумывала, оттолкнувшись от первого впечатления. Быть может, тому причиной его седые волосы, те самые, что срочно требуются «Ленфильму». Но он не испытывал горечи, все равно их встреча остается божьим подарком, так же как и эта мастерская, Микула Селянинович, его семья, и друзья, и стихи, и песни, и споры — самое звучание молодых, страстно заинтересованных голосов!

Когда Гущин открыл глаза, красивого поэта уже не было в мастерской, на его месте сидела девушка с бледным русалочьим лицом и прекрасными рыжими волосами. Она таинственно улыбнулась Гущину, словно приветствуя его после долгой разлуки. Подошла Наташа с маленькой подушкой, обтянутой вологодским рядном:

— Вы устали, Сергей Иванович, давайте я подложу вам под голову.

Это уже не было игрой отвлеченных сил — дружеская забота о немолодом, утомившемся человеке. Гущин сказал смущенно и благодарно:

— Спасибо. Я не умею пить. Отвык.

— А никто не умеет. Хотя и привыкли.

Очевидно, Наташа имела в виду совсем развалившегося юного поэта с несчастным заострившимся личиком, и осоловевшего Мефистофеля, и красного, как из парильни, противника Верещагина. Один Микула Селянинович, как и подобает богатырю, был свеж и бодр, хотя выпил не меньше других...

Наташа увела Гущина из гостеприимного дома, когда полумертвый поэт и Мефистофель стали снаряжаться в новый поход за водкой.

— Ты не сердись, Наташенька, — жалобно говорил художник, — ребята выпить немножко хотят.

— Пейте на здоровье, а Сергею Иванычу хватит! — решительно заявила Наташа.

Прощание было трогательным. Художник сжал Гущина в объятиях, поцеловал и прошептал, скрипнув зубами:

— Будешь снова — в гостиницу не смей, прямо к нам! Наташку обидишь... — Он не договорил, но бешеная слеза, заславшая синий взор, заменила слово «убью!».

Гущин почувствовал, что это не просто угроза, и еще раз поцеловал художника в твердый алый рот, схоронившийся в плюшевых зарослях.

Вета, жена художника, навязывала Наташе пирог, остывшие беляши и еще какую-то снедь, а мальчики с отчаянным ревом цеплялись за ее юбку, и Гущин видел, что Наташа в самом деле не одинока в своем большом городе...

Наташа жила на улице Ракова. Они избрали окольный путь туда через Дворцовую площадь и Марсово поле. Здесь Ленинград был щедро высвечен прожекторами, выгодно изымавшими из тьмы дворцы и обелиски, но интуристовский этот глянец лишал город его строгости, гордой независимости. Впрочем, если сделать над собой усилие, то в голубом мареве над прожекторами, в резкой белизне озаренных стен можно было проглянуть Петроград семнадцатого года, когда в ночи у костров грелись бойцы революции. «Дымок костра и холодок штыка...»

Гущин вздрогнул, словно его коснулось острие этого холодного штыка. Внимание — твой день еще длится, еще теплятся угли в костре. Запомни, запомни, что ты действительно шел по Дворцовой площади об руку с девушкой Наташей, не убеждай себя потом, что все-то тебе приснилось. И запомни: она была с тобой весь день и весь вечер, и терпела тебя, и не прогнала, хотя ты был то перевозбужден, то подавлен, то пьян, а под конец и вовсе развалился. Она все простила и осталась добра к тебе, и это было, было, было, и это есть, пока еще есть. Она рядом, вся рядом, ее глаза, загорелые скулы, нежный, стареющий в печали рот, растрепавшаяся драгоценная прическа, шея, плечи, — боже мой, вся из теплой жизни, она идет рядом, и можно коснуться ее. И к своему ужасу, он тронул Наташу рукой. Она вопросительно взглянула на него.

— Простите, — пробормотал Гущин — я вдруг усомнился, что вы правда здесь.

И Наташа не удивилась, она сказала успокаивающе:

— Здесь, конечно, здесь.

Обрадованный, Гущин принялся горячо благодарить Наташу за «ее Ленинград».

— Какие все славные и талантливые люди!..

— Да... — рассеянно согласилась Наташа. — По почему-то сегодня я любила их меньше.

— Почему? — встревожился Гущин.

Она помолчала.

— Как бы это лучше сказать... Высшее мастерство актера сыграть не сцену или монолог, а паузу. Когда-то МХАТ славился паузами. С моими друзьями не бывает пауз. Им надо все время суетиться: спорить, кого-то разоблачать, читать стихи, петь, пить водку, переживать, драться или бегать по выставкам, просмотрам, премьерам...

— Но разве это плохо?

— Понимаете, их суета идет от дилетантства. Дилетантства всей душевной жизни. Это, конечно, не относится к художнику, он мастер, профессионал, тащит семейный воз и еще находит силы для игры, озорства... Но зря я так... Спасибо, что все они есть. Нечего бога гневить. Спасибо, спасибо! — повторила она, подняв кверху лицо. — Это я богу, чтобы не навредил... Но знаете, Сергей Иваныч, вот вы умеете держать паузу, с вами так чудесно молчать!..

Наташа жила в старом доме близ пассажа. От его низенькой подворотни, упирающейся в штабель березовых дров, виднелся нарядный, подсвеченный прожектором флигель Михайловского дворца. Гущину казалось, что Наташина чуткость одарила его на прощание одним из лучших творений Росси; Наташа хотела если не скрасить, то хотя бы украсить их расставание. Будь на ее месте другая девушка, не видать бы ему в эти последние минуты Михайловского дворца, его светлых колонн и строгой ограды. Гущин пытался настроить себя на иронично-высокий лад, чтобы не впасть в отчаяние.

Он коснулся ладонью ее плеча и почувствовал сквозь тонкий свитер нежный жар тела. Сейчас она уйдет, и погаснет самый счастливый и неожиданный день в его жизни. О, помедли, помедли!.. Это так страшно, то, что станет со мной, когда затихнут твои шаги в черном стволе подворотни. Меня не спасут ни Михайловский дворец, ни все чудеса Росси и самого Кваренги!..

Она берет его руку, лежащую на ее плече, и, коль он не догадывается о ее намерении, чуть резковато тянет за собой. Над ними нависает свод подворотни. Гущин с невыразимой нежностью озирает это низкое сумрачное небо Наташиных выходов из дома и возвращений домой; озирает сырые, облупившиеся стены и старинное булыжное подножие. Наташа не хочет расстаться с ним на улице, на виду у прохожих, она еще больше приближает его к своей жизни, к своему порогу. И вот этот порог в глубине необширного, круглого двора, тленно пахнущего березовой поленницей. Двор глубок, как колодезь, над ним повисла полная луна, и блеск ее лежит на комле поленьев, на крутых булыжниках и медных ручках старых дверей.

У обшарпанных каменных ступеней Гущин остановился. И снова Наташина рука повлекла его за собой. Спела свою печальную песенку массивная, усталая дверь: в тусклом свете малых пыльных лампочек открылась лестничная клетка, уносящая в бесконечную, забранную тьмой высь. Как и во всех старых доходных домах, ступени были исхожены и сбиты, шаткие перила черно и шелково истерты бесчисленными ладонями, но Гущину представлялось, что это лестница в небо, и он двинулся за Наташей, теряя дыхание не от крутизны пролетов — от волнения и благодарности. Наташа оказывала ему высшую милость — вводила в свой дом, дарила счастье последнего доступного приближения к ней, прежде чем исчезнуть навсегда.

Мелькали медные дощечки с твердым знаком в конце фамилий, безнадежно длинные списки жильцов, почтовые ящики с наклейками газетных названий; внезапно Наташа остановилась возле какой-то двери, и Гущин, настроенный на бесконечность взлета, чуть не сшиб ее с ног. Наташа засмеялась, отомкнула дверь, и они шагнули в кромешную темноту. Щелкнул выключатель, поместив Гущина в маленькую прихожую с аккуратной вешалкой, подставкой для зонтиков, настенным овальным зеркалом и тумбочкой под ним. На тумбочке лежали платяные щетки и веничек — обметать пыль с одежды. Гущина умилили эти подробности одинокой, соблюдающей себя жизни, он никогда не видел столь разумно обставленной, населенной всем необходимым прихожей.

Наташа взяла у него из рук портфель и положила на тумбочку. Сооружение из поддельной, истершейся, иссалившейся кожи выглядело вопиюще неуместным в этой чистоте и нарядности. В Наташину комнату Гущин вошел как в святилище, в блаженно-молитвенном отупении, он не распознавал отдельных предметов, даже не понимал их назначения. В туман, окутавший сознание, проникал лишь запах цветов, их было очень много повсюду, и еще было много фотографий с белизной незнакомых волнующих лиц, много рисунков и гравюр.

В нем росла, становясь нестерпимой, мучительная печаль от коротости, непрочности этого незаслуженного дара, и ему захотелось скорее уйти, чтобы не тянуть напрасно свою муку. Он уйдет, уедет в Москву, вернется к привычному существованию, и тогда печаль смягчится в нем, ему станет нежно и радостно вспоминать чистую, маленькую квартиру, средоточие Наташиной жизни.

Подошла Наташа и неожиданно сильной рукой обняла Гущина за шею, притянула к себе и поцеловала. Этого Гущин уже не мог вынести, он заплакал. Не лицом — глаза оставались сухи, — он заплакал сердцем. И Наташа услышала творящийся в нем сухой, беззвучный плач. Она сжала ладонями его виски:

— Зачем, милый, не надо. Мне так тихо и радостно с вами, а вы все не верите. Ну поцелуйте меня сами.

Гущин взял ее руку и поцеловал. И тогда Наташа поцеловала у него руку и сказала со страшной простотой:

— Раздевайтесь, ложитесь, я сейчас приду. Счастья не было — забвение, провал, сладкая смерть.

А когда Гущин очнулся, Наташа лежала на его руке с закрытыми глазами, и не было слышно ее дыхания. Испуганный, Гущин приложил ухо к ее груди, сердце в ней билось сильно и мерно, только очень тихо.

Луна почти влезла в окно и мощно заливала комнату, наделив все в ней находящееся дневной отчетливостью. С большой фотографии, висевшей на стене, в изножье тахты, прямо в лицо Гущину устремил твердый светлый взгляд молодой человек лет двадцати пяти. Гущин отвернулся, но с туалетного столика на него уставились те же твердые крупные глаза. Гущин отвел взгляд к стене, но и там висели фотографии того же молодого человека: на иных он был старше, на иных моложе, а на одной — ребенком, большеглазым мальчиком с высоким лбом и неочерченными, мягкими губами. И эта фотография добила Гущина. Конечно, у Наташи были увлечения, влюбленности, но как же надо быть задетой, раненной человеком, чтобы увешать всю комнату его фотографиями, обречь себя на его вечное присутствие. Ведь если чувство ушло, то тяжело, докучно постоянно натыкаться на нелюбимые черты. Значит, Наташа и сейчас любит этого молодого человека с твердыми светлыми глазами? Тогда случившееся между ними — воровство. У настоящей любви воровство. Уйти? А что подумает Наташа? Окончательно уверится, что имела дело со старым авантюристом. Оставить ей записку? Да разве выскажешь все это в записке? Гущин поднялся и, сам не зная, что он сейчас сделает, протянул руку к большой фотографии, висевшей напротив.

— Не трогать! — раздался незнакомый звенящий голос Наташи. — Не смейте прикасаться к портрету отца!

Отца?.. Этот мальчик — отец Наташи? Что ж тут удивительного — погибший на фронте отец Наташи мог быть даже моложе, чем его дочь сейчас.

— Боже мой! — сказал Гущин. — А я-то мучаюсь! Простите меня, Наташа, я, кажется, правда хотел его убрать.

Напряжение покинуло Наташино лицо. Она потянулась к Гущину и уже знакомым сильным движением обняла за шею. В сумятице радости и смертельной жалости к Наташе и ее отцу-мальчику, так и не узнавшему, что он оставил на земле, Гущин вдруг расстался со всем, что ему мешало, сковывало, делало нищим.

Когда уже на рассвете они разомкнули объятия, Наташа сказала слабым от счастья голосом:

— Я сразу вас полюбила... Как увидела... Вы замечательный, вы чудо, вы Кваренги!..

Уезжал Гущин поздно вечером. У Наташи были съемки, и он весь день один прослонялся по городу в каком-то сладком полусне, не замечая окружающего и любимых зданий, ибо даже Кваренгиева гармония не могла ничего прибавить к переполнявшей его радости. Эта радость помешала ему испытать боль при расставании на перроне — непостижимым образом Наташа сумела его проводить. Только потом он сообразил, что она, вероятно, долго дежурила на вокзале, выжидая тот захудалый поезд, на который он обменял «Красную стрелу». Лишь когда платформа побежала назад, а Наташа вперед, обратив к ускользающему вагону странно отрешенное и деловое лицо, Гущина на миг пронизало догадкой о чужой боли, но тут поезд ускорил ход, Наташа исчезла, и радость вновь вернулась к Гущину.

Не зная, во что воплотить эту ликующую радость, он стал помогать пассажирам пристраивать чемоданы и баулы на багажную полку. Он с такой готовностью кидался на помощь, что пожилая дама, видимо знавшая лучшие дни, сказала, неуверенно теребя сумочку:

— Сколько с меня, голубчик?

Гущин расхохотался и подставил плечо под корзину, вырывавшуюся из слабых рук молодой беременной женщины.

А затем он забрался на вторую полку, положил под голову портфель, мягкий, складной — отличная подушка, — и мгновенно перенесся в комнату на улице Ракова, налитую луной, как солнцем, и смело встретил твердый светлый взгляд убитого на войне юноши.

Он проснулся в Малой Вишере, разбуженный затянувшейся тишиной стоянки. За окнами тускнели станционные огни, платформа находилась с другой стороны, а по его руку поблескивали влажные рельсы, бродили железнодорожные служащие, что-то печально выстукивая в поездных колесах, двигался сам по себе одинокий товарный вагон, у водокачки понуро мочился старик с заплечным мешком, и вся эта безнадежно отдельная, равнодушная к его душе жизнь обрушилась на Гущина щемящей тоской. Он заворочался на своей полке, хотел спрыгнуть вниз, но тут поезд дернулся, его опрокинуло навзничь, в бездонную яму сна, и он опять оказался в Наташиной комнате...

Гущин не любил Каланчевскую площадь. Ее вокзалы обещали дальний путь в три стороны света: на север, восток и юг — до последних пределов страны. И люди садились в поезда и ехали к Тихому океану и Белому морю, на берега Арагвы и Куры, а Гущин никуда не ездил. Его мучила эта возможность дальних странствий, пропадающая для него втуне не столько по недостатку времени и средств — при желании и то и другое можно было найти, — сколько из душевной вялости, неумения сломать каждодневность, отпустить семейную лямку. Он чувствовал себя виноватым перед вокзалами — московский муравей, не рискующий выползти из магического круга, очерченного рутиной. Но сегодня он без стыда и виновности вышел на площадь. Он съездил вроде бы не за тридевять земель, но, быть может, в самое дальнее путешествие. И, поухватистее взяв за ручку свой малый багаж, Гущин деловито замешался в толпу других путешественников.

Он жил у Красных ворот и не стал спускаться в метро ради одной остановки. Пройдя под железнодорожным мостом, он увидел гигантский, во весь брандмауэр шестиэтажного дома, рекламный стенд Музея изобразительных искусств с силуэтом конной статуи кондотьера Коллеони.

Он очень любил эту скульптуру Верроккьо. Коллеони глядит на мир, вернее, поверх мира, через левое плечо, забранное латами, его изборожденное морщинами лицо исполнено несокрушимой, безудержной воли. Могучий конь кондотьера был под стать хозяину, он словно ступал по телам павших. Гущин видел в этой скульптуре бессознательное разоблачение не пробужденной временем к сомнению и милосердию средневековой души. Он с привычным удовольствием глянул на обесцвеченный солнцем и дождями бледно-зеленый силуэт грозного всадника и вдруг понял, что все кончилось — его ленинградскому переживанию подведен итог. Музей изобразительных искусств был так же неотделим от Москвы, как Эрмитаж от Ленинграда. Он мог обманывать себя на Каланчевской площади, она еще не была Москвой, скорее продолжением Невского, дорога длиною в сон возвращала к покинутому, но здесь его уже без дураков заполонила Москва, отсюда уже не выбраться, — и дом был рядом, и то чуждое, страшное, что почему-то называлось семьей. Гущин остановился, прижав руку к груди, тяжкое копыто чудовищного коня наступило ему на сердце. Он стоял, сжав веки, почти не дыша, а страшный всадник, обдав его несчастьем, как грязью, продолжал свой путь...

Странно жил теперь Гущин, еще страннее, чем прежде. Внешне все оставалось неизменным: он ходил на службу, по вечерам в одиночестве листал книжки о старом Петербурге, но делал все это без души и смысла. Он равнодушно глядел на прекрасные фотографии прекрасных зданий — они уже не приносили утоления. Неотступно, жестко с пожелтевших страниц всплывало Наташино лицо. Оно проступало с листов ватмана и кальки, колыхалось перед Гущиным в сизом дыму совещаний, преследовало его на улицах, в метро. Эта девушка была беспощадна, как Коллеони, она шла к нему напролом сквозь сон и явь, сквозь уличную толпу и деловые разговоры, от нее не было спасения.

В Ленинграде он дал себе слово купить летний костюм, хорошую рубашку и галстук, но Наташа приказала остаться в прежнем обличье, хранящем прикосновения ее рук и взгляда. По той же причине он не расстался со своим ужасным портфелем — неизменным третьим при них. Стояла жара, он задыхался в тяжелом костюме и пасторском воротничке, превратившемся от ежедневных стирок в удавку.

Наташа не давала ему спуску. Все вокруг лишалось своей первозданности, все становилось отражением Наташи, виделось через нее, ощущалось через нее, это утомляло и обессиливало Гущина. Он просил: «Оставь меня! Раз уж тебя нет, так не будь совсем!» Но это не помогало.

Он возвращался пешком с работы и на Чистых прудах остановился взглянуть, как дети кормят пшеном и подсолнухами птиц. Среди московских старожилов-воробьев попадались незнакомые Гущину красивые острохвостые птички с шоколадной спинкой и опаловым брюшком. Но вот, вспугнув всю птичью мелочь, на траву упруго и сильно опустилась большая птица, измазавшая о закат свое серое оперение. Не розовая, розовеющая птица принесла на каждом крыле по клочку небесной синевы. Она повела круглым, с золотым райком глазом и принялась резко, властно склевывать зерно, прекрасная, дикая и неестественная гостья в каменном мешке города. «Сойка!» — потрясенно заговорили дети. Но Гущин не поддался обману, он-то видел это единственное золото вокруг зрачка, этот сплав нежности и силы. «Наташа! — шептал он птице. — Зачем ты прилетела? Тут тебе опасно, Наташа!..»

Все же он ничем не выдал себя жене и не мог взять в толк, отчего она сказала ему однажды с веселой угрозой:

— Ну, признавайся, что натворил?

— Похоже на меня... — вяло отозвался Гущин.

— Старого воробья на мякине не проведешь, — сказала она озабоченно и с проницательностью грешного человека. — Ты влюбился!

Наверное, лишь потому, что это слово в устах жены звучало оскорбительно, Гущин не подтвердил ее догадки.

Теперь он то и дело ловил на себе ее подозрительный, изучающий взгляд. «Не хватало еще, чтобы она начала ревновать меня, — устало думал он. — Видимо, мне суждено пройти все круги семейного ада». Но она не ревновала, только приглядывалась к нему, и в ее поблекших, некогда изумрудных, а теперь цвета бутылочного стекла глазах вовсе не было дурного чувства, скорее — доброжелательное любопытство. Она словно пыталась найти что-то в Гущине, пробудить свою память о нем, но это ей не удавалось, смущая и тревожа душу. Ее назойливый пригляд мешал Гущину. Ему казалось, она проникает в последнее его убежище — в мысли. И в довершение всего она вдруг перестала уходить по вечерам из дому.

Ноша становилась ему не под силу. И когда Наташа вселилась во всех людей, животных и птиц, стала всеми окружающими его предметами, когда каждое его прикосновение к живой или мертвой материи стало прикосновением к ее жаркой и легкой плоти, не из бедной решимости, из отчаяния он послал ей телеграмму: «Требуются ли еще седые человеческие волосы?» Ответ пришел, на удивление, быстро: «Да, да, да, срочно». В троекратно повторенном «да» проглянуло Гущину — и она тоскует. Его потрясло, что он тоже может быть для кого-то источником боли. За все эти мучительные дни ему ни разу не пришло на ум, что и Наташе плохо, что и она страдает, ему казалось — она должна воспринимать свое существование как беспрерывное счастье, ведь это так прекрасно и радостно быть ею!

Но теперь, узнав правду, он стал сильным.

Как все становится просто, когда принято решение! На службе сразу и во всем пошли ему навстречу, словно там давно уже ждали, что Гущину придется круто переменить судьбу. И жена не чинила ему препятствий, благодарно приняв все его условия. Она лишь сказала с каким-то нелепым торжеством:

— Видишь, я сразу угадала, откуда ветер дует! Как важно человеку хоть в чем-то быть правым!

А затем суетливо и бестолково принялась собирать Гущина, словно на войну: стирать и гладить его белье, рубашки, что-то штопать, подшивать. Гущину неприятно было видеть ее ссутулившуюся в нежданной и ненужной заботе спину.

Еще проще отнеслась к его уходу дочь.

— Отец нас оставляет, — сказала ей мать.

— Давно пора, — последовал спокойный и благожелательный ответ.

Гущин читал, что Карл Брюллов, покидая навсегда николаевскую Россию, скинул на границе всю одежду и голый перешел в новую жизнь, ему не хотелось переносить с собой даже пыли, даже запаха страны, не ставшей ему родиной. Гущиным владело сходное чувство. Сдав в скупку свой старый, но еще крепкий костюм, он купил себе летние брюки, шерстяную рубашку и сандалеты.

— Какой ты еще молодой! — удивленно сказала жена.

Он покидал дом налегке, все его было при нем — в карманах: документы, билет на самолет, расческа и бритва. Он раз и навсегда порывал со всем своим прежним бытием: с людьми, не захотевшими стать ему близкими, с холодной, всегда пустынной квартирой, населенной равнодушными вещами, с бедной одеждой, которую носил на своем теле, даже с немногими любимыми книгами и вечным спутником — истершимся до лепестковой толщины портфелем.

Он вышел на раннюю, только что рассветшую, влажную от полива улицу и поразился ее пустынной гулкости, жаркой свежести и спокойной готовности привести его к счастью. Он чувствовал себя бегуном, с полным запасом сил вышедшим на финишную прямую: уже ничто не отделяет его от победы. Ладная, почти не ощутимая одежда усиливала ощущение легкости. Да, жена была права: он сохранил молодость, не измочалил себя о малые соблазны жизни; его выдерживали на холоде, и сейчас, таяв, он оказался свежим и бодрым.

Боже мой, через каких-нибудь два часа он будет с Наташей! И в приданое получит весь Ленинград. Он с такой нежностью подумал о Ленинграде, словно это Наташа специально для него построила город, перекинула мосты через Неву и Фонтанку, поставила Ростральные колонны, обнесла решеткой каждый парк, перебросила арки там, где дома мешали прорыву улиц к площадям. Тщательно, кропотливо, широко и нежно создала она тот несравненный город, который отныне и навсегда станет городом их любви. Да будет благословенна щедрость жизни, дарующей ему любимую в такой оправе!

С угла он обернулся на дом, где было похоронено столько его дней и ночей. Далеко высунувшись из окна, жена смотрела ему вслед. В странном, неестественном приближении он увидел ее набрякшее лицо с расширенными порами, погасшие бутылочные глаза в морщинистых веках, никому не нужное, беззащитное лицо рано постаревшей женщины. Она глядела на него с жадным, растерянным любопытством, без злобы, без зависти, как на что-то недостижимое, и хотя сверху, но казалось — снизу, взглядом поверженного всадника, сбитой выстрелом птицы. Он хотел махнуть ей прощально рукой, но вдруг издал горлом какой-то странный глотательный звук и повернул назад.

1974

ЛУННЫЙ СВЕТ

Рассказ

Он появился в моем подмосковном жилье ноябрьским звонким полднем, когда внезапный мороз сковал крепким ледком лужи, схватил и ожесточил слабый, плавкий иней на хвое, пустил длинную ледяную слезу по каждой березовой и осиновой веточке, по каждому прутику вербы и краснотала и сделал хлюпкий, квелый, чавкающий мир сопливой осени сухим, стеклянно-чистым и звонким. Хотелось верить, что это уже зима: затянется простор искрящейся пеленой, поникнут отяжеленные снегом сосновые и еловые лапы, воцарится особая снежная остужная тишина — и душу настигнет тот благостный покой, что дарится нам лишь с наступлением на земле царства Корочунова.

Тут вот он и возник неумолимым посланцем мировой суеты, которой нет дела до нежной дремлющей благодати, — румяный, крепенький, круглолицый, в куртке из кожзаменителя, толстой вязки свитере, хорошо выношенных джинсах и высоких зашнурованных ботинках. Оказывается, мы договорились о встрече еще на той неделе, и он минута в минуту прибыл сюда из Москвы, хоть добирался на трех видах транспорта: метро, автобусе и своих двоих. Это напомнило мне о правилах гостеприимства, я помог гостю раздеться, усадил за стол поближе к печке и стал поить горячим чаем. Одет он был по вчерашней погоде, похоже, порядком окоченел. А я думал с тоской, что договаривались мы слякотным, черным, тяжелым днем поздней осени, когда безразлично, чем заниматься, лишь бы скорее пропустить мимо себя давящую осеннюю хмарь, а сейчас на земле — рай: вверху сине и прозрачно, внизу льдисто и сияюще, и, боже святый, как не хочется говорить о досуге, которого у меня никогда не бывает, к тому же не просто трепать языком — это еще куда ни шло, — а «рассмотреть вопрос с философских позиций».

Мой юный гость был философом и собирал материал для кандидатской диссертации, посвященной проблеме досуга современного человека. Он уже беседовал со многими людьми самых разных профессий и вот решил узнать мои соображения по интересующей его теме. Это было лестно, но беда заключалась в том, что я никогда не думал о досуге и даже не очень представляю, что это такое. Я всегда занят, мне каждый день не хватает двух-трех часов. Видимо, такова судьба писателя, пишущего «малую прозу», — слишком много сопутствующей суеты, съедающей время. Если же под досугом подразумевать отпуск, то тут и подавно нечего сказать. Отпуска у меня не бывает, я его себе не даю. Но иногда езжу в санаторий, где лечусь и работаю. Нигде так хорошо не работается, как в санатории. Раз в жизни, убежденный врачами, что надо дать полный отдых мозгу и нервам, я не взял с собой никакой работы, и тут же в голову полезли мысли о смерти. Неотвязные. Изнуряющие. Костлявая уселась мне на грудь, как андерсеновскому императору в сказке о соловье. Вконец измучившись, я сел писать рассказ, и смерть отлетела быстрее, чем при звуке соловьиного голоса, пробудившего в ней сладкую тоску по сырому, тенистому кладбищу — ее обители.

Я решил честно объяснить моему ученому собеседнику, как обстоит у меня с досугом. Он аппетитно пил чай с сухарями, грея красные, намерзшие пальцы о горячий стакан. Мне тяжело было его разочаровывать. Он спокойно и терпеливо выслушал мой лепет, допил чай и отодвинул стакан. Видимо, он уже привык к мозговой лености своих собеседников, и это его не обескуражило.

— Вам только кажется, будто вы ничего не знаете о досуге. Мой недавний звонок наверняка дал толчок вашей мысли. Вот и скажите об этом.

Мне вспомнился потерянный шелест едва пробивающего пространство невразумительного телефонного разговора, и я заговорил как под действием гипноза:

— Пушкин высоко ценил досуг. Он называл его пленительной ленью, блаженной ленью и ленью просто. Он считал, что именно в минуты такого вот созерцательного ничегонеделания, полной душевной свободы и происходит постижение мира, рождаются поэтические образы. В житейской суете ничего не создашь.

— Ну вот видите! — добро улыбнулся он. — Значит, по-вашему, Пушкин был за активный отдых?

— В каком смысле? Активный отдых — это, кажется, спорт, рыбалка, охота, туризм. Пушкин имел в виду что-то другое.

— Активный отдых надо понимать шире. Не то, что человек должен обязательно что-то делать, но он должен что-то приобретать, духовно обогащаться...

Так незаметно завязалась беседа. У меня ум, совершенно неспособный к обобщениям; я могу постигнуть данность, частность, хотя мне легче что-либо представить, чем уловить мыслью, но вот соотнести данное явление с другими, порой весьма далекими, найти таинственные связи, распространить сделанные выводы, накрыть ими большую группу разнородных фактов я органически неспособен. Этим завидным качеством обладал мой гость, у него действительно был философский ум, охватистый, цепкий, мускулистый. Меня поражало, с какой легкостью он обнаруживает в частном общее, находит четкий рисунок в хаотической мозаике бытия. В совершенстве владея языком современной науки, он мгновенно облекал в чеканные формулировки мою бедную невнятицу. Порой мне начинало казаться, что я ему вовсе не нужен, что это просто визит вежливости. Нет, конечно, его интересовали частности, конкретные наблюдения, и он искренне радовался, что им тут же находится место в его стройной конструкции. Он добросовестно проверял себя материалом чужого опыта.

Наше долгое сидение прерывалось сперва на обед — как хорошо, вкусно и бережно он ел, под конец собрал указательным пальцем крошки со скатерти и отправил в рот, — потом чаем с сотовым медом, о котором он сказал, что это настоящий цветочный мед, а не сахарный, который часто всучают на рынке.

Когда же мы наконец отговорились, впору было зажигать электрический свет — короткий ноябрьский денек успел отгореть.

Молодой человек собрал свои записки, я помог ему натянуть на толстый свитер курточку и вдруг почувствовал, что ему не хочется уходить, а мне жалко расставаться с ним.

— Давайте посошок на дорожку? — предложил я.

— Спасибо. — Он слегка покраснел. — Не употребляю совсем.

— Ну а чайку горячего?

— Всегда с удовольствием!

Мы вернулись к печке и снова принялись чаевничать. Меня интересовало, давно ли он увлекся темой досуга и касался ли ее в своей дипломной работе.

— Нет, диплом у меня был другой. Прямой наводкой — по идеализму! — сказал он со своей доброй румяной улыбкой.

— А более конкретно?

— Боюсь, это вам ничего не скажет. Работа была направлена против мистической чепухи господина Сведенборга.

— Сведенборг? Шведский мистик и теософ восемнадцатого века? Сидя в Стокгольме, знал, что Копенгаген горит? — вытащил я со свалки памяти.

— Он самый!

— Но разве с его бреднями не покончено?

— Покончено. Да ведь знаете, как в философии? Проходит время — и вдруг кто-то извлекает из чулана забытый хлам, подчищает, подновляет, снабжает современной терминологией и пускает в оборот. К Сведенборгу я еще вернусь, вот только разделаюсь с диссертацией.

— А когда защита?

— Теперь уже скоро. Я ведь пятый год с ней вожусь. Не повезло мне крепко — в аспирантуру не попал. Хотели в Тамбов распределить, я сам из тех мест, но терять Москву, библиотеку, профессоров — это ж полный зарез. Пошел учителем в сельскую школу — не препятствовали. Луховицкий район, может, слышали? Самый дальний угол Московской области. Глухомань — не скажешь, но глубинка в полном смысле. Там я преподавал и диссертацией занимался. А как воскресенье — в Москву, на весь день в Ленинку.

— Трудно было?

— Терпимо... Эх, дорогой товарищ писатель, — сказал он с внезапной горечью, — как иной раз жизнь человека бьет!.. Меня там так припекло, не всякому и расскажешь. Хорошо, сердце здоровое — выдержало.

Конечно, я был заинтригован, но, боясь его спугнуть и вместе с тем чувствуя, что ему хочется поделиться пережитым, промолчал. И правильно сделал, он заговорил сам — какой-то другой речью:

— Школа-десятилетка, куда я устроился, стояла наособь между несколькими мелкими деревеньками, чтобы никому обидно не было. И вышло так, что поселился я в самой дальней деревне, мне до работы восемь километров и столько же обратно. Да ведь ребятишки ходят, а я чем хуже? Конечно, зимой, когда рано темнеет и волк завоет, не больно уютно, но терплю. Ближе не приткнуться было, живут все многосемейно, в иную избенку до десяти человек набьется, а мне работать надо. Я же устроился хоть далеко, да просторно и удобно: в большой пятистенке я и бабка. Она всегда в кухне, там и спит за печью на лежанке, а мне вся горница. Я столик себе поставил, книги разложил, лампу настольную приобрел: только работай. И с питанием порядок: даю бабке рубль в день, она щей наварит, пшенку молочную такую в печи запарит — с пальцами съешь, и всегда у нее огурчики соленые, капустка квашеная, груздочки, рыжички сырого посола, а летом всякая огородная овощь, ягоды. Замечательно жили. Но старуха была какая-то странная. Знаете, в каждом крестьянском доме обязательно рама с фотографиями на стене, дети, родня, а у моей старухи ни одной карточки. Неужто у нее никого не было — ни мужа, ни детей, ни братьев-сестер? Я раз спросил ее об этом, хотя ответа, признаться, не ждал. Она и вообще молчуньей породы, бывало, за весь день слова не обронит: звякнет чашкой — значит, самовар поспел, брякнет чугунок на стол — обедать пора, а коли пустое ведро ногой ткнет — надо за водой идти. Я думал вначале, что она сильно верующая, но хоть образа в красном углу висят, ни лампадки, ни свечи она не теплит, в церковь сроду но собралась, решил — раскольница или хлыстовка — в общем, из сектантов. Но она никаких обрядов не справляет, братцы и сестрицы по вере к ней не ходят, собаками не брезгует, щенка держит, раз я закурил для интереса — дыма не боится. Но ответ я от нее получил чин чином, хоть едва слова цедила: старик ее помер еще до войны, дочь, уже сама старая, на Дальнем Востоке живет, если тоже не померла. Она туда с мужем-военным еще в тридцать четвертом уехала. Последнее письмо после войны прислала. Родня давно вся убралась, вот и живет одна. Раньше в больнице уборщицей работала, сейчас на пенсии. Неинтересная какая-то выходила ее жизнь, не теплая. И не зналась она ни с кем. Сколько я у нее прожил, не помню, чтобы кто зашел, кроме почтальона с пенсией и пастуха за харчами. Меня еще удивляло, что пастух не столуется у нее, как положено, а берет по-армейски сухим пайком. Но мне-то что до этого, мы жили душа в душу. Она мне не мешала, я ей тоже. И отчего во мне беспокойство завелось, до сих пор не приму. Стал я плохо спать, вернее, засыпал с трудом. Ворочаюсь, ворочаюсь, все уладиться не могу, и мысли какие-то незаконченные, оборванные в голове мечутся. Под одеялом жарко, пот прошибает, а скину — зуб об зуб бьется, и ведь тепло в избе, бабка каждый день печь топит, а на дворе май. Вроде бы не то что под простыней — голышом спать можно, а чуть раскроюсь — трясет. Неладное со мной происходит: то палит изнутри, то ледяной остудой прохватывает. И вот в очередную бессонницу метался я, как бес перед заутреней, и вдруг будто в бок толкнуло, я шасть к краю кровати, и тут же на подушку что-то грохнулось. Гляжу — лампада. Была она на массивном, с цепями, серебряном подвесе, кончавшемся острым шипом. И подушку распороло как раз в том месте, где мой лоб находился. Не увернись — верная смерть.

И тут я замечаю, что в горнице светло как днем: огромная полная луна в избу ломится. Сроду я так близко луны не видал, красиво и чего-то жутко. Лежу и думаю: случайно или не случайно лампада грохнулась, и если не случайно, то какая кому корысть в моей смерти? Что с меня возьмешь: штаны, да рубашку, да старый дождевик. А с другой стороны, нешто постояльца под образа кладут? Это только покойников, живых — ни в коем разе. Значит, с умыслом сделано. И как я сразу не сообразил: может, все мое беспокойство с того и шло, что не лежалось мне в красном углу под тяжелым светильником.

Надо, думаю, старуху попытать. Только она отопрется, скажет, что я сам во сне лампаду сорвал. И все-таки обязан я ее спросить, а то, не ровен час, она приладит лампаду на старое место, глядишь, в другой раз стукнет без промаха. Нет, надо ее разбудить, спросонок она скорее расколется. Но будить мне ее не пришлось: слышу — завозилась в своем углу, встала. Небось на двор захотела. Ладно, подожду, когда вернется. Но входная дверь молчит, и все в избе молчит, как умерло, и ходики не тикают, и сверчок затаился. А старуха как поднялась с лежака, так дальше не пошла. В деревне ночной посуды нет в заводе, окаренок — я бы услышал. Чего-то там задумала. Осторожно спустил ноги с кровати, на носках пересек горницу и за печь стал. Маленько дух перевел, выглянул и, поверьте, чуть сознания не лишился: старуха в длинной белой рубахе, с закрытыми глазами по лунному лучу плыла. Вернее сказать, не совсем плыла, а чуть-чуть босыми ногами перебирала, сучила и легкую лунную пыль подымала — клубилась у нее под ступнями. А половиц не касалась. Меня аж выбросило из-за печи. «Ты чего?» — не сказал — выдохнул. И слышу, как ее ноги легонько об пол стукнулись. Луч сразу из-под них выскользнул и по подолу рубахи растекся. Она не ответила, глаз не открыла, медленно, плавно повернулась, прошла к лежаку и села. Я — за ней: «Ты чего, бабка?» — «Ничего. А ты чего?» И голос у нее обычный, негромкий, ворчливо-сиплый, дневной, только какой-то далекий, и глаза по-прежнему пленками век затянуты. «Ты чего бродишь?» — «А ты чего?» — эхом из дали отзывается. «Меня чуть до смерти лампада не убила!» — «Будя городить-то!» — сказала как-то равнодушно, повалилась на постель и сразу засопела. И почему-то я решил, что лампада на своем месте висит. Бросился туда — ничего подобного, на подушке, где и была... Ну что вы на это скажете?

— А что тут можно сказать? Лампада упала, потому что упала, а старуха просто луначичка. Не такое уж редкое явление.

48

— И я тем же себя успокаивал, чтобы ночь дотерпеть. Но в деревне не остался. И конец учебного года в школе на столах ночевал. А после за Москву уцепился. Вот какие бывают происшествия. Что там Сведенборг! — Он поднялся, тщательно застегнул курточку. — Пора. Уже поздно, а мне еще до автобуса топать. — В дверях обернулся и спросил серьезным, глубоким голосом: — У вас тут не балуют?

— Господь с вами! Кому баловать-то? Три четверти дач заколочено, в поселке несколько еле живых классиков да пяток старух домработниц — дачи сторожат.

— Старух? — повторил он многозначительно.

Я не понял. Резким движением он распахнул дверь. Сад был залит пронзительным, серебристо-зеленоватым, хрустальным светом. И совсем близко над верхушками голых берез и островершками елей стояла в мглистом мерцании ореола большая чистая луна — совершенный круг. Я и забыл, что сейчас полнолуние. Над ней и под ней в ее свете слоисто сдвигались облака, по облакам проскальзывали легкие, как дым, тучки. Но ни плотные облака, ни этот дымок не посягали на широкую круглую промоину, выгаданную луной в загроможденном небе, чтобы оттуда беспрепятственно изливать на землю свой колдовской свет. Только теперь дошло до меня, что стояло за тревожным вопросом: не балуют? Не лихого человека, не лесного разбойника, не татя боялся этот крепкий юноша, вполне способный постоять за себя в державе земного притяжения.

— Не слышно вроде. — Ответить более твердо и определенно, когда сад, и дом, и вся окрестность, и собственная душа залиты этим завораживающим светом, я не мог.

— Вот то-то и оно, — понурил он лобастую голову.

— Давайте я вас провожу.

— Мне, право, неловко... — пробормотал он, явно обрадованный предложением.

— Я все-таки местный, — добавил я, словно это что-то значило в магическом круге лунных сил.

— Хотя бы до кладбища, — сказал он и первый ступил с крыльца в лунный поток.

Меня поразила его наблюдательность. Наша окрестность, еще недавно малонаселенная, не имела кладбища, старого деревенского погоста, средоточия тайн, ужасов и поэзии, с покосившимися крестами, рухнувшими и расколовшимися надгробиями, повитыми травами, в которых скрывается невероятно крупная и сладкая земляника, — и как угадал он с дороги малый островок в глубине пустого пространства, где, проредив бузинную и ракитовую заросль, жители недавно возникшего поселка строителей похоронили своих первых умерших. Там не было ни ограды, ни крестов — всего лишь несколько фанерных цоколков со звездочкой на могилах ветеранов войны да ничем не помеченный бугор над младенцем, так и не открывшим миру взора. Заметить этот островок в незнакомой местности и угадать его назначение могла лишь очень пристальная к опасности душа.

И мы пошли, и лунный свет стелился нам под ноги и словно отделял от земли, и даже какая-то невесомость открылась в теле, и странно заструился воздух мимо висков, и пропал тонкий хруст ледка под ногами. Бесшумно плыли мы по лунной реке...

1973

ГДЕ-ТО ВОЗЛЕ КОНСЕРВАТОРИИ

Повесть

В первый раз Петров поехал туда на машине «ГАЗ-69». На этом воинском вездеходе разрешается только проезжать через Москву, а не ездить по городу. Петров так всегда и делал, пользуясь машиной для рыбалки, охоты, загородных вылазок, путешествий по стране, в Москве же довольствовался общественным транспортом.

Милиционеры с поразительной чуткостью угадывали — держишь ли ты путь к далекой загородной цели или нахально раскатываешь на «козле» по столице. В последнем случае полосатый жезл решительно преграждал путь. И Петров, не выносивший наставлений и выговоров, почти никогда не нарушал правила. Так какого же черта погнал он «козла» в забытый переулок на задах консерватории? Он задавал себе этот вопрос, когда, попетляв по Кисловским и соседним переулкам, засыпался-таки при выезде на улицу Герцена. И хотя он поторопился заверить пожилого орудовца, что сам все знает, что его подвел не явившийся на условленное место друг-рыболов, ему пришлось показывать зачем-то права и технический талон, выслушивать долгие назидания, словно был он не почтенным доктором наук, а нашкодившим уличным мальчишкой.

Так чего же он добивался, когда вывел из холодного железного гаража своего застоявшегося, настывшего «козла» и, с трудом раскочегарив, отправился искать забытый дом в забытом переулке? Несложный анализ объяснял все: он хотел нарваться на досадную неприятность и тем отбить у себя охоту к дальнейшим путешествиям в прошлое. Петров не помнил адреса, но, явись он сюда пешеходом, с присущей ему добросовестностью стал бы расспрашивать прохожих, смущаясь их холодных, недоумевающих, а то и раздраженных лиц, злясь на себя, проклиная свою привычку во всем доходить до нуля и все более заходясь от бесплодных поисков, превращая малую неудачу в душевную муку, становясь всерьез несчастным, безнадежно и душно несчастным, каким он никогда не бывал до прихода старости. На машине же все сводилось к короткому витку вокруг неузнанного места.

Он признал себя старым, когда ему исполнилось пятьдесят лет, не потому, что вдруг ощутил груз прожитого — он чувствовал себя физически лучше, чем пять-шесть лет назад, — а потому, что верил в магический смысл рубежей — в семилетний цикл развития человеческого организма, в юбилейные даты, в круглые цифры. На исходе пятого десятка он ходил гоголем, был полон победительной энергии, в пятьдесят покорно расслабил мышцы и тот не имеющий названия сцеп, который держит личность в сборе. Про себя он определял это так: перестал бороться, вышел из игры, хотя он и раньше ни с кем не боролся и не участвовал ни в какой игре. Он просто и счастливо жил в своей профессии и в своих привычках.

Рано защитив докторскую диссертацию по археологии, Петров понял, что никакой он не исследователь — ему скучно раскапывать курганы, выискивая черепки разбитых кувшинов и другие жалостные следы давно минувшей жизни. То, о чем так сладостно было читать в детстве и отрочестве и чем так увлекательно было заниматься в дни коротких студенческих практик, оказалось в качестве единственного дела невыносимо нудным, изнурительным и вовсе не спортивным. Главное для археолога, если нет случайной и ошеломляющей удачи, — это маниакальная терпеливость, какой Петров вовсе не обладал. И он стал писать о тех, кто обладал не присущим ему качеством, а также о великих счастливцах вроде Шлимана — пусть тот открыл вовсе не Трою — или Картера, нашедшего гробницу Тутанхамона. Петров ездил в Луксор, в Долину царей, спускался по крутым ступенькам в прохладную тень гробницы, слушал увлекательно-лживые рассказы поджарых проводников и наслаждался потрясением Картера, вдруг узревшего сказочные богатства мальчика-фараона, ныне наполняющие громадный музей в Каире.

Он радостно, живо, иные критики писали даже — «вдохновенно», рассказал об этом в книге. А потом прошел по следам Шлимана и написал другую книгу, не уступавшую первой. С тех пор у него вышел десяток книг, имевших успех у читателей, их много раз переиздавали, переводили на иностранные языки. Эти книги писались из глубины науки, хотя и человеком слишком ленивым, чтобы самому сделать значительное открытие. Но если всерьез — дело не в лени, просто у него не было таланта исследователя, а был талант популяризатора. Ученые-археологи пренебрежительно называли его книги «беллетристикой», «чтивом». Он не понимал, что тут плохого, — ведь это означало доступность, занимательность, а такие книги для того и пишутся, чтобы привлечь к науке далеких от нее людей, в первую голову молодых. Впрочем, мнение бывших коллег мало его трогало, поскольку ученым их ранга он и сам мог быть, да не захотел. А те немногие богатыри, которые действительно двигали вперед науку, его книг не читали. Да они и вообще ничего не читали, кроме Сименона, Агаты Кристи и появившейся в недавнее время у французов серии «Сент-Антонио». Богатыри науки обычно владели хотя бы одним иностранным языком и не испытывали недостатка в подобной литературе.

Писать новую книгу всегда было для Петрова радостью, так же как и охотиться, рыбачить, путешествовать по старым русским городам, где пахнет историей и серьезным, не с ветру, бытом наших предков. А еще были романы — нечастые, но были, — а вот семьи, можно сказать, не было. Лет пять назад они с женой молча предоставили друг другу полную свободу, оставаясь под одной крышей и за общим столом. Им надоело притворяться, будто нужны один другому. Они с самого начала строили храм совместной жизни не на любви, а на трезвом житейском расчете — надо же человеку иметь семью. Они нравились друг другу, у них все хорошо получалось вдвоем, и они с энтузиазмом создали сына, выросшего в угрюмого, сосредоточенного в себе юношу, которому от родителей нужно было лишь одно: чтобы его оставили в покое. Была еще дочка, вступившая в самый неприятный для отца возраст, когда к неприкосновенному — и дышать-то на него боишься, — чистому, нежному, насквозь домашнему существу потянулись жадные, бесцеремонные руки волосатых, громких юнцов в срамно обтяжных джинсах, подчеркивающих кривизну ног и костистость зада. Сознанием Петров понимал естественность и неотвратимость происходящего и то, что оскорбляющие его одним своим видом молодые люди — неплохие ребята, которые будут строить завтрашний день науки, инженерии, искусства, литературы. Но не мог он ничего поделать с собой — дочь стала ему чужда и неприятна, и сама теперь избегала его, сблизившись, как никогда прежде, с матерью. Ну и ладно! Оказалось, что последние годы его отношения с женой держались не на душевной близости, не на постели, не на силе привычки, а только на детях. Птенцы вылетели из гнезда, пусть не в буквальном смысле, и опустевшая сорная ямка потеряла всякую привлекательность. Без мучительных и бесплодных объяснений они дали друг другу вольную. И — по чести — не злоупотребляли обретенной свободой. Порой Петров начинал сомневаться, есть ли у жены кто-то вне дома. Если и есть — она же не старуха и не святоша, — то человек этот в совершенстве владел эффектом отсутствия, был невидим, неслышим, неощутим ни в какое время суток, ни в какое время года. Но, возможно, это объяснялось тем, что наблюдательность Петрова спала.

При всем том для знакомых они оставались семьей чуть ли не образцовой. У них был открытый, хлебосольный дом и та легкая атмосфера, какая встречается разве что в пансионатах, но не в семейном быту: у хозяев — неизменная приветливость лиц, а в ясных глазах не истаивает только что сотрясавшая стены квартиры ссора или сцена ревности.

Про себя же Петров называл свой домашний образ жизни первобытным: он добывал пищу, она поддерживала огонь в очаге. Так спокойно и неудержимо катились они в старость...

Петров был из тех людей, которые не порывают со своим началом, для него прошлое было так же существенно и несомненно, как настоящее, и душевная жизнь неотделима от памяти, что не мешало ему с иронией относиться к писателям, превозносящим детские годы над всем последующим временем, словно взрослая жизнь — непомерно разросшаяся ботва на сладком клубне детства. И когда раз в году он приходил на традиционную встречу школьных друзей, их постаревшие, увядшие лица радовали его не тем, что будили память о школе в старинном, с колоннами и лепниной, барском доме, построенном чуть ли не Растрелли, о величественно-грустных Покровских казармах, о Яузе в крапивно-репейных берегах и дребезжавшей одновагонной «Аннушке», а чувством покоя и безопасности — тут можно было не бояться удара в спину, расслабиться, как спящая кошка. Конечно, и Покровские казармы, и Яуза, и школа в пронзительно голубой с белым хоромине, и шаткий трамвайный вагончик, без устали кольцующий Москву, имели прямое отношение к этому чувству, все так, но совершенно не обязательно беспрерывно аукаться с духами былого, — пожилые мальчики и девочки с Покровских ворот были хороши в своем нынешнем образе, все прочее оставалось в подтексте. Наверное, поэтому они никогда не говорили о школьных делишках, и пресловутое: «А помнишь?» — якобы непременный, трогательный выкрик всех ветеранов войны, школы или двора — здесь почти не звучало.

Но вдруг прошлое нанесло Петрову удар под ложечку. Оно всплыло в нем морозным февралем 1943 года, переулком где-то возле консерватории, странным, печальным, светлым вечером, когда чуть скособоченный убылью месяц висел меж темных аэростатов, демаскируя своим хрустальным светом засиненную маскировочными огнями Москву. Это была самая плохая пора в жизни Петрова, хуже фронта и госпиталя, хуже непереносимых ночей над постелью мечущегося в пунцовом жару ребенка. И он по мере сил старался не вспоминать о том времени, а если и вспоминал, то под успокоительную мелодию: все проходит, все проходит.

Так ли на самом деле? Все ли проходит, да и проходит ли что-нибудь? Даже физическая боль не минует бесследно. Иначе он не мог бы в свои пятьдесят так ненавидеть большой серый дом на улице Чернышевского, где в глубине темного, прокопченного двора жил зубной врач, у которого он единственный раз в жизни — семилетним — лечил зубы. Бормашина, в миг приготовившая гнездо для пломбы в мягком молочном клычке, навсегда наделила для него невыносимым ужасом этот ничем не примечательный уголок Москвы. А можно ли поверить, что бесследно проходит боль, навинтившая на свой бур всю душу под одуряющее зудение фальшиво-уклончивых слов? Да и вообще ничего не забывается, не проходит бесследно. Какие-то клетки умирают в тебе, их уже не восстановить, ты носишь в себе эти мертвые клетки, и они мешают живым своей исключенностью из единой игры организма, нарушают его режим.

Но он жил с этими воспоминаниями и последние годы даже не очень тяготился ими. И вдруг оказалось, что в невысокого пошиба муке, — а он понимал, хоть и лопух был, что его серьезная грустная роль обесценивалась дешевизной спектакля, в котором его заставили играть, — сверкнуло золотое зернышко, такое крошечное, невесомое, скромное, что он совсем забыл о нем на десятилетия, такое прочное, живучее и яркое, что свет его пробился в сумрак надвигающейся старости.

До той давней встречи в переулке возле консерватории он без малого год пролежал в госпитале, где ему укоротили размозженные пальцы на левой ноге, перед тем чуть не целый день провел на фронте, а до этого из него семь месяцев готовили командира взвода в пехотном училище, даром ухлопав средства и время на незадачливого младшего лейтенанта, умудрившегося попасть в инвалиды, ровным счетом ничем не отплатив за учение.

Надо сказать, задолго до того, как Матросов совершил свой смертный подвиг, неясный образ амбразуры, заткнутой человеческим телом ради победы, томил воображение Петрова. Для того-то и пошел он добровольцем на фронт, бросив на третьем курсе институт и женщину, которую любил больше всего на свете. Знал бы он, целуя на прощание любимую, ставшую под разлуку его женой, что героический порыв обернется бездарной неудачей! Но на войне все так же не просто, как и в мирной жизни. Ведь только когда втыкаешь флажки в карту, с усилием разгадывая ребусы Информбюро, создается иллюзия ясности: вот это фронт, а это тыл, здесь неприятель, здесь наши, здесь война, а здесь войны нет. На деле все куда сложнее. Прежде всего, добровольца Петрова война на целых семь месяцев увела в сонный волжский городок, где в старинных промозглых кирпичных казармах разместилось пехотное училище. Он отнюдь не стремился к офицерской карьере, он хотел на фронт, в бой, но ему холодно и твердо объяснили: государство не для того учило его в десятилетке, а потом еще два года в институте, чтоб посылать рядовым. Избыток образования встал между ним и подвигом. Кстати, не первый раз. Еще в июле он ушел на фронт с ополчением московских студентов. Они дошли до Вязьмы, сбив в кровь ноги в непомерных горных ботинках, которыми их экипировали, страдая животом от жидкой баланды и тяжелого горохового концентрата, — «кишечным маршем» назвал этот поход молодой, смешливый декан их факультета.

Под Вязьмой их нежданно настиг приказ — студентов вернуть для окончания учебы. Так и поплелись они вспять без выстрела, если не считать саморазрядившейся в руках одного из ополченцев учебной винтовки. Пуля поразила бедро — на военном языке зад называется бедром — веселого декана. Тогда Петров избрал самый простой, как ему казалось, путь: пошел в райвоенкомат. Его не взяли. В действие вступил приказ — студентам доучиваться, и с поразительной быстротой им вклеили в воинские билеты листки отсрочек. В конце концов сработала его настойчивость, подкрепленная убылью среднего командного состава. Ему сказали: пойдешь в школу лейтенантов — возьмем. Он согласился и уехал на Волгу, где изнурительная учеба чередовалась у будущих командиров с любовью к ласковым волжанкам, наскучившим одиночеством. Впрочем, Петров только грыз гранит военной науки, а время, остававшееся для любви, тратил на длинные письма жене.

В марте следующего года весь выпуск отправили на фронт. Лейтенантская учеба не поколебала наивных представлений Петрова о четкой, как на карте, линии фронта, разломившей пространство на войну и мир. Бесконечно долго добирались они до войны, сперва поездом, потом на грузовиках. Они миновали Москву и плацдармы осенне-зимних боев, миновали освобожденные города, оставили позади Новгород, просверкнувший в белесых лучах тусклой позолотой облупившихся крестов, и увидели тяжелое орудие и горстку бойцов возле него. Орудие изредка, но оглушительно стреляло, дергаясь стволом, и Петров решил, что это и есть война. Но орудие осталось позади, и опять пошли вполне мирные снежные поля, полуразрушенные, а то и нетронутые деревни, в них бабы, старики, ребятишки. Стелились под колеса изжеванные дороги, и обочь стыли трупы лошадей. И была большая, людная деревня, где слышалась гармонь, моталось множество всякого военного и гражданского населения, мелькали, зажав армейский ватник у горла, смазливые девчата-связистки, лихо тормозили у крылечек «виллисы», гремели разбитыми бортами грузовики, и вся эта озабоченная, шумная, густая жизнь, завертевшая командиров, бойцов, крестьян и миловидных девушек, называлась вторым эшелоном армии.

Их старшой куда-то отлучился, и Петров так намерзся в своей шинелишке — им не успели выдать зимнего обмундирования, а день был люто ветреный и морозный, — так устал и расклеился от тряски, что уже не пытался разобраться в окружающем. Ему хотелось одного: скорее добраться до той войны, где не лихачат на «виллисах», не играют на гармошках, не пялят глаз на тугие икры связисток, а сражаются с неприятелем.

И они опять ехали то быстрей, то медленней, и снова обочь дороги валялись трупы лошадей, искромсанные ножами по ребрам и грудине, и розвальни полозьями вверх. Навстречу им задышливо ползли газогенераторные машины с топками по обе стороны кабины, похожими на бачки-титаны. Теперь все чаще попадались разбитые орудия, мертвые танки и танкетки, штабеля минных ящиков, — много добра раскидала по дорогам война, а сама все отступала и отступала в глубину сухо-морозного простора. И была новая деревня, и новая долгая отлучка старшого, вернувшегося с буханками теплого хлеба, твердой, как камень, кровяной колбасой и чекушками холодеющего спирта. Здесь находился штаб дивизии, и кто-то из ребят сошел, остальные же поехали дальше, через посеченный снарядами, уродливый лес-инвалид, и дорога стала еще ухабистей, перепаханная снарядами, минами, гусеницами танков и тягачей. Они обгоняли крестьянские розвальни с пожилыми бойцами-ездовыми, и тогда пахло совсем не войной, а деревней — лошадью, соломой, сеном. И на каком-то печальном обнажении земли, напоминавшем татарское кладбище с торчащими в разные стороны каменюками (то были останки напрочь уничтоженного поселка), они вылезли из грузовика и пустились догонять войну пешим ходом.

От усталости, неразбавленного спирта, тупо сковавшего мозг, и теплого хлеба, тяжко легшего на желудок, Петров впал в какое-то муторное полузабытье. Смутно запомнился лишь сосняк, накаты блиндажей и командир в байковой рубашке и брюках с хвостами спущенных помочей, растирающий красную шею снегом. Кажется, этот командир и забрал оставшихся ребят, лишь Петров со старшим потащились дальше.

Полянка за полянкой, и лес, то густой, чистый, сохранившийся до последней ветки, то опять обглоданный снарядами калека. Из березового погорелья они вышли на край долины, пересеченный заснеженной рекой, низкие берега были помечены лозинами и сухим быльем. За рекой слева темнел лесок, весь остальной простор являл притуманенную пустоту, где не могло укрыться никакой войны. Отяжелевшим мозгом Петров решил, что они каким-то образом пронизали войну насквозь и вышли туда, где войны снова не было. А старшой вопреки очевидности говорит о каком-то бое, находящемся в самом разгаре, и называет наблюдательным пунктом блиндаж с окопчиком. И с устало-грустным чувством Петров подумал, что они все еще не добрались до настоящей войны. Даже голоса ее не было слышно, но, возможно, это объяснялось тем, что они вышли к войне с подветра.

Старшой отвел Петрова в полутемный блиндаж, где было людно и так накурено, что заслезились глаза, и сам исчез. Петров подождал его, подождал и, оглушенный криками связных, ослепленный дымом, выбрался наружу. В окопчике старшого не оказалось, видимо, он пошел отыскивать свою войну. Петров не то чтобы огорчился, но почувствовал себя еще более одиноким, хотя со старшим его не связывали ни дружба, ни приятельство. Тут в окопчик из блиндажа вышли двое — майор в романовском полушубке и старший политрук в солдатской шинели.

— Ты комсомолец? — спросил старший политрук Петрова.

— Да!.. Конечно.

— Будешь комсоргом полка. Временно, только на этот бой.

— Светлякова-то, вишь, убило, — пояснил майор, как стало ясно, командир полка.

Старший политрук колюче глянул на Петрова:

— Справишься?

— Нет, — ответил чистосердечно Петров, понятия не имевший об обязанностях комсорга полка.

— Во дает! — рассеянно восхитился командир полка и скрылся в блиндаже.

— А что я должен делать? — пробормотал Петров.

— Прежде всего личный пример... — строго начал старший политрук, но, знать, что-то непредвиденное случилось на этой скрытой от непосвященных войне, потому что, не договорив, он опрометью кинулся в блиндаж.

Но и сказанное им подбодрило Петрова. Он пытался стряхнуть с себя одурение, собраться для дела. Он тер себя по каменному животу и глотал слюну, чтоб изгнать жжение из пищевода, когда снова показался майор.

— Правду хин! — заорал он в никуда. — Опять пропал!.. Комсорг!.. — продолжал он на крике, хотя Петров находился в двух шагах. — Отнеси второму! — И сунул Петрову какую-то бумажку.

— Какому второму? — не понял Петров.

— Комбату-два Солончакову.

— А где сейчас товарищ Солончаков? — вежливо спросил Петров.

— В бою... Где же ему быть?.. — И командир полка снова скрылся.

По счастью, в окопе возник старшина с громадным термосом в руках.

— Где второй батальон? — обратился к нему Петров.

— Тама! — не задерживаясь, махнул на лесок старшина.

И Петров отправился в этот лесок через заснеженное, перепаханное снарядами поле, через реку, вдруг оскользавшую под ногой едва припорошенным ледком, и странное чувство опасности давило ему на плечи, холодило лоб, понуждало сжимать тело в комочек. Его наспех учили воевать, он не был готов даже к такому чепуховому испытанию, как держать себя в пространстве между НП полка и НП батальона, ведущего бой. Он умел шагать строевым, походным и торжественным шагом, мог построить взвод, занять оборону, решить несколько простых задач по тактике, но не знал, как ориентироваться на местности, распознавать вражеский огонь. У него было детское представление о переднем крае как о рубеже: здесь — наши, а там — противник. Но его тело чуяло невнятную опасность и само оберегало себя. Он не добрался еще до леска, а уже знал, что поле простреливается, воздух весь перечеркнут тихо поющими струнами. То ли противник вел прицельный огонь по нему, то ли, что вернее, держал в напряжении наш НП и коммуникации. Он пригибался, прядал за сугробы, передвигался бросками, почти так, как это делал бы бывалый солдат.

Он добрался до леска, где ему показали блиндаж Солончакова, озабоченного и сердитого капитана, коротко спросившего: «Кто такой?» «Комсорг полка!» — браво доложил Петров. «Ты вроде другим был», — заметил Солончаков, пробежал послание, скомкал в кулаке и яростно набросился на пожилого человека в грязнейшем маскхалате — даже непонятно было, как сумел он так измараться в окружающей белизне. В отборной брани несколько раз прозвучало слово «связь». Петрову неприятно было, что из-за него нагорело почтенному человеку в грязной холстине, но еще больше огорчило, что войны и здесь не оказалось. Он хотел сосредоточиться, разобраться в происходящем и найти в нем свое место, не случайное, а твердо задуманное, раз и навсегда выбранное — в направлении амбразуры, но это было куда как не просто. Прежде всего надо раздобыть карту, соображал он, и тут услышал: «Комсорг! Куда девался? На, отнеси Шишкину!»

Петров отправился в указанном направлении и вскоре почти попал в войну. Немцы накрыли лесок артиллерийским огнем. Петров лежал под громадным полувывороченным из земли сосновым пнем, а вокруг вздымались и рушились грязевые фонтаны, трещали сучья; валились со стоном деревья, и, пролежав минут десять, Петров решил, что это никогда не кончится и надо выполнять поручение. Он встал и, пригнувшись зачем-то, затрусил вперед, оступаясь, падая, натыкаясь на стволы, подгоняемый охлестами земли и снега. Но когда артобстрел кончился, он понял, что и это еще не война, ведь и тылы обстреливают, а война — это прямое ощущение противника, который вот он — перед тобой, и ты прорываешься сквозь все преграды, чтобы сломать ему горло.

Но когда он оказался лицом к лицу с войной, то совсем забыл о том, что надо делать. Это случилось ближе к вечеру. Его так упорно гоняли взад и вперед, что он уже начал немного разбираться в местности, угадывать звук летящей мины, слышать автоматные и пулеметные пули, бултыхание тяжелого снаряда, ничем не грозящее, — этот груз следовал в дальний рейс. Еще немного, и он разобрался бы в происходящем и сбросил крылатые сандалии Гермеса, доставшиеся ему явно по наследству от погибшего комсорга. Петрову вовсе не улыбалась роль сверхштатного связного, и он решил объясниться с комиссаром полка начистоту. Коль назначили комсоргом, так уж дайте им стать, только скажите, что надо сделать: выпустить боевой листок, произнести речь, принять кого-нибудь в комсомол?.. Он был готов на все: лишь бы пробраться на линию огня, а там он покажет силу личного примера. Решение было принято, и на душе полегчало. А физически он по-прежнему чувствовал себя худо: хлеб огромным, плотным комом отягощал желудок, изжога серной кислотой травила слизистую оболочку пищевода. Плевать! Главное — до настоящей войны добраться. Меж тем война уже несколько мгновений смотрела на него впритык голубыми, расширенными от ужаса глазами немецкого солдата.

Петров полз вперед под чиликающими минами и чуть не наскочил лоб в лоб на молоденького, лет девятнадцати, немчика, наверное, такого же лопуха, как и сам, тоже куда-то и зачем-то посланного и залегшего под минами в чужом лесу, тоже не знавшего местности и не натренированного на опасность, на встречу с противником, и, возможно, вовсе не труса, но обалдевшего до паралича от нежданной встречи. Все это Петров осмыслил после; тогда же, увидев перед собой бледное востроносое юношеское лицо под лобастой каской, он тоже остолбенел — не от страха, от какого-то совсем иного, сложного чувства: тут были и гадливость, острая телесная гадливость к чужой, враждебной, омерзительной субстанции, и почти слезная обида, что немец забрался так далеко, где ему быть вовсе не положено, и смутное отвращение к тому, чем может обернуться их встреча. Но разбираться в своих ощущениях он стал позже, и уже трудно было решить, что пережито на самом деле, а что додумалось после. Тогда же двое мальчишек, столкнувшихся в иссеченном минами лесу, не спуская друг с друга вытаращенных глаз, быстро-быстро заработали локтями и коленями и расползлись, как раки, задом, врозь. Петров остановился, лишь уткнувшись пятками в развилье сросшихся корнями сосен. Тогда он встал, уперся грудью о низкий, пружинистый сук, и его вырвало — всем теплым ржаным хлебом, кровяной колбасой, спиртом, голубоглазым немцем и самим собой. После этого ему стало чуть легче.

Ну, а что должен был он сделать? Убить этого хлипкого мальчишку, в каске, похожей на ночной горшок? Была какая-то неправда в столь естественном на войне поступке. Он был готов убивать немецких солдат, а не конкретного немца, в чьи глаза успел заглянуть, особенно такого молодого, востроносого и растерянного. Наверное, потом он сможет убить немца любого облика и возраста, но к этому надо прийти. А сейчас ему больше годится амбразура. И тут же испуганно подумал: а не исключает ли только что случившееся — жалкое и смехотворное — амбразуру? — и понял, что не только не исключает, но делает насущно необходимой. С этим он и направился на НП для решительного разговора с комиссаром полка. Разговор не состоялся — Петрова ранило. После госпитальные врачи авторитетно утверждали, что то был осколок артснаряда, обрезавший носок левого сапога. Из дыры торчала окровавленная, тоже ровно обрезанная портянка.

В госпиталях — сперва полевом, потом тыловом — с ним возились до тех пор, пока не спасли все, что можно было спасти. Ему грозила потеря ступни, — он отделался частью пальцев, причем самый ненужный, мизинец, вовсе уцелел, а в помощь пострадавшим ему выдали протез-носок с гуттаперчевой насадкой. Хорошая штука, но ему она почему-то мало помогала. Без костыля, потом без палочки он падал, ступая на левую ногу. Вот ведь какая чепуха — нет нескольких маленьких косточек, а человек не может ходить!

Постепенно, еще в госпитале, он научился пользоваться укороченной ступней вполне сносно, чуть подсобляя себе кленовой тросточкой, которую сосед по койке, старый солдат-вологжанин, умелый резчик по дереву, украсил затейливым узором. В госпитале он научился и кое-чему другому, не менее важному. Его не переставала удручать встреча с немцем. Было такое чувство, будто отпущенный восвояси немец и произвел тот выстрел, который выбил его, Петрова, из строя. Он решил никому и никогда не рассказывать об этом случае и в самом себе заглушить унизительное воспоминание.

Смесь из растерянности, отвращения и великодушия могла быть оправдана лишь последующей суровостью воина, беспощадного к врагам и к собственной жизни. Но не очень-то похоже, чтобы ему позволили теперь воплотиться в образ беспощадного воина. Врачи упорно поговаривали о демобилизации. А голубоглазый немчик, если не заплутался окончательно в ничейном лесу, наверняка очухался от потрясения и заиграл автоматом на гибель кому-то из наших. Вот почему недопустимо великодушие на войне. Правда, не стоит брать на себя лишнее — великодушия в его поступке не так уж много, совсем чуть-чуть, но все-таки было, а еще хуже все остальное — растерянность, душевная квелость, смятение и черт знает что еще.

Сам не понимая зачем, в одну из бессонных ночей, когда снотворное не могло пересилить боли в отрезанных пальцах, Петров доверился соседу по койке, старому солдату-вологжанину. Старому солдату было едва за тридцать, но он воевал уже третью войну: был под Халхин-Голом, на финской и с первого дня впрягся в Отечественную. Солдат выслушал его спокойно, не перебивая, лишь порой скрываясь под одеялом, чтоб сделать затяжку — в палате курить запрещено, — и, чуть усмехнувшись, сказал: «Это что! В первом бою, когда командир нас поднял, я все портчонки замочил. Хорошо, в степях солнце горячее — обсохло, ребята не заметили». У Петрова что-то оборвалось внутри — пусть не впрямую, но старый солдат уподобил его поступок этому крайнему сраму. «Да я не от страха, — сказал он с тоской. — Сам не пойму с чего». — «А это и есть страх, когда сам не поймешь с чего. На войне многое так делается, и кабы только рядовыми! Потом, конечно, пообвыкнешь, хотя, чтоб вовсе страх прошел, такого не бывает. И ты не верь, если кто загинать начнет. Я четыре раза награжденный, обо мне цельная капелашка в газетах написана: бесстрашный воин и всякая фигня. А какое, к лешему, бесстрашие, когда ты весь мясной и мягкий и ничем не защищенный? Чепуха все это, пена. А что ты от немца пополз, а он от тебя — удивляться нечего. Тут бы и каждый очумел, когда в первый раз и чуть не рылом во врага ткнулся, — законное дело!..»

Это давало пищу для размышлений, весьма непривычных... В другой раз старый солдат поправил Петрова, когда тот обмолвился, что так и не видел войны: «Как же ты ее не видел, когда здесь лежишь? Небось не с печи свалился. А дезертира ко мне бы не подложили. Другое дело, что повезло тебе здорово, самой малостью отделался. Без пальцев (у него была манера ставить неожиданные ударения в самых простых словах) на лапе ты за милую душу проживешь, а главное — отыгрался, и совесть спокойна, и всего себя сохранил, без чуточка». Но совесть-то и не давала покоя Петрову, и он с жадностью вслушивался в неторопливые рассуждения солдата, учитывая их, но не принимая в утоление душевной истомы.

Оправдывая поведение Петрова с немцем и положительно относясь к его краткому пребыванию возле фронта, старый солдат не мог взять в толк, почему, будучи студентом-третьекурсником и располагая отсрочкой, он вообще оказался на фронте. «Не имели они права тебя брать, раз документы на руках!» — «Да я сам!..» — «Ты бы написал куда следует, обжаловал, им бы хвост накрутили! Где это сказано — раз война, все законы побоку!» — возмущался солдат. «Добровольно я, понимаешь, добровольно!» Петрову почему-то стыдно было произносить это соответствующее истине слово. «Мало ли что, — гнул свое солдат, — тебя небось профессоры учили, сколько ж это денег стоило! Нет, должны были доучить тебя до конца...»

Тогда Петров спросил солдата: а если бы, мол, тебя не взяли на войну по призыву, пошел бы ты сам? «Как же это могли меня не взять? Что я, больной или порченый, что, у меня глаз кривой или грыжа в паху?» — «Да нет, просто так, не взяли — и все!» — «Так не бывает. Кто же тогда врага отгонит?» — «Другие, — втолковывал ему Петров. — Считай так: народу хватает, и тебя оставили дома на развод. Пошел бы ты сам?» — «А без меня не может хватать, — возражал солдат. — Кто же на моем-то месте будет?» — «Свято место пусто не бывает, другой там будет, не хуже тебя, а может, и получше», — подначивал Петров. «Это, что ль, как в старину — богатые мужики за сынов своих в солдатчину некрутов покупали?» — усмехнулся солдат. «Ну, хочешь так, хочешь, просто обошли тебя, забыли. Или, скажем, перебор произошел, и тебе говорят: ступай домой, без тебя справимся». — «Мое почтение! — заулыбался щербатым ртом солдат, и как-то распустилось, расслабилось его жесткое, подбористое лицо. — Со всем нашим удовольствием!»

Ясности разговор не дал: чтобы прийти к ней, требовалась слишком долгая и хитрая работа, — израненный и утомленный беспрерывными войнами, солдат упрямо отталкивал спасительную руку. «А кто же на моем месте будет?» — вот оно главное! Перед солдатом не стояло проблемы: идти — не идти, а все умозрительные предположения яйца выеденного не стоили. Петров же мог пропустить войну мимо себя, но не захотел этого, и, что бы ни говорил солдат, правильно поступил. А вот то, что у него не получилось толка, — дело другое.

Рассуждения старого солдата мудры и оправдательны, но куда вернее его же: «А кто на моем месте будет?»

Из госпиталя Петрова отправили на комиссию. Годен к нестроевой службе в тылу — было заключение. Поглядев на его огорченное лицо, председатель комиссии сказал: «Вы студент-третьекурсник, вас охотно демобилизуют». Но этого как раз ему и не хотелось.

Возвращение в Москву осталось одним из самых жалких воспоминаний его жизни. Он словно предчувствовал это и не сообщил жене о своем приезде. Он решил поехать сперва к матери, перевести дух и собраться нацельно. Но, выходя из вагона на Ленинградском вокзале в числе других военных людей — отпускников, командированных, инвалидов, — пронизанный чувством дорожного братства с ними, крепко и ладно ощущая всю свою солдатскую одежду — шершавую шинель с зелеными фронтовыми погонами, кирзовые сапоги, плотно натянутые на ватные брюки, и самодельную фуражку, которую выменял в госпитале на ушанку, — ловко опираясь о кленовую тросточку и поддерживая большим пальцем лямку рюкзака, он пожалел, что жена его не встречает. Все мальчишеское, сохранившееся в нем, возжаждало этой встречи — фронтовика с верной фронтовичкой. Но когда он случайно угодил в раму высокого зеркала в зале ожиданий, то чуть не застонал от унижения. Навстречу ему с мутной пыльной поверхности ковыляла неуклюжая фигура какого-то ряженого. Из необмявшегося, широкого, как хомут, воротника куцей шинельки торчала тонкая цыплячья шея, на странно большой голове сидела милицейская фуражка — за неимением малинового околыша кустарь-картузник поставил бордовый, а тулья отливала синевой, — на боку нелепо торчала сумка с противогазом — он сразу увидел, что противогазов здесь также никто не носит, — ремень без портупеи провис под тяжестью нагана, грязный вещмешок завершал геройский облик. Ко всему еще в этом шутейном одеянии ему можно было от силы дать лет семнадцать — школяр, решивший сбежать на фронт, или сын полка, которого не сумели должным образом экипировать.

Он не помнил, как добрался до дома. Когда улеглась первая слезная суматоха встречи, мать сказала: «Боже мой, ты же совсем ребенок! Как я могла тебя отпустить!»

А потом полезла в залавок и достала что-то большое, серое, пыльное и траченное молью, что он поначалу принял за одеяло, но оказалось, это старая кавалерийская шинель его давно умершего отца. Мать сохранила шинель с гражданской войны. Таких сейчас не носили: мышиного цвета, долгополая, чуть не до самой земли, с длиннющим разрезом сзади, с заостренными углами ворота и стреловидными отворотами на рукавах, приталенная и хотя с глухим солдатским запахом, но, судя по сукну, командирская, и даже со старомодным воинским шиком. Она села как влитая, прибавив Петрову роста, которым он и так не был обделен, скрыла кирзовые голенища сапог, оставив на обозрение только кожаные головки. Он почувствовал волнение: шинель облегала юношеское тело отца, которого он не знал, разминувшись с ним на пороге сознания и памяти. Она побывала на кронштадтском льду и под Варшавой, спасала отца от холода, дождя и снега, но от пуль спасти не могла, и крестики штопок помечали места, куда входил свинец. Под длинными полами шинели ходуном ходили потные бока усталого коня, на ее ворс падали искры костров. А сейчас эта боевая, продымленная и прострелянная шинель послужит годному к нестроевой службе в тылу младшему лейтенанту, что вышел из боя, так и не вступив в него.

Мать достала потемневшие, потрескавшиеся, но все равно великолепные ремни и ушанку с пожелтевшим барашковым мехом и переколола на нее звездочку. Петров нахлобучил шапку, затянул ремни, и мать сказала: «Теперь я вижу, что ты изменился и возмужал». Он и сам с неожиданным интересом пригляделся к своему отражению в зеркале. Ему понравилась худоба смуглых щек и четкая линия прежде раздражающе мягкого рта. С таким лицом можно жить...

Жена и крепко спаянная семья ее довольно скоро доказали Петрову, что он переоценил волевой изгиб своего потвердевшего рта. У жены оказались новые друзья. Она никогда не имела близких подруг, предпочитая надежность мужской дружбы. На этот раз в друзьях ходили два молодых богатыря: безбородый Добрыня Никитич, оказавшийся, к удивлению Петрова, флейтистом-белобилетником, — у этого Вырвидуба были слабые нервы; и только что отпущенный из госпиталя военный моряк, с широкой грудью и ускользающим взглядом Алеши Поповича. Богатыри смущались Петрова, что поначалу доставляло ему даже некоторое удовольствие, словно доказательство его возмужания и особых прав на Нину. Он любил Нину и привык верить ей, ему и в голову не приходило, что у богатырей тоже могли быть какие-то права на нее. И смущение их было браконьерским.

Нину он любил со школьной скамьи. В девятом классе она переехала в другой район, перешла в другую школу и стала недосягаемой. Все же год с лишним обивал он ее порог, терпеливо и огорченно выслушивая лицемерные сожаления Нининой матери, большой смуглой красавицы, похожей на креолку. Доверчивый, преданный и настырный, он появлялся вновь и вновь, не замечая, что Нинина мать откровенно издевается над ним — за что она его так не любила? — не постигая охлаждения подруги и тщетно пытаясь найти какую-то свою вину. Он перестал ходить, поняв вдруг, что не может больше видеть ликующую людоедскую улыбку на смуглом лице. Он долго не мог понять, какие силы отвели от него Нину, хотя, конечно, догадывался о существе этих сил.

Они встретились случайно через два года на юге, просто, душевно и грустно. Нина, смуглая, белозубая и большая — вся в мать, — стала еще более красива, но уже не девичьей, а зрелой женской красотой, и Петров понял, что по-прежнему любит ее и никогда не переставал любить. Но он даже заикнуться об этом не смел. Нина была на год старше его. В школе эта разница никак не ощущалась, тем более что они сидели за одной партой — Нина пошла учиться с некоторым опозданием. Он почувствовал эту разницу в дни редких, коротких встреч, когда она переехала в другую часть города. Что-то лениво-покровительственное появилось в ее тоне и во всей манере поведения, словно она знала нечто такое, чего не знал он. Впрочем, так, наверное, оно и было. Встретив Нину после долгой разлуки, Петров поймал себя на том, что относится к ней как к даме. А ведь он, черт возьми, и сам не мальчик, у него был роман с замужней женщиной! Но при Нине эта блистательная победа — не ясно только чья — как-то странно обесценивалась. Он таскался с Ниной на дикий пляж и в горы, ни на миг не рассчитывая заинтересовать ее своей тусклой личностью. Но каким-то непостижимым образом заинтересовал.

В день приезда Нина видела его на вокзале, он кого-то провожал. Да, он провожал девушку по имени Таня, с которой познакомился несколько дней назад на море, в шторм. «Она тонула, и ты помог ей выплыть?» — насмешливо спросила Нина. «Это она помогла мне». — «Ты шутишь». — «Нет, у меня свело ногу, а она прекрасно плавает». — «Ну, а что было дальше?» — «Ничего». Будь он поискушеннее, похитрее, он бы так не говорил, — в темно-карих, сочных глазах Нины зажегся сухой огонек ревности: «Не лги!» Удивленный, он вяло вспомнил, что они ходили в каньоны. В полнолуние изрезанные глубокими морщинами пади кажутся строем боевых слонов Гамилькара — можно придумать и другой, такой же условный, хотя и соответствующий чему-то образ. А до этого они выпили по стакану плодово-ягодного вина в ларьке. «Вон какая богатая программа! Меня ты в каньоны не приглашал. Ну, и кто она, эта девушка?» — «Кончает техникум. Работает». — «Кем?» — «Она не сказала». — «Парикмахершей, наверное». — «Не знаю. Едва ли. Она собирается в педагогический. Она очень молчаливая». За весь вечер они не обменялись и десятком фраз. Что еще он узнал? Что Таня живет вдвоем с теткой. Петрову захотелось больше знать о ней, но Таня только улыбалась, а если он слишком уж наседал, то роняла хрипловатым детским шепотом: «Ну зачем вам это?»

Непонятная Нинина настойчивость разворошила в нем то, чего ему не хотелось трогать. Почему вдруг кинулся он провожать Таню на вокзал в автобусе, похожем на мятую консервную банку? Между ними не возникло курортной короткости, они не условивались о встречах в Москве, не обменивались адресами и телефонами. Они попрощались возле домика, где Таня снимала угол веранды, улыбнулись друг другу, а утром он как угорелый примчался на остановку и на ходу вскочил в автобус. После двадцати пыльных и тряских километров молчания он поставил на площадку тамбура вагона ее легкий чемоданчик, она махнула рукой и скрылась за спиной проводницы. Он двинулся вдоль вагонных окон и увидел ее круглое и тугое, как детский мячик, лицо за серым стеклом. Таня стала дергать поручни, но окно не открывалось, и она оставила тщетные попытки. В такие минуты даже близким и любящим людям нечего делать друг с другом, тягостная, ничем не заполняемая пустота обрушивается кошмаром. А тут пустоты не оказалось. Жизнь напряглась, и время убыстрилось. Петров вдруг заметил, какие у Тани пушистые глаза. В длиннющих нижних и верхних ресницах покоился ясный свет надежности, серьезности и доброты. Если б поезд не ушел!.. И как только он подумал об этом, лязгнули буфера, и вагон тихо поплыл прочь. Он пошел следом и у обреза платформы заметил, как Таня вдавила висок в раму окна, чтобы дольше видеть его. Ее огромные ресницы склеились слезами. Он и сам чуть не разревелся, а потом выпил мутного рислинга в вокзальном буфете и как-то сразу успокоился. Хорошо, что было коротенькое это знакомство, этот странный и нежный вздох. Сейчас растревоженное Ниной переживание вновь прокатилось по сердцу и погасло уже навсегда. Рядом была женщина, которую он любил с того самого дня, как в нем проснулась душа, большая, яркая, горячая от солнца, — женщина, прекрасная ему каждым словом, каждым движением, даже если слово неумно, недобро, а движение неловко. И главное, теперь, когда он совсем ни на что не рассчитывал, эта женщина остановила на нем медленный взгляд сочно-карих, тяжелых глаз.

Они стали близкими. На пустынном берегу, на холодном и влажном заплеске, при далеком, но неуклонно приближающемся мигании электрического фонарика пограничников, обрыскивающих пляж.

Потрясенный, растроганный, благодарный, он сразу простил ей то, к чему внутренне был готов: не первой любовью оказался он у нее. Что ж, мы квиты, уверял он себя, зная, что это неправда. Нина потерпела какое-то поражение в той взрослой жизни, которую начала так рано. Она оттолкнула его не ради сверстника, не ради нового молодого увлечения. То было устройством судьбы, крупной практической игрой, затеянной ее матерью, обожавшей дочь — эго-

68

истически, самовластно и неумно. Отсюда и ненависть к нему красавицы людоедки: она боялась, что Петров утащит Нину назад в детство, в молодую чушь и бредь. А для нее счастье рисовалось в виде роскошно обставленной берлоги. В своей собственной жизни она возвела могучее здание изобильного, жирного быта на сутулых плечах бесталанного, но трудолюбивого и дьявольски упорного администратора от науки. Нина бессознательно следовала расчетам матери, — рано созревшим девушкам нравятся мужчины, много их старше, причем жизненное положение ощущается не грубо материально, а как знак мужского достоинства. Но что-то не вышло, и сейчас Нина твердой рукой вернула к себе Петрова. Ею двигала и старая привязанность, и желание отомстить матери, не сумевшей устроить ее судьбу, и еще больше — необходимость самоутверждения. Она нарочно преувеличивала значимость бедной, ни в чем не повинной Тани, чтоб создать иллюзию торжества своей неотразимости.

Вороша прошлое после неудачной поездки в переулок на задах консерватории, Петров пытался понять, насколько он был зряч и насколько слеп в те далекие молодые дни. Порой казалось, что чуть ли не с нынешней холодной прозорливостью видел он тайную подоплеку всех Нининых поступков, порой он приписывал себе почти младенческую наивность и доверчивость. Истина находилась не то чтобы посредине, а где-то сбоку. Не стоило вешать на Нину всех собак. Она была по-своему искренна с ним. Он был ей нужен не меньше, чем она ему. Разница состояла лишь в том, что она нужна была ему ради нее самой, а он — для восстановления пострадавшего женского чувства. Она лечилась им от раны, полученной в ином бою. И была благодарна ему за вернувшуюся уверенность в себе, за безграничную власть над ним, за то, что он был так полно и откровенно счастлив с нею. Это она предложила расписаться, когда началась война: «Так нам будет труднее потерять друг друга». Тогда можно было расписаться и развестись в один и тот же день, но Нинина мать отметила этот чисто формальный жест грандиозным скандалом, совместившим трагедийный пафос с кухонной низостью. Видимо, по ее расчетам полагалось сразу поставить мальчишку на должное место, пусть знает, что хватил кус не по зубам. В дальнейшем так и оказалось, а потерять друг друга ничего не стоило и со штемпелем в паспорте...

Очутившись по возвращении из госпиталя в доме своей жены, Петров обнаружил, что акции его пали почти до нуля. Нина была загадочна, печальна и далека, а теща, то и дело озаряясь каннибальской улыбкой, отпускала шпильки по адресу тех, кому дома не сидится. Наконец до Петрова дошло, что его уход в армию и намерение вернуться туда же расцениваются почти как шлянье на сторону. Ему было стыдно за тещу, и он упорно делал вид, что не замечает ее придирок. И тут из глубины своей отрешенности, безразличия и начальственной спеси всплыл тесть, поблескивая телескопьей выпуклостью очков. «Какие ваши планы?» — «Вернуться в армию». — «Кем же вы будете служить — кладовщиком, писарем?» — «Кем поставят». — «Я всегда мечтал выдать дочь за кладовщика». И тесть вновь скрылся в непрозрачной глубине.

Похоже, тогда получил он окончательно безнадежную оценку. Его стали откровенно выживать из дома. И странно, при всей своей деликатности он долго не понимал этого. Ему казалось, что Нину смущает ежевечернее гостевание в доме флейтиста и раненого моряка, но она не умеет избавиться от них и потому злится. А еще больше удручена этим теща, человек старых правил. Он стал уходить по вечерам, чтоб не подчеркивать своим присутствием бестактности назойливых визитеров. А нога болела, и он всерьез опасался, что вновь назначенная комиссия начисто забракует его. И своим опасением поделился с Ниной.

— Что же будет? — спросила она с испугом.

— Вернусь в институт.

— А где ты будешь жить?

— Как где?.. Что случилось, Нина?

Она расплакалась бурно, он даже не думал, что она умеет так плакать. Она думала, что он вернется на фронт. Тогда бы она во всем разобралась, поняла бы себя. Возможно, все осталось бы по-прежнему, она любит его как друга, как прекрасного человека, как свою молодость и все самое лучшее в жизни. И она сумеет преодолеть предубеждение родителей. Но сейчас он далек от нее. Ему не нужно было уезжать, когда все было так еще зыбко, непрочно, да к тому же в такое трудное время. Эти мальчики чудные, и они любят ее, она не может указать им на дверь. Их рыцарское соперничество бесконечно трогательно. А раз так...

— То на дверь указывают мне, — усмехнулся из своей пустоты Петров. — А кого ты выбрала, надеюсь, не флейтиста?

— Не знаю, ничего не знаю! — снова заплакала Нина. — Давай не будем разводиться. Может быть, все еще наладится.

Он молча пожал плечами, удивляясь, что она придает значение такой чепухе.

Ему помогла отцовская шинель. Он надел ее, затянул поверх ремни и в тугости суконного обжима почувствовал, что обязан быть мужественным. В такой шинели, хотя бы ради прежнего ее владельца, нельзя распускать нюни. Стараясь не хромать, он вышел, спустился по лестнице, и железный февральский мороз остро ударил ему в грудь, перехватив дыхание...

...Они встретились с Ниной года через два после войны.

Его вызвали судебной повесткой на развод. В тот день их курс уезжал в Лопасню на картошку. Он явился в суд в старых военных брюках, ватнике и сапогах, чтобы сразу отсюда отправиться на вокзал. Но приехал в Лопасню с последней электричкой, проведя весь день и вечер со своей, уже бывшей женой. В суде он держался неловко, обращался к жене по фамилии, вызывая на ее полных, ярко и красиво накрашенных губах сожалеющую улыбку. Но она простила ему все неловкости и глупое смущение, сама же держалась с таким достоинством, тактом и доброжелательностью, словно развод был для нее привычным делом. Хотя они разводились по взаимному согласию, с обтекаемой формулировкой «не сошлись характерами», Петров чувствовал, что выглядит в глазах судей и многочисленной публики подонком, виновником крушения семьи, а Нина — потерпевшей, но щедро прощающей стороной. Между тем развод был нужен ей, чтобы оформить брак с флейтистом. Петрову больше нравился моряк, но, видимо, сказался приход мира, и нежная флейта осилила военный барабан. Петров не чувствовал ревности к флейтисту, злости к Нине и даже досады на судебную комедию, в которой так плохо играл. За минувшие годы Нина достигла пика формы — величественная, как собор, яркая, как карнавал, она вызывала у Петрова бескорыстное восхищение. Его ничуть не заботило, что он невзрачен и беден рядом с ней, он даже не верил, что когда-то обнимал ее, целовал это жаркое, сверкающее лицо, что эта победная стать нежно покорялась ему. Он не думал считаться с ней судьбами и своим откровенным радостным восторгом стал вровень с нею. И получил неожиданную награду. Флейтист был на гастролях, и Нина повела его в свою новую квартиру.

Странно, легкое презрение, не мешавшее и упоению, и радости, и удивленному счастью, он испытал только к себе. Нина осталась на пьедестале, совершив необъяснимое, но, видимо, справедливое женское дело. Ей нужен был зачем-то этот жест последнего великодушия к нему, этот «ку де грае», как бы снимающий с него былое унижение. Петров не жалел флейтиста, даже испытал минутное злорадство, но про себя знал: лучше бы не было этого ненужного счастья, искупления, мести, этой подачки судьбы...

Потом они не виделись долго, почти всю жизнь. И он ничего не слыхал о ней, она как-то странно канула в никуда, впрочем, может быть, это он канул. Они существовали словно в разных измерениях и потому не могли столкнуться в земных координатах. Боже, кого только не встречал он за эти годы! И ветеранов своего дворового детства, и однокашников, и университетских товарищей, и немногочисленных фронтовых друзей, — раз даже мелькнул на платформе Малой Вишеры старый солдат, то ли не узнавший его в окне поезда, то ли не заметивший; он натыкался — всегда не вовремя — на своих мимолетных подруг, сталкивался с полузабытыми фигурами из ненужного круга курортных знакомых, мужественно отбивался от дальних родственников, но никогда не видел Нины, даже легкого следа ее, хоть промелька тени. О ней никто не упоминал в разговоре, а ведь на слуху у каждого человека ежедневно сотни знакомых и незнакомых имен, и даже богатырь флейтист — косвенный знак ее присутствия в мире — ничем не напоминал о себе. А ведь ребята зверски насиловали телевизор, проигрыватель и транзисторные приемники. Но, может быть, он, Петров, забыл или перепутал его имя, а флейта звучала в эфире? Уж не умерла ли Нина? — спрашивал он себя порой, но горечь, оставшаяся на губах от дней юности и не смягченная милосердной подачкой более поздних лет, не давала места печали. Он излечился от Нины и думал о ней хуже, нежели в ту легендарную пору, когда прошлое было его мучительно свершающейся жизнью. Но, столкнувшись с ней случайно на улице, он разом растерял накопленное годами спокойствие и независимость.

Петров отправился на рыбалку с товарищем детства. Едва выехали, возникла вечная тема всех подобных предприятий — «горючее». Товарищ ничего с собой не взял, и Петров тоже — он рассчитывал на буфет. Но буфет откроется только завтра, в субботу, и самый приятный, неусталый ужин пройдет всухую. Подъехали к «Гастроному». Петров взял деньги, в неположенном месте перебежал улицу и скрылся от свистка дружинника в магазине, откуда вышел счастливым обладателем бутылки «Экстры» и двух пачек сигарет «Шипка». Он силился засунуть бутылку в карман ватных штанов и почти преуспел в этом, когда услышал звонкий женский голос:

— Ну, надо же!.. Ах ты, пропащая душа!..

Он скользнул взглядом окрест себя и увидел Нину. Она была в том же самом черном каракулевом пальто, что и в последний раз, перешитом по моде и удлиненном, в высоких кожаных сапогах и вязаном берете, открывавшем ее смуглое, горячее лицо в обрамлении каштановых прядей. Первовидение дало обман чуда: время пощадило ее, не состарив ни на год. Но достаточно оказалось нескольких минут, чтобы обнаружить печальные следы перемен: гусиные лапки у глаз, дряблость подбородка, темные родинки на шее, тусклоту прежде блестящих волос, коронки на зубах. Все же в своем возрасте она была еще хороша, в ней легко прочитывался юный облик. И неприсущая ей прежде оживленность красила ее.

Взволнованность Нины передалась ему, выбила из колеи, повергла в душевное и умственное смятение. Быть может, это помешало и его наблюдательности, и способности к выводам, и даже угадыванию интонации. Все, что она говорила, звучало ликованием удачи. С флейтистом они давно расстались. Пирожок оказался ни с чем. Бог с ним! Ее мужем стал моряк, помнишь?.. О, они жили прекрасно! У них сын уже в восьмом классе. Круглый отличник. Но и с этим мужем она разъехалась два года назад. Так получилось. Сейчас живет довольно далеко от центра, в Кузьминках. Но метро рядом и прекрасный воздух!..

— Ну, а ты? — участливо спросила она, и звонкий голос сник.

— Что я?.. Живу. — Он еще брал разбег для более вразумительного ответа, когда она сказала, странно блеснув глазами:

— Похоже, опять едешь на картошку?

Чуть отстранившись, она жадно оглядывала его раздобревшую фигуру в тесном засаленном ватнике. Большие карие глаза не пропустили ни дыры на локте, ни оборванной пуговицы, скользнули по вязаной шапочке, резиновым, подвернутым ниже колен сапогам и задержались на торчащей из кармана бутылке.

— Она — матушка?.. — И эта незаконченная вроде бы фраза подвела итог ее наблюдениям.

«Да она принимает меня за алкаша! — осенило Петрова. — Ей кажется, что она все про меня поняла. Но почему она не дала мне толком ответить? Для работяги, идущего со стройки, мой вид вполне позволителен, но для человека так называемой интеллигентной профессии настолько нетипичен, что следовало хотя бы не торопиться с выводами. С какой безжалостной быстротой произвела она меня в потерпевшего полный крах человека! Почему так легко поверила самому плохому? Значит, в непрекращающемся счете со мной ее устраивает лишь крайняя степень моего падения. Стало быть, и самой ей не больно сладко?»

Да! Наконец-то навел он на фокус. Рядом с ним стояла немолодая, поблекшая женщина в потертой шубейке, с которой уже ничего не могли поделать все ухищрения перекройки и перелицовки. Дешевая косметика: свалявшаяся в шарики тушь на ресницах, полустершаяся лиловая помада и грубая пудра — лишь усугубляла разрушительную работу времени и разочарования. Жизнь давно выпустила Нину из теплых объятий на холод и сквозняк, и, поняв это, Петров уже не хотел ни в чем ее разубеждать. Он усмехнулся и развел руками, словно признавая справедливость горького упрека.

— Ты никуда не торопишься, — решила Нина. — Проводи меня до дома. Мне хочется поговорить с тобой, а мой хозяин ненавидит, когда я шляюсь. — Она подчеркнула последним словом абсурдность ревнивых подозрений «хозяина».

То был отставной полковник, которому по сложным квартирным и семейным обстоятельствам никак не удавалось стать ее законным мужем. Прекрасный человек, любит ее сына как родного, быть может, не без военного педантизма, но зато непримиримый враг всяких рюмочек и закусочек.

С глуповатой ухмылкой Петров принял намек, все более подчиняясь навязанной ему роли.

Когда они сели в вагон, он вспомнил о товарище и устало выплеснул его из головы. Вагон как-то разобщил их с Ниной, хотя они сидели рядом. Она то рылась в хозяйственной сумке, то говорила что-то пустое — для самой себя, а не для собеседника, о домашних делах. Но иногда они вдруг улыбались друг другу, прежнему своему, давно умершему, похороненному и не оживленному встречей.

Уносясь все дальше к ненужным Кузьминкам, Петров чувствовал себя героем фарса, но это не веселило, даже когда он пытался взглянуть на происходящее из будущего. Что-то тут мешало спасительному юмору.

Они вышли из метро, и Нина вдруг запретила провожать себя дальше. То ли боялась ревнивого «хозяина», то ли, что вернее, не хотела попасться на глаза соседям с таким непрезентабельным спутником. «Неужели ни ей, ни ее близким никогда не попадалась моя книжка или хотя бы статья в журналах и газетах? — подумал Петров. — Впрочем, у меня настолько распространенная фамилия, что она могла и внимания не обратить. Но возможно и другое: она допускала совпадение мое с Петровым, который пишет и о котором пишут, и боялась, не хотела этого. Отсюда ее неделикатность и радость, когда она обнаружила во мне доходягу. Она так и не спросила, чем я занимаюсь, как живу. А ей это ни к чему — успокоительный образ банкрота налицо и не нужно ни усложнять, ни колебать его».

— Прощай, — сказала она, — теперь уж мы едва ли встретимся.

— Почему? — спросил он, сильно и полно жалея эту женщину, так уверенно и нераскаянно прошедшую мимо его любви, мимо всего, чем был он.

— Сколько же ты собираешься жить? — холодно сказала она и ушла в своей вечной шубке, равнодушной, чуть враскачку, не играющей в молодость походкой.

Она ушла, а он приказал себе не думать о ней сейчас, не резать по живому. Скорее назад, к верному, чертыхающемуся на чем свет стоит, но все же не бросившему его товарищу.

...Конечно, не встреча с Ниной заставила его так остро и трудно почувствовать возраст, это зрело в нем исподволь, скапливалось неприметно. Очки, неумолимая бессонница, острая обидчивость и стремление рвать отношения, когда еще возможно объяснение, ненависть к книгам с плохим концом и раздражение на их авторов — это и многое другое, отдающее старческим чудачеством, ощущалось Петровым смиренно и твердо, как переход в иной возрастной климат. Встреча с Ниной, словно катализатор, завершила постижение неумолимого процесса. Теперь он окончательно знал, что будущее, в котором можно что-то исправить, выяснить, хоть исплакать, не существует для него и тех, кто создавал и наполнял его душевную жизнь. А он, оказывается, еще на что-то рассчитывал. На что? На возвращение былого?.. На раскаяние?.. Воздаяние по заслугам?.. Какая чепуха, он никогда и в мыслях этого не держал. Да! И все-таки смутная, черт знает куда загнанная надежда на какой-то душевный реванш, видать, существовала, и не надо обманывать самого себя. Скажем так: надежда на обретение последнего покоя, не в лермонтовском смысле — под сенью дуба, в земле, а прижизненного покоя. Но все это рухнуло за каких-нибудь полчаса. Оказалось, ему ровным счетом ничего не нужно от чужой и чуждой женщины, которую он проводил на метро до Кузьминок. Напротив, он сделал все возможное, чтоб оставить ее в спасительном неведении. Таков был конец истории, начавшейся за изрезанной перочинным ножиком школьной партой.

Но как же сильна она была в нем, если и сейчас случайная, пустая, нелепая, смехотворная встреча вывернула его наизнанку! И как сумел он уцелеть тогда, когда вышагнул от Нины в морозную щемящую пустоту в траченной молью кавалерийской шинели, припадая на больную ногу, не солдат и не штатский, недоучившийся студент и уволенный в глубокий запас муж, щенок, не умеющий даже огрызнуться? И ведь у него мелькала мысль о самоубийстве, и мать, все понимавшая, спрятала куда-то наган.

Вот тогда-то и возник дом вблизи консерватории. В переулке, где он, коренной москвич и городской шатала, почему-то никогда не бывал. Забытый дом стоял в начале забытого переулка, если считать со стороны Никитской площади. Впрочем, Никитская тут ни при чем, они попали в переулок каким-то проходным двором. Почему память так старательно стерла географию события? Чтобы не было пути назад, чтобы не сделаться иждивенцем чужого милосердия, чтобы золотой лучик не погас в мути ненужной суеты?..

Случайность, непреднамеренность, хаотическая бесцельность происходящего с тобой настолько утомляет и обессиливает душу, что начинаешь искать значение символа там, где всякое значение заведомо отсутствует. Убеждаешь себя, что жизнь запрограммирована хотя бы в главных, опорных пунктах, на самом же деле ты просто участник Броунова движения — беспорядочной толкотни человеческих молекул. Неожиданный толчок бросает тебя вперед, или вбок, или назад, а там другой толчок, и ты несешься в прямо противоположную сторону, а потом с глубокомысленным видом пытаешься постигнуть смысл своих движений. Все это так, но разрази его гром небесный, если он когда-нибудь поверит, что встретил Таню случайно.

А было так. Все еще находясь под угрозой демобилизации, он пытался вернуться на фронт через Главное политическое управление. И вот, выходя после очередного уклончивого ответа из подъезда на улицу Фрунзе, он столкнулся с какой-то девушкой. Шагнул в сторону и вновь наскочил на нее. Он буркнул: «Извините!» — и снова уперся в тонкую, стройную фигурку. Он знал, что значит в психопатологии обыденной жизни такая вот довольно распространенная уличная неловкость, когда двое прохожих начинают топтаться друг перед другом, мешая пройти, и разозлился на себя. Но после новой тщетной попытки разминуться с облегчением понял, что не виноват, это девушка затеяла игру. Он вынырнул из своего душевного подвала, взглянул ей в лицо и не сразу, а через ощутимые мгновения — чреда воспоминаний: море, сведенная нога, каньоны, пыльный вагон, обрез вокзальной платформы, слипшиеся от слез ресницы — узнал Таню.

— Боже мой, Таня, это вы?

Она ответила кивком головы и взмахом ресниц: да, я.

И тут он на миг усомнился в этом. Повзрослевшее лицо ее совсем не походило на тугой детский мячик, оно опало, побледнело, смягчился угол крепких скул, да и весь абрис женственно помягчал, лишь золотистые глаза в длиннющих, пушистых, «махровых» ресницах остались теми же — юными, ясными, добрыми.

— Какими судьбами? В институт?.. Из института?.. В библиотеку? — В руках у нее был небольшой, туго набитый портфель, и он молол языком, чтоб заглушить поднявшуюся в нем непонятную боль.

Таня смотрела на него с улыбкой. И вообще-то молчаливая, она не пыталась прервать это словоизвержение.

— Как вы повзрослели! Вы были тогда еще школьницей. Нет, что я говорю! Вы учились в техникуме. Учились и работали. И собирались поступить в педагогический? Верно? — Он спрашивал и сам отвечал. — А жили вы вдвоем с теткой. Видите, я все помню. И спасение на водах тоже помню!..

— Что с вами? Как вы? — произнесла она тихим и каким-то сострадающим голосом.

Он даже чуть отшатнулся — интонация словно подразумевала, что она знает о его неудачах. Да нет, откуда ей знать! Хотя... палочка в руке, хромота, одинокая звездочка на погоне — все это не могло служить приметами успеха.

— Да вот, — сказал он с неловкой улыбкой. — Кутузова из меня не получилось... Филемона тоже, — добавил он, тускло радуясь, что второй образ до нее не дойдет.

— А может, дело в Бавкиде?

— Что вы знаете о Бавкиде? — пробормотал он.

— Ничего.

— Откуда вы знаете, что я был женат?.. Собственно, не был, а есть... Хотя, по правде, я уже и сам не знаю... — Он запутывался все больше и, разозленный, сказал почти грубо: — Вам что-нибудь известно о моей жене?

— Нет.

— Почему же вы сказали о Бавкиде?

— «Филемон и Бавкида». Мы проходили.

— Ну, и что с того! Почему вы решили, что она виновата?

— Конечно, она.

— Почему не я?

— Вы — нет! — Она сделала рукой жест, словно защищалась от пущенного в лицо снежка. — Вы — праздник!

Петров расхохотался. Он отчетливо видел себя всего, как будто перед ним держали зеркало, отражающее не только его внешнюю, но и внутреннюю суть. Он так мало стоил в собственных глазах, так нецен был и себе, и другим, во всех измерениях и плоскостях, что неожиданное уподобление его празднику вызвало в нем почти болезненный приступ смеха.

Она терпеливо смотрела, как он смеется, чуть покачиваясь верхней половинкой туловища, как вытирает слезы носовым платком, а потом сморкается в тот же платок, прячет его в карман и, обессиленный, успокаивается.

И вот так устроен человек, особенно когда человек молод и душа не высохла в нем, как осенний лист: из своего смеха Петров вернулся другим. Не то чтобы он поверил в себя как в праздник, но некая иная возможность его образа забрезжила ему. Этой девушке не было никакой нужды льстить ему, говорить неправду. Преувеличивать немного — другое дело. Она расположена к нему, их короткая давняя встреча запомнилась ей добром. И он помнил бы Таню сильнее и лучше, если б ее не заслонила своим большим и важным существом Нина. Да что все — Нина, Нина!.. Довольно Нины. Хоть минуту пожить без нее. Вот он стоит, никем и ничем не связанный, а перед ним этот божий подарок, девушка с пушистыми глазами, полными света и доброты. Впервые за многие месяцы младшего лейтенанта что-то отпустило внутри.

— Давайте я вас провожу, — предложил он.

— Я только сдам книги, — сказала Таня.

— Я подожду вас.

Она благодарно провела узкой рукой в перчатке по обшлагу его шинели. Он хотел попросить ее идти не очень быстро, но она сразу и естественно попала ему в шаг.

Он настроился на длительное ожидание возле серых стен студенческой библиотеки, но она вернулась тотчас же — сдала книги и не стала заказывать новых.

Они пошли по вечереющим улицам. Она держала его под руку, и маленькая ее рука грела ему локоть через сукно. Для всех людей получение взаимной информации — путь к сближению — любовному, дружескому, соседскому или деловому. Но Таня не нуждалась в каких-либо сведениях, кроме тех, которые не создавались из самого присутствия человека, и не считала нужным что-либо сообщать о себе. В этом была мудрость: важна живая суть человека, а не то, что он о себе думает. Ведь, если всерьез, объективной передачи фактов не бывает, а лишь более или менее замаскированное отношение человека к этим фактам, иначе — к самому себе. И коль факты лично тебе неведомы, то и о человеке ты тоже ничего не узнаешь. А если тебя в самом деле интересует человек, из его молчания, отрывистых, малозначащих слов, равно как из всплесков сиюминутного чувства, жестов, походки, взглядов, улыбок, ты узнаешь о нем неизмеримо больше, нежели из самой подробной устной анкеты или рассказов о тех обстоятельствах жизни, которые тебе начисто неизвестны.

Но, увы, далеко не сразу осознал он Танину правоту. А до того долго и делано рассуждал о месте человека на войне, нарочито бесстрастно и полуискренне говорил об отношениях с женой, приведших к разрыву. Таня не помогала ему ни одним вопросом, ни словом оценки, согласия или несогласия. Ей вполне хватало зримой очевидности: его хромоты, палочки и свободы, позволяющей шататься по городу и не спешить к другой женщине.

«Скрытная она, что ли?» — удивлялся Петров, злясь на свою болтливость, отнюдь не чрезмерную, если бы у него был собеседник. Но Таню и вообще так не назовешь, она сомолчальница. Ну, а замолчи я тоже? Так и будем вышагивать Москву, словно за похоронными дрогами? Но проделать опыт он не решался. А Таня вовсе не была скрытной, на каждый в лоб поставленный вопрос она отвечала с легким вздохом — прямо и четко. Родители умерли. Давно. От скоротечной чахотки. Брат пропал без вести на войне. Ее тетка — старая дева. Они живут вдвоем. В институт она пошла не по выбору, а куда легко поступить.

Все эти сведения ни на волос не приближали его к Таниной сути, но удержаться было выше его сил. «А разве вы не могли избрать специальность по влечению?» — «Нет». — «Почему?» — «Меня не влечет ни к одной специальности». — «Но к чему-то вас все-таки влечет?» И, спокойно повернув к нему лицо с пушистыми ресницами, сейчас белыми от снежинок, она сказала: «К вам».

И тут он наконец замолчал из уважения к ее признанию и познал благость молчания.

Как же прекрасна тишина, возникающая между двумя! Они шли вдоль Москвы-реки, останавливались и смотрели на черную дымящуюся воду, кое-где прихваченную у берегов желтоватым льдом. Перед ними медленно всплывали в темнеющее небо аэростаты воздушного заграждения, и казалось, им тяжело и страшно подниматься туда, в пустоту над крышами и трубами, они поосиному складывали толстое тело. И глубок, почти нетронут был голубоватый снег на тротуаре вдоль Кремлевской стены, а на проезжей части набережной изжеван до асфальтовой протеми шинами и гусеницами военной техники. И не по-городскому сахаристо белел снег на ветвях деревьев и в зубцах крепостной городьбы. Прохожие попадались редко — еще не кончился рабочий день, да с реки тянуло холодным ветром, и не было тут жилья — лишь стены, стены, а в разрывах — площади, и пешеходы, оберегая свое скудное тепло, не забредали даром на набережную.

Потом они миновали стену Китай-города и через Китайский проезд вышли на площадь Ногина, оттуда плетением каких-то переулков, припахивающих ладаном из действующих церквей, вышли на Яузский бульвар и совершили восхождение к площади Пушкина. Этот путь Петров всегда считал «восхождением», хотя на самом деле тут совершаешь спуск. Но путь к памятнику Пушкина для настоящего москвича может быть только путем наверх. И когда они подошли к Таниному дому в начале Большой Бронной, ему казалось, что он много, очень много узнал о своей спутнице, хотя редкий словесный переброс касался лишь обстава долгой прогулки. Нет, еще выяснилось, что тетку, с которой она живет, зовут «тетя Голубушка».

У подъезда бес витийства снова овладел Петровым, наверное, от страха, что все кончилось и он опять останется наедине с собой. Как хорошо было бы встретиться небольшой, доброй компанией, посидеть и выпить. Послушать музыку, потанцевать, провести довоенный вечер. К чему он все это нес? У него не было возможности собрать компании — негде и не на что. Дома — прихварывающая мать, а пол-литра на рынке стоили пятьсот рублей. Музыки, кстати, у него тоже никакой не имелось, равно как и друзей. Истинным во всем этом бессильном трепе было одно — ему хотелось снова увидеть Таню.

— Через неделю годится? — вдруг спросила она.

— Годится... — проговорил он растерянно. — А где?

— Найдем. В восемь вечера можете?

— Боже мой, когда угодно! Я же ничего не делаю. Но почему так поздно?

— Так, — улыбнулась Таня. — В восемь ноль-ноль приходите сюда.

Он засмеялся, услышав этот воинский и лаконичный язык, козырнул и пошел восвояси, тут только почувствовав, как натрудил раненую ногу.

...На Тишинском рынке Петров обменял свою сомнительную фуражку на бутылку вина. В должный час он был возле Таниного подъезда, она уже ждала его с двумя авоськами в руках.

И тут в памяти начинался ералаш. Когда человек что-то значил для Петрова, он очень сильно, слишком сильно ощущал его присутствие. До утраты самостоятельности, словно под гипнозом. Если б он встретился с кем-нибудь другим, то наверняка запомнил бы несложный путь от Большой Бронной до переулка на задах консерватории. Но окружающее едва просвечивало сквозь тонкую Танину фигуру, да и то вспышками. К тому же шли они туда не прямо, а сперва повернули в сторону Патриарших прудов и там на каком-то углу забрали Танину приятельницу Инессу, рослую девицу с ускользающим взглядом. Петров не сразу понял, что Инесса косила. Для маскировки на пол-лица у нее был сброшен рядок темных волос. Но это мало помогало, оставшийся открытым глаз старался за двоих, он то закатывался под лоб, то заваливался к переносью, то почти исчезал, оставляя на обозрение голубоватый, блестящий и полный, как глобус, белок. Косина Инессы целиком завладела его вниманием. Таня существовала для него словно в безвоздушном пространстве. Немногие скупые сведения, сообщенные ею, говорили лишь об одиночестве, которое и без того угадывалось. И вот первая материальная и одушевленная спутница ее существования, к тому же отмеченная столь резкой и назойливой приметой, близкая подруга, поверенная ее тайн. Но последнее определение он тут же отверг. Было очевидно, что Инесса ничего не знает о нем. Он был для нее тем бесформенным и неопределенным, что называется обычно «мой знакомый» или «один парень». И, тяготясь этой призрачностью, он поторопился снабдить Инессу краткими сведениями о себе. В свою очередь Инесса сообщила, что преподает в музыкальной школе по классу скрипки. Петров смущенно обнаружил, что можно было прекрасно обойтись без этого обмена сведениями, ничего не открывающего в тайне человека. Как быстро выветрился из него недавний урок!

Тусклая болтовня с Инессой заняла его настолько, что он не заметил, как они очутились в узком переулке, чисто и гладко устланном снегом. Снег блестел под луной, деревья высовывали из-за оград темные ветви. В синем маскировочном свете, освещающем номера домов, медленно проплывали крупные снежинки. Ему понадобилось зачем-то нарушить благословенную тишину этого заснеженного переулка ненужным вопросом:

— Куда мы идем?

— Увидите, — сказала Таня.

— К Игорьку, — сообщила суетная на его же лад Инесса. — Мировой парень! В энергетическом учится. На четвертом курсе.

Ну, а учись Игорь в другом институте или на другом курсе, что изменилось бы? Неужели он повернул бы назад? Так же мало стоило определение «мировой парень» — люди по-разному видят друг друга. Петров с уважением поглядел на Таню. Надо иметь мужество жить так вот, молча, не подменяя и не предваряя словами сути переживания, не стараясь защититься, укрыться, спастись от жизни с помощью слов. Он не привык к этому. От Нины легче было добиться нежности, поймав ее в словесную ловушку, нежели порывом искреннего чувства.

Они долго поднимались по крутой и темной — хоть глаз выколи — лестнице, и он боялся загреметь с авоськами на скользких, обшарпанных ступеньках. Его удивляло, что подъем так затянулся, дом снаружи представлялся двухэтажным. Затем была остановка и нашаривание звонка по холодной клеенке с металлическими кнопками, по дверному ребрастому косяку и шершавой мерзлой стене. Наконец палец поймал круглую кнопку, жалобный звук раздался потерянно далеко, в глубине незнакомого жилья, вертикальная прорезь света обернулась золотыми воротами, и мягкий, гостеприимный голос сказал: «Прошу! Прошу!» Лицо открывшего Петров не сразу разглядел, ослепленный резким переходом от кромешной тьмы к свету. Последовала непременная возня в прихожей, — у кого-то оборвалась вешалка, куда девать авоськи? — и чуть неловкое вступление в обиталище с большим оранжевым абажуром и хорошо протопленной кафельной печью — теплая, уютная ячейка человеческого существования, обманчиво изолированная от большого мира.

— Моя хата, — с улыбкой сказал Игорек.

Он был чуть выше среднего роста, плотный, с правильными, незапоминающимися чертами лица и пластичными движениями. Было приятно смотреть, как он собирает на стол, — их приход застал его за этим занятием. Инесса тут же принялась помогать. В гнедом шерстяном, туго обтягивающем платье, с могучим крупом и крепкими ногами, Инесса наводила на мысль, что кентавр не обязательно мужского пола.

И было досадно за суматоху на ее лице, так противоречившую гармонии мощной стати: серо-голубой глаз резвился в гнезде, наделяя хозяйку то лукавством, то веселой дерзостью, то горестной обидой. Приходилось одергивать себя, чтобы не отозваться на непроизвольную смену выражений Инессиного лица.

— Инеска — сила! — доверительно шепнул Игорек, когда та вышла зачем-то на кухню, где хозяйничала Таня.

— Сила! — подтвердил Петров.

— Жаль, не хочет глаза исправить! — вздохнул Игорек.

— Почему?

— Боится, что на слухе скажется. Слух ее кормит.

— А какая связь?

— По-моему, никакой. Но попробуй убеди ее!

Петрова попросили открыть бутылки, после чего освободили от всех обязанностей. Его донельзя удивила изобильная закуска. Он успел забыть, что такое бывает на свете: копченая колбаса, ветчина, швейцарский сыр, баночка сардин. В Нинином доме со дня объявления войны стали готовить на касторовом масле, хотя залавки ломились. Они же с матерью жили на одну «служащую» карточку, продаттестат никак не удавалось оформить.

— Где мы и когда мы? — сказал Петров. — Может, война нам только снилась и сейчас мы проснулись?

— Я сам ничего не понимаю, — поддержал Игорек, — откуда девчонки раздобыли такой харч!

— Кочумай! — сказала Инесса, что на музыкальном языке означает: помалкивай.

Игорек поставил пластинку.

Ночью в одиночестве безмолвном
Помни обо мне, —

взмолился рыдающий голос Кето Джапаридзе. Петров пристально смотрел на кончик папиросы. Войны нет, казалось ему, и он еще ничего не знает о себе. Не знает, что даст уйти врагу, столкнувшись с ним глаза в глаза, что даст уйти любимой женщине, не столкнувшись с ней глаза в глаза, не знает, что счастье вовсе не обещано ему от рождения, да и много другого, о чем только начинает догадываться сейчас.

Если мы расстанемся с тобою,
Помни обо мне.
Если будешь счастлив ты с другою,
Помни обо мне.

А ужасно, если так и будет на самом деле, откликнулся он певице. Какое же это счастье с другою, если все время помнишь о прежней. Да и вообще, что это за состояние такое — быть счастливым? Сейчас ему кажется, что в дни Нины он все время был счастлив. Но разве ощущал он это счастье так вещно и так неотрывно, как нынешнее несчастье — из часа в час и из минуты в минуту? Конечно нет! Было счастье близости, а в остальное время внутренняя свобода, когда он был открыт всей полноте жизни и внутри этой широкой внешней жизни мог испытывать любые чувства: гнев, горе, ненависть, даже влюбленность. О несчастье помнишь все время, о счастье же, когда оно есть, забываешь. Ладно, хватит мерехлюндий! Он не сумел бороться за женщину, так будет бороться против женщины, тем более что у него оказался такой сильный союзник, как спустившаяся с неба в должном месте и в должный час Таня.

...Петров помнил, что, слегка захмелев, пытался выразить Тане свою благодарность, но она сказала как-то очень серьезно:

— Не надо. Прошу вас, не надо.

— Мне хочется, чтобы вы поняли, насколько...

— Я очень, очень прошу, — сказала Таня.

Он был так уверен, что не заслуживает копченой колбасы и швейцарского сыра, теплой печки и доброго отношения, что, наверное, не внял бы и этому предупреждению, но тут Инесса запела сильным, носовым, подчиненным безупречному слуху голосом, аккомпанируя себе на старельком пианино:

> *Жили два товарища па свете,*
> *Хлеб и соль делили пополам,*
> *Оба молодые, оба Пети.*
> *Оба та-ра-ри-ра, та-ра-там!..*

Инесса знала много смешных песенок и душещипательных романсов, лучше которых ничего нет, когда так нужно короткое забытье, — и тут бессильны Бах и Моцарт, Бетховен и Брамс, тут на вершине «Полонез» Огинского, а внизу цыганщина и «жестокие» романсы.

> *Бывают в жизни встречи,*
> *Любовь лишь только раз,*
> *Я в тот далекий вечер*
> *Любил безумно вас... —*

пела Инесса, закидывая назад голову, и лицо ее с закрытыми глазами было скульптурно красиво.

— Эх, Инеске бы полипы вырезать, как бы она пела! — влюбленно шепнул Игорек.

— Почему она не вырежет?

— Боится слух потерять.

Тут Петров спохватился, что подобный разговор уже был, и не стал спрашивать, какая связь между слухом и полипами...

Петрова удивляло, что его появление в этой дружной компании не вызывает ни малейшего любопытства. Ни Инесса, ни Игорек ни о чем его не спрашивали, не наблюдали исподволь, что было бы вполне естественно, не пытались проникнуть в суть их с Таней отношений. И ведь он был как-никак человеком с войны, но и о войне не упоминалось. Лишь Игорек вскользь обмолвился, что ему надо идти на очередное переосвидетельствование. У этого спокойного, добродушного парня не было проблемы амбразуры. Петров догадывался, что за деликатностью его новых знакомцев стоит жесткий приказ: оставить человека в покое! Он даже слышал интонацию Таниного тихого, немного сипловатого, когда вполшепота, и серебристо-ясного, когда с нажимом, голоса, каким она отдавала команду друзьям. Большая, фигуристая, щедро озвученная Инесса была в подчинении у своей хрупкой подруги, в радостном подчинении, что чувствовалось сразу, хотя и не найдешь тому явных доказательств. Так подчиняются не силе, не более активному, целеустремленному характеру, а высокому чину душевного благородства. Но приказ приказом, а все же Таня должна была как-то объяснить его своим друзьям. Вернее, определить свое к нему отношение. Подбитый войной человек, неудачник в личной жизни — отличная точка приложения рычага жалости. И, уважая Танину сострадательность, они ведут себя с ним осторожно, как с больным. Это немного грустно, немного скучно и немного противно. Стоп! Таня не сделает ничего противного, тайно унижающего человека. Конечно, она могла сказать своим друзьям: не докучайте ему, дайте спокойно провести вечер, и все — она же не любит ничего предварять словами. И при чем тут жалость? Когда-то она помогла ему выплыть, но спасение на водах не ее специальность. Сейчас ее рука вновь протянулась к нему, но она не сестра милосердия. Ее тонкое тело полно силы и грации, в ней все — прямота и смелость. Так что же тогда?.. Верно, недоуменное чувство отразилось на его лице, потому что Таня спросила сквозь отчаянное фортиссимо Инессы:

— Вам скучно?

— Нет. С чего вы взяли?

— Вас что-то раздражает?

— Господь с вами!.. Если меня что-то и раздражает, так это я сам.

— Я вижу — вам грустно, — сказала она огорченно.

— Да нет же! Я забыл, что бывает так здорово! Просто я в ссоре с самим собой. Но ничего, мы еще помиримся.

— Иногда это труднее, чем с другим человеком, — сказала Таня.

На последней рюмке вспомнили о том, что за окнами. Инесса сказала своим сильным носовым голосом:

— Ну, за победу! И главное, чтоб поскорее! — И, оставив в глазнице лишь серпик радужки, потянулась с рюмкой к Петрову.

Каждый выпил до капли. И сразу стали готовить постели. Петров решил, что ему следует отправляться восвояси, но было четверть второго, а в Москве существовал комендантский час.

— Ребята, ложитесь, потом — мы! — сказала Инесса и понесла на кухню поднос с грязной посудой.

Постелено было на широком диване и на полу, возле печки. Обеденный стол разделял ложа.

— Вы где хотите? — спросил Игорек.

— На полу, конечно.

— По-солдатски, значит? — обрадовался Игорек и, раздевшись с умопомрачительной быстротой, юркнул под ватное одеяло на диване.

Вернулась из кухни Инесса, села на краешек дивана и стала медленно расстегивать платье. Игорек высунул из-под одеяла голую руку и щелкнул выключателем. Теперь в комнату проникал лишь свет из кухни, где возилась Таня. Петров прошел за стол, разделся и лег. Затем охнули пружины старого дивана под тяжестью крупного тела, и сразу послышался бормот, наподобие голубиного, но не лирический, а в тоне ссоры. Под этот бормот он забылся, а когда вновь пришел в себя, рядом лежала Таня. Он очнулся от ощущения свежести и прохлады, будто его перенесли в росную траву. Пушистый глаз проблескивал темноту. Он коснулся ее волос. И она мгновенно подалась к нему, прижалась тонким, легким телом.

— Чья вы, Таня? — спросил Петров, стесняясь своего громко заколотившегося сердца.

— Ничья.

— Я тоже ничей, но еще не привык к этому.

— Вы мой, — сказала Таня, обняла его, навлекла на себя и, чуть отняв голову от подушки, стала целовать нежным и сильным ртом.

Внезапно он резко отстранился и почти вырвался из ее рук.

— Нет, — сказал он. — Нельзя.

86

Она не отпускала его, у нее были сильные руки, сильный рот, сильное тело. Откуда что бралось в такой хрупкости? Это стало похоже на борьбу.

— Нет, Таня, — сказал Петров. — Если это будет, то не сейчас, не так.

— Постойте, — она не отпускала его. — Я так хочу...

— Нет, — сказал он. — Я не стану вором.

— Зачем вы это говорите? Я же сама...

— Ночь кончится, я уйду, уеду!..

Она поцеловала его как-то иначе: благодарно, что ли?

— Все равно я вас не выпущу.

— Но вам тяжело.

— Нет, и теперь замолчите.

Он почувствовал влагу на ее лице, она плакала бесшумно, одними глазами. Но капкана рук так и не разомкнула, и он слышал в себе движение крови, ощущал каждый сосудик, каждый нерв, ему открылось, что человек лишь в ничтожной мере живет своим телом, может, сотой долей его восприимчивости.

А потом было утро и возникшее еще в полумраке пробуждения чувство, что ее нет ни рядом, ни в комнате, ни в квартире. Дух отлетел, остались голые стены. Так и оказалось. Она прибрала за собой все, что можно было прибрать, не мешая его сну: свою подушку, ворох какого-то тряпья, заменявшего тюфяк, шинель, служившую добавочным одеялом. Она не употребляла косметики, на его коже не сохранилось даже слабого аромата. Она полностью освободила его от себя, чтобы он не чувствовал ни обязательств, ни сожалений, ничего из обременяющих тягостей, какими люди так охотно награждают друг друга и за малое сближение. Она покинула его свободным и легким, это было ее высшим даром.

Он поднялся и пошел в ванну. Душ не работал, и полуголый Игорек, покряхтывая, мылся холодной водой над фарфоровой раковиной умывальника.

— Как успехи? — спросил он, звучно шлепая себя ладонью по груди и плечам.

— Какие успехи? — не понял Петров, а когда понял, как-то бессильно разозлился. — Вы в своем уме? У нас не те отношения. — И чтобы прекратить дальнейшие расспросы, поздравил Игорька с прекрасной ночью.

— Пустой номер, — уныло вздохнул тот.

— А я думал, что у вас старая любовь.

— Любовь первоклассников. Она боится слух потерять.

Он пустил Петрова к умывальнику, а сам стал растираться серым вафельным полотенцем.

— Не нравится мне все это, — проворчал он с кислым, недовольным видом неудовлетворенного и непроспавшегося человека.

— О чем вы?

— Откуда вся эта жратва?.. По карточкам не получишь, на рынке не купить.

— Куда вы гнете? — Петров поднял мокрое лицо.

— Никуда не гну, — нахмурился Игорек. — Только мне, например, хоть лопни, сардинок не достать. Конечно, у меня нет таких ножек, как у Танечки.

По-настоящему способно взбесить лишь подозрение, содержащее хоть тень правды. Но Петрову было известно неизвестное Игорьку, и порыв к расправе минул, едва возникнув. Он сказал насмешливо:

— То-то вам кусок в горло не шел!.. Смотрю, не ест человек, не пьет!..

У Игорька было повышенное чувство опасности. Он ничего не сказал и ретировался. Когда через несколько минут Петров вышел из ванны, Игорька и след простыл. Большая печальная Инесса налила Петрову стакан спитого чая, подвинула тарелку с засохшим сыром. У нее действительно был необыкновенный слух: сквозь толстую стену и шум бьющей из крана воды она услышала их разговор.

— Хорошо, что вы не дали ему в морду, — сказала она. — Тане было бы неприятно. Он неплохой парень... на фоне того, что осталось. Но дудак, знаете такую птицу? Танька по донорской книжке отоварилась. Она за неделю два раза кровь сдала.

— А разве так можно? — В минуты растерянности человек нередко цепляется за чепуху.

— Все можно, когда хочешь.

Значит, они пили Танину кровь, заедая Таниной кровью. Алой кровью из тоненьких сосудов, из тихого сердца, чей слабый стук слышал сегодня ночью. Он вдруг понял, что душа имеет форму тела, — не к физическому горлу, а к горлу его души подступил комок.

— Да, — сказал он. — «Не спрошу тебя, какой ценой куплены твои масла». А надо бы спросить! Когда война, слишком многому цена — кровь.

— Только не продавайте меня, — почти жалобно попросила Инесса. — А то мне хана. Я без Таньки загнусь. — И, заметив удивленный взгляд Петрова, сказала: — А кто у меня есть? Отец погиб, мать хуже маленькой, и еще две сеструхи. И все это хозяйство — на моих ушах. Конечно, я за слух боюсь... я за всю себя боюсь — на мне трое, и пусть Игорек дуру из меня не делает... А Танька — золото! — И тут же, спохватившись, предупреждая расспросы, добавила: — О Таньке — только с ней самой. Я и так лишнего наболтала. Меня этот дудак своим паскудством завел. Ладно, пора идти, может, еще встретимся когда...

Нет, не встретились...

Наверное, несчастные, потерпевшие крушение, даже просто неуверенные в себе люди испускают некое скорбное излучение, позволяющее власть и силу имущим с ходу отказывать им. Человек и рта не открыл, он еще сохраняет лоск мучительной подготовки: бодрость, подтянутость, прямой взгляд, вежливо-уверенную улыбку, а уже сидящий за большим столом знает, что все это обман, перед ним неудачник — незримые лучи сообщили это, и холодно решает: отказать. Сколько порогов обил Петров — и все даром. А после ночи возле Тани сразу устроил свою судьбу, даже не заходя в святая святых начальственных кабинетов, а прямо в пропускной ПУРа.

Он разговорился с франтоватым бригадным комиссаром в роскошной, тонкого сукна шинельной шубе с барашковым воротником и в барашковой кубанке на крупной, красивой голове. Тот оказался начальником отдела агитации и пропаганды Политуправления одного из северных фронтов. Почти вся армия, а тем более высший комсостав, уже перешла на погоны, а этот бригадный обнаруживал трогательное пристрастие к ромбикам. Видимо, при переаттестации ему не светило звание генерал-майора и не хотелось возвращаться к давно преодоленному полковничьему чину, и вот он и «донашивал» старые знаки различия. По причине той же ущемленности ему нравилось разыгрывать из себя Гарун-аль-Рашида. Услыхав о делах Петрова, он хлопнул себя по лбу: «В нашей фронтовой газете искали литсотрудника. Я вас забираю». Угадав слабину бригадного комиссара, Петров разыграл деликатное недоверие в возможность такого чуда — ему сейчас все давалось легко — и в результате уже вечером получил предписание: «Убыть к месту назначения». Бригадный сказал, что забирает его с собой. Он возвращался на фронт на своей «эмке», во главе целой колонны спецмашин: радиопередвижки и двух походных типографий. Выезжали через день, на рассвете.

В канун отъезда Петров забежал к Тане, с трудом отыскав ее квартиру. Ему открыла старообразная, хотя, наверное, вовсе не старая годами женщина в кофточке с эмалевой брошкой и военной безрукавке, в плисированной юбке и валенках.

— Можно Таню?

— Какую еще Таню? — недовольно спросила женщина, глянув через плечо Петрова, словно ожидала, что главное скрывается за ним.

— Ну, Таню, студентку. — Он вдруг обнаружил, что не знает Таниной фамилии. — Я — Петров.

— Будь здоров, Иван Петров! — Женщина громко засмеялась.

При всей чудине и нелюбезности в ней была какая-то симпатичность. Да это тетя Голубушка! Тут он сообразил, что сдержанная Таня едва ли сообщила родным о его существовании.

— Простите, вы не тетя Голубушка?

— Ну, а хоть бы?.. — насупилась та.

— Передайте, пожалуйста, Тане, что приходил Петров... Разрешите, я лучше напишу.

В квартиру тетя Голубушка его не пустила, и он написал коротенькую записку на клочке бумаги, подложив под него командирскую сумку. Он понял, что тетя Голубушка непременно прочтет записку, и был краток. «Таня, я уезжаю во фронтовую газету. Спасибо вам за все. Вы меня снова вытащили из воды». Оттого, что листок лежал на шершавой поверхности дерматина, почерк получился с «дражементом». Тетя Голубушка взяла записку с видимой неохотой и сомнением, но с тайным любопытством, будто судебную повестку для передачи соседу. Ну, вот и все.

— До свидания, тетя Голубушка!

— Будь здоров, Иван Петров! — снова засмеялась она. Когда он следующий раз, через несколько лет, пришел к этому дому, там была строительная площадка. Строился жилой комплекс и кафе «Лира».

Как же так получилось? Сейчас, за баранкой своего «газика», пятидесятидвухлетний Петров не мог постичь, как выпустил он из рук эту теплую, доверчиво отдававшуюся ему жизнь. А между тем было бы куда как странно, если бы эта встреча вылилась во что-то большее. Ведь он любил не Таню, а Нину, любил и ненавидел и думал о ней постоянно, а о Тане лишь вспоминал с нежностью и удивлением, как о чем-то почти пригрезившемся. А потом ему и вовсе стало казаться, что неожиданную, странную, щемяще-милую и грустную встречу он просто выдумал, взяв за основу грубую и плоскую реальность дней войны.

Неся свою скучную, не героическую службу — бесконечная правка рукописей в тесном купе поезда, в котором размещались редакция и типография фронтовой газеты, — он был поглощен одной мыслью — вернуться на войну. Ни черта не получилось: нога не пустила, медицинская комиссия упрямо стояла на своем — нестроевик. Он и до простых журналистских поездок на фронт дорвался лишь в самом конце войны. Грамотный литправщик был газете куда нужнее, чем сборщик фронтовых новостей. А еще приходилось заменять выпускающего, корректора, ответственного секретаря — вот какие амбразуры выпало ему затыкать. Каждому свое.

По окончании войны его сразу демобилизовали, и он вернулся в институт. Он так прочно все забыл, что пошел на второй, а не на третий курс. Трудная, в отвычку, учеба, болезнь и смерть матери, студенческая нужда привыкшего к армейской сытости и обеспеченности человека. Тишинский рынок, где с плеч загонялась полученная по ордеру женская шуба, практика, поездки в колхоз на картошку, библиотека, зачеты, экзамены, вечные поиски заработка и, в общем, при всех бытовых сложностях, отличнейшая и не дающая опомниться институтская жизнь позволила затянуться ранам и потускнеть воспоминаниям, в том числе и дорогим.

Что же, он совсем забыл Таню и никогда не мелькало в нем желание увидеть ее? Мелькало, да и не только мелькало, иной раз прямо за горло брало... Но притащиться к ней полуголодным студентом не первой молодости, донашивающим старый китель? Нет! В третий раз — он же верил в магию чисел — надо явиться к ней на белом коне удачи. Но до удачи путь долог, и платить за нее слишком дорого. К середине жизненного пути, когда окончательно формируется личность и определяется судьба, человек вообще отметает все расслабляющее, тянущее его в сторону от поставленной цели — если, конечно, есть цель, — наиболее далеко отступает от детства и юности, от своих добрых истоков. Вот тогда он и докатился до того, что память о Тане стал считать памятью *мнимой*.

А потом, когда начинаешь мысленно собирать утраченное время, прошлое обретает новую ценность; чувствуя себя достаточно твердо в настоящем, хочешь опереть себя и о былое. Происходит переоценка ценностей, все возвращается в свой чин: «То, что было всего мне дороже, по заслугам дороже всего». Вот тогда и понесло его на Большую Бронную. Столь желанного когда-то ощущения удачи не было, хотя удача, наверно, была. Во всяком случае, не было душевного нищенства, необходимости ухватиться жестом утопающего за тонкую и сильную руку. Точно ли не было?.. Выяснить это не удалось. На месте старого дома высокие краны с мигающими самолетными огоньками вверху наращивали кладку стен. Принесло его на пепелище военной юности и с легким вздохом сожаления понесло дальше, в продолжение жизни.

И в этой жизни у него хватало времени на все: часами гонять шары в душном полуподвале, воняющем папиросным дымом, пылью и мужским потом, сидеть в орущей толпе на футбольных матчах, ходить на концерты и выставки только потому, что все идут, равно, впрочем, и на то, чтоб жадно, со вкусом писать, интересно и трудно путешествовать, охотиться, ловить рыбу, играть с дочерью и разговаривать с сыном о книгах, встречаться с отличными людьми и славными женщинами, вручать душу великой поэзии, не просто любить литературу и искусство, а иметь там вечных спутников, удивляться заре и закату, звездному небу и неиссякаемости человеческого в человеке. Не стало у него времени лишь на то, чтоб найти Таню по еще живым следам ее дома. Ведь знал же кто-нибудь из тех, кто сломал и снес этот дом, куда девались населявшие его люди. Неужели ему не хотелось увидеть Таню хоть из простого любопытства, ну, хоть из чувства благодарности?

Он догадывался об искусственности таких мыслей. У него не могло быть к Тане простого любопытства, а из благодарности ничего не делается на свете. И сейчас им владела вовсе не благодарность, он вспомнил невесомость ее головы, легкость и крепость долгого тела, нежность дыхания, трогавшего ему щеку, тихий стукоток ее обескровленного сердечка и проблескивающий темноту опущенный глаз. Лучше этого ничего не было в жизни. Ни к чему тут и сравнительная степень, просто ничего не было, кроме этого, а он обронил свою единственную ценность и даже не оглянулся. Чтобы начать искать Таню, нужно такое вот безвыходное чувство, но к этому надо было прийти.

Поиск начался неудачно, он даже не нашел переулка, а еще надо было узнать дом и чтоб в доме том по-прежнему жил Игорек. Укротил ли он своего пугливого и строптивого кентавра? Петров знал, что нельзя искать Таню посредством каких-то смутных, но конечно же существующих административных способов, скажем, с помощью старых домовых книг, верно, сохранившихся в затхлых архивных подвалах. Гибнут высшие ценности человечества: картины, скульптуры, дивные здания, легче всего книги — целыми библиотеками, но архивная бытовая дрянь матерински сохраняется государством при всех катаклизмах. Но пусть он преуспеет и получит из ледяных пальцев подвальной феи нужную справку, куда переселили жильцов дома по Большой Бронной, — дальше будет легче идти по следу, но какую Таню обретет он в конце этого справочного пути? Из канцелярщины сказки не возникают. Он должен найти ее так, как нашел далеким февральским днем, когда она воробьем родилась из морозно синеющего воздуха. Тогда ему было плохо, и она явилась. Сейчас ему снова плохо, пусть по-другому, но это дает надежду, что она откликнется. Горько, что у них так мало времени впереди. Таня тоже старая, ей под пятьдесят, а это уже не бабье лето, а глубокая осень. Боже мой, боже, куда ушло время?..

Теперь он что ни день плутал по кривым, потаенным переулкам на задах консерватории. Ходил, конечно, пешком, из машины призрак не увидишь.

И наконец он выходил свой переулок среди таких схожих между собой, серых, извилистых, сокровенных переулков, переплетающихся возле улицы Герцена. И в этом переулке облюбовал старый желтый дом с мезонином и глубокой подворотней с заворотом на другом конце, делающим ее непроглядной. Но что-то мешало ему подняться по темной узкой лестнице, видимой в распахе единственного парадного. То ли неуверенность в сделанном выборе, то ли отсутствие какого-то ободряющего знака, то ли боязнь ошибки, разочарования?.. Он решил не торопить событий...

И все это время он испытывал странный молодой подъем, прекращавшийся лишь ночью в бессоннице, какой он не знал с госпитальной поры, но тогда он не спал от боли, а сейчас невесть отчего. Он ложился с радостной надеждой на ожидающее его утро, когда можно будет снова начать жить, работать, думать о Тане и о том, что сегодня переулок откроет ему свой простой секрет, ведь даже маленькая зеленая калитка, укрытая в стене, явилась настойчиво и страстно искавшему ее человеку, а тут целый дом, пусть и невеличка по нынешним высотным временам. Его начинала укачивать дремотная зыбь, и вдруг разом чья-то грубая рука хватала за шкирку и вбрасывала в бесцельную явь. В эти ночные пустые часы ему не думалось, не вспоминалось, не любилось. Сердца не было, но он все-таки жил, будто по инерции, затем, поняв, что разгона еще надолго хватит, успокаивался, засыпал и просыпался опять счастливый.

Настал день, когда он утратил осмотрительность и со своей смешной для всякого стороннего, нормального сознания тайной очутился в державе земных координат. Какой-то дядя в дамском меховом жакете поверх ночной сорочки выскочил из подворотни облюбованного Петровым дома и кинулся к нему: «А вам чего, гражданин, тут надобно?»

Ну вот, тогда милиционер, теперь этот доброхот! До чего же подчинена наша жизнь строгой дисциплине реальности, если безобидные попытки прорваться в страну прошлого вызывают столь неукоснительный отпор! «А вам-то какое дело?» — сказал Петров, отлично зная, что недреманному оку обывателя до всего есть дело и человек в дамской жакетке осуществляет сейчас высшее назначение гражданина — бдительность. Ну, конечно, этот дядя давно его приметил: «Вы тут что ни день слоняетесь, высматриваете и вынюхиваете...» А разве тут запретная зона, разве улицы не принадлежат всем прохожим в равной мере? И еще какие-то справедливые и ничего не стоящие слова произносил Петров, сам зная их тщетность.

— Документы! — потребовал доброхот порядка.

И хотя это было сказано обычным, даже пониженным деловым тоном, магическое слово разнеслось громом по переулку, мгновенно собрав вокруг них толпу.

— Что вы ко мне привязались? — сказал Петров, оценивая взглядом сухопарую фигуру противника.

— Предъявите документы!

— А на каком основании? Кто вы такой? — Не надо было этого говорить. Неужели он сразу не понял, что апломб доброхота имеет пусть шаткие, но достаточные для причинения малых неприятностей основания. Так редки стали люди, не способные хоть как-то угнетать себе подобных. Петров был одним из этих немногих, безоружных. Доброхот немедленно извлек из кармана штанов какую-то книжечку. Он не успел надеть шапку, напялил второпях женину жакетку, но свидетельства своей власти не забыл. «Таня, Таня, зачем ты оставила меня?» Петров еще пытался сохранить чувство собственного достоинства, а между тем народ не безмолвствовал. Какая-то тетка крикливо подтверждала, что уже видела его здесь, другие вспоминали загадочного квартирного убийцу Ионесяна, кто-то советовал послать за милиционером. «Вон где аукнулось, а где откликнулось!» — с грустью думал Петров, оглядывая странно исказившиеся лица своих тихих земляков.

— Не понимаю, чего вы распетушились? Я ищу дом, в котором был раз во время войны. Там жил мой знакомый...

— Ладно, ладно, документы!..

И тут душный ужас толкнулся в сердце. Скорее вон отсюда, из замкнутого пространства подозрительности.

— Вот. — Он протянул доброхоту свой паспорт. — А это пропуск в Дом ученых, — добавил он, окончательно сдаваясь на милость победителей.

Каждый старался заглянуть в паспорт, который неуклюже, но внимательно обследовал доброхот порядка. И вдруг какой-то подросток с коньками под мышкой спросил:

— Это вы книжку про Шлимана написали?

— Я, — сказал Петров.

— «Сокровища Тутанхамона» тоже ваша?

— Да.

Парнишка присвистнул.

— А чего вы сейчас пишете?

Доброхот в жакетке умел быстро оценивать положение, сам он едва ли читал эти книжки, но сразу все понял.

— Пожалуйста, товарищ Петров, — сказал он, возвращая паспорт (на пропуск Дома ученых он даже не взглянул). — Все в порядке. Так чем могу быть полезен? — Словно Петров обращался к нему за помощью.

Петров знал, что толка не будет, да и не хотелось ему никакой помощи ни от кого, но пришлось назвать Игорька, сообщить его приметы. С той же охотой, с какой только что хотели линчевать незнакомца, окружающие пытались помочь ему. После бурной сцены выяснилось, что никто из собравшихся Игорька не знает. Зато у каждого нашелся бесценный совет, как вести поиски. Затем его с почетом отпустили, а любознательный паренек с коньками даже проводил до автобусной остановки.

Больше в переулок на задах консерватории Петров не заглядывал, и наваждение прошлого оставило его на какое-то время. А затем вернулось глухой, безысходной сердечной тоской.

Однажды, не сладив с чем-то в себе, он зашел к жене. Она встретила его сдержанно-настороженно. Уже раскаиваясь в своей слабости, он все же попытался рассказать ей о странной власти захватившего его воспоминания.

— Что со мной?.. Какой-то перелом? Старость или, наоборот, обновление?

— Это, несомненно, склероз, — сказала жена убежденно. — Ты давление давно не проверял?

— Да при чем тут давление?.. Я хочу понять, что мне делать?

— Пойти к хорошему врачу. И немедленно бросить курить.

Он осторожно прикрыл за собой дверь. Попытка доверия не удалась. Он прошел в темный кабинет, щелкнул выключателем и сразу погасил свет, чтобы вернуть ночное звездное небо за окнами. Хорошо жить на десятом этаже, на самом краю города. Под ним было Царицыно и темные руины баженовского дворца в окружении темных деревьев. Малые неудобства отдаленности с лихвой окупаются том, что всегда видишь небо со всеми его огнями и вот такой переливающейся в самой себе, с острыми, частыми лучиками звездочкой, заглядывающей к нему в окно. Звездочка была пушиста, как Танин глаз.

Я должен искать ее, думал Петров, но не так, как делал это до сих пор. Эти мои поиски смешны и глупы. Прежней Тани уже не существует, а той, что есть, я не нужен. Все равно, прервал он ход своих размышлений, если б я встретил немолодую, усталую и вовсе некрасивую женщину, бывшую некогда моей Таней, то кинулся бы седой башкой ей в колени, и ничего больше не надо. Но я должен искать ее без всякой надежды встретить. Искать в других, в моем угрюмом, прекрасном сыне, в отдалившейся дочери; и пусть жена чужда мне, я все же не откажу и ей в зоркости; искать в каждом человеке и в себе самом, прежде всего в себе самом искать этот свет, делающий жизнь драгоценной. Я больше не боюсь старости, пусть приходит, если еще не пришла, я готов соответствовать ее целям и достоинству. Я знаю теперь, старость — не остановка, не начало конца, а новая ступень ракеты, летящей в неведомое нам, вон к той пушистой звезде...

Он прожил несколько удивительных, взволнованных дней, жадно вглядываясь в человеческие лица. Не беда, что он читал на них чаще всего равнодушие, озабоченность, хмурую отчужденность, но случалось, и воодушевление, остающееся для него тайным. Он знал, что нужно терпение, а чудо явится, не может не явиться.

Чудо явилось куда раньше, нежели он ожидал. Ночью, после того как он долго не мог уснуть, не то чтобы встревоженный, но как-то сбитый с толку беспорядком в грудной клетке: сердце то обрывалось, то колотилось оглушающе громко в плече, горле, виске — какой сон в таком шуме! — то замирало и почти вовсе останавливалось — пойди усни в такой зловещей тишине! — в измотавшей его дурманной яви, он почувствовал рядом с собой долгое прохладное тело, и легкая нежная голова прилегла ему на локтевой сгиб, и без удивления, с мгновенной готовностью к счастью он понял, что Таня наконец пришла. И он принял как должное, что приходится расплачиваться за это разрывной болью под черепной крышкой и таким стеснением в груди, что едва не выпустил Таню из рук. Но все-таки не выпустил и держал ее до последнего мига так просто покинувшей его жизни.

Он умер от инфаркта и инсульта, происшедших одновременно. Жена была права, но добрый совет ее все равно опоздал. Вскрытие показало, что сосуды были вконец изношены, а сердце так произвестковалось, что стало как стеклянное.

Сын, героически боровшийся со слезами, и почти преуспевший в этом, и обретший в своей победе чувство превосходства над матерью и сестрой, услышав образное выражение диагноза, сказал почти надменно:

— Стеклянное сердце?.. Что же, оно звенело?

— Да, — с далекой улыбкой отозвалась мать. — Только мы не слышали.

1973

ВОРОБЬИ ПОД КРЫШЕЙ

Рассказ

Я столько раз то сливался, то разъединялся с этим человеком, не порывая окончательно, что в конце концов и сам перестал понимать, где я, где он, где мы, то есть сцеп, слияние его и меня. Он назывался разными именами, был и моим тезкой, раз даже носил мою фамилию, что вовсе не означало, как я сейчас понимаю, полного соответствия мне. Но я долго заблуждался, будто управляю им, пробуждаю к жизни и опускаю в закат, что вне моей воли он не существует. С некоторых пор я обнаружил, что совсем запутался с ним, хуже — он обрел странную и возмутительную самостоятельность, стал ничуть не менее реален, нежели его создатель. Теперь он всякий раз сам называет себя. Я собираюсь писать вовсе не о себе, задумываюсь, как бы повыразительнее назвать своего героя, но кто-то нашептывает мне в ухо: это Петров или Гущин, и в нарочитой простоте фамилии, годной скорее для псевдонима, нежели для родового имени, открывается, что не существующий вроде бы еще персонаж уже знает, кто он, и намеревается представлять меня, а не жить собственной, обособленной жизнью.

Вот и сейчас я хотел писать от первого лица, от *Я*, своего собственного, а не условного *Я*. Не рассказ — быль, подлинный случай, как мы зашли с женой в плохонький рыбный ресторанчик на Чистых прудах, на самом берегу водоема, где раньше, в мои школьные годы, находилась теплушка чистопрудного катка с пупырчатым, потрескавшимся естественным льдом. И вдруг обнаружилось, что нельзя рассказать об этом без подмены себя кем-то другим, очень похожим, но не настолько, чтобы он знал обо мне все. Убей меня Бог, если я понимаю, почему это так и почему он вдруг назвался Сергеевым, но он научил меня принимать все его превращения на веру и не спорить. Иначе вообще ни черта не получится.

Итак, Сергеев поехал с женой на Чистые пруды, где он родился, рос и учился в школе, поставил машину напротив ресторана, чтобы видеть, как ее будут угонять, и перевел жену по люто скользкой декабрьской наледи через улицу и рельсы все той же «Аннушки», что прогремела сквозь его детство своими одинокими, бесприцепными вагончиками, без устали кольцующими центр города. Его умилило, что в мире, где все переменилось, подчас неузнаваемо, сохранился очажок верности: старый трамвай все так же мчится мимо старых деревьев, старого бульвара. Сергееву хотелось сказать об этом жене, но ведь она была ленинградка и это чисто московское умиление едва ли найдет отклик в ее душе. Естественно возникал вопрос: для чего вообще потащил он жену в этот второразрядный ресторан на берегу неопрятного по гнилостной поре пруда? Осень залезла в зиму и упорно не давала ей отбелить изгвазданный ноябрем город. Только ляжет снег на крышу, деревья, мостовую и тротуары, как тут же с низкого сумрачного неба начинает сочиться какая-то черная жижа — дождь, растворивший в себе копоть, сажу, содержимое автомобильных выхлопов, — и снег замешивается в отвратительную черно-желто-серую кашу; к вечеру мороз напекает на ней корочку, а мостовую затягивает ледяной пленкой, поверх которой растекается вода. Ни ходить, ни ездить, ни дышать, ни жить нельзя. Крайне неподходящая погода для паломничества в прошлое.

Сергеев с женой происходили не только из разных земель, таких во всем разных, как Москва и Ленинград, но также из разных эпох — она родилась в год, когда он кончил школу. Друг друга они нашли после крушения и старались не слишком ворошить прошлое. Хоть ты и выбрался из-под обломков с рожей в крови, в синяках и ссадинах, надо делать вид, будто шел навстречу другому легкой, скользящей и величавой поступью, как небожитель по солнечному лучу. Это не просто требование хорошего тона, опрятность поведения, а нечто более важное, что должно спасти и возвысить союз на обломках. Но кроме недавнего прошлого, обратившегося в гору мусора, у Сергеева существовало и другое, представлявшееся ему непреходящей ценностью: его детство. И Сергееву, неизменно находившему нравственную опору в днях своего начала, захотелось ввести туда жену. Без детства он не полон, не равен себе, настоящему. Быть же полным, быть самим собой в глазах любимой — стремление естественное и не нуждающееся в расшифровке. Но он никогда не подмечал сходных намерений у жены. Не то чтобы она старалась загородить свою раннюю жизнь от него, исключала прошлое сознательным усилием, нет, когда клочки былого взметывались тополиным пухом, она позволяла им сколько угодно залетать в окно. Но никогда не трясла дерева собственноручно. Они были разные люди. Он мог по праву сказать о себе навязшую в зубах фразу Экзюпери: я из страны своего детства. Она не посягала на подобные утверждения.

Конечно, лучше бы перед ними оказалась старая теплушка с маленькой раздевалкой и русской — это в центре Москвы-то! — печью, насквозь продуваемая во все концы, грязноватая, прокуренная, пахнущая печным угаром, мокрым снегом и жаренными на машинном масле пирожками с повидлом — бедный и прекрасный запах детства начала тридцатых годов, — нежели современный с виду рыбный дворец, лишенный и связи с прошлым, и какой-либо характерности, что послужила бы вызовом былому. Но его омывали прихваченные ледяными стрелками темные воды пруда, а из окон можно оглянуть бульвар в сиротливости стыка осени и зимы — голые черные деревья, мокрые зеленые скамейки, расквашенные рыжие дорожки, редкие торопливые прохожие, а по другую сторону бульвара — «Колизей», некогда великий «иллюзион» всех окрестных ребят, ныне утраченный, как утрачиваются все иллюзии, — его перестраивали под театр.

Вошли они в ресторан, поднялись на второй этаж, где находился гардероб. Седоусый швейцар объявил с таким видом, будто речь шла о великом достоинстве заведения, выделявшем его среди всех подобных: «У нас не топят!» В застекленной двери виднелся просторный караван-сарай с высоченным потолком, под которым летали какие-то птицы. Сергеев отнес последнее за счет игры зрения. Но от пустынности и выси помещения с реющими под небесами на стропилах птицами пахнуло мозжащей стужей. «Бр-р!» — сказала жена и зябко потерла руки. «Вообще не топят или только сейчас?» — зачем-то спросил Сергеев. «Вообще топят. Котел на ремонте», — пояснил швейцар. «Значит, можно не раздеваться?» — сделал вывод Сергеев. «Как же так? — обиделся швейцар. — Небось в ресторан пришли, не в забегаловку». Продолжать дискуссию не имело смысла. Еще немного, и все духи, если они навещают это место, отлетят навсегда. «Возьми мое кашне, — сказал Сергеев жене. — Шапку не снимай, а там я тебе дам пиджак». — «Дай мне лучше джемпер, — сказала она. — Мне хватит». Она говорила очень серьезно, без тени улыбки. Как все ленинградцы, пережившие в детстве блокаду, она легко мерзла, легко простужалась и легко уставала. Чего-то недополучивший в пору формирования организм не обладал ни выносливостью, ни сопротивляемостью.

Под негодующим взглядом швейцара, уважавшего студеное место, где он служил верой и правдой, Сергеев снял пиджак, стянул через голову джемпер и вместе с шарфом отдал жене.

Почему-то гардеробщик выдал ему два номерка, сопроводив это небольшой лекцией по поводу отсутствия вешалки на кожаной курточке жены. «Не дам я изгадить себе настроение», — думал Сергеев, отмалчиваясь на словесные извержения гардеробщика.

Они прошли в зал и заняли столик почти в центре, чтобы вокруг были окна с темнеющим за ними Чистопрудным миром. Настроенный на дальнейшее «сопротивление материала», Сергеев был приятно удивлен, умягчен и растроган покорной вежливостью молоденькой официантки.

— Пожалуйста, не спрашивайте ничего рыбного! — попросила она, беспомощно прижав посинелые кулачки к груди.

И все же в меню оказались незачеркнутыми селедка с картошкой и уха по-рыбацки...

— Твое здоровье! — сказал Сергеев.

— Твое здоровье! — сказала жена.

Она понимала, что для мужа это не просто очередной ужин в ресторане, и вопреки обыкновению выпила рюмку до дна.

Водка согрела, но ненадолго. Стынь огромного нетопленого помещения уже успела пробрать до костей. Сергеев подумал, что им долго не выдержать. Он ошибался. Холод, все глубже внедряясь в тело и становясь условием здешнего существования, докучал меньше и меньше. Вот так здесь полагалось жить: дыша паром изо рта, напрягаясь против холода, пошевеливая пальцами ног, чтоб не занемели, превозмогая зубную дробь и радуясь короткому притоку тепла с очередным глотком.

Неожиданно и громко ударила музыка, и во все стороны заметались птицы, обитавшие под крышей. Сергеев не поверил в них поначалу, но птицы действительно были, и сейчас их большие тени заскользили по белым скатертям столиков, по светлому пластику, устилавшему пол, по стенам и долгим занавескам. И случалось, что на белизне стены или занавески темная трепещущая тень съеживалась, уплотнялась и вдруг рождала из себя маленькое тело воробья.

— Какие воспитанные воробьи, — заметила жена. — Они совсем не пачкают.

Сергеев обычно хорошо держал выпивку, но сейчас его повело с двух рюмок. Водочные градусы соединились с каким-то другим жаром, волнами окатывающим настылое нутро, и он понял, что заболевает. Он простудился раньше, конечно, еще до прихода сюда, а промозглый холод этого сарая выгнал нездоровье наружу.

Но почему-то ему не хотелось делать пресловутое гётевское усилие, чтобы изгнать болезнь или хотя бы не дать ей окончательно завладеть собой. Не хотелось ему и сопротивляться быстрому захмелению, объяснявшемуся, конечно, жаром. Ему нравилось отдаться волнам недуга и хмеля, спокойно ждать, куда вынесет. Но замечание жены встряхнуло его и огорчило: значит, она не поняла, в какой очарованный мир ее привели. Ей, верно, кажется, что неотапливаемый среди зимы ресторан, по которому вольготно летают воробьи, принадлежит московскому привычью, разряду бытовых нелепиц, столь частых в нашей жизни. Неужели она не понимает, что все это атрибуты тех непременных, всегда чуть нелепых, ребячливых, плоско-театральных условностей, с которыми от века обставляется каждое посвящение?

— Это вовсе не воробьи, — сказал он, морща лицо. — Это детские души... Души чистопрудных мальчишек и девчонок, которых уже нет.

Жена никак не отозвалась и стала разливать уху по тарелкам. Пара от серебристой жидкости не шло. Сергеев задумался: а существует ли на самом деле взаимопонимание близких людей или все говорят на разных языках и только притворяются удобства и дела ради, будто понимают друг друга? Речь идет не о простых и грубых житейских очевидностях, без которых была бы невозможна практическая жизнь, — тут люди как-то договариваются, — а о том, что уходит в тайну духа. Бывает ли тут постижение или хотя бы интуитивный охват чужой заботы, тревоги, муки? Для него нет никого ближе сидящей рядом с ним женщины, неторопливо, с воспитанной красотой движений и легким отвращением поглощающей остывшую уху, но слышит ли она его?..

Ему не нужно было ничего рассказывать о державе, именуемой Чистые пруды, ну хотя бы потому, что это самый бездарный и безнадежный способ ввести другого человека в свой мир, пусть даже нарочитому рассказу помогают удачные декорации. Вот если бы она поверила, что воробьи — это души ушедших!.. Ну а сам-то он верит? Да, он мог бы заплакать в доказательство своей веры.

Она отставила тарелку, придвинула судок с мясом и, не попробовав, принялась энергично солить и перчить. Ей всегда было не солоно и не перчено даже в грузинских ресторанах, где пища обжигает рот. Это было странно: люди, пережившие блокаду, не любят острой еды, пряных соусов, крепких приправ. Все ее действия обнаруживали если и не нарочитую, то естественную и оттого еще более обидную приверженность к твердой почве. Она не шла за ним не потому, что не могла, а потому, что не хотела. И было непонятно и чуть жутковато такое упорство в кротком человеке, в женщине, наделенной той высшей женственностью, что и на своем пределе — идиотизме Душеньки — все равно пленительна.

А может, она ревнует к детству, как другие ревнуют к бывшей жене и всему тому кругу, что был связан с ней? Да нет, ревновать пожилого человека к детству — это не от серьезной, доброкачественной жизни. Она же всем прямым и строгим существом своим была отрицанием мнимостей праздной душевной игры. Истина в другом. Почему она сама никогда не вспоминала хоть о каких-то малостях и милостях дней своего начала?

— Слушай, а у тебя было детство? — спросил Сергеев. — Где твои Чистые пруды?

— Мое детство, мои Чистые пруды, — медленно произнесла она, — это Пискаревское кладбище..

То был удар под ложечку. Нокаутирующий удар. Но у него, как у каждого поверженного на доски ринга, было десять секунд, чтобы встать. Весь вопрос в том, сумеет ли он встать. Нет, не сумел... Когда же через некоторое время он взялся с другой стороны, она решительно отвергла букет софистики, подобранный, надо сказать, умело и со вкусом. Не пошла ни на какие уступки. А ведь от нее требовалось не так уже много: отказаться от слишком крайних утверждений, что-то смягчить, где-то признать законность спасительного «но» и что жизнь не однолинейна...

— Однолинейна — не однолинейна... Все крайние утверждения условны. Не условно вот что. Я пошла на большой перемене домой поесть студня из столярного клея. Школа находилась на Кировском, почти напротив дома. Помнишь скверик за улицей Скороходова? Вот на этом самом месте. Я стояла у окна, когда попала бомба. Взрывная волна ударила наш дом по первым двум этажам, а у нас даже стекла не вылетели. Я доела клей и побежала на улицу. Тревогу не объявляли — это был случайный самолет. Я видела, как выдавали родителям то, что осталось от моих подруг. Никто не знал, получил он родную частицу или чужую. Нашей школе отвели целый участок на Пискаревском кладбище. Потом я много раз бывала там, в последний раз уже после блокады, когда провожала своего отца.

— Тебе было всего двенадцать лет, когда кончилась война, — сказал Сергеев.

— Что ты! Гораздо больше, чем сейчас. А потом я все время болела. Вернее, не могла выздороветь. Когда же выздоровела... считалось, что выздоровела... то была уже взрослой девушкой. Я и сама не заметила, как это произошло. Впрочем, у меня было и другое детство, судя по шраму на ноге. Перед войной мне подарили замечательный набор для игр в песочек — всякие формочки, лопаточки — и повели в Александровский сад. Я стала печь куличи, но испугалась большой собаки, с размаху плюхнулась на железную пирожницу с острыми краями и разрезала ногу до кости. Это было в июне сорок первого. Я рассказываю с маминых слов. Я не помню ничего довоенного. Мне отшибло память первой же бомбежкой... А вообще мне нравятся люди, которые нежно вспоминают свое детство...

— Тогда почему же?..

— Кто это сказал: дурно считать взрослую жизнь не в меру разросшейся ботвой на сладком клубне детства? Бегун, который все время оглядывается назад, в конце концов проигрывает.

— А почему ты решила, что я хочу выиграть?

— Раз бежишь — значит хочешь.

Выходит, она отстаивала эту пустоту за плечами. Виновата в том война, но человеку все его, даже навязанное силой, против воли, становится настолько своим, кровным, что он готов защищать ущерб как некую привилегию. Ну а ему, Сергееву, дорого и важно, что за окнами ресторана он видит дорожки, протянувшиеся через всю его жизнь. Они, словно ручьи, втекающие в реки, вливались и вливаются во все большие дороги его жизни и длятся в них. И как хорошо, что наступление нового не означает для него отмирания старого, что корни его неизменно оставались в той самой почве, куда его бросили семечком. Ушедшее соединяется в нем с сущим и вот с этой ленинградской женщиной без детства, и потому его бытие полно, плотно и завершенно, как яблоко. Как спелое, тяжелое, прохладное, округлое антоновское яблоко!

— Все это так, — сказала она, будто читала его мысли, — но в детстве ты просто жил, а в остальные годы все примеривал к детству, проводил параллели, и, конечно, не в пользу настоящего. Лишь потерянный рай — истинный рай, это общеизвестно, но есть что-то страшно несправедливое и бесплодное в этом упорном сопоставлении сегодняшнего с вчерашним. У человека бытового это оборачивается черствостью и притуплением зоркости к окружающему, у человека творческого — инфантильностью. Разве живые могут соперничать с мертвыми, разве то, чем ты обладаешь сейчас.

может сравниться с потерянным ушедшим, миновавшим? Слишком крепко засевшее в человеке детство обесценивает настоящее, ну, если и не обесценивает, то мешает ему.

— Чего же ты хочешь? — спросил Сергеев. Голова пухла и трещала от выпитого, температуры и ее упрямого многословия, за которым он не мог уследить.

— Чтобы ты шел, а не пятился. Детство — это праздник, который всегда с тобой, так и неси его свободно и легко. Что ты все время хлопаешь себя по карманам? Никто не украдет твое сокровище, его просто нельзя украсть. Но чем дальше, тем вернее и безнадежнее это сокровище будет становиться просто ношей, тяжелой, обременительной, вяжущей по рукам и ногам. Тебе просто не хватает мужества...

— Ну, знаешь! — перебил он возмущенно и поднял голову, пудовую, как пушечное ядро. — Что ты сказала?

— Я ничего не говорила.

— Как не говорила?

— Так. А ты, кажется, уснул.. Плохо себя чувствуешь?.. — спросила она с тревогой. — Зачем я у тебя джемпер отобрала!..

— Чепуха! Я уже пришел простуженным.

— Бедный паломник! — сказала она с нежностью. — Бедный, бедный паломник!

— Ты правда ничего не говорила? — спросил он подозрительно.

Она чуть пожала плечами:

— Что-то говорила...

Сергеев внимательно посмотрел на жену. Худое большеглазое лицо, твердая нежность довольно большого рта, тонкие длинные пальцы. Он будто впервые увидел хрупкую силу женщины, которую любил. Последней в его жизни женщины, той, что закроет ему глаза. Ей совсем немного нужно было от него — к тому, что уже имела, еще немного взрослости.

Около трех месяцев воевал он на Ленинградском фронте, один день провел в блокадном городе, увидев и слишком много, и слишком мало (там была девочка, питающаяся клеем, — его будущая жена), но лишь через десять лет после войны пришел на Пискаревское кладбище. К воротам было прибито объявление на бледно-зеленой фанерной доске с длинным списком запретов.

Ни на одном другом кладбище Сергеев не встречал ничего подобного. Возможно, он был просто невнимателен. Возможно и другое. Пискаревское кладбище — самое молодое кладбище в стране, не по собственному возрасту, а по возрасту тех, кто там покоится. На всех кладбищах преобладают могилы стариков, тут же в подавляющем большинстве погребены люди, далеко не изжившие своего века. Не счесть и тех, что только начинали жить, — их хоронили целыми школами, детскими садами. Недоигравшие, недосмеявшиеся, недопевшие, недолюбившие. Этим недобором насыщен кладбищенский воздух, и близкие невольно отзываются беззвучной жалобе ушедших и не своей утехи ради, а за них хотят спеть, станцевать, ударить по мячу, рвануть струны, промчаться на велосипеде...

Друг мой Сергеев, ты все равно никогда не предашь это серое небо, низко нависшее над Чистыми прудами, эти голые деревья, эти дорожки, и зеленые скамейки, и замирающее эхо тех голосов, что слышны только посвященным, но слишком большая любовь к минувшему отнимает что-то у настоящего, которому эта любовь нужнее... Он резко поднялся.

Испуганные тени метнулись над их головой.

— Прощайте, воробьи! — сказал Сергеев.

1980

МЯГКАЯ ПОСАДКА

Современная сказка

Сергеев совсем не боялся воздуха, скорее уж — он боялся земли. В воздухе, а летал он очень много, еще с дней войны, с ним не случалось никаких неприятностей, даже когда самолет, на котором он летел на бомбежку Чудова — сам Сергеев должен был скинуть на врага не бомбы, а кипы листовок, — попал под чудовищный зенитный огонь. От этих острых, но не страшных, а взахлеб восторженных минут в памяти остался ослепительный зеленый свет, пробиваемый еще более яркими вспышками. В другой раз (он уже работал военным корреспондентом) у их «дугласа», совершавшего посадку на маленьком лесном аэродроме в партизанском крае ночью, на свет двух костров, не открылось левое шасси, и садились на одно колесо, — плохое случилось уже на земле: Сергеева вдруг сорвало с сиденья и кинуло грудью на ящики с боеприпасами. Позже, в дни мирных зарубежных командировок, он попадал в грозы с лезвистыми молниями, бившими прямо в плоскость самолета, раз это было над Хартумом, другой — под Лагосом, в непроглядный туман, когда командиру корабля предоставили самому решать, будет ли сажать самолет или попытается дотянуть до запасного аэропорта с пустыми баками, это случилось посреди вечерней неоновой Европы с ее ресторанами, дансингами, барами, ночными клубами, дискотеками, на подлете к Франкфурту-на-Майне. Пилот принял решение садиться и мастерски приземлился в душно-молочном месиве, — в отличие от большинства пассажиров, Сергеев отлично понимал, что происходит, но ему не было страшно, а интересно и азартно. А вот на земле его преследовали неудачи: он попал в автомобильную аварию, отделавшись, правда, ушибами и небольшим сотрясением мозга; соседская овчарка, бросившись на его добрейшего пуделька, сшибла мениск пытавшемуся загородить свою собачонку Сергееву, и тот угодил в травматологический институт, где знаменитый футбольный хирург чинил ему ногу, а потом на месяц укатал в гипс; на земле ему изменяли друзья и женщины, на земле он напивался и в молодые годы часто лез в драки, не всегда кончавшиеся победой; на земле ему возвращали рукописи в редакциях и выкидывали из плана книги... В небе он отдыхал от земли, и никакие ямы, электрические бури и прочие напасти воздушного океана не были ему страшны.

Небо было куда надежнее земли. Но когда жена летала без него, Сергеев испытывал страх. Да и не просто страх, а какой-то жалкий бабий ужас. Если они летели вместе, он был так же спокоен, как и во время собственных — без нее — воздушных путешествий. Но даже самый короткий ее полет, скажем, к родственникам в Ленинград — пятьдесят минут летного времени — повергал его в панику именно своей краткостью. Наиболее опасны в полетах подъем и посадка. В рейсе Москва — Нью-Йорк между двумя критическими моментами пролетает полдня, здесь же — менее часа, опасность уплотняется, конденсируется. Конечно, это чепуха, бред, игра, но игра мучительная. И всякий раз, когда жена собиралась в дорогу, Сергеев упрашивал ее ехать поездом, чего она терпеть не могла.

С земли самолет кажется крошечным, хрупким, ничем не защищенным, беспомощным, изнутри он становился для Сергеева символом надежности. Это чувство усугублялось верой и влюбленностью в пространство, известное лишь тем, кто, как Сергеев, страдает клаустрофобией.

Пространство было ему не только радостно, но и надежно. Он доверял купольной сини, возносящейся словно над застывшей лавой — взбитой пеной облаков, которую, не ощутив ни малейшего сопротивления, пронзит тело падающего самолета, если он вознамерится упасть. Но Сергеев не сомневался, что мнимая лава может выдержать на себе самолет, ибо в выси обретал самое для себя важное — разомкнутость, безграничность пространства — и потому верил тут всему: и синей сияющей сфере, словно выдутой грудью исполина-стеклодува, и разреженному воздуху, что был для него плотнее морской глади, и облачной пене, что крепче застывшей лавы. Когда он сидел в удобном самолетном кресле, а за стеклом сияла дневная синева или роились ночные звезды, им владело чувство совершенного психологического и физиологического комфорта.

Но для жены то же пространство вокруг алюминиевой сигары становилось смертельно опасным, если его не было рядом. Сергееву казалось диким, как можно доверить хрупкую и драгоценную человеческую жизнь металлической коробочке. Все же отечественным Змеям Горынычам Сергеев доверял чуть больше, нежели иностранным, в надежде на щедрую основательность нечастного производства. Каждый самолет, пролетавший над его загородным жильем — в зоне действия Внуковского аэропорта, — он провожал взглядом с таким чувством, словно там находились самые близкие ему по судьбе и крови люди. Но представить, что среди этих ничем не гарантированных летунов может оказаться его жена, было выше его сил. И когда она в очередной раз собиралась в Ленинград, а он не мог ее сопровождать, Сергеев начинал канючить: «Давай так: туда — дневным поездом, обратно — „Красной стрелой". Я тебя встречу. Мне так давно не приходилось встречать тебя на старом добром вокзале, на людном взволнованном перроне, где так хорошо пахнет рельсами, шпалами, паровозом, хотя паровозов давно нет, с букетом цветов — ты замечала, что в аэропортах цветов не бывает? Я точно рассчитываю место твоего вагона, и все-таки придется немного пробежать за ним, и я буду видеть тебя сквозь пыльное стекло или за плечом раскорячившейся проводницы. И будет маленький жилистый старик носильщик с бляхой на груди, и столько былого, милого, забытого оживет в душе!..» «Чтобы это милое, забытое, точнее, никогда не бывшее у нас с тобой — мы встретились в эпоху авиации, ты и это забыл, — ожило в твоей душе, я должна трястись в пыльном, вонючем купе, где ко мне начнет приставать подвыпивший попутчик, насоривший до этого на столике яичной скорлупой, квелыми помидорами и колбасными очистками, и я буду спасаться от него в узком коридоре, по которому безостановочно снуют в уборную и обратно неугомонные пассажиры. Добавим к этому раздраженную проводницу, у которой не допроситься остывшего жидкого чая, — и картина моего путешествия будет довольно полной. Дороговатая плата за твои лирические воспоминания, к тому же связанные не со мной».

Похоже, жена никак не могла взять в толк, что Сергеев просто боится отпускать ее в небо. Она знала, что он любит летать — и один, и с ней вместе, любит самолеты с их резиновым запахом, откидывающимися креслами, с ритуалом посадки, куда меньше — высадки, ибо трапы всегда опаздывают, любит бортпроводниц со стройными ногами, любит самолетную еду с неизменным цыпленком и кислым рислингом, если летишь за границу, — и была слишком разумна и несуеверна, чтобы всерьез принимать уговоры мужа, в которых ей неприятно проглядывало любовное лицемерие с водевильным привкусом.

Но никогда еще Сергеев не чувствовал такой тревоги, как в ту пору, когда жена приехала к нему в подмосковный санаторий прощаться перед отъездом на воды. Это он сам склонил ее к временному перемещению в дурно пахнущее царство целебных вод, почему-то уверенный, что в ненадежные, переменчивые весенние дни она поедет поездом. Точнее, поездом до Минеральных Вод, а оттуда автобусом до места назначения. Жена помалкивала на этот счет, но оказалось, что авиационный билет у нее в сумочке.

— Ну, кто же летает ранней весной? — завел павший духом Сергеев. — Сплошной туман, изморось. Такого скверного апреля не было с тысяча восемьсот шестьдесят седьмого года, я сам слышал по радио. Рейс станут переносить — на час, на два, потом вовсе отменят. Ты зря измучаешься и вернешься домой. А назавтра — то же самое: не выпускает Москва, не принимают Минводы. Ты даром потеряешь курортные дни. Поездом будет и скорей, и надежней.

— Ну нет! — возразила жена. — На Кавказе давно весна. А выпускают самолет при любой погоде, важно, как там, куда летишь. На юге — синее небо, солнце, теплынь.

— Ты забыла Кисловодск?.. Тамошняя погода полностью совпадала с московской. У нас до сих пор ходят на лыжах.

— На водных лыжах, — небрежно сказала жена.

«А ведь Лариса еще молодая женщина, — будто вспомнил Сергеев. — Но вот и откликнулось то, что аукнулось в ленинградскую блокаду. От конфет у детей портятся зубы, но столярный клей в качестве основного лакомства еще вреднее. Я был взрослым, женатым человеком, когда началась война, Лариса — дошкольницей. Мою физическую суть деформировала немецкая бомба, ее — голод».

И вот теперь она должна лететь в самую скверную и опасную для полетов пору, доверившись ничтожной металлической стрекозе, а он в жалком бессилии остается на земле...

Но билет был уже куплен, и Сергеев знал, что всякие уговоры бесполезны: ее мягкость, податливость, женственность имела четкий предел, обрываясь там, где, по ее мнению, начинались глупость, вздор или «мистика» — последним словом брезгливо определялось все, выходящее из границ чистой логики. Каждый человек существует в своих пределах, и никому еще не удавалось вышагнуть из них. Лариса могла услышать любящим сердцем его невысказанную муку и подчиниться ей (такая возможность была мала, но не вовсе исключалась трезвой строгостью); могла услышать, но не подчиниться, сочтя пустым чудачеством — это она презирала. Очевидно, после двух недель отдыха и лечения он не производил столь гибельного впечатления, чтобы она, вопреки обычной рассудительности и приверженности к бытовому реализму, изменила своим разумным и естественным планам. Нужно было ожечься его неблагополучием, чтобы отбросить все житейские расчеты, хрустальную ясность своего мировосприятия и увериться чуждым темным силам. Но сейчас она видела, что он крепок.

— Я еду на полсрока. Хочу сама забрать тебя отсюда.

Это не имело отношения к его тревоге, и он принялся настаивать, чтобы она пробыла на водах сколько положено. Но теперь наткнулся на другую ее волю.

— Я говорила с врачом: две недели — вполне достаточно. Да я и сама не выдержу. Ты — здесь, я — там!.. — Она передернула плечами с таким отвращением, будто увидела подбирающуюся к ней ползучую гадину. Она нежно любила всех животных, кроме пресмыкающихся, то было следствие какого-то страха, пережитого в детстве, столь же неодолимого, как житейская ясность, хотя и противоречившего ей...

И вот настал этот день — четырнадцатое апреля. И были в нем заложены два часа, каждая минута которых весома и страшна. Можно, конечно, принять несколько таблеток димедрола и проспать эти два часа, да, пожалуй, и еще три-четыре в придачу, когда придет успокоительное послание — срочная телеграмма долетела благополучно. Но Сергеев никогда не прибегал к этому средству — спасению с помощью снотворного. Ни когда жена летала, ни когда сам по крайней необходимости оказывался в купе поезда. Он удерживался от снотворного вовсе не из гордого чувства: как бы плохо ни пришлось, надо встретить испытание в ясном сознании, не унизив своей человечьей сути бегством в забытье. Им двигало совсем иное: глупая боязнь, что сочетание ужаса со снотворным приведет к сну вечному. Чепуха, вздор, мистика — но таковы были положенные ему пределы, из которых не вышагнуть.

Он принимал успокоительное, отлично зная, что оно ничего в нем не умиротворит, не утешит, не приведет в равновесие, останется нейтральным к его состоянию, иначе говоря, безвредным. Он его и сейчас принял, как только проснулся.

А вообще утро, занятое врачебным осмотром и многочисленными процедурами, прошло легко и незаметно. Да и жена была еще далеко от взлетной площадки.

Она медленно и трудно, как и всегда после сна, приводила себя в порядок для дневной жизни, пила крепкий кофе без сахара, заказывала такси, укладывала чемодан, вызывала лифт, спускалась вниз, обнаруживала, что забыла путевку, паспорт, курортную карту и билет в другой сумочке, возвращалась в квартиру, оставив чемодан внизу на попечение лифтерши, в последний миг решала сменить кожаное пальто на легкий плащ, но поддеть шерстяную кофту, это почему-то требовало новых и долгих прикосновений щетки к волосам и дополнительных забот об уже «сделанном» лице; наконец спускалась вниз к разъяренному шоферу, давно поставившему чемодан в багажник и развернувшемуся в узком пространстве двора, успокаивала его быстро, как всегда умела это делать, беря беззлобностью, угадываемой любым косматым сердцем, и живым, искренним интересом к чужому существованию.

Вот уже успокоившийся шофер выводит машину из тихого переулка на Ленинградское шоссе, сообщая симпатичной пассажирке — невесть зачем — разные подробности своей личной и общественной жизни — Лариса была переполнена чужими признаниями, весьма сомнительного свойства, — затем сворачивает на Беговую, забирает к набережной и выезжает на Ленинский проспект, переходящий за окружной во Внуковское шоссе.

Весь путь от дома до Внуковского аэропорта, проделанный бессчетное число раз, Сергеев знает наизусть и может поминутно рассчитать, где проезжает его жена и когда прибудет в аэропорт. Что он и делает старательно...

Куда труднее было расчислить передвижения Ларисы внутри аэровокзала — здесь порядки постоянно меняются.

Надо зарегистрировать билет, но иногда это делается в особой кассе, иногда за прилавком возле весов, иногда при выходе на посадку, но могли придумать и что-то совсем новое. Отсутствие весовщика или контролерши еще усложняет задачу, и Сергеев на время теряет жену из виду, чтобы вновь обрести ее, когда объявят посадку. Следом за другими она с усилием втискивается в переполненный, будто раздавшийся от человечьих тел автобус, который подвезет пассажиров к находящемуся в двух метрах самолету. Едва ли кто сможет объяснить, зачем нужен этот короткий, но мучительный, душный, словно в злую насмешку рейс. Но так было когда-то заведено, и никто не осмеливается отменить освященное временем безобразие.

Наконец Сергеев посадил жену в самолет, откатил трап и, сделав поправку на неизбежное опоздание против графика, вывел самолет на взлетную полосу. Теперь ему предстояло прожить два страшных часа, ровно столько, сколько требовала его утренняя прогулка. Маршрут оставался неизменен: от ворот санатория ты идешь по широкой аллее, которую позже сочтут просекой угрюмые лобастые вальдшнепы и потянут низом и верхом, затем сворачиваешь к лесу и опушкой, огибающей еще заснеженное поле, что с наступлением тепла превратится в нетопкое зеленое болото, возвращаешься на аллею возле проходной. За это время самолет с женой на борту пролетит над Нечерноземьем и черными землями, скользнет над плодородной Кубанью и опустится у подножия Кавказского хребта, в виду той печально знаменитой горы, где оборвалась жизнь Лермонтова. Когда Сергеев минует сонного вахтера, жена увидит из иллюминатора недвижную землю.

Итак, его дело прошагать привычные восемь километров по совершенной плоскости подмосковной равнины. Расстояние обернется временем, теми двумя часами, которые разлучат жену с землей. И надо постараться не думать о ее полете, а развлекать себя разными необременительными мыслишками. Например, думать о том, что он шагает по земле, некогда принадлежавшей Ланским, да, да, тем самым, что при желании он мог бы дойти до их фамильной церкви и кладбища, где похоронены многие члены рода, Александр Пушкин, сын поэта, и некий Васильчиков, уж не секундант ли Мартынова?.. Сама Наталия Николаевна и ее муж генерал Ланской покоятся в Александро-Невской лавре. И церковь, и кладбище всегда на запоре, но могилы имеют опрятный вид, значит, кто-то о них заботится. Но развивать кладбищенскую тему почему-то расхотелось, и Сергеев принялся думать о том, что Наталия Николаевна любила своего второго мужа, совершенную посредственность, куда больше, нежели первого, величайшего гения России, и вовсе не потому, что не знала тому цену — она была достаточно умна, и не от душевной скудости — «доброй бабой» называл ее сам Пушкин, — а потому что сердцу не прикажешь. Как это просто и как верно! Рослый, крепкий, добрый, простой, немудреный генерал был люб ее душе и плоти, а маленький, острый, с переменчивым нравом поэт, чью редкую некрасивость она, в отличие от многих дам своего времени, никогда не находила очаровательной, остался чужд существу неглупой и простодушной красавицы, хотя она рано начала понимать, с каким дивом свела ее судьба. Все эти не новые, но никогда не надоедающие размышления хорошо заполняли время, не приводя ни к каким выводам, ни к какой морали, их можно было раздувать долго-долго, как мыльный пузырь, когда, все увеличиваясь и округляясь, радужась блестящей поверхностью, он обращается в громадный веселый шар, отделяющийся от соломинки, всплывающий выспрь и там лопающийся, исходя несколькими мыльными каплями...

Внезапно Сергеев остановился и постарался остановить мгновение — не для того, чтобы насладиться им, а чтобы разобраться в природе охватившего его страха, похожего на прилив крови к голове. «Тут что-то не то», — вспомнилось любимое выражение Агаты Кристи, без которого не обходится ни один ее роман. Да нет, вроде бы все то же, что и обычно: аллея, деревья, стряхнувшие последние липлые комочки снега, нищенски голые и словно бы продрогшие, обочины, затянутые тонким ледком, под которым дышала ожившая вода. Так что же его смутило? Страх не безотчетен, а имеет какую-то материальную причину. Асфальт был затянут наледью, в которую солью въелся сухой рассыпчатый жесткий снег. Ледяная корочка продавливалась под ногами, и там было мокро. Сергеев приметил странную теплоту в правом сапоге. На нем были коротенькие голландские сапожки, едва достигавшие икр, на толстой подметке, как думал он — каучуковой. Нет, нарядные эти сапожки были скроены из эрзац-материалов: поддельной кожи и поддельного каучука. Он промочил ноги. Особой беды в этом нет. Он простужался хотя и довольно часто, все же не с той удручающей старческой обязательностью, когда промоченные ноги или дунувший под кашне ветер приводят к сильнейшему температурному недомоганию, с долгим и нудным лежанием в постели. К тому же он не успел далеко отойти от дома, надо скорее вернуться, принять горячую ванну, надеть шерстяные носки и теплые домашние туфли, выпить рюмку коньяка — в лекарства от простуды Сергеев не верил. Да, конечно, все это можно сделать, но странно, что он промочил ноги именно сегодня, когда обычная прогулка обрела особый смысл. Ведь были же куда более сырые дни, уже и дожди проходили, и таять дружно начинало, но он, веря в свои голландские обутки, шагал прямо по лужам, наслаждаясь полной защищенностью от разверзшихся хлябей. С чего это сапоги вдруг промокли, когда и мокрети особой нету? Он поднял сперва одну, потом другую ногу и не увидел темных полосок по ранту, свидетельствующих о том, что вода проникла внутрь. Но влажная теплота была — отчетливо и несомненно.

Поднапрягши свой усеченный слух, он услышал легкое чавканье в правом сапоге. Значит, там — вода. Так почему же не мерзнут пальцы? Ведь теплоту можно ощущать лишь в первые минуты, когда тело словно нагревает воду. Загадочная история!..

Возвращаться домой почему-то расхотелось. Он пошел дальше, уверяя себя, что все это — игра нервов и наваждение вскоре исчезнет. Оно не исчезло, а через некоторое время пальцы прихватило холодом. Но если хорошенько ими пошевелить, что позволял широконосый сапог, то они быстро согревались. Затем опять брались студью. Нечего валять дурака — непонятно каким образом, но сапог пропускал воду. Надо идти домой.

«И все-таки почему именно сегодня должно было случиться такое? — снова спросил себя Сергеев, продолжая удаляться от дома. — Почему великое чудо — жизнь — любит делать человеку мелкие гадости? Мне ничего не стоит вернуться, я несуеверен, хотя, подобно многим русским интеллигентам, верю — с ухмылкой — в приметы: черную кошку, встречного попа, бабу с пустыми ведрами, никогда не брошу рукопись на кровать, люблю приговорки, вроде толстовского е. ж. б. (ежели жив буду), но все же я не сверну с дороги из-за кошки, попа или бабы с пустыми ведрами. Все же случаются вещи, которые раздражают своей нарочитостью, будто незримый злобный глаз следит за каждым твоим шагом, чтобы в критический момент учинить издевательскую пакость. Какого черта как раз сегодня дали течь мои великолепные, рассчитанные на век голландские сапоги? Можно подумать, что это действительно подстроено кем-то, чтобы я вернулся домой. Ну, а что случится, если я вернусь? Мне будет труднее прожить оставшееся до конца полета время. Ни читать, ни работать я не смогу. Ладно, как-нибудь перемогусь, бывали и пострашнее испытания... Господи, зачем я обманываю самого себя? Мне не повернуть назад, потому что в меня засело, что происходящее здесь связано с тем, что происходит там, в воздухе. Это отдает бредом.. А откуда известно, что между тем и другим нет никакой связи? Что мы вообще знаем о взаимодействии тех странных сил, которые скрыты в одушевленной и неодушевленной материи? Мы вовсе не считаем чудом, что бесконечно малые, но вполне материальные частицы, одолевая не постижимые человеческим сознанием пространства, приносят на землю изображения Юпитера и Венеры, наше здравомыслие ничуть не смущается этой невероятностью, но с поразительным упорством отказываем в доверии довольно простым чудесам, если они происходят на земле. „Мы провода под током“ — давно ли это было поэтической метафорой, а сейчас — точное выражение физической сути. Но мы ужасно не хотим верить в наше человеческое электричество и высмеиваем рассказы об излечении безнадежно больных наложением рук. А кто знает, как связано мое электрическое поле с полем летящего сейчас самолета, с полем моей жены, а стало быть, и с полем каждого находящегося на борту самолета пассажира и члена экипажа?! И можно ли поклясться, что мое состояние нейтрально к сохранности этого самолета?»

Сергеев негромко засмеялся — до того вздорным и ребячливым показался гонящий его вперед по обледенелой дороге посыл, когда блистательное невежество нашло ему «научное» обоснование. У Сергеева была странная голова: он не постигал тех вещей и явлений, которые людям, еще менее образованным и куда более тупым, давались задаром. Сидя за баранкой машины более тридцати лет, он ничего не понимал в моторе, терялся перед малейшей неисправностью и не умел даже свечи сменить; он считал телефон величайшим и непознаваемым чудом и лишь в самое последнее время запомнил смысл слов «экология» и «акселерация», но так и не смог удержать в памяти значения слов «интеграция» и «эскалация», видимо очень важных, ибо без них не обходится почти ни одна научная статья. Но тут он признал свое поражение и, натыкаясь вновь и вновь на эти термины, уже не хватался за словарь иностранных слов.

Обосновав «научно» свою глупую тревогу и посмеявшись над собой, Сергеев не повернул назад, напротив, прибавил шагу, поскользнулся, хотел удержаться на ногах, чего в старости не надо делать, лучше мягко, умело упасть, как лечь, — и поясницу тотчас пробило радикулитной пулей. Конечно, он упал, больно стукнувшись о дорогу и подвернув ногу, проехался по наледи, и под перчатки набился жесткий, ужасно холодный снег. Он сперва вылизал из-под кожи перчаток этот снег, согрев запястья горячим языком, потом с натугой поднялся. Теперь уже не было и мысли об отступлении. Пусть он сам виноват в случившемся, нельзя давать обстоятельствам возобладать над тобой. Человек потому и стал человеком, что оказался способен на бесцельные поступки. Там, где любое животное отступится, ибо им правят безошибочные инстинкты, человек непременно сделает вопреки всему, и прежде всего вопреки собственной слабости, и в этом заключена высшая человеческая идея, которую не нужно даже формулировать, ибо она растворена в крови.

Похоже, жизнь решила пойти навстречу Сергееву, чтобы избавить его от дурацкого путешествия по скользоте с поврежденной лодыжкой и скованной болью поясницей. Что-то случилось за минувшую ночь, которая для Сергеева в провально глубоком сне ничем не отличалась от всех остальных. Казалось, вдоль лесной опушки, где проходила дорога, пронесся ураган или же локальное землетрясение сокрушило местность; а может, сработала житейская разрушительная мощь — колонна гусеничных тракторов, ведомых ошалелыми от суши в глотки водителями, промчалась в ближайший сельмаг за водкой, сжевав железными челюстями землю. Вместо гладкой, чуть раскисшей дорожки в кабаньих и заячьих следах, в желтых пробоинах лошадиной мочи — здесь ездили за сеном к стогу, — Сергееву открылось чудовищное нагромождение мерзлых глыб вперемешку с какими-то валунами — невесть откуда взявшимися посланцами ледникового периода — и вывороченными из земли пнями; несколько старых плакучих берез с замшелыми стволами вышагнуло из леса, чтобы умереть, рухнув поперек изуродованной дороги.

Растерянно и спасательно мелькнула мысль, что в своем обалдении от тревоги, ушиба, боли в пояснице и ноге он промахнул привычную тропу и вышел к не раз виденному, но не закрепившемуся в памяти по ненужности месту. Всегда была эта непролазь: валуны, глыбы, опрокинутые пни и поверженные березы. Возможно, тут начали прокладывать новую дорогу или же расчищать место для будущей стройки, его это не занимало, более того, отвращало, как и всякое превращение пейзажа в строительную площадку, и, защищаясь, сознание выталкивало прочь раздражающее зрелище.

Сергеев сделал шаг, прикинул расстояние до санатория, увидел мостик через не проснувшийся еще ручей, геодезическую вышку в поле, сухой камыш на далеком озерце у края видимого пространства и понял, что перед ним привычная его дорога, ставшая другой — непроходимой и непролазной. Почему узнавание дороги обратилось в уверенность, что самолет терпит бедствие, Сергеев не понял да и не пытался понять. Это было не важно. Другое важно: он знал, что должен делать для спасения самолета.

Он спотыкался и падал, обдирая колени и руки, иногда ему удавалось обойти препятствие, иногда перелезть, а порой он просто переваливался через валун или глыбу. Но потом он стал куда осмотрительнее — собой можешь распоряжаться как вздумается, хоть расшибись в лепешку, но ты отвечаешь не только за себя. «Будь осторожен, как слеза на реснице», — говорит древняя туркменская пословица. Как назывался тот груз, который Сергеев нес и сохранял, ощущая его непомерную и вместе странно легкую тяжесть на своих плечах, — любовью или самолетом? — впрочем, тут не было противоречия, ибо одно слилось с другим. Маленькая, бедная сила

Сергеева должна была помочь изнемогающим за тысячу верст отсюда моторам и спасти его собственное сердце. Все и всегда зависит от маленькой малости; она разлучает и соединяет людей, сгибает и распрямляет души, правит судьбами целых народов; удержится слеза на реснице — и быть спасену человеку и всему его роду-племени, державе и согражданам; скатится, охолодив щеку, — и вселенский разбой опустошит землю. Удерживай свою слезу, Сергеев, ломись вперед, кровенись, расшибайся, но не роняй драгоценный груз, пусть ты будешь выглядеть круглым идиотом в глазах всех здравомыслящих людей и в своих собственных, когда придет остужение, делай, что ты делаешь. Ты стал даже ловок, что не уберегает тебя от ушибов и ссадин, но ты неуклонно движешься к цели и надежно несешь свой груз.

Он не узнал достигнутой цели, так залило ему потом глаза из-под вязаной шапочки, когда добрался до ворот санатория, завершив круг. Он чуть не наскочил на каменную сторожевую будку, но все же не наскочил, осторожно опустил на землю свою ношу и дал скатиться слезе с кончика ресницы...

...Когда хорошо выспавшийся Сергеев спустился в регистратуру, опираясь на палку, но в прекрасном расположении духа, он не сомневался, что его ждет телеграмма.

— Почта приходит утром, вам ничего не было, — сказала востренькая, с модными лиловыми веками регистраторша.

— Ну, телефонограмма, — улыбнулся Сергеев.

— И телефонограммы не было, — сказала та чуть раздраженно, ибо ни на минуту не забывала, что ее выдающаяся красота не соответствует занимаемой должности.

— Была! — уверенно и весело сказал Сергеев. — Вы куда-то отлучались.

— Я ни-ку-да не отлучаюсь, — залилась свекольным румянцем красавица, злясь на свой простонародный румянец и на Сергеева — его виновника.

— Посмотрите в столе, — сказал он с напором.

Она резко выдвинула ящик, схватила какую-то бумажку, и будь Сергееву до нее хоть сколько-то дела, он бы пожалел самолюбивого и ущемленного человека — такими несчастными стали глаза под лиловыми веками.

— Я отходила только на минуту... Это нянечка записала. Корявыми, большими, старательными буквами на оторванном от газеты клочке было нацарапано: «Долетела благополучно. Уже скучаю. Целую. Лариса»...

...А двумя часами раньше, спустившись по трапу на теплую, пахнущую травой землю южного аэродрома, командир воздушного корабля сказал второму пилоту:

— Так что же это было?

Второй пилот был много старше командира, но так и остался вторым, что сделало его душу вялой и неспособной к заинтересованному удивлению. Он равнодушно пожал плечами:

— О чем ты?..

— Брось!.. Ты же чувствовал... Но вот что нас держало?..

Второй пилот, конечно, сразу понял, о чем говорит командир, но он знал, что вскоре выйдет на пенсию, так и не наверстав упущенных возможностей, — и зачем лишнее напряжение без пяти минут пенсионеру? Пусть этот преуспевающий человек сам разбирается в томящих его тайнах. К тому же жена наказала ему купить карачаевские чувяки, которые случаются на маленьком базаре неподалеку от аэропорта, а он фатально забывал ее размер.

— Долетели, и ладно! — сказал он хмуро. — А этот драндулет давно пора списать... — И прибавил шагу.

— Вот уж верно, — пробормотал командир корабля, глядя ему в спину...

1985

ТРОЕ И ОДНА И ЕЩЕ ОДИН

Повесть

Когда эти двое остановились в «Дарьяле», владелец гостиницы, старый, тучный, с опухшим, вечно небритым лицом и заспанными всевидящими глазами Шалва Абесадзе, не почувствовал ни малейшей тревоги. Эти двое были мужчина и женщина, их следовало бы называть «парой», но Шалва Абесадзе, чтивший институт брака, наверное потому, что сам оставался холостяком, лишь законных супругов считал «парой». А эти двое не состояли даже в гражданском браке, как называют узаконенное согласием общества прелюбодеяние, иначе потребовали бы общий номер, на что Шалва никогда не соглашался. То была единственная дань приличиям, которую он платил по доброй воле, вернее, по внутреннему велению, в остальном же постояльцам разрешалось вести себя как им заблагорассудится. Но эти двое попросили смежные номера, чем избавили и себя, и владельца гостиницы от неприятных объяснений. Им отвели номера на втором этаже, в тупиковом отростке коридора, шутливо называемом «слепой кишкой», где они были полностью отделены от остальных немногочисленных постояльцев.

«Дарьял» не принадлежал к числу первоклассных отелей Тифлиса, находился далеко от центра, в конце горбатой, немощеной, заросшей жесткой травой улицы, его достоинствами были дешевизна, укромность, терпимость, отличная восточная кухня и отсутствие всякой чопорности.

В тот раз Шалва Абесадзе, как и обычно дневной порой, потягивал винцо за шатким столиком под старым платаном у входа в гостиницу. Приезжие, выйдя из пролетки, прошли мимо него. Шалва поймал их узкими щелками меж припухлых смуглых век, взвесил, оценил и выпустил. Иностранцы, прекрасно одеты, с манерами людей из общества и большими чемоданами дорогой крокодиловой кожи. И его досадно удивило, когда они спросили отдельные номера. Шалва узнал об этом из громкого возгласа не поверившего своим ушам опытного портье. Безошибочный нюх впервые подвел владельца гостиницы, он принял их за «пару». Уж слишком уверенно и свободно держались. Наверное, старая, прочная связь, огорченный промахом, думал Шалва, и, уж конечно, за ними нет ни ревнивого мужа, ни брошенной жены, они не боятся. Но и не афишируют своих отношений, скорее же всего просто ищут уединения.

Особенно пришелся ему по душе мужчина: коренастый, плотный, с крепкой шеей; чистые светло-серые, слегка навыкате глаза и упрямый постав головы придавали ему какую-то воинственную респектабельность. Разумеется, Шалва не пользовался таким мудреным словом и определил приезжего просто: знает себе цену.

Хлопоты скорее могли быть с дамой, чей возраст Шалва затруднялся определить, и это уже настораживало, как и всякая неясность. Если ей под сорок, то она прекрасно сохранилась, но Шалву не удивило бы, окажись она куда моложе. В этом случае следовало признать: она знала жестокие ветры и бури. Стройная, легкая фигура, по-молодому вскинутая голова в ореоле пушистых светлых волос, четкий овал лица, а в широко расставленных глазах под тяжелыми веками — горечь знания и усталость, приспущены уголки узких, словно поджатых губ, морщинки на висках. Но может, дорога ее утомила? А отдохнет — и явится в блеске молодости. Нет, не явится, с подавленным вздохом подумал Шалва, тонкий, хотя и бескорыстный ценитель женской красоты, молодость свою она крепко изжила. Из этих двоих она старше, и не только годами, но и жизнью. А хлопот не будет, и гарантией тому даже не характер спутника, а ее собственная усталость. Она вымотана не дорогой, а пережитым и хочет тишины, покоя. «И ты получишь это в моем „Дарьяле“», — благожелательно пообещал он женщине. Так размышлял в тени платана Шалва Абесадзе, перемежая, что неизбежно в подобных внеопытных построениях, точные угадки с грубейшими промахами. А завершив мозговое усилие, сделал большой глоток терпкого вина и смежил толстые веки...

Приезжих отвели в номера, туда же доставили их небольшой багаж. Господин сунул мелочь в жесткую ладонь носильщика — он же швейцар, он же ночной сторож при гостинице — и постучался к даме.

— Войдите!.. — У нее был звонкий, легкий голос, не поддающийся усталости. — Ах это вы, Баярд!

— Можно подумать, вы ждали кого-то другого. — В голосе серьезность, недовольство, шутки не получилось.

— Да, носильщика. Я думала, он вернулся за бакшишем.

— Тут не просят бакшиша, — все так же серьезно, но уже по-доброму сказал Баярд. — А обычные европейские чаевые он получил.

— Ну и прекрасно. — Женщина потянулась за портсигаром из слоновой кости, небрежно брошенным на ночной столик.

— Погодите, — сказал Баярд, пристально глядя на нее своими медно- и прозрачно-серыми выпуклыми глазами. Он словно вбирал, втягивал ее в себя.

— О нет, Баярд! — сказала она жалобно. — Прошу вас... Не сейчас. Я устала. Должна вымыться. Я пропылилась, как старый ковер. Ну будьте хорошим!..

Баярд не хотел быть хорошим и опрокинул ее на кровать. Женщина покорно помогла его неловким усилиям.

— Какой вы страстный! — сказала она, когда Баярд освободил ее и отошел к окну.

— Я нор-маль-ный мужчина, — сказал он подчеркнуто.

Женщина вздохнула. Она поправила одежду, но не встала с кровати, а потянулась за папиросами. Сейчас он уйдет, и можно будет привести себя в порядок. Надо попросить горячей воды, о ванне в такой дыре нечего и мечтать. Воды, воды, скорее воды, горячей, теплой, холодной, на худой конец, только воды! Быстрая и неряшливая близость усилила в ней ощущение своей нечистоты. Она была грязной, пыльной, липкой, пыль набилась в волосы, в уши, хрустела на зубах, кожа душно пахла пылью, к тому же еще чужой, тоже несвежий, дорожный запах, — все это было невыносимо. Почему он так любит внезапные, бурные и неудобные соединения? Впрочем, когда-то и для нее время и место ничего не значили. Но теперь ей мила лишь тихая, опрятная буржуазность: с разобранной постелью, погашенным светом, неспешными ласками, глубоким и чутким сном между объятиями. Он настойчиво вынуждает ее к другому. Ему это, видимо, надо. Ее и прежде не привлекал «штурм унд дранг», но она подчинялась чужому темпераменту, а также вынужденным обстоятельствам легко и естественно, без нынешнего брезгливого преодоления и разделяла порыв, а сейчас чаще всего подделывает соучастие. Но он настолько эгоцентричен, что ничего не замечает. Наверное, его жизни недоставало приключений, встрясок, и сейчас он усиленно наверстывает упущенное, обостряя их уже прочно сладившиеся отношения вспышками неудержимой страсти. Желание —

истинное или головное — настигало его в самых неподходящих местах, в самые неподходящие минуты: в купе поезда перед остановкой, когда мог войти проводник, на каменистой тропе в горах, на пустынной набережной под дождем, в номере гостиницы, куда едва успели внести чемоданы. Может быть, и ее притягательность для него объяснялась тем духом авантюры, неблагополучия на грани катастрофы, каким она пропиталась в своей прежней жизни? Он никогда не признается в этом. Но несомненно, что за его докучными порывами было нечто большее, чем прихоть, каприз, и она безропотно подчинялась. Как странно, что любой пленившийся ею мужчина незамедлительно берет над нею верх. Один старый друг — друг или враг? — называл это высшей женственностью.

Баярд искренне хотел быть безукоризненным, но ему не хватало тонкости и способности заглянуть в чужую душу, иначе он понял бы, как невыносимо ей все, что отдает богемной лихостью. А ведь он и сам ненавидел ее прошлое, зачем же так назойливо напоминать о нем? В необузданность его темперамента что-то плохо верилось. Но не стоит растравлять себя, в жизни и без того хватает горечи.

— Отдохните, Дагни, — милостиво сказал Баярд. — Я зайду за вами перед обедом...

Обедали они в гостинице, в ресторане, с очень порядочной европейской кухней, оставив на вечер острые и пряные соблазны духана, а кофе пили в крошечном кафе под платанами. Дагни попросила заказать ей «лампочку вина» — польское выражение, одно из немногих приобретений ее краковских дней, — и бутылку местной минеральной воды. Баярд подозвал юного горбоносого официанта в заляпанной вином холстинной курточке, дождался, когда тот выполнит заказ, после чего церемонно откланялся и пошел в город менять деньги в банке.

Дагни потягивала разбавленное минеральной водой красное вино и курила папиросы одну за другой, рассеянно сбрасывая пепел мимо круглой керамической пепельницы. По косым взглядам сидящих за соседними столиками она догадалась, что делает что-то не отвечающее принятым тут правилам поведения. Видимо, не полагалось приличной женщине сидеть одной за столиком, пить вино и курить. В Берлине, Стокгольме, даже Осло, не говоря уже о Париже, никто бы и внимания не обратил, но в каждом монастыре свой устав. Наплевать ей с высокой горы, что о ней здесь подумают. Дагни ехала сюда без охоты, недоставало еще ради сомнительных удовольствий этого путешествия жертвовать своими привычками и маленькими удобствами. Да ей и вообще никуда не хотелось ехать. Но ехать надо было. В Европе слишком многие ее знали, она покрыла свою личность ненужной славой, и утомительно то и дело натыкаться на гадко пытливые физиономии. Есть, правда, тишина отчего дома, но отец не принял бы их: он старых правил. Все бредили Кавказом, хотя почти никто там не бывал, и они подались на Кавказ.

Она была равнодушна к природе. Ну, в малых дозах еще куда ни шло: багряный закат из окна ресторана, синяя гладь фиорда с борта прогулочной яхты, кусты сирени в городских садах, заставляющие поверить в приход весны... Но когда природа обстает тебя со всех сторон, когда ты погружен в ее чрево и она лезет тебе в нос, рот, глаза, уши и некуда деваться, это утомительно, скучно, а порой и тревожно. К тому же все время ждешь неприятностей: дождя, грозы, ветра, горного обвала, пыльной бури, солнечного удара, ядовитого укуса летающей или ползающей дряни. Но Баярду хочется, чтобы она восхищалась девственным миром, его чистотой, свежестью, то нежной, то величественной красотой, ведь это он привез ее сюда, в тишину, покой и уединение, спас и скрыл от всех бед, и она должна радоваться. Кстати, если забыть, что не так-то легко, о горах, ущельях, водопадах, утомительных кручах, опасных спусках, назойливых мухах, всепроникающей пыли и беспощадном солнце, то Баярд в самом деле заслуживает благодарности: уехать было необходимо, и уехать далеко, где бы тебя никто не знал и не стремился узнать. И кажется, они нашли такую землю. За месяц путешествия ни одной встречи, ни одного дурно загоревшегося узнаванием взгляда, ни одной попытки завести знакомство. Признаться, она чуть опасалась Тифлиса — большой, людный город, много приезжих, в том числе из Европы, но Баярд, заботливый и верный друг, все разузнал, разведал и нашел это тихое пристанище на краю города. Здесь уютно, мило, за деревьями, если не задирать голову, горы не проглядываются. Она насытилась горами и ущельями до конца дней. Конечно, и здесь не избежать вылазок в живописные окрестности, уже прозвучало на губах Баярда зловещее и непроизносимое из-за тесноты согласных, как и большинство грузинских слов, название монастыря, связанного с великим русским поэтом, убитым на дуэли, но не Пушкиным, а вторым номером, у нее никогда не было памяти на имена...

Как здесь тихо!.. День накалился, и все поспорили укрыться за ставнями в прохладных комнатах. Ушли и негодующие соседи по столикам, даже толстый хозяин гостиницы убрался, прихватив недопитую бутылку вина, кафе опустело, все реже промелькивали тени прохожих и царапал беглый осуждающий взгляд. Наступил час умиротворения. Задышливо прокричал ишак в соседнем дворе и смолк, только внутри его еще долго что-то скрипело и перекатывалось, не в силах угомониться, и, будто под землей, тоненько заскулил щенок. Какая-то жалкая жизнь в замученном зноем и духотой пространстве не хотела сдаваться, отстаивая свое право на жалобу, ворчбу, кроткое несогласие, просто на сотворение малого шума. Дагни смежила веки, оставив в щелках немного розового света. И тут слегка заикающийся мужской голос обратился к ней на скверном немецком языке, приветствовал и назвал «мадам Пшибышевская».

С чувством скуки, но и с некоторым облегчением — только сейчас она поняла, что тишина, став чрезмерной, уже не успокаивала, а давила, — Дагни отпахнула ресницы и увидела господина со шляпой в руке: лысоватый потный череп, острая черная бородка, пенсне. Допустила в силу безнадежной стандартности его облика, что знакома с ним, и небрежно бросила:

— А-а!.. Вы?.. Здравствуйте. Садитесь... Только я уже не мадам Пшибышевская.

Господин почтительно опустился на краешек плетеного стула.

— Я Карпов, петербургский журналист... Мы с вами встречались в Берлине, в «Черном поросенке».

— Голубчик, с кем только я не встречалась!.. — Голос звучал рассеянно, небрежно, но это нелегко давалось сведенной гортани.

В сизой мгле, наплывшей вдруг на знойную, чуть мерцающую, дрожащую прозрачность тифлисского летнего дня, в сизой слоистой табачной мгле «Черного поросенка» обрисовались три бледных, синюшно-бледных от дыма, вина и усталости мужских лица — Эдвард Мунк, Август Стриндберг, Станислав Пшибышевский.

— Нас познакомил Галлен-Каллела, — послышалось будто издалека.

— С кем только не знакомил меня Галлен-Каллела! Он обожал знакомить людей, ничуть не заботясь, хочется им этого или нет. — Лица истаяли в знойном мареве яви, и голос налился, окреп. — Но вы не смущайтесь. Пейте вино. Скажите, чтобы вам дали бокал.

— Спасибо, у меня почки... — застенчиво пробормотал петербургский журналист.

— Спросите кофе. Здесь готовят по-турецки.

— У меня сердце, — совсем смутился Карпов. Не в лад неуклюже-робкой повадке маленькие его глаза за стеклами пенсне горели алчным любопытством.

«Ничего не скажу! — злорадно подумала Дагни. — Ничегошеньки вы от меня не услышите, господин петербургский сплетник!» А сама уже говорила, как будто речевой аппарат нисколько не зависел от ее воли, был сам но себе:

— Да, с Пшибышевским мы расстались. Он очень мил, талантлив и все такое, но жить с ним невозможно.

С большим правом Пшибышевский мог бы сказать это о ней. Но не тогда, когда они расставались, а значительно раньше, в пору Берлина и «Черного поросенка». Но тогда он молчал. Он принимал зримое за галлюцинации, которыми страдал с юности, а галлюцинации за явь. Впрочем, в безумном их кружке, где женщин обожали и ненавидели, унижали и возвеличивали, возводили на трон и свергали, а более всего боялись, царили снисходительность и терпение, непонятные тусклым моралистам, мещанам духа. Но перетянутая струна в конце концов рвется. Произошла ужасная сцена, Пшибышевский грозил ей пистолетом и послал Эдварду Мунку вызов на дуэль. И распался берлинский кружок, нашумевший на всю Европу: Эдвард умчался в Париж, Стриндберг в Осло, Дагни с мужем нашли приют у ее отца в Конгсвингере.

И там, в тихом захолустье, Пшибышевский будто разом забыл о «Черном поросенке» и всем поросячестве, спокойный, добрый, мягко рассеянный, почти безразличный, он с головой погрузился в работу. Она была благодарна ему за это равнодушие. Слишком измучила ее берлинская дьяволиада. Тем более что Стриндберг не оставил ее в покое, преследуя то вспышками ненужной любви, то злобной и шумной ненавистью. Какой тягостный и страшный человек, какой душный вид безумия!.. Не оставлял ее и Эдвард, хотя не появлялся, не писал, канув невесть куда. Но он был в ее мыслях, снах, вернее, в бессоннице. Нет ничего ужасней, изнурительней бессонницы. Она не могла писать. Начинала и сразу бросала. А от нее ждали. Две ее жалкие публикации неожиданно произвели впечатление. Пшибышевский самозабвенно переплавлял свои мучительные переживания — ревность, боль, разочарование, униженность — в золото слов, а она бесцельно маялась, обреченная днем на одурь полудремы, ночью — на вертячку бессонницы. Что это — женская суть или просто бездарность?

Ну а в Кракове, в блеске молодой громкой славы, уже не обещающий талант, не бледный спутник ярких светил, а само светило, признанный мастер, властитель дум и чувств, Пшибышевский загорелся идеей реванша. Сложного реванша, непосильным бременем легшего на ее изнуренную душу. Он завел «глубокую» и

страстную переписку с женой писателя Костровича, а Дагни должна была читать и его заумно-нудные высокопарности, и вымучен-
ные признания противной стороны. Эпистолярный головной роман этот был оснащен системой доказательств, наводившей на
мысль о судебных прениях. Терпение Дагни истощалось. По приезде в Варшаву она оставила Пшибышевского, который, будем
честны, не слишком ее удерживал, и через Прагу, где прихватила
этого... Баярда — как бишь его, простое, распространенное имя, а
не удержать в памяти, — отправилась в Париж. Но парижский воздух оказался слишком насыщен безумствами Эдварда, и они устре-
мились на Кавказ. Да, так все и было, а разговоры о том, что Пшибышевский бросил ее, — ложь. Его жалкий бунт ничего не стоило
пресечь. Но она устала от чужой гениальности, подавившей ее
скромные способности, больных нервов, воспаленного ума, после
всех пряных изысков ее потянуло к ржаному хлебу и молоку... Непонятно одно: зачем ей понадобилось посвящать в свою интимную
жизнь малознакомого и отнюдь не привлекательного человека?
Все ее проклятая женственность виновата!

— Здесь я с другом, — зачем-то сообщила она. — Он прекрасный
человек, нам хорошо, но я слишком измучена, чтобы вновь принимать на себя обузу брака. Не знаю, может быть, потом...

Петербургский журналист угодливо закивал своей облезлой головой, а в маленьких глазах требовательно, даже нагло зажглось:

— ?!

— Ах вы о Мунке! — догадалась она. Проклятая, проклятая женственность!

Конечно, большой беды в ее откровенности нет. Раз этот господин находился в Берлине в ту пору и был вхож в их круг, он и так
все или почти все знает. Молодые, широкие, беспечные, они не
умели и не считали нужным ничего скрывать, и вся их жизнь в пе-
репутье сложных отношений была нараспашку. В неведении, довольно долгом, находился один Пшибышевский. «Муж узнает последним» — банальность, пошлость, но при этом правда. Впрочем,
к их случаю вопреки очевидности эта поговорка отношения не
имеет. Позднее прозрение Пшибышевского было мнимым.

— Пшибышевский вызвал Эдварда. Жест, достойный немецкого студента-забияки или подвыпившего бурша, скажете вы? Но все
обретает иной смысл, иную окраску, когда затрагивает людей такого масштаба...

Начав столь высокопарно, она вдруг осеклась. Да состоялась ли
эта дуэль или дело кончилось, как обычно, пшиком? Вызов был.

Резкий, оскорбительный, как плевок. Дуэль не могла не состояться. Хотя Эдвард вовсе не был так виноват, как казалось оскорбленному мужу и всем окружающим. У Эдварда было внутреннее право не принять вызов, но никто бы этому праву не поверил. Отказ сочли бы трусостью. Значит, они дрались, хотя от нее это скрыли. Но почему она сама никогда не пыталась узнать, как там все произошло? А зачем? Она не нуждалась в подробностях. С сомнамбулической, провидческой отчетливостью нарисовала она картину кровавой сшибки. Ей не хотелось, чтобы жизнь с обычной бесцеремонностью испортила художественную цельность образа. Пшибышевский решил пощадить человека, но убить художника, и прострелил Эдварду руку, правую руку, держащую кисть.

— Наверное, Петербург — глухая провинция, мы ничего не слышали о дуэли, — промямлил Карпов.

Внезапная усталость пригнула ей плечи, налила свинцом голову. О господи, неужели так важно, была ли эта дуэль на самом деле? Почему людям непременно надо разрушать прекрасное, способное стать легендой? Они так цепляются за плоскую, жалкую очевидность, так неспособны воспарить над мелкой правдой факта, что душа сворачивается, как прокисшее молоко. Экая духота! Загадывай им загадки, закручивай чертову карусель, они все равно будут выхрюкивать из грязной лужи житейщины: было — не было? Да кто знает, что было, а чего не было! Бог наделяет своих избранников правом исправлять прошлое, если оно не поднялось до высших целей бытия. Настоящая художественная правда: дуэль состоялась, и пуля раздробила Эдварду кисть правой руки. Но он не перестал писать картины, лишь потерял способность воссоздавать ее образ, поразивший его еще в детстве, да, в детстве маленький Эдвард ахнул и не по-детски застонал при виде крошечной Дагни Юлль. Ее чертами наделял он всех своих женщин, она и в «Мадонне», и в «Созревании», и в «Смехе», в «Красном и белом», в тройственном образе Женщины, хотя это ускользало от проницательного глаза Пшибышевского, но не ушло от бездонного взора Стриндберга. Эдвард заслужил такое наказание: он предал не дружбу, а любовь. Но об этом знают лишь они двое, их маленькая тайна, мешающая легенде, ничего не стоит. Жизнь пишет историю начерно, молва перебеляет ее страницы. Не надо путать молву со сплетнями, она всегда права, раз отбрасывает случайности, шелуху просчетов, ошибок, порожденных несовершенством человека, неспособностью его быть на высоте рока и судьбы. Ах, что за глупый фарс разыграл он тогда в мастерской!.. После всех долгих лунатических танцев в подвале «Черного поросенка», таких долгих, что грезивший наяву Пшибышевский, обретая порой действительность и видя в полумраке вновь и вновь их покачивающиеся слившиеся силуэты (как прекрасно схватил это Мунк в своем «Поцелуе»: тела целующихся стали единым телом, и лица, взаимопроникнув сквозь пещеры отверстых ртов, стали одним общим лицом), так вот, Пшибышевский полагал галлюцинацией зрелище забывшей обо всем на свете, презревшей все условности, отбросившей не только осторожность, но и память о жизни, погруженной в нирвану недвижного вальса влюбленной пары. И много, много времени понадобилось ему, чтобы признать убийственную материальность этих галлюцинаций. Но, ирония судьбы, его прозрение оказалось еще одним обманом. Как мог он быть таким наивным, доверчивым, непонимающим — самый их танец был преступлением, когда же замолкала музыка, они не размыкали объятий, ведь были не сцепом, а сплавом, и в тишине целовали друг другу руки, плечи, лица. Фосфоресцирующий в полумраке взгляд Пшибышевского, обращенный не вовне, а внутрь, оставался безучастным, как белый пуговичный взгляд брейгелевских слепцов.

Но она вела бы себя точно так же, если б он видел и ревновал и зеленел от гнева, столь истинным и справедливым было все происходившее между нею и Эдвардом. Они полюбили друг друга с той давней детской встречи, и она вошла в его картины, быть может, неведомо для него самого задолго до Берлина, когда он стал писать ее портреты, когда он просто уже не мог написать другой женщины, когда в каждом женском образе, выходящем из-под его кисти, проглядывали неправильные черты ее просторного, скуластого, коротконосого, с широко расставленными глазами лица. Он заставлял ее полюбить собственное лицо, которое прежде не нравилось ей до горьких слез, заставил поверить в свое лицо, в себя самое, создал ее в единстве духовного и физического образа, явив новый поворот чуда Пигмалиона.

Но почему, когда они встретились в Берлине, он после первой непосредственной радости узнавания повел себя так скованно и уклончиво? Он и вообще человек сдержанный до робости, молчаливый, правда, пока не напьется. Тогда он способен на вспышку, на дебош, на любую дикую выходку. Но прав Стриндберг, считавший пьяные мунковские скандалы оборотной стороной его болезненной застенчивости. Все загнанное внутрь, спрессованное на дне души высвобождалось взрывом под действием винных паров. Довольно высокий, узкоплечий и узкогрудый — вот уж кто не был спортсменом! — он мог наброситься с кулаками на кого угодно, и такое безрассудство было по-своему прекрасно. Но трезвый или пьяный — о, как они кутили! — Эдвард был с ней неизменно вежлив, тих, почтительно грустен и уклончив, без этого слова не обойтись. Он же видел, что она влюблена, и сам был влюблен в нее, на этот счет нельзя ошибиться. Говорили, что он боится женщин. Возможно. Только боязнь не мешала ему одерживать бесчисленные победы, которые он и в грош не ставил. Он был сказочно красив. Боги изваяли его крупную, гордо посаженную голову. Обманывал его крутой, волевой подбородок, и переливающиеся из сини в изумруд глаза тоже обманывали, их льдистый холод и сила ничему не соответствовали в его податливой, слабой душе. Полно, так ли уж он слаб и податлив? Разве не прорывалась в нем странная, упрямая сила и разве не сила — его художническая устойчивость, непоколебимо противостоящая брани, непониманию, чужим влияниям, щедрости дружеских советов, соблазнам легкого пути? В ту пору он еще не носил усов, и свежий, мягкий, молодой рот был нежно и наивно обнажен. Ей все время хотелось целоваться с ним, и они целовались, но дальше не шло. Гёте говорил: «От поцелуев дети не рождаются». Похоже, эти слова накрепко запали в Эдварда. «В нашей семье только болезни и смерть. Мы с этим родились», — вздыхал он. Его навсегда потрясла ранняя смерть матери и старшей сестры Софи. Тоска по сестре стала картиной «Больной ребенок». Из палочек Коха, сгубивших несчастную Софи, родилась ранняя слава Эдварда, на пронзительной нежности этого полотна сошлись все, даже те, кому Мунк был противопоказан. «Нам нельзя вступать в брак: ни мне, ни брату, ни сестре, — сколько раз говорил он. — Мы унаследовали от отца плохие нервы, от матери — слабые легкие». Милый, чистый, наивный Эдвард, он считал, что они должны немедленно пожениться, если уступят страсти.

— Ну а?! — произнес петербургский господин Карпов, и ее все угадывающая женственность подсказала нужный ответ.

— Стриндберг?.. Он довольно долго не лишал нас своего общества, это было похоже на преследование. Ну а потом громогласно проклял меня. Ужасны люди, которые сперва пресмыкаются перед женщиной, а затем обливают ее грязью. Из просвещеннейшей, мудрейшей, обаятельнейшей Аспазии я превратилась в исчадие ада. И все потому, что отказала ему и стала женой Пшибышевского. Бог с ним, у меня нет зла на него, он достаточно наказан своим злосчастным характером...

В конце концов, она не на исповеди. Кто этот случайный, суетный, тусклый человек? Микроб, ничтожный знак мировой суеты.

А она допустила его в преддверие тайн. Такой, знать, стих на нее нашел — засиделась, да и не следовало Баярду оставлять ее одну. К тому же полуправда — это правда для непосвященных. Счет Стриндберга к ней куда больше и основательней. Их свел Эдвард, он же вскоре познакомил ее с Пшибышевским. Но как ни скоро это произошло, Стриндберг, сразу влюбившийся в нее восторженно, тяжело и угрюмо, успел сделать ей предложение — он незадолго перед тем развелся — и, разумеется, получил отказ. Не только потому, что ее сердце было занято Эдвардом, но этот непросветленный, чуждый эллинскому духу Перикл, без устали мычащий, стонущий, рычащий: «Аспазия!.. Аспазия!..», был ей страшен. Он таскал пистолет в кармане куртки и однажды угрожал им, нет, не ей, а беззащитному Эдварду. Тот написал удивительный портрет Стриндберга, где преувеличенная мощь черепной коробки подавила некрупность заурядных черт. Впоследствии он литографировал этот портрет, но, по обыкновению, не буквально, и освободил лицо Стриндберга от груза лба и черепной крышки, отчего оно выиграло в благообразии, но потеряло в грозной значительности. Все же не искажение облика взорвало Стриндберга, для этого он был слишком умен, а странное прозрение художника, обрамившего портрет зыбко-волнистыми линиями, таившими абрис женской фигуры. Стриндберг усмотрел в этом дерзкую попытку проникнуть туда, куда он никого не пускал, и на последнем сеансе вынул пистолет со взведенным курком и сказал глухо: «А ну без вольностей!» Так, под пистолетом, и дописывал Эдвард портрет. И было в этих опасных мужских играх что-то такое жалкое, бедное, что душа ее не выдержала. Конечно, ей пришлось сразу же раскаяться в своем добром порыве, Стриндберг не понял жеста милосердия, решил, что теперь обрел права на нее. Быть может, потому и поторопилась она выйти замуж за Пшибышевского, мягкого и взрывчатого, нежного и язвительного, всегда воодушевленного, искрящегося, а главное — доброго, доброго. О его болезни она ничего тогда не знала, но, если б и знала, не изменила бы своего решения. Кто из окружающих был до конца нормален?.. Брак с ним разрубил страшный узел, почти стянутый Стриндбергом на ее судьбе. И еще один узел мог развязаться, хотя она никогда об этом прямо не думала, избегая цинизма даже в мыслях, но не запрещено же было надеяться в тайнике души, что с замужней женщиной Эдвард отбросит осмотрительную щепетильность. Супружескую верность не слишком щадили в их среде, к семейным добродетелям относились с насмешкой.

О горестный закон несовпадений! Она так же тяжело помешалась на Эдварде, как Стриндберг на ней. А Эдвард?.. Конечно, он не был равнодушен, иначе откуда такая одержимость ее образом? Она была для него и той девочкой-подростком, что затаилась на огромной кровати, потрясенная наступившей зрелостью, и вампиром, пьющим кровь из затылка жертвы, и крылатой когтистой гарпией над растерзанным мужским трупом, и прелестной невинной девушкой у окна, босоногой, в легкой рубашке, и той отчаявшейся, с распущенными волосами и обнаженной грудью, у которой остался лишь пепел чувства. Мучаясь загадкой женщины, Эдвард неустанно вызывал ее дух, словно лишь в нем чаял найти разгадку. Он мог смешать ее черты, изощренно затуманивать сходство, прятать его в наивных и злых искажениях, и все же она неизменно присутствовала во всех греховных, целомудренных, порочных, поэтичных, горьких и сладостных видениях Эдварда.

И оставалась музыка в ночном опустевшем танцевальном зале старого берлинского кабака, и бесконечный, почти неподвижный вальс, и поцелуи под мерцающим в полумраке незрячим взглядом Пшибышевского. И когда терпеливое смирение уже рвалось из груди сухим рыданием, Эдвард пригласил ее к себе в мастерскую.

В убогой студии с голыми стенами, обшарпанным полом и рухлядью вместо мебели был накрыт стол, золотилось горлышко шампанского. Эдвард, которому крайняя неряшливость мешала казаться элегантным, даже когда на нем были хорошие модные вещи, на этот раз выглядел безукоризненно: светлый фланелевый костюм, крахмальная сорочка, галстук-бабочка.

Хлопнула пробка. «За вас!» — сказал он, и глаза его потемнели. Она залпом осушила бокал. Он сразу налил еще. «За нас!» — успела она сказать.

Когда бутылка опустела, он провел ее в маленькую спальню с окном во всю стену. «Разденьтесь, прошу вас!» — странно, проникновенно сказал он и вышел. Заранее решив ничему не удивляться, она покорно сняла одежду. Он вошел, внимательно посмотрел на нее обнаженную:

— Я только сделаю набросок углем.

Она ничего не ответила, закрыла глаза. В темноте слышала, как колотится под ребрами сердце и шуршит уголь по картону.

— Женщины Кранаха кажутся мне прекрасными, — сказал Эдвард, — но ты лучше женщин Кранаха. Сейчас я прибавлю краски.

Она быстро уставала и боялась, что это отразится на линиях тела. Долго ли еще продлится нежданный сеанс? Очевидно, желание

132

приходит к этому невероятному человеку через его искусство. Остается терпеть. И тут он сказал:

— Спасибо! О, спасибо тебе, Дагни, что ты пришла и была такой милой. Я никогда не забуду... — И деловитым тоном врача, окончившего осмотр: — Можешь одеться.

Она была так ошеломлена и подавлена чудовищным свиданием, что снизошла к Стриндберговой мольбе. Нужно было вновь поверить, что она еще женщина. И тут как раз Пшибышевскому зачем-то понадобилось выступить в классической роли мужа-лопуха. Поиграв не слишком убедительно пистолетом перед ее лицом, он послал вызов Эдварду. Это было глупо, и ей совсем не льстило, чтобы в ее честь началась пальба. Да еще по ложной цели. Это потом, когда все осталось позади, сгинуло в густом тумане, она выстроила картину дуэли, достойную стать легендой. А тогда она ничего не знала, не чувствовала, кроме смертельной усталости. Она разом постарела лет на десять.

Конечно, они много дали ей, эти люди, до встречи с ними она была зеленой девчонкой, несмотря на свои двадцать четыре года и все исписанные страницы. А с ними стала мудрой, аки змий, и узнала столько о величии и низости человека, что не снилось, не мерещилось всем ее норвежским сверстницам. Ее опахнуло могильным холодом Стриндберговых пучин, жгучей болью мунковских кошмаров, мозг и душу напрягали патетика и молитвенный экстаз Пшибышевского, ей открылись миры Метерлинка, Гофмансталя, эротический фейерверк Ведекинда, утонченные символы Бердслея и ядовитые — Филисьена Ропса. Но какие-то загадки так и не разгадались, а запутались еще сильнее, переизбыток обернулся странным оскудением, и родники собственного творчества потухли. К тому же Эдвард поколебал ее уверенность в себе как в женщине. И она ошеломленно обнаружила, что эти богачи обворовали ее. Подобно гриммовскому заколдованному корыстолюбцу, они превращали в золото все, к чему ни прикасались. Им шло на пользу, когда их не любили, обманывали, унижали, заставляли страдать, мучиться. Они ничего не потеряли во всех передрягах проклятой и благословенной берлинской жизни. Они бражничали, бесчинствовали, бесились, страдали от любви и ревности, а в результате не растрачивались и приобретали. Эдвард овладел недоступной ему прежде графикой и сразу стал королем. Заблистали новые грани громадного таланта Стриндберга. А безвестный Пшибышевский взлетел на литературный олимп. Она же, их муза, источник стольких озарений, радостей и мук, предмет неистовых вожделений и смертельных ссор, растеряла все, что имела, осталась нищей. Ну конечно, она приобрела жизненный опыт. Но это благо для писательницы, а просто женщине, какой она стала, опыт ничего не дает, кроме привкуса горечи в каждом глотке.

— Нет, Пшибышевский пока один, — отозвалась она на не высказанный вслух вопрос. — Хотя тут мои сведения, возможно, и устарели...

Так протекал их разговор, который правильнее было бы назвать монологом, прерываемым паузами — для него почти неприметными, для нее весомыми, как та жизнь, что успевала нахлынуть и обременить сознание. И вдруг она не смогла понять, к чему относится знак вопроса в его расширенных любопытством зрачках.

Не найдя ответа внутри себя, она недоуменно повела глазами и увидела Баярда. Незамеченный и непредставленный, Баярд напрягался гневной обидой. «До чего же утомительный человек!.. Как бишь его?.. Господи, ну почему его имя, словно мелкая монета, все время заваливается в какую-то щель! Ладно, а этого петербуржца как зовут? Он вроде бы назвал себя. Надо же быть такой рассеянной и беспамятной!»

— Познакомься, милый, — сказала она на «ты», нарочито хрипловатым простонародным голосом, который должен был превратить нарушение приличий в эдакую «свойскую» манеру, якобы оживленную в ней посланцем юных дней. — Старый знакомый по Берлину, петербуржец, известный журналист, а главное, отличный парень.

И, поддаваясь гипнозу, человек, которого она не помнила, вскочил с радостным видом:

— Весьма польщен!.. Карпов... Николай Михалыч...

— А это мой Баярд, — сказала Дагни на басовых нотах нежности, какой сейчас вовсе не ощущала. — Мой дорогой, единственный... Мой белый рыцарь!..

Карпов собрался было сунуть руку белому рыцарю, но, остановленный ледяным полупоклоном, раздумал, часто закивал, словно китайский болванчик, и вытиснулся из-за столика.

— Разрешите откланяться, — бормотал он, отступая. — Очень рад, что удостоился... очень, очень рад...

— Кто этот господин и чему он так радуется? — деревянным голосом спросил Баярд, чопорно опускаясь на шаткий стул.

Она не выносила подобного тона, но сейчас испытывала благодарность к своему тягостному спутнику. Ей нравилось, как решительно и беспощадно изгнал он пронырливого господинчика. Она уже сердилась на себя за глупую откровенность, к тому же слишком много сора взметнуло со дна души этим разговором. Жаль, что Баярд не пришел раньше. Какое все-таки счастье, что у нее есть этот простой и надежный человек! Владислав его зовут, вот как! А фамилия почему-то немецкая — Эшенбах, нет, Эмен... Да черт с ней, с фамилией! Человек важнее. Что имя — звук пустой. Человек. Мужественный. Прямой. Без вывертов. Земная персть, презрительно говорил Пшибышевский о слишком заземленных людях. Какая глупость! Значит, прочно связан с матерью нашей землей, а не парит в мистико-символических болотных испарениях.

— Владислав, — сказала она и повторила — авансом на будущее, когда опять забудет, как его звать: — О мой Владислав!.. Нет, мне не хочется называть вас так. — Опять уместная предосторожность. — Это для других, а для меня вы Баярд, рыцарь без страха и упрека. Зачем вам этот человек, призрак из небывших времен?

— Я спросил, кто он. Вы не хотите говорить?

— Откуда мне знать? Маска. Икс. Нетаинственный незнакомец. Неужели вы хотите, чтобы я помнила всякую шушеру, которая крутилась вокруг нас в «Черном поросенке»?

Она еще говорила, а уже злилась на себя за промашку. Все было хорошо, но зачем «вокруг нас», фраза существовала и без уточнения. Баярд немедленно придрался:

— Как высокомерно!.. «Вокруг нас»!.. Вы, конечно, считали себя центром мироздания?

— Выпейте вина.

— А если этот человек так ничтожен, зачем было сажать его за столик?

— Стоит ли придавать значение подобной чепухе?

— Вы отлично знаете, что это не чепуха. Вы готовы якшаться с кем попало, если он возился в той же клоаке... — Он осекся, поняв, что зашел слишком далеко.

Дагни многое осуждала в своем прошлом, но не любила, когда это делали другие. Особенно Баярд. Хотелось верить в его великодушие. Не так уж щедро взыскан он достоинствами, чтобы терять одно из них, быть может, важнейшее. Хорошо, что он замолчал — значит понял... Внезапно она вспомнила, что Баярд когда-то замешивался в свиту Пшибышевского. До встречи с ней он был вечным студентом. Трудно поверить, но что было — было. Это не редкость, когда человек не ведает своей сути, живет не свою, а чужую, случайную жизнь. Нужно какое-то событие, удар, болезнь, потеря, нежданная встреча — словом, мощная встряска, чтобы он открыл самого себя и стал собой. А Владислав мог не спешить с самоопределением, он был богатенький и спокойно пропускал жизнь мимо себя. Знакомство с ней пробудило Владислава от спячки, вдохнуло душу в глиняный сосуд. Он сразу возненавидел Пшибышевского и весь его круг. За короткий срок шатун-студентик неузнаваемо изменился не столь внутренне, но и внешне, его плоть налилась и окрепла под стать осознавшему себя и свою цель духу. Из неестественно задержавшейся юности он сразу шагнул в прочную зрелость. И когда она рассталась с Пшибышевским, он был вполне готов для роли спасителя. «Ах ты мой спаситель толстомордый!..»

— Милый. — Дагни накрыла рукой его руку. — Вы устали? Это далеко? Почему вы не взяли извозчика?.. Такая жара!..

— Вы же знаете, я хороший ходок и не боюсь жары. — Голос уже отмяк. — Я все сделал, поменял деньги, они пытались надуть меня на курсе, но со мной такие фокусы не проходят. Договорился с проводником на завтра. Мы поедем осматривать Джвари.

— Что-о?!

— Джвари, — повторил он небрежно, гордясь тем, что так легко произносит слово, о которое можно язык сломать. — Это развалины древнего монастыря. А потом Светицховели.

— О господи! — Дагни беспомощно огляделась. — Как вы сказали?

— Светицховели. Старинный храм.

Она уже поняла, что он вычитал эти названия в туристском проспекте. У него была изумительная механическая память. Он свободно говорил на пяти-шести языках и помнил кучу всевозможной чепухи, но надо было продолжать восторгаться.

— Вы чудо!.. — Слова не шли, и она сказала самое простое, что избавляло от дальнейших излияний: — Я люблю вас. — И чуть не расплакалась над обесценившимся вмиг самым дорогим на свете словом...

У них была нежная ночь. Ушел он под утро, ему необходим хотя бы четырехчасовой сон, чтобы чувствовать себя бодрым и свежим. Ей же безразлично — спать много или мало. Пробуждение неизменно оборачивалось кошмаром, а бодрой она себя никогда не чувствовала. Но несколько рюмок вина и папиросы помогали ей держаться. Бледный свет просачивался в окно сквозь редкую ткань занавесок. Она раздернула занавески. В бесцветном пустом небе висел слегка подрумяненный по бледному золоту еще невидимым солнцем рожок месяца. Она вспомнила, что Эдвард не узнавал в месяце луну. «Куда девалась луна? — тревожно спрашивал он в одну из душных берлинских ночей, когда они возвращались из „Черного поросенка", скребя тротуар заплетающимися ногами. — Я не вижу больше луны, только этот проклятый серп. Он хочет полоснуть меня по горлу». — «Опомнись, Эдвард, — пытался вразумить его Пшибышевский. — Неужели ты не узнаешь молодую луну?» — «Какую еще луну? Где ты видишь луну? — закричал Мунк с отчаянием. — Луна круглая, это знает каждый ребенок. Луну украли!» И он зарыдал. Даже дикарю ведомо, что луна не только круглая, что она рождается из тонкого серпика и в серпике же изживает себя. А вот Мунк не знал, на то он и Мунк, чтобы знать скрытое от всех мудрецов земли и не знать то, что известно каждому. И Дагни заплакала. Она не плакала с детства, не умела этого делать. Гримасы плача причиняли ей боль, слезы неприятно размазывались по лицу, из носу текло. Она плакала, как девочка-замарашка, и была сама себе противна. Но остановиться не могла...

А утром они отправились на экскурсию в сопровождении бронзово-смуглого поджарого проводника с узким, как лезвие ножа, интеллигентным лицом, хотя выглядел он бродягой: грязно-белый полотняный костюм, разношенные, спадающие с ног шлепанцы. Держался он свободно, на грани развязности, с откровенным восхищением смотрел на Дагни и плевать хотел на грозно хмурившего брови Баярда. Поняв, что вольного сына гор не проймешь, Баярд махнул на него рукой. Проводник прекрасно говорил по-немецки, но, верно, не был профессиональным гидом — слишком нерасчетливо тратил себя на восхваление окружающих красот и достопримечательностей. При таком энтузиазме настоящий гид давно бы выдохся и онемел, а этот тараторил без умолку, то и дело взбегал на какие-то кручи летучим шагом сухих оленьих ног, что-то выглядывал с высоты и длинными скачками устремлялся вниз. Он упоенно любил эту знойную каменистую землю и хотел, чтобы чужие люди полюбили ее.

Несмотря на ранний час, июньское солнце палило нещадно, от тропы валило жаром. Простор был повит знойной зыбью; так и не набравшее синевы небо поблескивало белыми слепящими точками, будто в нем что-то лопалось от перегрева. На скальном выторчке сизый голубь рылся клювом в грудных перьях, распластав металлическое, раскаленное крыло.

Пока Дагни и Баярд карабкались на холмы к монастырю Джвари, Автандил, так звали проводника, успел дважды взбежать на вершину. Он был очень возбужден, декламировал стихи по-русски — чуткое ухо Дагни уловило их энергию и музыкальность и два знакомых слова: «Арагва», «Кура», — пел, размахивая руками, силясь заразить холодноватых чужеземцев своим восторгом. Дагни улыбалась ему, но что могла она поделать, коли душа ее отзывалась лишь современности и городу? Конечно, тут было красиво. Далеко внизу сливались две воды, золотисто сверкали песчаные отмели, и большая птица недвижно висела в небе. Но водосточные трубы Парижа, решетка бульвара Сен-Мишель, осенний листопад над длинным Карл-Иоганном, даже узкая мутная Шпрее — река самоубийц — говорили ей куда больше.

И все же, когда они стали на вершине и взору открылись голубая лента Арагвы и желтая Кура, Военно-Грузинская дорога, уходящая в сиренево-розовую тайну гор, плоские крыши Мцхеты, сверкающий белизной собор Светицховели, скорлупа равнодушия лопнула — Дагни словно приподняло над землей. Она обернула к Баярду счастливое лицо. Тот не смог отозваться на ее радость — что-то записывал в блокнот под диктовку проводника. Он все время вел записи в дороге, но не показывал их Дагни. Правда, она и не любопытствовала, а стоило бы взглянуть, что он там царапает. Но сейчас ей не хотелось иронизировать над педантизмом Баярда, нравилась волевая определенность его натуры, обязательность даже в отношении пейзажа и руин.

Переводчик рассказывал о Джвари, о его строителях, о первых христианах в Грузии, а Баярд прерывал его короткими вопросами «В каком веке?», «Год?», «Кто именно?».

Затем они вошли в прохладное, источающее легкий запах тлена нутро монастыря и осмотрели узкие высокие кельи с просквоженными солнцем ножевыми рассеками окон. Дагни тщетно пыталась растрогать себя мыслями о томившихся здесь и умерщвлявших плоть подвижниках новой веры, а мозг точило: упрямое безумие одних не дает счастья другим. Она завидовала Баярду, который осматривал монастырь так серьезно, озабоченно и придирчиво, словно намеревался его купить, сильная ее женственность обычно тускнела в присутствии Баярда, но сейчас она радостно откликалась каждому его слову, движению, жесту, даже недостатки его привлекали своей постоянностью. Он был другой, не такой, как прежние люди, водившие вокруг нее бесовский хоровод, но в том и заключалась его спасительная необходимость. И пусть он ощупывает ветхие стены хозяйской рукой, пусть задает ненужные вопросы проводнику и что-то царапает в своем блокнотике, он ее надежда, ее будущее...

А потом опять нагретое пахучее нутро извозчичьей пролетки, теплый ветерок, благостная прохлада, опахнувшая лица, когда переезжали мост через Куру, булыжная кривизна узких улиц Мцхеты, тяжелая, истомившаяся зелень садов, — а ведь лето только начиналось! — чуть захлебывающаяся речь проводника, воспевавшего древнюю столицу Грузии и ее собор, и странно легкая, погруженная в солнце громада Светицховели. Своим радостно-клекочущим голосом переводчик сообщил, что в храме есть моргающий Христос.

— Что это значит? — строго спросил Баярд, не любивший мистики.

— Вы сами увидите, — засмеялся проводник.

Но Баярда это не удовлетворило, и тот вынужден был дать пояснения. Забытый за давностью лет даритель пожертвовал храму изображение Христа кисти неизвестного итальянского художника. Полотно, хоть и мастеровитое, особой художественной ценности не представляет, но отличается любопытным свойством: когда смотришь издали, глаза Спасителя кажутся закрытыми, но стоит подойти ближе, и Христос широко открывает свои темно-синие, опушенные густыми ресницами глаза.

— Какая чушь! — пожал плечами Баярд.

Дагни не терпелось увидеть таинственного Христа. Но проводник опередил ее. Не успела пролетка остановиться, как он спрыгнул на землю и со всех ног кинулся в манящий полумрак храмовых сводов. Забыв о Баярде, о своем возрасте, о всех приличиях, Дагни как последняя девчонка побежала следом за ним.

Между колонн в позолоченной раме висело традиционное для поздних итальянцев изображение Христа. Юноша с мягкой каштановой бородой и прикрытыми в дреме голубоватыми веками. Дагни быстро прошла вперед, и веки юноши распахнулись навстречу ей, показав синие, с чернотой в райках, печально-задумчивые глаза.

— Как это прекрасно! — воскликнула она, растроганная добрым символом.

Обернувшись простым, народным человеком, проводник звонко цокнул языком: «Такое увидишь только у нас!»

Подошел Баярд, строго глянул на Дагни, недовольно на Автандила, по-военному одернул пиджак и шагнул к Христу. Мускулы его лица напряглись. Он немного отступил, снова пошел на сближение и пренебрежительно отвернулся:

— Чепуха, он и не думает открывать глаз.

Дагни взяла его под локоть и медленно, видя, как приоткрываются синие с черными крапинками глаза Бога-Сына, подвела к Христу.

— Фантазерка! — снисходительно усмехнулся Баярд.

Она смутилась. А вдруг он прав и всему виной ее проклятая женственность, заставляющая бессильно покоряться чужой воле? Ну а проводник? Ему положено задурять головы приезжим.

В собор вошла русская семья: полная, рыжеватая, загорелая по желтизне веснушек женщина, большая девочка, похожая на борзую костлявой утонченностью спины и конечностей, белобрысый, серьезный, испуганный мальчик лет пяти. Семья остановилась возле них. Мальчик о чем-то спросил мать, показав пальцем на Христа.

— Дядя спит? — умильно шепнул Дагни Автандил.

Мать легонько подтолкнула сына вперед. Мальчик заупрямился, тогда мать взяла его за плечи и подвела к Христу. У Дагни замерло сердце, казалось, сейчас решится ее судьба. Лицо мальчика скривилось мучительным удивлением. А потом он засмеялся, захлопал в ладошки, закричал. Мать нахмурилась и приложила палец к губам. Дагни не нуждалась в помощи Автандила — Христос открыл свои глаза мальчику. Дагни стало легко и горестно. Она повернулась и вышла из храма.

— Я никогда не поддавался внушению, — жмурясь от солнца, самодовольно заявил Баярд.

— Бедный человек, — тихо сказала Дагни, — бедный, бедный человек!

«Только не плакать! — приказала себе она. — На смей плакать!» Они подходили к пролетке, когда вывернувшийся невесть откуда Автандил шепнул ей в самое ухо:

— Иисус просто не выдерживает взгляда господина!..

Она оторопела от наглой догадливости проводника. Стоило его хорошенько проучить, чтобы не совал нос куда не следует. Ему за это деньги платят. Но сильнее негодования была в ней мгновенно проснувшаяся жалость к Баярду. Бедный, в самом деле бедный, если уж проводник в грязных обносках позволяет себе подшучивать над ним. Она сделала вид, будто не расслышала ядовитого шепотка. Конечно, сам Баярд вовсе не считает, что потерпел поражение, напротив, окружающие кажутся ему жалкими фантазерами. Гордится, дурак несчастный, трезвостью своего уравновешенного ума. И ей захотелось возвысить Баярда, чтобы забылась глупая неудача, чтобы она снова поверила скромному превосходству его заурядности, но, не зная, как это сделать, безотчетно прибегла к простейшему способу — унизить перед ним других.

— Знаешь... — сказала Дагни, кивнув на белый рожок, будто заблудившийся в бесцветном небе. — Эдвард... Мунк, — поправилась быстро, — верил, что когда-то на небе было две луны. Но одна упала и до сих пор валяется на Северном полюсе.

Баярд, нахмурившийся было при упоминании Мунка, довольно оттопырил губы:

— Он что, совсем идиот?

— Ему сказал Стриндберг. Он верил всему, что тот говорил.

— Хорош!.. И Стриндберг тоже. Придумать такое!.. Ничего себе, умные у тебя были приятели... Нет, ты меня огорошила — луна упала на Северный полюс!..

«А почему бы и нет? Ты-то откуда знаешь? Да, упала и лежит во льдах, одинокая, стынущая, и плачет по небу, которого лишилась, и по другой, оставшейся там луне».

— Почему только тебе не открылись его глаза? — произнесла она вслух. — Почему именно тебе?

— О чем ты? — не понял Баярд, все еще наслаждавшийся непроходимой глупостью Мунка.

— Не то страшно, что тебе не открылись его глаза, но то, что ты не веришь, будто они открываются другим. Ведь не веришь, не веришь? — спросила она жалким голосом.

— Веди себя прилично, — оглянувшись на проводника, прошипел Баярд.

Они не разговаривали до самой гостиницы. Воспользовавшись тем, что он стал расплачиваться с извозчиком и проводником, Дагни быстро поднялась наверх и заперлась в номере. Напрасная предосторожность — он не постучал.

После тщетных попыток заснуть Дагни сполоснулась над фаянсовым тазом и спустилась вниз. Она заняла давешний столик, спросила копченой бастурмы и бутылку «Цинандали».

Она только успела запить кусочек острого, приперченного мяса глотком холодного вина, когда мимо шмыгнул петербургский любознатель, сделав вид, будто не заметил ее.

— Вы!.. — крикнула она, поперхнувшись. — Вы!.. Подите сюда!

Мгновенно обернувшись, Карпов искусно сыграл радостное удивление.

— Садитесь! — приказала Дагни. — Пейте! — Она выхватила салфетки из высокого стаканчика и всклень наполнила его вином. — Знаю, знаю, у вас печень, почки, сердце, желчный пузырь. У всех печень, почки, желчный пузырь и прочая требуха, вот только насчет сердца не уверена. Плевать! Выпьем за свинство черного поросенка и за погибель больших свиней!

Бедная Дагни Юлль, с младых ногтей втянутая в эстетические бесалии самой утонченной литературно-художественной среды того времени, всерьез считала, что на сцене жизни положено играть лишь гениям, а всем остальным отведена роль толпы. Она не желала считаться с каким-то Карповым.

Неуверенно усмехаясь, Карпов сделал глоток, просмаковал, глотнул еще, улыбнулся Дагни не без игривости и залпом осушил стакан.

— Молодцом! Из вас еще можно сделать человека. Скажите, — Дагни приблизила свое лицо к Карпову, — вам открываются глаза Иисуса Христа?

Неизвестно, заглядывал ли Карпов в собор Светицховели, но он был не только петербургским журналистом, сомнительной столичной штучкой, прихлебателем на пиру небожителей, но и загадочным, многослойным, непрозрачным, со всякой всячиной русским человеком, он не удивился, не отпрянул, принял вопрос как должное, хотя, может, и не с того конца, и заерничал в ответ витиевато:

— Смиренным и кротким духом открывает Иисус благость очей своих и сладостный вертоград божественного милосердия. — И жутковато добавил: — Жалки не сподобившиеся узреть очи Господни.

«Неужели он догадался?.. Быть не может! И все-таки в этом скромнике сидит русский черт. Не зря его привечали в „Черном поросенке". Ей-богу, мы могли бы провести с ним отличный вечер. Необходимо встряхнуться после всех храмов, монастырей, ущелий, долин, пенных струй, наставлений, высокопарных банальностей, плоских сентенций, перевести дух и набраться сил на будущее. Только бы нам не помешали!..»

Но им помешали, и довольно скоро. Они приканчивали вторую бутылку, когда Баярд с сизым от гнева лицом возник у их столика и, не поздоровавшись с Карповым, бросил ей задышливо:

— Прошу вас!..

Надо отдать должное Карпову: он мгновенно подавил естественный порыв любезности и сделал вид, будто не замечает Баярда, но черты лица заострились готовностью дать отпор. Неужели опять пистолеты? Какая тоска! И только из отвращения ко всем этим петушьим делам она встала, кивнула петербуржцу и последовала за Баярдом...

Это был самый тяжелый разговор с начала поездки. Она умела отключать слух, и первые несколько минут яростный захлеб оскорбленного себялюба и собственника просто не достигал ее ушей.

Но потом барабанящие по черепу слова стали проникать в сознание.

— Вы задались целью унижать меня. Вы кокетничаете с проводниками, с официантами, со всякой шушерой из номеров!..

Пора было вступать.

— И вы ревнуете меня ко всякой шушере? Вы — такой гордый!..

— Ваша ирония неуместна. Да, у меня есть самолюбие, есть гордость, наконец. Конечно, для вас, проведшей жизнь среди богемы... — слово показалось ему то ли слишком мягким, то ли слишком поэтичным, а таким оно и стало с легкой руки Пуччини, и он придумал другое, — среди подонков, все это пустой звук.

«Милые подонки! — подумала она с внезапной нежностью. — Даже в пьянстве, скандалах, ссорах, в распаде и безумии вы никогда не опускались до тривиальности. Ваша речь всегда оставалась драгоценной, вы и падали не вниз, а вверх».

— Этих, как вы изволили выразиться, «подонков» знает весь мир, — устало произнесла она.

— А меня не знает никто! — подхватил он. — Они артисты, гении, а я «персть зем-на-я». Так называет ваш бывший муж-дегенерат нормальных людей?

— Откуда вы знаете? — искренне удивилась она. — Неужели он говорил это при вас?

— Посмел бы он! Сказали вы в день нашего знакомства, когда шампанское порядком затуманило вашу слабую голову.

— Вы еще и злопамятны?

— Нет, просто у меня хорошая намять. А скандальная известность ваших мужей и любовников претит каждому человеку со вкусом.

— Пусть так... Только при чем тут мои мужья — я, кстати, была всего лишь раз замужем — и любовники. Что вы вообще о них знаете?

— Достаточно, чтобы презирать всю эту нечисть! — Его трясло от бешенства. — Вы созданы ими... вы пропитаны их мерзким духом, как вокзальный буфет запахом пива и дешевых папирос.

Ого, он, кажется, разразился художественным образом? Жалким, под рукой лежащим, но все же... Лишь сильное, искреннее чувство может высечь искру из такой деревянной души. И она пожалела ревнивого, самолюбивого, ограниченного, но преданного ей человека.

— Это жестоко и несправедливо. Вы знаете, как я настрадалась. Если бы не вы...

Старый прием еще раз сработал. Он несколько раз глубоко вздохнул, краснота сбежала с лица.

— Я люблю вас, а любовь не бывает справедливой.

«Боже мой! — вновь поразилась Дагни. — Кажется, его осенила мысль! Настоящее обобщение! Прежде он способен был только на установление факта. Любовь и страдания развивают его, и это было бы прекрасно, если б не лишало меня тишины. Тогда зачем он мне?»

— Ваша любовь должна быть справедливой, — сказала она серьезно и мягко. — Оставьте судороги слепых чувств другим. Вы же не такой, вы рыцарь. Я так вам верю! У меня нет ничего, кроме вас.

— К сожалению, у вас есть прошлое, — сказал он ледяным тоном и сразу вышел, громко хлопнув дверью.

Впрочем, дверью хлопнул не он, а сквозняк. Окно было открыто, и белая занавеска на миг вспучилась животом беременной женщины. Не хватало еще, чтобы он хлопал дверьми, — омерзительный, ненавистный ей с детства жест, каким ее отец, слабый и раздражительный, завершал все объяснения с матерью. Было что-то символическое в вульгарном шуме, поставившем точку на злом и безнадежном разговоре. Но что значила его завершающая фраза и, главное, тон, каким она была произнесена? Желание, чтобы последнее слово осталось за ним? Боязнь, что он слишком рано капитулировал? Какое-то созревшее в нем решение?..

У Дагни разболелась голова — впервые после берлинских бдений под стреляющее в небо шампанское. От игристого этого напитка голова по утрам разламывается, и надо немедленно что-то выпить, дабы уцелеть. Эдвард говорил: «По утрам пьешь, чтобы протрезветь, весь остальной день — чтобы напиться». Как только выдерживала она такую жизнь?.. Она приняла таблетку от головной боли, снотворное и до ужина избавила себя от мыслей, памяти, сожалений, страхов. Проснулась уже в сумерках, слышала, как он стучался, негромко, но настойчиво, и не отозвалась. Дверь не была заперта, в чем легко убедиться, повернув ручку. Конечно, он не сделал этого, ибо все равно не позволил бы себе войти без разрешения. Обычная деликатность вернулась к нему. Он выздоровел и опять был ее белым рыцарем. Жаль, что уже не скажешь: без страха и упрека. Прозвучали взаимные злые упреки, страх поселился между ними. Она и сама не знала, почему не откликнулась на его терпеливый призыв. Ей очень хотелось есть, да и надоело валяться в душном, застойно нагревшемся за день номере. Дагни осторожно, чтобы не скрипнули рассохшиеся половицы, подобралась к окну и ощутила слабый ток чуть остывшего воздуха. Прохлады еще не было, но вскоре ею повеет с повлажневших листьев дикого винограда, платанов, пирамидальных тополей. Хорошо бы окатиться холодной водой, надеть легкий костюм из холстинки и спуститься в духан, где пресные лепешки и кислое вино, молодая баранина на вертелах, пахучие травы и острые соусы, крепкий кофе в медных кувшинчиках, но лучше перемочь это желание и взамен соблазнительных яств принять еще таблетку снотворного, избавляющего от голода и жажды.

Она так и сделала, но сразу поняла, что сон заставит себя ждать. Недавнее тягостное, ничего не объяснявшее объяснение растревожило ее больше, чем можно было ждать. В речи проскользнули новые ожесточенные нотки, характер Баярда повернулся незнакомыми гранями, и озадачил уход, нарушивший традицию их размолвок. И было еще что-то остро-неприятное, чему она не находила названия.

Дурные чувства не застаивались в душе Дагни. Она не держала зла на Баярда, и сейчас ее томили не злоба, не обида, а неодолимое, зудящее стремление разобраться в случившемся. Что-то ложное, не соответствующее его сути проглянуло в Баярде. Ну зачем ему тягаться с теми, великими и безумными? Ведь его главное преимущество в простоте и заурядности, не надо бояться этого слова. То и жизнеспособно на земле, то истинно служит делу жизни, что заурядно. Все отклонения, какими бы яркими, блистательными они ни казались, уродливы. Единственное оправдание исключительных личностей в том, что они развлекают обывателей. Как ни парадоксально, но дело обстоит именно так. И надо брать их прекрасное искусство, но боже упаси сближаться с человеческой сутью. Уж она-то знает, чем за это расплачиваются. Ее душа устала, она не хочет ничего, что хотя бы отдаленно напоминало о них. И так они слишком властно, неумолимо властно лезут в память. А сегодня Баярд впервые грубо, прямо и бездарно да еще завистливо заговорил о них. Она-то думала, он их в грош не ставит, и презирала за тупое высокомерие и вместе ценила это его свойство, препятствующее появлению призраков. А он, оказывается, ведет счет с прошлым, и туда обращена его ревность. Случайные людишки, громоздящиеся вокруг, — лишь повод, чтобы устремиться ревнивым чувством к теням минувшего. Зачем он так усложняет свой образ? На своих широких плечах он должен нести мир тишины, добра и покоя, залитый ясным дневным светом. Лишь сойдясь так близко с гениями, начинаешь по-настоящему ценить простых людей. Упаси его боже от заразы демонизма! В любом обличье демонизм невыносим, но нет ничего хуже заимствованного, поддельного демонизма. Наконец она уснула...

Утром, за завтраком, они вели себя так, будто ничего не произошло. Вчерашнего не касались. Возможно, это было неправильно. Ведь были сказаны жестокие, ранящие слова, нарушены какие-то табу, что-то кончилось, что-то новое начиналось, и разве можно с легкой или даже отягощенной душой молчаливо вернуться к прежней форме отношений? Ну а разве объяснения на холодную голову что-нибудь дают? Сказанное в запальчивости, в гневной схватке оправдывается раскаленным, неуправляемым чувством. Черствые именины ссоры куда опасней: тут правит ничего не забывающий разум. И возможно, они были правы, не выясняя отношений, не играя в испытанные игры: раскаяние, взаимопрощение, борьбу великодуший. Да ведь бывает в жизни и такое, когда любой путь ведет только к поражению...

Баярд был подчеркнуто внимателен и старомодно любезен, отточенно вежлив — эдакий джентльмен в викторианском духе. Дагни же чуть-чуть, в строгих пределах хорошего вкуса, притворялась девочкой, потерявшей в толпе мать. Каждому из них роль, взятая на себя другим, была удобна. К концу завтрака они загнали болезнь так глубоко внутрь, что оба искренне поверили в полное выздоровление.

Они ездили осматривать очередное ущелье, и Дагни заставляла себя не улыбаться голубоглазому красавцу проводнику, не прибегать к помощи его руки, плеча, чтобы переступить какой-нибудь завал, прыгнуть с камня на камень. Беспомощно звала она на помощь Баярда, и он не заставлял себя ждать. Приятно было опереться на его твердое плечо. Поколебленное чувство надежности, защищенности вновь окрепло. Вернулось доверие, и душа ее стала нежной и легкой. А кто подарил ей эти мгновения упоительной беспечности после стольких лет терзаний и бурь? Милый, милый Баярд!..

Порой она ловила на себе его странный, боковой, подозрительный взгляд. Ей становилось не по себе от этого подглядывания, но она гнала прочь беспокойство. Не надо копаться в мелочах случайных впечатлений, как воробей в навозной куче. Ну воробей хоть зернышко себе нахлопочет, а чересчур дотошный аналитик останется при навозе без съедобных зерен. Нельзя, нельзя так подробно жить, каждое лыко в строку ставить. Наверное, он хочет убедиться, что она действительно отбросила вчерашнее, возможно, слегка завидует ее отходчивости, немелкости. Пусть смотрит, пусть удивляется, пусть завидует, ему это только на пользу. Надо уметь сметать мусор с души. Она это умеет, а ему предстоит научиться.

Дагни искренне была уверена, что до конца, до пылинки разделалась со всем дурным. Аксиома здравомыслия: ничто не исчезает в материальном мире. Дух, как известно, неотделим от материи и, стало быть, подчиняется тем же законам: ничто не исчезает в жизни духа, только меняет форму. И если бы Дагни могла наблюдать себя со стороны, то, возможно, обнаружила бы в своем поведении, в еле приметных штрихах, а порой и в резких смещениях воздействие неких новых сил...

И в тот вечер в дымно-пахучем духане, куда их пригласили инженеры-железнодорожники (один из них оказался знакомым Баярда), Дагни, вновь охваченная радостью бытия, в привычной роли пользующейся успехом женщины была неведомо для самой себя немного другой Дагни, чем прежде, когда на стволе ее душевной жизни не населось последней зарубки. Она бы искренне удивилась, если бы узнала, что ее свободные, уверенные манеры отдают вызовом. Как будто она доказывает кому-то: да, я такая!

Она много пила, уверенная, что вино на нее почти не действует, лишь прибавляет блеска зрачкам и яркости улыбке. Возбуждал успех, восторженные взгляды мужчин, атмосфера вспыхнувшего между ними соперничества, сознание, что она вновь стала центром, вокруг которого вращаются миры надежд, вожделений, самолюбий. Она испытывала тот давно забытый подъем, который превращал ее не в красавицу — о нет! — в женщину полотен Мунка. И тот, кто хоть раз видел такое вот вознесенное лицо Дагни, потом уже не мог видеть ее другой: поблекшей, усталой, безразличной.

Ах, как весело было Дагни за длинным деревянным отскобленным столом, уставленным горами мяса и зелени, бутылками и кувшинами! И пусть Баярд слышит, как поет ее ни в чем не повинная, но свободная, лишь добру покоряющаяся душа. Она радостно принимала пустоту велеречивых тостов, искреннее восхищение и двусмысленные комплименты, робкое и нагловатое ухаживание, слишком пламенные взгляды и слишком затянувшиеся для простой галантности поцелуи в запястье — в наказание за дерзкую выходку. Конечно, мужчины не были безукоризненны в своем поведении — шумны, развязны, чему способствовала и неясность семейного положения Дагни (в России с этим считаются), и раскованность ее манер, и самое место кутежа, и обилие крепкой чачи и красного вина. Дагни все это не смущало, ее прежние друзья тоже не отличались в подпитии сдержанностью, правда, и вульгарности в них не было. Но нельзя же требовать от кавказских инженеров тонкости Мунка или Пшибышевского. В них была своя грубоватая живописность. И трогала их мгновенная наивная влюбленность. Они хмелели не столько от возлияний, видимо привычных их крепким головам, сколько от ее присутствия. Быть может, не стоило старшему из них так низко наклонять к ее груди седеющий бобрик, скашивая за корсаж темный маслянистый глаз; не стоило и другому, молоденькому, безусому, неловко — все заметили — подсовывать ей записочку, которую она тут же порвала, не читая; да и другим следовало бы несколько умерить тщетный пыл. Но, радостно защищенная угрюмым прищуром Баярда и собственной неуязвимостью, она не считала нужным мещански одергивать назойливых ухажеров и даже шепнула молоденькому инженеру, готовому расплакаться от неудачи и унижения:

— В другой раз будьте хитрее, — чем спасла от отчаяния юную душу.

Вообще все кончилось куда благополучней, чем можно было ожидать по накалу страстей. Кого-то, наиболее шумного, увели, кого-то, наиболее ослабевшего, унесли, кто-то и сам ушел от греха подальше, остальным же пожилой инженер с бобриком, как-то разом протрезвев, скомандовал:

— Внимание, господа! Последний бокал за здоровье прекрасной дамы! Нам скоро в путь!..

И вот она уже в своем номере расчесывает перед зеркалом недлинные густые русые волосы. На душе как-то смутно после испытанного подъема, кажущегося сейчас несколько искусственным, к тому же Баярд, проводив ее до дверей, не вошел и даже не пожелал спокойной ночи, а сразу метнулся к своему номеру. Неужели он опять примется за вчерашнее? Господи, какая духота! Да нет, быть не может. Просто выпил лишнее. Он не умеет пить. Прежде его норму составлял бокал шампанского да рюмка ликера к кофе. Правда, поездка в Грузию расшатала этого трезвенника, да и кто устоит перед местной лозой! Он перебрал сегодня, а у него слабый мочевой пузырь. Освободится и придет. Никуда не денется. Прошлую ночь она спала одна, а Баярд слишком прилежный любовник, чтобы манкировать своими правами ради пустой обиды. И он действительно пришел, без стука, чего за ним сроду не водилось, бледный, всклокоченный, в расстегнутой сорочке, левая рука закинута за спину, в правой недоставало пистолета для полного сходства с дуэлянтом.

— Что с вами?..

— Так дальше продолжаться не может! — Его трясло с головы до ног. — Вы осрамили меня, втоптали в грязь мою честь!..

О господи! Почему он говорит готовыми фразами из второсортной беллетристики? Он же вращался в кругу Пшибышевского, посещал Ягеллонский университет, столько времени провел с ней. Ну, будь его гнев надуманным, притворным, куда ни шло, да нет же, он искренен, вот что ужасно!

— Перестаньте декламировать!.. Да еще так бездарно!..

— Ах вот как!..

Пистолет был у него не в правой, а в левой руке, упрятанной за спину. Маленький, дамский пистолет.

Ну вот, наконец-то! Давненько она этого не видела. Что за страсть у мужчин к огнестрельному оружию! Это у них с детства — мальчишеское увлечение пугачами. Интересно, всем сколько-нибудь стоящим современным женщинам приходится часто быть под пистолетом или только ей так повезло? Неужели ему не стыдно разыгрывать эту комедию? Что простительно безумцам, не отвечающим за свои поступки, то непростительно здравомыслящему обывателю. У тех все было всерьез, глаза блуждали, на губах пузырилась пена, смертельная бледность заливала лицо, и при этом они никому не причинили вреда. Легенды оставим в покое. Их пули либо оставались в стволах, либо летели мимо, как и тяжелые вазы, куски мрамора, пущенные в голову друга, в мгновение ока ставшего злейшим врагом, как и проблескивающая мимо горла соперника или изменницы смертоносная сталь. Милые сумасшедшие, они не могли никого убить. И вовсе не потому, что им не хватало силы, смелости или умения. Стриндберг был смел и решителен, Пшибышевский ловок и быстр, у Мунка гибкая, как сталь, рука и острый глаз, просто они не могли отнять жизнь у дышащего существа. Она подняла глаза и словно впервые увидела пустое лицо человека, с которым жила как с мужем и которого вовсе не знала. Недаром же она никак не могла запомнить его распространенной фамилии: Эмрих.

«А ведь он может выстрелить! — вдруг поняла она, и чудовищная угадка на миг доставила радость. — Может убить!..»

«Так кто же все-таки сумасшедший: Мунк, Стриндберг, Пшибышевский или этот средний дурак, не ведающий ценности чужой жизни и вообще ценности чего-либо вне себя самого? Кого не страшит чужая боль, чужая кровь, чужая гибель. Так почему бы не выстрелить? Ведь это так приятно — выстрелить: гром, огонь, запах серы. С чего я взяла, что пахнет серой? Я же не знаю запаха выстрела. Сейчас узнаю. О нет, не успею узнать. Господи, я с ума схожу! Нет, нет, нет!» Она любила жизнь, любила при всей своей усталости, измотанности, неудовлетворенности, при всех потерях и разочарованиях, но до той страшной минуты сама не знала, что так хочет жить. Она испытывала не страх под наведенной на нее глупой и роковой игрушкой, а одуряющее, распирающее сосуды, рвущее сердце, безумное желание жить. Быть, быть в этом тягостном и прекрасном мире, где все страдания выдуманы, ничтожны, смешны перед величайшим счастьем — дышать, просто дышать воздухом жизни.

— Не надо!.. Не надо!.. Умоляю!.. Дорогой, милый, самый, самый любимый!.. Я буду хорошей, послушной, я так люблю вас! Я никого никогда не любила... Только вас, одного вас... Ну, миленький!..

Она рухнула на колени и поползла к нему, ломая руки. Человек, целившийся из пистолета, целившийся безотчетно, без какого-либо ясного намерения, вдруг очнулся. Он увидел безумный, унизительный страх женщины, вечно возносившейся над ним, и понял, что она ждет выстрела. Она допускает, нет, она уверена, что он выстрелит. Он обрел странную силу в этой ее уверенности. Теперь он понял, что может выстрелить, а раз может, то и должен выстрелить. И рассчитаться за все, доказать раз и навсегда, чего он стоит.

Он наклонился к женщине, отвел ее руку и выстрелил прямо в сердце. Как будто вылетела пробка от шампанского, так негромок был звук выстрела слабенького дамского пистолета.

Несчастный Владислав сам не ведал, сколь многому научился у Дагни Юлль и трех ее незримых спутников. На другой день он покончил с собой в номере гостиницы.

Убитой было тридцать четыре года.

Август Стриндберг пережил ее на одиннадцать лет.

Станислав Пшибышевский — на двадцать шесть.

Эдвард Мунк — на сорок четыре года.

1986

БЕЗЛЮБЫЙ

Литературный сценарий

Овальное пространство выложенной торцами площади. Трехэтажный ампирный дворец с флигелями охватывает площадь, словно клешнями. Клешни не смыкаются, оставляя место для широко распахнутых въездных ворот, охраняемых часовыми.

Несколько высоких, тоже ампирных фонарей оживляют пустое пространство. Нет смысла уточнять назначение дворца, важно, что это не частное владение, а средоточие власти — государственной, краевой или губернской, не играет роли. Величественный подъезд охраняется часовыми, еще несколько часовых прохаживаются взад-вперед вдоль желтых стен здания, приметны и фигуры штатских филеров в котелках и гороховых пальто. Изредка к парадному входу подъезжают автомобили начала века: «даймлеры» и «бенцы», открытые, с убранным брезентовым верхом, за рулем кожаные шоферы в очках от пыли, похожих на полумаски, и перчатках с огромными крагами. Поставив машину на ручной тормоз, находящийся снаружи, шофер выскакивает из машины и отпахивает дверцу перед генералом или чиновником в вицмундире.

Иногда, звонко цокая копытами, подъезжает роскошный выезд — четверкой или парой, запряженной в карету, — и выходит духовная особа высокого церковного сана в шелковой рясе.

Вот из кареты вышла и величественно прошествовала к подъезду важная персона в треуголке и форменной шинели. Часовой почтительно вытянулся, округлив глупые глаза, в избытке служебного рвения. Важная персона прошествовала мимо, не заметив, как вдруг сморщилась, исказилась гримасой наивная рожа часового. Громкий чих слился с плотным звуком захлопнувшейся двери.

Часовой незаметно утерся и снова чихнул. Он обиженно заморгал и вдруг сообразил, чем вызван нелепый чих. Его колол и слепил солнечный зайчик, перебегая от зрачка к зрачку. Часовой попробовал отстраниться, но зайчик опять настиг его. Он стал вертеть головой, пытаясь избавиться от слепящего лучика, да не тут-то было. Казалось, злой шутник нарочно насылает на него этот лучик с помощью бутылочного донца.

Часовой опять чихнул, потом еще раз и тут обнаружил источник своих мук.

Через площадь, от ворот к подъезду, медленно брел стекольщик с плоским ящиком за спиной, полным хрупкой сверкающей клади. Солнечные лучи выбивали из стекол золотые стрелы, расстреливавшие стоящего на часах солдата.

Часовой заулыбался, довольный, что обнаружил напасть. Он чуть подвинулся, теперь стрелы уходили в желтую гладь стены или полосатое тело будки. Избавившись от докуки, часовой выкинул ее из головы.

Ноша была явно тяжела стекольщику — рослому, плечистому парню лет двадцати пяти, с сильным надбровно-челюстным лицом. Он то останавливался, опуская ящик на землю и отдуваясь, и оскальзывал площадь цепким взглядом водянисто-светлых холодных глаз, то с усилием возвращал ношу на спину и, волоча ноги, брел дальше.

Остановившись в очередной раз и утерев пот красным фуляром, который извлек из пазухи нагрудника кожаного фартука, он достал старые часы-луковицу, потряс ими над ухом, после чего глянул на циферблат и осуждающе покачал головой. Эта забота о времени не соответствовала нарочитой замедленности всех его движений. Как-то не верилось в хворь, затаившуюся под такой молодецкой оболочкой, скорее уж ленивей ленивого был этот дворцовый стекольщик.

Он опять взгромоздил свой ящик и двинулся дальше. Приближающийся цокот копыт заставил его оглянуться и поспешно шагнуть в сторону. Прямо на него скакала кавалькада из четырех всадников. Впереди на рослом вороном коне несся высоченный сухопарый генерал с узким бритым лицом и квадратиком рыжих усиков под хрящеватым носом, чуть отставая — двое юношей на нерослых грациозных буланых лошадках, замыкал строй вестовой.

Стекольщик с испуганным видом подался к фонарю на толстом столбе, ящик соскользнул с плеча, в нем что-то звякнуло. Стекольщик истово перекрестился, благодаря Господа, что избавил от напасти, и озабоченно склонился над ящиком.

Всадники спешились. Генерал сказал что-то одобрительное своим юным спутникам. Слова до стекольщика не доходили, но интонация угадывалась. Выбирая куски разбитого стекла, он не выпускал из-под наблюдения генерала и его спутников. При всей несхожести мягких, еще не сформировавшихся юношеских лиц с жесткими, резкими чертами генерала без труда угадывалось, что это его сыновья. Им достались в наследство аристократическая удлиненность тела, кистей рук, ступней, голубые, чуть навыкате глаза, деревянно-горделивый постав головы и игольчатая четкость движений.

Генерал бросил какие-то короткие усмешливые слова, потом взял короткий разбег и без стремян и упора руки взлетел на спину своего коня. Он, похоже, предлагал сыновьям повторить этот трюк, но юноши, смеясь, отказывались.

Генерал ловко соскочил на землю, вестовой принял коня и затрусил к конюшням. Юноши вскочили в седло. Генерал каким-то не русским — английским? — жестом встряхнул им руки, и они ускакали.

Стекольщик выпрямился, в руках у него была круглая, темного металла, тяжело заполнившая ладонь самодельная бомба. Он примерился, но замаха не сделал — возле генерала остановился «даймлер», из него выскочил молоденький адъютант с бюваром в руках и подбежал к генералу.

Стекольщик огляделся. Казалось бы, ничего не изменилось вокруг, но для его проницательного взгляда какие-то перемены произошли.

Два гороховых пальто сблизились, перемолвились и — не по прямой, а с заходом — двинулись через площадь. Стороннему наблюдателю и в голову не пришло бы, что их целью является стоящий за фонарным столбом человек. Но стекольщик прекрасно понял, что его берут в клещи.

Он оглянулся и увидел, что от ворот к нему направляются унтер и солдат, снявший с плеча винтовку.

Генерал, успевший заглянуть в бювар, не отпускал адъютанта. Он посмеивался, дергал себя за рыжие усишки, похлопывал адъютанта по плечу, брал за талию, щекотал того за покрасневшим ушком.

— Жопник проклятый! — с ненавистью проговорил вслух стекольщик.

Гороховые пальто скорректировали свой путь, теперь уже не было сомнений, куда они нацелились. И сзади наступали.

Стекольщик прикрыл глаза, перевел дух и дал замах руке, сжимавшей бомбу, и тут адъютант отдал честь и кинулся к машине, получив на прощание щипок в круглую попку.

Стекольщик быстро огляделся, у него было в распоряжении несколько мгновений.

Машина дергалась, но не трогалась с места <...>*.

Генерал вынул из кармана портсигар, достал тонкую папиросу, щелкнул зажигалкой. Ветер отвлек язычок пламени от кончика папиросы. Прикрывая огонек рукой, генерал повернулся лицом к стекольщику. За его спиной козлил, не трогаясь с места, «даймлер» с адъютантом.

Стекольщик огляделся, преследователи приближались.

— Такая ваша планида! — с хмурой усмешкой произнес стекольщик и размахнулся.

Все произошло почти одновременно: рванулась машина, вынеся адъютанта из смертного круга, выдохнулся голубой дымок после первой и последней затяжки генерала, скрыв его лицо, прогремел чудовищной силы взрыв.

Казалось, площадь из края в край забрызгало кровью. Всюду — обрывки одежды, шмотья мяса, внутренностей, обломки костей. В луже крови лежал и стекольщик, а вокруг блистала стеклянная хрупь, в которую превратилась его ноша.

Когда филеры и часовые навалились на стекольщика, он открыл глаза и сказал:

— Я живой...

— ...Я живой! — произнес со сна лежащий на тюремной койке узник и открыл глаза.

Мы сразу узнаем сильное, надбровно-челюстное лицо стекольщика-бомбиста.

Секунду-другую он словно привыкает к своему унылому и пустынному обиталищу; зарешеченное высокое оконце, параша в углу у двери, табуретка у изголовья тощего ложа, затем рывком сбрасывает тело с койки. На нем та же одежда, кроме фартука, в которой он был на площади, левое плечо перебинтовано.

Арестант выходит на середину камеры и приступает к гимнастическим упражнениям. Он мощно, упруго приседает, делает дыхательные движения, отжимается с помощью одной — здоровой руки от пола, после бега на месте работает корпусом, чередуя на-

---

* Здесь и далее этим знаком отмечаются места, которые в рукописи настолько повреждены, что не поддаются прочтению. — *Примеч. ред.*

клоны и повороты. Видно, что утренняя гимнастика ему не в новинку — так отработано каждое движение, так ровно и глубоко дыхание его мощной груди.

Дверь скрипнула, заглянул служитель:

— Скоро ты окочевряжишься?

— А тебе-то что? — не прерывая упражнений, огрызнулся узник. — Твое дело парашу вынести и сполоснуть хорошенько. Я не намерен смрадом дышать.

— Твой смрад, не мой, — угрюмо отозвался служитель.

— А ты, видать, из тех, кто горазд собственную вонь нюхать?

Узник нагибался, касаясь пола чуть не всей ладонью здоровой руки и предоставляя тюремщику любоваться своим задом.

Тот злобно ощерился, но ничего не сказал. Он ступил в камеру, взял парашу и вышел.

Узник закончил упражнения несколькими дыхательными движениями, сводившими лопатки воедино, после чего, сняв куртку, приступил к умыванию над тазом. Он все делал основательно, не спеша. Раненая рука ему мешала, по его лицу проскальзывала гримаса боли.

Вернулся служитель с отмытой парашей в одной руке, с кружкой чая и куском хлеба в другой.

— Ты бы еще завтрак в парашу положил, — бросил ему узник.

— И положу, коли захочу.

— А ты захоти, — побледнев, тихо, почти шепотом сказал узник. — Я тебе этой парашей башку проломлю. Мне что — дальше смерти?

— Скорей бы уж тебя!.. — проворчал служитель, не слишком стараясь быть услышанным.

Он ткнул парашу в угол, положил завтрак на табурет и поспешно вышел.

— За оскорбление осужденного — под суд! — пустил ему вдогон как-то недобро развеселившийся узник.

Жесткая улыбка лишь на миг коснулась его губ, он сказал с ненавистью:

— Холуи власти!..

Сел на койку. Снял ломоть хлеба с кружки, сразу ударившей запертым в ней паром. Пар превратился в голубой выдох дыма, скрывшего лицо сиятельного курильщика. И тут же громыхнул взрыв, как будто сотрясший камеру.

— Хорошо! — прошептал узник. — Как хорошо!.. Он задумчиво жует хлеб, запивая горячим чаем...

...Маленькая голубятня на задах скособоченного одноэтажного домишки, приютившегося на окраине заштатного городка Ардатова Нижегородской губернии. Старая липа, две-три худосочные берёзки, куст сирени, яблоня.

В зависимости от времени, когда будут производиться съемки, деревья будут либо в клейкой весенней листве, а яблоня в цвету, либо в чуть усталом летнем наряде, либо в золоте и багреце осени.

Пожилой, худой, как щепка, человек с впалой грудью чахоточника тяжело спускается с крыши сараюшки по лестнице-времянке, держа в руке белую голубку так называемой чистой породы.

Сделав передышку на своем коротком пути и откашлявшись, он достал из кармана кацавейки кусочек хлебного мякиша, сунул в рот и поднес к клюву голубки. Та жадно стала выклевывать хлеб у него изо рта.

— Гуленька!.. Гуленька!.. — ласково запричитал старик, когда голубка выклевала весь мякиш у него изо рта, поглаживая ладонью ее головку.

Он спустился на землю, где на лавочке, понурив кудлатую голову, сидит знакомый нам узник-стекольщик-бомбист Дмитрий Старков (только худее и острее скулами юного лица) и жадно курит козью ножку.

Голубятник — ссыльнопоселенец из поляков — Пахульский, искоса глянув на Старкова, стал усаживать в деревянную клетку с откидной сетчатой передней стенкой белую голубку. Он привязал ее за ножку и насыпал корму. Лишь после этого обратил внимание на своего угрюмого визитера.

— Хватит переживать, — сказал Пахульский с приметным польским акцентом. — Провалил!.. Провалил!.. Сколько покушений проваливалось, и никто не разводил слезницу.

— Я не развожу, — с тоской произнес Старков. — Но тошно, от себя тошно. Террорист!.. Сопля на заборе.

— Хватит! — оборвал его Пахульский. — Никто не застрахован от неудач. То, что произошло с тобой, даже нельзя считать провалом. Скорее, болезнью роста.

— Все равно, я себе не прощу.

— Сделаешь дело — простишь. У меня к тебе другие претензии, куда серьезней.

— Какие? — не глядя на Пахульского, с натугой спросил Старков.

Пахульский ответил не сразу, надсадный, задушливый кашель сотряс его впалую грудь. Откашлявшись, больной вынул носовой платок и утер рот. На платке остается красное пятно.

— Молодость упряма и самоуверенна, — сказал он. — Но у тебя этот порок затянулся. Я же предупреждал: действуй в одиночку. Александр II погиб от бомбы Гриневецкого, а повесили пятерых.

— Бросил бомбу один, а готовили покушение всей группой, — пробормотал Старков.

— Тут коренится главное заблуждение! — вскричал больной и опять закашлялся. Утеревшись и отдышавшись, он продолжал: — Я застрелил полицмейстера в Нижнем Новгороде, взорвал автомобиль самарского вице-губернатора со всей начинкой, а тут, в Ардатове, даже не заметили моей отлучки. На меня не пало ни малейшего подозрения, потому что власти знают: я не вхожу ни в какую организацию.

— А чем мне навредил рязанский кружок?

— Ненужной информацией. Ты мог убить полицмейстера Косоурова своими силами. Неделя на выяснение его распорядка и один выстрел в упор на паперти. Они подвели тебя, Косоуров обязан им своей жизнью.

— Я вернусь и убью его, — скрипнул зубами Старков.

— И дурак будешь. Дался тебе этот Косоуров! Он посадил твоего приятеля, на то и полицейский. А человек он незлобивый, пожилой, усталый неудачник. Вдовец с двумя перезрелыми дочками на руках. Он больше об их судьбе думает, чем о службе. Рязань при нем стала Меккой для террористов. Здесь они могут расслабиться, передохнуть. В тюрьме не бьют, сносно кормят, отличная библиотека.

— Я проведу там ближайший отпуск, — съязвил Старков. — А говорите вы слово в слово, что и те... кружковцы.

— Только не под руку. Косоуров все равно частица преступного режима, и коль ты его приговорил, то следовало осуществить.

— Ничего не понимаю!.. Вы противоречите самому себе.

— Ничуть. Я говорю сейчас с твоей позиции. Сам же категорически против такого вот пустого и вредного расхода сил. Косоуров — не мишень. Когда летит гусиная стая, в кого надо целить?

— Не знаю. Я сроду не охотился.

— В вожака. Стая сразу развалится. Остальных ничего не стоит перебить. Понял? Уничтожать надо только главных, тех, на ком держится режим. Их не более тысячи человек. Неужели во всей России не найдется тысяча смелых и самоотверженных молодых людей, го-

157

товых положить голову за народ? Сам я даром терял время и силы. А теперь знаю, что надо делать, да не могу. Моя песня спета.

— Да, — бросил оценивающий взгляд на чахоточного Старков. — Похоже, вам не выкарабкаться.

— Молодец! — одобрил больной. — Так и надо в нашем деле. У тебя получится. Ты безлюбый.

— А кого мне любить? — усмехнулся Старков. — И за что?

— Любить можно только ни за что. Если за что-нибудь, то это не любовь. Для террориста любовь — пагуба.

Новый сокрушительный приступ кашля сотряс тщедушное тело Пахульского.

Старков хладнокровно ждал, когда приступ прекратится.

— Я хотел бы взять от вас как можно больше, пока вы еще...

— ...дышите, — подсказал больной, растирая грудь.

— Да, — подтвердил Старков. — Назовите мне цель.

— Я уже называл, но ты пропустил мимо ушей. Тебе Косоурова подавай. Враг номер один!..

— Я дурак. Признаю и подписываю. Дурак, слабак, сопля. Назовите мне имя. Больше осечки не будет.

— Думаешь, я скажу: царь? Он тебе не по зубам, к тому же полное ничтожество. Самое мощное дерево в романовском саду — Великий князь Кирилл. Все Романовы ублюдки, но самый ублюдочный ублюдок — эта верста в мундире. Реакционер из реакционеров, душитель свободы, на войне — чума для солдат, стержень подлой системы. Тупой, высокомерный истукан и еще мужеложец.

— Что он вам сделал?

— Мне? — удивился больной. — Ровным счетом ничего. Но убрать его — значит подрубить корни династии.

— Я уберу его, — без всякого пафоса, со спокойной уверенностью сказал Старков.

Глаза больного лихорадочно блеснули.

— Я тебе верю. Послушай, оставь пистолет. Бомба куда надежней. Обучись ее сам начинять и метать. Главное, правильно выбрать место. Лучше на безлюдье. Прохожие опасны. — Больной говорил все быстрее и быстрее, словно боялся, что не успеет высказаться. — Бери клиента у места службы. Самое надежное. Выверенный ритуал. Минимум неожиданностей. Привычные движения. Обыденность, рутина, автоматизм — лучшая гарантия успеха. Ты меня понимаешь?

— Говорите, говорите!.. — жадно попросил Старков.

— Тщательно изучи место и всех, кто там живет или бывает. Каждую мелочь приметь, собаку, кошку, крысу. Не торопись. Узнай клиента лучше, чем самого себя: его манеры, привычки, жестикуляцию, даже нервные тики. Почувствуй его изнутри, стань им, тогда не будет нечаянной ошибки. И главное, самое главное... — Он замолчал, тяжело дыша.

— Что главное?.. Говорите!.. — подался к нему Старков. Но Пахульский слышал сейчас не его, а разволновавшуюся голубку. Она топталась в клетке, подскакивала, издавая зазывные нутряные звуки.

В бледно-голубом небе козыряла голубиная стая. Пахульский сунул два пальца в рот и пронзительно свистнул. От этого горлового усилия он опять закашлялся, заплевался.

От стаи отделился голубь — красавец турман и стремительно спланировал на лоток клетки. Воркование голубки перешло в мучительный любовный стон. Турман чувствовал западню, он испуганно водил головкой. Но страсть пересилила, он скакнул к голубке.

Пахульский дернул веревку — ловушка захлопнулась. Он перевел взгляд на Старкова:

— Не надейся на спасение. Думать, что уцелеешь, — значит провал. Нельзя в оба конца рассчитывать: и дело сделать, и шкуру спасти. Надо твердо знать, — чахоточный вперил свой воспаленный взгляд в лицо Старкову, — тебя схватят, осудят и повесят...

...Ржавый стук открываемой двери вернул узника в сегодняшний день.

В камеру вошел рослый медсанбрат в грязноватом, некогда белом халате.

— Почему раньше времени? — спросил Старков.

— А что, от дел оторвал? — не слишком любезно отозвался санитар, пристраивая на табурете свою сумку с бинтами и мазями. — К тебе гости придут.

— Какие еще гости? — Старков стащил рубашку через голову.

— Начальство, — проворчал санитар. — А какое — мне не докладывают.

Он принялся перебинтовывать руку Старкову, делая это размашисто и небрежно.

— Объявят о казни? — догадался Старков и как-то посветлел лицом. — Зачем тогда перевязывать? Для виселицы и так сойдет.

— Чего тебе объявят, мне неведомо, — тем же враждебно-резонерским тоном сказал санитар. — А порядок должон быть. Врач завсегда осматривает осужденного перед казнью.

— Здоровье — это главное? — хмыкнул Старков. — Разве можно простуженного вешать? Гуманисты, мать их!.. Эй, полегче, чего так дергаешь?

— Ишь какой нежный! Чужой жизни не жалеешь, а к самому не притронься.

— Я нежный! — дурачился Старков. — И вешать меня нельзя — ручка болит. Вот подлечите — тогда другой разговор. Да при таком санитаре я тут до старости доживу.

— Авось не доживешь, — злобно пообещал санитар, закрепляя повязку.

Он собрал свою сумку и пошел к двери.

— Тебе на живодерне работать — цены б не было! — крикнул ему вдогон Старков.

Он прилег на койку, закрыл глаза, и сразу подступило видение...

Он сжимает в руке бомбу...

Великий князь, провожающий взглядом своих сыновей... Подъезжает «даймлер», откуда выскакивает молоденький адъютант с бюваром в руке, бежит к Великому князю...

Филеры начинают свое обходное движение к бомбисту...

С другой стороны приближаются унтер и солдат.

Все последующее идет в замедленном изображении.

Великий князь похлопывает адъютанта, обнимает за талию, треплет за ушком...

Гороховые пальто все ближе...

Стражники все ближе...

Адъютант прыгает в машину. Она козлит...

— Такая ваша планида! — шепчет Старков и замахивается бомбой...

Рванулась машина прочь...

Выдохнул голубой дымок Великий князь...

Чудовищный взрыв расколол мироздание...

— Хорошо, — шепчет лежащий на койке Старков. — Как хорошо!..

...Другое видение населяет вакуум его отключенного от деятельной жизни сознания.

160

Старков сидит за самодельным столом в крошечном закутке — земляной заброшенной баньке — и при свете керосиновой лампы начиняет бомбу. Перед ним аптекарские весы, мешочки с селитрой, порохом, бутылочки с кислотами, пружинки, проволочки, куски разного металла. Он так ушел в свое тонкое и опасное занятие, что не сразу услышал сильный стук в дверь.

Но вот услышал, и рука сама потянулась за револьвером. Он оглянулся, ветхая дверца вот-вот готова сорваться с петель — ее пинают снаружи ногами.

Старков спрятал револьвер в карман кацавейки, взял тяжелый молоток, подошел к двери и откинул крючок.

Перед ним стоял мальчик лет двенадцати с заплаканными глазами.

— Чего не отворяешь? — сказал он басовитым от слез голосом.

— А ты почем знал, что я тут? — подозрительно спросил Старков, но молоток отложил.

— Где же тебе еще быть? Все знают, что ты тут книжки учишь. Идем, тетка Дуня помирает.

— Какая тетка Дуня?

— Ты что, зачитался или вовсе дурак? Да твоя маманя. Сердце у ней.

— Ладно, ступай. Я мигом...

...У свежевырытой, рыжей на снежном фоне могилы стоит отверстый гроб. В нем лежит маленькое, выработавшееся тело далеко не старой женщины — ее русая голова едва тронута сединой, в узловатых пальцах белый платочек. У гроба — пять-шесть соседских женщин и мальчик, принесший Старкову скорбную весть.

— Заколачивайте, — говорит Старков могильщикам. Лицо его сухо.

Глухо и скучно колотит молоток по шляпкам гвоздей. Ворона прилетела на соседнее дерево, сутуло уселась на ветку и вперила темный зрак в привычную ей, кладбищенской старожилке, человечью печаль.

Стучат комья мерзлой земли о крышку гроба.

Вырастает могильный холмик.

К Старкову подошел благообразный старик в полушубке и волчьем малахае. Протянул ему узелок:

— От их степенства Феодора Евстахиевича.

— От кого? — рассеянно спросил Старков.

— От хозяина усопшей. Поминальное утешение, — с почтением к дарителю сказал старик, снял малахай, перекрестил лоб, поклонился могиле и важно пошел прочь.

Старков так же рассеянно пошевелил рукой сверток: уломочек домашнего пирога с вязигой, жамки, кусок колбасы.

— Немного же вы заслужили, маманя, за двадцать лет собачьей преданности.

Размахнулся и швырнул узелок с гостинцами в кусты...

...Старкова-узника вернул к действительности ржавый звук открываемой двери. Не меняя позы, он скосил глаза.

В камеру ступил надзиратель. Заботливо придерживая дверь, дал войти еще троим: прокурору, начальнику тюрьмы и врачу.

— К вам господин прокурор, — сказал начальник тюрьмы. — Может быть, вы потрудитесь встать?

— Это обязательно? — спросил Старков. — По-моему, только приговор выслушивают стоя. Вашу новость я могу узнать лежа. Еще успею и настояться, и нависеться.

— Что вы болтаете? — грубо сказал начальник тюрьмы. — У господина прокурора есть сообщение для вас.

— Я хотел напомнить вам, — красивым баритоном сказал прокурор, — что срок подачи прошения на высочайшее имя о помиловании истекает через два дня.

— Как время бежит! — вздохнул Старков. — Совсем недавно было две недели.

— Молодой человек, — взволнованно сказал врач, — жизнь дается только раз.

— И надо так ее прожить, — подхватил Старков, — чтобы не было стыдно за даром потраченные дни. Я знаю школьные прописи. И мне не будет стыдно.

— Не рассчитывайте на отсрочку, — каким-то сбитым голосом произнес прокурор.

— А я и не рассчитываю, — равнодушно произнес Старков и закрыл глаза.

Посетители покинули камеру. В коридоре врач сказал:

— Среди террористов нередки люди твердые, но такого я еще не видел, — и промокнул лоб носовым платком.

— Я не верю в подобное мужество, — покачал головой прокурор. — Это эмоциональная тупость. Отсутствие воображения. Душевная жизнь на уровне неандертальца. Он лишен всех человеческих чувств.

— Кроме одного, — тихо сказал врач, — ненависти.

— Тем хуже, — нахмурился прокурор. — Там, — он подчеркнул <...> а раскаяния.

...Камера.

Входят те же люди: прокурор, начальник тюрьмы, врач и новое лицо — моложавый священник с жидкой бороденкой.

Старков встает. Он ждал их и потому в полном сборе: умыт, тщательно выбрит, застегнут на все пуговицы.

Сцена идет под громкую, торжественную, героическую музыку. Мы не слышим слов, да они и не нужны — все понятно по жестам и выражению лиц.

Прокурор зачитывает бумагу об истечении срока для кассационной жалобы, которым осужденный не воспользовался, в силу чего приговор будет приведен в исполнение.

Старков спокойно, чуть иронично выслушивает давно ожидаемое решение своей участи.

Врач берет его руку, слушает пульс и не может сдержать восхищенного жеста: пульс нормальный. Старков пожал плечами: неужели врач ждал иного?

К нему подошел священник, но был решительно отстранен.

Старкову накинули на плечи шинель, от шапки он отказался.

Процессия идет через устланный снегом двор. Вдалеке гремят барабаны.

Вот и виселица. Палач, подручный и петля ждут жертву.

Старков легко взбежал на помост. Расстегнул ворот. За ним поднялся священник с крестом. И снова Старков отстранил его. Он смотрит на морозный, искрящийся мир.

Ему хотят накинуть капюшон, он бросает на помост заскорузлый от слез и соплей его предшественников колпак. Сам надевает на шею петлю. Он стоит очень красивый, от светлых волос над головой — ореол.

Барабаны смолкают...

— Как хорошо! — шепчет Старков. — Как хорошо!..

И просыпается на тюремной койке в тот же день, с которого начался наш рассказ.

Да, это был только сон, а исполнения того, что ему приснилось, надо ждать три долгих дня, с хамом-санитаром, дураком-надзирателем, болью в плече, дурной пищей и вонючей парашей.

Старков вздохнул, потянулся, ерзнув головой по подушке, и увидел женщину. Она сидела на табуретке возле изголовья койки.

Он поморгал, чтобы прогнать видение, но женщина не исчезла. Лицо ее, немолодое, приятное и терпеливое, было незнакомо Старкову. Спицы ловко двигались в ее руках. Это были маленькие руки с тонкими, длинными пальцами и миндалевидными ногтями. Аристократические руки, которым не шло вязальное крохоборство. Старков рассмотрел ее всю, наслаждаясь своей бесцеремонностью, ведь женщина не заметила, что он проснулся.

Внезапно что-то привлекло внимание Старкова. Он пошевелил плечами и потрогал бинты на ране. Скосив глаза, он увидел свежую, чистую, тугую марлю и понял, что эта женщина перевязала его, пока он спал.

— Вы сестра милосердия? — спросил Старков.

Женщина вздрогнула от неожиданности, и клубок шерсти скатился с ее колен. Тихонько охнув, она подняла его и сказала тихим, мелодичным голосом:

— Как вы меня напугали! Я думала, вы спите.

— Я и спал. Пока вы надо мной мудровали.

— Простите, что без спроса. Не хотелось вас будить, вы так сладко спали. Наверное, вам снилось что-то радостное.

Старков захохотал. Смех у него был ухающий, как ночной голос филина.

— Сон был и правда хоть куда. Мне снилась виселица.

— Боже мой! О чем вы говорите? Какой ужас! — Она прижала к вискам свои тонкие изящные пальцы.

Старков смотрел на нее пристальным, изучающим взглядом.

— Вы находитесь в камере смертника. Разве вам не сказали?

— Бог не допустит! — истово сказала женщина и перекрестилась.

— Как еще допустит! — Старкову нравилось шокировать ее. — Но вы не ответили на мой вопрос. Впрочем, я и сам вижу: вы не сестра милосердия. Вы ряженая.

— Что вы имеете в виду? — смешалась дама.

— Вы из этих — сочувствующих... дам-благотворительниц, патронесс или как вас там еще...

— Простите, — дама обиженно поджала губы, — но я действительно сестра милосердия. Не любительница, а дипломированная. Была на войне и даже удостоилась медали. — Обиженно-чопорное выражение покинуло ее лицо, она молодо рассмеялась. — «За храбрость», можете себе представить? Я такая трусиха! Боюсь мышей, тараканов, гусениц. А при виде крысы могу грохнуться в обморок.

— Значит, я прав. Старая мода — играть в сестер милосердия, толкаться в госпиталях, щипать корпию.

— Но я не играла. Я была на полях сражения, помогала раненым. Как я вас перевязала и как это делал санитар?

— Он или безрукий, или просто хам. По-моему, он меня ненавидит, только не пойму за что. Перевязали вы здорово, даже поверить трудно, что вы дама из высшего, — Старков иронически подчеркнул слово, — общества.

— Я и не отрицаю. Разве это такой грех?

— Так и живем, — невесть с чего Старков начал злиться, — для курсисток — революционные кружки и брошюрки, для светских дам — госпиталя и солдатики.

— Вы так презрительно говорите о курсистках, а разве вы сами не революционер?

— Я — одинокий волк. Не хожу в стае. Пасу свою ненависть сам. А вы хорошо надумали: в мирное время солдатский госпиталь — скука. Куда романтичнее иметь дело с нашим братом — политическим. Особенно смертниками. Хорошо полирует кровь.

— Господи! О чем вы? Что я вам плохого сделала?

— А вам не приходит в голову, что вас никто не звал? Или вы думаете, ваше присутствие так лестно, что и спрашивать не надо? — Старков зашелся. — А может, вы мне мешаете?

— Простите! Бедный мальчик! Вам надо в туалет? Где ваша утка? Она нагнулась и стала шарить под койкой.

— Тут не госпиталь. Нам утки не положены.

Дама беспомощно огляделась. Увидела парашу:

— Дать вам эту... вазу?

Старков снова заухал филином, гнев его подутих.

— Еще чего! Я ходячий больной.

— Вы не стесняйтесь. Я в госпиталях всего нагляделась.

— Да тут и смотреть не на что, — нагло сказал Старков. Он поднялся и пошел к параше, по пути расстегивая штаны. Он долго и шумно мочился, а дама умиротворенно вернулась к вязанию.

Старков вновь улегся на койку, но в отличие от дамы умиротворение не коснулось его жесткой души. Полуприкрыв веки, он присматривался к милосердной посетительнице, думая, к чему бы придраться. Он обнаружил, что она вовсе не старуха, ей было немного за сорок. Ее старили бледность, круги под глазами, скорбно поджатый рот и проседь в темных волосах. Ее маленькие ловкие руки были моложе лица. Прочная лепка головы и всех черт не соответствовала увядшим краскам щек и губ, а вот глаза, светло-карие, с чуть голубоватыми белками, не выцвели, были сочными и блестящими. Она то ли перенесла недавно тяжелую болезнь, то ли какой-то душевный урон — голова ее на стройной шее начинала мелко трястись. Она тут же спохватывалась, распрямлялась в спине и плечах и останавливала трясучку, но через некоторое время опять допускала жалкую слабость. Чтобы несколько замаскировать свое наблюдение, Старков делал много необязательных движений. Тянулся за кружкой с водой, стоявшей на полу под койкой, пил звучными глотками, утирал рот тыльной стороной кисти, возвращал кружку на место. Взбивал и перекладывал подушку. Затем он достал из-под матраса мешочек с махорочным табаком, дольки бумаги, стал сворачивать папироску. Прикурив от кресала, пустил сизый клуб дыма.

Женщина продолжала вязать, порой ласково взглядывая на Старкова.

— И долго вы можете этим заниматься? — не выдержал Старков.

— Это вас раздражает? — Она тут же перестала вязать и убрала работу в сумочку. — Говорят, что вязанье успокаивает...

— ...тех, кто вяжет, — договорил Старков. — Напоминает парижских вязальщиц.

— Простите, вы о чем? — не поняла она.

— Французская революция... — Голос его звучал лениво. — Гильотина... Старухи вязальщицы. Не пропускали ни одной казни. Все время вязали и не упускали петли, когда падал нож.

— Господь с вами! — Дама быстро перекрестилась. — Государь милостив.

— Я не просил о помиловании, — сухо сказал Старков.

— Но почему? — с болью спросила дама. — Неужели вы так не цените жизнь?

— Если не щадишь чужой жизни, нельзя слишком носиться с собственной, — сентенциозно заметил Старков и, почувствовав свою интонацию, слегка покраснел.

Дама промолчала, раздумывая над его ответом.

— И вообще, у меня все в порядке, — как-то свысока сказал Старков. — Я сделал что мог, значит, прожил жизнь.

Долгую жизнь. Мудрец сказал: хорошая жизнь — это и есть долгая жизнь.

— Я не знаю этого мудреца, — сказала дама, — но убить Великого князя Кирилла, которого все так любили, — ничего хорошего в этом нет.

— Нам друг друга не понять. — Старков начал раздражаться. — Для вашего круга он любимый, а для народа... — Он замялся в поисках слова и, разозлившись на собственное колебание, выпалил: — Хуже чумы!

— Ну, ну!.. — Дама тихонько засмеялась, ничуть не обиженная. — Зачем так резко? Вы же его совсем не знали. Люди вообще плохо знают друг друга. Гораздо проще придумать для себя человека, это снимает ответственность. Какой же вы еще мальчик! Вы, наверное, мне в сыновья годитесь?

— А в пансионе для благородных девиц позволено рожать?

Дама опять задумалась, она не отличалась излишней сообразительностью.

— О, ведь это комплимент! Вы думаете, я так молода? Мне сорок три.

— А мне двадцать шесть.

— Я уже вышла из пансиона, когда вы появились на свет. Я вам так и не представилась. Меня зовут Мария Александровна. А вас Дмитрий Иванович. Можно, я буду называть вас Димой?

Старков не успел ответить. В дверь постучали. Возникла голова надзирателя.

— Прощения просим! Карета подана!

Старков громко рассмеялся. Дама с удивлением посмотрела на него.

— Льву Толстому камердинер утром докладывает: «Ваше сиятельство, соха-с поданы-с!» Пахарь, сестра милосердия... Вы все ряженые. Сострадатели! Оставили бы в покое нашу маету!

— Но вы нас тоже не забываете, — отпарировала Мария Александровна.

Она перекрестила Старкова, взяла свою сумку и вышла из камеры. Старков откинулся на подушку. Курит...

...Зимний лес. Отягощенные снегом деревья. Стая красногрудых снегирей налетела на далеко простершуюся ветвь березы и будто окропила сгустками крови.

Чей-то живой голос ухает в чаще. Трещат под тяжестью снега сучья, лопается кора деревьев. Но все эти звуки лишь подчеркивают звенящее безмолвие зимы.

И как будто покорный этой тишине, очень тихо, осторожно пробирается через лес человек.

Вот он остановился — мы узнали Старкова, — снял варежку, зачерпнул с ветки снегу и отправил в рот. Двинулся дальше, с усилием выдирая ноги из глубокого снега.

Рябчик вылетел из-под снега, и треск его слабых крыльев показался оглушительным. Старков замер, огляделся и пошел дальше.

С другой стороны леса, навстречу Старкову, не соблюдая тишины, ломила группа охотников. Впереди, возвышаясь над всеми, — Великий князь в коротком ладном полушубке, меховых сапогах и треухе, в руках у него рогатина. На полшага отставая, идут егеря с дробовыми ружьями.

Старков видит и слышит охотников, хотя находится от них на значительном расстоянии, — в хрустально-чистом воздухе далеко видно и слышно.

— Вот здесь, — говорит старший егерь, указывая на сугроб под грудой валежника.

— Выгоняйте! — приказал Великий князь и вынул портсигар. — И сразу все — прочь!

— Ваше Высочество, — осмелился сказать старший егерь. — Больно здоров зверь. Его в одиночку не возьмешь.

Великий князь вынул папиросу, чуть размял в длинных, сухих пальцах, прикурил от золотой зажигалки и выпустил облачко дыма:

— Делайте, как вам сказано.

— Ваше Высочество, — мнется старший егерь. — Ее Высочество не велели пускать вас одного.

Послышался треск. Охотники дружно оглянулись.

Наступивший на ветку Старков едва успел распластаться на снегу.

— Отставить разговоры! — по-военному прикрикнул князь. — Подайте мне зверя, и все вон!

Егеря подчинились. Подошли к берлоге и стали тыкать туда рогатинами.

Великий князь спокойно курил.

Медведь не подавал признаков жизни.

— Выкурить его! — приказал Великий князь.

Егеря сварганили факел и, запалив, сунули в берлогу. Оттуда повалил дым, но зверь не появился, даже голоса не подал.

— Сдох он, что ли? — раздраженно сказал князь.

Отстранив егерей, он своей рогатиной прощупал берлогу.

— Да его там в помине нет, — сказал насмешливо. — Эх вы, растяпы! Упустили зверя.

— Третьего дни еще был, — сконфуженно произнес егерь. — Неужто проснулся и ушел? Тогда беда. Медведь-шатун — сатана леса.

Старков поднялся и, скрываясь за деревьями, кустами, где пригибаясь, где чуть не ползком, стал пробираться к охотникам.

Новый близкий шум ударил по нервам. Он припал к земле.

Прямо на него — так показалось с испугу — пер огромный медведь. Он то ковылял на всех косых четырех, то вставал на задние лапы, издавая глухое, клокочущее рычание, с тоскливым, жалобным подвывом.

Ему по пути попался куст калины с пунцовыми ягодами. Голодный зверь начал объедать ягоды, затем вырвал куст из земли и стал пожирать ветви, смерзшиеся комья снега, корни с землей.

Охотники услышали медведя.

— Идет! — с почтительным трепетом сказал старший егерь. — Шатун. Ох и лют голодный медведь!

— А верно, что он гвозди глотает, подковы? — спокойно спросил Великий князь.

— Хушь топор, хушь бритву, — подтвердил старший егерь. — Ему лишь бы брюхо пустое набить. На шатуна с рогатиной не ходят. Мы его жаканом возьмем или картечью.

— Я вам покажу жакан и картечь! — пригрозил Великий князь. — Вон отсюда!

Все остальное видел замерший за буреломом Старков.

Они сошлись на солнечной полянке: обезумевший от голода зверь и человек с рогатиной. Князь еще не успел сделать две затяжки, потом отшвырнул окурок, крепко ухватил рогатину, взял ее наперевес. Медведь встал по-человечьи, словно открывая себя для удара, но когда князь сделал выпад, зверь ударом лапы выбил у него рогатину и переломил ее, как соломинку.

Он насел на князя, но тот отлепился, выхватил из кармана маленький пистолет, сунул ствол в ухо зверю и спустил курок. Старков даже не услышал выстрела, но медведь зашатался и рухнул.

Великий князь поставил на него ногу. Его горделивая, вызывающая поза заставила Старкова очнуться. Он достал из кармана бомбу и, сильно размахнувшись, метнул ее в князя.

Он видел, как бомба упала возле охотника и медведя, сразу уйдя в снег, и прижался к земле, чтобы его не задело осколками.

Прошло несколько томительных мгновений, но взрыва не последовало. Старков приподнялся.

Великий князь спокойно курил, даже не заметив бомбы, а егеря трудились над тушей медведя, чтобы перенести ее в охотничий домик. Управившись, они подняли тушу на двух шестах и с веселыми шутками потащили. Великий князь последовал за ними журавлиным шагом.

Старков с растерянным видом вглядывался в сугроб, приютивший бомбу. Затем медленно двинулся к ней.

И тут бомба запоздало спародировала взрыв, издав звук, который сопровождает удар мушиной хлопушки.

Старков машинально присел, а когда выпрямился, увидел небольшое черное пятно на белом снегу.

Он вцепился себе в виски, стал биться головой о ствол сосны. Злые слезы бежали по его искаженному стыдом и болью лицу...

...Камера. Старков во сне колотится головой о спинку койки. Просыпается. Жадно, обливаясь, пьет воду из жестяной кружки. Снова засыпает...

...И сразу возникает желтый, блестящий звериный глаз, исполненный свирепости, а затем и вся ощеренная морда зверя. Кажется, что опасный зрак и оскал зубов принадлежат крупному зверю. На самом деле это не так. Пахульский набивает чучело мелкого, хотя и самого злого хищника — хорька в своем убогом ардатовском домишке. Вокруг много чучел: голуби, длиннохвостая сорока, сова и филин, ястреб со вскинутыми крыльями, есть и зверье: ласка, куница, заяц, лиса, дикая кошка.

Пахульский сиплым, задышливым голосом распекает понурившегося на стуле Старкова:

— Упрямство — хорошая штука, но нет ничего хуже упрямого дурака. Я говорил тебе: избегай непросчитанных ситуаций. Конечно, лес соблазнителен — и подобраться проще, и уйти есть шанс...

— Я об этом не думал, — пробормотал Старков.

— Конечно, не думал. Твоя задница за тебя думала. Эта часть тела очень себя бережет и не любит, когда ее обижают. Что ты знал о княжеской охоте?

— Да при чем тут охота? — не выдержал Старков. — Бомба не сработала.

— А почему она не сработала? Мороз, снег?.. Неизвестные факторы. Исключи из расчетов все нерядовые действия клиента, где возможны любые случайности.

— Но он постоянно охотится, играет в теннис, плавает, скачет на лошадях.

— Постоянно он ходит на службу, возвращается домой, спит с женой. Все остальное — время от времени. — Пахульский закашлялся. А когда отдышался, продолжал: — Терроризм — это работа. Упорная, кропотливая, скучная работа. Следить, наблюдать, примерять на себя разные личины. Ты уже дважды скиксовал. Третья попытка может стать последней. Собери себя в кулак, у тебя все данные для хорошего террориста. Или бросай все к чертовой матери. Женись, нарожай детей, заглядывай в околоток — просвещай власти о настроениях. Глядишь, и выслужишь себе теплое местечко.

Старков все ниже опускает голову под градом жестоких, но заслуженных упреков...

...Утро. На койке проснулся узник. Секунду-другую он словно привыкает к своему унылому и пустынному обиталищу. Затем рывком сбрасывает тело с койки.

Делает гимнастику. Служитель принес ему завтрак: кружку чая, ломоть хлеба и стаканчик с какой-то оранжевой жидкостью.

— А это что такое? — удивился Старков.

— Прохладительное, — важно пояснил служитель. — Оранжад называется.

Старков попробовал:

— Апельсином пахнет.

— Вашего брата балуют, — проворчал служитель, — не то что нас.

— И тебя побалуют, — весело пообещал Старков, — перед виселицей.

— Тьфу на тебя! — Тюремщик плюнул и перекрестился. — Вот уж право — отпетый!

Он отпер дверь камеры и почти столкнулся с вчерашней посетительницей Старкова — Марией Александровной. Тюремщик подобострастно пропустил ее и бархатно притворил дверь.

— Здравствуйте, Дмитрий!

— Господин Старков, — сумрачно поправил узник, неприятно удивленный этим визитом.

— Ох, какой строгий!.. Я принесла... — Она вынула из сумочки какую-то бумагу в большом конверте, но раздумала давать ее Старкову и положила на табурет. — Нет, сперва лечение.

Старков таращил на нее глаза, не понимая, что с ней произошло. А произошло нечто очень простое, непонятное лишь такому неискушенному человеку, как Старков, — она надела другое платье: светлое шелковое, переливающее на себе скудный свет тюремного окошка, — и сразу помолодела.

Легкий грим освежил ее миловидное, а вчера увядшее, сдавшееся лицо. Она предстала женщиной в полном расцвете и тем почему-то усилила неприязнь Старкова.

— Эта водица, — вдруг сообразил, к чему придраться, Старков, — от ваших благодеяний?

Она уже занялась его плечом, осторожно и ловко сматывая бинты, и так ушла в это дело, что оставила вопрос без ответа.

— Это вашими заботами меня осчастливили? — нудно и зло допытывался Старков.

— Вы о чем?.. Да, я попросила дать вам сок. Это полезно.

— Мне не нужны подачки. И вообще, на каком основании вы вторгаетесь в мою жизнь? ...В мою смерть, — поправился он. — Завтра казнь, а вы заботитесь о моем здоровье.

— Никакой казни не будет, — сказала она, осматривая его рану. — Смотрите, как мазь помогла. Уже образовалась корочка. Два-три дня — и будете молодцом.

— Два-три дня!.. Вы что, оглохли?

— Я все слышала. — Она старательно смазывает ему руку. — Вы подпишете эту бумагу, а я позабочусь, чтоб ей дали ход.

Старков резко отстранился:

— Не лезьте не в свое дело! Никакой бумаги я не подпишу. Я сто раз говорил! — Он схватил с табурета бумагу и разорвал в клочья. — Уходите!.. Слышите?..

— Успокойтесь!.. Умоляю вас!

Старков схватил ее за плечи, подволок к двери и что было силы пнул ногой в трухлявое дерево. Дверь сразу же открылась. Старков выпихнул Марию Александровну прямо в руки надзирателя.

— Дайте хоть забинтовать! — беспомощно взывала посетительница.

— Вон!.. Вон!.. — кричал Старков.

Надзиратель поспешно захлопнул дверь. Некоторое время из коридора доносилась какая-то шебуршня, потом все стихло.

Старков взял бинт и попытался перевязать рану, но одной рукой это не удавалось.

Вошли надзиратель и санитар. Первый собрал в совок клочья бумаги, использованные бинты, взял сумку Марии Александровны и вышел.

— Ну что, оглоед, доволен? — с ненавистью сказал санитар. — Осрамил знатную даму...

— Заткнись! — перебил Старков. — Делай свое дело и проваливай.

Санитар посмотрел на него белыми глазами и принялся бинтовать плечо резкими, злыми движениями.

При всей выдержке к боли Старкова передернуло.

— Осторожнее, дубина! У тебя руки из задницы растут.

— Больно нежный! Людей в клочья рвать — это можно. А самого пальцем не тронь.

— Каких это людей я в клочья рвал?

— А Великого князя, царствие ему небесное! Или забыл уже? — В голосе санитара чувствовались слезы.

— Нешто он человек... Тиран, кровоядец. Я его за всех нас, за народ приговорил.

— Сам ты кровоядец. Такого человека погубил! Я с ним на войне был... — Санитар всхлипнул. — Орел, герой, а как о нижнем чине думал!..

— На водку не жалел? — усмехнулся Старков. — Эх ты, рабья душа!

— Я не рабья душа... Это ты рабья душа, завистник, хам, убийца!.. А еще о народе талдычет!.. Такие, как ты, самая зараза для народа!..

Сильный удар в челюсть оборвал бешеную брань. Санитар отлетел к стене, ударился спиной и сполз на пол. Старков схватил парашу и нахлобучил ему на голову.

В камеру ворвались надзиратель и два служителя. Они освободили санитара, а Старкова повалили и связали.

Подоспел начальник тюрьмы:

— В карцер его!..

Старкова поставили на ноги, накинули на плечи шинель, на голову нахлобучили шапку. Подтолкнули к двери. Он уже не сопротивлялся. Овладев собой, он с ироническим спокойствием подчинялся тюремщикам...

...Старкова втолкнули в карцер. Дверь с лязгом захлопнулась. Темно. Свет едва проникает сквозь зарешеченное окошко высоко под потолком. Старков сел на деревянные нары.

— Жестковато, — произнес с усмешкой. — Но для последней ночи сойдет...

Он лег. Смотрит в потолочную темь. Закрывает глаза...

...Среди ночи узник проснулся от шума отпираемой двери. Он приподнялся и сел на койке.

Свет полной луны, проникая в крошечное подпотолочное окошечко, падал на дверь, и когда она наконец поддалась, впустив в камеру две темные фигуры, узник мгновенно узнал в них санитара и надзирателя. Последний держался чуть сзади.

Старков соскочил с койки:

— Бить пришли?

Он озирался, выискивая, чем бы защититься, но не было ни табурета, ни стула, и даже парашу — испытанное оружие — заменяла мятая жестянка из-под машинного масла.

Санитар приблизился, по пути прихватив шинель Старкова.

— Втемную — падлы? — орал Старков. — Не возьмете, суки!..

— Тише!.. Тише!.. — свистящим шепотом отозвался санитар. — Стражу разбудишь. Мы за тобой. Тикай, парень, отсюда!

— Знаю я вас! — надрывался Старков. — Сучье племя!

— Заткнись, — грубо сказал тюремщик. — Мы за тебя жизнью рискуем.

— Прости меня, Митяй, — сказал санитар. — Прости за давешнее. Дурак я был. Прости, брат.

Тут только дошло до Старкова, что эти люди устраивают ему побег.

— Тошно мне от царских ищеек бегать, — пробормотал он с ноткой пробуждающегося гонора.

— Ты там нужнее, — горячо дыша ему в лицо, убеждал санитар. — Сколько еще недобитков кровь народную сосут. Уходи, Митяй, уходи, наш мститель!

Он накинул на Старкова шинель, все трое покинули камеру и двинулись гуськом по темным переходам, едва подсвеченным луной из узеньких окошек.

Потом они вошли в сырой, вовсе темный тоннель, в конце которого брезжил просвет.

— Ступай дальше один, — шепнул санитар Старкову. — Нам туда нельзя. Иди все прямо и прямо, тоннель тебя сам приведет.

Он обнял Старкова и скрылся.

Старков пошел вперед, наступая в какие-то лужи, спотыкаясь о выбоины, коряги. Тоннель отчетливо тянул вверх. Затем он уперся в дощатую преграду. Без труда оторвав изгнившие доски, Старков вырвался из земляного плена в предрассветную ясность утра.

Он стоял на помосте виселицы, перед ним чуть раскачивалась веревочная петля, за которую держался палач. А по сторонам недвижимо, словно высеченные из камня, высились фигуры прокурора, начальника тюрьмы, врача, священника, стражей...

...Старков вскрикнул и проснулся.

Карцер. Утро глядело в мрачную щель голубизной высокого окошка. Он не сразу вспомнил, где находится. Оглядывает свои «хоромы», и к нему возвращается память о вчерашнем дне и о поманившем его свободой сне.

Он тяжело поднялся. Поискал умыться и нечего не нашел.

Постоял, раздумывая, и, встряхнувшись, стал делать гимнастику. Но после двух-трех вздохов и выдохов растерянно остановился, вспомнив и последнее: сегодня конец.

— Зачем?.. — произнес он вслух и сам себе ответил: — Перед смертью не надышишься.

И с этой шуткой висельника вернулась к нему его невероятная выдержка. Он продолжал упражнения: приседания, повороты, бег на месте.

Он еще «не добежал», когда за ним пришли: начальник тюрьмы, врач, надзиратель карцера и двое низших служителей.

— Уже? — спросил Старков. — А мне дадут зайти в камеру?

— Зачем? — спросил начальник тюрьмы.

— Побриться. Помыться. Я хочу быть в порядке.

— Вы были бы в порядке, если бы не учинили скандал. Такие выходки расцениваются как бунт.

— Дайте руку, — сказал врач. Он посчитал пульс. — Вы сделали всю гимнастику?

— Да. Успел.

— Тогда нормально.

Он вынул стетоскоп и послушал сердце арестанта.

— Ну и насос у вас! — сказал восхищенно.

— Никогда не жаловался.

— Что вчера случилось? Сдали нервы?

— С нервами у меня все в порядке. Но я не допускаю ни тюремного, ни вельможного хамства.

— Но-но, полегче! — одернул его начальник тюрьмы.

— Вы уже ничего не можете мне сделать, — насмешливо сказал Старков. — Кончилась ваша власть.

— Ничуть. Лишу прогулок.

— Каких еще прогулок?

— С сегодняшнего дня вам разрешена прогулка...

...Старков и двое тюремщиков идут по внутреннему двору тюрьмы. Он впереди, они на полшага позади.

Старков идет очень медленно, приостанавливается, задирает голову и ловит лицом солнечный свет чистого морозного утра. Тюремщики тоже останавливаются и терпеливо ждут, когда арестант последует дальше.

Старков увидел свежий конский навоз и над ним стайку суетливых воробьев.

— Воробьи, — говорит он, оглянувшись на тюремщиков.

Пошли дальше. Он приметил куст рябины, сохранивший красные прокаленные морозом ягоды.

— Рябина, — сказал он неуверенно.

— Послушать тебя, так ты долгий срок мотаешь, — сказал более общительный из тюремщиков. — Давно ли тут? А уж весь Божий мир позабыл...

— А я его раньше не помнил, — тихо проговорил Старков...

...Свежий, раскрасневшийся после прогулки, Старков возвращается в свою камеру. Здесь его ждет неприятный сюрприз: на табурете уютно устроилась с вязаньем изгнанная им Мария Александровна. Он провел рукой по глазам, пытаясь прогнать наваждение.

— Опять вы?.. — произнес он ошеломленно.

— От меня так просто не отделаться, — сказала она с добродушным смешком. — И хотите злитесь, хотите нет, я подала прошение на имя государя.

— Вы подделали мою подпись?

— Боже избави! За кого вы меня принимаете? — Мария Александровна рассмеялась. — Я от себя подала. Государь мне не откажет. Не может отказать.

— Я не знаю, кто вы, — тягуче, предохраняя себя от нового взрыва, произнес Старков. — Но я никого не уполномочивал вмешиваться в мои дела. Слышите? — Он опять начал заходиться. — Я вас не знаю. И знать не хочу!

— Да нет же, — с кротким упорством сказала Мария Александровна. — Вы меня знаете. Только притворяетесь зачем-то... Я вдова Кирилла Михайловича.

Он молчал, то ли все еще не понимая очевидного, то ли не желая понимать. Она шутливо надула губы:

— Какой беспамятный! Вы же прекрасно знали моего мужа.

— Извините, — бессознательно продолжая сопротивляться слишком тягостному открытию, деревянным голосом сказал Старков. — Я не имел чести знать вашего супруга, даже не был представлен ему.

— За что же вы его тогда?.. — как-то очень по-домашнему удивилась Мария Александровна.

Ее наивность разрядила обстановку. Старков испытал странное облегчение — теперь все встало на свои места.

— Можно не объяснять? — Он едва скрыл усмешку.

— Как хотите, — сказала она чуть обиженно. — Но Кирилл Михайлович был очень хороший человек. Если бы вы знали его ближе, вы бы его полюбили.

Старков очень пристально и недобро уставился на нее. Она заметила это и, подняв голову над вязаньем, улыбнулась ему.

— Правда, правда, — сказала детским голоском.

— Тут правда не ночевала, — жестко сказал Старков. — Говорят, любовь слепа. Но не до такой же степени. Вы не могли не знать, какова общественная репутация у вашего мужа. Меня это не касается. Я хочу понять другое: что вам от меня надо? Зачем вам сдалась эта фальшивая и утомительная игра?

Она перестала вязать и с огорченно-растерянным видом уставилась на Старкова:

— А теперь я вас не понимаю. Какая фальшь, какая игра? Спасти человека — это игра?

— Меня нельзя спасти. Да я и не желаю.

— О, вы хотите искупить свою вину. Как это высоко! Вы благородный юноша! — В глазах ее заблестели слезы.

— Погодите! — поморщился Старков. — Забудьте хоть на минуту о своем прекраснодушии. Есть более точное слово — детскость, ребячливость мысли, поведения...

— Инфантильность? — подсказала Мария Александровна.

— Во-во!.. Это у вас, если... — глаза Старкова недобро сузились, — если только не ханжество или отвратительная игра.

Она всплеснула руками:

— Опять вы говорите об игре! Для чего мне играть?

— А как же! Поманить помилованием, а когда дурак раскиснет — бац и петля. Хорошая шутка!

— Бедный человек! — сказала она из глубины души. — Как недобра была жизнь к вам, если вы... Бедный человек!

— И вовсе не бедный. Со мной этот номер не пройдет. Я не хочу помилования. Но не по тем причинам, которые вы придумали. Я не раскаиваюсь. Если бы пришлось, я бы все повторил сначала. Я не хочу таскаться остаток жизни с тачкой на каторге или греметь кандалами на руднике. Нет, спасибо! Уйти надо спокойно и чисто, а не размазывать слизью свою судьбу.

— Но почему все так мрачно? Кончится срок...

— И я вылезу на волю больным, ни на что не годным стариком.

— С каторги и бежать можно! — азартно воскликнула Мария Александровна.

— Браво! Вот слова, достойные Великой княгини. — Голос его опять пожесточал. — Выслушайте меня внимательно. Я не боюсь смерти и равно не боюсь подождать ее еще неделю-другую. Меня этим не собьешь. Я не потерял сон и не начну бить поклоны Боженьке. И уповать на милость его помазанника тоже не буду. Для меня все Романовы ублюдки, а первый ублюдок ваш недоделанный царь. От меня явно что-то ждут. Может, власть ослабла в коленках? Или бесит мое презрение к царской милости?

— И вы считаете меня участницей всех этих подлостей? — В голосе — обида и укоризна.

Старков посмотрел в лицо женщине, отвел глаза, но не отступил:

— Почем я знаю? Может, вас просто используют, зная вашу...

— Инфантильность, — снова помогла Мария Александровна.

— Вот, вот! Не теряйте на меня время. У вас своих забот хватит.

— Вы совсем не верите людям?

— Я не верю Романовым.

— Романовы разные. Государь очень порядочный человек. Невезучий и слишком деликатный. Этим пользуются нечестные люди. И мой Кирилл был рыцарем без страха и упрека.

Старков нагнулся, нашарил под кроватью табак и кресало, свернул папироску, закурил, пустив в лицо гостьи — непреднамеренно — вонючую махорочную струю.

— У вас нет спичек?

— Не положено. Я могу отравиться или поджечь камеру.

— Крепкий у вас табачок.

— Какой есть. А сколько всего Романовых?

— Романовых? — Вопрос ее удивил. — Право, не знаю. Никогда не считала. Что-то много.

— Меня интересует мужское поголовье. Совершеннолетние.

Она наморщила лобик:

— Ну, таких куда меньше. Несколько десятков.

— Значит, нужно всего несколько десятков бомб. Вот вздохнула бы Россия!

— Какое ребячество! Ну, перебьете вы Романовых, придут Голицыны или Долгоруковы. Разве в царской фамилии дело?

— Не только. Надо отдать тысячу молодых жизней, чтобы очистить страну для будущего.

— Как кровожадно и как ребячливо! Не сердитесь, но инфантильность — ваша болезнь. На ненависти и убийствах ничего чистого не создашь. Вас когда-то сильно обидели, и вы обозлились на весь мир.

— Ничего подобного. Я ненавижу только власть. А народ я люблю.

— Как вам это удается? — сказала она с чуть комическим удивлением. — Можно любить Ваньку, Петьку, Дашку, а общность, к тому же столь неопределенную, любить нельзя.

— Почему нельзя любить народ? Его страдания?

— Это стихи. Крестьяне — народ?.. Вы любите крестьян?

— Конечно.

— А вы их знаете? — перешла в наступление Мария Александровна. — Вы же городской, слободской человек. Зажиточных крестьян вы любите?

— Смотря кого считать зажиточным. Кулаков на дух не выношу.

— А кто такой кулак? Две лошади и три коровы — кулак?

— По нашим местам — да.

— Одна лошадь, две коровы? — Старков промолчал. — Значит, вы любите безлошадных и с одной лошадью. А если так: вы его любите, а он взял да вторую лошадь купил? Конец любви? С коровами мы вовсе не разобрались. По вашим местам две коровы много, а на Орловщине меньше четырех не держат. Без реестра с такой любовью не справиться. А сколько ваша любовь позволяет держать свиней, коз, овец, кур?

— Что вы из меня дурака делаете? — разозлился Старков. — Я рабочих люблю.

— Но их так мало в России. Куда меньше, чем дворян, чиновников, торговцев, военных, врачей, учителей.

— Я люблю всех простых людей. Которые не эксплуатируют народ.

— А как быть с Пушкиным?.. Львом Толстым?.. Декабристами?.. Герценом?.. Они-то ведь не простые и по-вашему — эксплуататоры. Поместья, деревни, земля, челядь. Вам бы моего Кирилла любить. От имений он отказался в пользу сестер. Мы жили только на его жалованье.

— Вы бойкая дама! — почти с восхищением сказал Старков. — Умеете запутать. Конечно, я в пансионах не обучался. А вы не просто дурачитесь. Хотите что-то доказать.

— Да?.. Может, то, что вы никого не любите и не любили? Даже самого себя, — сказала она, словно советуясь.

— Себя-то уж точно. Кабы любил, не был бы тут. Только вам-то что с этого?

— Мне?.. — Она задумалась. — Наверное, я защищаю слово «любовь». Ваша любовь к простому народу — злость на своих обидчиков.

— Каких обидчиков?

— Вам лучше знать...

На этом разговор оборвался. Старкову принесли обед, и Мария Александровна стала поспешно собираться.

— Я завтра приду, — сказала она на прощание...

...Тюремный врачебный кабинет. Обнаженный по пояс Старков стоит перед врачом. Тот снимает повязку с его плеча.

— Удивительно! — говорит врач. — Никаких следов.

— На мне заживает как на собаке, — сказал Старков.

— Ну и здоровье у вас! Вы физиологический уникум. И главное — я никогда не встречал такой крепкой нервной системы. С вас хоть диссертацию пиши.

— Рад послужить медицинской науке! — пошутил Старков. — Но и от вас кое-что потребуется. Великую княгиню подослали?

Врач улыбнулся наивности вопроса, но ответил серьезно:

— На таком уровне это исключено.

Старков задумался.

— Мария Александровна сильно набожная?

— Без фанатизма. Насколько мне известно. Глубоко верующий человек. Ею движет собственная совесть.

— Совесть — дело обоюдное, можно сказать, палка о двух концах, — как-то странно поглядел на врача Старков, — и меня тоже подвигла совесть...

...Камера. Старков сидит на табуретке с обмотанной полотенцем шеей, а Мария Александровна ловко взбивает в никелированном тазике мыльную пену.

— Почему у вас такой недоверчивый вид? Я отличный брадобрей. Брила раненых в госпиталях. И мужа, когда ему раздробило кисть. А он, знаете, какой привереда... был.

— Да уж представляю, — проворчал Старков.

— Прибор английский. А бритва золлингенская. Муж признавал только первоклассные вещи.

Мария Александровна принялась точить бритву.

Старков искоса следил за ее зловещими движениями.

Она добавила пышной пены на щеки Старкова и, закинув ему голову, поднесла острое лезвие к беззащитному горлу.

И вот Старков выбрит, спрыснут одеколоном, припудрен. Провел ладонями по атласным щекам:

— Это работа!.. Я бы на вашем месте иначе распорядился.

— О чем вы?..

— Ведь вы меня ненавидите. И должны ненавидеть, и никакой Боженька вам этого не запретит. Я лишил вас всего. И как хорошо — чик по горлу. И отвечать не придется: самоубийство в порыве раскаяния.

— Ну и мысли у вас! — Она вытирала бритву и отозвалась ему как-то рассеянно, машинально. Затем услышанное дошло до сознания. — Почему террористы такие пугливые? А Кирилл Михайлович ничего не боялся. Он знал, что за ним охотятся, но не предпринимал защитных мер.

— С этим позвольте не согласиться. Он задал мне работу.

— Вы сами перемудрили. Он был вполне беззащитен. Но террористы слишком осторожничают.

— Это неправда! — с силой сказал Старков. — Я канителился, потому что не хотел лишней крови. Ваш муж всегда был окружен мальчишками-адъютантами, какими-то прилипалами, холуями-чиновниками и душками-военными. Наверное, все они заслуживали бомбы, но я их щадил.

Она долго и очень внимательно смотрела на него.

— Это правда, — сказала тихо. — Теперь мне понятно, что было на площади. Вы помиловали наших мальчиков. Вы дали всем уйти. И ведь вы сильно рисковали. Вас уже заметили.

Старков молчал, но видно было, что восхищение Марии Александровны не доставляет ему удовольствия.

— Я знаю все подробности. Собрала по крохам... А если б машина не завелась? — спросила она вдруг.

— Одним толстозадым адъютантом стало бы меньше.

— Но как же так?.. Он-то чем виноват? — Гримаса боли исказила лицо. — Ведь у него мать, невеста...

— У всех матери, жены, невесты, сестры. И у брошенных в тюрьмы, и у каторжан, и у солдат, которых ваш муж укладывал штабелями под Плевной. И у меня была мать-нищенка, и у всех несчастных этой страны. Только властям нет дела до них.

— А у вас была невеста? — живо спросила Мария Александровна, не тронутая социальным пафосом.

— Никого у меня не было, — хмуро ответил Старков.

— И никто вас не любил и вы никого не любили?

— Обошлось. Бомбисту это ни к чему.

— Не всегда же вы были бомбистом.

— По-моему, всегда. Как начал чего-то соображать.

— И всегда вы были таким беспощадным? Никогда, никогда не знали жалости?

Старков молчал.

— Почему я, женщина, ни о чем не боюсь говорить, даже о самом горьком и больном, а герой боится? Очень щадит себя? — Она его явно поддразнивала.

— Я не боюсь. Не хочу. Потому что сам себе противен.

— Это другое дело, — согласилась она. — Тут нужно большое мужество.

Самолюбие Старкова было задето.

— Вы слышали о рязанском полицмейстере Косоурове?

На экране возникает Рязань, и весь последующий разговор идет на фоне города, собеседников мы не видим. Студеная февральская зима, когда с Оки задувают ледяные ветры, закручивая спирали метелей. Только что закончилась обедня, народ валит из церкви. Сперва высыпала голытьба, затем разнолюдье: чиновники в шинелях на рыбьем меху, учителя, торговцы, курсистки, военные, наконец, двинулась избранная публика: купцы в шубах на волке, модные врачи, предпочитающие подстежку из лисы, губернская знать в бобрах, их разодетые жены, нарядные дети. Кучера с необъятными ватными задами, каменно восседающие на облучке, подают им роскошные сани с меховой полостью. Пар морозного дыхания большой толпы уносится к бледно-голубому небу.

На этих кадрах идет такой разговор.

— Я его знаю, — говорит Мария Александровна. — Он проделал с мужем турецкую кампанию. Храбрый офицер и хороший человек.

— Очень хороший, — насмешливо подтвердил Старков. — Бросил в тюрьму моего однокашника по уездному училищу.

— За что?

— За прокламации.

— Закон есть закон. Да и не Косоуров его посадил, а какой-нибудь мелкий чин,

— Все равно. Моего друга пытались завербовать, и он повесился в камере.

— Бедный мальчик! С такой нежной психикой лучше сидеть дома. Но при чем тут Косоуров?

— При том, что я его приговорил. Хотя мне со всех сторон пели о его доброте, ранах и дочках-бесприданницах. Но я помнил Лешку-повешенца и с пистолетом в кармане встретил Косоурова у паперти церкви Николы Мокрого...

Сквозь толпу пробивался рослый человек в дохе, валенках и овечьей шапке. Это Старков, только моложе, худее и скуластее. Он ищет свою жертву.

Как нагретый нож сквозь масло, рассекает Старков толпу, бесцеремонно расталкивая людей и даже не огрызаясь на их возмущенные вскрики. И вот он увидел полковника Косоурова в шинели, фуражке и узких кожаных сапогах. Полковник поджидал у поребрика тротуара свои санки, которые почему-то запаздывали. Старков огляделся. Рядом зиял зев подворотни, до нее было шага три-четыре. Он перевел взгляд на полковника и, сунув руку в карман, нащупал рукоять пистолета. Удивительно жалко выглядел его враг вблизи. Он притоптывал, по-извозчичьи охлопывал себя руками крест-накрест, зубы его слышимо выбивали дробь.

Косоуров столкнулся с пристальным взглядом незнакомого человека и жалобно проговорил отвердевшими губами:

— Ну и холодняшка!.. Рук, ног не чую, душа в льдинку смерзлась!.. — И засмеялся дребезжащим стариковским смешком.

Полицейский, злодей, палач — нет, бедный брат в человечестве, замороченный жизнью неудачник, окоченевший старик, доживающий скудную жизнь.

Рука Старкова так и осталась в кармане. Тут подкатили неказистые саночки, запряженные сивой лошаденкой. Косоуров сел в них и, будто догадавшись тайной душой о непростой связи с прохожим человеком в дохе, помахал Старкову рукой...

...И снова тюремная камера.

— Как это прекрасно! — воскликнула Мария Александровна. — Жаль, что вы не встретились взглядом с моим Кириллом. Он остался бы жив.

— Нет, — жестко сказал Старков. — И Косоуров не был бы жив, попадись он мне сейчас. Я дал ему уйти, а он накрыл явку. Я предал товарищей своей мягкотелостью. Это был урок на всю жизнь.

— Но ведь Косоуров не входит в вашу тысячу, — сказала Мария Александровна. — Сколько же придется убивать, чтобы построить этот храм на крови?

— Но храм будет!

— Какой ценой! На злодействе может взойти вертеп, а не Божий храм.

— Звучно сказано, но мимо. Зря я вам рассказал, вы ничего не поняли.

— Поняла: у вас в жизни был добрый поступок. Вам это зачтется.

— Говорю, вы ничего не поняли! — сказал Старков. — Это мой провал, стыд, предательство!

Он сунулся за своим табачным запасом.

— Подождите, — сказала Мария Александровна. — Я принесла вам папиросы.

В камеру заглянул надзиратель:

— Осмелюсь доложить, Ваше Высочество, господину преступнику положена прогулка!..

...Мария Александровна и Старков сидят на скамейке во внутреннем дворе тюрьмы. Она роется в своей вместительной сумке и достает плоскую деревянную коробку, похожую на пенал. Открывает ее и протягивает Старкову: там лежат длинные тонкие папиросы.

— Медом пахнут, — заметил Старков.

Он взял папиросу, покрутил в пальцах, чтобы лучше курилась, посыпались табачинки.

— Слабая набивка. Самонабивные? — спросил он, прикуривая от зажженной ею спички.

— Да, муж всегда сам набивал. Он много курил. Я ничего в этом не понимаю, но табак должен быть очень хороший.

Старков инстинктивно вынул папиросу изо рта, ведь ее касались руки убитого. Но, заметив довольное выражение на лице Марии Александровны — как же, потрафила! — пересилил отвращение.

— Это из экономии? — спросил с улыбкой.

— Да! — простодушно откликнулась Мария Александровна. — У мужа был принцип: не бояться случайных трат и экономить на повседневном.

— Как понять?

— Он мог выбросить уйму денег на арабского скакуна или английское ружье, но у нас был очень простой стол...

— Представляю! — не удержался Старков, пуская голубые кольца дыма.

— Правда, правда, мы не ели убоины. Каши, овощные супы, салаты, иногда рыба, которую муж сам ловил.

— Вы что, толстовцы?

— Нет. Муж говорил: не хочу есть трупы животных. А мы все делали по его уставу. Я не прибедняюсь, но мы обходились самым скромным гардеробом, я перешиваю старые платья, вяжу теплые вещи, штопаю, латаю. Мальчики сами себя обслуживают. Мы держали одну прислугу на все, теперь взяли приходящую.

— Но у вас же имения, — удивленно сказал Старков. — Романовы — самые богатые помещики России.

— Не самые богатые, — улыбнулась она. — И не все. Я говорила вам: мы жили на жалованье мужа. Сейчас на пенсию. Он отдал свое состояние младшим сестрам: у них не сложилась жизнь, — а на остаток содержал вдовьи дома.

— Что еще за вдовьи дома? — с плохо скрытым раздражением спросил Старков.

— Там живут солдатские вдовы и сироты. Вы не думайте, — сказала она с поспешной деликатностью, — в их положении ничего не изменилось. Муж отдал необходимые распоряжения на случай своей смерти.

— Так что вдовы и сироты не пострадали, — ядовито уточнил Старков.

Она не обратила внимания на его интонацию.

— Слава богу, нет. А свои средства я передала приюту для брошенных детей и небольшому женскому монастырю.

— Неплохие у вас средства!

— Были. Я не прибедняюсь. Но мы вовсе не такие богачи, как может показаться.

— Вам ли жаловаться! — сказал Старков и осекся, вдруг сообразив, что гражданское негодование едва ли уместно, когда оно обращено к вдове убитого им человека.

— Я не жалуюсь. Просто объясняю наши обстоятельства. Люди очень плохо знают жизнь друг друга и не стараются узнать. Милее самому придумать.

— Но вы же не станете утверждать, что все Романовы только и знают, что заниматься благотворительностью, — запальчиво сказал Старков.

— Нет, не стану, — ответила она мягко. — Люди все разные. Романовы в том числе.

— Богатые люди разные, а бедняки все одинаковы.

— Я... я не понимаю, — растерянно проговорила Мария Александровна.

— Беднякам не на что и незачем иметь свое лицо. Не до жиру, быть бы живу.

— Думаю, вы не правы. Человеческий пейзаж во всех слоях разнообразен. Но мне, конечно, трудно судить. — Она вдруг спохватилась: — Засиделась я. Мне давно пора к моим... другим мальчикам... Не сердитесь. Иногда мне кажется, что вы тоже мой мальчик, которому я сейчас больше нужна. Хотя и там несладко. Кирилл Михайлович был замечательный отец — строгий, требовательный и по-умному заботливый. Он хотел сделать из них настоящих мужчин. Не знаю, справлюсь ли я. Но доброе семя заложено... Скажите без ломанья — чего бы вам хотелось?

— Ничего, — отрубил Старков, которому не понравилось ее сюсюканье над детьми.

Пока они говорили, откуда-то — не слишком издалека — доносились глухие, мерные удары. Видимо, что-то изменилось в атмосфере, и удары стали громче, звучнее.

— Какой утомительный аккомпанемент! — досадливо бросила Мария Александровна.

— Виселицу сколачивают, — невозмутимо произнес Старков. В глазах ее отразился ужас.

— Нет! Нет!.. — Она зажала уши. — Какая виселица?.. Тупой административный раж!..

Старков насмешливо улыбался, пуская голубые кольца дыма.

— Идемте отсюда!

— Не могу, — посмеивался Старков. — Мне положено полчаса дышать воздухом.

— Это бог весть что!.. — металась Мария Александровна. — Я скажу коменданту!..

— Внимание! — поднял палец Старков. — Княжеское слово уже подействовало.

Мария Александровна убрала руки с ушей — действительно, удары топора прекратились. Она несколько мгновений молчала, переводя дыхание. Затем к ней вернулось обычное доброе расположение духа.

— Что вы скажете о фруктах? — спросила она.

— Не люблю.

— Что-нибудь сладкое?

— В рот не беру.

— Вино?.. Наверное, запрещено?

— Я не пью.

— Книги?

— Я пишу свою книгу... в голове.

— А не хотите на бумаге?

— Нет. К перу меня сроду не тянуло.

— Чем же вы жили?

— Тем же, ради чего умираю...

Она сделала протестующий жест, который Старков оставил без внимания.

— ...Своим единственным поступком, который вам мерзок.

— Я этого не говорила, — сказала она истово. — Он мне ужасен, это другое... Вы человек своей идеи, своей правды, как Кирилл — своей. Я вашей правды не принимаю, но уважаю характер. Ладно, скажите быстро свое желание.

— Кувшин ледяной воды утром.

— Зачем?

— Я привык окатываться холодной водой. Хорошо бодрит.

— Какой вы молодец! — восхитилась она. — Сколько в вас жизненной силы. Вам жить и жить!..

...Через наплыв, будто продолжается вчерашний разговор, возникает камера и наши герои в привычной позиции: Мария Александровна вяжет, а Старков курит, лежа на койке.

— Я все думала над вашими вчерашними словами, — говорит Мария Александровна, — что у вас никого не было. Почему жизнь так немилостива к вам? Разве может быть молодость без любви?

— Очевидно, может.

— Вы обманываете меня. Не хотите говорить. Никогда не поверю, чтобы такой молодой, красивый, сильный человек ни разу не обнял девушку.

— Ах, вот вы о чем!.. Вы это называете любовью?..

...Воскресное гулянье на реке. Невдалеке виднеются кирпичные строения маслобойной фабрички. С противоположной стороны к речной луговине подступает густой смешанный лес.

Фабричные девушки водят хороводы, украсив головы венками полевых цветов, другие, лежа на траве, поют:

Ночь темна-темнешенька,
В доме тишина;
Я сижу младешенька
С вечера одна.

В стороне с брошюрой в руке пристроился на пеньке Старков. Он делает вид, что весь ушел в чтение, а сам нет-нет взглянет на веселящихся фабричных.

К нему подошла девушка, востролицая, из тех хожалочек, о которых говорят: оторви да брось.

— Чего киснете, молодой человек?

Старков оглядел ее снизу вверх — от загорелых, исцарапанных травой ног до пшеничных кудрей.

— Книжку учу.

— От книжек голова болит, — засмеялась девушка. — А вам не хотится в рощу пройтиться?

Будто нехотя, он поднялся, отряхнул брюки, сунул брошюру под ремень. Они пошли к роще...

...Лесная тропка. Садится солнце, заливая стволы берез своим пожарным светом. Вверху еще светится небо, а в западках, балках, буераках копится тьма. Девушка повисла на Старкове. Он деревянно смотрит вперед.

— Так и будем глину месть? — спросила девушка. Старков беспомощно огляделся.

Она схватила его за рубашку и потащила прочь от тропинки. С размаху упала на груду палой листвы у подножия клена. Старков упал рядом с ней.

— Ну, чего же ты? — сказала девушка.

— А чего?

— Чего не целуешь?

— А как?

— Брезгуешь? — Девушка сделала попытку встать. Он схватил ее за руку и вернул на место.

— Да не брезгую, — зашептал пересохшим ртом. — Не умею. Понимаешь ты, не умею!

— Ладно врать-то! — сказала она недоверчиво, но с оттенком ласки. — Чтоб такой красивый парень не умел?.. Признайся, сколько девушек испортил? Небось и счет потерял?

— Первой будешь.

— Ох, завирала!

— Не думал я о девушках. Другая у меня думка.

— Это о чем же?

— Как человека убить.

— Вон ты какой! — В голосе прозвучало уважение, она сразу и охотно поверила услышанному. — Купца аль кого?.. Большую деньгу возьмешь?

— Плевал я на деньги! Двух обедов не съешь, двух пиджаков не наденешь. Мне за народ...

— Ску-у-шно!.. — перебила она. — Скучно с тобой, как в могиле. Пойду я.

— Погоди! Сделай как надо. Сделай сама!..

— Дурачок!

Она стянула через голову кофточку, обнажив грудь. Расстегнула на нем рубашку. Он был как истукан. Она навлекла его на себя, забилась в его руках и услышала изумленно — захлебный крик мальчика, ставшего мужчиной...

* * *

...Камера. Те же собеседники.

— Я не урод, — говорит Старков, продолжая ранее начатый разговор. — Нормальный человек. Была у меня девушка. Встречались. А потом все кончилось.

— Почему?

Старков молчит.

— Она вас бросила?

— Нет.

— Вы ее бросили?

— И я ее не бросал. Просто перестали встречаться. А зачем вам все это?

— Меня интересуют люди. Особенно вы.

Старков задумался.

— Когда я встречался с той девушкой, то уже не о жизни думал — о смерти. Какая тут любовь?.. Она замуж хотела, детей хотела, да разве мне можно?.. Я и не любил ее.

— Кого же вы любили?

— Никого. Задумку свою. Любви не было, а беспокойство от этой фабричной было. Я понял, это не для меня. Пустая трата времени и сил. И повесил замок.

— И больше никого не любили?

— Да какая это любовь? Глупость одна. Я шел в лес знакомой тропкой не любить, а пистолет пристреливать.

— Лучше бы остались с той девушкой! — воскликнула Мария Александровна.

— Это почему же? — озадачился Старков.

— Кирилл Михайлович был бы жив.

— Наверное. — Лицо Старкова стало жестоким. — Вот поэтому я с ней и расстался.

— За что вы так не любите Кирилла? — всплеснула она руками. — Ума не приложу. Он же милый...

Это прозвучало очень наивно, но не смягчило Старкова.

— Хватит себя обманывать! Спросите повешенных, спросите томящихся в темницах, спросите замордованных солдат...

— Солдаты его любили! — не выдержала Мария Александровна.

— Охотно на водку давал?.. Отец-командир!.. Гнал на верную смерть, для него человеческая жизнь — тьфу! Жестокий, хладнокровный, безжалостный тиран!.. — Он едва удержался, чтобы не плюнуть на каменный пол камеры.

Мария Александровна смотрела на него с доброй, сочувственной улыбкой:

— Как все это не похоже на Кирилла! Вы бы посмотрели на него в семейном кругу, среди друзей, на дружеских пирушках с однополчанами...

— А вы бы посмотрели, как он подмахивает смертные приговоры!

— Вы что-то путаете, — сказала она тихо. — Приговоры — дело суда, при чем тут мой покойный муж?

— Знаем мы этот суд! Как прикажут, так и решат.

— Суду присяжных никто приказать не может. Да и не имел мой муж к суду никакого отношения.

— Вы еще скажете, что он солдат жалел?

— Я видела его на войне. Он подымал роты в атаку и шел первым на турецкий огонь. А ведь он командующий. Самый бесстрашный человек в армии. У него было восемь ран на теле, больше, чем у всех остальных командиров его ранга, вместе взятых. Я не хочу оправдывать Кирилла, да он в этом и не нуждается. Он все искупил своей смертью...

— Все ли?

— Он был администратор старой школы — прямолинейный, жесткий, не отступающий от цели, от того, что считал правильным. Он ничего не выгадывал для себя: ни славы, ни почестей, ни богатства, — ему все было дано от рождения. Но он этим не пользовался. Он служил России... так, как понимал.

— Плохо понимал! — крикнул Старков. — Такие, как он, замордовали страну, превратили в рабов прекрасный, умный, талантливый народ. Всех надо истребить, до одного!..

— Ну, ну! — сказала Мария Александровна все тем же тоном, будто призывала к порядку расшалившегося мальчишку. — Успокойтесь. Возможно, я чего-то не понимаю, не знаю. Я же не политик, не государственный деятель и, к сожалению, не народ. Мне нельзя об этом судить. Но я женщина, мать, жена... была... любила отца моих детей. Он был такой добрый и терпеливый со мной. Я не хватаю звезд с небес, часто говорю глупости, он никогда не сердился, ни разу не повысил голос, не позволил себе нетерпеливого жеста...

— Виноват был перед вами, вот и не рыпался.

— Кирилл Михайлович ни в чем не виноват передо мной, — сказала она, чуть поджав губы, и впервые в ее кротком голосе прозвучали строгие нотки.

Дверь ржаво заскрипела, и в камеру вошел тюремщик с обедом для Старкова. Жидкий суп и перловая каша помещались в двух жестяных мисках. Миски стояли на жестяном подносе.

Старков на суп даже не взглянул, но миску с кашей слегка поскреб ложкой, после чего опустил поднос на пол. Достал курево, задымил и прикрыл глаза. Если этот маневр был рассчитан на Марию Александровну, то не достиг цели. Она старательно принялась за вязанье...

...Старков вспоминает. Побочный, но тоже нарядный, украшенный колоннами вход во дворец, где находится ведомство Великого князя. Сюда подходит стекольщик с плоским ящиком, полным хрупкой сверкающей клади. Он идет неторопливо, вразвалку, неуклюжий мастеровой человек — Старков артистично изображает добродушного увальня. Он с любопытством и восхищением провожает спешащих к подъезду щеголеватых адъютантов и старших офицеров в парадных мундирах.

У дверей — пост. Часовой преграждает Старкову путь:

— Стой! Куда идешь?

— Сам, что ли, не видишь? — удивился стекольщик. — Али не признал?

— Поставь ящик! — скомандовал часовой.

Старков поспешно и неуклюже опустил ящик на землю. Второй солдат обыскал стекольщика, прощупав его спереди, с боков, сзади. Стекольщик глупо хихикал и ежился.

— Чаго ищешь-то? — спросил он солдата и сам себе ответил: — Бонбу али ливольверт? Знал бы — захватил. А чего ты раньше не щупал меня?

— У нас сегодня большая гулянка, — словоохотливо отозвался солдат, удостоверившись в лояльности стекольщика. — Однополчане их сиятельства Адониса выбирают.

— Какого еще Адониса?

— Прельстительного юношу.

— Зачем?

— А ты сам спроси! — захохотал солдат и вдруг вытянулся, надув щеки.

Мимо тенью мелькнула долговязая фигура Кирилла Михайловича в сером плаще.

Стекольщик подымается по мраморной лестнице, украшенной статуями греческих богов и героев — прекрасных обнаженных юношей с отбитыми носами и членами.

Он подходит к многостворчатому окну, испещренному трещинами, ставит ящик на пол, достает инструменты и приступает к работе. Вынимает побитые стекла, зачищает раму, выковыривает стеклянную крошку из пазов.

По временам он бросает взгляд на высокие резные двери, за которыми идет холостяцкая офицерская пирушка под председательством Великого князя Кирилла. Поскольку дверь то и дело отворяется: обслуга носится взад и вперед с блюдами, бутылками, приборами, порой выскакивают освежиться в туалете разгоряченные гости, — стекольщик может наблюдать происходящее в зале. Видит он и дирижера этого мужского оркестра — Великого князя: мундир распахнут, тонкий батист рубашки прикрывает плоскую сильную грудь.

Разогретая вином компания шумна, криклива, возбуждена. На постамент — крытый ковром сундук — поочередно вскакивают молодые красавцы и под музыку невидимого оркестра вертятся — кто томно, кто дурашливо, кто в сознании своих чар, — демонстрируя восторженному собранию юную стать. Затем соискатель высокой чести получает бокал шампанского из рук Великого князя и уступает место другому претенденту.

Компания сильно распалена: красные лица, мокрые рты, потные лбы, судорожные жесты. Сухой, почти бесплотный, крепкий, как кленовый свиль, Кирилл Михайлович не дает себе распуститься, только лихорадочно горящие глаза выдают его возбуждение.

Дверь захлопнулась, стекольщик вернулся к своей работе, позволив простоватому лицу обрести естественное выражение ненависти и отвращения.

Он недолго орудовал стамеской, ковыряя сохлую замазку, словно это вражеская плоть, — появились подручные повара в белых колпаках и внесли в пиршественный зал дикого кабана, зажарен-

192

ного целиком на вертеле. Выйдя, они не закрыли двери, и когда стекольщик вновь обернулся, то увидел на постаменте обнаженного юношу, которого Великий князь увенчивал лавровым венком.

— Слава Адонису! — крикнул Кирилл Михайлович.

Все закричали, захлопали в ладоши, вспенилось шампанское, грянули скрипки, исступленно запели смычки.

Великий князь, ловко откупорив шампанское, направил пенную струю на Адониса, облив его с ног до головы.

Какой-то расслюнявившийся вконец генерал подскочил к Адонису и чмокнул его в розовую ягодицу.

— Виват! — закричало высокое собрание.

Великому князю подали бутоньерку из роз на белом поясе. Он укрепил ее на чреслах юноши, скрыв под бутонами роз столь вожделенную для собравшихся мужественность Адониса. Молодой человек вскинул руки ввысь, и грянул величальный хор.

Стекольщик сжимал стамеску, как кинжал Занда.

— Кончать!.. — шептал он пересмякшим ртом. — Всех кончать!..

...Тюремная камера.

— Ах, притвора-притвора!.. — услышал Старков радостный голос Марии Александровны. — Делает вид, что спит, а ресницы шевелятся!..

— Никакого вида я не делал, — лениво-тягучим голосом, за которым таилось неиссякшее раздражение, отозвался Старков. — Просто кое-что вспомнилось.

— Расскажите!

— Да нет. Противно. — Он повернулся на локте и пристально посмотрел на Марию Александровну. — Выборы Адониса.

— Адониса? — Она не сразу сообразила, о чем идет речь. — Ах, эта офицерская шутка!.. Откуда вы о ней знаете?

— Наблюдал однажды. Когда стекла вставлял во дворце.

— Я не любительница дионисийских игр, — покачала головой Мария Александровна. — Но ведь каждый по-своему с ума сходит.

— Вы считаете это игрой? А по-моему, свинство. И неудивительно, что у вашего мужа аховая репутация.

— Как же так? — проговорила она недоуменно, по-детски хлопая глазами. — В том кругу, где мы вращались, его считали рыцарем без страха и упрека.

— Я не говорю, что он крал столовые ложки или передергивал в картах. — Старков закусил удила. — Но как военачальник он признавал лишь один маневр — с тыла.

За узким лобиком совершался непосильный труд мысли. Она то вскидывала на него доверчивые глаза, то потупляла и вдруг рассмеялась — легко и молодо:

— Ах, какая чушь!.. Я даже не поняла сразу. Как люди недобры! Это глупая сплетня. Кирилл Михайлович был эстет, он любил все красивое: женщин, лошадей, молодость во всех проявлениях, китайские вазы, севрский фарфор, английский пейзаж. Он был, как бы поточнее выразиться, человеком очень сильной жизни.

— Слишком сильной, — не удержался Старков.

— Да! — Она не обратила внимания на его замечание. — Он каждый кубок осушал до дна. Так он воевал, так любил, так играл в теннис, охотился, скакал на лошадях. Он, кстати, был лучшим всадником среди Романовых...

— Да, что-что, а это они умеют, — съехидничал Старков.

— Не все, — серьезно возразила Мария Александровна. — Кирилл перепивал всех молодых офицеров, но никто не видел его пьяным. Он стал чувствовать возраст в последнее время и потянулся к молодым. Ему нравилось прикосновение к свежей, юной жизни. Боже мой, и Лев Николаевич Толстой восхищался глупой гусарской юностью и завидовал ей.

— При чем тут Лев Толстой?

— При том, что злая молва не обошла даже великого писателя... Вы простите, что я так долго говорю, но кто же защитит честное имя Кирилла Михайловича, если не я? И вы должны знать, что убили безукоризненного человека. На вашем подвиге нет никакого пятна. Вы ведь считаете это подвигом?

— Я считал это долгом, — угрюмо отозвался Старков.

— Ну, если долг, значит, подвиг. Каждый для своих поступков находит красивые слова, а для чужих — дурные. Не сердитесь, я так — болтаю. Если человек ставит жизнь на карту ради своих убеждений, он имеет право на самоуважение.

— Зачем вы все это говорите? — В голосе Старкова вместо обычной агрессии прозвучала чуть ли не тоска.

— О чем вы? — не поняла Мария Александровна.

Он резко поднялся и сел на кровати:

— Хотите внушить мне, что ваш муж замечательный человек? — Приговор усталой тоски сменился грубым напором. — Чтобы я пустил слезу? И чтобы в ваших проклятых салонах восторгались: «Ах, Мари — святая! Она простила этого изверга, он раскаялся. Они вместе оплакивали несчастного Кирилла, — хамовато, но талантливо Старков пародировал светскую интонацию, — боже, как

194

трогательно! Он взошел на эшафот, примирившись с небом. Шармант!»

— Нет!.. Нет!.. — вскричала Мария Александровна, услышавшая из всех злых, издевательских слов лишь одно: «эшафот». — Приговор отменят! Не могут не отменить, Кирилла не вернуть. Зачем губить другую жизнь, такую молодую! Я слышать этого не хочу! — Она зажала уши.

— Все-таки выслушайте напоследок, — почти брезгливо продолжал Старков. — Меня не поймаешь на жалость, на слезы, на клятвы, что я убил ангела во плоти. Вы зря потратили время и силы, апельсиновый сок и самонабивные папиросы вашего мужа. Вам не унизить моего поступка. Я им горжусь. Ничего иного вы от меня не услышите.

Она долго молчала, лицо ее осунулось, постарело, погасли глаза. Потом она проговорила — с усилием, спотыкаясь:

— Да ведь я не о том... Гордитесь на здоровье. Я хочу лишь одного, чтобы вы его простили.

— Мне его прощать? — Старков ухмыльнулся. — Скорее уж наоборот.

— Но он уже там... Он, конечно, простил. Зачем жить с ненавистью в душе?

— Жить?.. Это недолго продлится. А теперь уходите. Мы все сказали друг другу. Ваш номер не прошел.

Он поднялся и постучал в дверь кулаком. Она немедленно отворилась.

— Забери-ка даму, — сказал он тюремщику...

...Старков спит. Тяжело, неспокойно, вертится, стонет, комкает подушку, сбивает тощее одеяло. Ему снится что-то несуразное, не бывшее с ним.

Восточный базар. Смешение ярких красок, голосов, смехов, воплей, угроз. Покачивают мерно птичьими головами на тонких шеях верблюды, прядут ушами ослики; жалобно и нагло звучат голоса торговцев, зазывающих покупателей. И чего тут только нет! Лопаются от спелости плоды: персики, груши, гранаты, хурма; сверкают золотые и бронзовые изделия: украшения, щиты, вазы, лари, оружие, громадные керамические амфоры соседствуют с посудой, пиалами, тарелками, всевозможными безделушками; впитывает солнечный свет тугой ворс ковров.

Яростно торгуются из-за сочных дынь маленький горбатый продавец и солидный тучный покупатель...

Поймали воришку, награждают тумаками, куда-то тащат, он вырывается...

Поссорились две хозяйки из-за бараньих почек, бранятся, брызжут слюной...

Бродячий фокусник, расстелив на земле коврик, показывает фокусы: заставляет стоять веревку торчмя, заглатывает огонь от смоляного факела, выпускает изо рта горлинок, тут же уносящихся в небо...

Мальчики играют в «косточки» — сшибают плоским камнем установленные в ряд мосолки...

Насурьмленная девица завлекает в свои сети кавалера — продавца липких сладостей...

По базару пробирается Старков — голый, в набедренной повязке, что нисколько не смущает ни его самого, ни окружающих. Он кого-то ищет, сверля толпу воспаленными глазами.

Впереди промелькнула женская фигура, лицо закрыто до глаз. Она оглянулась, столкнулась взглядом со Старковым и юркнула в гущу толпы.

Старков яростно расталкивает прохожих, которые словно сговорились не пускать его к женщине, отшвыривает крутящихся под ногами мальчишек, отталкивает морды ишаков и мулов. Но он вязнет в этом липком, как пастила, человечьем месиве.

Преследуя женщину, он наткнулся на ярко выряженного и звенящего бубенчиками, чтобы видели и слышали издалека, продавца воды и опрокинул его на землю. Жалко звякнули бубенчики, пролилась вода.

На Старкова накинулись с руганью и кулаками. Не обращая внимания на тумаки и подзатыльники, он ломит вперед.

Вот женщина опять мелькнула — сбоку, за керамическим рядом. Старков рванулся туда, обрушив горку горшков. Хозяин лавки погнался за ним с палкой. Женщина исчезла. Старков остановился, принимая на широкую спину град ударов и не чувствуя их.

Он снова увидел женщину, перемахнул через арык, через повозку, упал, вскочил, кого-то отшвырнул и настиг беглянку. Повалил на ковровую дорожку и стал лихорадочно срывать с нее одежду.

Кругом толпились люди, но почему-то не обращали внимания на бесчинствующую посреди базара пару.

— Ну же!.. Ну!.. — выталкивал из горла Старков, пытаясь обнажить женщину.

— Так уж сразу? — глухо, из-под платка отозвалась женщина. — Какой жадный!..

— Ну, что же ты? — мучается с ее завязками Старков.

— Накинулся, как любовник!.. А где же ты раньше был?

— Разве не знаешь? — Старков путается в тесемках, крючках, складках ткани, откуда-то вывернувшейся поле халата.

— Постой! Задушил совсем! — Женщина сдернула платок, закрывавший ей нижнюю половину лица.

На Старкова глядит ардатовская деваха, некогда открывшая ему «жгучие тайны».

— Это не ты! — вскричал Старков, отпрянув.

— А кто же еще?.. Нешто забыл?..

Но Старков уже не слышал, он опять мчался сквозь толпу и вскоре увидел ту, которую искал.

На этот раз он был счастливее — быстро настиг ее и повалил прямо на пыльную землю. И снова его неумелые руки запутались в ее легких одеждах.

— Постой!.. Задушил совсем!.. — произнесла ардатовская деваха и сбросила с лица платок.

— А чтоб тебя!.. — заорал Старков и забарабанил кулаками... по спинке тюремной койки и стене.

Отворилась дверь.

— Ты что, сказился? — непрокашлянным, сонным голосом спросил тюремщик. — Али трухаешь?.. Дело сладкое, только давай потише.

— А пошел ты!.. — глухо отозвался Старков...

...Утро. Старков лежит на койке. Он давно проснулся, но не встает. Минувшая ночь с ее странными снами далась ему нелегко — он бледен, осунулся, под глазами круги. Потянулся за папиросами. Закурил, но после двух затяжек загасил папиросу. Появился тюремщик с завтраком.

— Унеси, — поморщился Старков. — С души воротит от ваших помоев.

— Ишь какой балованный!.. А сок будешь?

— Пей сам. За мое здоровье.

Тюремщик вышел. Старков потрогал щетину на щеках — колется.

Сделал нехотя укороченную утреннюю зарядку. Так же через силу окатился холодной водой, растерся полотенцем. Он все делал вяло, рассеянно, занятый какой-то мыслью.

Потом он обнаружил на полу шерстяные комочки из вязанья Марии Александровны. Подобрал их и стал скатывать в жгутики.

Все это дать фрагментарно, монтажно.

За этим занятием и застала его влетевшая, именно влетевшая, а не вошедшая, Мария Александровна в светлом весеннем туалете, со свертками и букетом мимоз.

— Христос воскресе! — сказала она с порога и подошла к Старкову похристосоваться.

Он был как в параличе: не ждал и забыл, что Пасха.

Она сложила свертки на табурет и, взяв голову Старкова в свои руки, поцеловала. Было маленькое замешательство: она ждала ответного поцелуя, — наконец он сообразил и клюнул ее в щеку.

— Не сердитесь на меня за вчерашнее, — говорила Мария Александровна, вынимая из сумки пасху, кулич, крашеные яйца и размещая на табурете. — В такой день не надо сердиться. Самый светлый день в году. Это освященные пасха и кулич. Я отстояла службу в церкви Всех Скорбящих Радость. Какая дивная служба!.. Я опять что-то не то говорю?

— Моя мать тоже святила кулич и пасху, — пробормотал Старков.

— Вот славно! — Она положила немного пасхи на тарелку. — Говорят, из материнских рук кусок слаще, но попробуйте моей пасочки и кулича. У каждой хозяйки свои секреты.

Старков послушно взял на ложку немного пасхи, отломил кусочек кулича:

— Вкусно.

— Вот и славно! Я пораньше пришла, потому что на богомолье собралась. — Она как бы извинилась улыбкой за то, что опять коснулась ненавистной для Старкова темы.

— Я думал, на богомолье только старухи ходят.

— Это комплимент? — засмеялась Мария Александровна. — На богомолье — слишком пышно сказано. Я иду в свой монастырь, помните, я вам говорила?.. Это недалеко, верст шестьдесят. В глухом еловом бору. Там такая тишина, такой запах, такая благодать! И такая мудрая, добрая мать-настоятельница!

— Вы собираетесь... как это говорят, удалиться в монастырь? — угрюмо спросил Старков.

— Как странно звучит «удалиться». Я прежде не замечала. Удалиться!.. Приблизиться к Богу. Удаление здесь.

— Я думал, люди уходят в монастырь замаливать грехи. А какие у вас грехи?

— О, не счесть!.. Но сейчас я буду молиться за Кирилла. Он ушел без покаяния, без исповеди, без креста и отпущения грехов. И без прощания с близкими.

— Но и без мучений, — пробормотал Старков.

— А кто это знает? — задумчиво сказала Мария Александровна. — Может, когда душа расстается с телом, все так уплотняется, что вся боль, весь ужас конца вмещаются в одно мгновение... Вы простите, что я об этом говорю. С кем же еще, если не с вами? Не с мальчиками же... А вы и Кирилл так сильно связались во мне, что иногда мне кажется, что он продолжается в вас. Вы так похожи. Оба — только по прямой, как дикий кабан...

Она уловила смятенный взгляд Старкова.

— Правда, правда! — Она присела к нему на койку. — Ничего сильнее и глубже не было в моей жизни, чем гибель Кирилла. Вроде бы и вообще жизни не было, только этот взрыв. А потом пустота. И вдруг появились вы. И пустота заполнилась. Я так сильно чувствую вас!.. — Она порывисто схватила его голову и поцеловала.

Старков инстинктивно дернулся прочь, потом посунулся к ней, вошел в аромат и теплоту чистой женской плоти, зарылся лицом в ее грудь, сомкнул объятие. С удивительной легкостью она разомкнула это кольцо, высвободилась и пересела на табуретку.

— Ну, ну, — сказала наставительно. — Это не по-сыновьи.

— Простите, — пробормотал Старков, красный, потный и жалкий. — Не знаю, что на меня нашло.

— Бедный мальчик! — вздохнула Мария Александровна, голос ее звучал ласково. — Я не сержусь. Господи, я все понимаю. Вы столько времени один. Успокойтесь.

Старков опустил голову.

— Ах, какой же вы еще молодой!.. Обиженный мальчик, — добавила она, словно заглянув в его дальнюю душу. — Ну, мне пора. Надо собраться и — в путь.

Старков смотрел на нее. Уже подступившую злость стерла с его лица растерянная беззащитность.

— Я скоро вернусь, — успокаивающе, тепло сказала Мария Александровна. — В первый же день после Пасхи. И сразу к вам. Все будет хорошо.

И она ушла...

— Да не вертись ты!..

Мать одергивает на семилетнем Старкове серую курточку из дешевенькой байки. Какая-то пуговица болтается. Мать пришивает ее накрепко. Критически рассматривает сына. Берет гребень и причесывает непослушные завитки. Вихор на затылке упрямо торчит. Она берет жбанчик с квасом, смачивает волосы сына и пытается пригладить их ладонью к голове.

— Ты, как войдешь, поклонись низко и шаркни ножкой. Покажи, что ты воспитанный мальчик, а не какой-то пентюх. Хозяину ручку поцелуй и скажи: благодарствуем за приглашение, Ваше степенство.

— Не буду ручку целовать!

— Поговори еще! В чулан захотел? С мышами Рождество встренешь. Нам такую честь оказывают! В чистые покои пускают. Жаль, твой отец не дожил, царствие ему небесное!

Она еще раз одернула на сыне все, что можно: курточку, воротничок рубашки, галстучишко, панталоны. Придирчиво оглядела:

— Ну, вроде прилично...

* * *

...Залитая огнями, сверкающая серебряной канителью, увенчанная звездой, источающая хрустальный свет елка.

Старкова-мать в дверях что-то опять оправляет на сыне и подталкивает его вперед. Крестит:

— С Богом!

Мальчик, как деревянный, движется по натертому воском полу зальца, то и дело отвешивая поклоны всем попадающимся на пути: гостям, их нарядным детям, приживалам, слугам. После каждого поклона он старательно шаркает ножкой. На него смотрят: кто с удивлением, кто с насмешкой, — а слуги просто отстраняют его с дороги.

Какой-то озорник за его спиной стал передразнивать движения нелепого чужака. Он очень похоже волочил ноги, пучил восторгом и удивлением глаза, разевал по-глупому рот, шаркал ножкой ни к селу ни к городу. Этот театр вызывал снисходительные улыбки взрослых и визгливый восторг детей.

Наконец и Старков заметил, что его передразнивают.

— Ну чего ты? — робко укорил он мальчика.

Тот отвернулся, сделав вид, что это к нему не относится, а когда Старков двинулся дальше, начал все сначала.

Но Старков уже не замечал этого. Его внутренний взор заворожило чудо-дерево. Он видит на нем каждую свечку, каждую игрушку из папье-маше, каждую конфетку в серебряной обертке, каждую снежинку из фольги, каждую стеклянную рыбку, лошадку. И вдруг обнаруживает под елкой по колена в ватном снегу большого белобородого деда-мороза.

Зазевавшись, он ткнулся в украшенное золотой цепочкой брюхо дородного купчины. Мальчик поднял голову, узнал хозяина дома и вспомнил наставления матери:

— Премного благодарны, Ваше степенство! — Он шаркнул ножкой. Взял господскую руку и поцеловал.

Хозяин брезгливо стер его поцелуй:

— Сперва сопли утри! Кто такой?.. Кто пустил?.. — Пригляделся к нелепой фигурке и вспомнил: — Ты Дуняшин сын?.. — Он перехватил спешившего мимо лакея. — Дай-кось там коробку.

И когда тот выполнил приказание, сунул картонную коробку из-под обуви, набитую гостинцами, в руки мальчика:

— Держи. И не крутись под ногами. Ступай себе.

Но мальчик не услышал приказания. Его потрясенный взгляд обнаружил на елке главное чудо: большой ограненный многоцветный стеклянный шар, распространяющий вокруг себя ослепительное сияние.

Ничего не видя, кроме него, ничего не слыша, он пошел к елке, машинально зажав под мышкой коробку с ненужными гостинцами. Дотянувшись до шарика, он стал гладить его, раскачивать, вертеть, отчего с елки осыпались иглы. Исполненный нежности, он взял его в обе ладони и, сам не зная как, снял с елки. Дареная коробка с гостинцами упала на пол, рассыпав все содержимое. Но он и этого не заметил.

Зато заметил рассвирепевший хозяин дома.

— Кто позволил? — заорал он. — Ложи назад!

Его рык привлек к незначительному происшествию всеобщее внимание. Гости дружно повернулись к нарушителю порядка, и как-то так получилось, что он оказался один против всех.

— Отдай! — визжал конопатый хозяйский сынишка.

— Ложи взад! — трубил хозяин.

Лакей рванулся к нему, чтобы отобрать шарик. И видимо, совсем бессознательно мальчик размахнулся и метнул в толпу едва умещавшийся на ладони шарик. И прогремел взрыв...

...И этот взрыв разбудил Старкова. Он очнулся и обежал взглядом камеру, которую косо пересекал весенний солнечный луч. Рукавом он утер глаза от слезной влаги, возникшей из сна.

— Обиженный мальчик... — пробормотал вслух.

Взгляд его упал на стену, испещренную колонками цифр: это его настенный календарь, где последний день Пасхи обведен кружком. Старков взял уломок известки и с удовольствием зачеркнул этот день.

Какой-то зудящий звук привлек его внимание. В солнечном луче он обнаружил очнувшееся после зимней спячки летучее существо: жук не жук, муха не муха, оса не оса — капелька бодрой, радостной жизни.

Вместе со Старковым мы будем следить за этим деятельным созданием, по тени на стене угадывая утренние привычные движения узника. Когда тюремщик принесет завтрак, мошка вылетит через открытую дверь на свободу...

...Тюремщик вынес грязную посуду. Старков собрался закурить, но услышал за стеной шум. Он поднялся, улыбаясь, готовый встретить Марию Александровну.

В камеру вошли четверо: прокурор, начальник тюрьмы, врач и священник.

— Чему обязан? — чуть побледнев, спросил Старков.

— В помиловании отказано, — деревянным голосом произнес прокурор. — Приговор будет приведен в исполнение.

— Когда?

— В вашем распоряжении четверть часа.

Врач подошел и взял Старкова за руку. Тот не заметил его жеста.

— Учащенный... — словно про себя сказал врач.

— Это от неожиданности. — Старков уже овладел собой, голос звучит спокойно. — Я в полном порядке.

Врач обменялся взглядом с прокурором.

— Есть ли у вас последнее желание? — спросил начальник тюрьмы. — Хотите рюмку водки?

— Я не пью.

— Папиросу?

— Я как раз собирался закурить. Но обойдусь.

— Сын мой, — сказал священник, выступив вперед, — готов ли ты принять?..

— Оставьте меня в покое! — резко прервал Старков и повернулся к начальнику тюрьмы. — С вашего разрешения я все-таки закурю. Ко мне должны были прийти...

— Курите, — понял начальник тюрьмы. — Мы не будем вам мешать.

Все четверо вышли в коридор...

— Какая выдержка! — восхищенно сказал врач.

— Это и страшно! — вздохнул прокурор. — Если не жаль себя самого, то чего ждать для других?

— Великая княгиня обещала ему прийти, — сказал врач.

— У меня нет инструкций на этот счет, — решительно заявил начальник тюрьмы. — Казнь не может быть отложена...

...Старков докурил папиросу до мундштука и раздавил окурок в блюдце.

Появился врач — один:

— Дойдете сами?

Старков усмехнулся.

— Послушайте, — сказал он доверительно, — вы производите впечатление порядочного человека...

— Премного благодарен! — вскинулся врач.

— У меня к вам просьба. Вы знаете даму, которая навещала меня?

— Разумеется.

— Я ждал ее. Что-то случилось. Если она не придет, передайте ей...

— Вы думаете, тюремный врач вхож к Великим князьям?

— Сделайте что-нибудь! Придумайте. Напишите хотя бы. Только одно: пусть не переживает.

Врач очень пристально посмотрел на Старкова.

— Я надеюсь, она придет, — сказал тихо.

— Я тоже... Она верный человек... Она...

Дверь распахнулась, и начальник тюрьмы сказал:

— Пора!

Камера наполнилась тюремщиками и конвоирами. На плечи Старкову накинули шинель, на голову нахлобучили шапку. Он сорвал ее и кинул на пол.

— Как хотите, — пожал плечами начальник тюрьмы и сделал знак конвоирам: выводите!

Они долго шли длинным тюремным коридором, потом через двор к пустому плацу, посреди которого торчала виселица.

А кругом была весна: с капелью, ручьями, воробьиным чириканьем, солнцем, отражающимся в лужах и последних истаивающих сосульках. Но Старков не замечал ни весны, ни виселицы. Он оглядывался, тянул вверх шею — он искал. Но вокруг никого не было, кроме сопровождающего его кортежа.

— Судейские, послушайте... Будьте людьми... Я жду человека. Вы же знаете. Она придет, не может не прийти... Ну что вам стоит?.. Всего несколько минут. Успеете меня повесить.

— Успокойтесь, — сказал начальник тюрьмы. — Вы же видите — дама не пришла.

— Не может она не прийти... Прокурор, вмешайтесь!.. — крикнул Старков. — Ее не пропускают... Поймите, не мне это нужно. Ей, ей!.. Одно слово, кивок. Чтобы она поняла...

Прокурор отвернулся.

— Батюшка! — позвал Старков.

Подошел священник.

— Батюшка, — прерывающимся голосом взмолился Старков, — помогите. Я жду добрую женщину, она о душе моей печется. Велите ее найти... задержите казнь. Мне бы только попрощаться... Разве это так много? Вы священник, где же ваше милосердие?

— Отрешись от земной суеты, сын мой, — проникновенно сказал священник. — Ты искупаешь грех перед Господом, и Всевышний в неизречённой благости своей...

— Заткнись! Параша с елеем! — взорвался Старков. — Лицемеры! Сволочи!.. Вам мало убить человека, надо еще в душу наплевать!

— Не богохульствуй, сын мой!..

Старков бросился на священника, разорвав строй конвойных. Но не достиг его: один из конвойных подставил ему ногу, и он растянулся на земле.

Его подняли. Из разбитого лица сочилась кровь, смешиваясь с весенней грязью. Душа Старкова окончательно сорвалась с колков.

— Мария!.. Мария!.. — кричал он истошно. Конвойные пытались втащить его на виселицу. Он бил их, и они били его, выкручивали ему руки. Окровавленный, страшный, он цеплялся ногами за ступеньки помоста, орал, выл. Конвойные, озверев, били его по ребрам, голове.

Наконец его втащили наверх, где ждал палач с капюшоном и петлей.

— Я видел падение завзятых смельчаков, — гадливо, но с ноткой торжества сказал прокурор тюремному врачу. — Но такого распада

204

никогда!.. Они все трусы, хотя и корчат из себя героев. — И добавил с усмешкой: — Что дает известную надежду.

— Нет, — задумчиво отозвался врач. — Это не трусость. Что-то другое... Совсем другое...

Тут веревка задергалась и натянулась струной. Врач не договорил...

...Сидящая в карете за караулкой дама в черном отвернулась от окошка, из которого наблюдала казнь, поднесла к глазам медальон, поцеловала его и, вглядываясь в дорогие черты узкого аристократического лица, сказала с невыразимой нежностью:

— Вот и все! Ты доволен, любовь моя?..

1989

МОЯ ЗОЛОТАЯ ТЕЩА

Повесть

Конечно, я всегда, как себя помню, знал, что в Москве находится гигантский мотоциклетный завод, но это меня ничуть не волновало. В ту пору мотоцикл был так же недоступен, как автомобиль, я мог мечтать лишь о велосипеде, чем и занимался все свое детство. Ничего не слышал я и о легендарном директоре этого завода Звягинцеве, даже имени его не знал. Такое бывает только со мной: избирательная особенность моего мозга умудряется оставить без внимания выдающиеся явления, громкие события, знаменитых людей — словом, все, что привлекает, волнует, будоражит нормальных граждан. Моя неосведомленность в общеизвестном большинству знакомых кажется позой: строит, мол, из себя отвлеченного гения, — и лишь немногие добрые души относят это за счет болезненной рассеянности на грани невменяемости.

Мотоцикл был очень популярен в гражданскую войну и первые годы советской власти. На нем ездили даже члены правительства. Лев Троцкий, занявшийся критической деятельностью в какие-то вакуумные дни своей пошатнувшейся карьеры и решивший написать о Пастернаке, прислал за ним мотоцикл с коляской, чем крайне озадачил пугливого к технике поэта. Мотоцикл был тайной страстью Сталина, он считал всякую любовь непозволительной для политика слабостью и тщательно скрывал даже от близких свои редкие увлечения. На мотоцикле сидят верхом, как на лошади, а неуклюжий, сухорукий, хромой Сталин смолоду неплохо держался в седле и крайне ценил эту свою способность, единственно безопасную для окружающих. Он даже хотел собственноручно принимать Парад Победы, но после нескольких попыток взобраться на старую смирную кобылу буркнул: «Возраст!» — и передал почетное право маршалу Жукову, еще более укрепившись в зависти-ненависти к нему.

Но мы ушли в сторону. Мотоциклетный завод, носивший имя, разумеется, Сталина, был городом в городе, там работало до ста тысяч рабочих; одно из дочерних предприятий производило велосипеды, другое — танкетки, любимый Сталиным вид боевой техники. Быстрые, подвижные, верткие, они тоже напоминали коня и казались вождю куда привлекательнее огромных, неповоротливых танков. В военном отношении Сталин исповедовал концепции 1-й Конной, с которой породнился в незабвенные царицынские дни, уничтожив половину ее командного состава. В Отечественную войну Сталин разочаровался и в стратегическом гении создателя 1-й Конной маршала Буденного, оказавшегося всадником без головы, и в любимых танкетках — немецкие снаряды пробивали их, словно они сделаны из картона.

Строитель и первый директор завода Звягинцев прошел курс обучения на знаменитом заводе «Харлей», за что его прозвали русским Харлеем. Если на «Харлее» он дослужился до мастера цеха, то в родной стране шагнул куда дальше: из мотоциклетных королей прыгнул в наркомы всей подвижной техники. В его ведении оказались мотоциклы, автомобили, велосипеды, все сельхозмашины, самолеты, паровозы, артиллерия и танки. То был пик его карьеры, а потом он страшно погорел.

Сталин приказал создать в кратчайший срок мини-мотоциклетку (прообраз мотороллера), и завод с энтузиазмом взялся за освоение нового производства. Вскоре нарком Звягинцев дал интервью в «Правде» о рождении советской мини-мотоциклетки, как положено, лучшей в мире. В последнем не было особого преувеличения, ибо модель, по обыкновению, украли у «Харлея», там же приобрели все детали для опытного образца. Явив редкую доверчивость, Сталин назначил прием новой машины на ближайшее воскресенье. То была давняя традиция: обычно он со всем Политбюро стоял на кремлевском крыльце, а мимо дефилировала колонна новеньких машин. Затем он лично опробовал машину. Такой же парад замышлялся и на этот раз. Из секретариата вождя позвонили на завод и передали приказ какому-то маленькому служащему, случайно оказавшемуся в заводоуправлении. Как на грех, по летнему времени все начальство отсутствовало: кто отдыхал на Черном море, кто в деревне, кто на рыбалке. Служащий поступил, как чеховский чиновник, чихнувший в театре на лысину сановнику: он пришел домой, лег и умер, не сказав никому о полученном распоряжении.

В назначенный час Сталин и ближайшие соратники вышли на высокое кремлевское крыльцо. Но напрасно ждали они наплывающий рокот шустрых механических жучков, тихо и пусто было на раскаленной площади. Старик Калинин упал в обморок, Молотов, ненавидевший Звягинцева как любимчика Сталина, довольно громко сказал: «Надул нас этот рекламист». Сталин повернулся и молча покинул крыльцо.

К пущей беде Звягинцева, он и сам находился в отлучке, отдыхал с женой в крымском санатории. За ним послали самолет...

Все руководство завода посадили, Звягинцева сняли с поста наркома и вернули на старое место. Считалось, что он дешево отделался.

Эти события, долго волновавшие москвичей, прошли мимо меня.

Из многих мук той поры, когда он вернулся с фронта его сильнее всего донимал дом на Зубовском бульваре. Странно, что в этом доме как бы сконцентрировалась вся боль разрыва с Дашей и то странное тупое недоумение, которое давило сильнее боли. Впрочем, законно ли разделять два этих чувства? Можно сказать, что боль была неотделима от недоумения, а можно и наоборот: недоумение пропитано болью. И все же боль порой стихала — ненадолго, за рюмкой, с бабой, — а тягостное недоумение оставалось всегда с ним, как ноюще-сверлящий зуд в задетой пулей щиколотке. Он уже не хромал, и рубец почти не просматривался, но тянуло, стреляло и ныло с утра до ночи, и даже во сне чувствовалось раздражающее неудобство.

Тягостное недоумение стало таким же фоном этих дней и месяцев его жизни, как и постоянный физический дискомфорт из-за оцарапанной кости. Но телесная докука не занимала мыслей, а недоумение беспрерывно заставляло доискиваться: что случилось и как это могло случиться, чем же тогда было все предшествующее? А случилось самое простое, простое, как дыхание, особенно для военных дней: в его отсутствие жена влюбилась в другого. Казалось бы, исчерпывающе ясный, однозначный ответ исключал всякий повод для недоумения, но оно оставалось, ибо нежданный всплеск неуправляемого чувства никак не отвечал ни его собственному представлению о жене, ни тому впечатлению, которое она производила на окружающих: красивая, сдержанная до чопорности, холодно-учтивая, спокойная молодая женщина, всегда с прямой спиной и гордо посаженной головой. Сейчас он судорожно цеплялся за этот внешний рисунок, прекрасно зная про себя, что она вовсе не мороженая рыба, а человек сильных, хотя и тщательно таимых чувств.

Он был ее первым мужчиной, но не первой любовью. Года за два до их знакомства она едва не стала женой человека на двадцать лет ее старше, готового пожертвовать семьей и поставить под удар блистательную карьеру. Он был из причастных власти, а там царили в ту пору строгие правила домостроя. Брак не состоялся, ибо накануне решающего жеста он, умный и дальновидный в своей грубой среде, растерялся в тонком Дашином мире и обнаружил свою волчью суть. Даша в слезах и отчаянии позволила матери выгнать его вон.

А потом был влюбленный поэт, хороший поэт и славный малый, но Даша так его и не полюбила, хотя покорно скользила к замужеству, которого хотела ее семья. В двадцать лет она казалась не только созревшей, но и чуть переспелой, как те вишни, что лопаются от распирающего их сока; полная, величественная, начисто лишенная девичьей легкости и подвижности — юная матрона.

И был Крым, и встреча с ним, ныне брошенным мужем, а тогда восемнадцатилетним мальчиком, только окончившим школу. Понятно, что он влюбился, но удивительно, что Даша, которая была не только на два года старше, а в этом возрасте год идет за пять, но неизмеримо взрослей, испытанней в страстях, уже дважды невеста, влюбилась в недоросля. И так влюбилась, что через год любовно-целомудренных отношений простила ему роман, творившийся на ее глазах, со зрелой, искушенной женщиной, решившей сделать из него мужчину. Девятнадцатилетний парень оставался невинным, хотя страстно-безгрешные игры с Дашей доводили его до исступления. Чтобы вернуть его к себе, Даша подарила ему свое единственное, как она старомодно выразилась, достояние. Вернуть и намертво привязать. Да, он был так схвачен, что, став перед уходом на войну ее мужем — а это действует отрезвляюще на самую пылкую страсть, — даже мысленно не мог представить себя с другой женщиной. И на фронте не перестававшее томить желание — вопреки блокадному голоду, цинге, чудовищной бомбежке, а потом и окружению, в которое он угодил под Мясным бором, — имело лишь один образ — Даши, ее лица, груди, рук, бедер, лона. Кругом гомозились несытые — при всем несколько бессильном рвении фронтовых мужчин — связистки, медсестры, сандружинницы, штабные машинистки, официантки офицерских столовых, почтарши, а он, как последний дуралей, метался ночью на койке, или нарах, или просто на голой земле — в зависимости от того, где заставала его военная ночь, представляя себе в тысячный раз, что они делали с Дашей и что он сделает, когда вернется домой. Не научившись в детстве самоудовлетворяться, он изнывал от этой пытки воображением, перенапрягавшей плоть без надежды на освобождение. Наверное, он был задуман однолюбом, но физически был сотворен на роль самца в стаде. Он был обречен на верность Даше и никогда не думал об этом как о добродетели.

Собственную зашоренность он распространял на нее. У него даже тени сомнения в ее верности не возникало. То, что предшествует соединению, привлекало ее куда сильнее, чем торжество любви, ибо она не разделяла кульминации. Она с охотой перенимала его не слишком богатый опыт и смелое экспериментирование в науке страсти нежной. Это было ей куда интереснее — в силу хотя бы разнообразия — обычной потной работы. Она в своих письмах вспоминала как он стоял на коленях перед низким диваном меж ее широко разведенных ног. Он тянулся к ее губам и глубоко внедрялся во влажно-горячее естество; она забирала его губы в свой нежный рот, ему казалось, что он весь проваливается в нее.

Она всегда уверяла что прямая близость ничего ей не добавляет, это казалось дополнительной гарантией верности: она может принять ухаживание, может поцеловаться, но зачем ей близость, которая не нужна, лишь марает? Тогда он еще не знал, что фригидность гораздо чаще действует как обратный стимул. У женщины всегда есть надежда, что с новым партнером у нее получится. И другое: она не ценит близость и, уступая настойчивому домогательству, легко дарит то, что ей самой безразлично. Замороженные женщины куда доступнее тех, что испытывают наслаждение, эти знают цену близости и не бросят себя, как мелочь нищему. Сила содроганий пропорциональна силе наносимого мужу или любовнику морального и душевного страдания от измены. А если ты сама нейтральна к происходящему, значит, это не дорого стоит, есть из-за чего сыр-бор разводить!

Он так и не смог понять, была ли она фригидна на самом деле или наговаривала на себя из какого-то вывернутого наизнанку самолюбия: независимая от возлюбленного дарительница милости, а не партнерша, одариваемая в свой черед. Ей импонировал жест царицы к влюбленному подданному, которого, осчастливив, можно сбросить со стен на расклев воронью. Вот она его и сбросила, когда пришел час. Только пришел ли этот час, ведь он сам оборвал нить, вернувшись с фронта и поняв, что в его доме пахнет воровством. Она это воровство отрицала твердо, но без излишнего пафоса. А по прошествии некоторого времени призналась, что сошлась с человеком, явившимся причиной их разрыва.

Он никогда не думал, что окажется в положении своего сменщика, так и не ставшего Дашиным мужем, но съехавшегося с ней после смерти ее матери и развала семьи. Она хотела вернуться к нему и, веря в магическую силу своих объятий, почти навязала близость. А затем через годы и годы, выйдя замуж за другого человека, родив ему ребенка, она опять нашла его и навлекла на себя. Может, действительно любила? Вела она себя в постели иначе, чем в молодые годы: горячее, профессиональнее, — что ему не нравилось, поскольку не он раскрыл ее, но клятвенно уверяла что по-прежнему ничего не чувствует. Его это не слишком волновало, но знать правду хотелось. Он так ничего не узнал, окончательно перестав откликаться на ее с годами слабеющие призывы.

Но к дому на Зубовском у него были другие вопросы.

Это был очень большой по тем временам, П-образный семиэтажный кирпичный дом, построенный в середине тридцатых годов. Внутреннюю часть буквы «П» составлял обширный двор, посреди находился сквер с тощими липами, лавочками, деревянными грибами, беседкой и площадкой для детских игр, обнесенной низенькой оградой. Старые московские дворы поэтичны, этот двор, предтеча бесконечных безликих, скучных дворов новой московской застройки, был начисто лишен поэзии, хоть какой-то зацепки для лирического чувства. Дашина семья жила на первом этаже в левом крыле дома. Окна располагались довольно близко к земле, и, став на цыпочки, можно было заглянуть в комнаты, поэтому окна всегда оставались зашторенными. Все равно можно было исхитриться и ухватить глазом какие-то предметы обстановки в Дашиной комнате: люстру с матово-молочным колпаком, ее семнадцатилетнюю фотографию на стене — возраст первой любви, — угол платяного шкафа; иногда, если штору задергивали небрежно, приоткрывалась другая часть комнаты с книжной полкой и коктебельским рисунком Волошина. Но как он ни тщился, ему ни разу не удалось увидеть хоть краешек дивана, перед которым он стоял на коленях. Кроме дивана, его ничто не волновало в Дашиной комнате, ибо тут все было нейтрально к ее личности. Пейзаж Волошина ее не трогал, в нем не сияло коктебельское солнце, покрывавшее ее каждое лето плотным шоколадным загаром. Фотографию свою она не любила как напоминание о том, что хочется забыть. Карточку нашел и повесил на стену он. Даша вначале недовольно кривилась, потом перестала ее замечать. Она была интимно связана не с обстановкой, которой распорядилась мать, а с одеждой, любя дома теплое, мягкое и уютное: платки, чесанки, стеганые халаты, высокие войлочные туфли, а на выход — вещи яркие, броские, придававшие ей уверенность. На людях она была довольно молчалива и, пожалуй, застенчива, одежда как бы возмещала недостаток апломба. Поэтому он не часто заглядывал в Дашину комнату.

Его привлекал самый дом тем волнением, которое он испытывал в счастливые времена, приближаясь к нему. Он жил неподалеку, у Кропоткинской площади, но почему-то всегда ехал сюда на трамвае. Странное дело, до войны москвичи не любили ходить пешком, даже одну остановку стремились проехать на трамвае, пусть вися на подножке.

Он отправлялся на свидание с таким чувством, будто оно обязательно не состоится. Сумеет ли он доехать, ведь от Кропоткинской до Зубовского бульвара дальше, чем до самой далекой звезды. Трамвай сойдет с рельс, он попадет под машину, случится землетрясение, и на месте Дашиного дома останутся развалины, фашисты без объявления войны разбомбят Москву, хулиганы с Усачевки всадят ему в спину нож, его не пустят в дом за неведомую страшную провинность. Даша заболела, умерла, вышла замуж. И странное дело, последние, более возможные причины его провала волновали меньше, чем глобальные катаклизмы, главное, чтобы дом уцелел. Если он на месте, то не все пропало.

Трамвай трясся по длинной Кропоткинской улице, обстроенной старыми особняками. Одни здания несли в себе надежду, другие вещали о беде. Дом ученых, вечером хорошо освещенный, закручивающий вокруг себя малый людской водоворотик, был добрым знаком, каланча же пожарной части своей угрюмостью и настороженностью обрывала сердце дурным предчувствием, но если успеть поймать вторым зрением Музей западной живописи по другую сторону улицы, то угроза смягчалась, чтобы начать новое стремительное нарастание в обставе высоких безобразных домов близ Зубовской площади.

Он соскакивал на остановке, темное ущелье Кропоткинской оставалось позади, впереди открывался широкий просвет от площади к Хамовникам, возвращая надежду. Он перебегал улицу. Здесь на углу находилось становище седоусого айсора в кубанке с вытертым овечьим мехом. За его спиной змеились черные и коричневые шнурки, посверкивали баночки с гуталином, свисали аппетитные гроздья стелек, жесткие щетки на ящике с подставкой для ноги обещали навести глянец на весь мир. Вкусный запах сапожной мази оборачивался гарантией успеха, весь последующий путь страхи отпадали, как увядшие листья с капустного кочана. Он уже знал: дом на месте, и сейчас ему откроет дверь Даша, в шерстяном или шелковом платке на плечах, аккуратных валеночках или войлочных туфлях, такая уютная, милая, родная, враждебная лишь косиной левого глаза которая пройдет, как только она убедится, что он не стал чужим. Он любил эту некрасивую косину, потому что то была примета ее заинтересованности в нем. Правда в дальнейшем обнаружилось, что косина может быть и проговором во лжи. Но тогда она не лгала.

У Даши был прекрасный прямой взор широко распахнутых под густыми ресницами ореховых глаз, но когда в ней пробуждалась подозрительность или какое-то другое нехорошее чувство, радужка левого глаза западала к виску, являя холодную полусферу голубоватого белка. Но другой, прямо смотрящий глаз сразу обнаруживал неизменность его любви, и взор ее выпрямлялся. Лицо обретало обычную милую, доверчивую цельность.

И вот сейчас, повторяя ритуально свой, теперь уже бесцельный маршрут (по-прежнему — только на трамвае), он испытывал все те же чувства: волнение, ожидание беды, нежность к Дому ученых, страх перед пожарной каланчой, подавленность от высоких безобразных домов с приближением к Зубовской, подъем духа в виду просвета Хамовников и все усиливающуюся веру в удачу от становища айсора (война не сдвинула его с места) до подъезда, но, не дойдя двух-трех метров, он расшибался о пустоту, как птица о стекло витрины, с ощущением не воображаемого, а физического удара.

Зачем он ходит сюда? Он не знал. Вот ведь дичь — ему притягателен этот бездарный, безликий дом с жидким сквериком и детской площадкой, отбивающий охоту вернуться в детство. Если бы он мог понять то темное и не желающее самоопределиться чувство, которое тащило его сюда, возможно, он избавился бы от недоумения, в которое повергло его предательство Даши. Иного слова для нее не было. Ведь они оба считали, что это на всю жизнь, что им невозможно и ненужно врозь. Они были так полны друг другом, что в эту цельность не могло проникнуть ни постороннее чувство, ни посторонний человек. Все, что не их спай, — так нище, холодно, ненужно! Порой ему казалось, что она тоже мучается бессмыслицей, разорвавшей единое и неделимое. Но ему ни разу не вспало на ум встретиться с нею, объясниться, не было такой силы, которая могла бы вернуть его к ней. Так чего же добивался он своим паломничеством к ее дому? Может, просто воскрешал прошлое, еще не обесцененное настоящим? Но почему такое простое и естественное объяснение не приходило на ум? Скорее уж, он ждал какого-то чуда. Но не чуда возвращения к ней, а чуда освобождения от нее. Ему хотелось увидеть дом не воплощением тайны, а тем, чем он был на самом деле: огромной, унылой коробкой, где продолжала жить ставшая ненужной женщина.

Нет, он не искал встречи с ней и почему-то был твердо уверен, что они не встретятся во дворе ее дома. Он не хотел объяснений, прежде всего потому, что ей очень хотелось объясниться. Молчаливая на людях, немая в застолье, она была разговорчива с глазу на глаз и очень любила выяснять отношения, даже когда выяснять было нечего. Конечно, при желании всегда можно найти зацепку: мне показалось, что тебе стало скучно со мной, — и поехало, поехало... Это не выглядело противно: у людей ее круга, которому он отчасти принадлежал, было в обычае объясняться, анализировать чувства, причем не обязательно любовные, а и дружеские, товарищеские, родственные, профессиональные. Это стоит в том же ряду, что и писание длинных, серьезных писем. Было во всем этом что-то облагораживающее, уводящее от лапидарности советского хамства в мир иных, тонких, подробных, глубоких отношений. Каждая их близость, даже когда они стали мужем и женой, предварялась долгим, проникновенным разговором, как бы оправдывающим согласие на вечность, доступную пуделям. Нет, в ней не было ничего от синего чулка, от классной дамы, позволившей уложить себя в постель и запоздало спохватившейся. Ей нравилась тонкая интеллектуальная игра, чуть отодвигающая, но и обостряющая предстоящее объятие. Теперь игры кончились...

Мое паломничество кончилось самым неожиданным образом. Даша позвонила мне и попросила прийти. У нее умирала мать от рака лимфатической системы. Конечно, я пришел. Встреча была печальной. Она куталась в знакомый шерстяной платок, на ногах были знакомые аккуратные маленькие чесанки, она была похожа на себя прежнюю, и на какое-то мгновение мне показалось, что настоящее связалось с прошлым. Из этого возникло чувство беспреградности, родности, и казалось естественным, что мы очутились на ковре, покрывавшем пол (шуметь нельзя — за стеной лежала мать). Но, получив бедное наслаждение, я понял, что ничего не вернулось. Похоже, она вложила больше живого чувства в воскрешение былого. И все-таки телесно я чувствовал ее с пронзающей силой. Конечно, это не шло в сравнение с коленопреклонением у нее в комнате, оказывается, любовь участвует в физической близости, но я не получал такого от других женщин.

За стеной послышался не то вздох, не то стон, Даша метнулась к матери. Внутренняя суть ее движения соответствовала энергии глагола, но внешне она сохраняла всегдашнюю неторопливость. В глубине ее мог бушевать пожар, но окружающим она показывала спокойное лицо, ничто не могло сбить ее с размеренно-плавного ритма. Что это — умение владеть собой или эмоциональная заторможенность? Я видел слезы на ее глазах, но не видел ее плачущей, тем паче рыдающей, я видел ее улыбающейся, слышал короткий смешок, но не видел громко, открыто смеющейся и уж подавно — хохочущей. Всегдашняя ее сдержанность, погруженность в себя помешали мне увидеть нынешнюю потерянность, горестный обвал души. Из этого обвала прозвучал зов ко мне, отсюда и жест-подачка моей малости, себялюбию и похотливости. Она узнала великое горе и пожалела мое горе, сила страдания не зависит от весомости порождающей его причины. Я не сумел оценить по-настоящему это проявление понимающей доброты. Меня одолевали суетные мысли. Где ее новый друг, или он оказался непригоден вблизи смерти? И где ее приемный отец, почему его так поздно нет дома? О причине отсутствия друга я никогда не узнал, хотя и догадывался — он появится снова в Дашиной жизни вскоре после похорон, потом канет навсегда, а приемный отец совершит предательство. Уже в начале болезни жены, под каблуком которой беззаботно прожил четверть века, он, профессор кислых щей, сошелся с влюбленной в него студенткой и сейчас с трудом соблюдал приличия, уже будучи весь в своей новой жизни. Умирающая знала наперед: он поставит ей дорогой памятник и холодно расстанется с Дашей, которую воспитывал с годовалого возраста.

Писать о прошлом гораздо легче, чем когда-то находиться в нем. Умирающая за стеной женщина долго ненавидела меня. Даже странно, что у немолодого, умного, с большим жизненным опытом человека могло быть такое взрослое и стойкое чувство к мальчишке. Ненависть коренилась не столько в моих личных качествах (тоже мало ей привлекательных), сколько в том, что я встал поперек пути. Она торопилась устроить Дашину судьбу, то ли провидя свой недолгий век и ненадежность опекуна, то ли боясь, что милая полнота дочери скоро обернется рыхлостью и бурный весенний расцвет перейдет без лета в осень. В самостоятельную судьбу дочери она проницательно не верила. Слишком прочно защищенной от жизни Даше в одиночку не уцелеть. И матери хотелось для нее надежной защиты. Разве мог это дать влюбленный мальчишка-студент из скудного и не взысканного временем дома? Она оказалась бессильна против меня, пока я был рядом с Дашей. Мой отъезд на фронт развязал ей руки, вернув власть над дочерью. Сменщик, выбранный из окружавших Дашу молодых людей, годился на роль покровителя еще меньше, чем я, несмотря на могучую стать — вылитый Васька Буслаев. Богатырь был с гнильцой — вневойсковик, белобилетник: что-то неладное с психикой. Но, чтобы выставить меня, вполне годился. А потом пришла смертельная болезнь и смертельный страх за дочь. И тогда она вспомнила обо мне, о моей семье, и в первую голову о сильном и ответственном человеке — моей матери. На нее можно оставить Дашу.

Даша вызвала меня, потому что мать так хотела. Она легла на пыльный ковер, потому что мать так хотела. Тут не было собственной души, лишь послушание матери, которым она искупала прежнее своеволие. Истина открылась мне в отрешенности Даши от происходящего, в автоматизме ее движений, отсутствии оправдывающих грубость соединения разговоров. И она ничего не преодолевала в себе, образ былинного богатыря-белобилетника в близости страшной потери свеяло, как полову. Было лишь одно важно: тяжелое дыхание и короткий стон за стеной — последние признаки еще длящейся жизни. Так я получил Дашу из полумертвых рук бывшей тещи, но не испытывал благодарности.

Как ни странно, но в той омороченности, которая неизменно настигала меня возле Даши, я на редкость быстро разгадал подоплеку своего внезапного вознесения. Куда радостнее было бы тешить душу обманом о вновь пробудившейся любви, нет, она просто подчинилась матери, не проверяя перед лицом смерти справедливости ее намерений. Мне было тяжело. Когда-то я пересилил мать в Дашиной душе, потом она взяла реванш, но я не считал своей победой нынешний удар. Это хуже, чем разрыв, — предательство всего, что между нами было.

Я не хочу быть спасательным кругом, Даша не пропадет и без меня. Она обречена на гибель лишь в отставшем от времени воображении ее матери. То были редкие в моей жизни дни, когда я видел реальность — впрямую и немного вперед, — а не творил ее на свой лад. Но я бы солгал, сказав, что оставался с Дашей лишь из человеколюбия. То здание, которое мы когда-то возвели, рухнуло, рассыпалось вдребезги, но и на обломках его я находил утоление. Меня сводило судорогой желания, когда она с покорным, унылым видом опускалась на пыльный ковер. А потом становилось пусто,

216

гадко, а главное, стыдно за обман нашего прошлого. Я быстро уходил, она меня не удерживала, но на следующий день я опять был тут.

Вскоре после похорон я перестал к ней ходить. Даша была свободна от обязанностей перед ушедшей и собиралась спасаться на свой лад. У нас не было никаких объяснений, она молчаливо давала мне вольную. Вневойсковик явился из той темной дыры, где творилось его существование до Даши и куда он снова канул, когда она от него отказалась.

...Весной он восстановил одно старое знакомство. Он начисто забыл эту молодую женщину, с которой познакомился перед войной в доме студента-юриста, красивого, шумного, музыкального парня, полуармянина. Он попал в этот дом случайно, встретив на улице девушку, которую мельком видел на коктебельском пляже. Тогда он удивился ее странной, удлиненной, нервной, антилопьей прелести и длинному вздернутому носу печального Петрушки, но, захваченный Дашей, прошел мимо. Она сразу и как-то взволнованно вспомнила его и пригласила на день рождения к жениху своей ближайшей подруги. Несколько лет спустя — в эти годы легла война, поэтому можно сказать, век спустя — он вспомнил ту значительную интонацию, с какой коктебельская Катя назвала ее фамилию. Но он умудрялся жить в своем микромире, зная множество интересных ему ненужностей и не зная других, куда более интересных для большинства. Так, он ничего не слышал об одном из самых популярных москвичей — директоре мотоциклетного завода Василии Кирилловиче Звягинцеве, самородке-самоцвете, герое столичных легенд. Но и услышав от Кати это имя, он тут же дал ему выпасть из сознания, и никакое предчувствие не коснулось его беспечной души.

Виновника торжества он запомнил. Тот блестяще играл на рояле, вернее, ловко, споро, с данной от рождения техникой барабанил по клавишам, подражал известным певцам, блистательно, хотя тоже ломаясь, танцевал. Непонятно было, зачем при таком артистизме, слухе и чувстве ритма понадобилась ему юриспруденция. Но, возможно, он умел творить свои музыкальные чудеса, только ломаясь, подражая кому-то, а сам по себе был пуст. Как в анекдоте про знаменитого трагика, который мог страстно любить женщину в образах Отелло, Макбета Дон Жуана, а становясь самим собой, превращался в импотента.

Словом, ему понравилось в доме, куда привела его Катя, но сам он не вписался в компанию: слишком был серьезен, молчалив — от застенчивости. Его больше не приглашали. А вскоре началась война. Как-то мельком он услышал, что Катина подруга и будущий юрист поженились и уже ждут ребенка. Его удивило, что это произошло так быстро. Мы не следим за чужим временем. За своим — тоже.

А потом минуло время, значительное для него и полное, как целая жизнь. Он женился, ушел на фронт, издал книгу, был контужен, вернулся, потерял жену, болел, якобы пришел в себя и стал военным корреспондентом, но вновь нацельно не собрался. Оказывается, и для других людей время бывает не менее щедрым на события. Он узнал об этом от Кати, с которой не порывал вяло дружеских отношений. Впрочем, такими эти отношения казались только ему, Катя вносила в них совсем иной смысл. Она жила на Тверском бульваре в огромной комнате, оставшейся от родителей, рано умерших от туберкулеза. Комната была отделена прихожей от остальной общей квартиры, что делало ее очень удобной для дружеских сборищ. Война кровопролитно приближалась к победному концу, и Москва пила, как в последний день. Провинция пила куда меньше столицы, он убедился в этом во время своих тыловых командировок — контузия время от времени давала о себе знать, тогда его использовали в мирных целях. Там почти не осталось мужчин, и женщины были озабочены телесным дискомфортом, а не стремлением залить глаза. Москва же пила безудержно. И на очередной пьянке у Кати появилась молоденькая, маленькая женщина на крепких, коротких ножках, окатистая, как говаривал Лесков, стройная и звонкоголосая. Особенно привлекала в ней румяная свежесть лица. Таких свежих лиц во время войны не осталось, все несли на себе печать усталости, недоедания, отсутствия витаминов, горячей воды и страха за близких. Эта молодая женщина, ее звали Галя, а фамилию он, по обыкновению, пропустил мимо ушей, видимо, ничуть не устала, хорошо питалась, не знала недостатка в свежих фруктах и горячей ванне, не трудила душу страхом за близких. Она произвела впечатление очень взрослой, уверенной в себе, неглупой и хорошо знающей свою цель женщины. Впечатление, как выяснилось впоследствии, совершенно ложное, правда, свою цель она знала твердо: выйти замуж, и как можно скорее.

Жизнь не предупреждает о предстоящих поворотах набатным колоколом, и когда Галя, рано покинув компанию, ушла на своих коротких крепких ножках, он не расслышал в постуке ее каблучков голоса судьбы. И на миг не мелькнуло ему, что он входит в самый крутой и опасный вираж, опаснее войны.

В компании находился его приятель, сбежавший из госпиталя, где залечивал рану в бедро, красивый, сероглазый, пепельноволосый парень с костылем, придававшим ему романтический вид. Позерство Грушницкого сочеталось в нем с умом и жестокостью Печорина. Он сказал:

— Очень, очень неплохая баба!

— Вот и займись, — посоветовала Катя.

— Она свободна?

— Есть у нее жених. Зовет в Америку.

— Ну, знаешь!.. У меня таких возможностей нет.

— Он ей не нравится. Она его дразнит «эт-таво».

— Почему?

— Он каждую фразу начинает с «эт-таво». При этом ловкач, деляга. Но старый, ему уже за тридцать.

— Странно, что такая баба заневестилась, — вмешался он.

— Да ты что, с ума сошел? — Катя сделала большие глаза. — Это же Галя Звягинцева. Мы были на рождении ее будущего, а теперь уже бывшего мужа.

— Юриста-эстрадника?

— Ну да. Я же рассказывала тебе о них.

— Я не узнал ее. Она очень похорошела. А куда девался ее муж?

— Живет. Они разошлись. Он ушел в ополчение в начале войны, а Галя с матерью эвакуировалась в Кемерово. Там и родила. А он пропал без вести, думали, погиб. Нет, попал в окружение, зимой вернулся в Москву. — Речь Кати становилась все более вялой, так бывает, когда расстаешься с правдой и сам теряешь интерес к своему рассказу. Впрочем, и мы не проявляли особого любопытства к чужой судьбе. — Не знаю, что там произошло, он не поехал в Кемерово, хотя бы взглянуть на своего наследника. Говорят, страшно загулял. Звягинцев выгнал его из дома. Галя вернулась из эвакуации и сразу разошлась с ним, по-моему, заочно.

— Звягинцев, — повторил с задумчивым видом сероглазый костыльник. — Василий Кириллович. Это марка!

— А чем он так знаменит?

И тут его наконец просветили...

Когда мне было шестнадцать лет, отчим познакомил меня с Фрейдом. До середины тридцатых его много издавали — один за другим выходили труды в стандартной обложке под редакцией профессора Ермакова. Кроме того, отдельными изданиями вышли «Об остроумии», «Младенческое воспоминание Леонардо да Винчи», «Психологические этюды». Когда отчима посадили в исходе 1936 года (по бессмысленному недоразумению, которое через год счастливо выяснилось), мне захотелось отблагодарить его за приохочивание к бумаге и за Фрейда, и я написал смелый труд, смесь беллетристики с научным анализом, разумеется, в духе и вере Фрейда: «Биография моей сексуальности». Один знакомый итальянец задался сходной целью, но уже в зрелом возрасте. Он накатал два тома и все не мог разделаться с темой детского рукоблудия. Поскольку в моем сексуальном опыте этого не было, меня хватило всего на шестьдесят страниц. Отчиму «Биография» понравилась. Он сказал, что в литературе нельзя стыдиться, особенно когда речь идет о тебе самом; все, что пишет писатель о себе, должно быть откровенно, как исповедь. У литературных друзей отчима мой труд успеха не имел, их раздражало само намерение молодого автора. Кроме того, в конце тридцатых Фрейд был предан анафеме как лжеученый, подменивший классовую борьбу сексом, и запуганные люди увидели в доверчивом жесте отчима провокацию.

Это длинное рассуждение понадобилось мне лишь для оговорки: я не пытаюсь угостить читателей расширенной биографией своей сексуальности, равно не живописую военное и послевоенное лихолетье, поэтому здесь будут опущены целые пласты времени, что-то дано пунктиром, намеком, и лишь нужное для моей темы рассмотрено подробно.

История моих отношений с Галей могла бы стать предметом особого рассказа, ибо тут любопытно обнаружили себя некоторые характеры, но меня этот рассказ не соблазняет. Вообще же наш роман, довольно скоро окончившийся браком, был романом без психологии. И без страсти. Понравился ей в тот вечер, о котором шла речь, не я, а мой пепельноволосый романтический приятель. Она в него даже влюбилась. Если б он не валандался так долго по госпиталям, возможно, у них что-то получилось бы. Но его не было под рукой, а я был. Кроме того, она стремилась не к любовному приключению, а к замужеству, тут я выглядел куда перспективней: писатель с книгой, военный корреспондент крупной газеты, а ему после выхода из госпиталя и демобилизации ничего не светило, кроме возвращения в Литературный институт. Замужество ей было необходимо ради домашней реабилитации: ее развод воспринимался и в семье и среди близких к семье людей как пятно на родовой чести.

Признаться, я так и не разобрался в моральном кодексе этих людей, вернее, их среды, ибо в нем, в этом кодексе, причудливо уживались всевозможные табу чистых сердцем и разумом дикарей с такой моральной свободой, о которой я прежде не подозревал. Если упрощенно, то разрешалось почти все, но под покровом внешней респектабельности. Как потом выяснилось, многие друзья Звягинцева имели вторую семью — с квартирой, детьми, налаженным бытом. Об этом не говорилось вслух, если же случайно упоминалось, то не осуждения ради, а как данность. Но уйти к другой женщине и создать с ней новую семью считалось не просто аморальным, а преступным — злодейство, извращение, забвение всех человеческих приличий и норм. Негодяй изгонялся из среды, впрочем, за все годы моей жизни у Звягинцевых ни одного подобного случая не произошло. И к Гале в семье было отношение брезгливой жалости, почти презрения. Господствующая интонация: дурочка-неумеха, «васюся» — семейное слово, означающее: халда, балда.

О Гале друзья говорили: легкий человек. Но правильнее было бы сказать: отсутствие характера. Она была человеком без свойств. Проще всего ее определить с помощью частицы «не». Не умна и не глупа, не добра и не зла, не деловита и не расхлябанна, не ленива и не усидчива, не привязчива, но и не равнодушна к людям. Одно положительное качество: очень опрятна. Долгая и несложившаяся жизнь помогла ей впоследствии накопить характер, добавила ума и души. Вблизи старости о ней можно было с полным основанием сказать: хорошая женщина. Но в то время родители, сильные, яркие, очень значительные люди, не дали развиться ее личности, поработили вялый умишко, она была лишена права на выбор, решения, всякой самостоятельности. Она даже в одежде рабски копировала мать, но то, что смотрелось на рослой матроне, было смешно на пигалице, как и яркий грим, который матери шел, а на ее лице убивал природно свежие краски.

Крылатую легкость ей дарил алкоголь. В этой семье много и часто пили и никогда не осуждали пьющих людей. Глава семьи вопреки народному мнению, делавшему из него исполина алкоголизма, пил сдержанно: три рюмочки за обедом, две за ужином. В застолье он тоже не распускался, хотя поддерживал компанию. Я не видел его пьяным. Кинутый им грех подобрали дамы.

Галя, как и ее мать, хорошо держала выпивку, в любой компании досиживала до конца не теряя рассудка. Утром у нее разламывалась голова, но лицо оставалось румяным и свежим.

Еще до того, как я попал в семью, мне пришлось срочно пересмотреть свои представления о пьянстве. В моей прошлой среде меня считали лихим выпивохой, здесь я долго ходил в непьющих. Понадобилось немало времени и сил, чтобы исправить репутацию. Я научился опохмеляться. Стопка водки, взятая натощак, или пара пива мгновенно снимали головную боль и тяжкую похмельную одурь. Передо мной открылись безбрежные горизонты. В незабываемую пору моего жениховства я стал настоящим пьяницей.

В одну из пьяных ночей я остался у Гали. Затем я стал делать это все чаще и чаще. Дашу она мне не заменила, но я знал, что Дашу мне не заменит и сама Даша.

А потом меня пригласили на дачу, и я понял, что это как бы признание моего официального статуса претендента на Галину руку. Сам я себя таким еще не считал. Собственно говоря, с этой поездки и начинается моя история, до этого была присказка...

Он действительно думал, что едет на дачу. Ни на мгновение у него не мелькнуло, что он едет за судьбой, в рай и ад, в страну, жителем которой он не мог и не должен бы стать, даже приняв все ее законы, обычаи, правила. Тут не его климат, не его атмосферное давление, не его язык, не его смех, не его музыка, не его страсть, не его все. Так и не став близким и понятным, этот чужой мир на годы закрутит его своей сумасшедшей каруселью, скорежит ему душу, исказит зрение, но он не будет сознавать этого, потому что утеряет память о себе прежнем.

Зачем я путаюсь между «он» и «я»? Сам толком не пойму. Иногда мне кажется, что я совсем не знаю того молодого человека, который некогда был моим «я». И тогда, естественно, начинаю называть его «он», как бы не беря ответственности за чужие мысли и поступки. А иногда этот чужак не более чужд мне, чем та серая маска, которая ныне смотрит старыми больными глазами из глубины круглого зеркальца во время утреннего бритья. У меня нет близости с этим отражением, ибо не верится, что можно так износить свой земной образ, но все-таки приходится согласиться, что это я и другого нет. Говоря о том далеком, неправдоподобно молодом человеке в первом лице, я невольно начинаю с ним сливаться. Может, в конце концов это «я» из прошлого приживется ко мне настоящему?

Итак, это я ехал в большой правительственной машине, содранной с американского «линкольна», только эмблема была другая: вместо устремленной вперед серебряной борзой или хортой —

пластмассовый красный складчатый флажок на радиаторе. Вел машину ярко-рыжий шофер Колька, пассажирами были: мы с Галей, ее дальний родственник, чернявый неприятный парень Пашка Артюхин, и ухажер Гоша, соблазнявший ее Америкой. Его посылали туда каким-то техническим советником, а по старым правилам на постоянной работе за рубежом может быть лишь человек семейный, морально устойчивый. Уже разменявший четвертый десяток, Гоша задержался в холостяках и сейчас должен был срочно жениться. Он действительно каждую фразу начинал с «эт-това», как будто работал на свое прозвище. Как потом оказалось, в нем гармонично сочетались жесткий практицизм, патологическая скупость с доверчивостью и какой-то наивной тягой к культуре.

Да, чуть не забыл Катю, неизменную спутницу Гали на всех путях ее, правых и неправых. Считалось, что она влюблена в меня. Мне кажется, что эту влюбленность Катя придумала для заполнения пустоты, но мучительные ее переживания обладали всей чистотой подлинности.

Уже на выезде из Москвы мы подхватили по-цыгански черную и костлявую женщину средних лет в роговых очках, тетку Гали, родную сестру ее матери Евдокию Алексеевну, которую никто не называл по имени-отчеству, а только «тетя Дуся». Как я вскоре понял, тетя Дуся была на амплуа дурочки, шутихи. Это, пожалуй, наиболее интересная разновидность бедных родственников. Приняв на себя добровольно роль домашнего Трибуле в юбке, тетя Дуся выиграла куда большую свободу, нежели все остальные приживалы. Она боялась только Звягинцева, поскольку ее муж работал в заводоуправлении, на всех остальных плевать хотела. Она не была агрессивна, но развязна, шумна, неуважительна и насмешлива. Эта роль ее увлекала, особенно с появлением нового лица. В машине она беспрерывно курила и говорила на придуманном немецком. «Акурштейн!» — произносила она светским тоном, и это могло быть подтверждением, сомнением, категорическим несогласием с собеседником, в зависимости от интонации. Еще запомнилось: «Ауфидер ку-ку!», «Генуг цум вольке», «Гульгенблюк», «Ген зи муле вейден». Остальную белиберду я забыл.

Запомнилось также вскоре возникшее и все усиливающееся чувство собственной неполноценности. Я ничего не стоил в мире этих людей, где очень большую роль играли автомобили, мотоциклы и прочая техника. Галя рассказала, что поехала в гости на машине и на обратном пути что-то «полетело». Некоторое время все перебрасывались словами «сцепление», «коробка скоростей», «трамблер». «Небось на второй скорости добиралась?» — радостно оскалил громадные, как рояльные клавиши, резцы Гоша-«американец». Галя подтвердила казус, что вызвало бурный подъем веселья. Причина общего душевного взлета наградила меня немотой, я ни черта не смыслил в автомобилях. Затем за меня взялась тетя Дуся, но ее фантастический немецкий был понятнее технического воляпюка.

Я обрадовался, когда Пашка Артюхин запел невыразимо противным голосом с восточным акцентом:

> *А в одном-то клетка*
> *Попугай висит,*
> *А в другом-то клетка*
> *Его мать сидит.*
>
> *Она ему любит,*
> *Она ему мать,*
> *Она ему хочет*
> *Крепко обнимать.*

А когда все отсмеялись, он запел визгливым голосом:

> *Хорошо жить на востоке,*
> *Называться Аль-Гасан.*
> *И сидеть на солнцепьеке,*
> *Щуря глаз на Тагеран.*

У развилки, откуда уходила дорога на Красногорск, к нам присоединилась молодая женщина, Галина тетка по отцу Люда. Мелькнуло что-то миловидное и стройное. Мелькнуло, ибо проверить свое впечатление мне не удалось, она сразу исчезла в густо населенном нутре машины, и я забыл о ней. Я опять видел Галю, Артюхина, Катю, Гошу, тетю Дусю и рыжего шофера. А Люды след простыл. И ведь она сидела прямо передо мной на откидном сиденье. Но вот что-то случилось: то ли сместился свет, то ли на повороте солнце напрямую ударило в окна машины, и я вновь увидел ее. Она казалась Галиной ровесницей и уж никак не теткой: молодая, свежая, прелестная женщина. Жаль, что существование ее дискретно. К ней нельзя приглядеться, она вновь пропала. Как выяснилось впоследствии, это было особым даром или дефектом Люды, не знаю, как и сказать, — внезапно исчезать. Наподобие мандельштамовского щегла, который «не посмотрит — улетел». Ее скромность, стремление уходить в тень, не мозолить глаза создавали дурманный эффект неприсутствия.

Как мне потом сообщила Галя осудительным тоном, Люда была девственница. Вот уже несколько лет ее обхаживает молодой директор шинного завода, косвенно подчиненного Звягинцеву, но все никак не решится сделать предложение. Наверное, его отпугивала способность Люды к исчезновению. Жутковато жениться на полупризраке.

Я и сам, не вписываясь в интересы, разговоры, юмор и музыку компании, ощущал себя не вполне реальным. Наверное, поэтому меня и потянуло к Люде, но тяга осталась беспредметной — в буквальном смысле слова, — Люда снова дематериализовалась. Чуткая от ревности Катя каким-то образом угадала мое намерение. «Не трать даром силы, она невеста». И тут я услышал о женихе-смежнике и о том, что Артюхин, Людин троюродный брат, тайно на трезвую голову, шумно в подпитии, вздыхает по ней. Духовидец Артюхин, ведь она сама была как вздох. Но, видимо, ему удается «в тумане разгадать» и даже удержать «мучительный и зыбкий» образ Люды. И тут кто-то признес: «Дача Берии».

Сплошной зеленый забор, окружавший густой еловый лес, тянулся километра на полтора. Забор как забор, но почему он кажется таким зловещим и таинственным? Артюхин перестал петь, словно его пение могли услышать за зеленым забором. Внезапная тишина подчеркнула значительность момента. Тут только я сообразил, что впервые вступаю на запретную территорию власти и для таких, как я, очень легко и опасно заплутаться в заповедном лесу.

Забор наконец отсекся. Пошла светлая сквозная березовая аллея, слева мелькнуло двухэтажное здание чайной, мост и колено Москвы-реки. Еще одна деревня, лежащая в западке, и на бугор пополз другой глухой зеленый забор, точная копия бериевского, но не навевавший жути. Мы свернули к воротам, посигналили. Вышел мужик в картузе. Посмотрел подозрительно, кивнул шоферу и открыл ворота. Мы двинулись по асфальтированной дороге к холму цветочной клумбы, обогнули ее и оказались у парадного входа огромной двухэтажной деревянной дачи — зеленой, с белыми колоннами, похожей на старый господский загородный дом

Когда мне сказали, что мы едем на дачу, мне представилось нечто вроде тех ветхих ропетовских дачек, где проходило мое раннее детство в столь близких сердцу каждого старого москвича поселках: Томилино, Красково, Перловка, Тайнинка, Удельное. Они были все на одно лицо: подслепая застекленная терраска, башенка, эркер, изъеденные жуком-короедом косяки, притолоки, плинтуса, на задах чахлого садика — зеленый домик уборной. Убогость, сырость, гнильца, прелый дух неотделимы от подмосковного дачного жилья. Все мнимое очарование загородных пикников сводится к нехватке стульев, тесноте за столом, одной вилке на двоих, разнокалиберной посуде, в которую так трудно разлить водку поровну, сломанному штопору и верху блаженства — мучительно не желающему закипать самовару.

Но, увидев дворец Звягинцева, я наконец-то до кишок осознал, что попал в иную действительность, в царство хозяев жизни, где я и мои близкие были изгоями.

Никаких дурных чувств сроду невиданное благополучие чуждой мне среды во мне не вызвало. Я не просто независтлив, но обделен этим чувством до некоторой патологии. Хотя бы в малой дозе надо носить в себе любое человеческое чувство, включая самые дурные: зависть, ревность, мстительность. Эти три чувства мне неизвестны. Зато ведома другая скверная троица: я обидчив, неотходчив, злопамятен. Я могу примириться — формально — с человеком, обидевшим, оскорбившим меня, но все равно не прощу его в глубине души. И я становлюсь с ним фальшив, ибо должен делать вид, будто давно выкинул из головы старую обиду. Не забыл, не выкинул, не простил. Но хуже от этого только мне самому, ибо обидчик, якобы прощенный, беззаботен, а меня по-прежнему жжет, даже пуще прежнего. Только отмщение благостно освобождает душу, но оно для меня исключено — я добр, жалостлив и не способен сознательно причинить страдание другому существу. А вот зависти нет в помине. Я от души радовался за счастливцев, которые могут жить в таком привлекательном мире, куда меня допустили, быть может, в первый и последний раз.

Так я стоял, безучастный к мелкой суете, непременно сопутствующей каждому приезду, приходу. Выбежал какой-то нарядный светловолосый мальчуган, очевидно Галин сын, и был обласкан всеми приехавшими, кроме меня и шофера. У меня с рыжим мрачнюгой наметилось бессознательное сближение на почве выключенности из происходящего. Затем появилась благообразная, круглолицая старуха с живыми вишневыми глазками и той царственностью, какой от века обладают русские няни в богатых домах, и другая старушка, сухонькая, белоголовая, она мгновенно выискала среди нас самое неприметное существо — невидимку Люду и прижалась к ней с защищающей любовью — ее мать, а стало быть, и мать главы клана. Последней как-то боком сунулась к машине сутулая косоглазая неандерталка и принялась разгружать багажник — домашняя работница.

Меня никому не представляли, вроде бы подзабыв в подъемной суматохе встречи, и я беспрепятственно оглядывал окружающий мир. Участок был огромен, я не обнаружил его границ, ибо за молодыми сосенками, купами берез, ольшаником, кустами сирени, жимолости, жасмина ограда просматривалась лишь в стороне ворот. Я обнаружил открытую беседку в глубине сада, за рябинником, заброшенный теннисный корт, обнесенный частой сеткой, яблоневый сад, сбегавший по откосу в сторону реки, возделанные грядки с клубникой.

А потом я увидел нечто, чего не осознал поначалу как реальность, принадлежащую этому, не освоившему самого себя миру (неосвоенность читалась в заброшенном корте, необустроенной беседке, засохшем диком винограде на боковой стене дома, заросших сорняками клумбах), — на террасе стояла женщина, нет, не стояла, высилась, источая золотой свет, творя вокруг себя некое сияние, которое было ее особой, не изолирующей, но отделяющей от окружающего средой, вроде той странной капсулы, в которой Христос возносится в чертог отца своего на старых иконах, что породило современную легенду о его инопланетной сущности. И эта женщина, это явление природы, избравшее образ женщины, принадлежала другой системе мироздания.

Сказать, что она довольно высока ростом, дородна, как положено русской красавице, что у нее золотые волосы, серо-голубые глаза, чуть вздернутый нос и алый цветущий рот, — значит, ничего не сказать о ее благодатном облике. Да и вообще невозможно описать женскую красоту. Это знал Лев Толстой, обманувший Тургенева и Дружинина, когда они вздумали состязаться в описании красоты женщины. Простак Дружинин взялся за дело впрямую: рот, нос, лоб, шея, плечи... Тургенев попытался создать образ красоты, не прибегая к подробностям. Толстой ограничился гомеровским: когда Елена вошла, старцы встали — и победил.

Если в гомеровские времена старцам было неуместно вставать при появлении женщины и потребовалась сладостнейшая Спарты, дочь Леды и Зевса, обернувшегося лебедем, чтобы они оторвали тощие зады от сидений, то что же говорить о советских мужчинах! Но впоследствии я не раз видел, как при появлении Татьяны Алексеевны вставали, стесняясь собственной вежливости, удивляясь прямящей их неотвратимой силе, правительственные бурбоны, хамы генералы, не говоря уже об «архивных юношах» нашей с Галей компании. Моя реакция на ее первопоявление была прямо противоположной — я с трудом удержался на ногах. Меня шатало, земля оскальзывалась подо мной. Порой мне кажется, что я в первое же мгновение проведал всю муку, тоску, неурядицу, весь дивный ужас, который она внесет в мою жизнь.

И я сразу начал внутренне защищаться от нее, с первого взгляда, до того как пожал ее теплую, нежную руку, не обнаружив и краткой задержки моего образа в зрачках серо-голубых глаз. Я говорил себе: успокойся, это просто яркая, толстая женщина, лишь немного не добравшая до пародийного кустодиевского типа. Добавь ей немного плоти, и явится купчиха за самоваром или русская Венера после бани. Я знал, что это неправда, в ней не было ни отягощенности, ни расплывчатости, ее тело не распирало одежду. В ней все было крепко, налито, натянуто: ноги с мускулистыми икрами, округлые руки с маленькими кистями, крутые бедра, грудь, не нуждавшаяся в лифчике, прямая спина с легким прогибом, гордая шея — все мощно и женственно, сильно и нежно. Я все-таки не избежал наивной дружининской описательности. А если попробовать окольно: три молодые привлекательные — каждая на свой лад — женщины приблизились к ней и — перестали быть.

Нарушу последовательность рассказа. У Татьяны Алексеевны случались мгновения, когда ее могучее женское начало обретало мощь стихии: оно полыхало из глаз ведьминским огнем, тугие волны прокатывались под кожей, а дыхание опаляло сухим жаром. Я не знаю, чем это было вызвано, и она не знала, ведь люди живут бессознательно. Наружу рвалось что-то животное, заражая окружающее порнографическим безобразием. Рушилась мораль, мужчины теряли рассудок и совершали поступки, которых потом мучительно стыдились, не понимая, как могли они так пасть. Я сам был свидетелем того, как осрамился почтенный ученый муж, к тому же идеальный педераст в духе Леонардо да Винчи. Его влекло к молодым красивым мужчинам, но укрощал он свое вожделение усатой, с махорочным голосом женой. Сублимация великого художника носила чисто эстетический характер. Ученый долго пялился на Татьяну Алексеевну, отклячив нижнюю губу, и вдруг с размаху шлепнул ее по заду при всем честном народе. Старый переводчик с греческого, покраснев и захихикав, вклещился ей в грудь. Он долго плакал на кухне и обещал покончить самоубийством, но обещания не выполнил. Татьяна Алексеевна не понимала мощи и губительности своего излучения и обижалась на бедных безумцев. Ее аура завлекала и женщин, чуждых софической любви, они кидались на нее якобы в шутку, но с остекленевшими глазами. Татьяна Алексеевна испытывала к ним стыдливое отвращение и обычно порывала знакомство с соблазненной. Конечно, все это я узнал много времени спустя.

А пока было долгое застолье, не принесшее мне радости. Опьянел я довольно быстро и нарочно. Я чувствовал надвиг каких-то грозных сил, перемен, утрат и начал, мне было печально и немного страшно. Но природа страха оставалась неясна. Чуждость среды? Возможно, такого окружения я не знал. Мне приходилось иметь дело с разными людьми: в старой коммунальной квартире, в деревне своей няньки, во всех военных становищах, в армейской среде, — но то был народ, и я чувствовал себя легко и просто. Мои сотрапезники народом не были, хотя и происходили из него. Советское зажиточное мещанство, вяло тянущееся за чем-то высшим. Их речь являла букет эстрадно-опереточных штампов («Ах, мой печень!» — орал Артюхин после каждой рюмки, «Ах, мой селезень!» — подхватывал Гоша), раскавыченных цитат из городского романса, слегка сдобренных домашним фольклором. Крикливые голоса, громовый смех, необузданная жестикуляция, дурацкие тосты, восточный акцент — наиболее ярким воплощением дурного тона был Пашка Артюхин, невероятно развязный и самоуверенный. «Американец» Гоша работал на подхвате. В какой-то момент мне стало казаться, что Артюхин провоцирует меня и дело кончится дракой. Ну, и пусть, это не худший конец.

Мог ли Артюхин догадаться темным инстинктом о том впечатлении, какое произвела на меня Татьяна Алексеевна? Человеческая природа не только не изучена, к ее постижению едва приступили. Подсознание играет куда большую роль даже в поверхностном бытовом общении, чем принято считать. Слова, произнесенные вслух, и пена внешнего поведения ничего не стоят, мы подаем друг другу и принимаем неслышные и незримые сигналы. Артюхину полагалось вздыхать по Люде, а он как оглашенный наседал на Татьяну Алексеевну, по-родственному «тыкая» и называя ее Татой, даже Таткой. Она никак не отзывалась на его приставания, что подтверждало для меня нарочитость поведения Артюхина. Конечно, Артюхин и сам не догадывался, что через Татьяну Алексеевну заводит меня. У нас с ним сразу возникла несовместимость.

Драки не получилось. Застолье шло и дальше на грани дебоша, а разрешилось все общей пляской. Пар был выпущен в дробцах, «цыганочке», «русской». Плясали все, кроме меня и шофера. Галя плясала самозабвенно и очень артистично. Татьяна Алексеевна и здесь осталась королевой, она плясала больше глазами, улыбкой, легким движением плеч, но это стоило вихря ее дочери. Тетя Дуся кривлялась и пронзительно выкрикивала: «Акурштейн!», «Гульген-блюк!».

Мне хотелось услышать голос Татьяны Алексеевны. Ее застольная улыбчивая общительность не была озвучена.

— Ваше здоровье! — потянулся я к ней через стол.

Она ответила дежурной и все равно прекрасной улыбкой, чокнулась и духом хватила рюмку. Прислушалась к себе: хорошо пошло! — и молодо тряхнула головой, рассыпав золотой блеск.

— Глоток бежит, с собой зовет другой! — прозвенело колокольчиком.

— Наливай! — восторженно завопил Пашка Артюхин и полез к ней целоваться.

«А может, она просто дура и блядь?» — подумал я с надеждой и отчаянием, но не испытал облегчения. Она могла обернуться кем угодно, это не имело значения. Я уже знал тайным знанием, что Даша перестала быть моим роком. Вот так, после всех мук и полуосвобождений, за которыми таилась опасность еще худшего рабства, боль, казалось, навечно сросшаяся со мной, отпала, как засохший струп. Но цена выздоровления может оказаться мне не по карману.

Я задумался — тупо, мутно, тяжело, по-пьяному задумался над странными ходами моей судьбы, исковерканной предательством Даши, и очнулся, когда Татьяна Алексеевна милым голосом и с отменным слухом пела пошлую нэповскую шансонетку:

> Шофер мой душка, как ты хорош.
> За руль садишься, бросает в дрожь.
> Ты знаешь, как направить,
> Ты знаешь, как поставить,
> И очень быстро...

Последних слов я не разобрал, потому что их выорали хором все присутствующие, видимо, там заключалась главная сласть.

Я так надрался, что заснул в столовой на диване. Проснувшись утром, я узнал, что ничего шокирующего в моем поступке не нашли, напротив, оценили это как возможность дальнейшего собутыльничества. «Свой, хотя и слабак!» — таков был общий глас.

Увидевшая меня спящим, Татьяна Алексеевна внесла свою жалобную ноту в оценку:

— Ишь, свернулся калачиком, заморыш!

Мне это преподнесли как теплое сочувствие, я же принял как выбраковку. Кстати, несправедливую. Я действительно был очень худ в ту пору, но не нищенски, а спортивно: широкогрудый и широкоплечий, с развитой мускулатурой. Но в этом доме ценили дородность, осанистость. Чего не было, того не было.

Татьяна Алексеевна огорчила меня не только этим. Тяжело ушибленный ею, я надеялся, что вчерашнее наваждение рассеется. Вчера она предстала мне в сказочном ореоле властительницы таинственной державы, сегодня я попривык и увижу ее без прикрас: опухшую после возлияний, с мутными глазами и несвежим дыханием. Напрасные ожидания, она явилась тем же золотым чудом, свежая, прибранная, ясноглазая, ослепительная. Я понял, что обречен, и дал себе клятву, что эта женщина будет моей... тещей.

И стала, хотя не так скоро.

Прошло более полугода после дачной пирушки, я заделался постоянным гостем в доме Звягинцевых, но хозяину не был представлен, ибо мой статус жениха как-то не получил официального признания. Причин тому несколько. Мой пепельноволосый приятель наконец-то выбрался из госпиталя и замаячил некоторым соблазном для все еще неравнодушной к нему Гали. Этому способствовало и то, что, набрав здоровья, я довольно часто выезжал на фронт. Галя все-таки боялась потерять меня, поэтому роман так и не состоялся, хотя мой приятель обвинял в этом лишь собственную леность. Но, столкнувшись с таким непостоянством, я теперь и сам не спешил определиться в семье. К тому же с некоторых пор я стал тешить себя иллюзией, что мое чувство к Татьяне Алексеевне обрело характер идеальной юношеской влюбленности в прекрасную и недоступную матрону. Это заблуждение возникло из потери уверенности в себе в связи с Галиным финтом и крепнущего сознания безнадежности дерзкой попытки. Ведь она действительно была матроной, а я, прошедший испытание войной и женитьбой, оставался щенком.

Молодые люди той поры душевно созревали очень поздно, если вообще созревали. Исключение составляли проходимцы, которые, сохраняя развитие десятилетнего ребенка во всем, что касалось хрупких ценностей жизни, грубостью ума и насквозь испорченной душой могли дать сто очков вперед Цезарю Борджиа, Людовико Моро и гнуснейшему из всех — кардиналу Фарнезе. Но речь идет не о партийных карьеристах. Я говорю о доброй молодежи, наделенной наследственной духовностью, моральным чувством и тем бескорыстием ума, что создает интеллигента. Эти молодые люди «страны искателей, страны героев» отличались удручающей инфантильностью, роковой неспособностью стать взрослыми. Я был типичным представителем обреченной категории вечных юнцов.

Мы росли и воспитывались в искусственной среде, разрываясь между молчащей правдой дома и громкой ложью школы, пионеротряда, комсомола. Я умудрился избежать последнего, но все равно был пропитан его тлетворным духом. То, что не было домом, семьей, требовало непрестанной лжи. Пусть все сводилось к словам, верноподданническому горлопанству и внешней атрибутике, этого достаточно для прекращения естественного становления и роста характера. Мы шли в ботву, а не в корень и плод. Свободный человек рано обретает достоинство личности, раб до старости недоросль.

Я был для Татьяны Алексеевны мальчиком, причем мальчиком жалким. Я мало зарабатывал, перенес контузию, и это было видно по моей дергающейся морде, не заслужил никаких отличий и чинов (вот уж не молодой генерал!), она же привыкла иметь дело с людьми, рано схватившими судьбу за хвост. И прежде всего со своим собственным мужем, сумевшим пережить гнев Сталина и остаться наверху, не поступившись независимым и крутым характером. Иметь характер вблизи Сталина категорически запрещалось. Наделенные хоть какой-то личностью приближенные искупали это или бесстыдным подхалимством (Каганович), или непроходимой глупостью (Буденный), или бесстыдным шутейством (Хрущев), или злодейством (Берия), пренебрегшие правилами самосохранения уничтожались. Спокойнее всего себя чувствовали круглые безличности: Молотов, Калинин, Андреев, Шверник. А ведь Звягинцев уже пробивался в круг ближайших соратников. Он погорел, отодвинулся, но никто не поставит креста на возможности его нового возвышения. При этом он не укротился, не стал гладким, обкатанным, бесцветным камешком-голышом. Рядом с Татьяной Алексеевной играл и переливался яркими гранями редкий самоцвет. На что я мог рассчитывать?

Жизнь, которая выпала мне в ту пору, должна была помочь освобождению от нового плена. Болезнь отчима, бедность на грани нищеты заставляли меня хвататься за любую халтурную работу, чтобы выжить. Газетных гонораров и оклада на это не хватало. Но каким-то хитрым образом душа выскальзывала из-под бремени газетных забот, поездок на фронт, халтуры и поисков прира-ботка, чтобы тосковать. Я старался вышибить клин клином, избе-гая встреч с Татьяной Алексеевной. Но ничего не мог поделать с новой властью дома надо мной — огромного домины от Моссове-та до Пушкинской площади. Необходимы стали, как воздух, и мрачное ущелье Леонтьевского переулка, ведущего к дому, и скучный подъезд, глядящий на помойку, и лифт с нелюбезными лифтершами (дом был элитарный, а моя непринадлежность к вер-хам была очевидна служительницам святого дела сыска, пристав-ленным к валкому телу лифта), и опрятный вид многозамочной двери Татьяны Алексеевны, и, разумеется, сама Галя, в которой я мучительно выглядывал материнские черты. И находил, что по-могало сублимации, которой я вначале стыдился, а потом привык, как привыкаешь ко всему, несущему хоть временное облегчение: алкоголю, курению, наркотикам. Обнимая Галю, я подставлял на ее место Татьяну Алексеевну, но обман длился недолго, и возвра-щение к реальной плоти, что жила под моими руками и всей тя-жестью тела, доставляло страдание. Галя была плотная, крепкая, но очень маленькая. Как самая последняя матрешка в знаменитой двусмысленной игрушке, а мне нужна была та первая, большая, в которую вложены все остальные. Жить изо дня в день с подобием того, что тебя влечет, представлялось пыткой. Но еще худшей пыткой было бы потерять даже короткий самообман, которому помогала территориальная близость — через лестничную площад-ку — подлинника.

Покончил с моими колебаниями, смятенностью и всякими пси-хологическими выкрутасами, как ни странно, сам глава дома с той жесткой победительностью, с какой решал все возникающие перед ним проблемы. Почему семья пришла к выводу, что я должен же-ниться на Гале? Гоша с лошадиными зубами подходил ей куда больше, даже без Америки, которая накрылась. О своем раненом приятеле я уже говорил, его котировка в качестве спутника жизни равнялась нулю. К тому же война еще шла, и чем ближе к победе, тем больше жизней забирала (маршалы, выставляясь перед Ста-линым, наперегонки рвались к Берлину, не щадя солдатской кро-ви), тем меньше становилось шансов у невест. Конечно, Гале не грозило завековать, но уж больно не хотелось нарваться на про-хиндея, которому ее отец нужен для карьеры, а именно к этому разряду принадлежали те летучие женихи, которые появлялись и до меня и во время моего затянувшегося сватовства. Как было со-вершенно очевидно, подобная корысть мне чужда, должность в газете несколько компенсировала зыбкость профессии, и, очевидно, я устраивал Галю если не как со-путник, то как со-ночлежник. Нравился ей и круг моих друзей. Она поступила в вокальное училище и, охладев к технарям, потянулась к людям искусства. Словом, семейный суп закипел, что явилось для меня полной неожиданностью.

Ничто не предвещало бедствия, когда, заночевав у Гали после небольшой попойки, я пил пустой чай у нее в комнате. Я уже привык к тому, что каждое утро Звягинцев приходит потетешкать внука, делая это с нарочитым хозяйским шумом: дверным громом, топотом, отхаркиванием. Мне было странно, что такой крупный человек занимается столь мелким самоутверждением. Конечно, он знал, что я ночую у Гали, знал, что из-за комендантского часа наши друзья тоже иной раз остаются на ночь либо в ванне, либо на полу нашей комнаты, но вежливость была чужда его самобытной натуре, зато самодурства и грубости хоть отбавляй.

Отсюсюкав над внуком и отшумев, он уходил, напоследок громыхнув входной дверью, и мы вздыхали с облегчением.

Но в этот раз ритуал был нарушен. Замолкла песня любви, скрипучий топот сапог приблизился к нашей комнате, и дверь распахнулась от сильного толчка. Проем заполнила литая фигура любимца московского пролетариата. Он был очень хорош собой, конечно, в пошибе русского мужика, а не парижского петиметра. Ростом не высок, широк и довольно толст. Говорят, «квадратная фигура», он был кубичен. Оказывается, куб может быть вместилищем мужской красоты. Большая, сильно вылепленная голова с проточенными сединой волосами и сталинского покроя усами, красноватое от повышенного давления (это выглядело первым загаром) выразительное лицо, сочные темно-карие глаза под густыми бровями, крупноватый грузинский нос и выражение грозной, агрессивной силы в совокупности черт. Странно, что он нравился Сталину. Как не похожа эта тигриность на привычные взору вождя непропеченные блины. И вдруг я нашел разгадку. Звягинцев — вылитый Пржевальский, а ведь недаром легенда называет Сталина незаконным сыном знаменитого путешественника. Пржевальский и Звягинцев были похожи не на рыжего, рябого заморыша, а на льстивые портреты Сталина кисти Бродского, Герасимова и других придворных иконописцев. И Сталин верил своим портретам (фотографировать его тоже умели будь здоров!). Он избегал зеркал, полированных плоскостей и кремлевских луж, свое отражение он видел в Звягинцеве, и оно ласкало ему взор.

234

Я приподнялся, готовый приветствовать великого человека, оказавшего мне честь первым шагом к знакомству, которое окончательно узаконит мое пребывание в доме, но был пригвожден к месту тигрино-рыночным:

— Поднаворачиваешь?

Я не понял смысла слова, так не подходящего к стакану пустого чая, но хорошо понял интонацию.

— Поднаворачиваешь? — повторил он с напором и клацнул большими желтыми зубами.

Теперь я все понял, но возмутился не хамским тоном, а несправедливостью обвинения. Обычно Галя угощала меня неплохим завтраком: яичница, сыр, кофе, — но небольшой выпивон накануне возник экспромтом и начисто опустошил закрома неподготовленной хозяйки. И тут возникла догадка, разозлившая меня куда больше. Он разбушевался не по внезапному наитию оскорбленного отцовского чувства, то был домашний сговор. Если б он действовал спонтанно, стакан пустого жидкого чая исключил бы обвинение в нахлебничестве, но сцена была отрепетирована в расчете на омлет с колбасой. Значит, происходящее — спектакль, липа, шулерская угра, и всей его грозности грош цена. Но, озарив сознание, догадка сразу погасла в жалком смирении раба перед властью. Я не нашел достойного ответа. Мне было стыдно за себя, за него, за Галю, делавшую вид, что она ошеломлена случившимся. И где выход из этого позора?

— Ты кто такой? — гремел голос. — А я член правительства! Я тебя в порошок сотру!

— Почему вы со мной так разговариваете? — наконец пролепетал я.

— А как еще с тобой разговаривать? Превратил дом в бардак!..

— Ах, боже мой! — сказала Галя, закрыв лицо руками.

— Я милицию нашлю, если еще сунешься! Ишь, хлюст! Девушка беременная, а он в командировку укатил!

— Да в чем я виноват? — В голосе слабость и отчаяние. — Я люблю вашу жену и хочу стать ее мужем.

— Вон как! — Он снова клацнул зубами, и глаза его по-тигриному выжелтились.

— Он оговорился! — жалко вскричала Галя. — Ты запугал его!

Тут до меня дошло, что я ляпнул. Это было похлеще «беременной девушки». Мы оба оговорились — строго по Фрейду, выдав свои скрытые намерения. Я откровенно высказал тайное желание, отнюдь не вытесненное в подсознательную тьму, стать мужем его жены. За его оплошностью проглядывался не столь явный смысл. Но он подтвердил, что происходящее не было гневным выплеском, а игрой в оскорбленного отца, призвавшего к ответу бесчестного соблазнителя невинного дитяти. Эта роль и подсунула ему на язык слово «девушка», мало подходящее к разведенной жене, матери четырехлетнего сына. Насчет беременности — то была либо общесемейная ложь, либо Галина личная. Безумие нашей страсти строго лимитировалось мерами предохранения и ликвидации последствий.

— Кто ты есть? — опять вернулся он к выяснению моей личности. — Я позвоню Омельченко, он вышвырнет тебя из газеты.

Он вышел из рамок благородной семейной обиды, перед которой я пасовал, и ступил на территорию общественных отношений. И тут на меня пахнуло иной духотой, которой я, пусть жалко, бессильно, привык сопротивляться. Не слишком отчетливо, но достаточно грубо я пробормотал, что плевать хотел на Омельченко. Я и в самом деле не чувствовал зависимости от своего главного редактора, которого уважал и ценил, но я был ему нужнее, нежели он мне.

Звягинцев сразу понял, что совершил оплошность, и вернулся к теме семейной чести:

— Будет штемпель в паспорте — тогда приходи. Нет — вытурю взашей.

Он посмотрел на меня с ненаигранной ненавистью, повернулся и пошел к двери, на этот раз хлопнувшей как-то особенно веско.

Расписались мы с Галей через полгода, столько потребовалось мне, чтобы показать неустрашимость и потрепать нервы семье (Галя пообещала со слов отца, что он извинится передо мной, когда я покажу ему штемпель в паспорте). Расписались мы в том же самом загсе в Чертольском переулке, где когда-то я оформлял и брак и развод с Дашей. Наверное, мне казалось, что у этого загса легкая рука, что он не замедлил подтвердить. Едва мы вышли из обшарпанных дверей, как увидели на другой стороне переулка свежие газетные листы на стенде и быстро густеющую толпу. «Неужто война кончилась?» — воскликнула Галя. Нет, случилось другое, менее радостное событие. В газетах был опубликован указ о запрещении разводов. Собственно говоря, прямого запрещения не было, но выдвигалось столько препятствий, что и материально, и процедурно развод становился — при отсутствии взаимного согласия — практически невозможен. Как божественно легко оборвали мы с Дашей необременительные цепи, воистину, что ни делается в нашей стране, все к худшему!

Тем не менее мы решили ехать на дачу и отметить торжественное событие. Галя не разделяла моего натужно припрятанного уныния, новый указ ее ничуть не смутил, возможно, она собиралась по-гриновски «жить со мной долго и умереть в один день».

Когда схватив такси, мы помчались по воскресным пустынным улицам к Рублевскому шоссе, я подумал о том, что теперь каждый день буду видеть Татьяну Алексеевну, а на даче так хоть и каждый час. Удар, нанесенный указом, смягчился, но меньше, чем можно было ожидать. Свершившееся приближало меня к Татьяне Алексеевне, но одновременно и удаляло. Я буду все время помнить, что она мать моей жены, и никогда не отважусь на смелый жест. Я по сегодняшний день ни на что не посягал, но был внутренне свободен и позволял себе маленькие вольности: коснуться губами ее волос в танце, расцеловать руку, здороваясь, от кисти до локтевого сгиба, тронуть золотую прядь с невинностью сороки, которая машинально хватает все, что блестит; она замечала эти движения и снисходительно улыбалась милой игре мальчика с почтенной дамой. Она позволяла — не без удовольствия — восхищаться собой: я как бы приветствовал в ней будущий расцвет Гали. При кажущейся примитивности то была сложная игра, ибо тут таился чуть иронический вздох: влюбленность в дочь не мешает мне видеть, что она — лишь бледная копия матери. Смиренное признание очевидного факта снимало греховность с тех робких, хотя порой довольно настойчивых знаков внимания, которые я ей оказывал, опасно балансируя на краю пропасти. А как это будет выглядеть сейчас? И удастся ли нам поддерживать печальную, как затаенный вздох, игру в рутине каждодневного существования? Когда я давал себе слово сделать ее моей тещей, я об этом не задумывался. Мне в голову не могло впасть, что сближение во времени и пространстве может отбросить меня бог весть как далеко от нее, «за звездный пояс, в млечный дым».

Татьяна Алексеевна так искренне, так растроганно обрадовалась известию о нашем бракосочетании, что меня это прямо-таки оглоушило. В какой-то темной глупости я тешил себя надеждой, что она хоть о чем-то догадывается, хоть чуть-чуть подозревает о том, какой магнит притягивает меня к их дому. Ну, пусть посмеиваясь над глупыми мальчишескими мечтами, понимая всю обязательность и неопасность влюбленности зятя в тещу, как и обратное: в каждой матери проглядывает дочка, каждая мать не может не смотреть на избранника дочери ее глазами.

Она порывисто поцеловала меня в губы, никогда не знал я такого искреннего, из глубины души, такого холодного и ненужного поцелуя. Это был истинно родственный поцелуй, лишенный даже того легчайшего намека на тайну, который присутствовал в моем прикосновении губами или рукой к ее волосам. Тогда все-таки я касался женщины, того бессознательно женского, что она не успевала изгнать из себя в мгновенном соприкосновении с будущим зятем, здесь это был бесполый, мокрый, даже с чавком, поцелуй «мамы», как принято называть тещу в простых семьях.

Я так расстроился, что, начисто забыв о причине быстро сымпровизированного застолья, начал откровенно и довольно вульгарно приставать к жене знаменитого авиатора, одного из первых героев сталинского небесного штурма. Они случайно заехали на дачу, не застав живущих рядом друзей, и очень серьезно отнеслись к своему участию в неожиданной свадьбе. Неисповедимы пути господни, эта хорошенькая, чуть старше меня авиаторша лет десять спустя — мы давно разошлись с Галей, и рухнула трагически ее попытка нового замужества — стала постоянной партнершей моей бывшей жены в пьяно-романтических похождениях.

Двойной удар: указ о разводе и превращение Леды в гусыню — сбил меня с орбиты, я окончательно разнуздался, и дело могло кончиться крупным скандалом, если б тетя Дуся не разрядила напряжение самым неожиданным способом.

Хоть и наспех собранный, стол был весьма щедр, но даже некорыстный погреб Татьяны Алексеевны не смог утолить жажды взволнованных радостным событием участников торжества. К тому же знаменитый авиатор, могучий и кряжистый, как ливанский кедр, мог в одиночку осушить бочонок. Когда в доме не осталось ни капли скисшего столового вина, ни сладенького кагора, которым нянька врачевала свои таинственные хворости, ни спирта для протирания бабушкиной поясницы, ни ужасного портвейнчика, недопитого штукатурщиками, тетя Дуся, находившаяся в состоянии эйфории, вызвалась — на ломаном немецком — сбегать в соседнюю деревню за водкой. Предложение было встречено с восторгом, ей дали денег, две кошелки и оставили без внимания, что тетя Дуся направилась не к воротам, а куда-то вбок, через молодой сосняк.

А затем мы услышали нечеловеческий крик, нечто среднее между воем баскервильской собаки и визгом голых ведьм на брокенском шабаше. Мы узнали голос тети Дуси и кинулись на выручку.

На обнесенном колючей проволокой заборе, подцепленная шипом под локтевой сгиб, висела, истекая кровью, тетя Дуся. В другой руке она сжимала пустые авоськи. Похоже, в шоковой боли ей представлялось, будто авоськи наполнены бутылками с драгоценной влагой, и бросить такой груз она не могла, даже пронзенная насквозь, как святой Себастиан.

— Не орать! — сурово приказал авиатор. — Что ты, как маленькая?

И ловко снял тетю Дусю с шипа. Ей угодило в вену, темная кровь хлестала фонтаном.

— Она умрет от потери крови, — констатировала жена авиатора и так прелестно-сострадательно распустила свои полные мягкие губы, что я не удержался и запечатлел их страстным поцелуем, не заметив, что она только что накрасила рот.

Прибежавшие с кухни бабушка, нянька и неандерталка решили, что раненых трое, наиболее тяжело, поскольку в лицо, — жена авиатора и я. У бабушки в кармане фартука оказался кусок грязноватого бинта. Авиатор взял носовой платок, наложил его на рану тети Дуси и крепко завязал бинтом. Затем подсадил ее на забор и легонько толкнул. Словно шишка в ночном лесу гамсуновского Глана, тетя Дуся мягко стукнулась о покрытую иглами почву по ту сторону забора. «Акурштейн!» — прозвучало бодро, и мы успокоенно поняли, что водка будет.

Напились мы чудовищно, что не помешало авиатору в третьем часу ночи усесться за руль своего «оппель-капитана», предварительно запихнув на заднее сиденье тело облевавшейся с головы до ног жены; он сердечно простился с остающимися, пожелал нам с Галей долгих счастливых лет жизни и укатил в Москву по строго охраняемому правительственному шоссе.

Происшествию с тетей Дусей никто не придал значения, кроме мудрой няньки. «Плохая примета!» — злорадно вздохнула она и как в воду глядела.

А затем настал день моей встречи-примирения с хозяином дома, ныне тестем. Я ждал, что он извинится, хотя бы в шутливой или иронической форме, за ту безобразную выходку. Так мне, во всяком случае, было обещано. Я этого не дождался, зато получил наставление. Когда мы отужинали с легкой выпивкой, дамы удалились на кухню, очевидно выполняя намеченный распорядок встречи, и Звягинцев повел речь:

— Ты входишь в нашу семью. Учить я тебя не собираюсь. Ты взрослый человек, прошел фронт. Не знаю, почему ты не в партии, это дело совести каждого. Может, ты не считаешь себя достойным?..

Я поспешно подтвердил, что так оно и есть.

— Я не вмешиваюсь, — сказал он с суровой деликатностью. — Сам я с восемнадцати лет в рядах коммунистической партии большевиков. Все мои братья и сестры коммунисты. Галя — комсомолка, хотя и недостаточно активная. Ей сбили жизнь. Ты писатель, только начинающий свой путь, тебе будет полезно жить в нашей семье. Ты должен взять тут как можно больше. Надеюсь, что нам не придется раскаиваться в своем доверии. Хватит с Гали одного негодяя.

Я, конечно, заметил, что он умолчал о жене. Слава богу, Татьяна Алексеевна была тоже беспартийной. Но тогда я не сосредоточил на этом внимания, растроганный серьезностью его тона. Чужая вера всегда производила на меня сильное впечатление, даже если я не разделял ее. К тому же, что знал я о старых, настоящих коммунистах? Нашим соседом по коммунальной квартире (она стала коммунальной по мере постепенной замены репрессированных членов моей семьи новоселами) был печатник Поляков, удивительно чистый, совестливый и под суровой повадкой добрый человек, коммунист с большим стажем. Его ценила и уважала моя мать, которая на дух не переносила «партийной сволочи». Другой коммунист в нашей квартире был кудрявый озорник, ресторатор Федот Бойцов, вор и хапуга, но он вылетел из партии, очистившей таким образом свои ряды от его присутствия. На фронте я видел много негодяев с партийным билетом в кармане, особенно среди политработников, но и тут попадались прекрасные, смелые, жертвенные люди. В моем прежнем круге партийцев не водилось. А здесь со мной разговаривал участник революции и гражданской войны, выдающийся деятель, коммунист с большой буквы, и, клянусь, я почувствовал себя после нашей беседы кандидатом в сочувствующие. Впрочем, к тому времени эта первая, несколько эфемерная ступень партийности уже не существовала.

Как покажет дальнейшее, я хорошо воспользовался уроками партийной семьи, был на высоте их моральных требований — словом, проявил себя настоящим большевиком, хотя и беспартийным...

И началась наша совместная жизнь. Беда моя состояла в том, что я почти безвыездно торчал на даче в опасной близости от Татьяны Алексеевны. В своих легких сарафанах, прозрачных кофточках без рукавов, коротких юбчонках, голорукая и голоногая, она чудовищно возбуждала меня, ничуть того не желая. Я не могу сказать, что любил ее в ту пору, это было чисто животное, бессознательное чувство. Даже не чувство, а тяга, та неумолимая тяга, которая оглушает тетеревов, кидает под выстрел сторожких селезней, сшибает в осенний гон лося с мчащейся по шоссе машиной, которую в кровавом наплыве, лишающем зрения и нюха, он принимает за самку или соперника, безумное вожделение, начисто убивающее защитный инстинкт во всяком дышащем существе мужского пола.

Вокруг творило свой праздничный пир молодое лето: лезли в окна ветви берез и кленов в еще свежей листве, вскипали зеленые облака вокруг врачующихся сосен, осыпая пыльцой восковистые свечки, отцветала, исходя душным благоуханием, сирень и нежно зацветала жимолость; в саду можно было набрать кошелку сыроежек и маслят, но я, заядлый грибник, был равнодушен к этому изобилию. В угрюмой рассеянности кропал я статейки для своей газеты об очередных победах нашего оружия, приветствуемых однообразием салютов и мертвых сталинских приказов — у нас все умеют забюрократить и лишить живого чувства, — очерки для радио о скучных путешествиях Пржевальского и Козлова, о каких-то изобретателях-горемыках, несчастных отечественных эдисонах, которые всех опередили, но остались, как положено в России, безвестными. Вся эта вялая, без божества и вдохновения, писанина превращалась в брусок рыночного масла или шмат рыночного мяса для моей настоящей, бедной и плохо питающейся семьи.

В новую семью я должен был давать ежемесячно полторы тысячи рублей — моя зарплата в газете, на которую выкупался весь правительственный лимит; из громадного пайка Татьяна Алексеевна продавала мне за сто рублей блок «Казбека», стоивший двадцать пять. Меня угнетала не ее жадность, а отсутствие любви. Но оказалось, что меня балуют. Я слышал, как пеняла ей Тарасовна, толстая жена наркома среднего машиностроения: «Портим мы молодежь, на рынке за сотню „Казбека“ полтораста рубликов берут». Татьяна Алексеевна разводила руками, признаваясь в своей расточительности, но тему не развивала.

Я до сих пор не могу понять, зачем им нужны были жалкие полторы тысячи, которые так пригодились бы моей нуждающейся семье? У них харчи неизменно портились, такой был переизбыток. Три мощных холодильника и дачный ледник не вмещали продуктов. Когда колбаса начинала портиться, ветчина зеленеть, рыба вонять, сыр сохнуть, шоферу Татьяны Алексеевны, рыжему Кольке, делали пакет. Тот принимал его, злобно поджав губы, и тут же, не боясь, что его накроют, вышвыривал на помойку. На даче серьезных излишков не бывало из-за наплыва гостей, но все-таки еда портилась.

Они были скупые люди, семейно скупые, но тут дело не столько в скупости, сколько в принципе: зять должен приносить получку в дом, иначе он нахлебник, а не полноправный член семьи. По чести говоря, я бы согласился на позорный статус, лишь бы помогать больше моим старикам, но дело было поставлено жестко. Это первое научение, которое я получил в партийной семье, меня не очаровало.

Их скупость имела определенную ориентацию. Она не распространялась на гульбу, тут действовало правило: что в печи — то на стол мечи. Не экономили они и на каждодневной самобранке. Были тароваты к родственникам, съезжавшимся по воскресеньям. И уж вовсе не скупилась Татьяна Алексеевна, когда дело касалось бабушки и тети Дуси, постоянно живущих на даче. Это гарантировало ей если не их преданность, то молчание, в чем мне еще предстояло убедиться.

Нужда моих близких их не касалась и вызывала скорее презрение, нежели сочувствие. Вольно же мне с ними возиться! Ну и устраивайся как хочешь, а получку клади на стол. Впрочем, я должен быть благодарен Пржевальскому, изобретшему лошадь, и другим унылым героям своих радиоочерков (то были яркие люди, унылыми их делало мое безучастие), ибо они хоть на время изымали меня из неотступного эротического бреда.

А так... Я слышу рассыпчатый смех Татьяны Алексеевны на нижней террасе. Представляю себе ее смеющийся рот, чуть закинутую золотую голову, шею, смуглую от загара и цвета топленого молока под навесом подбородка. А почему я знаю, что она закинула голову? Когда закидывает, у нее красиво обрисовывается от натяга нижняя челюсть, и лицо чуть отчужденно молодеет... Летят к черту докучные подвиги бесстрашных путешественников, примус, скороварка и деревянный велосипед изобретателей-самоучек, я бросаюсь на кровать. Я уже говорил, что меня неизвестно почему миновал мальчишеский грех. Я знал, как и все нормальные подростки, безгрешное ночное наслаждение от слишком сладостных снов, но это не дает навыка. Меня корчит, раздирает на части. Напряжение причиняет острую боль. Я мчусь в верхний туалет к умывальнику и пускаю ледяную струю. Возможно, это обман зрения, но кажется, что идет дым, как от костра, когда его гасят. Ледяная вода остужает пыл, я могу вернуться к Пржевальскому, Кулибину и прочей нечисти.

Только заползал карандаш по бумаге, Татьяна Алексеевна стала кого-то звать. Ее голос, молодой, звонкий, мелодичный, действует на меня еще сильнее смеха, который враждебен чувственности. Она звала чаще всего внука или сестру, людей, которых любила, и голос был окрашен лаской. Я опять кидаюсь на кровать лицом в подушку, целую ее, кусаю, потому что это не подушка, а плоть Татьяны Алексеевны, и снова мчусь в туалет тушить пожар.

Как я не стал импотентом от этих упражнений? Не стал, даже окреп. Недаром врачи рекомендуют холодный душ, а суперразведчик Джеймс Бонд в ужасных романах Флеминга при каждом удобном случае становился под ледяную струю. Наверное, отсюда его всепобеждающая мощь.

Куда лучше складывались дела, когда Галя, свободная от музыкальных занятий, оставалась на даче. Обратав меня и поступив в училище, она нервно успокоилась и расцвела как маков цвет; приятно округлилась и даже прибавила в росте, стала больше походить на мать — уже не последняя ущербная матрешка в знаменитой деревянной кукле, а где-то из середины. По своим хлопотам она часто подымалась наверх, наша комната находилась на втором этаже, я ее тут же перехватывал и валил на кровать. Поначалу ей льстил этот невиданный энтузиазм, становящийся к тому же предметом увлекательных обсуждений на кухне. Физиологическая жизнь семьи не выделялась из круга других насущных забот, вроде приготовления свиного холодца, засолки огурцов, ремонта швейной машины, возни с капризами и аллергическими недугами инфанта — отрады грозных очей главы дома. Мне кажется, к обсуждению нашей бурной половой жизни подключались бабушка, нянька и даже стыдливая неандерталка.

И все же четыре-пять дневных объятий и столько же ночных утомляли Галю и, как она уверяла, отрицательно сказывались на голосовых связках. Потом она со слов матери передала жалобу отца, что он из-за нас не высыпается. Я думал, она это придумала, чтобы окоротить меня, она была врушка, хотя и безвредная. Впрочем, порой могла осложнить отношения между людьми какой-нибудь вздорной небылицей. Но тут она говорила правду. В один из воскресных дней в комнату без стука — дело было днем, я работал, — с той хамской развязностью, с какой в старое время душили русских царей, а в советское — проводят инвентаризацию в учреждениях, вошли два мужика, чтобы передвинуть тяжелую металлическую кровать, закрепленную почему-то намертво, словно в защиту от корабельной качки. Мужики отвинтили железные плашки, освободив ножки на фарфоровых роликах, перекатили кровать в другой угол и вновь прикрепили к полу. Наверное, таково было распоряжение Звягинцева, чтобы обезумевшее от страсти ложе не прискакало на старое место, лишив его сна.

Вначале я испытывал некоторое смущение, что наша интимная жизнь стала предметом не только обсуждения, но и практических, весьма громоздких мероприятий, а потом возликовал, что Татьяна Алексеевна как бы приобщилась к моим любовным подвигам. Я уже не раз убеждался, что в отличие от Оригена и других аскетов раннего христианства она не испытывает отвращения к жизни плоти. А затем возникло чувство потери. Раньше, когда наша с Галей любовь творилась прямо над ее головой, я как бы накалывал ее сквозь потолок на раскаленный шампур страсти, а теперь нас разъединили.

Еще хуже мне стало, когда открылся купальный сезон на Москве-реке. Татьяна Алексеевна купалась только голой, нисколько не смущаясь присутствием мужчин домашнего круга: меня, Гоши, Артюхина, шофера Кольки, братьев мужа, — равно и вовсе посторонних купальщиков. Она не устраивала из этого аттракциона, заходила в воду, прикрываясь рукой, купалась, не умея плавать, под берегом, но могла долго и тщательно намыливаться, ничуть не смущаемая жадно-любопытными взорами. Она считала купанье в речной воде полезным для кожи. Кстати, «своих» мужчин не стеснялась и скромная Люда. Выйдя из воды, она снимала купальник и спокойно вытиралась в двух шагах от меня, стоя ко мне лицом. Правда, заметив однажды мой слишком внимательный взгляд, погрозила пальчиком.

Я вглядывался в средоточие всех моих желаний и мук, похоже, это не оставалось незамеченным окружающими, но дело было настолько серьезно, что тут не до пустых правил приличия. Я не мог ничего толком разглядеть. Проклятие тяготело надо мной. То мешала тень от берега, то тень от ее собственной руки, то тень прибрежных кустов или рослого, клонящегося к воде цветка, то блики воды, то солнечный луч, уничтожающий все тени, обесцвечивающий, сглаживающий, обращающий материю в золотистое сияние. Татьяна Алексеевна была естественной блондинкой, золотой пушок на золотистой коже почти не различим, будь все неладно, почему она не дама пик! Тогда все было бы ясно, отчетливо и убедительно. В пепельной золотистости, в туманной дымке утрачивалась присущая Татьяне Алексеевне в каждой черточке завершенность, самоисчерпанность. В ней ничего нельзя, да и не нужно было улучшить, исправить, заменить: выгиб брови был так же совершенен, как изгиб позвоночника, любой подробностью своей внешности она демонстрировала превосходство штучного производства над ширпотребом. Мастер, сотворивший ее, сочетал вдохновение с невероятной, лишь гению присущей тщательностью. Так создавал свои золотые вещицы неистовый и скрупулезный Челлини, так вырисовывал белые цветочки у грота, приютившего Мадонну, божественный Леонардо. Ничего эскизного, ничего наспех, все выработано филигранно: ушная раковина, розовая прозрачная мочка, гордый вырез тихо дышащих ноздрей, рисунок рта, разрез глаз, как у лани, — старый, больной, может быть, умирающий, я трепещу былым трепетом, когда вскальзываю глазом памяти ее благодатный облик. Каждая прядь тщательно расчесанных волос твердо знала порядок и, осуществив право на взлет, взвей, взмах, снова возвращалась на свое место. А руки с миндалевидными ногтями, а упругие груди с лайковыми сосками, а нежный мышечный рельеф подмышек, а округлая дароносица живота, а эмалевая гладь ляжек!.. Но вот лоно... Художник лишился вдохновения там, где оно всего нужнее. В качестве наброска годится, но для законченного полотна не хватает мазка, штриха, одного касания кисти. Татьяна Алексеевна была Лиотарова письма, а не позднего Ренуара, когда тот привязывал к изуродованной артритом руке кисть, чтобы без конца «ласкать» (его собственное выражение) розовые пузыри задниц своих натурщиц-сожительниц, и уж, конечно, не тех утративших любовь к женщине пачкунов, что пришли на смену импрессионистам.

У меня возникла кощунственная мысль, что лобок ее головат. Это никуда не годилось. Но вместе с тем такое предположение объясняло странное бесстыдство моей тещи. Она почти ничего не показывала нескромному взору, немногим больше, чем нагие греческие скульптуры богинь, — место соединения линий, почти нагой, как у невинной девочки, лобок, остальные тайны скрыты. Эротична и волнующа лишь курчавая шерсть, античная гладкость довлеет эстетическому чувству, но не страсти. Мне не хотелось верить собственным глазам.

Одна моя знакомая охладела к своему любимцу эрдельтерьеру, когда я заметил, что он крептор, то есть лишен замшевого мешочка с яичками. Он был полноценный кобель, но со скрытой мощью. «Неужели из-за этого можно разлюбить собаку?» — удивлялся я, проклиная свою наблюдательность и болтливость. «Наверное, нет, — отвечала знакомая. — Но он для меня был совершенством, а не просто собакой. Мне так хотелось видеть хоть одно безукоризненное существо в этом уродливом мире. Абеляр меня не устраивает». — «Но он отнюдь не Абеляр. Все при нем, только спрятано». — «В этом-то и беда Я больше его не вижу, а вижу лишь то, чего у него нет. Он ущербен, как все прочие». И она вскоре рассталась с собакой.

Я не собирался так просто отказываться от Татьяны Алексеевны, пусть лобок ее под стать холму для шабаша. Я уговаривал себя, что причина в цвете волос, сливающемся с цветом кожи. Я малость сдвинулся на этом, но выяснить истину на реке не представлялось возможным.

У меня есть одно, очень сильное воспоминание, оказавшее влияние если не на всю структуру моей личности, то на тот ее отдел, который ведает сексуальной изобретательностью, или, по-другому, влечением.

Мы жили в огромной квартире, до революции принадлежавшей нашей семье, а затем, как и все частные квартиры, превратившейся в коммуналку. История, которую я собираюсь рассказать, случилась на заре уплотнения, когда со смертью бабушки мы потеряли первую большую комнату, куда въехала многодетная пролетарская семья Поляковых, а жена бежавшего от ареста в Ленинград дяди Гриши Леля самоуплотнилась милой цветочницей Катей. Леля была крупной яркой женщиной из казачек: карие сочные глаза, соболиная бровь, высокие скулы, мощные бедра, литые ноги. На верхней губе у нее чернели волоски, что не портило Лелю, напротив, придавало особый шарм ее впечатляющей внешности. Сам я, конечно, этого не понимал, но слышал, как говорили взрослые. Полная, неторопливая, рассеянная, ленивая, она распространяла вокруг себя какой-то благостный сонный покой. Впоследствии, наскучив одиночеством — дядя Гриша всерьез и надолго окопался в Ленинграде — и обществом милой, но сильно пьющей цветочницы, Леля вышла замуж за крупного производственника, что привело ее сперва на пять лет в Австралию, затем на шестнадцать лет в лагерь и ссылку. Выпущенная на волю, старая, бездомная Леля появилась в нашем новом жилье и осталась надолго. Она была такая же большая, добродушная, рассеянная, даже миловидная, но уже не ленивая. Исколотыми иглой пальцами она зарабатывала себе на жизнь. По реабилитации расстрелянного мужа, незадолго до смерти, почти слепая, она получила крошечную квартирку и пенсию.

Но это все потом, на исходе жизни, а в те далекие дни Леля была молода, прекрасна и, несмотря на двусмысленное положение соломенной вдовы, беспечно довольна жизнью.

Наша громадная кухня с кафельной дровяной плитой, став общей, приобрела для меня новое очарование. Я традиционно пил там чай из самовара с ситным хлебом, который по-стариковски макал в теплый чай, налитый в блюдце. Откуда явилась у меня эта простонародная привычка, не помню, но каждое утро, едва продрав глаза, я грозно вопрошал: «Санавай готова?» И горе было моим домашним, если по какой-либо причине «санавай» не была готова. Раз-другой они пытались надуть меня, заливая холодный самовар кипятком из чайника, но я после первого же глотка, не вдаваясь в объяснения, ибо сам не ведал причины своей догадливости, разражался отчаянным ревом.

На кухне толпилось множество народа: сюда приходили мыться под краном все Поляковы, глава семьи Данилыч прибегал чистить селедку-чухонь над помойным ведром, а потом с алюминиевой кружкой за чаем; не успевали схорониться — после ночного гулянья — по щелям и тайникам плиты рыжие тараканы, которых так приятно хрустко давить; сюда являлся зеленщик дядя Миша с солеными огурцами, квашеной капустой, мочеными яблоками — он приезжал из подмосковной деревни на розвальнях, запряженных кургузой мухортой лошаденкой; ежедневно приходила молочница Клаша с цинковыми бидонами; цветочница Катя запаривала белье в огромном баке (бумажные цветы плохо кормили, она подрабатывала стиркой); тут стоял дым коромыслом, все громко и весело разговаривали, шутили, задевали друг дружку — нэповское время было благодушным. Здесь же я узнавал самые свежие дворовые новости о ссорах, драках, разводах, любовях, о том, что расковался Хапун, красавец жеребец, возивший бриллиантщика-грека Саматиса, что шофер Козлов, сосед по лестничной площадке, сбил пьяного, а его дочь-велосипедистка выиграла какой-то приз, что в домовом клубе показывают «Багдадского вора» с Дугласом Фербенксом.

Приходила на кухню всегда позже других Леля, уже умытая (в ее комнате имелся умывальник), но неприбранная, в китайском, то и дело распахивающемся халате поверх короткой кружевной рубашки, со спутанными, кое-как заколотыми — башней — черными волосами, пахнущая туалетным мылом от рук и лица, сном от остального тела, уютная, благодушная, зевающая. Над ней смеялись, что она опять заспалась и ничего не знает о местных новостях, что к волосам ее пристал пух, а халат лопнул в пройме. Леля добродушно отбивалась, потом замечала меня — она была очень близорука, — хватала за локти и заставляла делать гимнастику. Конечно, не настоящую, просто я корячился, вертелся у нее в руках, при этом мы оба хохотали. Но вот однажды, невероятно вывернувшись, я оказался у нее между широко расставленных ног, вниз головой, но с очами, воздетыми горе. Я увидел розовые плоскости, которые, сужаясь, уходили вдаль, к темной густой заросли. Кудрявый этот лес рассекало опаловое ущелье с живым, будто дышащим кратером. В первые мгновения я ничего не понял, но темное волнение, охватившее меня, было предчувствием истины. Я спровоцировал повторение трюка, одно это доказывает, что подсознание, как всегда, опередив вялую работу рассудка, уже знало все. Вновь смуглое, розовое, опрокинутое вверх ущелье привело меня к поросли, скважине и глубоко запрятанному в складках местности зеву вулкана. Из-за того, что я висел вниз головой, мир был опрокинут, мне казалось, стоит Леле разжать руки, я провалюсь в эту расщелину, и никакой силой не выманить меня наружу. Там была другая вселенная, о существовании которой догадывалась моя тайная душа. Уже взрослым я услышал стихи в томном пошибе Ватто о береге вечного веселья и незнакомых с печалью садах, скрывающихся за темной, смутно зыблемой далью, и сказал себе: я знаю, где та блаженная страна, она осталась меж Лелиных ног.

И началось ежедневное паломничество в святые и радостные сады. Надо быть Лелей, рассеянной, близорукой, витающей в облаках, чтобы не заметить, что с мальчиком не все ладно. Слишком стал я боек, криклив, спортивен и охоч до утренней гимнастики. А главное, резко сократилось число упражнений, сведясь постепенно к одному-единственному, совершив которое я замирал с головой под полами китайского халата. Бог мой, если б навсегда остаться там, медленно погружаясь в опаловую пучину!

Счастье было, увы, не долгим. Меня грубо исторгли из волшебного сна. Совершив в одно скорбное утро привычное сальто-мортале, я вместо ущелий и лесов уперся взглядом во что-то тускло-фиолетовое и унылое, как промокашка. То были Лелины штаны. Убежден, что сама она так бы ни о чем не догадалась, это моя нянька Вероня с ее недреманным оком и вечным страхом за меня проглянула губительную бездну. Она сделала внушение Леле, вернув меня в обыденный и после всех изведанных головокружений скучный мир тараканов, кухонных пересудов, селедок Данилыча, солений дяди Миши, бидонов тети Клавы-молочницы. Все это начисто утратило былое очарование...

И вот теперь давняя история всплыла со дна памяти, одарив счастливой мыслью: что, если попросить Татьяну Алексеевну об услуге, которую мне на заре золотого детства бессознательно оказывала Леля? У меня не было никаких аргументов, кроме того, что надо, надо рассеять дурное подозрение на ее счет, навеянное злым духом — водяным. Нет человека, которого время от времени не посещали бы бредовые замыслы, сумасшедшие желания, но этот шлак сознания уходит, никак не обнаружив себя. Я смертельно боялся подобных наитий, ибо знал, что непременно осуществлю их в пьяном виде. Так случилось и на этот раз.

Вскоре мне представился удобный случай. Мы поужинали вдвоем, что бывало в последнее время довольно часто — у Гали концерт сменялся экзаменом, экзамен — зачетом, а тетю Дусю увели с дачи какие-то семейные неприятности. Я начал с небольшой строго фрейдистской лекции о детской сексуальности. Затем грустно, чуть не со слезой, поведал, как глядел под юбку Лели на тараканьей кухне и какое сильное и важное, отбросившее свет и тень на всю мою последующую жизнь впечатление произвел открывшийся там пейзаж. Татьяна Алексеевна, внимательно слушавшая, ибо с уважением относилась к женской физиологии, к мужской — тоже, перебила меня, сказав, что на эту тему есть старинный русский романс, и тут же исполнила его с присущей ей музыкальностью и теплотой голоса:

Мадам Каде,
У вас в п...,
Как в Тихом оке-а-не!..

Она, видать, не поняла, что в элегическом воспоминании содержится достаточно ясный призыв последовать примеру моей далекой родственницы, ибо несовершенно представление о женской красоте, если из него изъято средоточие тайны. Мне бы попрямее и попроще, но я продолжал столь же велеречиво.

Татьяна Алексеевна изо всех сил напрягалась, чтобы уследить за ходом туманных рассуждений, понять их вглубь, угадать причину моих страданий, которые прозревала ее женственность. Какая-то странная наволочь замутила распахнутые серо-голубые глаза — похоже, она заснула. Ничего удивительного нет, в каждом из высоких собеседников плескалось не меньше семисот граммов водки.

Путаясь в околичностях, я усыпил и самого себя. Проснулся на вздроге от голоса раньше вернувшейся в явь Татьяны Алексеевны:

— Ты прав... Жизнь прожить — не поле перейти. Давай по последней, завтра рано вставать...

Больше я к этой теме не возвращался, поняв, что не так-то просто разрушить заложенный в Татьяну Алексеевну стереотип отношений тещи и зятя, включающий родственную доверительность на пляже, но не предполагающий персональный стриптиз.

Время шло, а я все меньше понимал Татьяну Алексеевну. И как нередко бывает в растерянности перед чужой тайной, мне захотелось видеть ее сфинксом без загадки. Почему я не мог принять Татьяну Алексеевну в ее естественной монолитной простоте? Меня сбивали с толку собственная очарованность и какой-то шальной бес, который проглядывал в ней во время кутежей. Но ведь кутежи — это разрядка, выключение из обыденности, антракты, а не действие жизни. А в действии трезвой жизни она была спокойно-деловита, ответственна и памятлива. На ней лежала забота о большой семье, бессчетной родне и трех домах, потому что она была хозяйкой и в нашем с Галей доме. Ее точность и дисциплинированность поражали. На любой выход она была готова первой, никогда и никуда не опаздывала. Собственный ее обиход был продуман в мельчайших деталях. Она хорошо держала выпивку, куда хуже закуску, хотя ела очень мало. На выездных банкетах она незаметно выблевывала скромную закусь в большую лакированную сумку. Дома сумку разгружали, мыли, подкладку выдирали и вшивали новую. До следующего блева.

Эти столь не присущие женщине свойства: точность, четкость, обязательность — шли, видимо, от мужа, человека железных привычек. Горячий, гневный, страстный... робот. Весь день у него был расписан поминутно, и только тяжелая болезнь могла выбить его из распорядка. По масштабу личности и мощи страстей — байроновский Каин, по уставу — автомат. Если он что-то вводил в привычку, это становилось непреложным. Эпоха пипифакса еще не наступила, горожане пользовались газетой. Из неуважения ко мне Звягинцев подтирался только «Трудом», где я работал. И какие проклятия неслись из уборной, если он не обнаруживал аккуратных долек печатного органа ВЦСПС!

Татьяна Алексеевна была крепкий орешек. Она держала быт в своих надежных, уверенных руках, но и быт держал ее, заставляя всегда сохранять физическую и душевную форму. Требуя от нее, он одновременно служил ей защитой. К ней не подступиться.

Хорошо натренированный, психологически подготовленный спортсмен кажется монолитом, лишенным слабостей. А как легко порой ломаются великие чемпионы, фавориты, непобедимые кумиры публики. Случайная неудача, фальстарт, плохая примета, легкое недомогание, любая ничтожная случайность, вдруг заставляющая усомниться в себе, и — куда девался скрут мускулов и воли? Сгорел дотла, как Москва от копеечной свечки.

Но катилось лето — в июль, в август, — не приближая меня ни на шаг к Татьяне Алексеевне, не разрешив ни одной из загадок, даже той, что возникла на пляже. И опять мы в городе, в однообразном, отлаженном, вязком и безнадежном быте, где мне ничего не светит. Но не бывает же вовсе неуязвимых людей, как мне нащупать ее слабину? Она производила впечатление настолько уверенного в себе человека, что не нуждалась в каком-либо подтверждении своей независимости и права единолично решать все проблемы той маленькой державы, которой правила с одобрения мужа.

Как она относится к нему? Любовь, уважение, привычка, предупреждение всех желаний. Можно сказать сильнее: безоговорочное почитание. Имя Звягинцева не произносилось всуе, но дух его незримо витал над всеми нами. Лицезрение Вседержителя губительно для смертного. Многие люди, бывавшие в доме изо дня в день, никогда не видели Василия Кирилловича. Исключения делались — крайне редко — лишь для немногих избранных, отбор производила Татьяна Алексеевна. Она была хранительницей его покоя, осуществляя это не грубо, но неукоснительно.

Секреты алькова, если таковые имелись, были скрыты за семью замками. Так что же, признать свое поражение и отступиться? Я бы охотно так сделал, если б это зависело от меня. В средневековье умели изгонять из человека злого духа, беса. В случае неудачи одержимого предавали смерти. Я был из смертников. Как ни пытался я низвести с высот Татьяну Алексеевну, обесценить, унизить в собственных глазах, стоило ей появиться в своем золотом сиянии, и все мои спасительные усилия шли прахом.

Однажды трещинка обнаружилась там, где я никак не ждал. К нам с Галей пришла в гости моя мать. Водки, как полагается, не хватило. День был слякотно-снежный, такой гнусный день, какой бывает только в Москве в ноябре месяце, когда зима хочет прийти, а осень не пускает, и на улице творится что-то невообразимое: снег, крупа, дождь, метельные порывы ветра, промозглый холод — добрый хозяин собаку на двор не выгонит. А придется кого-то выгнать. Конечно, не маму и не Татьяну Алексеевну, я температурил, сидел с грелкой. Клонилось к тому, что идти Гале. А ей до смерти не хотелось, она боялась за горло, и без того часто ее подводившее. Возникла каверзная мысль кого-то пригласить: Катю, Люду, Гошу — и тут же послать за водкой, но останавливал страх, что погаснет в нас так хорошо запылавший священный огонь, пока новый гость раскачается. И тут мама сказала хладнокровно: «Пошлите няньку. Ей все равно нечего делать».

Это произвело впечатление разорвавшейся бомбы. Все онемели. И тут я до конца уверился в том, о чем смутно подозревал. Нянька была красивой ненужностью, над инфантом и так тряслась вся семья, старательно портя неплохого мальчишку. Анисья Родионовна пришла сюда из какого-то старого аристократического дома, кажется от художника-мирискусника Лансере, и Звягинцевы робели ее, даже глава семьи поджимал при ней хвост. Нянька принадлежала чему-то высшему, лучшему, озарявшему Звягинцевых благородным светом.

Мамину эскападу отнесли за счет опьянения и неудачной попытки пошутить. Татьяна Алексеевна принужденно улыбнулась. И тут случилось то, что навсегда вошло в семейную летопись: мама послала няньку за водкой. Надо сказать, что сама Анисья Родионовна обалдела лишь в первый момент, затем в нее проникли не слова, а звуки маминого голоса, так непохожие на музыку дома, и в голосе этом были конюшня, розги, сдача в рекруты, сладкая господская милость, награда из своих ручек за верную службу, согревание барыне постели, усадебная тишина, шелест лип в темных аллеях, пересуды в людской — все, чем так мило русскому холопу проклятое прошлое. «Что еще прикажете взять?» — спросила она не с угодливостью, а с радостной одухотворенной готовностью порадеть. «Устриц и трюфелей!» — распорядилась мама. «Устрицы были, да неважные, с душком, — сказала нянька, явив неожиданную осведомленность в изысках бывшего Елисеевского магазина. — А трюфлей я с энтих беспорядков в глаза не видала». «Беспорядками» нянька называла, очевидно, Великую Октябрьскую революцию, которую делал хозяин дома. «Закуски хватит», — подсуетилась Татьяна Алексеевна. «Тогда водки и пива», — решила мама.

А на другой день нянька говорила на кухне случившейся в доме тете Дусе, утирая мелкие слезки: «Настоящая барыня, белая кость. Пошли ей Бог здоровья».

Тут был какой-то реванш, который мы, нищие, взяли у богачей, но моим целям мамина победа едва ли послужит. Самое большое, я, барчук, мог бы в усадебных традициях овладеть нянькой, но не Татьяной Алексеевной — при всем ее потрясении. И все-таки я впервые увидел, что она растерялась. Трещинка на монолите...

Была у Татьяны Алексеевны одна «отдельная» пара гостей, которую она не замешивала ни в родню, ни в иное застольное многолюдье: старая подруга по дому Нирензее Нина Петровна и ее недавней выпечки муж Матвей Матвеевич. Не то чтобы Татьяна Алексеевна стеснялась этого знакомства, она держала его для себя, для собственной услады, той раскрепощенности, которую они стимулировали в ней. На встречу с ними допускались лишь самые близкие: тетя Дуся, Катя, Люда ну и, конечно, мы с Галей. По-моему, Звягинцев недолюбливал Нину Петровну, распространяя дурное отношение на ее мужа, которого в глаза не видал. Звягинцеву не откажешь в проницательности — стесняться было чего.

Нина Петровна загадки не представляла — обычная рыхлая, добродушная русская баба, выпивоха, плясунья, балаболка, существо вполне безобидное. А вот ее избранник — полный моветон, как назвал Хлестаков почтмейстера Шпекина. Трудно понять, из какого морального захолустья возник этот человек. Он носил темно-синюю суконную кавказскую рубашку на миллионе мелких пуговиц, галифе и мягкие сапоги. На джигита он все же не тянул — кургузый, плотный, с большим брюхом. К туловищу лабазника, завскладом была приставлена большая, отменно вылепленная голова дореволюционного модного врача-гинеколога, украшенная серебром густой шевелюры, усов и бородки клинышком. Благородный портрет разрушали жуликоватые, бегающие глазки, топящие в медовом подобострастии опасноватую остротцу. Говорил он с анекдотическим одесским акцентом, и не только рассказывая анекдоты, до которых был охоч. Нина Петровна, обожавшая своего Мотю, выдавала его за провинциального актера, долго служившего на юге и перенявшего произношение персонажей, которых играл. Матвей Матвеевич был темен, как погреб, но темнота скрывала не окровавленные трупы, а мелкие нелады с уголовным кодексом. Самозабвенную влюбленность Нины Петровны в этого некачественного человека мне объяснили наличием у него уникальной «шляпы». Так, оказывается, называют набалдашник члена.

Я ценил эту пару за то деморализующее влияние, которое они оказывали на Татьяну Алексеевну. Только в их присутствии можно было услышать трогательный романс, исполняемый Татьяной Алексеевной с насмешливой, но несомненной грустью:

А бывало, он мне засаживал
Ленту алую в косу русую.
А теперь его не стоит давно
Черногривый конь у ворот моих.

И каждый раз Нина Петровна перепевала этот куплет по-своему:

А теперь его не стоит давно
Эскадрон лихой на деревне той.

— Мне больше нравится черногривый конь, — мечтательно говорила Татьяна Алексеевна — Это красивей.

— А эскадрон лихо намекает на групповое изнасилование, — вкрадчиво добавлял Матвей Матвеевич.

Это задавало тон, и разговор съезжал в сладкую топь эротики. Но тщетно пытался я уловить намеки на какие-то прошлые грехи, связавшие подруг нерасторжимой дружбой, о которую разбился авторитет Звягинцева. В доме царил безраздельно устав Василия Кирилловича, и такое своеволие Татьяны Алексеевны было примечательно. «Нинку» она мужу не уступила.

Меня удивляло, что, прожив уже достаточно долго в доме Звягинцевых, я не узнал о своей родне ничего нового. Можно подумать, что у них нет прошлого. А ведь должны же быть какие-то лирические воспоминания у людей, соединивших судьбы на заре туманной юности. Однажды кое-что приоткрылось по самому неожиданному поводу.

Меня давно занимала памятная доска на одном из старых зданий по Леонтьевскому переулку. Там сообщалось о гибели большой группы депутатов Московского Совета от взрыва эсеровской бомбы. Я вспомнил, что Василий Кириллович был депутатом Моссовета первого созыва, почему же его пощадила судьба?

С таким вопросом я обратился к своему тестю за общим завтраком.

— Папка бы тоже погиб, если б не я, — сказала Татьяна Алексеевна. — Я прибежала к нему на свиданку. Он вышел, мы стали обжиматься за углом. Тут как рванет!..

— Ну, ладно! — буркнул Звягинцев. — Поехала!..

Он громко рыгнул — непременный ритуал, свидетельствующий о сытости: «Уф, обожрался!» — и вылез из-за стола. Он явно был смущен воспоминаниями Татьяны Алексеевны. Это напомнило мне Максима Горького, который краснел, если в присутствии женщины произносили слово «штаны», что не мешало ему при такой мимозности сожительствовать со своей снохой.

— Подумаешь, какой стеснительный! — сказала ему в спину Татьяна Алексеевна и в пряной чосеровской манере поведала о волнующем мгновении юности, где любовь и смерть соединились в едином клубке.

Едва обняв ее, Звягинцев хотел вернуться на заседание, но она расстегнула ему ширинку и, несмотря на неудобство положения и недостаточную изолированность места — правда, дело шло к вечеру, и фонари не горели, — сумела принять его в себя. Но он никак не мог приспособиться и норовил уйти, и тут как ахнет! От испуга он кончил, она тоже — впервые в жизни — и понесла Гальку.

— Значит, я дитя взрыва? — удивилась Галя.

Татьяна Алексеевна кивнула и добавила несколько смачных подробностей о кусках окровавленного человеческого мяса, достигших их, — от взрыва погибли и люди, находившиеся снаружи. А на решетчатой ограде повис мужской член во всем наборе, припомнила сказительница. Я был уверен, что эта деталь появится, без нее былина была бы неполной.

Но заинтересовала меня в рассказе не физиология, а ожесточенность тона. За нарочитым цинизмом проглядывала обида. На что? На поведение Звягинцева, ушедшего от лирических воспоминаний? На монолите появилась еще одна трещинка.

Другое воспоминание юности, возникшее спустя какое-то время за воскресным семейным столом, было окрашено юмором, и Звягинцев отнесся к нему благодушно. Татьяна Алексеевна уже была тяжела Галей, когда муж пригласил ее на балет в Большой театр. Давали «Лебединое озеро». Звягинцев, который впервые был на балете, отчаянно скучал, вертелся и все время спрашивал, когда же начнут петь. Татьяна Алексеевна объяснила ему, что в балете не поют, только танцуют, он этому не поверил, считая презрением к рабоче-революционной аудитории. «Буржуям-то небось пели! А для нас им голоса жалко». Их пререкания и пшебуршня раздражали сидящую впереди пару, жирных евреев. «Нэпманов!» — сделал социальное уточнение Василий Кириллович. Тут я его поймал: нэп появился позже. «Больно грамотный!» — огрызнулся Василий Кириллович и покраснел. «Ты будешь слушать или политграмотой займешься?» — недовольно сказала Татьяна Алексеевна. Я извинился. Василию Кирилловичу, видимо, хотелось дослушать эту историю, он перетерпел мою выходку, остался за столом и даже взял на кончик ножа жареный помидор; пронес его над блюдами, стоящими на столе, к своей тарелке, закапав их маслом и соком. Это почему-то считалось хорошим тоном.

— Папка ужасно разозлился на них, — продолжала Татьяна Алексеевна, вновь затеплив улыбку нежного воспоминания. — И... нафунякал.

— Набздел! — поправил Василий Кириллович. — Что я, мальчик — фунякать?

— Евреи завертелись. Мадам схватилась за сумочку, достала духи, сама опрыскалась и мужа спрыснула. Да разве от папки спасешься?

— Я много капусты за обедом навернул, — объяснил свой успех Василий Кириллович. — Квашеной, в щах и еще селянку. А это — как жженая пробка.

— А что — жженая пробка? — поинтересовалась Галя.

— Попробуй — узнаешь, — посоветовал отец.

— Лучше не надо, — попросил я.

— Ну да, ты же тонкий интеллигент! — съязвил Звягинцев. — Сидишь на своей поэтической масандре... — Он рыгнул и поднялся. — Уф, обожрался! — И покинул столовую, разозленный тем, что я не оценил его подвигов.

А я и правда не оценил. Мне непонятно было, как можно позволить такое при молодой жене (да и при старой — тоже). Конечно, классовая борьба, но в слишком уж неаппетитной форме. Татьяну Алексеевну это ничуть не смущало, она восхищалась молодечеством мужа. И чтобы ее не разочаровывать, я спросил:

— А чем кончилось?

— Выкурил он их. Чем же еще могло кончиться? Повздыхали, поерзали и смылись.

— Небось не они одни?

— Не помню. Нет, остальная публика была из простых: матросы, солдаты, раненые. Этим евреям все равно бы не досидеть. К концу спектакля можно было топоры вешать.

А ведь Татьяна Алексеевна была из чистюль. Но связанное со Звягинцевым ей не могло быть ни противно, ни осудительно. Это надо иметь в виду...

Вот такие воспоминания...

Были и другие. О беспробудном пьянстве, хотя никто его так не называл, когда Татьяна Алексеевна вернулась из эвакуации. Перед этим нашелся пропавший без вести в первые месяцы войны Галин муж. Я уже говорил о несколько смутной истории его выдворения из дома. Когда Галя вскоре вслед за матерью приехала в Москву, она не застала мужа, но попала, как говорится, с корабля на бал: в большую загульную пьянку. Ядро развеселой компании составляли закадычные подруги: Татьяна Алексеевна, Нина Петровна и пожилой алкоголик Макарыч из заводского управления, доверенный человек Звягинцева. Сам Василий Кириллович разрывался между московским заводом и той его частью, что была эвакуирована в Кемерово и стремительно выросла в громадное предприятие. Дома он почти не бывал. Огношения с Макарычем были более чем свойские. Напившись, подруги — Галя в этом не участвовала — забирались в ванну, а Макарыч тер им спинку, грозясь немедленно перетрахать. Свою угрозу он так и не осуществил, зато дамы жестоко посмеялись над ним. Однажды, когда он пьяный уснул на диване, они вынули его член и привязали к нему бантик. Мне это преподносилось как тонкий розыгрыш.

Во всем этом было что-то темноватое. Почему исчез без следа участник буколических забав и даже имени его не упоминалось? Почему Нина Петровна не допускалась перед светлые очи Василия Кирилловича? Быть может, пошли дурные слухи об «утехах и днях» жены легендарного директора и Василий Кириллович навел порядок железной рукой? Но самое непонятное для меня было, почему эта залихватская жизнь развернулась и в очень трудное, тревожное для страны время, и в далеко не лучший период жизни семьи: как-никак Галя осталась без мужа с ребенком на руках, и пусть они не будут знать материальных забот, мальчику предстоит жить без отца. А Татьяна Алексеевна гуляла, как в последний день. Ей бы поддержать дочь, облегчить постигший ее удар, а не плескаться в ванне на глазах старого пропойцы и не бантики завязывать. Это выглядело как-то не художественно, а всякая правда жизни, сколь бы уродлива и страшна ни была, обладает художественной завершенностью. Значит, тут выпали какие-то звенья, мне известна не вся истина.

Моя теща оставалась для меня загадкой. Я достаточно прожил в доме и достаточно здесь попировал, но никаких оргиистических наклонностей в ней не обнаружил. И в песенки про «Мадам Каде», «Душку шофера», «Черногривого коня» она вносила ту легкую иронию, с какой мы вспоминаем о глупостях молодых лет. Это было мило и несерьезно. Она снисходительно относилась к рискованным выходкам тети Дуси, но было бы противней, если б она разыгрывала из себя классную даму. Она жестко и достойно отвечала не только на дикие выходки, вроде профессорского шлепка, но и на малые проявления непочтительности, что могут позволить себе спьяну даже воспитанные люди. Умела держать окружающих в узде. И крепко, уверенно вела огромный дом. Была человеком долга. Соблюдала безукоризненную форму. Но трещинки-то обнаружились. Значит, что-то непрочное, надорванное или не вполне здоровое было в самой структуре этого бытия. Иногда мне казалось, что жизнь семьи накрыта, как колпаком, великим умолчанием, а я под колпак не попал, остался на периферии. Но все это — лишь смутные, ни на чем не основанные догадки.

Однажды на кухне Татьяны Алексеевны появилась благообразная старушка, похожая на монахиню, кругленькая, постненькая, с потупленными и вдруг вспыхивающими мгновенным интересом глазками, с ужимками прошлого века: зевая, крестила рот, то и дело приговаривала «грехи наши тяжкие», здороваясь, вставала и кланялась в пояс. «Кто это?» — спросил я Галю. «Кокинька, мамина старшая сестра». — «Она что, твоя крестная?» — «А разве меня крестили?» — «Кокинька — это крестная мать». Возможно, Галю крестили тайно от коммуниста-отца, и этой темы не принято было касаться, но Галя улизнула с кухни. Я еще полюбовался ужимками Кокиньки, надеясь, что она разговорится. Тщетно. Старушка была сосредоточена на действиях младшей сестры, собиравшей ей гостинцы в мешок. Потом я видел из окна, как она, согнувшись в три погибели, но бодро просеменила по двору с чудовищной кладью на спине. Поражала несхожесть сестер. Татьяна Алексеевна — русская Венера, тетя Дуся — цыганка, рыбья кость, Кокинька — мордовский выкрест. Откуда такое разнообразие в семье скромного подстоличного лавочника? Может, супруга его отличалась огненным темпераментом, оттого и завелись в семье дети разных народов? Кокиньку, скорей всего, сварганили на супружеском ложе, для Татьяны Алексеевны потрудился либо заезжий корнет с пятнистым румянцем, либо добрых кровей купчик — ветерок в голове, тетя Дуся — тяжелое осложнение от мимолетной связи с цыганом конокрадом. «Кто такая Кокинька?» — спросил я Татьяну Алексеевну. «Не знаю. Странница», — засмеялась она. Больше эта странница не забредала в дом. Она настолько не соответствовала всему здешнему обиходу, что иногда мне кажется, будто я ее выдумал...

Моя усилившаяся пристальность к окружающему ничего мне не открыла, кроме неизбежных в каждом человеческом скоплении темных пятен, вроде злосчастной судьбы младшего из братьев Звягинцевых. Библейский Вениамин семьи был вором и забулдыгой, в конце концов Василий Кириллович упрятал его в тюрьму, где он и умер. Но это ни на шаг не приблизило меня к тому единственному, что меня волновало. Татьяна Алексеевна, такая большая, яркая, открытая, как будто вся на виду, была непроницаема. О чем она думала, о чем молчала, какие сны ей снились, какая забота была главной — я ничего не знал. Человека могут приоткрыть его художественные пристрастия — в литературе, театре, кино, музыке, живописи. Татьяна Алексеевна ничего не читала: ни книг, ни журналов, ни газет, — в театр и кино не ходила, в концерты и музеи — тоже. Она любила выпить и на словах — секс. Однажды она попросила достать ей Марселя Прево, хочет перечитать. Дальнейшему литературному разговору помешала тетя Дуся, с самым серьезным видом потребовавшая, чтобы я достал ей «Трагедию сикане». «Такой нет, есть стихотворение Есенина „Шаганэ“». — «Что ты из меня дуру строишь? Неужто я Есенина не знаю? „Трагедия сикане“». — «А что это за трагедия?» — заинтересовалась Татьяна Алексеевна. «Скорее всего, трагедия недержания мочи», — ответил я. «Ген зи цу вольке!» — вскричала тетя Дуся, и я понял, что она, по обыкновению, валяет дурака. С изящной словесностью было покончено. О своем желании перечитать Марселя Прево Татьяна Алексеевна больше не вспоминала.

С переездом в город с ней произошла какая-то перемена. Она не то чтобы омрачилась или опечалилась, а пригасла. Я часто заставал ее в пустой квартире в каком-то сосредоточенном ничегонеделании. Удивительно, как умудрялась она выкроить пустые минуты в своем плотном дне. Забот у нее был полон рот. Один инфант с его желудочными капризами чего стоил. То он ломался и выплевывал пищу, которую, скрывая бешенство, засовывала ему в рот нянька, то вдруг обнаруживал волчий аппетит, за который тут же расплачивался рвотой. Все пугались до бессильного невмешательства, предоставляя ему облевывать с садистским усердием стол, стены, пол, няньку, мать, лишь Татьяна Алексеевна умела заткнуть этот фонтан.

Одну из главных ее забот составляла реализация промтоварного лимита. В закрытом распределителе на Петровке закупались всевозможные носильные вещи, большей частью женские, потому что они пользовались преимущественным спросом на Тишинском рынке. Мужчины-тыловики носили военное, чтобы избежать докучных вопросов: почему не на фронте? И Татьяна Алексеевна, и Галя одевались в закрытых ателье: пошивочных и обувных, родственники получали обноски, а тут закупались фундаментальные вещи для рынка.

Загрузив машину, мы ехали на Тишинку: Татьяна Алексеевна, Галя, верная Катя, ее ухажер, вскоре ставший мужем, кудрявый черноглазый Костя, я и рыжий шофер Колька. Татьяна Алексеевна осуществляла общее руководство, Колька ведал транспортом, торговые операции проводили Галя, Катя и Костя. На каждого напяливалось по две дамские шубы, через левую руку перекидывались мелкие вещи: кофты, платья, юбки, комбинации. Они шли на промысел, в кишащую глубину рынка, а я оставался в машине развлекать Татьяну Алексеевну. Тут не было фаворитизма, я предупредил Галю, что торговать не умею и не буду.

Я оказывал первую помощь Татьяне Алексеевне, у которой мерзли ноги. Я растирал ей икры и колени, тугие икры, круглые гладкие колени; у толстовского Пьера ладонь была по задку ребенка, у меня — по сладостной чаше ее колена. Татьяна Алексеевна принимала мои услуги с бесхитростным спокойствием. Но случалось, в увлечении я подымался до подвязок. «Там у меня не мерзнет!» — предупреждала она. «Это для профилактики», — неизменно отвечал я. Конечно, эти упражнения не были столь невинными — в присутствии Гали Татьяне Алексеевне приходилось стойко перемогать холод. Колька же был не в счет. Все приобщенные к дому, кроме личного шофера Звягинцева, зависели от Татьяны Алексеевны, что гарантировало ей свободу поведения. Конечно, она понимала, что мной движет не только человеколюбие, влечет ее плоть, но не видела в этом ничего греховного, лишь бы не переходило известных границ. Я был счастлив: тусклая, постная роль зятя обогащалась новыми красками.

Торговый день завершался хорошей выпивкой. Тут надо было держать ухо востро. Ладонь помнила округлость и гладкость колена, опасно доверяться тому чувству близости, которое возникало в машине. Один неосторожный жест, и ты полетишь вверх тормашками, как сатана из рая. Выбрав удобную минуту, я спрашивал: «Ножки погреть не надо?» В ответ — взрыв смеха, в котором проглядывало признание связавшей нас маленькой тайны. Но для ликования не было повода. Если наши отношения и впредь будут развиваться в заданном темпе, нам грозит повторение грустной истории вещего Финна и Наины.

Я любил рынок, способствовавший нашему сближению, и ненавидел другой род коммерческой деятельности Татьяны Алексеевны, который отторгал ее от меня. Этому предшествовал звонок помощника Василия Кирилловича, миниатюрного ангелоподобного Мито Аминова, произносившего одно-единственное слово: «Приезжайте!» Тогда Татьяна Алексеевна, ожидавшая этого звонка и потому готовая на выход: каракулевая шуба и каракульчовая папаха, лихо заломленная на золоте волос, большая и прекрасная, как Реймский собор, — звонила приятельнице, жене знаменитого авиатора, и тоже произносила одно-единственное слово: «Выезжай!» Затем то же сокровенное слово касалось слуха жены наркома среднего машиностроения, толстой Тарасовны, и жены автомобильного наркома Бабаяна. Эти дамы, а также жены двух замов Звягинцева, главного инженера и парторга ЦК на заводе мчались расхищать «гуманитарную», как сейчас почему-то говорят, помощь американских трудящихся советским рабочим. Тогда это как-то иначе называлось, я запамятовал.

До сих пор не могу взять в толк, почему американские рабочие, наши союзники в смертельной схватке, облекали свою помощь братьям по классу в такую паскудную форму. Они же не могли знать (и никогда бы этому не поверили), что их ношеное, грязное, заскорузлое тряпье проходит фильтрацию у привилегированных дам и лишь остатки попадают станочникам, сборщикам, разнорабочим. С души воротило при мысли, что эти ухоженные, разодетые, раздушенные дамы роются в слипшемся барахле, случалось — собственными глазами видел, — со следами крови, сукровицы, жира; вылинявшие от пота в проймах рубашки соседствовали с желто-муаровыми в паху джинсами, опорками на сношенных каблуках, дамскими туфельками без подметки, куртки из кожзаменителя на истершемся до мездры мехе, галстуки, превратившиеся в веревочку, дырявое, как дробью побитое, белье, комбинации без бретелек, сально-грязные лифчики. Никому не пришло на ум хотя бы простирнуть подарок, отправляемый соратникам через тысячи-тысячи верст. А ведь я сужу по тем сливкам, которые снимала с щедрых заморских даров Татьяна Алексеевна, что же доставалось самому гегемону? Однажды я набрался смелости и сказал ей о неэтичности этих поборов. «Я и сама так считаю, — искренне и живо откликнулась Татьяна Алексеевна. — Но противно, что Тарасовна все заберет». — «А вам не все равно? Как можете вы равнять себя с этой трупердой?» — «А ты думаешь, я лучше?» — спросила она со странной доверчивостью. Даже среди правительственных дам Тарасовна выделялась моральной и умственной свинячестью. С ней постоянно случались какие-то дикие происшествия, особенно знаменито стало то, что вошло в историю номенклатуры под названием «Сосна Тарасовны».

Эту сломанную сосну на правительственном шоссе спилили совсем недавно. Полстолетия стояла она полуживым памятником славы Тарасовны. Она и ее муж были самыми толстыми людьми в Москве и самыми пьющими. Требовалось неимоверное количество спиртного, чтобы заполнить грандиозные емкости. Их душка шофер, которого они от великого демократизма заставляли пить вместе с собой, не обладал ни таким резервуаром, ни такой стойкостью. И однажды, когда они возвращались в Москву после затяжной попойки, задремал за рулем и врезался в сосну, повергнув могучее дерево. А у Тарасовны от испуга и потрясения начались родовые схватки. Она понятия не имела о своей беременности, просто не заметила ее. Младенца на редкость удачно приняли два нетрезвых акушера, муж и шофер, после чего муж перегрыз пуповину. Самым замечательным в богатырском приключении была фраза, которой Тарасовна обычно заканчивала свой рассказ: «Понимаете, я не ожидала ребенка и очень долго думала, что он не от меня, и дулась на мужа». Тарасовна — монстр. И вот Татьяна Алексеевна считает себя ничуть не лучше. Что-то с ней неладно. В золотом дворце завелась нежить...

Однажды я зашел в ее квартиру под вечер, в тот фиолетовый московский час, который в иные дни предшествует зажиганию уличных фонарей. Наверное, еще синих по военному времени. Странно, что я этого уже не помню. Когда сняли светомаскировку, когда вернулось обычное освещение, более того, мне никак не удается, думая о Татьяне Алексеевне, вспомнить, шла ли еще война или кончилась, и вообще, «какое, милые, у нас тысячелетье на дворе» стояло в дни моей великой тоски по ней. Это кощунственно: помнить самый беглый жест женщины и не помнить событий трагической эпохи, вытесненной из памяти сердца этой женщиной. Война шла к концу в потоках крови, озверевшим от тщеславия мальбрукам было наплевать, какой ценой взять Берлин. А мне было наплевать на Берлин, возьмут его или нет. Все лучшие уже давно погибли, их не вернуть. Фашизм не уничтожить. Его добивали в Германии, а он заваривался насвежо в Москве.

Я понимал Марка Антония, который в разгар битвы, склонявшейся в его пользу, плюнул на победу и припустил за перетрусившей невесть с чего Клеопатрой. Томясь возле Татьяны Алексеевны, я очень ожесточился ко всему остальному миру. Что это — моральное падение или высшая жизнь в человеке, я этого и сейчас не знаю. Покинув поле боя (почему поле — пучину), Антоний уронил свой воинский имидж, но вознес бессмертную страсть, швырнув империю, славу, жизнь под ноги предательницы. Она была на редкость некрасива, сохранились монеты с ее изображением: носатая, узколобая, тонкие птичьи веки на базедовых глазах — еврейская зубная врачиха. Но он видел ее другим зрением, и она была для него прекрасна. Впрочем, и Юлию Цезарю, еще до Антония, дано было видеть Клеопатру красавицей.

Итак, я зашел в квартиру Татьяны Алексеевны в грустный фиолетовый городской час. Мне надо было позвонить. Телефон стоял на тумбочке в прихожей. Я открыл входную дверь своим ключом, но Татьяна Алексеевна удержалась от естественного жеста любопытства или тревоги. Она стояла у балконной двери и разглядывала улицу в бинокль. В большой черный полевой бинокль. Я набрал номер — занято. Набрал еще раз — долго жду, никто не ответил. Я вспомнил, что уже раз застал Татьяну Алексеевну с биноклем в руках, но как-то не обратил на это внимания. Выходит, она регулярно несет дозорную службу.

Я подошел к ней. В любом подглядывании есть что-то стыдное, ведь люди, которых ты наблюдаешь, беспомощны перед тобой. Они как на ладони, со всеми своими изъянами, смешными жестами, неуклюжей походкой, растерянностью, испуганными глазами, всей человечьей жалостью. Но Татьяна Алексеевна не испытывала и тени смущения, что я застал ее за двусмысленным занятием. Сосредоточенно высматривала она печальную вечернюю улицу, женщин с кошелками, военных, стариков, детей, непеструю, плохо одетую, продрогшую московскую толпу последней — если не путаю — военной осени. Мне впервые вспало, как замкнуто она живет. Ее выходы: закрытый распределитель, Тишинский рынок, заводская кладовая с «гуманитарной» помощью, пошивочная, парикмахерская, на праздники — в гости к знаменитому авиатору, да еще на день рождения к Нине Петровне. По улицам она проносится на машине, не знает, что такое толкаться среди людей, стоять в очереди, разглядывать витрины, глазеть на дорожное происшествие. Семейная хроника сохранила воспоминание о единственном посещении Татьяной Алексеевной метро, когда оно было в новинку. Она так и не рискнула ступить на движущуюся ступеньку эскалатора. Однажды, задолго до войны, ей пришлось воспользоваться трамваем. Тесно, потно, вонько, но и как-то приятно от незнакомого чувства единства с попутчиками. И вдруг она почувствовала, что какой-то твердый предмет проник ей между ягодиц, вогнав туда легкую ткань юбки. Она полуобернулась, увидела опрокинутые глаза на лезвистом восточном лице и все поняла. «Если не умеете ездить на трамвае, — бросила уничтожающе, — то ходите пешком». Она думала, что восточный человек оплошал по неумению. В семье очень высоко ценилось, как «Тата осадила наглеца».

Татьяна Алексеевна жила в золотой клетке, как знаменитая любовница Виктора Гюго, прошедшая через всю его жизнь. Ревнивый, своевольный и самолюбивый поэт запретил ей всякое общение с внешним миром, она жила затворницей, довольствуясь лишь его обществом. И она без звука, даже с радостью подчинилась тюремному уставу. Перед такой преданностью и смирением почтительно склонилась официальная жена Гюго. После смерти великого писателя во Франции возникли общества, посвященные душевному подвигу самой преданной женщины в мире. Изоляция Татьяны Алексеевны, конечно, не была столь полной и столь компенсированной ощущением своего избранничества. О последнем я едва ли могу судить, но, будь ее жизнь полной и богатой, не стала бы она так жадно всматриваться в унылое коловращение фиолетового грустного города.

Я почувствовал жалость. Она была, как всегда, нарядна, прибрана, с прекрасно уложенной головой, готовая к тому балу, который никогда не начнется. Что вынуждало ее жить так замкнуто, сковонно, довольствуясь узким кругом весьма непервоклассных людей? Что-то живое, свежее приходило от наших друзей, но те песни, что зарождались в нас, ничего не говорили ее душе. Почему она должна все время хранить домашний очаг, которому не грозит погаснуть? Или Звягинцев столь же бешено ревнив, как французский романтик? Этому почему-то не верилось.

Я попросил у нее бинокль. С хмурой усмешкой она выполнила мою просьбу. Я настроил бинокль на свое зрение, и улица так стремительно приблизилась к глазам, что я отшатнулся. Это было увлекательное занятие. Ты, словно невидимка, снуешь под носом людей, вычитывая на их лицах усталость, печаль, раздражение, решимость, надежду, заглядываешь в глаза, в самые зрачки, так же подробно ты видишь одежду: оборванные пуговицы, латки, крестики штопок, видишь замерзшие пальцы в рваных перчатках, сношенную обувь и узлы на шнурках, комки туши на ресницах женщин, сизые под осыпавшейся пудрой носы, остатки помады на губах, — боже, как невзрачен и грустен человеческий пейзаж нашего города, какие мы бедные, неухоженные, некормленные, измученные и чем-то значительные в молчаливом своем терпении.

Пока я смотрел, из переулка напротив выехал большой черный автомобиль.

— Смотрите, машина, как у Василия Кирилловича! — Она забрала у меня бинокль. — Ладно, нагляделись... Пора внука кормить. — Дозорная вновь превратилась в озабоченную хозяйку.

Эта московская предвечерняя Татьяна Алексеевна совсем не походила на дачную. Даже одеждой. Там она все время меняла туалеты, а с ними и образ: от Боттичеллиевой Весны до супруги голландского бургомистра, от альпийской пастушки до светской львицы с официальных портретов Серова. Здесь я видел ее почти всегда в одном и том же черном костюме. Он шел ей покроем, но не траурной строгостью. Татьяна Алексеевна, вся как есть, была отрицанием будничности, обыденности, серости не окрашенного радостью дня. Мне казалось на даче, что она сознает заложенную в ней праздничность и чувствует необходимость соответствовать ей, быть яркой, звонкой, веселящей душу понурых людей, как ярмарочная карусель. В летнем сверкающем дне ее кони всегда неслись вскачь, и она мчалась во главе кавалькады, не замечая, какие жалкие всадники сопровождают ее, вцепившись в лакированные гривы. А здесь кони стали. Звень умолкла. Конечно, бывали дни, когда ударяла карусельная музыка и она опять становилась собой — роскошной, победительной, источающей золотое сияние амазонкой, да уж больно редко это случалось. И опять — темный костюм, домашние заботы и провалы в предвечернюю пустоту с тяжелым полевым биноклем в руках у балконной двери.

Ее привычка заразила меня. Я приучился смотреть на улицу из окна детской, когда инфанта под истерический рев выводили в слякотную хмарь на прогулку. Считалось, что ребенку необходим свежий воздух. Наверное, так и есть, но, в какой бы хорошей форме ни покидал он родные пенаты, домой возвращался, путаясь в насморочной слизи, которая сочилась у него из всех отверстий.

Я научился видеть заоконное пространство глазами Татьяны Алексеевны: чужой, недоступный, манящий мир. Но привыкший, в отличие от нее, к живому чувству улицы, я вступал в более активные общения с прохожими: заводил с ними разговоры, обменивался новостями, выслушивал жалобы, порой довольно интимные признания, не скупился на советы и дружеские услуги — объяснить, как пройти, подсадить в троллейбус, поднести тяжелую сумку. Я обнаруживал в себе качества, которые начисто отсутствовали в невоображаемой жизни: общительность, отзывчивость, находчивость, способность сказать человеку нужное слово. Возле окна, глядящего на улицу, у меня возникало ощущение какого-то партнерства с Татьяной Алексеевной, и это хорошо заполняло пустоту. Меня отделяла от нее всего лишь лестничная площадка, но одолеть это малое пространство было нелегко. Негласный запрет был наложен ею самою, не желающей делить своего одиночества. Я имел право на два телефонных звонка в день, хотя это право, вернее, ограничение на более частые визиты никем не оговаривалось.

Однажды, рухнув сердцем, я увидел на другой стороне улицы, возле ресторана «Нарцисс», превращенного во время войны в общежитие для иностранцев-эмигрантов, Татьяну Алексеевну. Она отважилась, разорвала незримые путы и вошла в эту человеческую реку. Я видел ее так отчетливо и крупно, будто смотрел в полевой бинокль. Ее лихо заломленную каракульчовую кубанку, из-под которой лилось золото, ее рабочую суконную шубу с беличьим воротником и смешным треугольником беличьего меха, нашитым на то место, к которому я так вожделел. Меня всегда поражал этот неуместный меховой нарост — знак то ли озорства, хулиганства владелицы, то ли безвкусицы ее портнихи. Он выглядел особенно неприлично, когда она опускала в него руку — треугольник служил карманом. На ней были фетровые, отороченные мехом ботики, доходившие до середины тугих икр и слегка подпиравшие их.

Все мучительно подавляемое желание, которое с переездом в Москву и полуотлучением от Татьяны Алексеевны я нечеловеческими усилиями загонял внутрь, взорвалось во мне. Я слышал ее благостное дыхание, знакомый запах духов и влажного меха, чувствовал в руках объем и вес ее крупного тела, я соединялся с ней.

И тут, в первый и последний раз в жизни, случилось то, от чего я уберегся в отрочестве. Одна моя рука продолжала обнимать Татьяну Алексеевну, другая выпустила на волю перенапряженную, готовую разорваться плоть. Во мне творилась быстрая, почти бессознательная работа. Я знал, что овладею сейчас Татьяной Алексеевной, но надо было взять от наслаждения как можно больше, едва ли такой случай повторится и я снова застану ее на улице врасплох.

Легко вообразить альковную сцену, сс обнаженное тело, которое я не раз видел на реке, ее улыбку, губы, распахнутые глаза, ответные движения навстречу моей страсти, но этой фантазии не нужна та, реальная, во плоти и крови, в шубе и в папахе, в фетро-

266

вых ботиках и облегающем икры шелке, что была передо мной в нестерпимой близости. И тут я вспомнил о ее героической поездке в трамвае. Неистовый восточный человек, вопреки гневно-уничижительной реплике Татьяны Алексеевны, как раз умел ездить в трамвае — вон какую находчивость проявил! — а я умею смотреть в окно.

И я повторил маневр кавказца. Я прижался к ее крупу, почти повис на нем, одной рукой ухватился за меховой треугольник, другую погрузил в теплоту подмышки. Она сделала вид, будто ничего не замечает, и устремилась к булочной. Она не оборачивалась, не пыталась стряхнуть меня — значит, понимала непреложность происходящего и с уважением относилась к насланному ею безумию. Дома мы были всегда под наблюдением, а здесь совсем одни — не считать же уличную толпу, — и она не только не противилась, но даже стала помогать мне, остановившись у дверей булочной и слегка выпятив зад. На нем я и въехал в рай. Была короткая отключка, когда же я пришел в себя, она скрылась.

Я посмотрел на мокрый пол, и мне не было противно, хотелось, чтобы пятно никогда не просыхало, как память о моей близости с любимой.

И тут я услышал на лестничной площадке голос Татьяны Алексеевны и простуженный бормоток ее внука. Тот всегда, возвращаясь с гулянья, звонил бабушке. Предстояло вечернее кормление, самое трудное, ибо производилось на свежее нездоровье, принесенное с прогулки. Татьяна Алексеевна никуда не выходила. Как могла прийти мне в голову такая шальная мысль? Я согрешил со случайной, незнакомой женщиной. Мне стало мерзко. Близость с Галей была верностью ее матери, ибо они состояли из одного тела. И вот я оскоромился с женщиной толпы, поманившей меня бедным сходством с Татьяной Алексеевной. Мой рай был раем на помойке.

Примечательно, что след моего позора остался навсегда на паркете у окна, несмываемый, невыводимый, как кровавое пятно в замке Кентервилей, томя обитателей квартиры тайной своего происхождения...

Известно, что люди крайне невнимательны друг к другу и ненаблюдательны в силу слишком большой занятости самими собой. Мы себя все время выдаем, проговариваясь в том, что больше всего хотелось бы скрыть, каждый из нас — сейф без секретного кода. И если мы не ходим морально голые друг перед другом, то лишь в силу одолевающего нас эгоцентризма, не позволяющего видеть окружающее даже на малой глубине. Каждый занят только самим собой, и при этом подавляющее большинство из нас не умеет использовать себе на пользу самопредательство окружающих. Мы придумываем людей себе на потребу, а идет это нам во вред, потому что мы убеждены в собственной проницательности и непогрешимости суждений. Но случается — очень редко, — люди угадывают то, что вы при всей беспечности тщательнейшим образом скрываете, самое, самое таимое, как ключик в Кощеевом ларце. Так бывает, когда люди испытывают к вашей личности особый, острый, до болезненности, интерес. Этот интерес может быть порожден только сильными чувствами: любовью, ревностью, жаждой мести. Бывают и другие импульсы: честолюбие, стремление к власти, — я называю лишь самые распространенные. Эта ядовитая троица сосредоточилась на какое-то время в Кате. Она таки вышла замуж за кудрявого Костю и почему-то сразу решила, что ее сердце разбито, жизнь погублена и виной тому я.

Однажды мы собрались у Кати, не помню уж по какому поводу: то ли Костя защитил кандидатскую диссертацию, то ли они запоздало отметили свое бракосочетание — нечто вроде черствой свадьбы, но истинным поводом послужила великолепная семга, которую Катя привезла с севера, где гостила у своего дяди. А главное, Кате, ставшей замужней дамой, хотелось принять у себя Татьяну Алексеевну, чьим гостеприимством она с мужем так часто пользовалась. Известна щедрость бедных к богатым. Катя так расстаралась, что ее стол почти не уступал Валтасаровым роскошествам Звягинцевых. Конечно, все, кроме семги, было более низкого качества: не та сортность, не то масло, не та мука. Но все равно было вкусно и гастрономично. Тем не менее Катя боялась не потрафить избалованной Татьяне Алексеевне и, предлагая ей горячие аппетитные пирожки, сказала нищенским голосом

— Конечно, это не ваши пирожки...

— Брось прибедняться, — перебил я с полным ртом. — Я лично сторонник демократического пирожка.

У Кости Кашина была замечательная способность хохотать до слез, до упаду, до колик. Именно такой приступ хохота исторгла из него моя незамысловатая острота о демократическом пирожке. Он рыдал, корчился, сморкался в большой клетчатый платок, выбегал в ванную умыть лицо. Чужой смех заразителен, мы все настроились на смешливый лад, и это принесло бурный успех еще двум или трем моим шуткам.

— Ну, ты сегодня в ударе! — восхитился вконец измочаленный Костя.

А Катя притемнилась, освеженной болью поняв, какого блистательного человека увели у нее Звягинцевы. Она мощно населила возвышенной и роковой небывальщиной пустоту наших давних и бессодержательных отношений.

Мне было приятно предстать перед Татьяной Алексеевной в таком выгодном свете, не скажу, что это часто удавалось, к сожалению, за ней и за Галей пришла машина. Им надо было в ателье и сделать какие-то покупки для дачи. За мной они заедут на обратном пути. Все пошли провожать их на улицу, я остался наедине с семгой. Первой вернулась Катя:

— Что скис? Уплыла твоя царевна?

— О чем ты?

— Не придуряйся! — Ее лицо — лицо грустно-мечтательного Петрушки — передернулось злой гримасой. — Что я — слепая? А ты не робей, воробей. Пойдешь по накатанной дорожке.

Предчувствие нежданных открытий коснулось меня.

— Наверное, я переел семги и демократического пирожка. Я что-то не понимаю твоих загадок.

— Ты не знаешь, что Татьяна Алексеевна жила с Эдиком?

— Каким еще Эдиком?

— Галиным мужем. За это его и выгнали.

— Красивый был парень, — сказал я, ошарашенный, но не угнетенный, скорее подбодренный этим открытием. — Только я не верю.

— Верь — не верь. Она была влюблена в него как кошка. Спроси Галю. Хотя она врушка и не станет закладывать мать. Когда Эдик вышел из окружения, в Москву примчалась не жена, а теща. Разве это нормально? Конечно, Василий Кириллович вышвырнул его вон.

— Как-то не в духе Татьяны Алексеевны такая страстность и импульсивность...

— Она страстный человек. Ты ничего не понимаешь в людях, а еще писатель. Страстный, затаенный, скрытный, с огромной выдержкой.

— Хороша выдержка! Кинулась, как девчонка, на свидание с зятем. Не стесняясь ни мужа, ни дочери, ни княгини Марьи Алексеевны.

— А это страсть! — сказала Катя каким-то грозным голосом.

И я понял, зачем она завела этот разговор. Она тоже была натурой страстной, затаенной и не прощающей. Пусть она выдумала меня, выдумала все про нас, она в это верила и сейчас осуществляла свою месть. В том, что случилось в семье Звягинцевых, не было ничего ободряющего для меня. Напротив. Не может быть повторного, автоматического взрыва страсти, а Татьяна Алексеевна не переходящее красное знамя, которое вручается ее зятю вместе с рукой дочери.

— Почему же она сейчас так робеет перед Василием Кирилловичем?

— Ты уверен, что она робеет?

В тоне, каким это было произнесено, таился соблазн принять на веру многозначительную невысказанность. Но я отверг эту возможность, допустив, что Катя сейчас блефует.

— А ее образ жизни? Всегда дома, всегда одна. Не то монастырь, не то тюрьма. Такой компанейский человек!

— Слишком компанейский. Звягинцев этого и боится.

— Она всегда пила?

— До войны вовсе не пила. А потом пошло-поехало. С горя, наверное, что Эдика выгнали.

— Она же могла с ним встречаться?

— Сам же говоришь, что ее заперли. Вот и завивает горе веревочкой.

Тут вернулись провожающие, и разговор оборвался. Разговор простой и грубый, но впечатление оставил сложное. На какие-то минуты я вдруг усомнился в ослепленности Татьяны Алексеевны смазливым, но очень некачественным малым, ее зятем. Даже то, что он не поехал взглянуть на своего ребенка, говорит о полном бездушии. Стоп! Разве приказчик, погубивший Катерину Измайлову, был второй доктор Гааз? Откровенный сукин сын, преступник, отпетый негодяй. Но была молодость, стать, красота, обаятельная мужская наглость. У Эдика — имя-то какое-то футбольно-парикмахерское — все это имелось в избытке.

Татьяна Алексеевна была если не из купеческой, то из торговой среды, где привычное дело — семейный разбор с острым ножиком, удавкой, солеными рыжичками и после поминальных блинов безумные страстные ночи. Старый муж — скучающая жена — молодой приказчик — такая же привычная для купечества троица, как французские Брибри, Мабиш и Гюстав, воспетые Достоевским.

Этот поворот мысли опять приводил меня к химерической возможности повторить путь своего предшественника. Но это почему-то не грело. Я перешел в следующий круг ада, мое чувство к Татьяне Алексеевне уже не исчерпывалось физическим влечением. Ее, дачную, в солнечном блеске, я мог только желать, а городскую, в пустой полутемной квартире, впервившуюся черным биноклем в печаль осенней улицы, я жалел едва ли не больше, чем желал. Она проникла мне в душу. И быть просто заменщиком Эдика, заполнить собою оставленную им пустоту мне было мало.

Не стоит пытаться освободить прошлое Татьяны Алексеевны от Эдика. Он был, был этот добрый молодец с горячим конским глазом, и лишь сапог Василия Кирилловича, быстро и метко нашедший его зад, спас семью от безобразного развала. Эдик ушел из физического пространства семьи, но едва ли он ушел из пространства памяти — и любовной, и ненавистной.

Почему инфант никогда не спросит об отце? Не могли же ему внушить, что по приказу всевластного деда его, дивного мальчика, собрали на заводе из импортных частей. Но он никогда не обнаруживал интереса к второму участнику своего появления на свет. Маловероятно, что ему сказали: «Твой папа плохой, он спал с бабушкой. Забудь о нем». Но каким-то образом его заставили забыть о существовании отца. Эдика напрочь вычистили из домашнего обихода, подтверждая тем значительность его былого присутствия.

Но, признав наличие Эдика в жизни Татьяны Алексеевны, я выключил его из себя. Какое мне дело до заполненных ниш, мне надо населить собой одну из тех, что остались свободными.

Продолжало смущать другое: чего-то не хватало в этой истории, что лишало ее художественности. А всякое истинное жизненное событие, даже самое безобразное, художественно. Неправда, недосказанность, утаивание, незнание всех обстоятельств разрушают конструкцию, убивают то естественное искусство, каким является жизнь. Я не понимал, чего мне недостает, вроде бы получено сполна, а мне все мало, мало...

Я еще пребывал в сомнении, как распорядиться полученным от Кати подарком, когда в семье произошло великое событие, впервые на моей памяти осветившее дом радостью без конца и без края.

На состоявшемся в Кремле совещании по развитию промышленности Сталин подошел к Звягинцеву, ткнул его большим пальцем в живот и сказал:

— Ты еще жив, старый пердун?

Звягинцев растерялся и ничего не ответил, только развел руками, подтверждая тем наблюдательность вождя, одновременно извиняясь за свою столь безобразно затянувшуюся жизнь и выражая готовность немедленно пожертвовать ею для дела Ленина —

Сталина. Вождь уловил всю эту сложную гамму верноподданнических переживаний и одобрительно кивнул.

Так выглядит это событие в моей интерпретации. Сам же Василий Кириллович начисто исключил игру чувств из своего рассказа; звучал неторопливый, раздумчивый голос летописца, которому важно передать объективную правду исторического события.

Татьяна Алексеевна и Галя бросились его целовать. «А внучок где?» — озаботился Василий Кириллович. «Спит, — легкомысленно отозвалась Галя. — Да разве он что поймет? Такая кроха!» — «Ступай за ним, — сказала Татьяна Алексеевна, которая была умнее дочери. — Не сообразили мы, бараньи головы!» — «Надо было соображать», — проигнорировав слова Гали, но отходчиво проворчал Василий Кириллович. Его совет относился впрямую ко мне: я уже подготовил ироническое поздравление. Мне казалось, что надо сохранить расстояние между собой и легким безумием сервилизма, охватившим окружающих. Какой же я был идиот! Зазвонил в прихожей телефон.

— Трещат не переставая, — с наигранной досадой сказал Василий Кириллович. — Знаешь что, — он обратился ко мне, и это было знаком высокой милости, — подходи сам и решай, звать меня или нет.

Я снял трубку с развязностью фаворита и тут же поджал хвост. Звонил Каганович. Да еще не через секретаря, а собственноручно. Меня оглушил его грубый, непрокашленный голос. Я поспешно подозвал Василия Кирилловича, который воспринял звонок без особого трепета.

— Слушаю вас, Лазарь Моисеевич... Да, я его знаю по средмашу. Хороший специалист, грамотный... Полагаю, что — да! — И совсем другим, растроганным голосом: — Большое спасибо, Лазарь Моисеевич! Поздравляет, — сказал он Татьяне Алексеевне и ушел в спальню переодеваться.

Телефон звонил не переставая. Василия Кирилловича спешили поздравить официальные лица, друзья, знакомые, полузнакомые и даже недруги. Так, позвонил нарком Малышев, его давний и непримиримый враг. Звонили партийные боссы Москвы: Попов и Черноусов, глава партийного контроля, страшный карлик Шкирятов, председатель ВЦСПС Шверник, наркомы: Устинов, Ванников, Ефремов, Акопов, начальник автоколонны Советской армии Хрулев, маршалы Баграмян и Воронов, директора крупнейших заводов страны: Зальцман, Максарев, Дымшиц и Лоскутов. Последним позвонил из Киева Хрущев. Я называю лишь тех, ради кого я тревожил виновника торжества. А всякую шушеру: генералов, замнаркомов, директоров помельче и всех, без исключения, родственников — я решительно отшивал. Они лопотали извинения, поздравления, приветы — за свою жизнь я не слышал столько засахаренных голосов.

Вечером состоялся грандиозный прием. Василий Кириллович обряжался так долго, тщательно и шумно — он без устали что-то требовал и распекал домашних, — что я ожидал увидеть его во фраке, на худой конец — в смокинге, но он вышел под аплодисменты уже собравшихся гостей в галифе, сапогах, белой рубашке с застегнутым воротничком и байковой пижамной куртке.

Гости были при параде: военные — в мундирах, со всеми регалиями, штатские — в выходных костюмах, пошитых в кремлевском ателье, при галстуке. Разодеты были в пух и прах их жены.

Я думал, полудомашний вид Василия Кирилловича покажется оскорбительным присутствующим, — ничуть. Во-первых, он был у себя дома, во-вторых, взысканный так высоко, как никому не грезилось в самых радужных снах, он просто обязан был позволить себе какую-то вольность. Это был знак его отмеченности. А галифе, начищенные сапоги и белая сорочка — дань уважения гостям. Все было по самому строгому этикету.

Когда гости расселись за роскошно сервированным столом, явилась Татьяна Алексеевна и заняла место рядом с мужем. На ней был немыслимо роскошный туалет, сшитый, по-моему, за сегодняшний день силами всего ателье под неимоверную продуктово-водочную выдачу. Я не берусь судить, насколько ее вечернее платье соответствовало последней парижской моде, но шло ей необычайно и покроем, подчеркивающим все достоинства ее убедительной фигуры, и сочетанием лиловых и черных тонов. Гости дружно зааплодировали. И тут раздался хрипловатый голос Василия Кирилловича:

— Ну, мать, тебе бы еще перо в жопу, была бы вылитая чайка!

Послышался чей-то принужденный смешок, но даже благоговение перед любимцем вождя не принудило этих дубоватых людей к более дружному одобрению шутки. Мне подумалось, что рассчитанная грубость имела целью осадить Татьяну Алексеевну, сбить эффект ее появления. Звягинцевым двигало мелкое чувство: нежелание поделиться даже с женой хоть крохой своего успеха. Чем старше чином и званием был гость, тем холоднее принимал выходку Василия Кирилловича. Наркомы сделали вид, что ничего не слышали, а маршал Баграмян встал и поцеловал руку Татьяне

Алексеевне. Она улыбалась своей прекрасной улыбкой, но я видел, что она оскорблена.

Звягинцев почувствовал настроение стола. Он сидел, поглаживая усы и отдуваясь, словно его мучили газы, и не спешил с первым обязательным тостом. Это была его месть присутствующим. Пусть мучаются страхом, что он нарушит святой закон каждого застолья и тем сделает их соучастниками крамолы. Но вот он вскинул свои желтые тигриные глаза и сказал коротко и властно, будто имел особое право на этот тост:

— За товарища Сталина!

Все радостно повскакали, бренча орденами, как коровье стадо колокольчиками. Праздник пошел.

Застолье было сдержанным и серьезным — над нами витал дух вождя. Но после ужина все плясали, даже Василий Кириллович, и, к моему удивлению, довольно неплохо. Оказывается, пляска входит в номенклатурный набор, как усы, сталинский френч, сапоги, умение пить водку и непременный первый тост. Сталин любил пляску, хотя сам не плясал. На его «мальчишниках», куда дамы не допускались, члены Политбюро плясали «русскую», гопака, а кто и лезгинку. Затем шли бальные танцы: вальс, танго, фокстрот. И грузные усатые мужчины танцевали друг с другом. А Сталин смотрел. Эти сведения я получил от друга Звягинцева генерала Хрулева. «Вы удивитесь, когда я вам скажу, кто лучший в Политбюро танцор — Молотов. Такой сухой, чопорный человек, но знает все па и великолепно держится. Особенно хорош Вячеслав Михайлович в танго и медленном фоксе».

Еще я узнал, что Хрущев пленил Сталина «казачком». Но пляски могут и погубить человека. Один из самых сильных наркомов Вахрушев, перебрав на приеме с участием иностранцев, самозабвенно расплясался и не заметил, что у него развязались тесемки от кальсон. Сталин увидел презрительные ухмылки иностранных гостей и, взбешенный, покинул прием. На другой день Вахрушев был снят, а еще через несколько дней умер от сердечного удара. Хоронили его с положенными почестями, Сталин простил мертвому наркому кальсонные тесемки.

Я смотрел на скульптурный профиль Хрулева, слушал его густой, неторопливый голос и тщетно пытался обнаружить хоть тень сочувствия к погубленному ни за что ни про что Вахрушеву. Но интонация сочувствия покойному означала бы подспудное осуждение жестокости вождя, а это исключалось. Вахрушев проштрафился и получил по заслугам.

А зачем Сталину этот танцевальный цирк? Чтобы унизить со-ратников, лишний раз почувствовать свое превосходство? К тому же танцующие попарно мужчины не способны на заговор. Так ли это?..

Должен признаться, поначалу я был взволнован близостью столь выдающихся людей и жадно ловил каждое слово. Впервые Татьяна Алексеевна не владела полновластно моими помыслами и умыслами. Но меня постигло жестокое разочарование. По своему уровню эти знаменитости ничуть не превосходили Матвея Матве-евича, разве что не говорили с еврейским акцентом. Ни одной мыс-ли. Ни одного острого слова. Ни тени духовности и душевности. Негнущиеся спины, неподвижно сидящие на деревянных шеях го-ловы, дубовые речи. Кажется, что все они произносят заранее вы-ученный текст. А может, так оно и есть на самом деле, чтобы не проговориться. Один Хрулев, вопреки собственному намерению, был интересен рассказом про «dance macabre». Как же натрениро-ваны они в озвученной немоте, в умении ничем не обнаружить сво-ей личности! И я вернулся к Татьяне Алексеевне. Она очень стара-лась казаться веселой...

А на другое утро к нам забежала возбужденная, будто под хмель-ком Татьяна Алексеевна. Зная, что она не опохмеляется, к тому же накануне была трезва как стеклышко, я отнес ее эйфорию за счет еще не выветрившегося дурмана сталинской ласки. Она вызвала Галю на кухню и долго о чем-то шушукалась с ней, смеялась, потом упорхнула, крикнув мне в приоткрытую дверь, что я могу зайти «поправиться».

Разнеженный благостной атмосферой, установившейся в доме со вчерашнего дня, и близостью со столькими великими людьми, к тому же не перепивший накануне, я долго валялся в постели, не спеша к обещанной рюмочке.

Но после обеда барометр резко упал. Хлопали двери, это мета-лась из квартиры в квартиру Татьяна Алексеевна. Она опять шу-шукалась с Галей, но тональность их секретничания стала явно другой. Последний их — бредоватый — разговор произошел под дверью, я слышал его от слова до слова.

— Ты васюся! — сердито и горько говорила Татьяна Алексеев-на — Дурочка наивная. Конечно, я была права!

— Я не верю, — потерянным голосом отозвалась Галя.

— Верь — не верь. Он опять принял ванну.

— Пьянку смыть.

— А чистые подштанники? — зловеще сказала Татьяна Алексеевна. — Он их вчера менял.

— Ты уверена? Он действительно надел чистые?

— При мне вынул из шкафа. Я сказала: так подштанников не напасешься.

— А он?

— «Не твое дело»! Зло, раздраженно. Рубашку тоже взял и носки.

— Тогда все, — поникше сказала Галя. — Я круглая дура. А что же было ночью?

Ответа не последовало, хлопнула входная дверь.

— Что у вас происходит? — спросил я Галю, когда та вошла в комнату.

— А ты до сих пор не понял?

— Что я должен был понять?

— Еще писатель! Где ж твоя наблюдательность?

От кого я слышал эти слова и вроде по тому же поводу? Ну да, от Кати, когда та решила просветить меня насчет тайн дома Звягинцевых. Раньше мне казалось, что я могу стать писателем. Но с этими иллюзиями покончено. Я не пишу и не хочу писать, вид чистого белого листа бумаги вызывает у меня тошноту. Впрочем, это никому неинтересно, в первую очередь мне самому. Я хочу знать, что тут происходит.

— Может, ты ответишь на мой вопрос?

— У него другая баба, — сказала Галя. — Неужели тебе никто не говорил?

— Нет.

— Она работает в Моссовете. Сектором заведует или отделом, забыла. Звать Макрина. Отец познакомился с ней перед самой войной. Некрасивая, коренастая, довольно толстая, старше матери, вроде бы толковая. Что в ней нашел отец, не знаю. До ее деловых качеств ему дела нет, а так матери в подметки не годится. Да ведь не по-хорошему мил, а по-милу хорош. Она напротив в переулке живет, в совнаркомовском доме, отец ей квартиру устроил.

Так вот чего высматривала Татьяна Алексеевна в полевой бинокль! И в усугубление своих мук она проглядывала или радиатор или багажник мужниной машины, в зависимости от того, откуда он наезжал к своей пассии — с улицы Горького или с Пушкинской. Значит, она всегда знала, сколько времени он проводит у любовницы. Будучи сведома о темпераменте своего мужа, Татьяна Алексеевна могла высчитать, сколько раз накаляла Макрина свой далеко не румяный и не расписной рай для Василия Кирилловича. Совместные трапезы там бывали редки, ведь он отправлялся к ней обычно после обеда или после ужина. Конечно, были так называемые задержки на работе, аварии, ночные вызовы, совещания в наркомате и Московском комитете партии, вероятно, на эти часы приходилась их другая, более разнообразная жизнь.

И тут мне вспомнился наш недавний семейный поход в Большой театр на «Евгения Онегина» с Лемешевым. Провожая нас в правительственную ложу, директор театра сказал игриво: «Что-то зачастили вы в наш театр, Василий Кириллович!» Звягинцев не ответил, только залился гипертонической краснотой. А директор, гонимый бесом бестактности и не удосуживаясь взглянуть повнимательнее на старшую спутницу Звягинцева, продолжал: «Это кто же из вас такой меломан, вы или супруга?» — «Оба!» — гаркнул Василий Кириллович, ненавидяще сверкнув глазами. Директор опешил, прозрел и дематериализовался.

А я не придал этой сцене никакого значения, пропустил мимо себя. Теперь я понял, что у Василия Кирилловича и Макрины была культурная программа. Видимо, в этой второй своей жизни Василий Кириллович был другим, открытым «для звуков сладких и молитв». На долю же Татьяны Алексеевны приходились лишь «житейское волнение» и «корысть».

Гале хотелось выговориться, она тоже страдала в меру отпущенных ей для страдания сил (она была легким и поверхностным человеком, очень отзывчивым на мелкие радости жизни и неплохо защищенным от таких чувств, как жалость, сострадание), но она любила мать и переживала за нее.

— Они замечательно жили до этой Макрюхи. И когда та появилась, мать не очень встревожилась. У нее тоже бывали летучие романы, пусть и отец погуляет. Нужна же разрядка Но тут все пошло по-другому. Мы только устроились в эвакуации, как узнали, что отец женился.

— Что ты мелешь? Он же не разведен с Татьяной Алексеевной.

— Я не так выразилась. Жениться официально он, конечно, не мог, но сыграл свадьбу. Да еще какую! Все его друзья были. Ты многих из них видел.

— Как он не побоялся?

— Чего?

— Скандала.

— Как видишь, не побоялся. Она его крепко забрала.

— А Сталин? Он же ангел-хранитель семейного очага.

— Знаешь, — сказала она задумчиво, — что-то случилось с мужиками во время войны. Они как с цепи сорвались. Завели официальных любовниц или вторые семьи. Но со старыми не рвали. Может, им разрешили за все их труды?

Это было неглупо. Люди, подобные Звягинцеву, работали в разрыв всех жил. Создать могучую военную промышленность «во глубине сибирских руд» за два-три месяца — геркулесов подвиг. И что имели они за свой сумасшедший труд? Зарплату. Побрякушки орденов. Сталин мудро — без затрат — сумел отблагодарить их послаблением домостроевского устава.

Но больше, чем открытие еще одного уродства строя, меня затронуло другое. Теперь я мог придать рассказу Кати художественную завершенность, служащую единственной гарантией правды. Татьяна Алексеевна кинулась из Кемерова в Москву не для свидания с зятем, а узнав о свадьбе своего мужа, — не в любовь, а в бой. Как будто счастье можно взять с бою.

А там, вполне вероятно, она могла в отместку, в ярости, отчаянии, душащей злобе, переспать с этим мальчишкой — сознательно, в открытую. Любовь была бы осмотрительней, бережней к самой себе. Тут все творилось с безрассудством мести. Звягинцев стер плевок, Галя осталась без мужа, Татьяна Алексеевна — без мужа и любовника. Эдик же попал как кур в ощип. Его заставили сыграть роль, на которую он не претендовал. А может, и претендовал, слишком вманчива аура Татьяны Алексеевны. Вот только на мужа уже не действовала ее притягательность.

Когда я пришел за обещанной рюмкой, Татьяна Алексеевна сидела у окна и с маниакальным видом разглядывала устье проклятого переулка и черный зад «паккарда». Я что-то сказал, она не ответила. Это было не в ее правилах. Она всегда была в сборе, не позволяя заглядывать в себя.

Когда-то я познакомил Татьяну Алексеевну с игрой, которую сам придумал, чтобы легче коротать ожидание. Я звоню в редакцию. Естественно, сотрудник, который мне нужен, только что вышел. Прошу секретаршу не вешать трубку, а найти мне этого сотрудника, я подожду. Обязательно надо сказать, что это я ему нужен, а не наоборот, он телефон оборвал, дозваниваясь ко мне. Секретарша выясняет, что он в буфете. «Попробую его привести». И тут я начинаю рисовать ее путешествие от редакционной комнаты до буфета. Со всеми возможными задержками, пустыми разговорами, обменом новостями, заходом в уборную, застреванием в лифте и всеми прочими перипетиями неуклюжей учрежденческой

278

жизни. Незаметно промелькивают полчаса, и нужный мне сотрудник берет трубку.

Но едва ли так быстро промелькнули для Татьяны Алексеевны те часы, что она провела у окна, когда Василий Кириллович в чистых подштанниках укатил к сопернице. Вот уже сколько времени стоит машина у ненавистного крыльца и не бьет копытом от нетерпения. Там, видно, второй и, возможно, главный прием. Большой обед. Не исключено, что кто-то из вчерашних гостей преспокойно гуляет в другом шатре. И тут Василий Кириллович уж не сидит в байковой пижамной куртке, а держит фасон. И он не осмелится сделать Макрюхе комплимент с пером в жопе (чайки из нее не выйдет, хоть весь хвост загони), он бросил эту хамскую фразу, чтобы показать Татьяне Алексеевне ее место, пусть не корчит из себя старшую жену. Он защитил этим Макрюху, о чем, понятно, ей поспешат донести. И будут пить за Сталина, за Василия Кирилловича, а там и за Макрюху. Интересно, она сама мечется от стола на кухню или у нее есть домашняя работница? Наверное, ей кто-то помогает, ей не до хозяйства, больно «вумственная» женщина.

Но вот они встали из-за стола. А ведь там, наверное, не пляшут. Что же они делают? Разговоры разговаривают. О чем? О предстоящем летнем отдыхе. Теперь она не сомневается, что он ездит не в сердечные санатории, а куда-то, где его принимают с Макрюхой. Как в Большом театре. А когда-то они тоже ходили в Большой, но не в правительственную ложу, с программкой и перламутровым маленьким биноклем, а по-молодому бесшабашно, дерзко, евреев выкуривали, от хохота со стульев валились. Нет, была у них молодость, была любовь, куда же все это подевалось? Чем перешибла ее некрасивая, немолодая, неуклюжая чиновница? Вот уж присуха!.. Интересно, а гости там тоже с запасными женами? Только поди разберись, кто основная, кто запасная. Все равно, его дом здесь, где вся семья, с дочерью, любимым внуком, и мать его здесь, и все братья-сестры. Да, дом здесь, а сам он там, и Макрюху люди видят с ним гораздо чаще, чем ее, а новенькие небось и вовсе не знают, что есть на свете Татьяна Алексеевна.

Это было странное сумеречение. Татьяна Алексеевна смотрела в бинокль, потом опускала уставшие руки, чтобы через минуту снова припасть к его стеклам. А видеть она могла лишь черный зад «паккарда». Но, может быть, она видела куда больше, проникала сквозь стены, видела то, что я придумывал за нее?

Татьяна Алексеевна встала, повернулась и обнаружила меня:

— Ты чего тут делаешь?

— Жду обещанную рюмку.

— Кто о чем, а вшивый о бане... Почему света нет?

Я щелкнул выключателем На Татьяне Алексеевне было вчерашнее лиловое платье, и причесана она была по-вчерашнему, и та же безукоризненная косметика, только лицо бледнее обыкновенного. Она подошла к буфету, достала графинчик, большую рюмку, собрала на тарелку закуски.

— А вы?

— Не хочется. Пей.

Я налил всклень:

— За вас!

Выпил и налил еще:

— За вас! Прекраснее вас нет женщины!

— Как видишь, не для всех.

— Да плюньте! Как можете вы равнять себя со всякой шушерой? Вы — снежная вершина, а это болото. Топкое, стоячее, вонючее болото.

Я хлопнул рюмку и сразу налил еще.

— Чего ты так гонишь? Налей мне.

Боже мой, жалкое, глупое, но искреннее витийство возымело действие. Она слушала, и ей это, оказывается, нужно. Звягинцев лишил ее не только своей любви, но и уверенности в себе. Она привыкла быть царицей, трон никогда не колебался под ее ногами, и вдруг без всякой вины с ее стороны, даже вины невольной — постарения, угасания, подурнения, ни с того ни с сего, — он сверг ее с престола, обменяв на рыночный товар. Она потерялась и теперь вовсе не знала, кто она такая и чего стоит.

Мы выпили. Продолжая нести свою высокопарную чушь, я подошел и поцеловал ее в голову. Она стерпела. Я поцеловал ее в висок, щеку и шею. В ее глазах появилось чуть комическое внимание. В губы нельзя — приказал я себе и стал целовать ей руки. Она наклонилась и тоже поцеловала меня, как клюнула краешком рта.

— Ну, ступай. Галька одна.

И в этой изгоняющей меня фразе был намек на маленький заговор, отныне связавший нас. Я не склонен был преувеличивать свой успех, но кое-что было достигнуто. Я отделился от серого фона окружающих Татьяну Алексеевну будней.

В семейной драме Звягинцевых оставалось для меня одно темное пятнышко. Но теперь Галя не будет скрытничать. Я знал уже так много, что бессмысленно чего-то не договаривать. Татьяна Алексеевна была счастлива сегодня утром и делилась своим счастьем с дочерью, а потом все рухнуло. У меня была догадка, и Галя подтвердила ее. Бедная Татьяна Алексеевна решила воспользоваться растроганностью мужа. Между ними не было близости с того дня, как они уехали в эвакуацию. Он не хотел. Но этой ночью, размягчившийся в атмосфере всеобщей ласки, Василий Кириллович не отверг нежных домогательств жены. У них произошло бурное соединение.

Татьяна Алексеевна в эротических описаниях придерживалась даже не физиологического стиля Генри Миллера, а бухгалтерской скрупулезности маркиза де Сада, где арифметика начисто вытесняет поэзию. Галя, усвоившая методу матери, рассказала мне о ночи любви, будто речь шла не о ее родителях, а о персонажах романа «Содом и Гоморра».

После ночи, напомнившей золотую пору жизни, Татьяна Алексеевна решила, что вернула мужа. Она ошибалась. Чувствуя вину перед другой женщиной, он оформил свою передислокацию особенно грубо и откровенно.

Но она была уже не та, что несколько лет назад, когда в мстительном порыве кинулась в объятия Эдика, да и мне до Эдика далеко, все свелось к одному короткому поцелую.

Но душа ее сорвалась с колков. Она стала иначе жить. Теперь она часто отлучалась из дома и нас с Галей с собой не брала. Правда, ходила она всего лишь к старой подруге Нине Петровне, иногда к жене знаменитого авиатора на «девичник», но возвращалась крепко на взводе. И не только не пыталась скрыть опьянение, держать форму, что отличало ее прежде, напротив, обыгрывала свое состояние: хохотала без причины, молола чушь, натыкалась на мебель, повторяла чьи-то непристойности, много внимания уделялось гениталиям.

Побывала она наконец-то в гостях у моих родителей, где вела себя более чем странно. Ей непривычен был такой способ развлекаться. Пили много, но было и другое: разговоры, серьезные споры, стихи, розыгрыши. Брат отчима замечательно изображал старого селадона, который вспоминает золотые денечки. «По первопутку в бардачок. Господи, до чего хороша была жизнь! — шепелявил беззубый старый гуляка — Как войду, как крикну: „Бляди!“, набегут, навалятся всей своей жаркой мякотью. По головкам гляжу, по юбочкам гляжу, в глазки гляжу. Господи, до чего хороша была жизнь!»

Татьяна Алексеевна краснела. Ее нельзя было смутить никакой житейской похабщиной, но искусство свято, оно должно быть красиво и поэтично, а тут бляди виснут на старом хрене. Теперь она понимала, что такое богема и почему Звягинцев со скрытым неодобрением относился ко всему, что шло от меня. От «поэтической масандры» не жди добра. Ей чудилась особая испорченность в окружающих людях, так непохожих на ее простодушных друзей. Но когда Галя, у которой был ранний утренний концерт, заторопилась домой, Татьяна Алексеевна осталась. Она явно хотела, чтобы этот омут ее затянул.

Она сидела рядом с моим пепельноволосым приятелем Лешей и откровенно заигрывала с ним. Меня это не огорчало. Откуда бы ни началось таяние, важно, чтобы лед растопило. А потом меня отозвала мама, очень решительная, как всегда, когда вино стучалось ей в сердце: «Я сейчас дам в морду Лешке или выгоню твою тещу». — «За что?» — «Она все время держит руку у него в штанах. Ей что тут — бардак?» — «Она опьянела. Я приведу ее в чувство».

Хватит благодушия. Лешка опасен. Второй раз становится он мне на пути. С этим надо кончать. Свою роль пробника он уже выполнил. Я вызвал Лешку в коридор, сказал, что из-за его поведения назревает скандал, и выпроводил. Затем я предложил Татьяне Алексеевне посмотреть мой кабинет. Она неловко выпростала из-за стола свое крупное тело — квартира была крошечная, тесная, соответствующая нашему убогому жизненному статусу, — по ногам, телам и головам пирующих выбралась в коридор, заполнив его во всю ширину, вернее сказать, ужину. Я открыл дверь кабинета и втолкнул туда Татьяну Алексеевну, которая с размаху опустилась на диван, охнувший всеми своими старыми пружинами. Опасно испытывая его на прочность, я навалился на нее и стал целовать.

Возможно, ей показалось в пьяном дурмане, что продолжается так счастливо начавшийся роман с Лешей, но она не удивилась и не воспротивилась, закрыла глаза и прижала меня к себе. Тогда я помог ее руке совершить тот же путь, что она так удачно проделала за столом, только к другим закромам, ощутил божественную прохладу и нестерпимый жар, сошел с ума и лишь поэтому не достиг гавани. Но полнота обладания другой женщиной не давала мне такого изнемогающего, изнеживающего безумия. Вот когда ожидание не обмануло, а превзошло все горячечные мечты. Стены моей жалкой комнаты раздвинулись, унеслись прочь, вокруг было бесконечное синее блещущее пространство, и я качался на этом воздушном океане.

Не знаю, через час, через день, через вечность, в легкой усталости, в надежности, которую дает привычка, я понял, что ее движения — это не лениво-пьяное угождение чужому настырному домоганию, а соучастие. У нас возникло то дружеское согласие, которое бывает при пилке дров. Жаль лишь, что бревна мы так и не перепилили. Слишком сильное, долгое, ставшее маниакальным желание становится и тормозом. Оно не хочет, чтобы его, пусть на малое время, изгнали. Оно словно страшится пустоты, которая неизбежно наступает за удовлетворением, пустота эта нередко оборачивается отчуждением, даже отвращением, только что не ненавистью, конечно, до нового наполнения. Желание, тешась собой, забывает, что оно лишь отправная точка к станции блаженства, его обещание. Словом, я зря надеялся, что повторится заоконное чудо, когда лишь силой воображения я овладел Татьяной Алексеевной, находившейся по другую сторону улицы. Как ни странно, тогда на меня работала абстрактность акта, а здесь участвовала реальная плоть, и это мешало.

То ли мы просто выдохлись, то ли сработало ощущение опасности, но, не сговариваясь, мы отпали друг от друга.

Я вышел в коридор и наткнулся на мать:

— Ну, я все уладил. Она пришла в себя.

— Если ты будешь и дальше так улаживать, — сухо сказала мать, — это добром не кончится. Шофер уже три раза стучался.

— А где гости?

— Все давно разошлись.

Нам дали возможность уйти незаметно. Татьяна Алексеевна, человек воспитанный, старых правил, хотела обязательно попрощаться с моими родителями и поблагодарить их за прекрасный вечер. Я уверил ее, что они давно спят.

— Неужели так поздно? — удивилась она и добавила заговорщицки: — Как время бежит!

Доехали мы домой без приключений, хотя я чувствовал, что в ней бьется авантюрная жилка. Я держал ее за руку, скорее, придерживал. Уже в лифте она сказала с глубокой интонацией, каким-то смуглым голосом, что ей очень пришелся мой предмет. Очень! — добавила она, и серо-голубые глаза ее стали фиолетовыми...

Вскоре я убедился, что Татьяна Алексеевна принадлежит к разряду чаплиновских миллионеров, которые спьяну ласкают бродяжку, протрезвившись, не узнают. Конечно, какие-то запреты были сняты раз и навсегда, но это входило в картину ее новой жизни, в бессильный бунт.

Я валяюсь с книгой на тахте в чужих пижамных штанах, то ли оставшихся от Галиного мужа, то ли выброшенных Василием Кирилловичем. Галя принимает душ. Неожиданно дверь распахивается, чуть не сорвавшись с петель, в комнату — шапка набекрень, шуба вразлет, почти спадает с плеч, — вваливается Татьяна Алексеевна:

— Вы что тут киснете?

Она падает на тахту, сползает на пол и наносит мне два страстных поцелуя в пах, оставляя на светлой ткани двойной яркокрасный отпечаток своих накрашенных губ. Такого еще не бывало. Может, от штанов идет ток прошлого владельца? Я не успеваю получить ответ, входит, отжимая волосы, Галя. Я делаю оскорбленное лицо. Галя не обращает на меня внимания, берет мать за плечи, поднимает и уводит.

— Ты видишь? — говорю я вернувшейся Гале с наигранным возмущением.

— Я отстираю, — спокойно говорит Галя.

— Тебе не кажется, что это переходит все границы?

— Ну, ты же знаешь мать выпившую.

Моя жена — загадка. Впечатление такое, что все происходящее в доме ничуть ее не касается. Хотя раз-другой я чувствовал, что она жалеет мать. Но ни разу не слыхал, чтобы она осуждала отца. Все происходящее она воспринимала как данность и безропотно принимала.

Конечно, в глубине души я ликовал, хотя не успел оценить неожиданный подарок.

Но еще шаг вперед был сделан. Теперь мы часто обнимаемся, хотя и не так безоглядно. Она позволяет мне обнажать ее груди и целовать их. При этом смотрит сверху вниз уже знакомым чуть комическим взглядом. И взгляд этот ставит меня на место. Душевно она не дает мне приблизиться, вспышки интимности не распространяются на остальную жизнь. Так, она с особой настойчивостью напоминала мне о неуплате очередного взноса в семейный бюджет. Я и раньше частенько опаздывал, мне трудно и плохо работалось — а кто виноват в моей профессиональной деградации? — но прежде она была снисходительна и терпелива, сейчас — раздраженно требовательна.

Недавно, когда я находился в короткой командировке, ко мне в дом явилась Галя и забрала — по распоряжению матери — пишущую машинку «мерседес», которую они же сами дали мне для работы. Я был так неимущ, что не мог ни купить себе машинку, ни взять напрокат. В пору долгого недомогания отчима я пользовался его стареньким «ундервудом», у которого лопнула пружина и тяга каретки осуществлялась с помощью привязанного к ней веревкой кирпича. Теперь отчим вернулся к работе и забрал машинку вместе с кирпичом. В доме Звягинцевых никто на машинке не печатал, и «мерседес» годы пылился в залавке. Мне дали с условием, что я не буду трещать над головой инфанта. Теперь я каждый день таскался на свою старую квартиру и стучал на «мерседесе» в кабинете с мышиную норку, хранящем медленно истаивающий аромат Татьяны Алексеевны. Отобранную у меня машинку тут же продали. Подобного рода алчность обеспеченных сверх головы людей была необъяснима, и я тщетно пытался найти в поступке женщины, чьи груди целовал, какой-то символический смысл. Возможно, он действительно был, но я его не улавливал. Мне было наплевать, что я лишился орудия производства, ошеломил жест немилости. Да нет, никакой немилости не было.

Через день-другой после моего возвращения из командировки я говорил по телефону в прихожей Звягинцевых, когда из ванны, совершенно нагая, вышла Татьяна Алексеевна, слегка прикрываясь махровым полотенцем. Моим собеседником был ответственный редактор «Труда», и я не мог бросить трубку, только попросил ее отчаянным жестом и умоляющим взглядом убрать полотенце. Она засмеялась и выполнила просьбу. Золотистое чудо впервые открылось мне в такой немыслимой близости. Наконец-то разрешилось старое недоразумение, ее венерин холм покрывала негустая, но вполне достаточная курчавая растительность. Золотой пушок сгущался в рыжину на бородке, обретая при движении благородный тон старинной бронзы. Моя радость передалась ей, никогда еще не было у нее такого милого, такого доверчивого, такого девичьего лица. И тут полотенце скользнуло вниз, словно занавес опустился невпопад.

— Полотенце! — взмолился я. — Уберите!

— Вас не понял, — ледяным голосом сказала трубка. Омельченко заказывал мне к завтрашнему дню отклик на последнее гениальное изречение товарища Сталина, полотенце к этому не имело никакого отношения.

— Почему не отвечаете? О чем думаете?

Я думал о лобке Татьяны Алексеевны, радуясь тому, что он так мило приютил золотую рощу.

— Я думаю о вашем поручении, — сказал я без особой теплоты. Татьяна Алексеевна уже проскользнула в спальню, и момент для углубления радости был упущен из-за двух идиотов: Сталина и Омельченко. — Будет сделано.

Я едва положил трубку, как входная дверь заскрипела своими мощными запорами и ввалился Звягинцев.

— Где все? — спросил он, кинув на меня подозрительный взгляд.

— Галя в студии, наследник с нянькой гуляют, Татьяну Алексеевну не видел.

— А ты тут чего делаешь?

— Говорил по телефону с Омельченко.

— Хреновую газету выпускаете. Я утром жопу занозил.

— Жалко, что вы ее использовали. Там выступление товарища Сталина, о котором я должен написать.

Подтираться текстом товарища Сталина, да еще, может, с его портретом, — это ни в какие ворота не лезет. Звягинцев гипертонически зарозовел и скрылся в спальне. Когда-нибудь неосмотрительное хамство доведет его до инсульта Он прошел туда, где вытиралась обнаженная Татьяна Алексеевна, но ему не было до нее дела. Я чуть было не шагнул следом за ним. Меня остановила вдруг вспыхнувшая в мозгу цитата из товарища Сталина, которую мне только что на умиленном задыхе выдал по телефону Омельченко: «Гитлер и его свора — жалкие донкихоты». Вот дубина! Самый трогательный, самый нежный, самый щемящий образ в литературе — Рыцарь Печального Образа, Алонсо добрый, и его уподобляют гитлеровским выродкам! Он что, не читал романа Сервантеса или ни черта в нем не понял, недоучившийся поп? Из-за его маразма упустил я Татьяну Алексеевну. Впрочем, если б я ее не упустил, Звягинцев застал бы нас в позе еще более нежной, чем та, что погубила Франческу и Паоло...

Наконец-то состоялось запоздалое замужество Люды, но не с вечным ее женихом, директором шинного завода, а с ничем не примечательным сослуживцем, инженером Бочковым. И была свадьба. И так получилось, что с этой свадьбы переломились мои отношения с Татьяной Алексеевной.

Свадьба как-то сразу не заладилась. Трудно даже сказать, отчего пошло ощущение неблагостности. Инженер Бочков был немолод, с изрытым то ли юношескими прыщами, то ли накожной болезнью лицом, он легко переходил от насупленно-молчаливой застенчивости к горластой развязности, что выдавало алкаша (так оно и оказалось). Он не нравился никому из Звягинцевых, включая невесту. Было странно и непонятно, почему Люде, такой свежей, миловидной, женственной, пришлось согласиться на столь трухлявую опору. В родне говорили, что ей охота ребенка, а поезд ее ушел. Почему ушел? В ней чувствовалось смирение перед незадавшейся жизнью, возможно, это отпугивало соискателей? Но не отпугивало давно и якобы тайно влюбленного в нее Артюхина. Когда Люда уже совсем сговорилась с Бочковым, Пашка сделал ей предложение. Противный, вздорный, неумный, он по-мужски был на десять голов выше Бочкова. Но тут свое веское слово сказала бабушка, Людина мать: слишком близкое родство, дети плохие будут. Люда безропотно подчинилась. Все Звягинцевы, как бы искупая своеволие Василия Кирилловича, носили вериги унылого смирения. Неблагополучие шло и от Артюхина, который явился на слезе, но корчил из себя лихого малого и был треплив даже более обычного. Бочков, видимо, знал или догадывался о непростом отношении Артюхина к Люде, он бросал на бывшего соперника злые взгляды и бегал на кухню подзарядиться. Странная свадьба — ни одного счастливого лица.

Василий Кириллович произнес короткий угрюмый тост — наставление Бочкову, чтобы помнил, в какую семью вступил, и ценил оказанное доверие. Как будто Бочков вступил не в брак, а в орден меченосцев. Впрочем, и мне тоже был выдан сходный наказ с той лишь разницей, что один на один, а тут прилюдно, что пришлось не по вкусу скромному, но ершистому инженеру. Перечить знатному родичу он не отважился, а вспышку негодования загасил фужером водки. Бабушка шепнула ему на ухо: мол, ты свадьбу празднуешь, а не с дружками-доходягами в подвале давишь. За шумом не было слышно, но по лапидарности ответа и пятнистой красноте, покрывшей лицо Бочкова — следы былых прыщей не принимали румянца, — стало ясно, что он послал куда подальше новую маму.

Переживая отверженность, Артюхин неимоверно выставлялся, привлекая к себе повышенное внимание, он хотел показать, как промахнулась Люда, предпочтя такому блестящему человеку рябого алкаша. В конце концов он надоел Василию Кирилловичу, и тот его осадил с обычной грубостью. Но страждущий Артюхин закусил удила. Было ясно сказано: заткнись, покуда цел, а он сделал вид, будто ему предлагают дискуссию.

— Нет, Василий, ты не прав, — начал он, призывая окружающих полюбоваться тем словесным фейерверком, каким он ослепит грозного оппонента.

Дискуссии не получилось, как не получилось ее у Ивана Грозного с Матяшей Башкиным. Иван Васильевич хотел сразить соперника в духе риторов с Бычьего двора (Оксфорда), но самодержавный гнев захлестнул неистового государя — пеной бешенства из державных уст изверглась непотребная брань, и перепуганный Матяша съехал с ума.

— Ах ты хавно сраное! — от избытка ненависти и презрения Василий Кириллович употребил украинское «х» вместо звонкого «г», что не было присуще его московскому выговору. — Ты что орешь? Тебе тут свадьба, а не бардак!

Артюхин схватился за голову:

— Ну, что ты, дядя Вася? За что?.. За что?.. Дядя Вася?..

— Заткнись! Не понимаешь ни хрена, так молчи!..

Артюхин был покрепче противника Грозного, он не спятил, хотя временно головой повредился. Он крепко сжал ее двумя руками, словно боялся, что она расколется. Артюхин мне никогда не нравился, но сейчас было искренне жаль его. За какие провинности осрамили его перед всей родней, осталось для меня тайной. Может быть, он принял на себя заряд, предназначавшийся новобрачному? Конечно, никто не пикнул ему в защиту, и на долгое время он стал для присутствующих невидимкой. Только Люда, которая на правах невесты могла позволить себе большую независимость, подошла к нему и полуобняла за плечи:

— Закусывай, Пашуня. Дай я тебе селедочки положу.

Он глянул на нее покрасневшими глазами и прижался щекой к ее руке. Этот вполне невинный жест признательности не понравился ревнивцу Бочкову. Он хлопнул рюмку и грозно уставился на Артюхина. Но тому было так плохо, что он даже не заметил вызова.

Василий Кириллович отдувался и клацал вставной челюстью. Все остальные, съежившись и почти перестав быть, уставились в тарелки.

Впрочем, на одном конце стола жизнь продолжалась. На ярмарке бывают приливы и отливы, то она бурно вскипает движением, многолюдством, шумом, то притухает, пустеет и, кажется, вовсе замрет. Но карусель, нарядная, веселая, звонкая, знай себе крутится, ей дела нет до ярмарочных страстей, скачут по кругу веселые лошадки, неся на своих гладких спинах больших и малых. И тут, на-особь, большая, расписная, золотая и розовая, ко всем благожелательная и ко всем равнодушная, накаляла свой отдельный праздник Татьяна Алексеевна.

Она пила рюмку за рюмкой, ничуть не пьянея, только расцветая все пышней: глаза горят, рот цветет, от волос — нимбом — золотое сияние. Какие мы все замухрышки рядом с ней! Даже такой приметный человек, как Звягинцев, в непонятном своем раздражении скукожился, будто из него выпустили воздух; лицо злое, выострившееся, не тигриное, а шакалье.

Вдруг Галя, глянув на ручные часы, охнула и выметнулась из-за стола. Уже в дверях крикнула:

— Еще раз поздравляю, Людушка! У меня выездной концерт!

Был ли у нее в самом деле концерт, о котором она почему-то помалкивала, или ей стало невмоготу за недобрым столом, или были какие-то иные мотивы — не знаю, она исчезла раньше, чем кто-либо попытался ее удержать.

Вскоре тяжело поднялся Василий Кириллович:

— На завод надо. План горит.

План горел каждый квартал. И каждый раз буквально в самый последний момент случалось хорошо отрепетированное чудо: план с волшебной легкостью и быстротой перевыполнялся. Почему за один день удавалось сделать то, что не получалось весь месяц? Суть нехитрого чуда заключалась в выполнении плана по валовой продукции. Вместо мотоциклеток, танкеток, инвалидных колясок и прочей серьезной продукции нарезалось нужное количество болтов и гаек. И снова завод, носящий славное имя, оказывался во главе передовых предприятий. Ему вручалось переходящее красное знамя, которое, кстати, никогда никуда не переходило. Тайны тут не было никакой: от последнего разнорабочего до Сталина все знали, как выполняется план. Кого тогда пытались обмануть? Врагов-империалистов. Пусть поохают над индустриальными возможностями социализма.

Но до конца квартала было еще далеко. Завод неторопливо тачал мотоциклетки. О шурупно-гаечном аврале рано было думать. Ему не нужно было на завод. Он хотел принести в жертву родственным чувствам субботний вечер, но это оказалось невмоготу. Вот он и злился. Бедный Пашка Артюхин пал жертвой его тоски по Макрине.

Конечно, уловка с заводом никого не ввела в заблуждение, тут собрались опытные производственники, знающие что почем. Его уход жестоко унизил Татьяну Алексеевну перед всей родней, но, видимо, магнит был столь притягателен, что соображения приличия, жалости к близкому человеку ничего не стоили. Татьяна Алексеевна не дрогнула, явив спартанское самообладание.

Звягинцев ушел, но веселье так и не возгорелось. Собравшиеся ощущали этот праздник как тризну, как поминки по Людиным мечтам. Правда, пить стали энергичней и смелей закусывать. На Татьяну Алексеевну бросали исподтишка сочувственно-недобрые взгляды. Ночная смена, на которую отправился Василий Кириллович, окончательно все рассекретила. Макрюху ненавидели, видя в ней угрозу фамильному благополучию. Утонченная интеллигентка из Моссовета и знаться не захочет с простоватой родней. И уж наверняка не поделится ничем из своего богачества, ее сын от первого брака скоро из армии придет, его обустраивать надо. Родня злилась на Татьяну Алексеевну, что та не сумела удержать мужа при себе, позволила ему зайти так далеко в незаконной связи и до сих пор не написала куда следует. Они всегда завидовали Татьяне Алексеевне, но сейчас злые чувства померкли в страхе за свое будущее.

Татьяна Алексеевна была все же своя, не кичилась, не заносилась, принимала, угощала, оказывала всякую помощь, и никому не хотелось окончательной ее отставки.

Татьяна Алексеевна отлично понимала чувства родни, но все они были ей глубоко безразличны. Она пила. Заливала горящий уголек. И вдруг послала мне через стол сияющую улыбку. Я ощутил ее как прикосновение. Она признала во мне единственно близкую здесь душу. Я хотел подойти к ней, но она вдруг встала и сказала, ни к кому не обращаясь, что должна проведать подругу. Мне подумалось, что это предлог для ухода, и я решил уйти вместе с ней. Но я сидел неудобно — на торце стола, противоположном двери. Когда я наконец выбрался, отдавив всем ноги, она исчезла. Но пальто ее осталось на вешалке. Я отворил дверь в общий коридор — дом Нирензее строился как гостиница, — длиннющий мрачный тоннель уходил в слабо подсвеченную из-под дверей темноту.

За спиной вскипело: шум, крики, возня, визг, что-то упало. Я хотел пройти туда и столкнулся с Людой, спешащей на кухню. В руке у нее было махровое полотенце.

— Что там у вас?

— Пашка убивает Бочкова.

Я отметил, что убийцу она назвала по имени, а жертву — своего мужа — по фамилии. Я тоже зашел на кухню и взял медный пестик от ступки. Безоружным мне с Артюхиным не справиться.

Но когда я добрался до места происшествия, Артюхина там не оказалось. На полу лежал Бочков, похоже, без сознания, и Люда смачивала ему мокрым полотенцем высокое чело и цыплячью грудь, белевшую из расстегнутой рубашки.

Дело было так. Артюхин вконец оправился от поражения, нанесенного ему Звягинцевым, и вновь попытался овладеть вниманием стола, пренебрегая молниями, которые метал в него жених, или сознательно провоцируя его. Наверное, он был не прочь отыграться на Бочкове. Он произнес тост за Люду влажным от слез голосом, вознося ее до небес, а завершил предупреждением: всякий, кто не оценит ее по достоинству, будет уничтожен. После чего запечатлел долгий, совсем не родственный поцелуй на покорных устах. Хватив духом фужер водки, он цепко оглядел застолье — все ли поддержали тост, и столкнулся с ненавидящим взглядом протрезвевшего Бочкова.

— Пошел вон, жидовская морда! — звенящим голосом сказал Бочков.

Не знаю, был ли Бочков антисемитом, но знаю, что Артюхин не был евреем. Его цыганская чернявость навела взбешенного ревнивца на оскорбление, направленное явно не по адресу. Артюхин мог бы с насмешкой пренебречь им, но он обиделся, как десять хасидов. Отшвырнув кого-то из родственников, он рванулся к Бочкову. Тот горделиво встал, сжимая в руке вилку. Пашка ударил его в грудь, и Бочков послушно, даже не без изящества, словно заранее готовился именно к такому финалу, улегся на пол и смежил вежды.

Я с пестиком в руке пошел искать Пашку и обнаружил его у батареи в конце коридора. Он плакал навзрыд, и мне сразу расхотелось пускать пестик в ход.

— Брось, Пашка. Не расстраивайся. Он пьяный.

— За что меня так? — рыдал Пашка. — Сперва Василий Кириллович ноги вытер... Я же молодой... пусть глупый, но есть у меня самолюбие?.. Теперь этот слизняк. Я крестьянский сын. А он кто? Небось из лавочников. Инженер. Знаешь, какой он инженер? По технике безопасности.

— Какой бы ни был, он Людин муж, и тут свадьба. Неужели тебе Люду не жалко?

— Жалко!.. Ты не представляешь, как жалко. Почему она за меня не вышла? — Он опять заплакал.

Я взял его за плечи и повел в квартиру:

— Бочков вырубился. Его уложат. А с Людой ты помирись.

И тут я увидел в глубине коридора слегка пошатывающуюся фигуру моей любимой.

Я отдал Пашке пестик, попросив вернуть его на кухню, а сам поспешил к Татьяне Алексеевне.

— Что там у вас? — тщательно выговаривая слова, спросила Татьяна Алексеевна.

— Пашка чуть не прикончил Бочкова.

— Жаль.

— Жаль Бочкова?

— Жаль, что не прикончил.

— Да, все расстроены. Он сразу брякнулся, и Пашка не стал бить лежачего.

— Черт с ними со всеми. Сами разберутся. Я туда не пойду.

— Я тоже.

Забрав ее пальто и свой плащ, я взял Татьяну Алексеевну за руку и потащил с таким решительным видом, будто знал куда. Мы чуть не загремели в темноте на какой-то короткой лестнице, мне чудом удалось удержаться на ногах и удержать блаженную и грозную тяжесть моей спутницы. Я прижал ее к стене и стал целовать. Позже она расскажет мне со смехом, как удивился Звягинцев побелке недавнего ремонта у нее на спине. Удивился, но ничего не сказал.

Я начал ее раздевать.

— Не хочу здесь. Отведи меня куда-нибудь.

Моему отуманенному водкой и любовью мозгу представилось, что самое укромное и подходящее для ласк место — это Тверской бульвар.

Как странно, я помню, сколько было пуговиц на грации, этих мягких латах Татьяны Алексеевны, когда я раздевал ее на бульварной скамейке (их было шестнадцать), но не помню, шла ли еще война или уже кончилась. Непонятная история произошла с этой войной. Начавшись трагически и поэтично, она вскоре испортилась и завоняла. Первую мировую войну делали военные, во всяком случае, так это выглядело в глазах широкой публики. Блистали имена Жоффра, Петена, Фоша, Людендорфа, Франсуа, Брусилова, Рузского, стратегия шла на стратегию, мужество осажденных крепостей спорило с яростью штурмов, но не было людоедства, как в Ленинграде, и не строили брустверов из замерзших тел, не сжигали пленных в печах и по мере сил щадили гражданское население. Но в последней мировой чистота военного почерка ощущалась лишь на второстепенном театре — в Африке, где Роммель и Монтгомери изощрялись в боевых тонкостях. Немцы кое-что показали в начале войны: прорыв и окружение, — мы же с самого начала действовали навалом. Стратегия наших военачальников сводилась к забиванию немецких стволов русским мясом. Жуков был просто мясником. Рухнула под ударами англо-американских бомбовозов немецкая оборонная промышленность, и немцы сдались. А пока этого не случилось, на авансцене битвы народов кривлялись двое отвратительных, кровавых и пошлых фигляров: Гитлер и Сталин. Им подыгрывали на вторых ролях два прожженных политика: Черчилль и Рузвельт. И все время шел какой-то омерзительный торг на крови, на жизнях тех, кто еще уцелел, делили земли, народы, вели новые пограничные линии по человеческим сердцам, и все гуще валил дым из газовых печей. А потом оказалось, что спор шел не между фашизмом и всем остальным человечеством, а между двумя фашистскими системами. Фашизм был побежден, фашизм победил. Первая мировая породила великую литературу, живопись, музыку, от второй остались лишь дневники девочки Анны Франк и растерзанный металлический человек Цадкина в Роттердаме. Все остальное малозначительно. Пожалуй, итальянский неореализм был явлением, да ведь у кинопродукции мотыльковый срок жизни. Своих лучших и, как оказалось впоследствии, единственных на всю жизнь друзей я потерял в самом начале войны, остальные потери не прибавили мне боли. Общеизвестно, что одна смерть — трагедия, миллион смертей — статистика. Реален лишь отдельный человек, в несмети, тьме, толпе человека нет, а жалеть людскую халву невозможно. Антихудожественность последней войны сказалась в переизбытке ненужных убийств, в тотальном уничтожении и жизни, и созданного руками человека. Еще в первую мировую, в которой был известный шарм, Швейк сказал: «Война — это занятие для маленьких детей». Да, для маленьких, злых, безответственных детей с еще не пробудившейся душой. А вторая мировая была занятием для детей Кафки и Брейгеля — этих осатаневших, кривляющихся на улицах кретинов, которые замешивают прохожих в свои зловещие игры.

Вся эта деланая болтовня появилась из-за того, что я не могу вспомнить, была война или кончилась, а без этого невозможно описать место действия. Если война продолжалась, то тут было очень темно и очень пустынно. Но как же не боялись мы комендантского часа? Если уже настал мир, то горели фонари, по аллеям ходили люди, значит, мы творили любовь посреди гульбища?

То, что мы делали, отличалось воистину олимпийской разнузданностью, когда боги, не стесняясь, творили любовь посреди божественного синклита. Я был равен небожителям бесстыдством, но не удачливостью. Даже когда богиня ускользнула то ли от Марса, то ли от Аполлона, страсть бога излилась в мировое пространство и стала Млечным Путем. Я же не умел реализоваться на периферии заветного грота, куда я никак не мог проникнуть. Скамейка не самое удобное ложе, мешала и одежда, но больше всего мешала, теперь я это знаю, сама возлюбленная. Она делала вроде бы все возможное, чтобы помочь, но то была симуляция помощи, она помогала себе в последний миг ускользнуть.

Мы оба задыхались. Свет — звезд ли, фонарей — молочно высвечивал ее нагое тело в пене почти растерзанных одежд, и это не позволяло мне отступить или хотя бы сделать передышку. Прекрасная и ужасная борьба изнуряла меня, но не обессиливала. Неистово и безнадежно стремился к ней, обманывая себя надеждой, что любимая мне поможет. И она начинала мне помогать: руками, бедрами, изворотами сильного и гибкого при всей полноте тела. Я исполнялся доверия, предоставляя ей встраивать меня в себя. Но средоточие ее наслаждения перемещалось к губам, она билась, словно большая упругая рыба, откидывалась назад, зовя меня за собой полуоткрытым ртом. Оберегая ее ощущения, я тянулся к ее губам, она вцеловывала, втягивала меня внутрь, и тут ее затвердевшие соски предъявляли свои требования. Внимание мое рассеивалось, и вопреки моей вере, что я в надежных руках, меня опять проносило мимо цели.

Я долго относил эти повторяющиеся промахи за счет собственной неумелости, неудобства позы, нашей общей перевозбужденности и только потом понял, что она сознательно не допускала завершения. Как-то в голову не приходило, что моя теща, мать моей жены, была женщиной в расцвете лет и вполне могла еще иметь детей, а это никак не входило в ее намерения. Страх зачатия был сильнее хмеля. Она делала все от нее зависящее, чтобы повторилось чудо творения Млечного Пути, хотя едва ли знала миф о неистовой струе то ли Марса, то ли Аполлона, но я оказался твердокаменным традиционалистом.

— Погоди, — сказала она задушенным голосом. — Ты меня замучил.

— Только ничего не прячьте, — сказал я, боясь, что она начнет застегиваться.

— Да нет же, дурачок! — заверила она с таким видом, будто я сморозил какую-то ребяческую чушь.

В подтексте интонации была уверенность, что голая женщина на центральном московском бульваре — явление вполне естественное. А может, нам казалось, что мы невидимки? Из дали лет все это выглядит нереальным. Но было, было...

— А вы понимаете, что я вас люблю? — сказал я. — По-настоящему люблю.

— Правда? — Никогда не видел я таких круглых, таких распахнутых глаз. — Меня давно никто не любил.

— Я вас сразу полюбил. Как увидел. Разве вы этого не знаете?

И тут что-то случилось, чего я в первые мгновения не понял. У нее на лице проступила душа. И какая милая, какая неожиданная душа! Я вдруг увидел ее девочкой — любопытной, застенчивой, благодарной за любую радость, которую может дать жизнь, но согласную и на обман, лишь бы хоть чуть-чуть посветило.

— Холодно, — сказала она. — Можно, я оденусь?

— Погодите, — сказал я и стал целовать ее от глаз и губ к коленям.

Но когда желание опять толкнуло меня на штурм, она сказала:

— Не надо. Здесь все равно не выйдет. Мы найдем место.

— Сейчас?

— Ну, где же сейчас?.. Уже поздно. Наши давно спят. Можно, я оденусь?

Меня растрогало, что она вторично спрашивает моего разрешения, словно у меня есть какие-то права на нее. И еще я понял: после моего признания здесь, на скамейке, уже ничего не будет. Взята слишком высокая нота.

Мы привели себя в порядок. Я помог ей застегнуть грацию. В начале бульвара, совсем недалеко, повернувшись к нам спиной, стоял Пушкин. Наверное, он одобрял нас своей веселой душой. Одевшись, мы снова сели на скамейку.

— А как ты будешь меня звать? — спросила она, и душа покоилась на ее лице, как бы заново его выстроив: рельефнее стали надбровные дуги, чуть глубже глазницы, возвысились скулы, нежнее скруглился подбородок.

— Милая, — ответил я.

— А ты не можешь говорить мне «ты», когда мы вдвоем?

— Если мы будем близкими.

— А мы не близкие? Куда ж ближе.

— Вы сами знаете. Это будет? — Она наклонила голову.

Мне пришла неожиданная мысль: не было ли происходящее как бы реставрацией, пусть весьма приблизительной, одного из самых сильных переживаний ее молодости и первой любви? Когда-то, тоже на улице, совсем недалеко отсюда, кое-как пристроившись на цоколе ограды, с прекрасным бесстыдством она отдавалась любимому, и тут грохнул взрыв, унеся десятки жизней, но любимого она спасла и зачала новую жизнь. Сейчас не было ни взрыва, ни зачатия новой жизни, но было лихое бесстыдство и брошен спасательный круг. Она сотворила благо не только мне, но и себе, вернув прошлое, а сквозняк осеннего бульвара, наломанное любовными потугами тело и хмельной дурман удержат состояние оберегающего душу бредца.

Проснувшись утром — Галя уже упорхнула, — я долго валялся в постели, пытаясь понять, что из минувшего вечера и ночи принадлежит яви, а что безумию. То, что я пил, сомнений не вызывало, я был весь проспиртован. Значит, и свадьба была — с хамством Звягинцева, повержением пьяного жениха, слезами Артюхина, нашим с Татьяной Алексеевной бегством. А в стриптиз на Тверском не верилось, слишком похоже на мои больные, горячечные мечтания. Но как телесно все это помнится: жесткая скамейка, голые деревья, стойкий ветряный продув аллеи, теплота явленного тела, его таинственное свечение. Да разве могло такое быть посреди Москвы?

Я принял холодный душ, кое-как оделся и пошел через площадку. Мне открыла Татьяна Алексеевна.

— Ты чего? — удивилась она. — Галька ушла? Хочешь опохмелиться?

«Не было! — взрыднулось во мне в ответ на эту бытовую интонацию. — Не было бульвара».

— Василий утром на мое пальто косился. Это же надо так извозиться!

Я что-то не мог сообразить, почему у нее испачкано пальто.

— Забыл, как мы на лестнице обжимались?

«Не было! — снова ударило в душу. — Не было бульвара. Была возня на лестнице, вот и все».

— Скажи «милая», — попросила она вдруг. — У тебя так смешно выходит: «мивая».

«Было! — взорвалось во мне. — Был бульвар!..»

Луи Селин говорил, что в жизни случаются дни, которые можно и не жить. У меня таким выдалось целое полугодие, я не вылезал из командировок. Жизнь вернулась маем и дачей, вернулась мукой.

Она не была так черна и безнадежна, потому что всякий раз казалось: это будет завтра. Но наступало завтра, и я оказывался столь же близок к цели и столь же далек от нее. Татьяна Алексеевна, помолодевшая, оживленная, ласковая, была готова на все — до того предела, который был мне поставлен на бульваре. Этот предел держал меня в постоянном напряжении, я с маниакальным упорством домогался ее. Где бы она ни появлялась: в саду, столовой, гостиной, беседке, на кухне, в ванной, — тут же возникал и я, неотвратимый, как рок, но куда менее опасный. Она меня не только не отталкивала, а поощряла, ее руки сами тянулись ко мне. Она не уставала целоваться, не ставила мне никаких преград, кроме последней. Я бормотал откуда-то известные мне строчки Пастернака, которых никогда не видел в печати:

Тяни, да не слишком,
Не рваться же струне...

— Но здесь нельзя, — говорила она обещающим голосом.

«Здесь» и правда было нельзя: серой мышью сновала взад и вперед по даче, в оскорбленности и бессильной злобе, ее свекровь, скашивала темный зрак неандерталка, и скулы ее рдели, поджимала вишневые губки нянька, но, похоже, она меньше всех была афронирована происходящим — очевидно, в тех домах, где она раньше служила, барыня тоже развлекалась с учителем на фортепьянах, репетитором сына или молодым секретарем мужа. Недоуменно и заинтересованно поглядывал инфант — мы щадили детскую, но ведь ребенок бывает одновременно повсюду, и, ей-ей, он начинал что-то смекать, его испачканная в песке ручонка все чаще тянулась к ширинке красивых штанишек, добытых из клейкой груды последнего доброхотства американских трудящихся.

Однажды я застал Татьяну Алексеевну на редко посещаемой террасе с задней стороны дачи. Чего ее туда занесло? В коротеньком пестром сарафанчике, она рылась в коробке для шитья, надумав поиграть в швею. Сарафанчик не только ничего не скрывал, но с дивным бесстыдством обнажал ее желанное тело. Я прямо взвыл, когда увидел, и впился в золотую швею, словно гигантский клещ. Я заново открывал для себя ее груди, теплую, чуть влажную ложбину между ними, сухие подмышки, гладкий живот, завитки волос щекотно предваряли безумие ляжек, круглые атласные колени, мускулистые икры... Боже, как совершенно построил ты женщину, дивную страну, которую невозможно открыть раз и навсегда, а постичь не хватит всей жизни.

Она смеялась, целовала меня, будто ненароком, иногда делала вид, что отбивается, на самом деле помогала моим проникающим усилиям. Я чуть отстранился и полуизвлек руку из дальних недр, переводя дух, когда появилась бабушка.

— Блинчики печь? — спросила с наигранной озабоченностью.

— Мы же договорились, — пожала плечами без тени смущения сноха.

— Шел бы к себе, — не с осуждающей, не с гадливой, не с сожалеющей интонацией — каждая была уместна, — а с какой-то последней усталостью посоветовала мне старуха и заспешила прочь, будто забоявшись этого жалкого вторжения в безудержную жизнь снохи.

Почему Татьяна Алексеевна была так уверена в окружающих? Неужели она прозревала их до дна рабскую суть? Конечно, бабушкина зависимость с появлением в доме зятя-алкоголика и надеждой на внучка стала еще больше, но ведь и рабы способны на бунт, возмущение, протест. И у неандерталки был какой-то нравственный устой: смесь древних табу с мнимой комсомольской этикой. Только на няньку можно было положиться, пока той хотелось тут работать. А ей хотелось. Тетя Дуся тоже казалась надежной, но ведь шут зол, он может показать зубы. Она, правда, сейчас редко появлялась, зато глаз имела вострый. Человек шалый, с безуминкой, она могла продать и сдуру, и чтобы выслужиться перед Звягинцевым. Наконец, и Галя уже понимала, не показывая виду, что между мной и ее матерью происходит некий «флирт цветов». Однажды она застала меня в ее спальне, когда я крепко желал милой сонливице доброй ночи.

Порой у меня мелькала мысль, что Татьяна Алексеевна сознательно идет на риск. Впрочем, можно ли назвать риском подспудное желание, чтобы до мужа дошли слухи о наших отношениях? Но тогда необъяснима ее осторожность со мной. Той оголтелой ярости, с какой она, узнав об измене мужа, кинулась в объятия моего предшественника, не было в помине. Тогда жажду мести подкрепляла уверенность в себе: она думала вернуть мужа через ревность и гнев. Она просчиталась. Василий Кириллович решил проблему по-бытовому, вышвырнув Эдика и крепко пригрозив ему, чтобы не мелькал, после чего окончательно утвердил себя в двойном бытие.

Сейчас она была амазонкой, выбитой из седла и не очень приученной к наземному бою. Может, расчет ее был куда мельче, беднее: уязвить, показать свою независимость и то, что она может по-прежнему нравиться? Странно, что при этом она так мало считалась с дочерью. Может быть, знала значительно больше моего о студийных делах дочери? Но доброхоты уже успели намекнуть мне, что Галя увлечена не только вокалом, но и красавцем басом-профундо, что меня мало волновало. Наконец, это могло быть нужно ей психологически, чтобы не чувствовать себя старухой, выброшенной за ненужностью. Она, конечно, понимала всю меру моей обреченности и что за нее я приму любую кару, унижение, стыд. Меня можно было ударить несравнимо сильнее, чем Эдика, мальчишку, которому нечего терять. Звягинцеву ничего не стоило выгнать меня с волчьим билетом из литературы, лишить всякого заработка. По чести, вполне возможное фиаско трогало меня лишь потерей Татьяны Алексеевны, об остальном я просто не думал Но тут мне на помощь приходило воображение, спасающее всех мечтателей на свете. Сознание допускало некий прочерк — нефиксированные житейские обстоятельства, которые сами себя улаживают, и вот мы уже на золотом пляже Лидо, а вот за столиком «Максима», крытым морозной хрустящей скатертью, вот в Мулен-Руже, где еще танцует рыжая Ла Галю, а вот среди петергофских фонтанов — все это естественно придет к нам, когда мы станем свободными.

Словом, я не боялся расправы, но иной страх шевелился во мне. Мне снова недоставало художественности в происходящем. Что-то от меня скрыто, я снова брожу в потемках. Это скрытое куда серьезнее действительных и воображаемых угроз.

Вопреки Катиному утверждению, Татьяна Алексеевна не казалась мне страстной натурой. Весь свой порох она потратила на одну вспышку. Была ли она чувственной? Не уверен. Как не уверен в ее женской опытности. Похоже, опыт был чисто словесный, почерпнутый у Нины Петровны и других просветительниц. О пресловутом жалком загуле с пьяным стариком из заводоуправления я уже рассказывал. Ей хотелось выглядеть всезнающей, все испытавшей, эдакой оторви да брось! — но как-то не получалось. Не могла она перешагнуть последней черты. Даже в тот день, когда, казалось, это стало неизбежным.

Как нередко случалось, мы довольно крепко выпили за обедом. В последнее время часто оставались вдвоем, если не считать бабушки, инфанта и няньки. У Василия Кирилловича был сплошной аврал, теперь гайки нарезались независимо от конца квартала, похоже, некий вокальный аврал закрутил и Галю. Правда, Василий Кириллович, в отличие от дочери, иногда заявлялся ближе к полуночи, у него разыгралась гипертония, и врачи рекомендовали ночевать на свежем воздухе.

Выпив, мы ощутили друг к другу огромную нежность, но реализовать ее решили почему-то за воротами дачи, «на лоне природы» — сказала Татьяна Алексеевна. Можно было подумать, что для нашей любви недостаточно было природы на огромном дачном участке.

Взявшись за руки, как школьники-первоклассники, мы пошли к воротам, где нас дружелюбно обнюхал зачем-то спущенный днем с цепи сторожевой пес, овчарка Арно. Я заметил, что у Арно одно яичко свисает так низко, будто оно оборвалось в замшевом мешочке, и обратил на это внимание Татьяны Алексеевны. Она крикнула сторожа и наказала ему отвезти Арно в заводской питомник к ветеринару.

— Это потому, что он не трахается, — заметила Татьяна Алексеевна, когда сторож с собакой отошел.

— Со мной будет то же самое, — мрачно сказал я.

— Уж кто бы молчал, болтушка! — Шутливой укоризной наша сухая возня была вознесена в ранг сексуальных излишеств.

Перед дачей пролегало шоссе. Справа вдоль забора тянулся редкий молодой соснячок и полого спускался к балке, по которой бежал ручей. Мы обнялись, несколько не соразмерив жар порыва с прочностью упора, нас повело, и мы мягко шлепнулись на землю. Я немедленно обнажил ее по пояс и стащил узенькую полоску материи — бикини. Татьяна Алексеевна не носила летом своих упругих лат, что никак не мешало ее стройности. Я почти взгромоздился на нее, когда она сильным рывком скинула меня и сказала:

— Хочу иначе.

Она подарила мне рот. Это было больше того, на что я рассчитывал, и меня поглотил транс. Правда, раз-другой я возвращался в полусознание, и мне казалось, что нас приветствуют проезжающие к истринскому пляжу грузовики с воскресными массовками. Но нас это смущало ничуть не больше, чем одинокие прохожие на Тверском бульваре. Когда же я несколько пришел в себя, то обнаружил, что Татьяна Алексеевна фальшивит в том любовном усилии, которое применяет ко мне. Есть такой способ пить водку, чтобы не чувствовать сивушного привкуса. Надо отключить полость рта от вкусовых ощущений и вплескивать жидкость прямо в горло. Хорошие пьяницы так не пьют, им важно в водке все, каждое свойство божественной субстанции. А плохие пьяницы не дают себе почувствовать напиток. Татьяна Алексеевна действовала в том же роде, она обходилась одними губами, исключив язык и всю слизистую оболочку рта. То, что она делала, было подачкой, а не разделяемым наслаждением. Кроме того, она боялась получить заряд любовной влаги в рот, поэтому то и дело пугливо отстранялась. Это мне мешало. Свечерело, а я так и не вошел в райские врата.

Потом мы встали, она усталая, я разочарованный. Мы пошли дальше, спустились к ручью, неизвестно зачем, и здесь я довольно бесцеремонно вернул ее к прежней позиции. С переменой места мы ничего не выиграли, кроме сырости. Под конец я перестал что-либо ощущать, кроме нежной щекотки от ее волос, упавших мне на живот.

— Ну, ты и крепок! — сказала она. — Сдаюсь. Я рада что это было.

Я недолго утешался тем психологическим даром, которым явилось наше незавершенное соединение на лоне природы. Опять начались летучие, почти прилюдные встречи, наспех, на бегу, ничего не давая, только даром волнуя и расшатывая душу, доводя до белого каления без остуды. Какое там счастье, я уже не мечтал о нем, лишь о передышке, чтоб хоть на короткое время забыть о любимой и поверить, что есть другой мир. Она делала большие глаза: разве ее вина, что нам всегда что-то мешает? То телефон, то неотложное хозяйственное дело, то приезд Василия Кирилловича, или Гали, или кого-то из родни, то тошнота инфанта, или прострел няньки, или вдруг обнаружившиеся «личные проблемы» неандерталки, которую я считал бесполой, то появление новой, невероятно злой овчарки вместо увечного Арно; нам мешали монтеры и штукатуры, полотеры и печники, киномеханики и плотники, сборщики ягод — целая бригада с завода — и косари, грозы, что-то поджигавшие, и дожди, что-то затоплявшие, сороки, крадущие столовое серебро, и лисицы, повадившиеся в крольчатник сторожей. Иногда мне казалось, что Татьяна Алексеевна сама создает эти препятствия или подгадывает под них прилив своей нежности. Но зачем ей это? Мстит всему мужскому сословию в лице несчастного влюбленного мальчишки? Что ж, и такое бывает. Да ведь в моих муках вина ложится на нас обоих. Будь на ее месте другая женщина, не столь желанная, не закупоривающая меня бессознательным стремлением отодвинуть как можно дальше последнее разрешающее содрогание, я знал бы уже освобождение. В этом главная причина моей беды: страшно потерять все нарастающее, щемящее, пронизывающее ощущение, оно становится самоцелью, а не разрядка, и курок остается на взводе. Это моя, а не ее вина.

А почему она не отдастся мне самым простым, естественным, простодушной природой благословенным способом? Одной лишь боязнью беременности этого не объяснишь, ведь есть десятки способов предохраниться. А что, если правильна мелькнувшая у меня давно догадка: в мире Звягинцевых лишь место, созданное для деторождения, считается священным, безраздельно принадлежащим мужу. И пока оно неприкосновенно, нет греха, нет измены. Что бы мы ни делали, у нее остается моральный перевес над Звягинцевым, и чист ее взгляд, и весом козырь.

Я разыгрывал про себя сцену на кухне.

Бабушка. Пусть Татка поиграет. Она ж брошенка.

Нянька. А чего ж не пошалить с молодым человеком? До греха она не допустит, а всежки ей развлечение.

Неандерталка. Нешто так можно? При живом-то муже!

Нянька. Так то при живом! А ежели муж все равно как помер?

Бабушка. Типун те на язык! Василий перебесится, все на лад пойдет.

В воображаемой болтовне старушек было зерно истины. По Фрейду, нельзя говорить об эрогенной зоне женщины, все ее тело — сплошное эрогенное пространство. И Татьяна Алексеевна получала от меня необходимый заряд физиологической бодрости, помогающей ей нести свое соломенное вдовство. А надежду на реванш питало ухудшающееся здоровье мужа и все усиливающаяся к закату непривлекательность Макрюхи.

Этой ладной картине по-прежнему не хватало одного — художественности...

Возможно, у меня слегка поехала крыша. Вредно на чем-то зацикливаться, это ведет к разрушению личности. Вот и Сальери погубило, что он возлюбил музыку больше жизни. Он, правда, сублимировал свою гибель, отравив Моцарта, впрочем, это легенда, вымысел. Да и не было у меня Моцарта под рукой, я погибал сам.

Однажды я додумался до такой игры (возможно, наоборот, тупая, плоская и настырная игра придумала меня для своего воплощения) — я неотступно следовал за Татьяной Алексеевной и бубнил: «Я хочу вас». Вначале ее это развлекало, потом стало надоедать, наконец встревожило. Увещевания не помогли, и она решила прибегнуть к защите окружающих. Теперь она ни на минуту не оставалась одна. Это не помогло. Я подходил и, понизив голос — не настолько, чтобы при желании нельзя было услышать, — бросал: «Я хочу вас».

Атмосфера в доме опасно накалилась. И не потому даже, что каждый слышал эти слова и понял их смысл, а эманация моего доведенного до исступления желания отравила воздух. Бабушка металась по дому, словно ослепленная солнцем серая сова, нянька принарядилась, так в старину принаряжались провинциальные барышни с приходом в город гусарского полка, с неандерталкой случилась истерика. А инфант, услышав мою фразу, тут же плаксиво сказал: «Я тоже». Чужое желание к чему бы то ни было вызывало у него ответную реакцию. Единственный способ заставить его есть — покуситься на его порцию. Но через некоторое время он доказал всепроникающую мощь подсознания: вдруг все забегали еще суетливей, и нянька, размазывая по лицу океанскую соль слез, показала Татьяне Алексеевне оскверненную малолетком простыню. Чудовищно ускоренное созревание малыша не на шутку испугало Татьяну Алексеевну. Тем более что к этому часу дом скрипел, охал, стонал, то ли собираясь в дальний путь, то ли готовясь развалиться. Ведь он тоже состоял из живой природы, дерева, и протестовал против грубого попрания законов естества. Отзываясь ему, в саду глухо роптали сосны. За меня был весь здешний микромир, и Татьяна Алексеевна, прозрев, сдалась:

— Ты ступай к себе. Я приду.

— Когда? — спросил я с капризностью, которой позавидовал бы инфант.

— Когда все разойдутся.

— Да ведь бабка до полуночи пшебуршит.

— А мы поиграем в бильярд. Она угомонится.

Великолепный стол с костяной пирамидой стоял наверху. Дверь нашей с Галей спальни выходила в бильярдную. Я предполагал, что Татьяна Алексеевна, пользуясь неугомонностью бабушки, превратит мое ожидание в ад. Ничуть не бывало. Я был далек от порога отчаяния, когда она появилась, свеженамазанная, чуточку слишком официальная. Но в этом была своя милая тонкость, она шла ко мне, как на праздник.

Бабушки не было слышно, но это ничего не значило, она умела двигаться бесшумно. Во всяком случае, Татьяна Алексеевна решила сыграть партию. Я поставил пирамиду, разбил ее и с тоской стал ждать, когда она сделает удар. Нет ничего томительней, чем играть с неумехой, особенно если этот неумеха так интересен тебе во всех других отношениях. Надо было скорее закончить партию — не попросит ли она реванша? — и, отбросив деликатность, я стал расстреливать лузы. По закону гадства у меня заело на последнем шаре. Татьяна Алексеевна выбирала рядом стоящие шары и, не пытаясь сделать результативный удар, просто отыгрывалась. Тогда я стал готовить для себя подставки, но она цепко улавливала возможность целевого удара и отгоняла идущий шар, не пытаясь его положить. Мне приходилось то лупить через весь стол, то бить дуплетом, то от трех бортов. Злость сбила меня с прицела. Она поняла это и стала зловредничать еще усерднее. Но я взял себя в руки, сильно и толково разогнал шары и при следующем ударе сотряс угловую лузу метким клопштоссом. И сразу обнял ее и повел в спальню.

— Давай уберем шары.

— Черт с ними! Я потом уберу.

— Ты меня хочешь?

Мы слились так, будто не могли дотерпеть до спальни. И правда, не могли. Я не мог. Ни минуты. Ни секунды. Чуть откинувшись, я навлек ее на себя, рывком поднял и опрокинул на зеленое сукно бильярда. И тут же увидел, как сад облился металлическим светом фар. Лаяла надрывно новая овчарка, и, волоча громадную тень по стволам деревьев, траве и цветам, большая машина подползала по аллее к даче.

Мы не слышали ни гудка у ворот, ни первого захлеба овчарки, ни шума отворяемых ворот и грубоватых приветствий, которыми Звягинцев обменивался со сторожами, — короче, мы пошло, комедийно засыпались.

Татьяна Алексеевна ахнула, оттолкнула меня и кинулась вниз, одергивая юбку.

Я ушел в свою комнату. Сердце колотилось о ребра. Опять сорвалось! Что за проклятие, что за рок тяготеет надо мной? У меня взмокли глаза. Этого еще не хватало! Совсем расклеился. Лучше подумай, что ты скажешь Звягинцеву, когда он призовет тебя к ответу. Да ничего, пошел он в яму!.. Но бабы! Как же они неосторожны при всей своей трусости. Почему она была так уверена, что он не приедет? А может, она этого не исключала? Почему явилась такая прибранная, намазанная? Для моего праздника? А если не только для него, вовсе не для него?.. Она запутала меня податливостью и неподдаваемостью, которой служат внешние обстоятельства. Или она заставляет их служить моей непонятной цели. И чего она так всполошилась? Мы всего лишь играли на бильярде. Ничего не было.

Я поймал себя на том, что начинаю усваивать моральный кодекс семьи, вернее, тот кодекс, который я для них высчитал. И нахожу в нем опору. Настолько твердую, что без страха смотрю вперед.

В ожидании возможного вызова и чтобы себя развлечь, я стал думать, нет ли смысла и глубины в их нравственном устое. Лишь прямое соитие чревато зарождением новой жизни. А когда ребенок появляется на свет, на родителей ложится бремя забот о его сохранении, прокормлении, воспитании, научении — словом, о всем, что способствует превращению личинки в человека. И значительная часть этой ответственности приходится на отца. Справедливо ли, чтобы он тратил силы, свою единственную и неповторимую жизнь на заботу о чужом ребенке? Такое может быть лишь по доброй воле, но не по обману. Поэтому табу то место, откуда появляются дети. Остальное — лишь жалкие и неопрятные человеческие игры, на которые лучше закрыть глаза, ибо они без последствий. Все это рассуждение ничего не стоит, если не сказать, что в кругу Звягинцевых пользование презервативом приравнивалось к убийству, людоедству, растлению малолетних и предательству родины.

Оперев себя на это умозаключение, как на столп истины, я довольно бодро встретил утро, обещавшее быть препротивным. Тем паче что к завтраку приехала наконец-то освободившаяся от вокальных забот Галя, которую Василий Кириллович конечно же натравит на меня.

Спускаясь в столовую, я громко и фальшиво напевал популярную песню о подвигах простого советского человека, который во имя светлого будущего уничтожает природу: «меняет течение рек, высокие горы срывает», дивно преобразуя своим бесчинством окружающий мир:

> *И звезды сильней заблистали,*
> *Ручьи ускоряют свой бег,*
> *И смотрит с улыбкою Сталин —*
> *Советский простой человек.*

Нельзя же стукнуть по башке певца, который так истово славит Сталина.

— Твой муж и мать ведут себя кое-как, — обращаясь к дочери, заявил Василий Кириллович после первой же рюмки, которую выпил без тоста и ни на кого не глядя.

— А что такое? — несколько искусственно всполошилась Галя.

— Спроси, чем они занимались ночью.

— Я лично спала, — широко улыбнулась Татьяна Алексеевна. — Под твои рулады.

— Нет, когда я приехал.

— Играли на бильярде. Ты же видел.

— Ничего я не видел. Сбежала сверху, вся встрепанная. А этот даже не появился.

— Я появился, — спокойно, в сознании своей чистоты, сказал я. — Только вы заперлись.

Я смутно слышал, как они переругивались в спальне, и понял, что Василий Кириллович обошелся без позднего ужина.

— Безобразия в доме разводят! — сказал он мимо моих слов, потому что я угадал. — Ты следи за своим.

— Разве уследишь! — засмеялась Галя, обращая все в шутку.

— А не можешь уследить, значит, ты плохая жена И хрен тебе цена.

— Ну, это зря! — позволил я себе легкий протест, довольно безопасный, поскольку я брал под защиту его дочь.

Он ничего не сказал, но впервые зыркнул на меня глазом — нехорошим, тигриным.

И все же я не мог понять, злится он по-настоящему, или играет в ревнивый гнев самооправдания ради, или же, вполне равнодушный к существу дела, тешит беса дурного характера. Есть повод поиздеваться над слабейшими, так почему бы им не воспользоваться?

Он не прекращал доканывать нас всю долгую утреннюю трапезу. Причем большая часть его подковырок адресовалась Гале как самой незащищенной. Но тут таился и другой смысл. Что-то не позволяло ему оставить этот дом, значит, дом должен стоять крепко, и совсем ни к чему появление еще одной центробежной силы. Урок благопристойности давался и Гале, подзабросившей семью вокала ради. Строгий, высоконравственный глава семьи наставлял нас морали. Я твердо придерживался раз избранной тактики: считать все это затянувшейся, не слишком удачной шуткой. Был, правда, соблазн во утверждение своей безгрешности вспылить, возмутиться. Но не попадусь ли я на хитрую провокацию? Вот тут-то и покажет он мне Бычий двор. Не дам ему такого удовольствия. Татьяна Алексеевна подавала пример правильного поведения. Она делала вид, будто болтовня мужа вовсе ее не касается.

Но постепенно эта безучастность стала раздражать. В ее распоряжении был целый арсенал средств: оскорбиться, возмутиться, увести разговор в другую сторону, превратить все в шутку, подластиться она тоже умела, что гарантировало бы Василия Кирилловича от подковырок наедине, но она самоустранилась. Неужели ей доставляла удовольствие его вялая, искусственно раздуваемая ревность?

Во мне творилась странная работа. Я так основательно убедил себя, что между мной и Татьяной Алексеевной ничего не было, что груз всех даром растраченных сил, впустую прожитых лет, безответных чувств, какой-то решающей, на всю жизнь, неудачи, умноженный вздорными подозрениями, раздавил мне душу. Я смялся внутренне, съежился внешне, провалился в себя и, ничуть не притворяясь, обрел убедительнейший вид оклеветанной невинности. Звягинцев, которому в данной ситуации наказать меня внапрасли-ну было куда приятнее, чем по делу, испытал глубокое удовлетво-рение. Он традиционно рыгнул, не добавив положенного: «Уф, обожрался!», — и вышел из-за стола...

— А знаешь, отец говорил совершенно серьезно, — сказала Галя, когда мы поднялись в нашу комнату.

— Что — серьезно?

— О тебе и матери.

— Он что, ненормальный? Как ему не стыдно?

— Стыдно — не стыдно. Но говорил он серьезно.

— Какой бред! У него самого нечисто, вот и видит всюду грязь. — Тут я спохватился, что защищаюсь, и немедленно сделал ответный выпад: — Он, кстати, и к тебе имеет какие-то претензии.

— А я-то тут при чем?.. — Галя почувствовала свой румянец ожогом и поспешно вышла из комнаты, будто вспомнив о срочном деле.

В саду Звягинцев, довольный, что всем испортил настроение, играл с внуком. Они хором декламировали:

Старушка не спеша
Дорожку перешла...

Затем последовал счастливый смех инфанта, заглушивший конец куплета, — дед, наверное, что-нибудь отчудил. Заухал и сам Звягинцев, затем я уловил звень Татьяны Алексеевны. Она тоже была там. Меня охватила тоска, я не могу пойти к ним и хоть прикоснуться к ней рукой.

Хлопнул выстрел. Я сорвался с постели, показалось, что стреляли в меня. Поискал пулевое отверстие на стене и потолке, потом осторожно выглянул в окно. Звягинцев убил белку из мелкокалиберного ружья. Он показывал восхищенному внуку, что угодил прямо в глаз, не попортив шкурку. Меткость у него была прямо-таки таежная. Мальчик гладил рыжую шкурку и смеялся, я бы на его месте плакал.

Я это сделал на своем собственном месте. Я заплакал над белкой, которую не раз видел в ветвях деревьев, веселую рыженькую летунью, чью легкую безвинную жизнь так бессмысленно прекратили, над собой, попавшим в капкан с пружиной намертво, над Галей, чья жизнь снова не удалась, над Татьяной Алексеевной, не заслужившей своей грубой неудачи, и Василий Кириллович с его запоздалым романом, с нелепицей, в которую обратилась его жизнь, тоже попал в туман моих слез. Не оплакан остался лишь инфант, еще не наживший души — органа для страдания, — но и его было жалко, бедного блевуна.

После обеда Василий Кириллович, вернувший себе утреннюю угрюмость, хотя и прекративший терзать нас, вдруг собрался в Москву — что-то на ТЭЦ стряслось. Не иначе — голубиная почта принесла тревожную весть.

Ужинали мы вдвоем с Галей, у Татьяны Алексеевны разболелась голова.

— Они поругались? — спросил я.

— Нет. У матери бывают мигрени.

Галя уехала на другой день вечером.

Татьяна Алексеевна — мигрени прошли так же внезапно, как и начались, — сказала с веселой иронией:

— Никому-то мы с тобой не нужны.

— Я никому не нужен. Вы нужны мне.

— Болтай, болтушка! — знакомо отмахнулась она.

Но когда после ужина я спросил, без надежды, почти машинально: «Вы придете?», — в ответном кивке было больше, чем согласие.

Еще не наполнилась темнотой пепельно-серая прозрачность московской белой ночи, когда началась гроза. И весна, и лето были бездождными, я забыл самый звук грома. Сухой долгий треск, завершившийся бледной и ослепительной вспышкой, от которой мигнула лампочка, вызвал тревожное недоумение — похоже, распоролась холстинная оболочка мироздания. Следующему разрыву предшествовали сдвоенные мигания лампы, а удар был короткий, собранный и оглушающий. Я не помнил гроз в это переходное время суток — от вечера к ночи, к тому же такого светлого вечера. Это час тишины, умиротворения. Бывают великолепные ночные грозы, но куда чаще — утренние или дневные, когда гроза медленно и душно вызревает в горячем воздухе. Подмосковная гроза чаще всего приходит издалека, она накаляется часами и сперва обходит стороной то место, где ты находишься, пуская косые ливни по го-

ризонту, урча, ворча, пылая сполохами и лишь изредка прострели-
вая сизую наволочь зигзагом молнии, и вдруг рушится прямо на
твою голову, когда ты вполне уверился, что пронесло. А тут сразу,
без подготовки, при чистом, бесцветном, стеклянном небе с увеси-
стой силой вдарило раз-другой, и крупные капли заколотили по
листьям, траве, оконным стеклам. Сразу посмерклось. Я закрыл
окно. Зажег ночник на тумбочке возле кровати и задумался, что
означает эта нежданная ниоткуда и ни с чего гроза в символике
моей нелепой жизни. Она могла означать лишь одно: Татьяна
Алексеевна не придет. Опять началась мигрень, или поднялось
давление, или до срока пришли месячные, зависящие не только от
Селены, но и от ветреной Гебы, или же что-то затопило, прорвало,
инфанта хватил родимчик со страха. Ведь не может гроза быть
просто так.

И вдруг все кончилось так же внезапно, как началось. Гулко
простучали последние капли, посветлело, в комнату сквозь закры-
тые окна хлынула сосновая и травяная свежесть. Когда я открывал
окно, мне в лицо ударил ветер, стремящийся насквозь. Я оглянулся — Татьяна Алексеевна закрывала за собой дверь.

Дивной музыкой прозвучал двойной поворот ключа.

Я стал молиться про себя, предваряя обращением к Богу каждое
движение. «Милый Боже, сделай, чтобы она сняла халат!» И она
сняла. «Милый Боже, пусть она позволит стащить с нее бикини».
Я не был уверен, что старый Бог знает это современное слово, и пояснил: «Маленькие, узенькие трусики». И Господь благословил
меня снять их. «Милый Боже, сделай так, чтобы я снял с нее лифчик». И тут же она сдвинула лопатки, чем помогла мне расстегнуть
пуговицы и снять теплый от ее груди лифчик. «Милый Боже, сделай, чтобы она сняла рубашку». Но, видать, я утомил Господа своими просьбами, и она невесть с чего заупрямилась. Рубашка была с
носовой платок и ничуть не мешала мне, но я жаждал абсолюта.
В нашей возне рубашка скаталась в жгут, открыв груди, живот, ее
практически не было, так — знак, символ того, что ее тело знакомо
с одеждами, а я продолжал упорствовать, впустую расходуя силы,
время и раздражая Всевышнего истерическими мольбами. Но и
Господь, и Татьяна Алексеевна стояли насмерть. Может быть, тут
проявлялся рудимент той странной нравственности, уроки которой, как выяснилось, я тоже усвоил: рубашка, оставшаяся на теле,
служит идее брака, сохраняет некую верховную привилегию мужа.
Я чувствовал какую-то уловку, направленную против меня, против
полного обладания. Но я и так не мог справиться с ней, а теперь

она имела на своей стороне покинувшего меня Вседержителя. Я сдался. А вот она не позволила мне оставить на себе майку-безрукавку, что я пытался сделать в бессознательной попытке реванша. Она содрала ее с меня — кровожадно, как кожу.

Наконец-то все ее тело в моем распоряжении — что значат между своими две тоненькие бретельки и комок смятой ткани? Но я растерян перед этим изобилием и открывшимися мне возможностями. Подобную растерянность я испытал однажды в дивном храме Светицховели, но там мне помог лик Христа с открывающимися и закрывающимися глазами. Он привлек к себе, чем и организовал мое внимание. Здесь дело обстояло сложнее. Христос был и в ее губах, Христос был и в ее сосках, Христос был в пещерах ее подмышек, Христос был в таинственном пупке, и я впервые понял восточное любовное моление: «Дай насладиться твоим пупком!» И впрямь, не нужно иного государства, если бы Христос не осенил собой подколенные впадины и не учредил престол свой над ее лоном.

Я ринулся туда алчущим ртом и наэлектризованными пальцами, но здесь мне в который раз был поставлен предел, к сожалению, чуть запоздало. Я убедился, что поманил меня туда не Спаситель, а Лукавый, ибо здесь обнаружилось единственное несовершенство этой божественной плоти. У нее была вялая губная складка. Так случается, если женщина много рожала или профессионально злоупотребляла этим местом. Но здесь ни то, ни другое объяснение не годилось. Все объяснялось куда проще — Сатана похитил этот единственный уголок Эдема у Господа.

Видя, что я устремился не по тому пути, она взяла поводья в свои руки. Уложив меня навзничь, она склонилась ко мне и стала делать то же, что и при дороге, но без ребячьей боязни захлебнуться субстанцией жизни. Если б раньше так!.. Но был какой-то органический порок в попытках нашей близости. Он шел от первых запретов. А потом, чем больше она стремилась привести меня к полноте наслаждения, тем крепче, вопреки собственному желанию, я запирался. Наверное, мне мешало то, что она отняла у меня активность, ту мужскую инициативу, которую я всегда брал на себя в близких отношениях с женщинами. И, чувствуя вновь эту проклятую заклиненность при чудовищной мускульной готовности, я ждал очередного поражения — не от слабости, а от пустой избыточной силы.

— Ты нарочно? — спросила она с набитым ртом.

— Что нарочно?

— Зачем мучаешь меня?

— Я не виноват. Давайте по-другому.

Татьяна Алексеевна словно решила доказать правоту Фрейда, что женское тело — сплошной орган любви. Я был введен в каждый маленький храм, но, попав меж двух грудей, решил, что здесь и останусь, приму постриг. Я взял ее груди в руки, прошло без малого полвека, прошла жизнь, а я до сих пор помню в ладонях тяжесть этой плоти. Я был близок к финишу, как бегун на длинные дистанции Аллан Силлитоу и, как он, вдруг задумался. Бегун задумался и сошел с дистанции, исполнившись презрения к тому, что было делом его жизни, маниакальному стремлению стать первым на гаревой дорожке, к зрителям на трибунах, с беспощадной жадностью ждущим, когда на потеху им появится измочаленный, полуживой честолюбец, чтобы получить венок из суповых листьев. Он понял ничтожность всего этого, кроме самопроверки, которую выдержал, и, плюнув на лавры, сошел с дорожки. Я задумался о том, что приближаюсь к своему пику способом, напоминающим вульгарную мастурбацию. А если плюнуть, сойти с дистанции, признать ее бессмысленную победу и покончить со всем этим? Как покончить? Не знаю, так или иначе... Но, барахтаясь в этих мыслях, я уже знал, что не способен их осуществить.

Я взял ее руки и вложил в них ее груди, избавившись от срама самоудовлетворения. Теперь две энергии сливались ради единой цели.

Мой организм стал громаден, безграничен, как пространство, открывшееся гоголевскому колдуну, и в бесконечной дали этой новой вселенной, которая была мной, возникло какое-то жжение, нежно язвящее пощипывание; оно все нарастало и превратилось в электронный штурм, расстреливающий каждую ткань наособь. Происходящее не имело подобия и потому не имело названия, что-то подкатывало к сердцу и опадало в живот, и вдруг все сосредоточилось на комке плоти, бившемся между грудей, отяжелив вперевес. Я упал на любимую, опрокинув ее. И тут прорвало. Мне казалось, я истеку весь, без остатка, исчезну, сгину, но так и надо, раз все сбылось.

Наверное, я был некоторое время без сознания, а когда очнулся, то обнаружил, что вся верхняя половина тела любимой, тоже пребывающей в странной тишине и недвижности, залита любовной жижей. Брызги достигли подбородка, губ, щек, даже глазниц. В ключичных ямках и ложбине между грудей стояли лужицы.

Сколько же я накопил любви, если стало возможно это вулканическое извержение!

Я приподнялся, снял со спинки кровати майку и принялся вытирать ее. Она не сопротивлялась, но и не помогала мне, пребывая в состоянии, близком каталепсии. Вытерев все досуха, я осторожно лег на нее. Она очнулась и, не размыкая век, то ли в знак благодарности за столь несомненное доказательство страсти, то ли в сознании полной моей безопасности, раскрылась, и мой страдалец впервые оказался в той горячей влажной мякоти, куда ему был закрыт доступ.

— А ты уже не можешь, бедный! — пробормотала она нежно и соболезнующе.

— С вами я всегда могу, — ответно проворковал я, внедряясь вглубь.

Она судорожно забилась, и, приняв это за проявления встречного усилия, я со всей силой вонзился в нее. И будто попал в эпицентр землетрясения. Она металась, рвалась, вскидывалась, изворачивалась, и все молча, с остекленевшими глазами, пытаясь освободиться от меня. Мне казалось, что я держусь прочно. Но постепенно мы подползли к другому краю кровати, и свалившийся матрас увлек нас вниз. Сперва она стукнулась головой о стену, потом я, и мы очутились на полу. С поразительным проворством она вскочила. Я чуть замешкался — вывернул руку, пытаясь предохранить любимую от ушиба.

— Что с вами? — спросил я.

От ее поведения веяло сумасшедшинкой.

— Хорошего понемножку, — сказала она со всеискупающей заговорщицкой улыбкой. — У нас с тобой впереди лето и... — Она чуть помедлила и с нарочитой театральностью: — Вся жизнь.

Она полностью владела собой, даже с дыхания не сбилась после такой затраты физической и нервной энергии.

Она приложила палец к моим губам, схватила свои вещички и выскользнула из комнаты. Я слышал топот ее босых ног — шлепающе по линолеуму бильярдной, глухо по деревянным ступеням лестницы. И, не дав даже дух перевести, на меня снова навалилась тоска. Я опять хотел ее, словно не было той опустошающей растраты. А больней всего было оттого, что она не делит моего порыва, а швыряет мне подачку.

Я натянул трусики, взял ее туфли и пошел вниз.

Дверь спальни лишь притворена. Я постучался и, получив разрешение, вошел. Татьяна Алексеевна, совершенно голая, только в

312

голубой косынке, повязанной на ночь, стояла посреди комнаты, то ли ступив мне навстречу, то ли не завершив движения к зеркалу или комоду.

— Зачем ты оделся? — спросила она укоризненно, словно я пришел в костюме полярника.

Я хотел было содрать трусики, но тут с обвальным грохотом обрушилась вода в уборной. Кто-то уже встал, наверное бабушка, старые люди мало спят. И вдруг я заметил, что за окном полыхает утро.

Я представил себе новую возню, но теперь уже с незащищенным тылом, и понял мнимую смелость ее вызова. На таком плацдарме, где весь быт на ее стороне, мне бессмысленно вступать в бой.

Доверчивое утро блистало за окнами, дышала миром большая нарядная дача, лучилась приветливостью из серо-голубых глаз золотистая нагая женщина, давшая мне наслаждение, а на меня повеяло чем-то зловещим В счастье я уже не верил, а разрешиться завязавшееся тут бытовым скандалом тоже не могло. Громко звучала надрывная, дребезжащая, фальшивая нота.

Весь день я почти не видел Татьяну Алексеевну. Она погрузилась в домашние заботы. Вихрем носилась по даче, отдавая громкие приказания, весело распекала каких-то унылых мужиков в саду, давала бесценные кулинарные советы неандерталке, завертела волчком бабушку и даже начала учить инфанта французскому языку, которым не владела. Я утешался тем, что причастен к ее возрождению. Минувшая ночь вернула ей уверенность в себе.

Тщетно прождал я ее весь вечер и всю ночь, тупо веря, что она придет. Утром за завтраком она обмолвилась, что ждали Василия Кирилловича. Мне стало легче, хотя я не очень поверил этому. Но сделал вид, что верю. Как замечательно сумела она доконать меня, не сказав ни разу резкого, отстраняющего слова, не сделав ни одного грубого, просто волевого жеста, оставаясь ласковой и покорной, идя навстречу моим желаниям, лишь внося маленький корректив в наше полное взаимопонимание.

И был снова огромный, нескончаемый, пустой и страшный день без нее. Неужели меня окончательно списали на берег? Мавр сделал свое дело... Да нет, никакого дела мавр не сделал, разве что напомнил оставленной в пренебрежении женщине о ее былой власти.

Я не вышел к ужину — кусок не шел в горло. О водке и думать не мог. Я не хотел постороннего вторжения в чистоту подступающего отчаяния. Я лежал в своей комнате на застланной постели и смотрел на бледное обманчивое дневное небо над сгущающимся сумраком земли. И тут она пришла. В легком платье-халате, босоножках и накинутой на плечи старой замшевой куртке Василия Кирилловича. После недавней грозы, как всегда, похолодало.

— Ты мне не рад?

— Я не ждал вас.

— Ты злишься?

— Уже нет.

— Но злился? — Я не ответил. — Тебе хорошо было в последний раз?

— Я люблю вас. Мне нужны вы, а не... — Я не нашел нужного слова.

Она же не захотела его угадать. Есть такой неприятный способ разговора, когда цепляются за слова, сознательно не слыша подразумеваемого смысла.

— А разве я не с тобой?

— Нет. Вы все время ускользаете. Вам нравится мучить меня. Вы заставляете меня за кого-то расплачиваться?

Она скинула на пол куртку. Не знаю, что она сделала с собой, но я вдруг увидел, какой она была девочкой. Что-то юное и прежде промелькивало в ней, но не становилось, как сейчас, новым воплощением. Доверчивое, открытое до беззащитности, юное существо отдавало мне себя без условий и соглашений.

Я подошел к ней и обнял, очень осторожно, тихо, поняв, что отныне мы никуда не торопимся, не боимся нами же создаваемых химер. Мы медленно, как в рапидной съемке, подошли к кровати. Она расстегнула свой халатик пуговицу за пуговицей неспешными движениями — начиналась наша вечность, которую надо пить спокойными, глубокими глотками. И, принимая заданный ею ритм, я так же не спеша снял с себя все, сложил на стуле, лег и притянул ее к себе. Она обняла меня не руками, а всем телом, и вспомнилось: «Ты меня волною тела, как стеною, обнесла». И тут же комната, дача, сад, все мироздание озарились ослепительным светом мощных фар. Это было очень страшно. Наверное, так чувствует себя рыба, высвеченная в ночной воде «лучом» — горящим смольем, когда безжалостная острога подбирается к ее спине по световому колодцу. Голые и беспомощные, мы выставлены на всеобщее обозрение и позорище, и нет нам оправдания, защиты и снисхождения.

Впервые я увидел Татьяну Алексеевну растерянной. Охнув, она вскочила, подобрала свое платье-халат, кое-как натянула на себя и выскочила из комнаты.

Я сел на кровати — без мысли и чувства. Нет, в первое мгновение, поскольку я еще жил своим чувством к ней, был скрут боли и бешенства, что нам опять помешали, затем пришло сознание безнадежности провала, а с ним пустота. Меня не волновало, что сделает со мной Василий Кириллович, что будет дальше. Все кончилось. Мне даже не было стыдно. Бывает стыдно покойнику?

Дверь распахнулась, влетела Татьяна Алексеевна, схватила куртку Василия Кирилловича, вбила босые ноги в свои ночные туфли. При этом она как-то странно, мелко хихикала. Маленькая девочка опять проступала из нее, но почему-то это не умиляло. Она сунула руку в кармашек и ребячливым жестом протянула мне дамский браунинг, который я однажды видел в ее ночном столике.

— Зачем? — спросил я, но револьвер взял.

— Не хочу, чтобы тебя изуродовали. Ты мне нужен целый. — И, опять захихикав, скрылась.

Убить его, взять ее и тоже убить, потом убить себя? Нет, ее оставить, зачем же ей умирать? И тут все наше с ней высветилось и наконец-то обрело художественность. Любимая, вы ошиблись, я не убийца. И я не нужен вам ни целый, ни размолотый вашим мужем. Вам нужен только он, и никто другой в мире. Вы поняли, что он не вернется, что он любит другую женщину, а не вас, и решили: пусть не достанется никому. Катя с длинным носом поняла вас куда лучше меня: вы страстная натура. И страшная. Вы любите этого бздилу, рыгалу и хама, сумевшего так мощно подняться после падения, сохранившего лицо посреди всеобщего обезличивания, крутой нрав и яркий характер посреди всеобщей душевной оскопленности, — ошалело любите, как тогда, под взрывом, когда зачали от него дитя. Я не знаю, сразу ли появился у вас ледяной расчет на меня, но безошибочный инстинкт двигал вами с самого моего появления в вашем доме. Вы довели меня до полной утраты себя, вы делали со мной, что хотели, но, чтобы я стал убийцей, вам надо было полюбить меня. А этого вы не можете. Сейчас я навсегда уйду от вас, вернусь в свой возраст.

Я услышал тяжелые шаги на лестнице. Прежде всего надо спрятать браунинг, он не должен видеть его. Ну, это проще простого, достаточно забросить его на шкаф. Шаги приближались, но я не торопился. Во мне была сомнамбулическая уверенность, что я уйду. Хотя это было не так просто. Прямой путь отрезан, а внизу бегает не успевшая меня признать свирепая овчарка. Я видел, как летала по деревьям убитая после Василием Кирилловичем белка. Она описывала по саду круги, ни разу не коснувшись земли. Словно после долгой разлуки я ощутил свое худое, сильное и ловкое тело. Я уйду по деревьям

Шаги приближались, надевать штаны и рубашку не было времени, я повязал их рукавами и штанинами вокруг шеи и вышел на балкон. Ближайшая ветка сосны была в метре, я прыгнул на нее, до того как распахнулась дверь.

Овчарка обнаружила меня, когда я проделал половину пути к забору. Она прыгала, клацала зубами, захлебывалась от злобы рыдающим лаем. Она наводила на меня Звягинцева. Если он захватил мелкашку, то при его метком глазе... Пусть воспользуется своим шансом, это справедливо. Отвечать не придется, думал — злоумышленник. Но было темно в ветвях. А белесое небо не уделяло света земле. Я достиг забора и на гибком стволе молодой ольхи перелетел через него. Собачий лай, злоба стыд, муки и неудача моих последних лет остались там. Я оделся, выбрался на шоссе, где меня подхватил первый же грузовик...

Татьяну Алексеевну я увидел двенадцать лет спустя на помосте крематория, в гробу. Она всего лишь на полгода пережила мужа, ей не было шестидесяти. Умерла от сердца — сказали мне. Это правда, но не в узко медицинском смысле. Они до последнего дня оставались вместе-врозь. Его не стало, и ей не для чего было жить. В гробу лежала молодая красивая женщина с золотой головой. Она была свежа, как заезженная Хомой Брутом паненка-ведьма в церкви при отпевании. Она не уступила смерти ни грана своей живой прелести. Стоящие у гроба были куда сильнее отмечены грядущим небытием, нежели она, уже ступившая в него. Она, а не я, повинна в том кощунстве, которое сотворил у гробового входа мой спутник и однолеток, почтив вставанием память усопшей.

1991

ДАФНИС И ХЛОЯ ЭПОХИ КУЛЬТА ЛИЧНОСТИ, ВОЛЮНТАРИЗМА И ЗАСТОЯ

История одной любви

1

Если человек без конца возвращается к какому-то переживанию своей жизни, значит, оно было очень важным, решающе важным, но так до конца и не понятым. Вот и я опять начинаю пережевывать жвачку под названием «первая любовь». Не отпускает меня эта тема моей жизни, а ведь я столько раз обращался к ней в своих писаниях, а уж о раздумьях и говорить не приходится. Впервые я написал о своей первой любви по живому следу казавшегося окончательным разрыва. То было нечто странное по жанру: не дневниковая запись и не рассказ — а я все самые сильные переживания претворяю в рассказы, — не фрагмент будущей повести, а какой-то взвой, рыдание, странно сплетенное с размышлением, при этом цельное и завершенное по форме: зачин — кульминация — развязка. Как жаль, что этот «документ» непосредственного чувства загадочно пропал вместе с другими не предназначавшимися для печати рукописями. Это обнаружилось после смерти отчима. У него была привычка прятать и даже хоронить в саду писания, противоречащие требованиям цензуры. Видимо, так отыгрывалась травма тридцать седьмого года. Писателя посадили в силу идиотической ошибки по делу о промышленной контрреволюции. Недоразумение вскоре выяснилось, но отпустить его с миром не хотели, ведь это признание ошибки, а единство щита и меча не ошибается. Продержав год во внутренней тюрьме, ему вчинили в вину два дневниковых критических замечания в адрес Фадеева и Эренбурга и без предъявления статьи посчитали год заключения карой за клевету на выдающихся советских писателей. Я вдруг сообразил, что в отличие от большинства репрессированных мой отчим так и не был реабилитирован и сошел в могилу, отягощенный своим преступлением. До этого он зарыл в саду мою повесть «Встань и иди», написанную еще в сталинские времена, и, конечно, забыл место захоронения. По счастью, второй экземпляр повести спокойно лежал в среднем ящике моего стола, терпеливо дожидаясь публикации. Мне так хотелось включить порожденные сильным и непосредственным чувством страницы в эту повесть, но не смог обнаружить пропажи.

Потом я еще не раз возвращался к переживаниям своей первой любви, но уже не впрямую, а в беллетристической форме, и вот после долгого перерыва решил до конца отговориться, без всяких литературных околичностей, теперь уже навсегда.

Я не знаю, жива ли Дашенька — так называл я ее в юности, — но здесь она будет Дашей, ибо уменьшительное звучит фальшиво для моего сегодняшнего слуха. Я не знаю, жива ли она, жив ли я сам, но мой счет с ней закончится, лишь когда я поставлю точку в этой повести. Наверное, лучше было бы оставить в покое некогда близкого человека, но ведь посыл идет не от мстительности, а от неизжитого чувства и мучительного желания понять что-то, вечно ускользавшее в главной сути отношений. Сколько разнообразной и сильной жизни выпало мне на долю, сколько было любовей и есть — я люблю мою нынешнюю жену с душевным пылом, не укрощенным безразлучными двадцатью пятью годами, и вдруг опять засветило довоенным Коктебелем, запахло сушью его тамарисков, зазвучало вечерней джазовой музыкой сквозь мягкий шум бухтового прибоя, — и я забываю о старости, изношенности, хворях и хоть не томлюсь тютчевской «тоской желаний», но перестаю ощущать душу как непосильную ношу.

Думается, на этот раз я подведу окончательные итоги долгой напасти и выгадаю время, которого у меня осталось с воробьиный нос, на иные неясности прожитого; уходя, хочется знать, в чем ты участвовал так долго и так мимолетно и кто были твои партнеры по ужасу и великолепию жизни. Порой мне кажется — и с годами все уверенней, — что я ни в чем и ни в ком не разобрался и во мне не разобрались даже самые близкие люди. Что же говорить о тех, кто судил издалека. Но иногда меня пронизывает мысль, что на расстоянии лучше видно и, быть может, в этом недоброжелательном прищуре больше зоркости, чем в самообольщенном взгляде на себя изнутри. Но чтобы понять по-настоящему, надо написать, хотя и это не гарантирует успеха...

Мне исполнилось восемнадцать лет, я кончил школу с золотым аттестатом и без экзаменов был принят в Первый московский медицинский институт. Таким образом, я сразу стал студентом, то есть взрослым человеком, что наполняло меня волнением и гордостью. При этом я оставался мальчиком и намеревался пробыть еще год во исполнение домашнего наказа: лишь в девятнадцать лет можно перешагнуть рубеж, отделяющий мальчика от мужчины. До чего же покорной скотиной я был! Сейчас я скрежещу зубами от злости, думая об украденном у меня годе несказанных радостей. И ведь не перенесешь его на заключительную прямую жизненного марафона: мол, я поздно начал, так продлите мне срок службы. Черта лысого тебе продлят!

Тридцать восьмой год примечателен в истории моей скорбной родины тем, что к середине его окончательно исчах террор, подаренный почему-то тридцать седьмому году, хотя он начался в тридцать шестом — именно тогда посадили отчима — и продолжался ровно два года, навсегда отравив страхом человеческие души. На самом деле он начался с первого дня пламенного Октября и длился, то затухая, то разгораясь, до завершения исторического периода, именуемого «строительством социализма».

Как и положено в нашей семье, мы уплатили очередному витку советской истории щедрую дань. Отчим, отсидевший всего год, по существу так и не вернулся из тюрьмы. Он был своеобразным писателем, тянувшим собственную борозду. Варлам Шаламов в своих воспоминаниях назвал его литературу «интеллектуальной прозой», высоко ее оценив. Отчим к своему настоящему творчеству уже не вернулся. Да и кому нужна была интеллектуальная проза, когда просто мыслить стало смертельно опасным? Теперь он не жил, а существовал в литературе, занимаясь чем придется: критикой, на которой опять едва не погорел, исторической прозой, редактировал полуграмотных писателей — русских и националов, — писал внутренние рецензии, с поразительной быстротой строчил очеркишки, которые в огромном количестве, хорошо оплачивая, поглощало Информбюро — болдинская осень халтуры растянулась на несколько лет, — состряпал два приключенческих романа, но душевно и умственно оставался чужд всему этому.

В тридцать седьмом году по обвинению в поджоге бакшеевских торфоразработок посадили и моего приемного отца-лишенца. Ему отказали в московской прописке при паспортизации (уже отмотал пятилетний срок ссылки невесть за что), и он поселился на болоте, чтобы быть ближе к родному городу. После долгого и мучительного следствия — бить не били, но бесконечными ночными допросами, угрозами и гипнозом: ему показали нас с мамой за решеткой — довели до нервно-психического срыва. Сознание ему восстанавливали в страшной психушке Сербского, заодно изменив обвинение: срок он получил не за поджог торфа (находился в командировке во время пожара), а за непочтительное отношение к портретам Молотова и Кагановича, которыми решили украсить его кабинет, когда он, начальник планово-экономического отдела, корпел над квартальным отчетом. Мать и отчим, к тому времени уже выпущенный на свободу, видели отца после суда (как это ни дико, его судили, пусть при закрытых дверях, в областном суде на улице Воровского — трогательная забота о легитимности!). Со счастливым лицом — ведь ждал расстрела — он крикнул: семь и четыре! — и как на крыльях впорхнул в «воронок». Его фраза значила: семь лет лагерей и четыре поражения в правах. Да, бывали счастливые мгновения и в то кромешное время.

Его ликование можно сравнить лишь с пьянящим счастьем, которое незадолго перед тем испытали мы с матерью. Мы вернулись из Егорьевска, где целый день протомились у стен пересыльной тюрьмы в надежде на свидание с отцом, но, конечно, не дождались, даже передачу не приняли. Когда же, усталые, разбитые неудачей, добрались до дома, нам открыл дверь отчим, только что отпущенный с Лубянки. Ради таких минут стоит жить, ведь пересыхает без радости человеческое сердце!..

Пока отчим находился под следствием, «Правда» и «Литературная газета», опередив суд и приговор, объявили его «ныне разоблаченным врагом народа», а старый приятель правдист Эрлих добавил к чеканной формулировке: «Очередь за остальным мусором». Союз писателей исключил его из своих рядов, лишил уже оплаченной кооперативной квартиры в Лаврушинском, куда мы с мамой не успели въехать, издательства выкинули на помойку ранее принятые рукописи. Мы наивно полагали, что по освобождении отчим получит все назад, как Иов, прошедший искус. Ничуть не бывало. Человек, недооценивающий Фадеева и Эренбурга, не может считаться другом народа. Пишущая машинка, на которой мать и отчим поочередно тарахтели двумя пальцами, не могла прокормить семью. И отчим ринулся в бой. Человек смелый и настойчивый, когда надо, он за год добился восстановления в СП, оплаты — через суд — всех уничтоженных рукописей, получил для нас с мамой квартиренку на улице Фурманова, а наши полторы комнаты в Армянском переулке обменял на однокомнатную квартиру без ванны, но с уборной и, наконец, издал книжечку в «Библиотечке „Огонька"». После чего его опять стали печатать. К лету 1938 года наше благосостояние настолько упрочилось, что отчим смог отправить нас с мамой в Коктебель на два месяца.

Не только окружающие, но и мы сами считали себя удачниками, баловнями судьбы. Один наш узник благополучно вернулся, другой уже устроился инженером-плановиком в Кандалакшском лагере, считавшемся курортом по сравнению с Воркутой, Магаданом, Нарымом, Потьмой и другими популярными местами, где восемь гудков в день, и все на обед. Нам дали роскошные апартаменты, такой рисовалась завистливому воображению наземная скворечня, откуда — тоже далеко не в хоромы — бежал Виктор Ардов; наконец, мне, бездельнику и футболисту, преподнесли студенческий билет на блюдечке с голубой каемочкой. Кое-кому дело начало казаться нечистым — слишком много благ просыпалось на одну семью.

К тому времени в литературе, как и в других областях человеческой деятельности, был срезан целый пласт. Ни среди деятелей искусств, ни среди ученых, ни среди видных технарей: конструкторов, изобретателей, инженеров — не было столько жертв. Наверное, лишь военная среда понесла еще большие потери. Почему взяли одних писателей, а не других, понять было невозможно. Истребили всех ОБЭРЕУТОВ (уцелел лишь Н. Заболоцкий, отсидевший срок), но не тронули «Серапионовых братьев», на которых спустя годы так вызверился идеолог Жданов. Извели поэтов-деревенщиков: Клюева, Клычкова, Орешина и «колхозного Шекспира», добряка Персонова, — тут еще можно уловить людоедскую логику: мелкобуржуазная стихия, но за что посадили и уничтожили таких энтузиастов советской власти, как Артем Веселый, Иван Катаев, Колбасьев, Зарудин, — мозги свернешь, а не докопаешься. Почему взяли почти одновременно Буданцева, Большакова, Лоскутова, связанных разве что рюмкой водки по праздникам? А пролетарские поэты, а тихий, незаметный Семен Гехт, а Борис Корнилов, певший советское утро, а его жена Ольга Берггольц, из чрева которой на допросах выбили ребенка, — продолжать можно до бесконечности, — за что их всех?.. Случалось и другое: Андрея Платонова Сталин обматерил за повесть «Впрок», но разделался с ним много лет спустя, и не впрямую, а более страшным способом, через сына, посадив пятнадцатилетнего, еще не имевшего паспорта мальчика. Он был актирован по безнадежной болезни — чахотка в последней стадии, — и вскоре умер, заразив отца ее скоротечной формой.

Временно уцелевших если не радовало, то бодрило, когда можно было назвать причину репрессии: Пильняк обвинил Сталина в убийстве Фрунзе, Бабель возжался с чекистами («пью с милиционерами») и был ненавидим Буденным за «клевету» на 1-ю Конную, Аросев занимал много крупных советских постов — тут злодейство выходило из мистического тумана, обретало — пусть бредовое, дикое, но человечески понятное — свойство причинности. Но когда сажали малоизвестного, примечательного лишь игрой на бильярде малоформиста Дорохова, становилось жутко: неужели и за бильярд берут, значит, могут взять за игру в преферанс или подкидного, за то, что ходишь на лыжах, собираешь книги, носишь калоши или зонтик. Выходит, нет спасения ни в незаметности, ни в умалении себя, ни в смирении, ни в беззаветной преданности делу социализма, ни в поклонении вождям, ни в чем...

Единственную надежду видели в доносительстве. И доносили друг на друга без сожаления и тени раскаяния, шли в штатные стукачи и дружно завидовали Павленко, который с первых литературных шагов официально связал себя с органами безопасности. Но и это далеко не всегда спасало.

Писателей расстреливали, гноили в лагерях, доканывали в ссылках, иных и морально растлевали. Честные люди: литературовед Я. Эльсберг, сын знаменитой Цыпкиной, лечившей зубы Маяковскому, и поэт-прозаик Н. Асанов, тоже из хорошего дома, вышли на волю стукачами. А скажем, воинствующему стукачу Н. Лесючевскому или не склонному к доносительству и оттого всегда грустноватому А. Марьямову не понадобился лагерь, чтобы служить «святому делу сыска». Особенно много жертв было бы на совести Лесючевского, если б таковая у него имелась. Все это не могло не привести к моральному краху литературы.

Конечно, не все доносили, но рухнули душевно даже великие. Безвинен оставался разве что Пастернак, по-женски влюбленный в Сталина. И Ахматова, и даже Мандельштам, единственный из всех осмелившийся заклеймить Сталина яростными стихами «Мы живем, под собою не чуя страны», теперь пели «кремлевского горца». А несчастный Платонов с детской хитростью называл угрюмого вождя «большим и добрым». Чичикова тоже умиляла доброта Плюшкина. Не великий, но очень талантливый косоглазый Незлобин воспел даже дымок из сталинской трубки.

Словом, мастера пера по уши увязли в дерьме. Но замечательно, с какой быстротой, едва кончился террор, люди вернули себе внешнюю форму и даже что-то похожее на чувство собственного достоинства. Не все, разумеется, но элитарный слой литературы, который в ту пору еще существовал.

Однажды в Кении мне пришлось наблюдать поразившую меня сцену. Хищник из семейства кошачьих, кажется пума, погнался за антилопой. Но когда антилопа прыгнула через неглубокую расщелину, хищник поленился следовать за ней, может, не был по-настоящему голоден. Антилопа тут же оборвала бег и спокойно принялась пастись. Так же повела себя литературная элита: как только хищник остановился, она стала грациозно пощипывать траву культуры и творчества. Вернулось и осмотрительное общение, все были хорошо обучены, когда надо, «брать на прикус серебристую мышь».

Считалось так: Сталин ничего не знал, его обманывали (вождь терпел не только от своей доброты, но и от доверчивости — наивное, чистое сердечко!), и вот спустился с кавказских гор его друг, честнейший человек, истинный джигит, — Берия и навел порядок: прекратил аресты, а злодея Ежова наказал по заслугам. Никому вроде бы не вспало на ум: почему не возвращают невинно осужденных? Если их вопреки очевидности взяли по делу, то в чем вина Ежова? Не надо предъявлять слишком высоких требований к несчастным, чудом сохранившим свободу и жизнь. Самообман служил им ко спасению. Только так можно было выжить, не сойти с ума, не наложить на себя руки, сохранить правдоподобие реакций, жестов, интонаций, всей системы поведения, способность к улыбке и смеху, строго дозированному — чрезмерная веселость была столь же подозрительна, как и чрезмерная печаль. Едва ли уместно помирать со смеху при таком капиталистическом окружении, но и разводить слезницу не больно умно, ведь когда еще вождь указал: «Жить стало лучше, товарищи, жить стало веселее».

Население страны, а писатели входят в него малой частицей, потеряв своих гениев (Флоренского, Мандельштама, Вавилова, Мейерхольда), потеряв без числа высокоталантливых, замечательных людей, потеряв родных и близких, передернуло блохастой шкурой и продолжало жить и даже получать от этого какое-то удовольствие. Тут нет ничего осудительного. Если б люди, народы не обладали способностью быстро забывать зло, стряхивать с себя кошмар переживаний и начинать сеять на пропитанном свежей кровью поле, всякая жизнь на земле давно бы прекратилась. Возможно, сразу после убийства Каином Авеля и его страшной фразы: я не сторож своему брату. Но сколько потом случалось лихих времен (одно царствование Нерона, породившее нечеловеческий вопль Иоаннова апокалипсиса, чего стоит!), а люди жили дальше.

Так и к середине тридцать восьмого года, утешенные прекращением арестов, явлением доброго кавказца — гаранта права, справедливости и мягкосердия, советские люди, всегда ценившие право на отдых выше всех остальных человеческих прав, дружно готовились реализовать то прекрасное, что проявляется, по словам поэта, в каждой душе с приходом лета. И я, восемнадцатилетний, был среди них.

За год до этого я впервые увидел море. Почему-то я боялся этой встречи. Моя мать мало рассказывала мне о своей жизни, особенно о детстве и отрочестве, как-то всегда вскользь, небрежно, без любви и тепла к домашним; мою оставшуюся незримой бабушку, свою мать, она, по-моему, ненавидела, а отца, призрачного дедушку, не помнила: он покончил самоубийством вскоре после ее рождения. Она не испытывала приязни ни к братьям, ни к сестре, ни к тетке, у которой почему-то жила большую часть детства в усадьбе под Полтавой. Какое-то гадливое восхищение вызывал в ней лишь управляющий имением ее родителей, обрусевший немец и авантюрист Павел Августович Тубе. Мне кажется, он и явился причиной самоубийства ее отца. На фотографии этот крепкий, с наглова-то-насмешливым взглядом человек похож на красавца борца Луриха.

И лишь когда она говорила о море, ее зеленые жесткие глаза обретали мечтательный лазурный отсвет, из этого отсвета родилась и моя мечта о море. Имение родителей матери находилось между Симферополем и Форосом, естественно, что на заре жизни ей досталось много, много моря.

И когда в исходе прошлого лета отчим получил через суд часть денег за непошедшие статьи, он отправил нас с мамой на три недели в Анапу — недорогой детский курорт. Море открылось сразу в виду Новороссийска из поездного окна и оказалось невероятно длинным, свернутым в рулон театральным задником грязно-тусклого сизо-голубого цвета. Я видел такую вот холщовую, в потрескавшейся масляной краске колбасу, когда мы с мамой ходили за сцену Большого театра в уборную к ее приятельнице, балерине Олениной.

По мере нашего сближения с этим рулоном (сейчас я говорю о море) он стал опускаться ниже и ниже, уподобляясь мерцающей тени земли над горизонтом после заката. Потом он весь гофрировался, его испещрили белые крапушки, вскоре ставшие барашками, стремящимися к берегу. И вдруг пришло ощущение водной стихии, громадной и непрестанно движущейся. А затем начались его бесчисленные превращения: цветовые, звуковые, кинетические, — все те дивные метаморфозы, из-за которых море никогда не надоедает и влечет к себе каждого, кто хоть раз его видел. И я понял, почему кошачьи глаза матери становились небесными, когда она заговаривала о море.

На новое свидание с морем я ехал без робости, хотя и с волнением.

На этот раз море решило удивить меня на иной лад. Когда ранним утром, на подъезде к Феодосии, я отдернул оконную шторку, чуть не до самых рельсов в рассветной неокрашенности простора простиралась бескрайняя лужа сметаны. Изредка по белесой поверхности пробегала голубоватая жилка и гасла. За левым обрезом окошка можно было проглянуть подмешанный к сметане желток. И таким бывает море...

Дом отдыха прислал к поезду разболтанный грузовик с лавками — время было аскетическое. Море мы вскоре потеряли, обретя «живописную, голую, холмистую местность, по которой бежало узкое шоссе в языках сахаристого песка. Потом впереди обрисовались каменистые вершины нерослых гор, показавшихся мне величественными, потому что настоящих гор я никогда не видел. И вдруг слева возник ярко-синий конус острием вниз — море заполнило пространство между двух крутых горных склонов, сходящихся у подножия. Это выглядело как налитый всклень бокал с густым синим вином.

И снова море надолго исчезло и вернулось не конусом густой сини, а сверкающей лазурью строго, округло очерченной холмами и горами бухты.

Коктебель оказался небольшим селением, теснимым с одной стороны горным массивом, остальным же своим составом свободно раскинувшимся по складчатой, поросшей дикой полынью пустоши.

Мне сказали, что Коктебель с окрестностями, да и вся эта часть Крыма, каменистая, будто запорошенная, где редко над кустарниковой порослью: акации, тамариски, олеандры — высится пирамидальный тополь, — сколок с Пелопоннеса. Когда в свой час я попаду на землю древней Спарты, то сухой, будто похрустывающий на зубах, легкий воздух каменистой страны подарит меня удивительным чувством родности — я ступал по этой твердой земле, я любил на этой твердой земле, только в пору моей юности она находилась в ином месте.

Нам с мамой отвели комнату в двухэтажном доме против основного здания, построенного еще Максимилианом Волошиным, одушевившим пустынную бухту, помнящую корабли Одиссея. Наверное, это легенда, но каждый истинный коктебелец ей свято верит. Коктебель и вообще распирало легендами, но не древними: визит гомеровской стаи лебединой был, кажется, единственной данью седой старине, остальное мифотворчество творилось из свежего материала времени доктора Юнге и поэта Волошина — здешних первопоселенцев. Я не уверен, что фамилия легендарного доктора, чья могила высится над Коктебелем, — Юнге, а не Юнг или Юнга, не знаю и его имени — это объясняется странной особенностью моей: получать как можно меньше сведений извне об окружающем, никогда не переспрашивать, а творить действительность как бы из самого себя.

Мне кажется, я приложил максимальные усилия, чтобы не узнать тот волшебный, таинственный, мистический Коктебель небожителей, каким он был еще недавно и каким в известной мере оставался натужными усилиями вдовы поэта Марии Степановны, ее дружеского и паразитарного окружения. Сохранившаяся за ней немалая часть дома напоминала не то улей, не то муравейник — так набита была постояльцами, в большинстве своем самовольными. Днем эта несметь разбредалась по пляжу, горам, бухтам, но куда она девалась ночью, понять невозможно. То ли эти перевертни летучими мышами прицеплялись к стрехам, ветвям деревьев, то ли заползали сколопендрами в какие-то щели, лазы, закомары, то ли мышами хоронились под полом, на чердаке. Среди них были актеры, студийцы, художники, эстрадники, студенты, музыканты, просто слонялы в ореоле непризнанной гениальности, ничьи дети, грязные и переразвитые, чуть особняком держался красивый романтический человек с огромным средним пальцем на левой руке, который он носил в специальном кожаном мешочке. Все эти люди считали себя наследниками волошинского духа, поэтому дамы обходились хитонами на голое тело и полынным веночком на выгоревших волосах, мужчины — папуасской повязкой вокруг чресл, и те, и другие любили бродить по дикому пляжу в обнаженном виде. Великих насельников Коктебеля, которых в глаза не видели, они называли только по именам: Макс, Марина, Осип, Боря (Андрей Белый), друг для друга у них были клички, чем подчеркивалась их экстерриториальность. Они не смешивались с отдыхающими, на которых лежало клеймо узурпации. При моей почти сознательной неинформированности я в них так и не разобрался и ни с кем не сблизился.

Но не избежал посещения святая святых — покоев Волошина, где жрицей была вдова Мария Степановна. При жизни поэта (я так и не понял, кем он был: гомосексуалистом, импотентом, бесполым, как Леонардо, или рукоблудом, существовала и такая секта в серебряном веке, но, кроме умной и властной матери, ни одна женщина не играла роли в его жизни) Мария Степановна исполняла роль няньки, прислуги, сиделки, позже — хранительницы очага. Но с помощью своих смекалистых приживалов выучилась на первоклассную вдову, став вровень с великими тенями.

Она ходила ночевать на могилу мужа, венчавшую довольно высокий взгорок по левую сторону бухты, носила туда какую-то снедь, в дни его праздников — рождения, именин — там разжигался костер. Ее не останавливали довольно частые секучие и холодные коктебельские ветры, старожилы туманно намекали, что Бог ветров щадит заветное место. Она была очень некрасива: мужеподобна, крепкоскула с черными татарскими усиками от углов губ, что придавало особую убедительность шаманству. О достопримечательностях кабинета Макса она говорила всегда одними и теми же словами, с одной и той же интонацией, в которой отрешенность объективного свидетельства смягчалась едва уловимой печалью, — умный прием, и речь ее была проста, правильна, точна и тем красива. Главными достопримечательностями Максовых коллекций были: вмонтированная в стену голова египетской богини Таниах и обломок весла с Одиссеева корабля.

Я чту и знаю почти всех сколь-нибудь примечательных поэтов серебряного века, моей любимой литературной эпохи, за исключением Волошина. Конечно, я читал воспоминания о нем Цветаевой, где так чист и трогателен его образ; он присутствует во многих мемуарных книгах, очерках, письмах и всегда привлекателен, и те немногие стихи его, которые мне попадались, хороши или очень хороши. Сейчас появилась целая «волошиниана» — сборники его стихов и прозы, переписка, воспоминания о нем, — я все приобрел, поставил на полку и не прикоснулся. Коктебель встал между нами, шаманские игры Марии Степановны, богиня Таниах с загадочной улыбкой на полных губах, обломок Одиссеева весла, фальшь ломающихся у жреческого костра. Мне противна собственная мелкость. Я же знаю, культ Волошина нужен был, чтобы помочь выжить вдове и дому, не дать загребущим лапам Литфонда, равнодушных правителей СП отобрать последнее: выставив вдову вон, захапать дом, библиотеку, картины, раритеты. Приехав в пятьдесят третьем году в Коктебель, я нашел Марию Степановну в последней беде — делясь с неизменными нахлебниками положенным ей довольствием, она подголадывала. Я отдал ей путевку и перебрался в деревню на собственные хлеба. За всеми жалкими и безобидными играми волошинцев скрывалась отчаянная борьба за выживание.

А с Марьей Степановной мне довелось встретиться еще раз, на открытии выставки акварелей Волошина в Доме литераторов. Сказав вступительное слово, я увидел в толпе ее и подошел, чтобы поцеловать руку.

— Уйди! Уйди! — отмахнулась она. — Я тебя боюсь.

— Я плохо выступил?

— Ты теперь генерал. Я таких боюсь.

— Я не генерал. Я как был в дерьме, так и остался.

— Правда, что ль? — Она остро, темно и недобро глянула на меня и ответила себе: — Правда. Тогда дай я тебя сама поцелую.

Тем и окончились наши отношения — как в классическом американском фильме: нежным поцелуем...

Приезжавшие в писательский дом отдыха оказывались перед выбором, как русский витязь на распутье, конечно, этот выбор не грозил ни потерей коня, ни потерей жизни, но дорогу надо было избрать. Или примкнуть, конечно не на равных, к посвященным: являться на поклон к Марье Степановне, показывать ей найденные на пляже сердолики, фернампиксы, халцедоны, агаты, дымчатые топазы, ходить босиком, то и дело извлекая из пяток колючки, купаться только на диком пляже, желательно в костюме Адама и Евы, изнурять себя походами «к Юнге», «к Волошину», в Лягушачью и Сердоликовую бухты, на Карадаг, Серрюк-кая, в Отузы и Козы, участвовать в шарадах, импровизированных спектаклях, читках, домашних торжествах, знать слова прекрасной коктебельской песни «Ал разлив огня, в зареве закат», а также все прозвища и клички, свободно пользоваться коктебельским жаргоном, восхищаться мифической поэтессой Черубиной де Габриак, стараться принести хоть малую пользу безалаберной жизни коммуны и вообще подчинить свой распорядок неписаному уставу волошинской вотчины.

Другой путь: быть просто курортником, мало чем отличающимся от ялтинского или гагринского бездельника, — валяться на пляже, играть в преферанс, на бильярде, в теннис и волейбол, дуть плодоягодное вино, таскаться за бабами и не утруждать себя походами дальше презренных своей близостью Янышар. Подымало над обыденностью и этих пустышек чудо природы: горный склон, ограничивающий бухту справа являл собой гигантский и четкий профиль Волошина, погрузившего в море кончик бороды.

Меня занимал сегодняшний день, и я без колебаний выбрал второй, вульгарный путь. Если оставить в стороне идолопоклонников, то и остальной Коктебель был многослоен. Элиту представляли обитатели дома отдыха Ленинградского литфонда. Даже приезжавшие сюда на недельку-другую без путевок московские гранды литературы (первое же стадное награждение орденами разделило писателей на привилегированных и всех остальных, к последним попали Ахматова Пастернак, Бабель, Олеша) останавливались у ленинградцев. Там выделялась живописная фигура козлобородого, в огромной соломенной шляпе, с посохом и коробом, литературоведа Десницкого, величайшего собирателя полудрагоценных камушков, рослая, эффектная чета Мариенгоф и Некритина — «Мартышка» есенинских дней (их сын Кирка находился в пионерском лагере для детей писателей на «московской» территории), сухопарый, дочерна загорелый, очень самоуверенный Лавренев и особенно — влекшая мое внимание пара, золотоволосая красавица Горностаева, недавно ставшая женой сценариста Каплина, и молодой ленинградский писатель Мессер, ее бывший муж. Сейчас в Ленинграде — тьфу ты! Санкт-Петербурге — доживает старый, скрипучий, с изможденным лицом еврей Мессер, хороший новеллист, честно и чисто проживший свою литературную жизнь, а тогда это был красавец, орел, образец мужчины: отличный рост, мощная фигура, борцовый разворот плеч, твердый розовый улыбчивый рот, теплый веселый взгляд. Отдыхающие с недобрым волнением наблюдали за его «взаимодействием» с бывшей женой, похоже было, что в обоих «все былое в отжившем сердце ожило». С той оговоркой, что сердца их были молоды и только входили во вкус жизни. Тем не менее судьба Горностаевой была уже взвешена, подсчитана и решена, ей недолго оставалось гулять на воле. Я не знаю участи Горностаевой, знаю лишь, что ее фамилия вскоре исчезла с титров фильмов, созданных в соавторстве с Каплиным, исчезла и она сама.

Отдыхающие со злобным нетерпением поджидали приезда Каплина и были жестоко разочарованы тем, как безмятежно и лучезарно пара превратилась в троицу. Вместе ходили они на дикий пляж, в каньоны, на кинопросмотры в соседний санаторий, гуляли по берегу, участвовали в пикниках. Эффектно выглядели эти трое — Каплин был тоже очень хорош в молодости, свое обаяние он сохранил до последнего дня жизни.

Я смотрел на мужчин этого содружества с восторгом, исключавшим зависть. Я знал, что мне никогда не стать таким же видным, свободным, уверенно победным. От них, как от спустившихся на землю небожителей, шло какое-то сияние, блистание, колебавшее воздух марево. Как сверкала в улыбке эмаль их зубов! Какие блики отбрасывали защитные очки! Какие стрелы метали золотые наручные часы! И весь этот фейерверк творился вокруг бледной, не поддавшейся загару, чуть анемичной, хрупкой женщины с солнцем в волосах. Они двигались будто в золотой капсюле, занятые друг другом, но конечно же не могли не знать о производимом ими впечатлении, ибо весь пестрый и скудный коктебельский мир начинал вращаться вокруг них, подстраивать свой ритм под них, ориентировать поворот шеи, ось зрения на них; они управляли мимикой и движениями окружающих: застряла пятерня в затылке, отклячилась нижняя губа, вытаращились буркалы, замерло слово в гортани, оступилась нога — все происходило под действием их магнетизма. Бедняки жизни еще более съеживались, ссыхались от сознания своего ничтожества.

Какие же все мы непрочные, беззащитные, несчастные! Могло ли прийти в голову этой красивой, беспечной, легкокрылой женщине, что в недалеком будущем весь свет навсегда погаснет для нее, а мироздание сведется к вонючей камере и застенку, населенному садистом следователем? И мог ли думать победитель Каплин, первотворец великих кинофальсификаций о вожде революции, защищенный сверх меры своей небывалой удачей от всех напастей, что и ему гулять на свободе всего несколько лет, а там начнутся тюрьмы, пересылки, лагеря на десять лет, лучших лет в человеческой жизни, что выйдет он седым, погасшим и навсегда оробевшим?

Уцелеет из всех троих наименее преуспевший Мессер; как всех уютных евреев, его звали Зяма, но, знать, слишком близко от него рвались снаряды, он удивительно быстро сбросил яркий наряд молодости, потускнел и сам себя убрал с фасада жизни. У борцов это называется потерять кураж. Но главное он сохранил — свой дар и благородство поведения.

Но сейчас они, не ведая своей судьбы, молодые, красивые, овеянные славой одного из них, шествуют по берегу, мимо столовой нашего дома отдыха — и я проливаю борщ на рубашку, а сосед по столику роняет нож, — мимо дома Волошина где приживалы всполошно и шумно, как в курятнике, куда забралась лиса, демонстрируют свою бодрую независимость — на грани презрения — от нуворишей, но в этом едва ли не большая потрясенность, чем в пролитом борще, а троица продолжает свой путь в сторону Янышар, и все загорающие на пляже дружно поворачивают к ним головы с залепленными бумажкой носами.

Община ленинградских писателей по всем статьям била московских коллег. Они были представлены своим литературным цветом, перед войной Ленинград не успел опровинциалиться, узор чугунных оград и прозрачный сумрак белых ночей еще удерживал на месте сильно косившую в сторону Москвы творческую интеллигенцию. Война и сталинские репрессии, так называемое «ленинградское дело», покончат с духовным приоритетом Ленинграда, но в пору, о которой идет речь, Москве не пристало задирать голову перед развенчанной столицей. К тому же в нашем доме отдыха москвичи находились в меньшинстве, преобладали украинцы и белорусы, мощно был представлен Ростов-папа и темные литературы автономных республик. В отличие от ленинградцев, мы не являли собой монолита. Из знаменитых у нас был один Александр Жаров, некогда многошумный певец советской деревни, ныне едва державшийся на плаву с помощью партийных связей. Имелось много почти не различимых увядших дам — переводчиц, детских поэтесс, редакторш и захудалых писательских родственниц. Неоспоримую ценность являла лишь семья философа Гербета, близкого друга Пастернака и Нейгауза. Недавно, ко всеобщему изумлению, на Гербета, отвлеченного философа, снизошла милость верховной власти: Молотов одарил его цейссовским телескопом для вдумчивого наблюдения небесных светил. Я и сейчас не могу понять, на кой ляд понадобился Гербету телескоп для его компилятивных трудов по греческой философии.

На территории нашего дома отдыха в двух зданиях недавней стройки размещался пионерский лагерь для детей писателей. Пять лет назад я провел лето в таком же заведении, называемом тогда колонией, близ Старой Рузы, где в белой церкви, высоко ставшей над Москвой-рекой, венчался Чехов. Потом кто-то додумался, что слово «колония» звучит плохо, ибо так называли места заключения малолетних преступников и приюты для беспризорных. По-моему, это название было самым подходящим для временного местопребывания разболтанных, хулиганистых, с дурными наклонностями писательских чад, но уже на следующий год в Голицыне нас переименовали в лагерь, и это название удержалось, хотя в скором времени стало куда более зловещим, нежели колония.

Удивительно хорошие мальчики были в коктебельском лагере. Даже странно, что на гиблом, плохо возделанном советском поле поднялась такая славная поросль, ставшая жатвой будущей войны. Уцелело всего несколько человек Все они, кроме одного-единственного, не нужны для моего повествования, но я все-таки скажу о них. Быть может, если я не сделаю этого, то никто о них и не узнает, а ведь они своими жизнями откупили нас у смерти.

Стройные и высокие, как на подбор, красивые, сильные, очень спортивные и при этом духовные, что редко идет об руку с физическим совершенством, вот они: Коренев, Чечановский, Антокольский, Арго, Мариенгоф, Розанов — он уцелел. Лишь самый одаренный, самый интересный по характеру, мой незабвенный друг Оська был ростом невеличка. Самый же высокий и гибкий, с открытым, ясным взглядом и дивно очерченным ртом, Миша Вольф стал печально знаменит под своим именем Маркус — организатор и душа штази, ныне отбывающий срок заключения. А вот следующая за ними возрастная группа была почему-то приземистой, хотя личностно не менее примечательна; там выделялись Юлий Даниэль — я буду подписывать письмо с требованием освободить Даниэля-Аржака и Синявского-Терца, — Тимур Гайдар — ныне контрадмирал и отец знаменитого реформатора, Олег (Блешка) Луговской — экс-разведчик; покойный Конрад Вольф — прославленный кинорежиссер.

Среди старших ребят были Ромео и Джульетта, блестящий прыгун в воду Юра Чечановский, с профилем, как будто выбитым на медали, и прелестная семнадцатилетняя Ирочка Локс. Я приехал по следам какой-то драмы, сути которой не знаю толком. Их роман длился уже давно, но Ирочка в отличие от четырнадцатилетней Джульетты не могла предварить браком первое объятие с любимым, хотя была старше на три года страстной и благоразумной веронки. Строг умный советский закон. Она забеременела и с отчаяния не то пыталась наложить на себя руки, не то каким-то доморощенным способом изгнать плод. Однажды ночью в пионерлагерь из Феодосии примчалась «скорая помощь». Ирочку в бессознательном состоянии увезли в больницу. На Чечановского, кинувшегося за машиной, гуртом навалилась вся старшая группа, его скрутили и отвели в дортуар. Через неделю Ирочка вернулась, бледная, но улыбающаяся. Ни в отношениях с Юрой, ни в отношениях с ребятами ничего у нее не изменилось. Первое было в порядке вещей, второе вызывало уважение. Распущенная и по-молодому циничная бурса повела себя как единое чуткое сердце. Сплетню задавили в самом ее зачатке. Даже Оська, у которого не было от меня секретов, жевал вату, делая вид, что не понимает, о чем идет речь. Вот почему я не знаю подробностей этой драмы.

Ирочка Локс погибла во время первой бомбежки Москвы, фугас угодил прямо в дом на Волхонке, где она жила по соседству с некогда знаменитым драматическим тенором Лабинским, другом нашей семьи, он тоже погиб. Чечановский не вернулся с войны, мне неизвестно, узнал ли он о судьбе своей любимой.

Погибли Юра Арго и его приятель, сын драматурга Базилевского, мальчики были помешаны на юморе Вудхауза — из числа добродушных английских остряков. О гибели своего сына, нежного мальчика Володи, поэт Антокольский написал потрясающую поэму. Не вернулся и сероглазый Коренев. Была такая игра — кто больше уложит спичек на его пушистые ресницы. Не вернулся и Оська. А вот Адриан Розанов уцелел, стал журналистом, мы как-то случайно встретились, но он не захотел увязывать настоящее с прошлым.

Ужасной оказалась судьба блистательного теннисиста Киры Мариенгофа. В десятом классе он полюбил девочку, вскоре она забеременела, и Кирка повесился. В доме был культ Есенина точно так же распорядившегося своей жизнью, хотя, разумеется, по другой причине. Он держал на руках маленького Кирку, о чем тот всегда говорил с благоговением, Анатолий Мариенгоф в своей знаменитой книжке «Без вранья» рассказывает о том, как нежен был Есенин с новорожденным Киркой. Самоубийство Есенина породило цепную реакцию смертей: через год у его могилы застрелилась молодая женщина Бениславская, которую он так и не сумел полюбить, еще через год покончил с собой его друг Устинов, с которым он провел последние дни жизни, Кирка был ушиблен судьбой Есенина, в черных материнских глазах этого подтянутого, спортивного юноши была временами такая глубокая тоска, что становилось страшно за него. После гибели Кирки отец нес о его смерти несусветную ахинею, и я усомнился в правдивости «Романа без вранья»: никакой девочки не было, никакой связи не было... Все это было, но было и еще одно: веревка как способ разрешить конфликты не подвергалась проклятию в доме — к расправе Есенина с самим собой относились пусть не с одобрением, но с пониманием.

Я начинаю свою повесть с того, чем Шекспир закончил «Гамлета», — с горы трупов. Но что поделать, если в советском воздухе всегда пахло смертью. В середине тридцать восьмого курносая попридержала свою косу. Ненадолго. Кира Мариенгоф попал в антракт, оборвавшийся раньше времени позорной, бездарной, с неоправданно громадными жертвами финской войной, а с июня сорок первого коса пошла косить направо и налево. Когда же остановилась, большей части тех, кого ты любил, уже не было на свете. Приходилось начинать все сначала с другими партнерами. Мор на коктебельских мальчиков не прекратился и после войны. Покончил с собой талантливый философ Ильенков — от советской духоты, повесился алкоголик Борька Анисимов, по-есенински задохнувшись в самом себе.

Чтобы покончить с человечьим наполнением коктебельского пространства, надо сказать о тех несчастных, которые не были прикосновенны ни к волошинскому дому, ни к литфондовским угодьям. Такие фигурки, написанные с величайшей тщательностью, если их разглядывать в лупу, рассеяны на заднем плане полотен Питера Брейгеля. Они удивительно углубляют непритязательные брейгелевские сюжеты: жатва, возвращение с охоты, пирушка — как знаки того огромного мира, малой частью которого являются участники первоплановой сценки, они словно намекают на тайну, которая всегда в отдалении. У нас этот задний план представляли обитатели двух санаториев, отделенных от моря пустырем и шоссе. У них была своя дорожка к пляжу, почти примыкавшему к нашему — женскому, что ничуть не смущало царственную наготу литфондовских купальщиц, но очень возбуждало простоватых зашельцев. Их волновали не только увядшие прелести переводчиц и детских поэтесс, но и вся загадочность, которая в глазах простых людей овевала касту писателей, ныне окруженную холодным презрением. Бедняги старались пробраться на пляж через нашу закрытую территорию, раздирая штаны и юбки на шипах ограды, по вечерам прогуливались мимо стоявшей на берегу столовой, кося глазом на снедающих мастеров пера, а с наступлением ранней южной темноты боязливо окружали профессора Гербета с телескопом. Перешептывались, переминались и, похоже, ожидали какого-то жуткого чуда от его манипуляций. Но ничего не случалось. Гербет обозревал светила, потом снимал очки, тщательно протирал стекла, щурился, жмурился, моргал, словно ему попала в глаз звездная пыль, слегка дергая головой — нервный тик, и тут неизменно раздавался хрипловатый от волнения, но решительный, даже с вызовом голос:

— А скажите, товарищ профессор, есть ли жизнь на Луне?

Гербет вежливо и терпеливо объяснял, что на Луне жизни нет. Это удовлетворяло, хотя несколько разочаровывало аудиторию, люди, потоптавшись, расходились. Гербет возвращался к своим бесплодным наблюдениям. Затем скапливалась новая толпа, и вновь звучал тот же идиотский вопрос. Однажды ритуал был нарушен.

— Есть ли жизнь на Луне? — спросил очередной дурак.

— Нет, на Луне жизни нет, — ответил с терпеливым вздохом профессор.

— А на Земле? — раздался насмешливый голос.

Люди захихикали, завертелись, ища остряка. И вдруг толпа стремительно растаяла, как брошенная в кипяток льдинка, — все вдруг и разом поняли опасность шуточки. Весельчак тоже исчез. В недалеком будущем мне довелось очень близко узнать Гербета, и я хорошо представляю, что творилось у него в душе. «Старый дурак, дался тебе этот проклятый телескоп! Все равно ни черта нового из него не увидишь. Тоже мне Тихо Браге! Он умер от мочезадержания. И я умру от того же! Как хочется в уборную. Либе Муттер, дейн клейнер Аугустин виль ейнен писс!.. Готт им Химмель, хельфе мир!..»

И Господь Бог услышал мольбу бедного Августина. Он ослабил напор.

— Есть, — прозвучало в спину разбегающейся толпе; тихий голос вдруг обрел профессорскую звучность и поставленность, необходимую для больших аудиторий. — Есть наша с вами прекрасная советская жизнь!

Давясь от смеха, мы с Оськой юркнули в калитку.

— Я думал, он отвлеченный мыслитель, звездочет, а смотри как вывернулся! — отсмеявшись, сказал Оська. — Силен, Дявуся, значит, на остальной планете жизни нет?

— Как ты его назвал?

— Дявуся. Его так все зовут, за глаза конечно.

— А что это значит?

— Его падчерица когда была маленькая, не могла выговорить «дядя Август», получалось «Дявуся». Кличка присохла.

— Она тоже у вас пионерится?

— Спятил? Ей двадцать лет. Она на третьем курсе института. К ней жених едет... — В темноте его глаза заблестели, как у Анны Карениной, когда она сама почувствовала их блеск. — Ты что, Дашеньку не видел? Живешь тут третий день, шляешься в столовую, а не видел Дашеньку?

— На ней не написано, что она Дашенька. Может, и видел.

— Нет, не видел. Иначе не порол бы такой чуши. На жар-птице тебе тоже нужна надпись?

Но не заинтересовался я этой жар-птицей, сразу решив, что она не про мою честь. Красавица, двадцать лет, ждет жениха, да и Гербет, несмотря на сегодняшнюю сцену, внушал мне, еще не настоящему студенту, священный трепет, и я видел его жену, Дашенькину мать, крупнотелую, величественную особу с пугающей улыбкой, широкой, белозубой и, как погреб, холодной.

— Бог с ней! — сказал я, далекий от мысли, что подчиняюсь классическому сюжету, согласно которому Ромео надо вспыхнуть бенгальским огнем к надменной Розалинде, прежде чем столкнуться со своим роком в лице Джульетты. — Ты знаешь блондинку культурницу из ВАММа?

— Лизу Огуренкову? Где ты ее высмотрел?

— На пляже. Она сразу бросается в глаза.

— Ага, — равнодушно согласился Оська. — Из-за белых волос.

— Не белых, балда, а платиновых. Она хорошенькая и сложена, как богиня.

— Ширпотреб, — сказал пятнадцатилетний знаток женщин.

— Можешь меня с ней познакомить?

— Да, если ты предварительно представишь меня... Коктебель не Ривьера. Ты познакомишься с ней, когда трахнешь. Это сближает.

— Хватит трепаться. Она же культурница, ей нельзя...

— Она тебя интересует с точки зрения культуры? Ладно, пойдем завтра на пляж, посмотрим на нее вблизи.

Утром мы отправились любоваться Лизой Огуренковой. Оська тащился со мной без охоты. Только потом я догадался, что в нем говорил оскорбленный сват Кочкарев. Он предлагал мне мрамор Каррары, а я погнался за рыночной дешевизной. Впрочем, «погнался» весьма относительно, поскольку начисто был лишен дара того ласкового наскока, который помогает настоящим мужчинам легко заводить знакомства с девушками, которых видят впервые в жизни.

Лизу мы обнаружили чуть не за километр от кишащего телами пляжа — ее платиновая голова собирала на себе все солнце Коктебеля.

Мы зашагали через тела и по телам и выискали свободное место довольно далеко от Лизы, что надо отнести не столько за счет перенаселенности пляжа, сколько за счет моей робости — почему-то я ужасно боялся, что окружающие догадаются о моих кавалерственных намерениях. Конечно, никто и внимания не обратил на двух мальчишек, и меньше всего сама Лиза, окруженная, нет, облепленная, как долька апельсина мухами, лучшими представителями воинственного дома отдыха, убедительно мускулистыми, с упрямыми бритыми затылками и громадным опытом обольщения.

На что я рассчитывал? На свое собственное, завышенное представление о себе. Я был скромен и зажат на людях, внутри же так блестящ, отважен, победителен, что если вспомнить всех романтических героев прошлого, то какое-то представление обо мне мог бы дать лишь ибсеновский Сигурд Рибунг — печальный воитель, покоривший яростное сердце Брунгильды. Но Сигурду было далеко до меня в умственном отношении, тут подходил разве что Оскар Уайльд своей лучшей поры, после тюрьмы он сильно сдал.

Присущие мне — глубоко скрытые — достоинства поддерживались высокой репутацией литфондовского дома отдыха, а последняя опиралась на то исключительное положение в общественном мнении, которое вопреки всем гонениям, проработкам, репрессиям занимали писатели. А может, не вопреки, а именно вследствие них. «Тяжка судьба поэтов всех земель, /Но горше всех — певцов моей России», — писал В. Кюхельбекер. А ему и в самом страшном сне не могла привидеться судьба певцов России при советской власти. Зло усердно мудровало над русскими певцами и в царское время: сослали Новикова и Радищева, разделались с Княжниным, повесили Рылеева, убили кавказской пулей Бестужева-Марлинского и пулями негласных наемников Пушкина и Лермонтова, замучили солдатчиной Полежаева, в бессрочную ссылку, публично надругавшись, отправили Чернышевского, имитацией казни и острогом сломали душу Достоевскому. Эстафету приняла советская власть, с ходу расстреляв Гумилева, доведя до самоубийства Есенина и Маяковского, а там перешла к массовому уничтожению певцов России. И кто знает, может, в нашем народе, от века жалостливом к узникам и обреченным, исконное уважение к печатному слову навсегда окрасилось сочувствием, умильным ощущением непрочности этих чудаков, берущих на себя труд обращаться к человеческому сердцу ценой собственной крови. Это тайное, подсознательное чувство, но только им можно объяснить, почему русский человек смотрел на писателя, как на попа, которому можно доверить все скрытое, стыдное, грешное, даже преступное. Писатель примет на себя твой груз и облегчит твою совесть. Подобное отношение исчезло лишь сейчас, когда сломался становой хребет народа.

Сам я уже год пописывал, хотя, кроме домашних да двух друзей, ни с кем не делился своими творческими потугами. Но мне казалось, что вечно женское души Лизы проглянет мою тайну, на которой лежит свет народного благоволения. Петля Вийона, застенок Радищева, каторга Достоевского, пуля Гумилева, манящее очарование Литфонда откроют мне ее объятия.

Водоворот, бурлящий вокруг Лизы, несколько подутих, успокоился, выявив цель, которой она не стала противиться, — оказывается, народ волновался, желая песен. Лиза достала из-под вороха брошенной на песок одежды гитару и стала подкручивать колки. Мы с Оськой замешались в толпу и благодаря нашей худобе и нерослости сумели пробиться чуть ли не вплотную к Лизе. Понимая, что среди микеланджеловских торсов ее почитателей я выгляжу не слишком авантажно, я решил взять ее сложным выражением печали зарождающейся любви, легкой иронии к окружающему, умеряемой снисходительностью и бедовой искоркой в глазах. Как-то не выстраивалась у меня гримаса, и бедовую искорку не удавалось высечь.

— Больше жизни! — шепнул мне Оська — Тут не кладбище. Я не успел огрызнуться, Лиза запела:

Гаснет луч пурпурного заката...

— Культурного, — довольно громко поправил Оська. Косые взгляды дюжих молодцов заставили его прикусить язык.

По счастью, никто не понял, что это насмешка, — думали, добросовестное заблуждение А то могли по шее накостылять, и мне заодно, как сообщнику. И моя значительная, с таким трудом скроенная мина не помешала бы вульгарной экзекуции. Но, слава богу, обошлось. Я закрепил поползшую с испуга гримасу и по-наполеоновски скрестил руки на груди.

Только раз бывает в жизни встреча,
Только раз судьбою рвется нить...

Лиза низко склонилась над гитарой, я видел лишь ее платиновую голову, но никак не мог вглядеться в лицо.

Только раз в осенний хмурый вечер
Мне так хочется любить.

Она дала затухнуть последней ноте и подняла голову. Глаза у нее были темно-синие с радиальными черточками от зрачка к ободку радужки. Она была на редкость хороша: округлое лицо, полные цветущие губы, высокая грудь, тонкая талия, длинные загорелые ноги.

И при всем том я сразу понял, что не пройду у нее, несмотря на всю поддержку великой русской литературы и чарующую притягательность Литфонда. У Лизы Огуренковой даже Достоевский не прошел бы. Старший лейтенант бронетанковых войск с бритым боксерским затылком, руками-лопатами и крепким сивушным запашком — вот для кого расцвел этот цветок среди терриконников. Оська был прав. Прощай, Розалинда!..

2

За ужином я почувствовал непонятный дискомфорт. Что-то произошло в столовой, это тревожило, мешало, сбивало с толка, как-то беспредметно волновало. Уголок глаза слезило высверком, будто кто-то нарочно посылал мне в зрачок солнечных зайчиков. Я чуть переместился, ушел от слепящих стрел и увидел серебристо-атласное платье сидящей ко мне вполоборота загорелой дамы. Я редко видел такой густой, плотный и совершенно ровный загар. Странно и неуместно выглядел серебристый атлас в более чем скромном помещении нашей едальни, куда отдыхающие, вопреки всем усилиям томной сестры-хозяйки, являлись зачастую с пляжа в трусиках, пижамах, халатах.

Возможно, она оделась так для какого-то праздника. Оська говорил, что в ленинградском доме отдыха каждый вечер что-то празднуют: то приезд, то отъезд, то чей-то день рождения, то памятная литературная дата. Но и для таких локальных торжеств она вырядилась слишком бально, карнавально, хотя серебро прекрасно контрастирует с великолепным шоколадным загаром ее лица, долгой шеи, оголенных по локти рук.

Лапшевник с мясом отвлек меня от наблюдения, я забыл о даме в атласном туалете. Когда же заминка в перемене блюд вновь освободила меня для внешних впечатлений, в столовой все переменилось, потому что солнце почти погрузилось в море, сменились освещение и краски. За столом, где серебрилась атласная дама, теперь сидела загорелая, совсем молоденькая женщина в белом скромном платье, с очень прямой спиной и гордо посаженной на высокой шее головкой. Волосы собраны в пучок, напоминающий крендель и скрепленный небольшим черепаховым гребнем. Профиль оказался мягче, чем можно было ждать при такой посадке головы, и ослепительно сверкали зубы, выблескивая из плотной коричневы загара. А куда же девалась роскошная дама в серебряном атласе? Да это была она же, только в другом освещении. Мягкий вечерний свет все смягчил, пригасил, впрочем, это касалось одежды, но не самого шоколадного чуда, ставшего юнее, но не поступившегося величием. Кто она такая и почему Оська ни словом не обмолвился о ней?

Молодая женщина промокнула рот салфеткой и встала из-за стола. Она оказалась ниже ростом, чем я ожидал, видя ее сидящей. Низкие каблуки только худую и высокую женщину не делают присадистой. Для очень развитой верхней половины ее туловища с удлиненной талией ноги ее казались коротковатыми, хотя и хорошей формы. Мне вдруг захотелось развенчать эту молодую женщину, найти в ней скрытые недостатки. Только потом я понял, что стал защищаться от нее, потому что угадал, что она принадлежит к недоступному для меня миру взрослых. Она была не намного старше меня, года на два, не больше, хотя в юности это существенная разница, но статью, повадкой, полно расцветшей, стабильной красотой, исключающей шатания, спад, резкую перемену, что так часто случается у девушек на пути к окончательной форме, она была куда ближе меня к державе взрослости, а может, уже вступила в эту таинственную страну. И почему-то опять ее платье заиграло драгоценными бликами, оно все-таки было из какой-то особой, гладкой, играющей с освещением материи, не платье — я ошибся, — а элегантный казакин при короткой и тоже блещущей юбке.

Тут я увидел, что у крыльца столовой остановилась группа отдыхающих, среди них Десницкий с козлиной бородой, мулат Лавренев и длинный, с ослепительным пробором Мариенгоф. От группы отделился Гербет в чесучовом кремовом пиджаке и шагнул навстречу девушке в казакине:

— Ну, что же ты? Тебя все ждут.

Она что-то ответила, я не расслышал. Из-за мужских спин выступила крупная женщина в нарядном штофном платье и тоже произнесла какие-то не расслышанные мною слова, закинула голову и засмеялась белозубо и холодно. Да это же Анна Михайловна Гербет, жена звездочета! Наконец-то до меня дошло, что передо мной вся семья Гербетов: муж, жена, дочь, о которой Оська разливался соловьем.

Мое зрение обрело необыкновенную остроту. Я увидел легкую косину, сместившую радужку правого глаза атласной смуглянки ближе к носу, отчего стало больше голубоватого белка. Почему-то я сразу догадался, что мать усугубила очень легкий упрек мужа и это задело самолюбивую девушку. Подавленный протест отыгрался легкой, чуть приметной косиной. Я все угадал правильно, и в дальнейшем сдвинувшийся к носу зрак выдавал ее истинное настроение, даже если она изо всех сил хотела его скрыть.

Кто-то, кажется Лавренев, громко сказал:

— Дашенька найдена, можно идти.

Когда Оська вчера назвал ее имя, оно меня ничуть не тронуло, ведь я не видел за ним человека. Иное произошло сейчас, меня аж всего передернуло, словно я уже знал, что это имя станет для меня на столько лет источником счастья, беды, надежды, горя, тоски, недоумения, злости, нежности, отупения, безмерной усталости.

Самое же удивительное, что я так ничего не понял ни в ней, ни в нашей почти четвертьвековой истории, в том мучительстве, которому она подвергла меня и себя. Я и повесть эту начал писать, впервые не зная, к чему я приду. Обычно я в любой вещи пишу сперва финал. Я очень надеюсь, что, поставив точку, наконец-то пойму то, чего не смог понять в живом переживании. И это не поза, не кокетливый авторский прием, я на дух не переношу подобные литературные игры. А может, пользуясь странным выражением Пушкина, я так и останусь с вопросом?..

Мне кажется, что писатели более слепы к реальной жизни, чем бытовые люди. Софья Андреевна лучше знала своего великого мужа, нежели он ее. Его ненависти и страху она противопоставляла снисходительное презрение. Если бы Достоевский понимал людей, а не придумывал их, разве мог бы он сойтись со своей первой женой, которая потом отравила жизнь и такому проницательному человеку, как Василий Розанов? Последнего хоть как-то извиняют крайняя молодость и соблазн наследовать величайшему гению. Писатель изумительно понимает придуманных им людей, тут он такой человекознатец, что диву даешься: проследить душевный путь Раскольникова заглянуть в омут Свидригайлова — да как же надо знать человека в его самых тайных и темных глубинах! Но ведь эти люди придуманы Достоевским. А в жизни он наверняка проходил мимо раскольниковых и свидригайловых, ничуть не догадываясь об их сути, — его первая жена была пострашнее Свидригайлова. Пруст недаром складывал своих персонажей из разных обитателей сен-жерменского предместья, Комбре, Бальбека и этих искусственно созданных особей рассматривал в свой поразительный микроскоп. Недаром он не испортил отношений ни с одним из своих светских друзей. Ведь даже на такую цельную в своем очаровании и пороках фигуру, как Робер де сен Лен, пошло семь юных баловней высшего парижского общества. И лишь светский лев Монтегю предъявлял единоличные права на барона Шарлюса, сложенного все-таки из двух аристократов, мотивируя свои претензии тем, что только он один может позволить себе быть настолько сумасшедшим.

Если говорить о нас с Дашей, то она, несомненно, знала меня лучше, чем я ее. Разве могу я претендовать на понимание Дашиной сути, если не в силах объяснить, как случилось, что через день после открытия ее в столовой, смиренно признав ничтожность и несостоятельность своей жалкой личности рядом с ней, такой красивой, величественной, взрослой, недоступной, дочери звездочета и белозубой людоедки, невесты известного поэта, спешащего сюда за чисто формальным согласием, ибо все давно решено и чувством, и семейным расположением к этому браку, — так вот, как могло случиться, что через день мы, целуясь взахлеб, упали со скамейки на дорожку, вьющуюся в глубине тощего парка дома отдыха меж рядами тамарисков, и продолжали целоваться, терзая гравием бедную Дашину спину.

Мне кажется, я помню все, что тогда произошло, но все равно не нахожу объяснения случившемуся. Я и тогда был ошеломлен своей быстрой победой, но все же не настолько, как из дали лет. Тогда я вроде бы допускал, что Даша невольно ответила силе владевшего мною чувства, но ведь и самая неистовая страсть не гарантирует успеха.

А было так. Я пошел на танцы в санаторий ВАММа. Уже перед концом программы на площадке появилась Даша с кем-то из ленинградцев. Кажется, это был бритоголовый сын Лавренева, один из тех, кому обязана появлением поговорка, что родители наказаны в своих детях. Я пригласил Дашу танцевать, потом еще раз и еще. Бритоголовый не возражал, кажется, он вообще не танцевал. Поначалу мы сбивались, у меня полное отсутствие слуха и чувства ритма. Странно, я не знаю, был ли у Даши слух, я никогда не слышал ее поющей или хотя бы мурлыкающей какой-нибудь мотив. Кажется, это признак скрытной натуры, человек проговаривается в том, что он напевает и как напевает, даже про себя. Но чувство ритма у нее, несомненно, было, она быстро подстроилась под мой сбивчивый шаг, и дело пошло на лад. Меня выручала спортивность, тот волевой напор, который может заменить многое, в том числе отсутствие слуха, к тому же я хорошо двигался. Кто-то назвал нас лучшей парой на площадке. Но едва ли я покорил Дашу танцами, как Фред Астор. Не могу сказать, что я оказался блестящим или хотя бы находчивым собеседником, у меня в башке от волнения образовался полный вакуум. Бессильный родить даже жалкую мысль, поделиться хоть поверхностным наблюдением, я изредка отваживался на вопросы, получая односложные ответы. Так я узнал, что Даша учится в текстильном институте, на машиностроительном факультете, что в Коктебеле она второй раз и ей тут нравится. Нельзя сказать, что эти сведения способствовали нашему сближению.

Нет страшнее муки — муки слова. Я вполне понял жестокую правду этого утверждения не за письменным столом, где я всегда выкручиваюсь с помощью компромиссов, утишающих эту муку, а на танцевальной площадке с Дашей. Я не охоч до праздного словотока, но и не молчун, меня интересует творящаяся вокруг жизнь, привлекают даже самые невзрачные люди, а Коктебель был так богат новыми впечатлениями, и столько хотелось узнать о нем у старожилки, какой по праву могла считаться Даша, но все слова заледенели в глотке, как звуки каретного рожка барона Мюнхаузена в мороз. Нас словно поместили в какой-то умственный и душевный вакуум, озвученный навязшей в зубах танцевальной музыкой. Бывает сладостная изолированность любящих посреди шумной толпы, но к нашему случаю это отношения не имело. И я обрадовался, когда исполненный сонной неги голос Варламова стал прощаться с нами:

Пока, пока, уж ночь недалека,
Вы нас не забывайте.
Пока, пока...

Последние такты, последний шарк подошв об асфальт. Я стараюсь надышаться Дашей и в прямом и в переносном смысле слова, вдыхаю запах ее волос, загорелой кожи, тонких духов, даже материя ее казакина имеет свой таинственный аромат, все это надо сохранить, унести с собой, как и стук ее сердца, который, как мне кажется, я иногда слышу, как и легкий вздох облегчения, когда я каким-то чудом справляюсь с трудным па, как тепло левой руки, которую я держу в своей ладони, как благоуханную радость прикосновения к ее плоти. Ведь это может не повториться. Но разве надышишься тем, кого любишь, а я уже любил Дашу. Невольно я все ниже и ниже склонялся к ее плечу и с последним затухающим «Пока-а-а!..» Варламова поцеловал Дашу в теплую выемку над обнажившейся из-под казакина ключицей.

Она удержалась от резкого, отстраняющего движения, но правый глаз ее сдвинулся к переносью и выблеск белка полоснул, как ножом.

— Что это значит? — спросила она холодно.

— Благодарность, — пробормотал я.

Я так обалдел от своего поступка, что внутренне не мог взять на себя ответственность за него. Это был не я, а кто-то другой, на мгновение прикинувшийся мною. Я даже смутился меньше, чем полагалось бы такому застенчивому человеку, как я. Даша поняла, что то была оплошность простодушия, наивного порыва, а не дерзость записного хвата. Она угомонила недобрую косину и, зябко передернув плечами, сказала:

— Пойдемте.

Мы двинулись через коктебельские буераки, колдобины, овраги, сухие заросли — имелась вполне сносная дорога, но окольная, и ею по местной традиции не пользовались. Я впервые порадовался всей этой непролази, удлинившей нам путь. Препятствия давали мне возможность опекать Дашу, то подавать руку, вытаскивая из ямы, то подхватывать под локоть, то придерживать за талию, а раз даже, не спросив разрешения, перенести ее на руках через маслянистую лужу. Она просто и деловито принимала эту помощь, не стала ломаться, когда я поднял ее и понес. Она смеялась, а вернувшись на землю, сказала:

— А вы сильный!

— Да разве тут нужна сила? — не слишком находчиво отозвался я.

— Такой худенький, — продолжала удивляться Даша. — У вас пястье тоньше моего.

Надо же — разглядела. Мне казалось, что она смотрит сквозь мою бренную сущность, как сквозь плохо промытое окно. Все происходящее несказанно удивляло меня. Первоклассной компании она предпочла ищербленный асфальтовый круг захудалой танцплощадки, хладнокровно покинула своего кавалера и весь остаток вечера протанцевала с таким жалким человеком, как я. И даже делает вид, будто не замечает, что я сбился с дороги и завел ее в какую-то непролазь. И ведь она, конечно, догадалась, что я влюбился в нее, а это ей так привычно и докучно, так утомительно и не нужно. Наверное, она просто очень добрый человек.

Воображение бурно заработало. Она из жен-мироносиц, она Мария, припавшая к натруженным, пропыленным ногам Спасителя, она из тех, кто спешил к больным, страждущим, голодным, увечным, покрытым коростой, чтобы подать им освежающее питье и горсть олив, смазать целебным бальзамом гноящиеся раны. Это жалостливая, самоотверженная натура, чудом оказавшаяся в нашем холодном, расчетливом веке. Как быстро заметила она мою худобу и тонкие пястья, а ведь другим бросаются в глаза мои широкие плечи и крепкая грудь — признаки устойчивости, а я не устойчив, тонкие, легкие кости отвечают моей внутренней сути: хрупкой, непрочной, ранимой, — а на щеках у меня, если внимательно приглядеться, можно обнаружить сквозь загар следы юношеских прыщей — намек на библейские язвы...

Когда впереди возникла ограда нашего участка, я целиком вработался в роль юного прокаженного, которого сердобольная возлюбленная выводит из убежища обреченных, чтобы исцелить силой своей любви или погибнуть вместе с ним.

Разумеется, вся эта дивная и горестная игра пропала втуне, рядом с Дашей оставался худой мальчишка и ненадежный провожатый. Я плохо ориентировался даже внутри нашего убогого колючего парка, а она из деликатности не хотела направлять меня. В конце концов мы забрели черт знает куда, на край мусорной свалки, где ко всей прочей дряни добавилась устилавшая землю колючая проволока, путаная и ржавая. После войны я натыкался на такие проволочные завалы в лесу под Сухиничами, где погиб мой друг Павлик. Даша поранила ногу, о чем я узнал лишь на другой день, увидев ее забинтованную лодыжку. В парке она помалкивала. Почему-то все это ее не только не раздражало, а скорее веселило. Даша прелестно улыбалась, но смеялась редко. Потом я не раз вспоминал, что никогда не слышал столько ее смеха — радостного, самозабвенного. Это было приключение, чем так бедна была ее очень упорядоченная, благообразная жизнь. Ей недоставало девичьей подвижности, легкости, порывистости, она была слишком фундаментальна, подражая, быть может, бессознательно манере матери.

Конечно, это открылось мне не на краю мусорной свалки, а много позже, если вообще не сползло сейчас со стерженька шариковой ручки и высветило что-то в прошлом, что может помочь моим выводам в конце повествования.

С великой мукой, под непрекращающийся Дашин смех, который не давал мне впасть в отчаяние, добрались мы до тусклого, очень старого, быть может волошинских времен, фонаря на полусгнившей деревянной ноге, с шестнадцатисвечовой лампочкой без колпака. Он почти не давал света, но был несомненным признаком цивилизации. И почти сразу под ногами зашуршал гравий полузаросшей жестяной травой дорожки. Приключение подходило к концу. А что будет завтра? Даст ли мне сегодняшний вечер шанс хоть на какую-то короткость с Дашей или придется все начинать сначала? А что, собственно, случилось такого, что позволяет мне рассчитывать на Дашино внимание? Несколько танцев. Но она любит танцевать, каждый вечер ходит в ВАММ и танцует с каждым, кто ее пригласит. И если бы мы не заблудились по моему топографическому идиотизму, то давно бы расстались и разошлись по своим номерам. Все так, но мы еще не расстались, и за нами коротенькая жизнь вместе по пути сюда с преодолением всевозможных препятствий, нас соединили буераки, овраги, бугры, канавы, лужи, она была у меня на руках, что-то говорила, смеялась, и слова ее, и смех принадлежали нам обоим так же, как и этот забытый Богом и людьми дряхлый волошинский фонарь. Я отделился для нее от курортного фона, перестал быть просто фигурой, оживляющей пейзаж.

Мы одновременно увидели скамейку, почти вросшую в землю, кривую, в облупившейся краске и конечно же с какой-то старой памятью в морщинах дерева. Не сговариваясь, мы подошли к ней и сели. Она была мокрой и холодной.

— Надо перевести дух, — сочла нужным объяснить наш поступок Даша: она бессознательно давала кому-то отчет.

Вот тут бы и сказать находчивое, теплое слово, как-то обнаружить свою суть. Бессловесные люди не менее утомительны, чем болтуны, — с теми и с другими собеседник утрачивает ощущение собственной ценности. Но все, что крутилось в башке, казалось таким пустым, бедняцким, не стоящим Дашиного внимания. А ведь она все время старалась как-то озвучить наше общение, хотя я давно догадался, что из нас двоих она молчуньей породы. Ей надо гораздо реже и меньше колебать эфир, чтобы выразить нужное, соответствующее моменту, нежели мне, вечно во всем сомневающемуся, и слова, которые она роняла, были куда ближе к своей вещественной и душевной сути. Она производила над собой насилие, чтобы не висело над нами угрюмое молчание, а я был как хорошо закупоренная и запечатанная сургучом бутылка, которую кидают в море терпящие бедствие. Но это шло не от тупости, безмозглости, а от сознания ее подавляющего превосходства. Что мог сказать я дивному существу, чей слух только что ласкали голоса сирен: Каплина, Десницкого, Мариенгофа, Лавренева, Мессера и низкие хрипловатые ноты Горностаевой, заставлявшие всех цепенеть, или восторженно вскрикивать, или давиться от хохота? Мысли не шли, я даже не мог сообразить, какая сегодня погода, в полном отчаянии я наклонился к ней и поцеловал, словно не было урока на площадке. Я поцеловал ее не в ямку над ключицей, а прямо в губы. И она ответила мне, продлив наш поцелуй и будто забыв о данном мне уроке.

Мы целовались, пока не рухнула трухлявая скамейка, унеся с собой память о поцелуях Андрея Белого с какой-нибудь русалкой или объятиях Марины Цветаевой с той же русалкой, и оказались на земле. Но и тут мы не перестали целоваться, и прошла целая вечность, прежде чем Даша сказала:

— Помоги мне встать.

Я помог, и мы опять принялись целоваться, теперь уже стоя.

Когда я проводил ее домой, мы жили в разных флигелях общего строения, ни в одном окне не горел свет. Но я не заметил в Даше и следа беспокойства. То ли это было следствием самообладания, то ли того домашнего договора, который был принят у них в семье.

Я не мог пойти спать. Калитку, выходящую на море, ночью запирали. Я перелез через побеленную глинобитную ограду, на ходу посрывал с себя одежду и кинулся в парную, но все равно освежающую воду. Море было тихое и сонное. Доплыв до буйка, я уцепился за него и некоторое время пытался понять, что со мной произошло. Я не знал тогда простых и мудрых слов Гёте: очень легко полюбить ни за что, очень трудно — за что-нибудь. Кажется, у Гёте сказано еще круче: невозможно за что-нибудь.

Но и вспомни я эти слова, они показались бы мне бессмысленными. Ведь я без запинки мог сказать, за что полюбил Дашу: за чудные глаза с пугающей и очаровательной косинкой одного из них, за изгиб, нежность и упругость губ и жар их подбоя, за высокую, гордую шею, за плавные неспешные движения рук, похожих на лебединые шеи, за нежность и теплоту тела, которое я ощущал сквозь одежду, за гладкость и силу колен, прижимавшихся к моим ногам, за ровный шоколадный загар и его смуглый запах, за так идущий ей переливчатый казакин и за тоненькое колечко на мизинце, за чуть растрепавшиеся волосы цвета лесного ореха. А вот за что могла она полюбить меня, этого я решительно не мог взять в толк. Сигурд Рибунг, воитель из Гельголанда, подкрепленный литфондовской хартией, который сверлил Лизу Огуренкову печально-жаждущим взором, здесь не посмел явиться хотя бы тенью тени своего образа. На буйке повис худой мальчишка, еще не скинувший до конца шкуру прыщавой юности, неуверенный, неумелый ни в одном движении мужественности: клюнув пугливым поцелуем на танцплощадке, растерялся чуть не до слез, обратную дорогу потерял, заведя черт-те куда, уже на участке заблудился и вляпался в свалку, уронил скамейку, уничтожив священную реликвию былой волшебной жизни, а милую, вместо того чтобы поднять, припечатал нежной спиной к колючему гравию собственной неуклюжей тяжестью.

Будь другое существо на месте Даши, я не стал бы ломать себе голову, почему мы, едва познакомившись, принялись целоваться. Как ни беден был мой «любовный» опыт, я знал, что так бывает сплошь да рядом, особенно в домах отдыха, где люди сбрасывают путы обычной городской обременительной сдержанности, поддаются короткой обманчивой свободе, легкости, разлитой в воздухе — даже пляжное, не заботящееся об укромности обнажение играет свою роль, — и становятся ближе к своей древней естественной сути, тогда ведь желание, которого никто не старался скрыть, считалось естественным и почтенным свойством. Меня научила целоваться замужняя молодая женщина в подмосковном доме отдыха три года назад, а укрепила навык через год другая молодая женщина на крутом волжском берегу. Деморализованный арестами тридцать шестого — тридцать седьмого года, я потратил впустую короткое анапское приволье, хотя каждый день проводил под сенью девушек в цвету.

Но Дашу я не мог поставить на одну доску ни с молодыми добрыми учительницами в науке страсти нежной, ни с жаждущими опыта старшеклассницами золотопесчаной Анапы. Даша была сделана из совсем другого материала, ее поступки рождались в той глуби, куда я не мог заглянуть и о существовании которой едва начинал догадываться. Ну хоть это я понял, вися на буйке меж низким звездным небом и фосфоресцирующим морем. И еще одно я понял: если Дашина любовь, а иначе нельзя было назвать, не унижая ее, то чувство, которое толкнуло ее в мои руки, так независима от объекта приложения, то столь же независимы станут и охлаждение, отчуждение, разрыв. И тут я, надо сказать, многое понял вперед. Не знаю, до чего бы я еще додумался, так внезапно повзрослев, если б не увидел на берегу, в стороне чеканного от луны профиля Волошина, рыщущий блик карманного фонарика, каким наши умные пограничники разыскивали беглецов, намеревавшихся вплавь добраться до Турции и попросить там политического убежища. Я слишком подходил для их бдительных целей и поспешил оставить буек.

Я пишу не биографическую повесть, воскрешая былые «утехи и дни» (название первой книги Марселя Пруста, переведенной на русский язык, — зародыш будущей эпопеи), нет, мне хочется что-то понять в себе и в человеке, который так много значил для меня, хотя возник в ту прекрасную и хрупкую пору, что как бы откалывается потом от основной жизни, оставаясь лишь ненадежным источником сладко-недостоверных воспоминаний. Каждый человек творит свою мифологию, почти вся она приходится на юность.

Сталин, при всей неправдоподобной тупости своего ума, смекалистого лишь в двух сферах, где большого ума не требуется, ибо тут действуют последние в человечестве: уголовщина и политика, — сказал однажды тонкую фразу, уничтожившую последние конформистские надежды затравленного Булгакова: «Все молодые люди похожи друг на друга» (по другой версии: «Все молодые люди одинаковы»). Этим он прикончил пьесу Булгакова о поэтической юности вождя. Пьеса и правда пуста, и герой лишен характера, да и не могло быть иначе. Юный Сталин — это вообще звучит дико, хотя действительно была пора в его жизни, когда он не убивал, даже стихи сочинял и над пьесой тужился, то есть не был Сталиным. Он был скорее похож на молодого Шиллера, чем на всем известного бандита Кобу. Но мысль о смытости юной личности он высказал правильную. Конечно, юноша Леонардо отличался от рядового флорентийца своих лет, но мы говорим не об исключениях. Сила и требования пробуждающегося пола сильно нивелируют молодых людей, к этому добавляются мучительный поиск себя, незнание своих возможностей, страх смерти и тяга к ней, и то, и другое потом проходит, зависть к взрослым, всеотрицание и рядом — готовность сотворить себе кумира из любого дерьма, можно и дальше перечислять слагаемые молодой особи мужского пола, да не стоит.

На танцевальной площадке я был призраком, который Даше почему-то захотелось материализовать. Одиссей, если верить Жироду, пытался воспрепятствовать Троянской войне лишь потому, что взмах ресниц Андромахи напоминал ему Пенелопу. У меня, кстати, очень длинные ресницы, — может, в них дело? А может, Дашу тронула моя неуверенность? Или худоба? А может, я чем-то напомнил человека, который ей нравился? Она решила мою участь, я тут был ни при чем.

А уже в саду случилось нечто другое, не знаю что, но тут исчезла и ее личность, мы стали скульптурной группой «Поцелуй», где нет характеров, психологии, судьбы, только сильное, страстное движение друг к другу. У Родена, по-моему, есть такая скульптура, разница лишь в том, что они обнажены и не сверзились со скамейки, но безличность пары, растворившейся во всепоглощающем действии, та же.

Надо ли говорить, что все эти соображения в их окончательной четкости принадлежат куда более позднему времени? Но кое-какие догадки осенили меня уже тогда — на буйке, первой остановке на пути в туретчину, по мнению наших пограничников.

Впрочем, тогда я быстро забыл о соображениях, посетивших меня в теплой морской воде под низкими крупными и такими частыми звездами, что все небо казалось озаренным...

Теперь моя коктебельская жизнь крайне упростилась: она состояла из дневного ожидания и вечернего блаженства, когда я словно проваливался в нежную сладкую пещеру Дашиного рта — я понятия не имел, что целоваться можно как бы внутри, а не на поверхности, этому меня никто не учил. И было смирение перед неизбежным и быстрым концом, который наступит с приездом жениха.

Конечно, Даша была полным хозяином положения. В течение всего дня она держала меня на почтительном расстоянии, не допуская никакой короткости. К ней вообще нельзя было подойти просто, как принято среди молодых, с какой-нибудь смешной гримасой, шуткой, розыгрышем, размашистым жестом приветствия. Она тут же скатывала правый глаз к переносью и холодно осведомлялась, что это значит. Ей была присуща свойственная ее матери фундаментальность. Когда та входила в столовую, казалось, что по ухабистой дороге движется воз с сеном. А ведь Анна Михайловна была интересной, даже красивой женщиной, пусть и раздобревшей, потяжелевшей. Ноги у нее, правда, были как полена, но она носила длинные, до земли, халаты и такие же юбки. Ее грузность создавалась не телесным переизбытком, а широкой костью. Даша копировала материнскую повадку, а не была вынуждена к ней физиологически. Впоследствии она приметно похудела — тонкие кисти, тонкие лодыжки, тонкая талия, — но сохранила размеренность, неторопливость движений, какую-то идущую ей заземленность. Так же спокойны и небыстры были все ее реакции. Я не могу представить себе Дашу торопящейся, или испуганной, или растерянной. Она плыла по жизни, а не шла и даже, совершая в дальнейшем поступки дерзкие до цинизма, не изменяла своей внутренней неторопливости. При всем том она, как и ее мать, была человеком сильно и глубоко чувствующим.

Я подчинялся ее ритму, ее поведению, ее привычкам. Боялся лишний раз подойти, заговорить. А по вечерам, после танцев, принимал нашу целомудренную близость как подарок, хотя и ожидаемый. Знай я высказывание Гёте, то считал бы это ворожбой веймарского мудреца, желавшего доказать, что он прав. Ведь он был еще и ученый, для которого собственная правота важнее даже, чем для поэта.

3

Однажды за обедом я понял, что подарки судьбы кончились: за столом Гербетов был занят четвертый стул, на нем сидел очень большой, мясистый, с обширным приятным лицом молодой человек в роговых очках. Несомненно, то был ожидаемый жених-поэт. Даша говорила, что ему двадцать пять, но он выглядел куда старше и солидней.

Я его никогда не видел, даже на фотографии, и представлял себе другим, не столь огромным, не столь открыто добродушным, не столь наивно самоуверенным. Мне рисовалось нечто более утонченное, трепетное, романтическое. Он не был странником, случайно забредшим в этот мир, у него имелась жилплощадь, прописка, жировка. И вообще о таком зяте должны мечтать все родители, но не звездочет, если он ищет в небе не привычные светила, а свою мечту, и даже не людоедка, раз она так холодна к окружающим ее людям много выше среднего уровня. Глядя на него, я что-то понял в Дашином отношении ко мне — я привлек ее тем, что был во всем противоположен жениху, рукастому, губастому, мосластому, громкоголосому, благодушному, лишенному тени загадочности, даже той жалкой загадочности, какой награждает не уверенного в себе человека слишком сильное ощущение окружающего, заставляющее хорониться в скорлупе.

Даша ничем не поступилась в той обычной сдержанности, с какой вела себя за столом, прямоспинная, молчаливая, неторопливо занятая едой, не выключающаяся из застольного разговора, но и не дарящая ему хоть слово.

Поэт делился московскими новостями, что занимало, по-видимому, одну Анну Михайловну. Гербет только моргал, поправляя очки и делая любезное лицо, иногда произносил: «О! Вот как! Великолепно!» Зато эмоционального заряда Анны Михайловны хватало на всю семью. Видать, ей очень хотелось выдать дочку замуж. Она взмахивала руками, озиралась, как бы призывая окружающих к участию в интеллектуальном празднике, ее холодный смех осаждался инеем на спинках стульев и притолоках.

Поэт вскоре навсегда исчезнет из моего повествования, а он был важен в нем, поэтому скажу о его судьбе. Он умер год назад, прожив долгую и неправдоподобно благополучную для советского литератора жизнь. Он участвовал в Отечественной войне, совершил чепуховый проступок — на день задержался в московской командировке, — был судим и понес суровое наказание: его послали рядовым в атаку. Тяжелое ранение надолго приковало его к госпитальной койке. Потом он вернулся в свою фронтовую газету, заслужил все положенные награды, после войны писал скучные, длинные, на редкость непоэтичные стихи, а когда от него перестали что-либо ждать, раскрылся превосходным песенником, что принесло ему широкую известность и новые награды. Мелодия одной его всемирно известной песни стала радиопозывными.

Свой худший, хотя и безобидный, поступок он совершил до нашего знакомства, на заре туманной юности, с великого перепуга, написав такие слова об НКВД «Здесь все чисто, свято»; это стало нашей домашней поговоркой: «Чисто и свято, как в НКВД». Больше он умудрился ничем не проштрафиться. Женился по любви на красивой и милой женщине, подарившей ему двух дочерей. Одна из них, одаренный искусствовед, умерла совсем молодой от рака, то было жесточайшее потрясение всей его жизни. Другая вроде бы уехала за границу. Он написал очень хорошие стихи для одного моего фильма, никогда не держал на меня зла, полагаю, что справедливо: с Дашей у них все равно ничего бы не вышло. Он был человеком без свойств, но не в музилевском смысле, а в смысле характера: одни лишь положительные качества, исключающие возможность осудительного, с точки зрения властей предержащих, поступка. Он мог бы достигнуть в смысле официального положения куда большего, если б не был евреем и хоть немного помогал тому учреждению, где «все чисто и свято». Но, похоже, он никогда не считал этого всерьез. Он много лет сохранял телефонную связь с Дашей, не помня зла, ибо был по-настоящему хорошим человеком. Одну его песню о расставании я до сих пор не могу слушать без волнения. Мир праху его.

Мне и в голову не пришло бороться за Дашу. По чести говоря, я и сейчас, по минованию жизни, так и не понял, что значит бороться за женщину. В фильме «Большой вальс» показано, как вельможа борется с нищим Штраусом за певицу Карлу Доннер. Штраус пишет для нее красивые песенки и трахает, затем появляется вельможа с роскошным подарком — колье, ожерельем — и уводит Карлу Доннер трахать в свой черед. Затем опять появляется Штраус, сочинивший что-то новенькое, — и вся история повторяется. В конце концов Карла остается с вельможей, у которого драгоценностей больше, чем у Штрауса мелодий. Ей, как говорится в старом анекдоте, было и так хорошо, и так хорошо. Хуже приходилось борцам. Очевидно, окончательная победа осталась за вельможей, по чести, это пиррова победа.

Можно поочередно трахать женщину, только не надо считать это борьбой за нее. Любовник не имеет никакого преимущества перед мужем, он пользуется его женой, а тот — его любовницей, это, пожалуй, обидней. В нашем случае наличествовал только душевный момент, физиология в ее последнем проявлении отсутствовала. Но не в этом дело. Я ни в малейшей мере не претендовал на роль соперника и сам удалился на свое место, не ожидая, когда мне его укажут.

Вечером, как и всегда, я потащился на танцы, уверенный, что Даша со своим поэтом туда не придет. Такое времяпрепровождение казалось мне слишком вульгарным для них. Но они явились и танцевали только друг с другом. И в танцах поэт имел подавляющее преимущество передо мной. Во-первых, он был ритмичен, во-вторых, выписывал ногами крендели — то ли это был чарльстон, то ли некое сочетание чарльстона с фокстротом.

Наверное, столичный вычур задел местных хулиганов, которые до того никак себя не обнаруживали. В курортных городах существует неписаное правило: не трогать отдыхающих, ибо это противоречит материальным интересам местного населения. От курортников шли доходы: иные по окончании срока путевки снимали комнаты в деревне, почти все покупали свежую и копченую рыбу, абрикосы, черешню, помидоры, огурцы, плодоягодное вино, многие аборигены работали в прачечных, банях и на складах здравниц.

Хулиганье могло в виде исключения задеть новичка, но Дашу хорошо знали, как и всю остальную нашу компанию, кроме поэта, но он был из наших, и приставать они начали, что было вовсе не по правилам, к Даше. С дурашливым видом они наперебой приглашали ее на круг, не спрашивая разрешения у кавалера, обменивались впечатлениями о ее загаре, спорили, в чулках она или нет. И незаметно придвигались ближе к нам. Не встречая отпора, они наглели все больше. И тут раздался громкий, решительный и спокойный голос поэта:

— Оставьте девушку в покое!

— А ты не кричи, — с лениво-хулиганской интонацией завел чернявый парень. — Мы не обожаем, когда на нас кричат.

— Я с вами свиней не пас. Извольте обращаться на «вы», — сказал поэт и хорошо развел чуть жирноватые, но широкие крепкие плечи.

Заиграла музыка, и поэт, небрежным движением отстранив какого-то шкета, пригласил Дашу на танец.

Все кончилось самым неожиданным образом. Откуда-то появилась Лиза Огуренкова, культурница этого санатория, никогда не ходившая на танцы, — видимо, ей кто-то сообщил о надвигающемся скандале.

— А ну, вон отсюда! — сказала она таким хозяйским, презрительно-уверенным тоном, какого я никак не подозревал в ней.

— А что мы делаем?.. — завел было чернявый — без всякого гонора.

— Вон! — повторила Лиза.

И вся бражка, как побитые шавки, поплелась прочь.

Лиза даже не сочла нужным убедиться, что ее приказание выполнено, настолько была уверена в этом, и сразу поспешила назад в клуб, где проводила то ли викторину, то ли концерт самодеятельности. Какая сила была за Лизой — прочное положение в санатории или бритые затылки ее поклонников?

Играла музыка, я не танцевал и с удивлением думал о собственной безучастности в конфликте. У меня даже в мыслях не было стать рядом с поэтом и вместе биться за честь нашей дамы. Я полностью уступил ему Дашу и всю ответственность за нее. Конечно, начнись драка, я не остался бы в стороне, но лишь по принципу: наших бьют. Чем-то это напоминало рассказ Брет-Гарта «Пастух из Солано». Мнимый простак, одурачивший потом весь город, влюбился в девушку, помолвленную с другим. Однажды во время лодочной прогулки она упала за борт. Пастух из Солано получил редкий шанс героическим поступком завоевать сердце любимой, но он хладнокровно ждал, когда ее спасет жених. Он считал, что у того больше прав. Похоже, что парализовавшие меня соображения были столь же великодушны и низменны, как у пастуха из Солано.

На танцплощадку явилась Анна Михайловна, оказав тем самым честь жениху. Она сказала со смехом, в котором впервые прозвучали теплые нотки:

— Здорово вы проучили наглецов!

— Я уже думал, полетели мои очки, — скромно отозвался поэт.

Для очкариков нет ничего опаснее в драке — удар по стеклам, вот почему носящие очки избегают драк. Тем отважнее и благороднее был поступок поэта. И тем противнее выглядело — для меня самого — мое пастушеское благоразумие. Я, конечно, был деморализован всем выпавшим мне на долю.

Когда мы возвращались с танцев, уже на территории нашего дома отдыха, я отстал от остальных. В этот час начиналась моя главная жизнь, ради которой стоило появиться на свет. Я шел по коридору мертвых таллярисков, и гравий мертво хрустел у меня под ногами. И сам я был мертвяк в мертвом царстве.

Утром Оська, исполненный сочувствия, предложил пойти на ваммовский пляж полюбоваться Лизой Огуренковой. Но для меня его слова прозвучали столь же кощунственно, как для кавалера де Грие любезное предложение неверной Манон утешиться с ее подругой. Вместо этого мы пошли под палящим солнцем в Отузы, где нам нечего было делать. Отузы — это скучная деревня и огромной протяженности пустынный пляж в намывах сухих водорослей.

А за ужином до меня донеслась странная весть: поэт уехал в Москву. Комментариев никто никаких не делал. Когда я выходил из столовой, медовый голос Варламова уже наводил ежевечернюю путаницу:

Уходит вечер, вдали закат погас,
И облака толпой бегут на запад...

Здесь его красивая и томная песня делала нежданный временной скачок и, не дав насладиться еще только уходящим вечером, сразу переносила в ночь:

Спокойной ночи поет вам поздний час.
А ночь тиха, а ночь на крыльях сна...

На самом же деле эта баюкающая песня служила сигналом начинающихся на ваммовской площадке танцев. И только через полтора часа Варламову предстояло попрощаться с нами всерьез в связи с приближением ночи. Пока я стоял возле столовой, размышляя об этой ничего не стоящей чепухе, подошла Даша:

— Ты пойдешь на танцы?

— Твой друг уехал?

— Да.

— Почему так скоро?

Правый глаз знакомо приблизился к переносью, освободив много опасного белка.

— А что ему тут делать?

Я не внял предупреждению:

— Он приехал потанцевать?

— Выходит, так. — Глаз быстро вернулся на положенное место. Она вздохнула.

Я понял, что ей тяжело, и оставил тон злобной шутливости:

— Он приезжал за твоим ответом?

— Он поступил в аспирантуру и на радостях прикатил сюда. Ответ тоже был.

— А что случилось? — спросил я с тем искренним удивлением, которое могло бы показаться оскорбительным, если б за ним не угадывался паралич мозга.

— Случился ты, — тихо, сокрушенно, но с проблеском улыбки в самом донце ответила Даша.

Не знаю, хорошо это или плохо, но никакого иного чувства, кроме болезненной жалости к поэту, я не ощутил. Было мучительно жаль его, такого большого, доверчивого, уверенного, наивного, такого смелого и хорошего, с какой стороны ни глянь. Возможно, тут произошла какая-то странная психологическая подмена, и я ощутил себя на его месте, на месте человека, которому Даша почти принадлежала, — и все рухнуло в последний миг. Мне было плохо вчера, на редкость плохо, когда я почувствовал себя мертвым в мертвом тамарисковом лесу, и все же в душе таилось какое-то больное утешение, что мне выпало на долю такое сильное и незаслуженное счастье. Я не считал себя ровней Даше, и все случившееся между нами было нежданным подарком, которого я не стоил. Испытать это проще, чем выразить. Но сознание неизбежного и скорого конца неотступно сопутствовало моему счастью, не уменьшая его, скорее наоборот.

— Кажется, это тебя не слишком радует? — прозвучало оскорбленно.

— Я этого не ждал. Я тебя люблю. А каково ему?

356

— Особо не переживай, — сказала Даша с интонацией, в которой я уловил нотки ее матери. — Он успокоится. Думаешь, мне его не жалко?.. Но больше из-за ситуации. Слишком глупо все вышло. А он выживет. Напишет стихи о расставании. Потом о Магнитке. Кончит аспирантуру. Женится. А я хочу быть с тобой, вот и все...

Оська был потрясен моей победой. Я — тоже, но с некоторой жутью: как же все хрупко и непрочно в том, что должно быть крепче железа и камня. Мне было всего восемнадцать лет...

Можно наслаждаться одним и тем же каждый божий день — и так прожить счастливейшую жизнь, но написать об этом невозможно. Ты доконаешь читателя в разгаре своего счастья, но, скорей всего, как автор ты сдашься еще раньше. Читатель может думать, что его разыгрывают, усыпляют, чтобы потом сильнее дать по башке, но ты-то ведь знаешь, что никакой неожиданности не будет. Помню, я смотрел французский фильм о клубе одиноких, просто невероятный по своей нудности, однообразию, сознательному нежеланию режиссера придать экранному зрелищу хоть какую-то остроту, но именно это заставляло меня верить, что в конце будет взрыв. Так и произошло: в финале все персонажи живо и разнообразно перестреляли друг друга, без тени взаимной ненависти, скорей даже любовно, просто им хотелось пережить тревоги и опасности минувшей войны.

Я продолжу свое повествование с середины августа того же бесконечного и, увы, такого короткого лета. Даше исполнилось двадцать лет. Мне осталось восемнадцать, стало быть, формально возрастная разница увеличилась между нами до двух лет.

Гербеты устроили грандиозный бал, абонировав на вечер столовую. Чествование длилось до отбоя, и на нем перебывали все обитатели обоих домов отдыха, московского и ленинградского. Конечно, многие, мало знакомые, заходили на огонек: поздравить и выпить стакан плодоягодного вина, другие были как бы «стационарными» гостями. Но, конечно, пиком торжества для меня — Гербеты отнеслись к этому хладнокровно — стало появление блистательной троицы: Горностаевой, Каплина и Мессера. Для Гербетов, чей интимный круг составляли Пастернаки, Нейгаузы, Габричевские, Юдина, Лосевы, эти трое были просто парвеню, люди без определенных занятий, а для меня — небожители, спустившиеся на землю, чтобы поздравить мою подругу. Это совпало с другим значительным событием: мне поручили разрезать арбузы, которых было много.

Моя ручная неумелость равнялась бесполезности в практической жизни. И как обычно бывает в таких случаях, мне особенно хотелось показать себя в каком-нибудь деле. Я даже велосипедную шину не мог накачать, не справляясь с ниппелем, не умел наживлять крючок — непременно торчала бородка, так и не научился чистить ружье и даже собирал его с бесконечными затруднениями. И при такой неуклюжести я, как уже говорилось, отличался редкой спортивностью, блестяще водил машину, но не мог вывинтить свечу. А вот колесо каким-то чудом научился менять и очень любил, когда случался прокол. Работая рычагом домкрата, я чувствовал блаженную связь с веком техники.

Однажды в жизни меня приняли за толкового человека. Мы возвращались большой группой из писательского дома отдыха «Долгая поляна» под Тетюшами. Нас доставили на катере в Казань, где мы должны были пересесть на поезд, взяв предварительно билеты. Как полагается в летнее время, и на пристани, и на вокзале творилось столпотворение. Моя безрукость отступала, когда требовалась просто физическая сила, и при разгрузке катера я перенес на пристань чуть ли не весь багаж. Это породило в цыганистой и горячей жене писателя Лишина безмерное доверие ко мне.

— Пусть билеты достанет Юра! — кричала она с цыганским темпераментом. — Он единственно толковый человек среди нас!

Лопаясь от гордости, я собрал деньги и ринулся к осажденным толпой наглухо закрытым кассам. Прекрасно понимая, что никаких шансов у меня нет, я с яростью продирался сквозь толпу в надежде напороться на драку и списать на нее неудачу. Но густая, отвратительно слипшаяся, как восточные сладости на базарном лотке, толпа покорно расползалась под моим нажимом, возможно, веря в меня, как в спасителя. И спаситель действительно явился, только не для этих страждущих, а для тех, кому покровительствовала высшая на Земле сила — Литфонд. Посланный заранее из «Долгой поляны» агент заблаговременно обеспечил всех нас билетами. Мы с ним пришли вместе к нашей растерянной группе, и на меня пал отсвет незаслуженной славы. Цыганистая жена Лишина так и осталась при убеждении, что более хваткого малого нет на свете.

Мне регулярно снится сон, что я должен заменить исполнителя главной теноровой партии в «Травиате», «Риголетто» или «Трубадуре» — моих любимых операх, и я испытываю ни с чем не сравнимые радость и гордость. При этом я знаю, что в последний момент явится настоящий артист, поэтому без тени тревоги гримируюсь, одеваюсь, уточняю с режиссером мизансцены и вдруг слышу третий звонок, вслед за тем звуки увертюры. Артист не пришел, сейчас мой выход. Я кричу, плачу и просыпаюсь.

Так и здесь, выслушав указание Анны Михайловны, я исполнился в первый момент гордой радости и той уверенности, какой у меня не было во сне: с этим я справлюсь, авось не верхнее «до» брать. Надо признаться, очень скромно, приметно, как мне думалось, лишь мне самому, я изображал перед гостями одного из хозяев празднества Быть может, это сказывалось лишь в потугах мало реализуемой любезности: подать кому-то спичку или пепельницу, наполнить стакан, — но здесь привыкли к самообслуживанию, и мое робкое рвение оставалось незамеченным. И еще я несколько преувеличенно радовался каждому вновь входящему, что, впрочем, выражалось лишь в вежливой улыбке. Только недобрая проницательность Анны Михайловны, возненавидевшей меня после отъезда поэта, могла догадаться о моей неприметной игре в гостеприимство и злорадно ее использовать. Великий тяжелоатлет Жаботинский впоследствии неоднократно подчеркивал в своих выступлениях, что «жмать рекорды» — это «не кавуны трескать», но при этом оговаривался, что правильно разделать кавун — тоже маленькое искусство. И этим искусством я не владел.

Арбузы были свалены за сдвинутыми длинными столами в углу обеденной залы. Я выбрал арбуз поменьше, самый маленький из всех, недомерок, дитя, чтобы попрактиковаться на нем. По неведению я вооружился обычным столовым ножом с закругленным концом, которым нельзя было ни пропороть, ни даже разрезать шкурку арбуза-недомерка. Тогда мне пришла в голову мысль нарезать арбуз кругами, что казалось легче. Но как ни пилил я его столовым ножом, так до красной мякоти и не добрался.

Я огляделся, за мной никто не наблюдал. С размаху, истерическим жестом Брута вонзил я нож в сердце арбуза. Он оказался ловчее Юлия Цезаря и, не приняв смерти, не тратя времени на укоризны словом и взглядом, скакнул прочь, спрыгнул на пол и закатился под стол. Там было темно, и я его не нашел.

Меня прошиб холодный пот. И тут я увидел своего соседа по номеру, украинского поэта из Харькова. Соскучившись по кавуну, он не стал ждать, когда его угостят на тарелочке аккуратно отрезанным куском. Он выбрал хорошего размера полосатый кавун, потискал в руках, чтобы услышать скрип, определяющий спелость, потом вынул из кармана складной нож и срезал сверху кружок с хвостиком. Отбросив его, срезал такой же аккуратный кружок, но чуточку побольше, снизу, прочно поставил арбуз на стол и ловкими взмахами ножа разделал вдоль на ровные куски.

Боже мой, как это просто! Даже мне по руке. Я сбегал на кухню, взял длинный острый нож для разрезания ветчины и, вернувшись на свой рабочий пост, в считаные минуты разделался с десятком арбузов. Конечно, то не была такая филигранная работа, как у харьковского специалиста, но все арбузы стояли, иные с наклоном Пизанской башни, и легко превращались в раскрывший лепестки розовый цветок. Подходи и выбирай себе кусок по вкусу. Если Анна Михайловна ждала моего фиаско, то она просчиталась.

Я еще переживал свой триумф, глядя, как жадно расхватывают гости куски пунцовых, с сахаристым налетом арбузов, когда услышал Дашин голос:

— А это мой друг — познакомьтесь.

Я обернулся. Возле стола остановились Даша и Мессер, последний держал в руках почти полный стакан плодоягодного вина. Как же близок я стал Даше, если она сочла нужным представить меня такому человеку!

— Очень приятно! — сказал Мессер, улыбаясь своей доброй улыбкой. — За ваше здоровье! Чтоб вы стали хорошим врачом.

Значит, ему и это известно! Обо мне говорят, меня обсуждают. Конечно, я обязан этим Даше, ее знаменитой семье. И пусть меня слегка передернуло от тоста Мессера, ведь я твердо знал, что буду писателем, я был тронут его вниманием А Мессер — это выяснилось много лет спустя — решил, что его тост послужил причиной моей ненависти к нему. Вот бред так бред, я всю жизнь относился к нему с инфантильной восторженностью.

Как и чем закончился вечер, я уже не помню. Даша ушла раньше, у нее разболелась голова от выпитого еще за обедом шампанского. В ту пору она совсем не могла пить. Я помог навести порядок в столовой, после чего чуть не до рассвета блевал в кустах акации плодоягодным коричневатым вином и красными кусками арбузов. Странное это коктебельское винишко. После двух-трех стаканов ты ничего не чувствуешь, будто выпил компот из сухофруктов, потом начинается острая желудочная резь, ее надо перетерпеть, чтобы вновь утратить чувствительность к напитку, а кончается все — даже у старожилов — чудовищной рвотой. Потом весь день ходишь будто выпотрошенный, а вечером опять тянет выпить.

Мне нечего больше сказать о первом Коктебеле. Были походы в горы, в том числе на Карадаг к Чертову пальцу с его необыкновенным эхом, приплывали мы в Сердоликовую бухту в надежде найти там россыпь прозрачных розовых камушков, были поездки в Отузы, Козы и Судак, поход через горы в Старый Крым, чтобы поклониться могиле Грина, лазанье при луне по каньонам, были костры и заплывы на лунную полосу под ругань пограничников, но главное, была Даша — каждый вечер на танцах, а затем до полуночи в саду под тамарисками.

Мы уезжали немного раньше, мне надо было показаться в институте до начала занятий. Даша должна была позвонить мне, как только войдет в квартиру. Раньше поезда не опаздывали, а у вокзала тянулись хвосты свободных такси. Даша позвонила мне минута в минуту...

4

Повесть о любви легко может превратиться в тягучее бытописательство, если следовать за движением жизни любящих. Ведь любовь не расположена наособь, как ваза с цветами, она растворена в быте, повседневности. Надо брать ключевые моменты, открывающие новые этапы отношений, иначе получится «Воспитание чувств» Флобера — вещица неплохая, я бы даже сказал гениальная, но непосильная нашему читателю. Представляете, роман о любви, прошедшей через всю долгую жизнь, и без траханья!

Самое значительное, что произошло за долгий промежуток времени между возвращением из Коктебеля и новым отъездом туда же почти через год, носило комический характер, причем все получилось так, что Даша не узнала причины первого смелого и самостоятельного деяния, на которое я осмелился. Тот поцелуй в ключицу, не поцелуй, а какой-то цыплячий клевок, был не в счет. Всем остальным руководила Даша, даже падением со скамейки, которой она позволила развалиться.

Даша распоряжалась всеми территориальными перемещениями по своему телу. Голова, шея, руки до локтей, ноги до колен, изредка сами колени были открытыми зонами. Иногда меня допускали до плеч, изредка разрешалось коснуться скользящим движением груди, упакованной в плотный бюстгальтер; если наше объятие творилось стоя, то мне предоставлялись лопатки, талия и даже желоб позвоночника, все остальное находилось под строжайшим запретом. И если я по несдержанности или просто по случайности нарушал запрет, то кара была сурова и долговременна. Бывало, я отлучался от ласк на весь остаток вечера. Самым крупным преступлением считалась попытка навалиться на Дашу, когда мы обнимались на скамейке.

Это случилось во время первого визита Даши ко мне. Я уже неоднократно бывал у нее на Зубовской площади, в казавшейся по тем временам очень большой, воистину барской квартире на первом этаже свежего новостроечного дома. У Даши была своя комната, совмещавшая будуар с кабинетом: трельяж, туалетный столик с косметикой и парфюмерией, какой-то пуфик перед ним, низкий широкий диван, крытый персидским ковром, письменный стол красного дерева, кожаное кресло и книжный шкаф.

Видел я и кабинет Гербета, заваленный рукописями, старинными книгами в подгнивших кожаных переплетах, манускриптами (до сих пор не знаю, что это такое, и ленюсь посмотреть в словаре), в углу зачехленный, как орудие, телескоп мечтал о коктебельском небе, я улыбнулся ему, как старому знакомому; в столовой-гостиной-спальне сочеталось несколько миров: забалдахиненное двуспальное ложе было убежищем Анны Михайловны, которая любила полежать с томиком Горация или Платона в руке, какие-то греки и римляне громоздились на спальном столике, а маленькая полка над изголовьем целиком посвящена Пастернаку. Тут же, на стенах и на столике, было много фотографий молодого Бориса Леонидовича, чаще всего на лоне природы, иногда с каким-нибудь сельскохозяйственным орудием в руках, но не за плугом или сохой.

Другой угол комнаты занимал концертный рояль, на котором Гербет играл Шумана, Брамса, Малера, а в четыре руки с Нейгаузом Бетховена и какие-то неизвестные мне сочинения. Нейгауз высоко ценил музыкальность и технику Гербета, считал, что он мог бы стать профессиональным пианистом. Посреди комнаты стоял раздвижной овальный стол, рассчитанный гостей на двадцать, Гербеты регулярно устраивали приемы. Через год и я удостоился приглашения.

После гербетовского жилищного изобилия, где гармонично сочетались музыка с наукой, семейный уют с пиршественным роскошеством, мне ужасно не хотелось вводить Дашу в наше убожество. Но она твердо дала понять, что по светским правилам обязана нанести мне ответный визит.

Наша первая восьмиметровая комната, где мы раньше обедали, удачно располагалась прямо против уборной, тревожившей меня добавочным беспокойством, что Даша в ней не поместится. Ныне столовая стала ночлежкой: на продавленном клеенчатом диване спала Вероня. На раскладушке — откуда-то опять возникшая из своих темных странствий Раечка, самое несчастное, глупое и бездомное существо на свете, которую мама, внутренне не переваривая, считала своей обязанностью опекать и давать приют до очередного скандала. Наконец, на полу у тепла батареи кемарил друг моего детства Миша, ныне студент юридического института.

Затем следовал десятиметровый кабинет, вполне пристойный: диван, письменный стол, кресло, два шкапа с книгами — нарядные корешки книг издания «Академия» радовали взгляд, — журнальный столик, лампа с зеленым ленинским колпаком.

Замыкала крошечное наше обиталище четырнадцатиметровая комната, которую мы в шутку называли залом, здесь стояли тахта с подушками, на которой спала мама, напольная старинная лампа, изуродованная колпаком Раечкиного производства, обеденный круглый стол черного дерева, несколько стульев, высокий шкап с превосходным зеркалом и старинный столик с гнутыми ножками в стиле рококо. Обесценивало комнату то, что отсюда был вход в ванную с газовой горелкой. Это ненадежное сооружение стремилось истечь свинцовыми слезами в ванну; кроме того, мы периодически травились газом. Еще имелся коридор, в котором нельзя было разминуться, и кухонька, не вмещавшая обхудавшего Верониного зада. Она готовила, находясь наполовину в коридоре. К Дашиному приходу я всех выгнал из квартиры, даже пса Альфарку, чтобы помещение выглядело попросторнее.

Даша пришла как всегда вовремя и принесла цветы. Я смутился, ибо думал, что только мужчины дарят женщинам цветы, тут я смутился еще сильнее, вспомнив, что за время знакомства не принес Даше ни одного цветка. Даша прошла в мой кабинет, села на диван, машинально проверив упругость пружин, чтоб не провалиться, и сказала приветливо:

— Ну вот, теперь я знаю, как ты живешь.

Я в то время отыскивал вазу для цветов. И как назло, не мог найти не только вазы, хоть какого-то сосуда, способного вместить букет. Я облазил буфеты, шкапы, залавки, но ничего подходящего не нашел. В «зале» дотлевали в эмалевом кувшине почти осыпавшиеся георгины, подарок художника Осмеркина, я вышвырнул их в унитаз и спустил воду. Но только на третий раз, оглашая утлое жилье обвальным вульгарным шумом слива, удалось мне их спровадить в смрадную глубь. После чего я налил свежей воды в кувшин и торжественно водрузил Дашин подарок на письменный стол.

Все это время Даша с сумеречным лицом листала анатомический атлас с красочными разрезами человеческих половых органов.

Я взял у Даши атлас, зашвырнул его подальше, уютно пристроился к ней и тут с обморочным ужасом обнаружил двух клопов, резво стремящихся к ее голове, почти касающейся стены. Я глазам своим не поверил, у нас не водилось клопов. Всю мелкую живность — клопов, блох, вшей, тараканов, так же как грызунов: крыс и мышей — мы оставили в нашей прошлой жизни, в коммуналке Армянского переулка. Прежде чем переехать сюда, мы приглашали поочередно клопоморов, тараканоморов, специалистов по выведению вшей и блох, а также виртуозов крысо- и мышебоя. И сейчас меня потрясли не столько сами клопы, сколько невиданная сроду особенность этих мерзких тварей продвигаться на рысях, ведь им всегда присуща неторопливая степенность, а сейчас еще немного, и они перейдут в курц-галоп.

Кто читал замечательную повесть Фридриха Горенштейна о девушке, пришедшей на бал в послевоенное лихолетье с двумя вшами на платье, тот сразу поймет мое отчаяние. Я должен был уничтожить негодяев так, чтобы Даша ничего не заметила, но проклятые твари находились за ее головой, и скинуть их незаметно не представлялось возможным А если встать с дивана, Даша непременно глянет, что я замыслил. Я потянулся к ней и поцеловал. Она ответила мне с каким-то облегчением, видимо, затянувшееся прохладное начало встречи произвело на нее обескураживающее впечатление. Сейчас начиналось то, чего она ждала: ласки, нежность. Я обнял ее потеснее левой рукой, а правой дал щелчка ближнему клопу. Но он не остановился, лишь чуть изменил направление. Я еще сильнее навалился на Дашу, она откинулась, и я почти лег на нее. Такого мне еще не позволяли. Но ситуация была критическая. Я почти вдавил ее в диван и сшиб клопа со стены меньше чем в сантиметре от прядки ее волос.

В коротком облегчении я успел заметить позицию, которую занял на Даше, лежа на ней, ощущая ее грудь, живот, бедра, все тело. И еще я успел почувствовать, что она отвечает мне с большей горячностью, чем прежде. Переведя ее в партер, я сделал то, чего она давно уже ждала, удивляясь моей холодности и пассивности. Во мне нарастали две параллельные агрессии: любовная к Даше, истребительная ко второму клопу, который и не думал отступать.

И так получилось, что губительный выпад против клопа оборачивался любовным рывком к Даше. «Ты совсем задавил меня», — произнесла она голосом изнемогающей нежности, и в то мгновение я наконец ссек лихую голову супостату. Свидетельство тому — капелюшечка крови на ногте среднего пальца, обезглавленный труп соскользнул за диван.

Мы с Дашей перешли на новые рубежи в наших отношениях. Теперь все домашние встречи стали строиться по классическим правилам спортивной борьбы: стойка — партер.

А клопы в нашей квартире пропали так же внезапно и таинственно, как Шемаханская царица в «Золотом петушке»: «А царевна вдруг пропала, будто вовсе не бывала». А ведь только один из них был казнен, другой совершил не страшный для клопа проскользь по глади стены. Но клопы исчезли раз и навсегда. А Даша стала мне неизмеримо физически ближе. Что же все это значило? Не знаю. Думаю, объяснение самое простое: беговых клопов не существует, то были посланцы небес, которым следовало двинуть меня вперед. В горных высях тоже знают толк в раблезианской шутке.

Наши свидания сделались более страстными, но и более трудными для меня. Я слишком сильно чувствовал Дашину плоть. В Коктебеле она легко и уверенно установила предел, за который я не помышлял проникнуть. Мысль об интимных отношениях не проникала мне в сознание. Горячий переизбыток влечения остужался в море, волнуя пограничников возможностью бегства в турецкину. Сейчас я испытывал куда большее искушение, его было не остудить. И Даша не могла не чувствовать физически моего желания. Из буколического пастушка я превращался в фавна, сатира, объятого нечистым пламенем. Конечно, Даша все это чувствовала, но решила не замечать. Хоть мы не съели, даже не надкусили яблока, но почувствовали в ладони его округлость и оценили аппетитность золотистой кожуры.

Но месяц шел за месяцем, и никакого нового сдвига в наших отношениях не происходило. В конце концов я довольствовался тем, что меня из клетки выпустили в вольер. У меня не было другого выхода, как находить в этом максимум счастья.

Мы виделись нечасто. Я решил перейти в киноинститут, который открывался заново среди учебного года. Мое намерение встретило самую горячую поддержку Даши. По-моему, дружеский тост Мессера, пожелавшего мне стать хорошим врачом, произвел на нее еще более удручающее впечатление, чем на меня. Даша представила себя подругой, или того страшнее — женой, участкового врача. Верить в мою блестящую врачебную карьеру у нее не было ни малейших оснований, она знала, что я пишу, кое-что даже читала без особого восторга, но ей, прожившей всю жизнь в литературной среде, это было бесконечно ближе, чем перспектива хороших заработков от подпольных абортов.

Я готовился к поступлению во ВГИК тщательно и ответственно, но прошел со скрипом. С домашними работами все было в порядке, мои рассказы уже ждали публикации в ряде московских журналов, а за критический разбор фильма мне влепили тройку: у меня плохой почерк, я принялся перебелять свою писанину и не успел до звонка. За экранизацию какого-то литературного фрагмента мне опять поставили трояк, скорей всего по инерции. На мое счастье, тройка оказалась прочным проходным баллом. И все же мой афронт мне непонятен. На общем счету моих высокоодаренных соучеников, так мощно обскакавших меня на экзаменах, за пятьдесят лет работы в кино значится четырнадцать художественных фильмов — почти сплошь экранизации, у меня их сорок два, среди них есть удостоенный Оскара, многие другие отмечены высшими наградами фестивалей в Каннах, Лозанне, Сен-Себастиано, Карловых Варах, Мюнхене, Дели. Обо всем этом не стоило бы говорить, если б казус вгиковских экзаменов не оказался предвестником множества странных нелепостей и кривизн моей последующей жизни.

Наше с Дашей знание друг о друге было неравным. Я бывал у нее гораздо чаще, чем она у меня, а знал ее жизнь куда хуже. Даша сблизилась с моими друзьями Павликом и Оськой. Знала по моим рассказам моих медицинских однокашников, вскоре на вгиковских вечерах свела знакомство со многими ребятами, читала мои опусы, была в курсе всех моих экзаменационных мытарств. Я же знал о ней лишь то, что она дочь Анны Михайловны и падчерица Гербета и что у нее был жених, молниеносно покинувший Коктебель. Никогда не прозвучало имени ни одной Дашиной приятельницы или приятеля по институту, порой у меня возникало странное ощущение, что она вообще нигде не учится. Я не видел ни ее учебников, ни тетрадей, не слышал ни об одном трудном домашнем задании или успешно сданном зачете. У них в доме бывали выдающиеся люди, но Даша почти ничего о них не говорила.

Даша сумела на какой-то отметине заморозить наши порывы друг к другу. В этом не было бытовой осторожности: нас никто никогда не тревожил, не лез в комнату, не звал Дашу к телефону. Видимо, у Даши были какие-то незыблемые права которых не решалась нарушать даже своенравная Анна Михайловна. За все время Даша лишь однажды пригласила Павлика в сочельник, для Оськи дом Гербетов был закрыт. Даша знала, что причиняет мне боль, но тут она или не могла, или не хотела воспользоваться своими правами. У меня она охотно встречалась с моими друзьями, особенно с Павликом, который вызывал ее искреннее расположение, случалось, она приносила бутылку полусладкого вина, водки мы в те невинные времена не пили.

Но не бывает идеальной скрытности. Прокол неизбежен. Однажды мы с Павликом пошли в Дом писателей на Ираклия Андроникова. Те, что помнят его довоенного, согласятся, что более позднее и более отработанное им исполнение классических номеров: Алексей Толстой и Качалов, Алексей Толстой и дирижер Штидри, Алексей Толстой и Маршак в издательстве, Соллертинский в консерватории, Арапов и Соллертинский, старая актриса — значительно уступает той дебютной поре, когда он не стал так признан, знаменит и окольцован. То было до появления в «Правде» гнусной, инспирированной Сталиным статьи, что Андроников клевещет на выдающихся представителей советской культуры, изображая их пьяницами и маразматиками. Интеллигенцию берегли: Мейерхольда уже расквасили сапогами на полу следственной камеры, а у Зинаиды Райх вырвали глаза.

То был субботний вечер, и после окончания концерта ряды стульев вынесли, а на их место поставили крытые крахмальными скатертями столики, на антресолях же запиликал, пробуя скрипочки, джаз-оркестр. И тут Павлику нестерпимо захотелось потанцевать. Он мало кого так ненавидел, как нашего бывшего учителя математики Михаила Леонидовича, по вечерам подрабатывающего в джазе. Говорили, что Михаил Леонидович в консерваторские свои дни обещал стать выдающимся скрипачом. Но после перенесенного им тяжелого мозгового заболевания ему не оставалось ничего другого, как стать школьным учителем математики. А на скрипке он играл в джазе, который часто приглашали в Дом писателей на вечера отдыха. Однажды Михаил Леонидович, человек вообще добрый, вызвал Павлика к доске и полчаса измывался над ним, заставляя мучиться над задачей, которую Павлик не мог решить. «Почему я не дал ему в морду?» — сокрушался Павлик, вернувшись за парту и высмаркивая обиду в носовой платок. С тех пор Павлик стал частым посетителем танцевальных вечеров в Доме писателей. Ему казалось, что он бесконечно унижает Михаила Леонидовича, крив-

367

ляясь в фокстроте под его скрипку и посылая ему с официантом рюмку водки на антресоли. Он продолжал это делать и когда мы кончили школу. Не знаю, дошла ли до Михаила Леонидовича эта изысканная и страшная месть. Но водку он аккуратно выпивал.

Вечер был в самом разгаре, Павлик уже не раз огорчил математика-скрипача фокстротом танго и рюмкой водки с барского стола, когда, вызвав приметное волнение среди присутствующих, появились новые гости. Впереди, как всегда, в шифоновом, но, разумеется, новом платье шествовала Анна Михайловна, отставая на полшага, деликатно продвигался Гербет, а за ними шла стройная пара: Даша в черном облегающем платье и с ниткой жемчуга, ее поддерживал за локоток представительный мужчина лет тридцати пяти в золотых очках, модном красивом галстуке и двубортном костюме. На груди у него висела табличка: жених. Впрочем, возможно, мне так показалось после всех выпитых рюмочек.

Их столик находился рядом с нашим. Мы с Павликом встали, поклонились и получили в ответ рассеянный кивок старшей пары и удивленно-недовольную улыбку Даши; джентльмен чуть замешкался, затем вежливо наклонил голову с прекрасным пробором.

Они расселись. Даша не без умысла оказалась ко мне спиной, а жених — вполоборота. У него были атласно выбритые щеки, очень широкий упрямый профиль, что придавало ему что-то бизонье, и значительно-неумное выражение лица.

Анна Михайловна знала свое дело. Она смотрела сквозь пальцы на наши пылкие, но строго регламентированные встречи, а сама вела поиск. Откуда появился этот лощеный человек, о котором я никогда не слыхал?

А я-то думал, что Даша от меня ничего не скрывает, как и я от нее (а что мне было скрывать?). Ее сдержанность в отношении институтских друзей я относил за счет полного отсутствия интереса к ним и отчасти за счет не слишком блестящих студенческих успехов Даши: текстильные машины интересовали ее куда меньше, чем прошлогодний снег. Ну, а родительская компания была слишком высокого пошиба, чтобы даром трепать священные имена. Я знал, что она нередко говорит по телефону с поэтом, переживающим бурный роман с балериной, знал, что к ним заходят по делу ученики Гербета, не остающиеся равнодушными к прелести Даши, но все это меня ничуть не трогало. А вот появление этого элегантного, источающего самодовольство человека оказалось неожиданностью.

Я не испытывал ни гнева, ни ревности, было лишь удивление. Да, пожалуй, я несколько гордился перед Павликом, что у меня такой взрослый и представительный соперник. И меня крайне удивило, когда Павлик встал, чтобы набить ему морду. Стоило немалого труда удержать его от этого доброго намерения. Пришлось даже прибегнуть к помощи грозного метрдотеля. Но Гербеты в своем величии ничего не заметили.

Вместо мордобоя я пригласил Дашу на танец, что ей было, по-моему, столь же неприятно.

Дашин кавалер оказался докторантом по фамилии Бахрах, учеником Гербета, считавшего его самым обещающим из молодых философов. Что может обещать советский философ? Ведь все вопросы давно решены и все точки расставлены. Сам Гербет комментирует Аристотеля в духе марксизма-ленинизма и смотрит в трубу — разве это наука? А у Бахраха даже трубы нет.

Перспективный Бахрах из дома исчез. По усилившейся неприязни Анны Михайловны я понял, что тут не обошлось без моего участия. При всей подчиненности матери: ее уму, вкусу, оценкам, манерам — Даша сохраняла свободу выбора.

Из дома Гербетов Бахрах ушел, но наши пути с ним неожиданно пересеклись. Я наткнулся на него в коридоре Политуправления Волховского фронта в начале весны 1942 года. Он был заместителем главного редактора армейской газеты 2-й Ударной армии, той роковой газеты, где все погибли, кроме контуженного в канун первого окружения художника Вучетича — его успели вывезти — и начальника типографии, который вышел сам. Мне кажется, что часть лесного пути мы проделали с ним вместе и потеряли друг друга близ Волхова. А перед окружением погиб на моих глазах Сева Багрицкий, сын знаменитого поэта и сам поэт, читавший мне воронежские стихи Мандельштама и подаривший наган 16-го года. Мы расстались, и через несколько минут его убило взрывной волной. Обстоятельств гибели Бахраха я не знаю.

Фронтовые встречи всегда сопровождаются избытком сердечности — не из фальши, а от радости видеть человека живым. Я кинулся на шею Бахраха, но был встречен холодно. Думаю, что Даша тут ни при чем. В своей полуофицерской-полусолдатской форме (так нас экипировали) я выглядел рядом с Бахрахом размундиренным дезертиром. Он красовался в романовском полушубке, бурках, роскошный ремень с портупеей нес груз товарища-маузера в деревянной кобуре. Бывшие штатские люди крайне чувствительны к субординации, Бахраха шокировала моя развязность, ведь у него в петлицах было столько же шпал, сколько у меня кубарей. Это смешно, но в качестве ответственного секретаря газеты для войск противника я был старше Бахраха по должности и по окладу, повысить же меня в чине — при моей удачливости — начальство как-то забыло. Расстались мы без объятий. Бахрах очень лихо и при этом снисходительно козырнул, чему я так и не научился за всю войну, и уехал в смерть.

5

Незадолго перед моим отъездом в Коктебель Даша заболела, в первый и в последний раз на моей памяти. Но независимо от ее болезни их отъезд задерживался — наступала пора защиты кандидатских диссертаций, а Гербеты ездили только всей семьей.

Даша принадлежала к тем рыхловатым существам женского рода, которые всегда полубольны, вечно кутаются в платки, шали, стеганые халаты, любят шерстяные кофты, теплое белье, валенки и при этом не знают более тяжелых заболеваний, чем легкий насморк. На этот раз она подхватила грипп, и даже с температурой.

Непривычное лежание в постели, легкий жар, лекарства, визиты врача, атмосфера небольшой паники в доме — все это подействовало на Дашу расслабляюще. Впоследствии мне доводилось видеть в таком состоянии женщин после первых родов. Я навещал Дашу каждый день, но Анна Михайловна считала меня жароповышающим и быстро выгоняла. Когда у Даши твердо установилась температура тридцать шесть и шесть, мне разрешили проводить больше времени у одра выздоравливающей. Вообще Даша была вполне здорова, но ей приглянулась постельная разнеженность.

И вот, присев как-то на край ложа, я сомнамбулическим жестом засунул руку в вырез ее ночной рубашки и стал гладить и мять груди. Если мне до этого случалось ненароком сквозь одежду коснуться ее груди и промедлить с удалением грешной ручонки, то она делала это сама весьма решительным образом. При этом задрожавшие ресницы, участившееся мгновенно дыхание выдавали ее волнение, грудь, похоже, была самым чувствительным ее местом. А сейчас она опустила веки и отключилась от происходящего; дыхание было ровным и глубоким, тени ресниц недвижно лежали на скулах. Она как будто вобрала в себя то, что прежде вызывало в ней ощутимое волнение.

Свершилось! Я первый коснулся девственных персей. Увы, не первый. Это выяснилось во время этого же визита. Если б Гагарин, шагая по Красной площади навстречу своей всесветной славе покорителя космоса (он, кстати, никакого космоса не покорил, первым в космическом пространстве, сам того не зная, оказался Герман Титов, отчего и ощутил перегрузки, лишившие его всякого мужества, но останемся верны легенде), так вот, если б Гагарин, печатая шаг по торцам Красной площади, вдруг узнал, что до него в космосе побывал какой-нибудь дядя Митяй или дядя Минай, он не был бы так разочарован и убит, как я, обнаружив, что этой несказанной милости удостоен — и неоднократно — изгнанный из Коктебеля поэт. Я вообще не слишком ревнив, а Дашу в безграничности моего доверия вовсе не ревновал, считая: все запретное для меня было запретно и для других. Мы с Дашей уже завершали год любви, а мне только сейчас стало доступно то, что было привычной милостью поэта: валяться рядом с моей милой, почти раздетой, и мять ей соски.

Помню, я все пытался извлечь что-то положительное для Даши из ее чистосердечного признания, ведь она могла и промолчать. Почему же она все-таки сказала? Положительное упорно не давалось, зато возникало что-то другое.

Она сняла один из самых строгих запретов перед моим отъездом в Коктебель, этим она приоткрыла мне возможность новых пленительных наслаждений среди тамарисков, в дюнах и морской пучине. Коктебель никогда не пользовался славой Оптиной пустыни или Афонской обители, поэтому она дала понять, какая расплата меня ждет, если я не соблюду верности. Она не робкая и наивная девочка, она позволяла мужчине касаться ее обнаженной плоти.

Признания бывают разные: вынужденные, опрометчивые, расчетливо-лживые, расчетливо-правдивые. Дашино принадлежало к этой последней категории. Мне было обещано многое, но я же был предупрежден, что могу все потерять. Расчетливость сочеталась в Даше с порывом, причем последний преобладал. Даша хотела зарядить меня перед расставанием, зарядить надеждой и угрозой.

Даша все-таки промахнулась. Ей надо было бы ограничиться доверием нежности, девичьим самопожертвованием (пусть фальшивым), и я устоял бы не только перед соблазнами Коктебеля, но и Вавилона его лучшей поры, Парижа эпохи регентства и Хаммер-центра поры японского нашествия. Все испортили слова. Зачем мне было знать о достижениях поэта? Ведь сам поступок содержал в себе и предупреждение: перешла границу с тобой, перейду ее и с другим, если ты провинишься.

Почему люди говорят столько лишнего и, как правило, во вред себе? Иногда это идет от скрупулезной честности, от нежелания, чтобы тебя считали лучше, чем ты есть. Но куда чаще болтовня — следствие переоценки себя. Человек кажется себе настолько прекрасным, настолько выше всей окружающей сволочи, что он нисколько не стыдится своих маленьких милых недостатков: блядства, вранья, эгоизма, скупости, завистливости, мстительности и мошенничества, а тем, что считают причудами, своеобразием собственной личности, — гордятся. Не признаются лишь в уголовно наказуемых поступках.

Дашино признание не связало, а раскрепостило меня, к чему я вовсе не стремился. Ощущение Дашиной немаленькой груди, хорошо и полно заполняющей обширную ладонь поэта, возникало во мне куда чаще, чем это требовалось для моего внутреннего комфорта.

Наверное, оттого, приехав в Коктебель, я тут же влюбился. «Тут же» надо понимать буквально: не в тот же день, не через час, а едва спрыгнув на каменистую землю из кузова грузовика, которым по-прежнему доставляют отдыхающих из Феодосии и в Феодосию. Мимо меня мелькнула высокая стройная женщина в белом платье, повязанном по талии куском узкого черного бархата. Она была совершенна от тонких сильных лодыжек до чуть растрепанной ветром каштановой прически. Когда я спросил болтавшуюся поблизости мою старую знакомую армянку, угольно-черную и носатую Свирель Погосян, кто это такая, она засмеялась: «Уже заметил! Это наша красавица Гера Ростовцева. Торопись. На нее многие глаз положили».

То, что произошло в последующие дни, недели, вплоть до самого приезда Гербетов, объяснялось, конечно, не только Дашиной полуизменой задолго до нашего знакомства, но и естественным ходом вещей, который неизбежно должен был привести к тому, что так точно выразил Пастернак в стихотворении, попавшемся мне в рукописи:

> *Тяни, но не слишком,*
> *Не рваться ж струне!..*

Даша перетянула, и струна лопнула. Подарок ее груди, так сказать, из вторых рук лишь ускорил неизбежное.

Не следует думать, что дело только в физиологии. Я влюбился в Геру Ростовцеву так безоглядно, как влюбляется мальчишка во взрослую женщину, и Гера, в отличие от Даши, не дала порваться струне. Едва ощутив натяжение, Гера взяла дело в свои умелые руки и сыграла на этой струне с виртуозностью Паганини. Свой быстрый и неожиданный успех я отнес за счет скопившегося во мне неотразимого мужского обаяния. И был несколько разочарован, узнав через год, хотя Гера давно перестала играть роль в моей жизни, что вся история повторилась один к одному с моим приятелем, художником Васей Каменским. Гера была нимфоманка. Она, как героиня романа Музиля «Человек без свойств» Бонадея, теряла всякую способность к сопротивлению при виде мужских брюк. В конце войны мы случайно встретились с Герой возле моего дома. Я предложил ей зайти, через несколько минут она отдалась мне так охотно и деловито, словно это было продолжением коктебельских вечеров и не пролег меж тем временем и нынешним кошмар войны, когда она чудом сохранила тяжело раненного мужа.

Наша очередная встреча произошла через тридцать три года в санатории, где полупарализованный Ростовцев даже не лечился, а коротал дни перед близкой и неизбежной смертью. Гера была так стара и страшна, что я не узнал ее, оказывается, она сильно уменьшила себе возраст в Коктебеле. Но разрази меня гром, на темной аллее санатория она вдруг так по-юному кинулась ко мне, что потребовалась вся ее непривлекательность, чтобы я не ответил на страстный порыв.

В Коктебеле она выглядела лет на двадцать пять. Легкость, стройность, воздушность пленительно и странно сочетались в Гере с казацкой крепостью — она была казачка чистейших кровей. Наверное, так выглядела гоголевская Катерина, чью душу вызывал вожделеющий к ней отец-колдун. И в глаза и за глаза ее звали «Голуба-душа», кажется, то была присказка доброй бабушки Алеши Пешкова. Геру и впрямь отличали крайнее беззлобие, расположенность к людям и откровенность во всем, что не касалось половой сферы. При ее неодолимом мужелюбии ей приходилось строго следить за собой, чтобы не попасть впросак. Самое замечательное, что это не мешало ей быть преданнейшей женой и образцовой матерью. Она прожила с мужем в любви и согласии (он был патологический бабник) более полустолетия, вырастила милого, одаренного и на редкость скромного сына. В коктебельские дни этот сын был четырехлетним малышом и крайне смущал меня своим присутствием в комнате, где на полу, на разостланной простыне, мы предавались непотребству. У мальчика была тревожная манера много говорить во сне и порой открывать светло-серые и как будто видящие глаза. Гере стоило немалого труда и редко проявляемой досады убедить меня, что мелющий языком и пялящий глаза малыш находится в полной отключке.

— Ты в этом уверена? — спросил я с некоторым ужасом в первый раз.

— Можешь не сомневаться, — с неосторожной интонацией совершенного знания ответила мать, но я не понял, что она себя выдала.

Он ни разу не проснулся, этот славный сероглазый малыш, хотя гости Марии Степановны, спавшие на «палубе», как раз над Гериной комнатой, жаловались на тревожные сейсмические явления, обычно предвещавшие землетрясение.

Последнее объяснялось не только страстью, но и моей неосведомленностью в технике любви. Я думал, что кавалер должен вздыматься всем телом над партнершей, а потом рушиться на нее. Сотрясались пол и вся мебель, ходуном ходили стены, трескался потолок. Гера долго терпела эти сокрушительные упражнения, думая, что она столкнулась с новым, неведомым ей, но модным в Париже способом любви. Потом как-то осторожно сказала:

— Постой!.. Ты что, не умеешь?

— А чего тут уметь? — самолюбиво отозвался я и рухнул на нее.

— Да погоди... Так нельзя. Лежи спокойно.

Она сжала меня своими сильными казацкими руками, не давая отлепиться от нее, я подчинился, не понимая, как смогу вкусить «всю беззащитность точки, которой алчет перпендикуляр». Но оказалось, вовсе не нужно «падать стремительным домкратом», движение напоминало ход рубанка в умелых руках столяра.

Гера была опытным учителем, а я толковым учеником. Покинул я ее под утро не суетливым недотепой, а настоящим, гордым, решительным и неторопливым мужчиной, исполненным того достоинства, которое воспел Шиллер.

Я выпрыгнул из окна и сшиб с ног ночного сторожа. Он рухнул на гравий со своей жалкой берданкой и скуляще, по-щенячьи затявкал. Я подумал, что расплачиваюсь за первую ночь настоящей взрослой любви каким-то гадким кикиморочьим кошмаром. Сейчас он поднимется на четвереньки, у него окажется песья голова, глаза плошками, железные когти. Но, слава богу, этого не случилось: меня облаивал крошечный трехмесячный щенок, похожий на

374

муху с бородкой, — сторожевой пес был по грозности и надежности достоин своего повелителя.

— Собака не разорвет? — спросил я, чтобы расположить стражника к себе.

— Куш, Тамерлан! — прикрикнул сторож на малявку, которая сразу поджала хвостик и упряталась в тень.

— Что за порода? — продолжал я подлизываться.

— Пинчер-бабочка, — небрежно ответил хозяин.

Я помог ему подняться, подал боевое оружие. Он был человек добродушный, грешный, весь пропахший бурачным самогоном, поэтому только поинтересовался:

— Откуда ты спрыгнул? С палубы, что ли?

Я подтвердил. Но ушлый старик не дал себя обмануть. Он понял, откуда я возник, и раззвонил по всему дому отдыха. Это избавило нас с Герой от докучных усилий маскировки.

Я все-таки разозлился на старика за предательство. И хотя он постоянно терся возле Гериных окон в надежде, что я опять сшибу его и откуплюсь рублевкой, я стал выходить из дверей, а скромный гостинец: кусок сахара, барабульку, засохший бисквит — преподносил пинчер-бабочке.

Не знаю почему, меня ничуть не тревожил Дашин приезд. Я не ощущал на себе и тени вины. Случившееся принадлежало той жизненной необходимости и неизбежности, куда Даша не могла или не хотела вступать. Она же знала стихотворение Пастернака о перетянутой струне. Я был слишком молод, чтобы отделить то физическое наслаждение, которое Гера дарила мне, от своей душевной жизни. Гера вошла в меня. Ночное упоение сменялось дневной нежностью, восхищением, благодарностью. Тогда я понял, что такое женственность — это присутствие женского начала, женской тайны в каждом слове, интонации, жесте, улыбке, вскиде головы, взгляде. Немногие женщины награждены этим свойством. Большинство слишком серьезно принимают тяготы повседневности, будь то воспитание ребенка, отношения с мужем, забота о душевном самочувствии родителей, материальные тяготы, мнение окружающих, даже уборка квартиры, поход в магазин или на рынок, готовка пищи. Это очень хорошие, положительные женщины, что растворяются в дневном существовании в ущерб себе, своей внешности, беззаботному блеску глаз, сохранности тела, они совершенно забывают, что главная жизнь творится ночью. Когда же они чуть стареют, то превращаются в тех бедняжек, о которых Жан Жироду сказал: «Раздеваясь, эти женщины надевают свой самый безобразный наряд — наготу». Конечно, многое зависит от природы, но не меньше от уверенности в себе, легкости, с какой носишь себя по жизни, всего поведения. Мерилин Монро вовсе не нужно было обнажаться, чтобы наэлектризовать мужскую (да и женскую) аудиторию; Мадонну мучит, что она недораздета, ей не хватает женственности, а никакая демонстрация гениталий тут не поможет.

Гера была вся пронизана женственностью. Так прошел едва ли не самый радостный и беззаботный месяц моей жизни.

Гербеты приехали с большим количеством вещей, с молотовской трубой в замечательном чехле из какого-то легкого и нездешнего материала и привезли только им присущий семейный аромат чистого, здорового тела, хорошего мыла, тонкого одеколона и собственное шумовое оформление, создаваемое преимущественно Анной Михайловной: ее серебристо-льдисто-холодным смехом, захлебом в конце даже коротенького рассказа, шуршанием длинных юбок; странно, но очень тихие люди — Даша и ее отчим что-то добавляли свое к фоновому шуму царицы дома: вздохи, слышимые в провалах тишины, внезапный хлопок, приканчивающий мушку — Гербет все время воевал с мелким летучим миром, — Дашин приглушенный возглас — она не прочь была подвернуть ногу, оступиться, разорвать платье о шип акации.

Я не сомневался, что Даша услышит о моем весьма бурном романе уже на станции, ничего более яркого в начале этого сезона не было представлено на всеобщее обозрение. Тем более что следовало торопиться — Гера уезжала через несколько дней. Так что всем жаждущим крови, слез, бурных объяснений нельзя было терять времени. Среди отдыхающих было немало свидетелей начала нашей любви с Дашей — курортные обитатели Коктебеля являли в целом монолит, и, естественно, всем хотелось увидеть развязку.

Перед приездом Гербетов я приобрел у садовника букет роз и поставил им на стол. Мне хотелось подсказать Даше тон наших новых отношений: не давать пищи для злословия. И Даша это поняла. Написав это, я вдруг сообразил, что Даша знала обо всех волнующих событиях еще в Москве, конечно, ей кто-то написал о моих «грязных шашнях», вот чем объяснялась ее спокойная, ровная повадка. Остальная семья никогда ко мне не горела и, наверное, сочла это — при легкой оскорбленности — наилучшим выходом из положения. К тому же Анна Михайловна была весьма чувствительна к знакам внимания и почтения, а на букет роз ушла половина местного розария.

Гера деликатно самоустранилась. В день приезда Гербетов ее не было видно ни в столовой, ни на пляже, ни на танцах, только где-то в отдалении, почти неуловимо, мелькало белое платье с черным бархатным кушаком. Казалось, ее подвергли остракизму. Взбешенный, я произвел налет на розарий и срезал почти все оставшиеся розы. Гигантский букет я зашвырнул к ней в полуоткрытое окно, после чего последовал за ним сам.

Утром возле столовой Даша спросила, закатив косящий глаз:

— Что все это значит?

— А ты не понимаешь?

— Ты живешь с ней?

— Да. Я же мужчина. — Последнее было лишним, прозвучало хвастливо и фальшиво, хотя соответствовало теперешней сути.

Она закусила губу.

Внешне все хорошо устроилось. Я оставался с Герой, а Даша, чтобы не выглядеть брошенной, приняла ухаживания старшего (на двенадцать минут) из близнецов Любимовых — Юры. Близнецы, их родители (папа — доктор наук, недавно отметил свое столетие, мать — детский драматург, давно умерла) уезжали в один день с Герой. Разочарование отдыхающих, алкавших крови, перешло в открытое возмущение, когда мы с Дашей очень мирно поехали провожать в Феодосию всю отбывающую компанию. Говорили, что такой безнравственности Коктебель не знал даже во дни греческих нравов покойного Волошина, когда никто не скрывал наготы, как Афродита, вышедшая из пены морской во всем своем пленительном бесстыдстве на каменистый берег Кипра.

А на обратном пути из Феодосии, в кузове открытого всем ветрам грузовика, мы с Дашей, не сговариваясь, угрюмо, нелюбезно, почти ненавистно начали обратный путь друг к другу. Это было невероятно — при всей своей оскорбленности, обиде, униженности и также твердом и неотходчивом характере, она почти мгновенно откликнулась на мою не слишком ловкую попытку вновь связать разорванную бечеву. При известном напряжении старого, усталого, но памятливого к прошлому мозга я мог бы заставить себя вспомнить слова, какими я предал Геру, но мне не хочется этого делать. И не потому, что совестно за себя, это начисто отсутствует, несоизмеримое с важностью стоявшей передо мной задачи, а потому, что слова были слишком ничтожны, примитивны и в какой-то мере неискренни. Печаль расставания не успела развеяться, всякий отходящий от перрона поезд печален, даже если в окошках не мелькнет ни одного близкого лица. И сам я, и Даша понимали, что не слова важны, а намерение. Я вновь знал, что люблю только Дашу, а Гера — это тучка золотая, от которой не останется влажного следа в морщине старого утеса. Ну, а Даша? Наверное, и она меня любила, хотя огромную роль играла жажда реванша, мгновенного возобладания над соперницей, и чтобы ни у кого на этот счет не оставалось ни малейших сомнений.

Тут я ни в чем не ошибаюсь, восстановление наших отношений происходило с обескураживающей и огорчающей окружающих быстротой. В доме отдыха ничего не утаишь, за каждым твоим шагом следят десятки пар любопытных и бездельных глаз. Ведь подавляющему большинству нечем себя занять. Очень немногие отваживаются на крутые поступки, игру с судьбой хотя бы местного значения. А мы с Дашей заменяли в нынешнем пресноватом Коктебеле прошлогоднюю блистательную триаду: Каплин — Горностаева — Мессер. Конечно, мы не были осиянны славой, но Гербет со своей загадочной трубой не переставал волновать коктебельское население, придавая добавочную ценность сплетням. Да и поэт, отставленный в прошлом году, набрал за минувшее время известности. И только моя захудалость помешала возникновению новой благоуханной курортной легенды.

Мы обманули всеобщие ожидания: кровавая трагедия обернулась комедией положений, когда самые страшные, сулящие гибель безвыходные ситуации оказываются недоразумением и вместо слез разряжаются смехом. Никто ничего не понимал. Будто не было наших с Герой прилюдных телячьих нежностей, моих еженощных визитов к ней, прыжков из окна на голову ночному сторожу, не была оскорблена любящая чистая девушка и вся ее благородная семья босяцким поведением ничтожного мальчишки, ради которого еще раньше был изгнан с позором великий (в таких случаях не надо мелочиться) поэт! Все чувствовали себя обманутыми, обведенными вокруг пальца. Мы, как прежде, ходили с Дашей в Сердоликовую и Лягушачью бухты, на Кара-даг и Серрюк-кая, в Отузы и ночные лунные каньоны, каждый вечер танцевали до упада на ваммовской площадке и уходили вдвоем под сладкие прощальные слова Варламова, обещавшие новую встречу. И все знали, что мы идем не домой.

Разведка в доме отдыха была поставлена на высокую ногу. В слежку включился сам директор Хохлов, он-то и застукал нас целующимися на скамейке под тамарисками после отбоя. Хохлов закатил нам крикливую вульгарную сцену. Даша, потупив глаза, смиренно поднялась и побрела к дому. Но на меня вдруг наехало, за всю жизнь такие взрывы случались со мной всего лишь несколько раз. Я всегда предпочитал драку ругани. Хохлов когда-то служил в морском флоте, но ходил, как все служащие дома отдыха, в белых брюках и рубашке. Не знаю, почему в этот вечер он напялил на себя черный китель и большую капитанскую фуражку с крабом. Может, для убедительности разноса, а может, шел с какой-нибудь встречи. Но на нас он наткнулся не случайно, его навели, место у мусорной свалки не привлекало гуляющих. В нашем роду были военные моряки. Для начала я посоветовал ему не срамить морской формы шпионским выслеживанием: «Поберегите свой боевой вид для встречи с Ляшкевичем (то был тогдашний директор Литфонда, которого ждали с ревизией, гроза жуликов и редкий грубиян). Если он не попрет вас за воровство, то вылетите за хамство. Профессору Гербету Молотов не для того подарил телескоп, чтоб с его дочерью так обращались!» Из капитана будто весь воздух выпустили, широкое, смуглое, под красивой фуражкой лицо стало серого цвета. Он пробормотал что-то о нежелании пререкаться с мальчишкой и дал задний ход.

— Вот не знала, что ты такой, — сказала Даша, когда ночные тени поглотили моряка.

— Какой?

— Хам.

— При чем тут хамство? У нас нет режима. Это чьи-то гнусности. Если мы уступим, куда нам деваться?

От слежки мы отбились, Хохлова вскоре после грозного визита Ляшкевича уволили, но я обрел куда более опасного и постоянного врага. Анна Михайловна Гербет готова была равнодушно простить измену ее дочери, не простить даже, а выкинуть из головы вместе с прочими моими фокусами, ибо у нее были фундаментальные жизненные намерения, а я только путался под ногами. Она настолько презирала меня, что не могла отнестись всерьез и к Дашиной обиде. Но сейчас все обернулось по-другому. Я оказался куда опаснее, чем можно было предположить. А главное, Даша легко, даже с радостью списала мне чудовищную провинность, лишь бы я вернулся, когда и за меньшее в старое доброе время угощали отравленными рыжичками. Ее бесила, сводила с ума Дашина привязанность ко мне. Достаточно было посмотреть на нас с Дашей рядом, чтобы понять материнское возмущение: крупная девушка восковой, как говорят агрономы, спелости, шагнувшая уже в зрелую женскую красоту — бель-фам, — и какая-то обгорелая спичка. Я был «хорошего женского роста» — 171 см, мускулист, но тощ — все ребра можно пересчитать — и жалостно худ остроскулым монгольским лицом. Даше я казался красивым, что меня смешило и стесняло, но куда больше смущал вдруг случайно подловленный взгляд Анны Михайловны, выражавший гадливость, отвращение.

Самое печальное, что это отношение она пронесла, ничуть не смягчившись, сквозь годы и годы. Сколько выпало нам всем на долю сложной, трудной, разной, порой страшной жизни, Анна Михайловна не колыхнулась. Моя любовь, верность, преданность Даше не производили никакого впечатления. Она неутомимо копала под меня. Когда же наконец спохватилась, было, увы, слишком поздно...

Чтобы покончить с историей моей единственной измены, скажу, что роман с Герой не только не уронил меня в Дашиных глазах, но прибавил значительности и романтизма. Гера в самом деле была очень хороша, а репутацию свою испортила значительно позже.

Все пошло у нас так же прекрасно и изнуряюще, как в прошлом году. Но для меня еще острее и трудновыносимей, ведь я уже откусил от яблока, а Даша только перекатывала его из ладони в ладонь.

Однажды, когда я стал особенно настойчив, она сказала с какой-то беспомощной интонацией, в которой пробилась странная, не ее нота:

— Ну, что ты от меня хочешь? Не могу я. Ведь это мое единственное достояние. Другого у меня ничего нет.

Для меня это прозвучало невероятно. Даша представлялась мне сокровищницей, полной всевозможных богатств, тайн, соблазнов, а вон к чему сводится ее ценность. К тому же я не был убежден, что Даша сохранила нетронутым семейное достояние. Я слышал краем уха о ее очень юном и трагическом романе с немолодым человеком. Мне она казалась полудевой, но, может быть, я был несправедлив к ней. Конечно, эту ветхозаветную пошлость внушила ей мать.

— Для кого ты бережешь свое сокровище? — спросил я. — Ты говоришь, что любишь меня. Но выходит, любовь тут ни при чем. Надо быть докторантом или членом правления Союза писателей?

Она показала мне язык.

— Сейчас нельзя делать далекоидущих расчетов. Сегодняшний академик завтра окажется врагом народа. Твоего отчима обвинят в идеализме и отберут трубу.

— Считай, что ты прав. — Крыть было нечем.

Сейчас я лучше понимаю Анну Михайловну. Ею двигали не меркантильные соображения. В московской жизни ее окружали люди такого калибра, что вгиковский студент, друг хулиганистого Оськи, гроша медного не стоил. Ей по-человечески было обидно, что Даша так низко себя ценит.

Бедная, неотступно терзаемая мною Даша сделала еще один шаг на пути к своему окончательному падению. В канун моего отъезда она почти отдалась мне на ночном берегу. Нет, я не был допущен в тайное тайн, но и преддверие оказалось упоительным. Даша сняла с себя все, я тоже. Песок был холодный, а кожа ее очень горячей. И очень гладкой. И такой смуглой, что я не видел ее в безлунной тьме, только порой мелькали белки глаз. Но она смежала веки, и я обнимал невидимку.

Тогда я узнал разницу между близостью с женщиной, которую ты хочешь, и близостью (пусть неполной) с женщиной, которую ты любишь. Первая утрачивается в беспамятстве, а Даша осталась со мной, только она, все прочее исчезло. Потом вернулся скос берега с бордюром мелкого кустарника, темное, затянутое небо; я услышал порыв ветра по колючему шороху прокатившегося через пустырь за кустарником перекати-поля. Вдруг высветился каменистый отрог Серрюк-кая и погас, но линия спада горы просуществовала еще несколько мгновений и растворилась в темноте. И вновь не стало ничего вокруг, новая волна желания накатила на меня, оставив наедине с тем необъяснимо манящим, что состояло из нежной глади и родного запаха.

Даша еще не раз вернется в Коктебель, и я зачащу сюда после войны, но общего Коктебеля у нас уже никогда не будет...

6

Я ничего не скрывал от Даши (мне нечего было скрывать) и потому считал, что тоже все знаю о ней. А между тем она изредка попадалась на вранье, казавшемся таким бессмысленным и наивным, что я не придавал ему ни малейшего значения. Даша звонит из уличного автомата, мы ведем торопливый, как всегда в таких случаях, разговор. И вдруг она совершает маленькую оплошность, и я понимаю, что она говорит из дома. Чепуха? Возможно. И так же возможно, что за этим скрывается нечто важное для наших отношений. Люди, за исключением патологических и бескорыстных лгунов, предпочитают говорить правду, потому что с ней легче жить. Разумеется, я исключаю те случаи, когда ложь выгодна. Какой смысл врать просто так? Врут в силу необходимости. Значит, было что-то в Дашиной жизни, что она должна была скрывать от меня.

Я рассказывал ей буквально все. Даже то, как меня пыталась соблазнить очень известная в Москве дама. Она прославилась коротким и бурным браком с одним замечательным поэтом и невероятным бесстыдством, с каким изменяла нынешнему мужу, красивому, становитому и очень любившему ее человеку.

Меня затащил к ней Оська, уже вступивший на путь греха, но имевший дело с какими-то грязнульками школьного возраста, а он мечтал о настоящей даме. Мы поужинали, выпили, и совершенно неожиданно дама отдала предпочтение мне и повела атаку с энергией жены Пентефрия. Оська, поняв, что ему не светит, ушел в другую комнату, а дама с молниеносной быстротой освободилась от всех одежд и приняла позу, не оставлявшую сомнений в ее намерениях.

Отказ дама восприняла с беззлобной досадой. «У меня паршивая неделя, — сказала она. — Третьего дня я сорвала презерватив с члена Сафонова и выбросила в окно. Это его так потрясло, что он ничего не смог. А вчера пришел Гросс с цветами и чудовищным приступом астмы. Какие у вас проблемы?» — «Меня привел Оська, у нас есть свои правила» — это я сказал даме, успевшей натянуть юбку; «Любимая девушка», — сказал я Даше, и правда была в этих словах.

У нас с Дашей появилось постоянное пристанище — однокомнатная квартира отчима в Подколокольном переулке, меж Яузским бульваром и Солянкой. Квартира, пожалуй, слишком пышно сказано: она состояла из крошечной прихожей, где имелись умывальник и газовая плитка на две конфорки, и странной формы комнаты в четырнадцать квадратных метров. Впивающийся в комнату угол, образованный соседним помещением, отделял тахту от письменного стола, придвинутого к окну. За окном находился очень деятельный, сугубо деловой двор, дальше старый сад с высоченными деревьями, который исчезал, когда вы оказывались на улице. Все мои попытки обнаружить этот сад и с Подколокольного переулка, и с Покровского и с Яузского бульвара ни к чему не привели. Он исчезал, как город Китеж. Дашу эта тайна не трогала. Она раздражалась, когда я начинал приставать к ней с дискретным садом. Почему люди так равнодушны к тайне? Почему никто не пытается глянуть за тусклую очевидность быта?

По тем аскетическим временам наш закут или гостиничный номер — в доме была коридорная система — казался верхом роскоши. Ванна отсутствовала но, слава создателю, имелась уборная. По-моему, дом строился как общежитие для коминтерновцев. Ко времени завершения строительства руководители Коммунистического интернационала были расстреляны, а сам Коминтерн, хотя и не ликвидирован формально, это сделали во время войны, как бы не существовал. Во времена Сталина было немало таких призрачных организаций: Красный Крест, МОПР, Общество старых большевиков и проч. Немногие уцелевшие политические эмигранты: немцы антифашисты, руководители венгерской революции — ютились в номерах над рестораном «Астория». Оттуда их постепенно изымали и отправляли в лагеря, иных для разнообразия расстреливали.

Обычно я приходил первым, отчим торжественно вручал мне ключ, впоследствии мы сделали дубликат, который всегда находился при мне. Минут через двадцать со своей обычной пунктуальностью являлась Даша. Вид у нее был чуточку испуганный, глаза широко открыты, и румянец на щеках, словно она не была уверена, что встретит меня в этом тайном и опасном месте.

Минуты ожидания ее всегда были тревожны для меня, наверное, лишь от силы чувства ибо я никогда не допускал мысли, что она может не прийти. Все во мне ныло и пело, сердце обмирало и рушилось, как у истерической девицы на первом балу.

Устав прислушиваться к шагам в коридоре и кидаться поминутно к двери, за которой никого не было, я садился к письменному столу и глядел на двор, где всегда разгружали подводы и грузовики, таскали тюки и ящики, стекла в деревянных стояках, рогожные кули и бумажные мешки, откуда высыпалась очень яркая синяя или желтая краска

Двор, куда выходили многочисленные двери разных контор, большого продуктового магазина, пошивочной и какого-то таинственного, потреблявшего яркую клеевую краску производства, был всегда погружен в тень, какой бы день ни царил, сад-призрак неизбежно купал верхушки своих деревьев в небесной лазури. Я знаю, что так не может быть: Москва — хмурый город, с низким серым небом; прекрасные синие дни случаются чаще всего в марте, но посещает нас эта радость не чаще, чем раз в три-четыре года. Суровая зима, грозовое тревожное лето, черная слякотная весна, пронизанная ветрами осень — вот московский климат. Но когда мы встречались у отчима — чаще всего по воскресеньям, — всегда были солнце и синь. Пусть это невозможно, но я бессилен заставить свою память принести мне хмарь, дождь и грязь.

Вообще, память — удивительный инструмент, который владеет человеком, а не наоборот. Мы встречались у отчима без малого два года в любой из месяцев, кроме летних, когда уезжали из Москвы, да и то, наверное, прихватывали один-другой июньский день, но во мне живет воспоминание только о сверкающих, морозных, чистых днях какой-то вечной сказочной зимы, осиянной серебряной рождественской звездой. В моем детстве были такие звезды — из серебряной стружки, не из стекла, — они казались источником ярко-нежного света, хотя в действительности собирали его на себе, вытягивая из заоконных фонарей и небесных светил, из всего, что способно рождать свет.

Это была Дашина идея — встретить тут Новый год. Обмершим сердцем я понял: пришел мой час! Даша наконец-то решила подарить себя мне. Это было так значительно, так громадно, что я не отважился вспугнуть ее ни одним вопросом о предстоящем торжестве: поставить ли маленькую елочку — Рождество было под запретом и елку ханжески зажигали на Новый год, — купить ли еды, шампанского?

Вино не играло той роли в нашей жизни, какую оно стало играть впоследствии у всех советских людей, независимо от их социального, политического, духовного, профессионального, душевного статуса. Все происходящее в нашей жизни стало совершаться вокруг бутылки: свадьбы, в том числе серебряные и золотые, рождения, крестины, семейные, религиозные и советские праздники, все события служебной жизни, окончания трудных работ, правительственных заданий, получение научных и литературных премий, орденов и медалей; признания в любви, первый поцелуй и первое объятие, спортивные победы, подвиги, расставания и встречи, выход из тюрьмы и лагеря, защита диплома и диссертации, поэтическое озарение и молитва — все стало свершаться вокруг бутылки. Она была и жертвенником, и священной жертвой, алтарем и кафедрой, увитым розами ложем, точкой, вокруг которой вращается мироздание, сутью сути. Но все-таки Даша оживляла наши встречи — если они не носили сугубо интимного характера: ужин с Павликом, встреча с Оськой, сделавшим новые фотографии, — бутылкой какого-нибудь легкого и вкусного вина: «Пино-гри», «Салхино», «Лидии», «Мускателя», «Тетры».

Меня удивило, что Даша пришла без той плетеной сумки, в которой она приносила вино и что-то вкусное: засахаренные орехи, пьяную вишню, черный изюм, жареные фисташки. Но я тут же понял: событие столь величественно, что недостойно обрамлять его какой-то бытовой мелочовкой. И хотя было довольно рано, а нас ждала впереди долгая новогодняя ночь, мы разделись и легли в холодную постель.

Я уже говорил, что Даша была мерзлячкой, и в этой промерзшей за день постели она никак не могла согреться, хотя от меня шло достаточно жара. Я навалил сверху ее беличью шубу, свое демисезонное пальто, какие-то драные пледы, байковый халат отчима — ничто не помогало. Тогда она попросила разрешения надеть плотную нижнюю рубашку и шерстяные чулки на круглых резинках. Теперь вместо милой, гладкой кожи я кололся о шерсть ее нижних одежд, что было неприятно, но не могло ослабить моего рвения.

И тут оказалось, что Даша вовсе не была настроена на подвиг. Она просто подумала: ведь нам никогда не доводилось проводить целую ночь вдвоем в постели — и наврала матери, что идет встречать Новый год к институтской подруге, которая живет на другом конце Москвы. Такси там не поймать, и она останется на ночевку. Это — матери, а мне досталась обычная нуда о единственном достоянии, растратить которое она не имеет права. Она даже не потрудилась как-нибудь освежить, взбодрить аргументацию. У меня мелькнула бредовая мысль, что она поспорила с матерью на «американку», что может переспать со мной в одной постели и остаться нетронутой.

Мысль была сумасшедшая, но именно поэтому завладела мною. Я рассвирепел. Вспоминать об этой ночи мне до сих пор стыдно и противно, тем паче что я не добился и тени успеха. Если не до рассвета, то до первой утренней разреженности тьмы, когда белизна снега и где-то в бесконечной дали восходящее солнце начинают одолевать мрак, шла изнурительная, мучительная борьба за овладение Дашей. Она согрелась, потом даже запарилась и попросила разрешения избавиться от лишних доспехов. Вот до чего уверена в себе она была! Почему она настолько не боялась меня, почему знала, что я с ней все равно ничего не сделаю? Более опытный мужчина, конечно, справился бы, но у меня был слишком куцый опыт, и Гера была устроена иначе, чем Даша. Я впустую терял силы, стремясь совершенно не туда, куда мне было нужно. Но главное, она твердо знала: я неспособен к той последней грубости, когда женщине, находящейся в ее положении — обнаженная, в постели, придавленная мужским телом, — приходится подчиниться. Я мог причинить ей боль только с ее согласия.

Наконец самый убогий праздник в моей жизни кончился. Даже моя любимая, умевшая на редкость убедительно — для себя — оправдывать каждый свой поступок, чувствовала, что тут она совершила промах. Надо было все это как-то иначе обставить. Например, обговорить, что общий праздник обойдется без фейерверка в честь моей личной победы над чистотой девичества. Что мы сбережем себя до нашего особого дня. Клянусь, этого было бы достаточно. Надо было позволить мне обставить встречу: купить елочку, вина, шоколада, фруктов, чтобы сама необычность совместного ночевья несла надежду на будущее, чтобы первая ночь выделилась из наших встреч не только бесконечной борьбой, ожесточением, словесной перепалкой, но и большим доверием. А так получилось просто глупо. И зачем ей было обманывать мать? Мы вполне могли вернуться домой в начале второго, сохранив друг к другу больше доброго чувства. Что-то вообще нехорошее, нерешительное, невысокое чувствовалось в этом двойном обмане. Она бессмысленно надула мать, бессмысленно надула меня, словно потешила своего злого беса. А может, то была просто неловкость непродуманного, импульсивного поведения?..

Завершение праздника шло в том же ключе. Наломанные, невыспавшиеся, с головной болью, которой у меня никогда не бывает после пьянки, а сейчас затылок раскалывался, мы вышли на студеную, по-морозному солнечную улицу — прямо к остановке трамвая. Но трамвая мы не дождались. Какому-то старому пьянице понадобилось уронить портки прямо на трамвайной линии. Подштанниками он не был обременен. Из-под грязного ватника и короткой застиранной ситцевой рубашки обнажился низ бледного нечистого брюха, длинный кривой член и синий мешок с яйцами, висящий, как у некоторых пород крупных сторожевых собак, на тонкой нити. Прохожие, конечно, принялись хохотать, а пьяница никак не мог подхватить свои сползшие портки. Я загородил Дашу от этого пакостного зрелища, которое как-то раблезиански омерзительно пародировало наш новогодний праздник, и потащил ее прочь от остановки. Она не заметила случившегося и раздраженно сопротивлялась моему желанию увести ее к Солянке, там была стоянка такси.

По пути туда нам пришлось миновать маленькие двухэтажные домики, где некогда размещалась знаменитая хитровская ночлежка, изображенная Горьким в «На дне». Сюда же Гиляровский привел Станиславского и других корифеев МХАТа для ознакомления с жизнью московского дна, где их чуть не прикончили.

Эти двухэтажные домики под толстенными шапками искрящегося снега выглядели бы уютно и даже нарядно из-за свежей покраски, ледяного узорочья замерзших окон, если б вокруг не слонялось, не валялось, не кочевряжилось и не мочилось яркой желтой струей столько невесть откуда взявшейся пьяни. Как будто встали из гробов горьковские хитрованцы, чтобы поздравить нас с праздником и выклянчить на опохмелку. Мы дали несколько мятых рублевок каким-то страшным людям с разбитыми, опухшими лицами, но не заслужили признательности обделенных. Они стали поносить нас на чем свет стоит, я никогда не слышал такого изощренного и злобного мата. Русский человек так любит мат, что даже чуть добреет, произнося заветные слова. Куда злее и страшнее звучит блатная «феня», где главный яд не в матюшках, а в зловещих звуках людоедского языка страшных Соломоновых островов. Мне даже пришлось отшвырнуть какого-то оборванца, ухватившегося за Дашину сумочку. По счастью, тут появился мотоциклетный милицейский патруль, и хитрованцы растаяли в дымчато-морозном воздухе.

В общем, хорошо погуляли. Домой Даша пожелала почему-то вернуться на метро, хотя ближайшая станция находилась на площади Дзержинского, а от Крымской до ее дома было две троллейбусные остановки. Провожать себя она запретила. Зачем понадобилась ей вся эта смехотворная конспирация — ума не приложу. Скорей всего, она просто злилась на себя самою, уж больно бездарной оказалась ее выдумка.

В Даше все время происходило внутреннее борение между двумя любовями: к матери и ко мне. Пишущий человек наделен страшной властью, ведь бедная Анна Михайловна, да и бедная Даша у меня в руках. Анны Михайловны давно нет не свете, не знаю, жива ли Даша. Но, живая или мертвая, она так же бессильна против меня, как и ее мать, потому что не пишет.

Не хочется быть несправедливым. Не хочется вести счет «глиняным» обидам, хотя от них никуда не денешься, такой счет возникнет, он неотвратим в нашей ситуации, как пугающе большой ресторанный счет выпивохи. Но я сел за эту повесть в тайном предчувствии, что она приведет меня к пониманию чего-то такого, что станет и прощением, и примирением, хотя, возможно, и по сю и по другую сторону света это вовсе никому не нужно. Но нужно мне самому, я не хочу уходить со злом в душе. Вот в чем мое единственное неоспоримое право.

Анна Михайловна прошла по карнизу над бездной с новорожденной дочкой на руках, когда муж ее, польский художник, отец этой девочки, был расстрелян молодой, как Эос, с перстами столь же пурпурными, но по иной причине — от крови жертв, — советской властью. Судьба Анны Михайловны — один к одному — судьба моей собственной матери. Я не знаю, как удалось ей найти, охомутать Гербета, навязать ему свою дочь и тем спасти ее. Думаю, что щемящий страх за дочь остался в ней на всю жизнь, которая не могла быть легкой. Гербет считался русским, но был немцем, как и она сама, хотя, возможно, с каплей русской крови. Естественно, Гербет числился советским философом, но за ним тянулся опасный хвост идеализма. Ему крепко помог в свое время Институт красной профессуры, где он преподавал, впихнула его туда Анна Михайловна. При этом она не пошла по легкому и дурному пути, сводя его с хамами новой власти. Их кругом оставались старые киевские друзья: Нейгаузы, Пастернаки, Вильямсы, Ушаковы. Но не случайно в доме оказался и правдист Борис Резников — Дашина первая любовь. Прустовская госпожа Вердюрен подмешивала аристократию к своему довольно плебейскому салону, у нее были свои задачи, Анна Михайловна поступала наоборот: после неудачи с Резниковым (об этом дальше), который должен был решить все проблемы, в салон был введен — без матримониальных целей — делающий большую советскую карьеру Твардовский. Гербет, которому колхозная муза была столь же подходяща, как скаковому коню расписная дуга, накатал об Александре Трифоновиче огромную, скучную, «вумную» и глубокую статью, очень польстившую певцу умелого печника Данилы. Твардовский появился на званом обеде у Гербетов уже в мою пору. Я уверен, что затея с молотовской небесной трубой, необычайно укрепившая земную прочность Гербета, исходила от Анны Михаиловны.

Конечно, Анна Михайловна знала свою дочь неизмеримо лучше, чем я, и болезненно чувствовала ее житейскую непрочность, отсутствие той душевной грубости, которая помогает выжить человеку. И ей хотелось посадить этот слабый росток в тучную, надежную советскую почву. А я путался под ногами, мешал ей, сбивал с продуманных расчетов, конечно, она должна была ненавидеть меня, пораженная и оскорбленная собственным бессилием. Мы встречались с Дашей обычно не чаще раза в неделю, часа на три-четыре, все остальное время принадлежало Анне Михайловне, которая могла целиком посвятить долгую и доверчивую домашнюю близость изгнанию беса, то есть меня. И ведь какой козырь дал я ей минувшим летом, оскоромившись с Герой, но ничто не помогало, Даша оставалась со мной.

Теперь я склоняюсь к мысли, что Даша задумала совместный Новый год как нашу свадебную ночь. Отсюда и сложная ложь, наговоренная матери о подруге, живущей за краем света, отсюда и ее приход с пустыми руками и нежелание, чтобы я сделал какие-то приготовления. Ведь это был не обычный мещанский Новый год с выпивончиком, закусончиком и полупьяной общей постелью. Все должно было произойти в аскетической очищенности, высокой простоте, героической чистоте, как у Зигфрида с Брунгильдой, когда их на ложе разделил меч. Но Зигфрид играл чужую роль, он победил Брунгильду для своего друга и, естественно, не захотел воспользоваться плодами победы. Я же боролся за Дашу для себя, и она сама решила сбросить с ложа этот проклятый разъединяющий меч. Но что-то помешало. Может быть, самое простое: жуткий холод, добавившийся к остуде сердца, предавшего самого родного на свете человека — собственную мать. Красиво, достойно, в былинном величии не получилось. Были ледяные простыни, гусиная кожа, озноб, зубовная дробь, а где-то вдалеке скорбно реял материнский образ. И меч не упал, зазвенев, с ложа..

7

А ведь наша близость чуть не состоялась за две недели до Нового года. Мы пришли сюда, не зная, увидимся ли еще или это последняя наша встреча. По доносу одного студента-сценариста, человека средних лет, давно отбывшего действительную воинскую службу, нас всех призвали в армию в разгар позорной финской войны. При тех нежданных и чудовищных потерях, которые несли советские войска от бездарности командования, страшных морозов, финских снайперов-кукушек, нами, необученными, неумелыми, заткнули бы какую-нибудь дыру, а потом пустили бы закоченевшие трупы на сооружение брустверов. Доносчик с обезоруживающей откровенностью говорил, что его испугал слишком высокий уровень подготовленности однокашников и он решил избавиться от мужского состава. Девиц он надеялся победить в открытом творческом бою. Он зацепился за одну двусмысленность в осеннем приказе Ворошилова призвать в армию всех студентов-первокурсников. Министр обороны имел в виду студентов, практически не приступивших к занятиям. Они и были призваны в сентябре месяце. Когда же наш, чуть замешкавшийся доносчик спохватился, а неторопливая военная канцелярия разобралась, мы уже были в шаге от второго курса. Если б не позорная война с финнами, никто бы и внимания не обратил на донос, ведь государство уже потратило средства на наше обучение. Приказ Ворошилова все равно был зверским, в армию забрали ребят, которые все лето корпели над вступительными экзаменами, сдали их, испытали радость успеха, явились на занятия с новенькими учебниками и загремели в армию. Возможно, Сталин уже тогда наметил «освобождение» Финляндии.

Конечно, нас можно было без труда отбить, но директор института Якубович-Ясный и его заместитель Смык-Китаев (почему-то эти псевдонимы старых большевиков звучат как воровские клички) наклали в штаны от страха, что их уличат в недостатке патриотизма. Финны не сегодня завтра возьмут Ленинград, оккупируют Советский Союз, хотя у них уже произошла революция и новое коммунистическое правительство возглавил Куусинен, а студенты не хотят идти на фронт. Кстати, были студенческие батальоны добровольцев, но ВГИК проявил полное отсутствие патриотической инициативы, ни один студент не пошел по доброй воле. Некоторый дефицит патриотизма стимулировал моего отчима писателя Я. С. Рыкачева прорваться в канцелярию Ворошилова и спасти ВГИК.

Я не верил в успех ходатайства отчима и наше свидание с Дашей у него на квартире считал прощальным. Уже когда мы, отцеловавшись, собрались одеваться, я все же позвонил домой и наткнулся прямо на отчима, только что вернувшегося от Ворошилова. «Все в порядке. Маннергеймовская хунта не узнает силы вгиковского штыка. Так что можешь не торопиться», — добавил он совсем похулигански, наверное, от восторга победы, в которую никто не верил, кроме него самого.

Я передал его слова Даше. Она выскочила из постели, совсем нагая, я впервые увидел ее обнаженную в рост, и начала целовать мое лицо, смеяться и плакать, затем вдруг наклонилась и с силой ударила лбом о край стола. Поняла ли она сама, что то была искупительная жертва? Она рассекла до крови свой чистый высокий лоб. А я, как-то по-тигриному запав в самого себя, вдруг понял, что она меня тоже любит. И сразу перестал злиться на студента-доносчика и впоследствии пришел к нему на помощь в трагическую минуту его жизни. Ведь если бы не он, узнал бы я когда-нибудь, насколько дорог Даше?

Мы обнимались так долго, что у нас окоченели ноги на холодном полу. Я поднял Дашу на руки и отнес в постель, и тут меня осенило, что я могу сделать ее до конца своей. Она так обрадовалась, так растрогалась, что утратила все защитные средства, я впервые стал хозяином положения. Она удивительно чутко уловила что-то новое в том ласковом нажиме, каким я распластал ее на кровати, и начала лепетать жалкие, совсем не похожие на обычное рассуждение о «единственном достоянии» слова: «Ну, миленький, не надо... Не сейчас. Мы же не разлучаемся. У нас столько времени впереди... Будь хорошим..» И этого я не мог перешагнуть. Мне кажется, что именно тогда у нее мелькнула мысль о новогоднем празднике. Она хотела оставить за собой хоть такое право — не уступить, а подарить себя. Не вышло...

Все, что в жизни получается и не получается, всегда имеет следствия. Ни одно переживание не исчерпывается в себе самом, оно длится...

Довольно скоро вслед за неудачей нашего Нового года я почувствовал, что отношение Даши ко мне изменилось. Это было заметно не по каким-то тонким нюансам душевного поведения, а по грубой очевидности житейских обстоятельств. Наши встречи стали реже и короче. Она постоянно куда-то торопилась и едва позволяла притронуться к себе. Ой, ты сомнешь мне блузку! Ох, я вся растрепалась!.. Боже мой, я не могу в таком виде вернуться домой!.. Она все время куда-то торопилась, всегда должна была соблюдать форму, но причины столь бережного к себе отношения выдвигались самые прозаические: идем с мамой к скорняку, мы идем к портному, мы идем к сапожнику, к нам придет парикмахер. При этом она все охотнее назначала встречу на бульваре, в кафе, в кино или у меня на улице Фурманова, но к себе не звала. Она хотела быть хозяйкой времени, а ведь гостя не выпрешь. Затащить ее к отчиму стало почти невозможно. Иногда она кидала мне эту кость, но оскорбительно краткая и деловая манера интима нас скорее разводила, нежели сближала.

Естественно, что у меня возникла мысль о новом и более удачливом докторанте, но я не чувствовал рядом с Дашей никого другого. Зато сильно чувствовал ее мать. Анна Михайловна вдруг очень деятельно занялась внешностью и туалетом дочери. Теперь я знаю, как это называется: Даша под нажимом и надзором матери меняла стиль. Изгонялось все, что ее юнило, и подчеркивалось то, что сообщало ей пышность, солидность, взрослость. Обычно матери дочерей «на выданье» стараются как можно дольше сохранять им нетронутость юности. Анна Михайловна пошла прямо противоположным путем. Даша стала носить длинные волосы, что ей необыкновенно шло, но исчезла та небольшая, изящная, круглая головка, которую я так любил. Она стала краситься. Прежде она едва-едва трогала помадой губы, прикасаясь пуховкой к смугловатой коже щек, теперь она, как говорят женщины, «делала лицо», подрисовывала рот, мазала пушистые ресницы тушью, отчего они чуть склеивались и становились кинематографически громадными.

Она запрещала целовать себя в щеки, чтобы не нарушить орехового слоя «штукатурки», как выражался я про себя от злобы. И одеваться она стала иначе: у нее появилась длинная каракулевая шуба, очень высокая, тоже каракулевая папаха, точная копия материнской, туфли на низком каблуке были изъяты из употребления, а на остальных каблуки стали на полтора-два сантиметра выше. Теперь я уже никогда не видел ее в милой домашней простоте: валенки, шерстяной платок, замотанный по-деревенски вокруг головы, грубой вязки рукавички. Даша всегда была одета, будто хоть сейчас на прием. Не скажу, что мне это не нравилось само по себе, со всех сторон только и слышалось: как Даша похорошела, как она расцвела, вот что значит найти свой стиль и т. п., но я стал как-то жалко отставать от нее. Мой единственный на все сезоны синий костюм и мосторговское пальто, которые не особенно снижали прежний облик Даши — все советские мужчины одеваются хуже своих женщин, — сейчас выглядели уж слишком непрезентабельно. Я заказал себе кепку у частника в Столешниковом переулке, но эта форсистая вещь лишь подчеркивала убожество остального наряда. У меня не было денег, чтобы купить что-то в комиссионном, тем паче заказать у Смирнова, Райзмана или Затирки.

Анна Михайловна уводила от меня Дашу не в пространственном, а во временном смысле. Она сделала из дочери даму, я же остался щенком.

Новый год был моей роковой ошибкой. Лучше бы я изнасиловал ее. Был бы ад, но я бы ее не потерял. Лучше любой гнусный поступок, но нельзя, чтобы целая ночь, и какая ночь — с рождественской звездой, перенесенной советской властью с вифлеемского часа на условную ночь Нового года, ночь со всеобщим пиром, музыкой, весельем, шумом, треском, приключениями, — прошла в унылой постельной борьбе, с набившими оскомину уговорами, собачьим холодом и дрожью, а завершилась старичком, потерявшим портки, хитрованцами и спасительной бензиновой вонью милицейских мотоциклеток. Даша была унижена собственной нерешительностью, отступлением от принятого героического решения, моей слюнявой слабостью, победой скудного быта над праздником любви, Зощенки над Лонгом, советским убожеством над прелестью Дафниса и Хлои.

В этот смутный период наших отношений мы стали бывать в ресторанах. До того верхом нашей советской жизни были кафе-мороженое или — днем — «Националь» с яблочным паем, «Красный мак» с трехслойным пломбиром. Рестораны возникли в какой-то мере из желания Даши показать себя — ее появление в зале вызывало заметный переполох, кроме того, она любила танцевать, а главное — избавлялась от квартиры в Подколокольном, которую возненавидела. Не надо думать, что мы стали ресторанными завсегдатаями, для этого у нас просто не было денег, но я помню два посещения довольно дорогого «Метрополя» с бассейном, где плавали рыбы, и коктейль-баром и несколько визитов в менее аристократическую и более доступную «Москву». Даша не возражала, если с нами ходил Оська. Одет он был лучше меня, а спокойной развязностью и умением обходиться с официантами превосходил на голову. Танцевал я в ресторанах почему-то хуже, чем на ваммовской площадке, — опять же застенчивость, и мне куда больше удовольствия доставляло смотреть, как танцуют Даша и Оська.

«Москва» нам нравилась еще и потому, что там пел с джазом Аркадий Погодин, обладавший на редкость приятным, душевным тенором. Очевидно, для оперы голоса ему чуть не хватало, но я не понимаю, почему он не сделал ослепительной концертной карьеры. У нас не было и нет такого камерного певца. И по прошествии стольких лет я с ностальгической тоской ставлю его заигранную пластинку с любимыми песнями «Что ж ты опустила глаза», «Быть тебе только другом» и самой трогающей — «Расставанье», которые он исполняет под дивный аккомпанемент моих покойных друзей, великих гитаристов-цыган: Полякова, Ром-Лебедева, Мележко.

Я смотрю на Дашу и Оську, оба элегантны, изящны, Оське не мешало бы чуть больше роста, особенно с такой крупной партнершей, но смотрятся они все равно лучше всех.

Сегодня мы должны с тобой расстаться,
Но как мне дорога сегодня ты!..

Мелодия обрывается одновременно с последним словом, ни одного лишнего такта, и этим утверждается непреложность, окончательность решения.

Гремят аплодисменты. И танцующие, и наблюдающие дружно бисируют. Погодин не ломается, он любит петь, что не так часто среди певцов.

> *Мой милый друг, к чему все объяснения,*
> *Все понял я, не любишь больше, нет...*

На середине танца Оська уступил мне Дашу. Меня удивила тень, вдруг набежавшая на ее до этого оживленное, безмятежное лицо.

— Ты устала?

— Нет. Ты же знаешь, я могу танцевать до упаду.

Мы танцуем, но не до упаду, ибо вновь звучат последние слова:

> *Сегодня мы должны с тобой расстаться,*
> *Но как мне дорога сегодня ты!..*

— Это о нас, — сказала Даша с какой-то скособоченной улыбкой. И если б не странная эта улыбка, я пропустил бы ее слова мимо ушей.

— Ты о чем?

Мы медленно продвигались в толпе к столику.

— Мы больше не увидимся.

— Почему?

— Я устала от постоянной лжи. Я лгу дома, лгу матери. Я зря мучаю тебя.

Все еще не постигая размера бедствия, я сказал с чуть вымученной шутливостью:

— Я не жалуюсь.

— Да нет! Жалуешься. И по-своему справедливо.

И тут я понял, что это всерьез. И замолчал. Многое шло у нас не так, как прежде, многое вызывало во мне обиду, удивление, боль, но такого я не ждал. И как странно — у меня не было слов для этого разговора. Да и что мог я сказать ей, кроме одного: я люблю тебя. Это много или мало? Мне всегда казалось, что это самое главное, но вдруг главные слова разом обесценились. Они не стоили и полушки. Но что же тогда стоило?

Мы вернулись за столик, а Оська отошел прикурить. Я разливал водку по рюмкам и вдруг увидел Дашино лицо, оно стало чужим. Я исподволь приглядывался к его чертам, беря их как бы отдельно: нежный выступ скулы, приспущенный уголок губ, слегка вздернутый нос, прядь, знакомо упавшая на крутой лоб, а вот ее слишком густые и слипшиеся от туши ресницы, но я уже привык к ним таким, мне трудно вспомнить их прежнюю свободную пушистость, ее уши теперь скрыты длинными волосами, но я замечаю в мочке одного из них дырочку прокола с ниткой — Даша собирается носить серьги, но ни слова не сказала мне об этом. Это не беда, настоящая беда в том, что я не в силах найти былой привычной цельности знакомых черт. Это лицо мне неведомо, я его никогда не касался ни губами, ни пальцами. Какое-то всеобщее лицо, каждый имеет на него право. Кроме меня.

Вернулся Оська и со смехом рассказал, как он прикуривал. «Молодой человек, а без огня», — укорила его сидящая за соседним столиком полная блондинка. «Я зажигаю трением», — отпарировал Оська. Я выдавил из себя улыбку, она причинила мне физическую боль. С присущей ему чуткостью Оська догадался: что-то неладно.

— Пойду куплю спички, — сказал он.

— Так что же произошло? — спросил я Дашу.

— Ничего нового. Ты сам понимаешь, так дальше продолжаться не может.

— Почему?

— Я старше тебя. Маму беспокоит моя неустроенность. Она совсем извелась.

— Как-то несовременно это...

— Да нет, все так живут. Приходит время вить гнездо.

— Это не твои слова.

— Что вы меня мучаете? — У нее навернулись слезы. — Ну, посмотри со стороны на нашу компанию. Я же смешна рядом с вами. Тетеха привела двух сосунков.

— Опять не твои слова.

— Можешь говорить, что хочешь. И будешь по-своему прав. Но я устала. Моя жизнь превратилась в кошмар. Хорошо хоть мы не сделали последней глупости.

— Как все разумно и как бедно!

— А другого и быть не может. Мы же с тобой иждивенцы.

— Я получаю стипендию.

— Которой едва хватает на проезд. Нам негде жить, нам не на что жить. Ты что, пойдешь в зятья? Или поселишь меня у своей матери, в спичечном коробке?

Это все звучит грубо, но возразить нечего.

— Ну, а как же другие студенты? И любят, и сходятся, и даже детей заводят.

— Я не такая студентка... К сожалению.

— Мать уже подыскала тебе кого-то?

Она помолчала

— Короче! Ты выбрала мать?

— Прости, да. С ней прожита вся жизнь.

— Это окончательное решение?

— Если б ты знал, чего мне это стоило!

— Тогда пойдем?

Она опять чуть помолчала.

— Да, лучше пойдем. Я не знала, что мне будет так тяжело.

Я подозвал официанта. Вместе с ним подошел Оська, слонявшийся где-то поблизости:

— Как, мы уходим? Не допив водку? Дудки! Есть закон: ничего не оставлять врагу!

Он перелил оставшуюся водку в фужер и выпил залпом.

Было странно, как изменился город, когда мы вышли из ресторана. По пути туда он казался мне исполненным красоты, добра, торжественного порядка. А ведь мне чужда до отвращения эта часть Москвы, где предано и уничтожено мое детство. Как я любил живой, вонький Охотный ряд с бесчисленными лавками и лотками, нарядную церковь Параскевы-Пятницы по другую сторону и чудную Иверскую — воротца Красной площади, муравейник густо населенных кварталов от Манежа до нынешней гостиницы «Москва» и круто идущую навздым Тверскую. То была настоящая, старая, уютная, кучная, неповторимая Москва, а стала Москва сталинская, голая, бессистемно распахнутая во все концы (чтоб не напали врасплох?), асфальтово-холодная и мертвая. Огромнейший пустырь, именно пустырь, а не площадь, простирался от торца гостиницы до Манежа, ни Параскевы — покровительницы торговли, ни Иверской не было в помине, а жиденький Александровский сад, вписавшийся в новое, обобранное пространство, никак не компенсировал потерь. Три часа назад я ничего этого не видел и не чувствовал, вокруг был мой город, пусть изменившийся, но все равно родной и прекрасный, потому что рядом была любимая. Сейчас я поддерживал под локоть крупную чужую женщину с потекшими

глазами и будто облупившимся лицом, постороннюю, как этот об-
краденный город. Она была ему под стать, и непонятно, почему к
отчуждению примешивалась боль.

Когда-то в маленькой повести, посвященной Оське, я сильно
романтизировал этот эпизод своей жизни. На самом деле я испытывал к Даше ненависть.

Взяв такси, мы отвезли Дашу домой, после чего Оська поехал
ко мне ночевать. Я постелил ему на полу, возле батареи. Чуть не до
рассвета Оська курил и болтал, заговаривая мне зубы, нет, по Гей-
не: зубную боль в сердце. Я тогда понял, зачем устраивают поминки: нельзя оставлять понесшего утрату одного с его мыслями, тоской, горем. Самое пьяное, глупое и вульгарное поведение за по-
минальным столом для осиротевшей души лучше одинокого
переживания своей потери. Оська, разумеется, не был ни пьян, ни
глуп, ни вульгарен и, болтая бог весть о чем, умудрился ни словом
не коснуться моей раны. В конце концов он меня усыпил, а когда я
проснулся, Оськи уже не было — гуляка, зажигающий трением,
умчался в школу.

Я долго валялся в постели, не испытывая ни малейшего желания ни к какому действию жизни. Об институте я и думать не мог,
ни читать, ни писать не хотелось, пить с утра я еще не научился.
В последнее время мы встречались с Дашей не чаще раза в неделю,
но каждый день хоть минуту-другую говорили по телефону. По-
прежнему обычно звонила она, так ей было удобней, но случалось,
не выдержав, я звонил сам и мучился от ее холодных, однослож-
ных ответов. Мы виделись вчера, следовательно, раньше, чем через
неделю, мы все равно не встретились бы. В сущности, пока что по-
терян лишь один телефонный звонок, коротенький, из нескольких
фраз, разговор. А день стал непомерно огромен и пуст. Потом придет другой такой же пустой и огромный день, и так — я даже усмехнулся, настолько невероятным это мне показалось, — до конца
жизни.

Мольбы и слезы не помогут,
Возврата нет, пора забыть мечты.
Сегодня мы должны с тобой расстаться,
Но как мне дорога сегодня ты!..

А ведь это пошлость, думал я. Жизнь идет не под великую музыку и поэзию, а под ширпотреб, и сами мы изъясняемся не высоким слогом языкотворцев, а на мусорном обывательском сленге.

Теперь всякое воспоминание о Даше будет сопровождаться сладким тенором Погодина ну, а стало бы мне легче, если б оно шло под финал Девятой симфонии?

8

Оська пытался мне помочь в меру своих слабых сил. В ту пору он близко сошелся с компанией, группировавшейся вокруг сына знаменитого московского гинеколога, который ни в чем не отказывал своему наследнику, умному, красивому, очень элегантному и до мозга костей циничному парню. Впрочем, его отношение к жизни даже нельзя назвать цинизмом, он так рано и так полно узнал непривлекательную изнанку бытия, что стал совершенно равнодушен ко всем его проявлениям. Он начисто утратил этическую оценку людей и явлений, представление о добре и зле. Ему было все равно, что бы ни творилось вокруг него, лишь бы не портило настроения.

Среди его приятелей были юноши высокой интеллигентности, начитанности и способностей, агенты МУРа и уголовники (они отлично ладили друг с другом), красивые девушки из хороших семей и полупроститутки. «Полу», поскольку они промышляли не на улицах, а по квартирам, без твердой таксы. Он ни от кого ничего не ждал, не требовал, кроме одного: не воровать в отцовском врачебном кабинете, который добрый папа предоставлял ему для бардаков, как сами участники дружеских встреч называли свои пиры. Фаворитам он позволял пользоваться гинекологическим креслом в качестве любовного станка. Кажется, на этом троне Оська сбросил отягощавшие его вериги невинности. Как и положено, кличка у хозяина хазы была Король. Он мудро правил своим обширным и очень пестрым королевством, без всякого деспотизма осуществляя полноту власти. И не деньги, которыми он был набит по затычку, не страх перед кулаками и заточками его клевретов обеспечивали покорность подданных, в него все поголовно были влюблены: и женщины, и мужчины. Последние не в порочном смысле, таких там не держали, а в чисто дружеском, радостно признавая его неоспоримый приоритет во всем, от умения одеваться до игры на бильярде или в преферанс.

«Есть и в моем страдальческом застое часы и дни ужаснее других», — я мог бы с полным правом применить к себе слова поэта, не было ничего ужаснее попыток развеять свой «страдальческий застой» в Оськиной компании. Их было две. Первая — гала-представление; я увидел во всем размахе неведомый мне шабаш группового юношеского разврата. Король истинно королевским жестом подарил мне свою новую возлюбленную, смешную и трогательную девчонку Тамару. Она была по уши влюлена в Короля и стала моим лучшим другом за то, что я не воспользовался щедрым его даром, ослушаться властелина она никогда не решилась бы.

Другой раз мне пытались услужить на интимном суаре Зойкой-чистюлей. Там были две подруги: Зойка-чистюля и Зойка-грязнуля, вторая куда симпатичней, об их гигиенических качествах я судить не могу. Любопытно, что в этой большой компании на меня не клюнула ни одна девушка, их отпугивал трупный запах печали, неудачи и, что хуже всего, равнодушия. Вот когда я заподозрил, что принадлежу к унылому племени однолюбов. И вся моя последующая сумасшедшая жизнь не разубедила меня в этом. Мне нужна была только Даша, все остальные — изделия из кожзаменителя.

Больше меня не звали, да я и сам не пошел бы. В распутных игрищах этой компании было что-то натужное, поддельное и жалкое. Лишь Король умел оставаться на высоте за счет неучастия в общих развлечениях: он не пил и не занимался публично любовью. Интерес этих сборищ состоял для него в том, чтобы наблюдать чужой распад, фанфаронство и ничтожность окружающих. Когда началась война, упомянутая мной Тамарка сказала с удивительной проницательностью: «Жалко ребят, никто из них не вернется. — Помолчала и добавила: — Кроме Короля». Она ошиблась лишь в одном: Король не был на войне, защищенный от нее какой-то фальшивой справкой.

Меня огорчало и злило, что посреди этого сброда Оська как-то умалялся, глупел и мельчал. Он был самым младшим, и его давил авторитет ветеранов. Потом там появилась непонятно каким образом хорошая, тихая девушка Аня, она стала Оськиной подругой и вместе с ним покинула гинекологическое королевство. Она же проводила Оську на фронт.

Я все время спрашивал себя: наступит ли день, когда я перестану думать о Даше, а если и буду изредка вспоминать, то спокойно, равнодушно-благожелательно? Мне хотелось скорее дожить до такого дня, и вместе с тем он пугал меня, как смерть, в ту пору, да и много времени спустя мне очень хотелось жить. Я не мог представить себе, чем может быть наполнен день, если он совсем без Даши, даже без мыслей о ней. Разреженный воздух губителен для моего дыхания даже на малых высотах крымских гор. Таким вот, разреженным, представлялся мне жданно-пугающий день полного освобождения от Даши. Но уже прожита жизнь, а день этот так и не наступил, чему свидетельством эта рукопись.

Я не знаю, жива ли Даша, но в каком-то смысле ее физическое бытие и небытие равнозначны для меня, ибо она навсегда во мне и покинет этот мир только со мной. Но уже очень давно ее постоянное присутствие во мне не мешает моей совсем другой жизни, не имеющей к ней никакого отношения.

Дни шли за днями, складывались в недели, я не пытался узнать, что с Дашей, куда направился ее шаг. Я уже тогда знал, хотя и не сформулированно, бессознательно, что в душевной сфере человек не хозяин своей судьбы, что здесь все происходит спонтанно и ты можешь в лепешку расшибиться, а не выгадаешь у будущего и медного грошика. У меня даже в мыслях не мелькнуло позвонить или написать ей или что-то узнать у общих знакомых. Она была во мне, а то материальное тело, которое отделилось от ее образа, вело особую, не касающуюся меня жизнь.

Я стал много писать. Пишущей машинки у меня не было, и я ходил перепечатывать свои рассказы к отчиму.

Я, испытывая болезненное наслаждение, спрыгивал с подножки трамвая почти на самом углу Покровского бульвара и широкого в этой части Подколокольного переулка. А вот и наш дом. Он рассекречен: жилой дом крепкой стройки с большим продуктовым магазином и пошивочной на первом этаже и многочисленными хозяйственными учреждениями во дворе, — но все же рассекречен не до конца. Легкая тень моей тайны еще витает над ним, остальные дома в переулке кажутся тусклыми, бездушными, серыми от скуки. Я подымаюсь по ступенькам широкого каменного крыльца, вхожу в торжественный вестибюль, еще одна короткая лестница, поворот направо, и вот уже ключ в моей руке привычно и быстро находит скважину, мягкий поворот и — здравствуй, недавний приют любви!..

Раньше я всегда приходил первым, но комната не казалась пустой, она уже была населена Дашей, которая явится через пятнадцать — двадцать минут. Сейчас комната пуста, неприютна и уродлива въехавшим в нее углом чужой стены.

Я кладу рукопись на стол, раскрываю машинку, но не сажусь печатать. Мне следует исполнить еще один ритуал: полежать на тахте. Через несколько минут я начинаю чувствовать чуть слышный запах Дашиных волос, хотя отчим уже не раз менял наволочку. Но вообще-то все его наволочки знали прикосновение наших голов.

Ну, ладно, теперь можно и за работу. Я — человек, умеющий сосредоточиваться, но здесь мне это давалось плохо. Меня все отвлекало. Каждое жилище населено своими звуками, которые представляются то чьим-то дыханием, то дробью каблучков, то скрипом открываемой внутренней двери, то стуком во входную дверь. На самом деле природа звуков совсем другая: скрип рассыхающихся половиц, осыпь старой клеевой краски и штукатурки, урчание водопровода, отзвук хамски захлопнутой парадной двери внизу, сложной жизни лифта в другом конце коридора. Первые дни работы здесь я только и делал, что открывал входную дверь. Для себя я объяснял это тем, что отчиму должны принести судебную повестку. Он был крайне небрежен в своих литературных делах, вечно просрочивал договора, надувал редакторов, иногда отвечал по телефону женским голосом, боясь нарваться на очередного обманутого работодателя. Но до суда пока не доходило. Он сам по выходе из тюрьмы засудил «Литературную газету» за какие-то неоплаченные статьи. Но вся моя беготня от письменного стола к двери лишь раз обернулась жировкой, которую пыталась засунуть в забитый газетами почтовый ящик старуха рассыльная из домоуправления.

Затем я научился сдерживать свои порывы, уговаривая себя, что это стучат в другую дверь, что, будь отчим дома, он никогда бы не открыл дверь судебному исполнителю, следовательно, и мне нечего рыпаться. Нельзя сказать, что это помогало моей работе, тем более что, перестав прислушиваться к двери, я начал пялиться в окно. Мне показалось раз, что во двор вошла Даша в своей старой короткой беличьей шубке и, постояв в растерянности несколько секунд, скрылась за мебельным фургоном. И минуло какое-то время, прежде чем я сообразил, что на дворе май и Даша не может быть в шубе.

Но день за днем я осиливал себя и в тот раз несколько минут не отзывался отчетливому и настойчивому, хотя и несильному стуку в дверь. Наконец я пошел и открыл дверь. Там стояла Даша.

— Ты один? — спросила она.

Я не понял ее вопроса и не ответил. Она сняла плащ и повесила на гвоздь, заменявший отчиму вешалку. Потом вошла в комнату. Медленно огляделась, сбросила туфли и прилегла на тахту:

— Ну, вот я и дома.

И тут я поступил самым неожиданным образом. Я кинулся к пишущей машинке и пулеметно отстучал на ней целую страницу. Затем прилег рядом с Дашей. Мы не целовались, не обнимались, даже не прикасались друг к другу. И не разговаривали. Просто лежали.

Мы перемолчали объяснение. Наверное, оба очень устали за минувшие почти два месяца нашей разлуки.

9

Я так никогда и не узнал, что произошло у Даши с матерью. А мы вернулись к прежнему, к тому лучшему в наших днях, когда квартиренка отчима была для нас в самом деле родным домом. И мы встречались часто, сколько могли, сколько хотели. То была капитуляция Анны Михайловны, за которой, неминуемая, должна была последовать и капитуляция Даши. В какой-то ничем не примечательный день без всякой патетики, как-то сумрачно и тихо Даша открылась мне.

— Надо подложить полотенце? — спросил я. Она что-то пробормотала, я не понял.

Я не знал, как это бывает с девушками, когда в первый раз, но если я думал с наскока прорваться в «смесительное лоно», то глубоко заблуждался. Я все время встречал препятствия, и ей было больно, она закусывала губы, что-то делала, пытаясь помочь мне. Я проникал куда-то, но моя чувствительность была пригашена предохранительной резинкой, а это довоенное изделие могло быть с успехом использовано в качестве велосипедной шины, для которой не страшны ни гвозди, ни осколки стекла. И все-таки ценой неимоверных усилий я высадился на остров любви и удивился отсутствию крови.

— Только со мной так бывает, — сказала Даша со сложной интонацией покорности, грусти и разочарования.

Тогда я не думал об обмане, я был слишком счастлив для этого. Но когда мы вновь встретились на квартире отчима, она сама заговорила о казусе нашего первого соединения.

— Знаешь, я узнавала, так случается с малокровными девушками.

— А ты разве малокровная?

— Не знаю. Но ты же сам видел, крови не было.

Это ее удивило, и она не притворялась. Кроме того, мне тогда что-то мешало. При вторичном объятии все получалось по-другому, но ей опять было больно, хотя она старалась не показывать вида.

Не помню, говорил я о своей способности превращаться в круглого дурака, если это могло избавить меня от страдания или хотя бы просто от душевного дискомфорта? Я принял версию о малокровии как удобную рабочую предпосылку. Даша стала моей, до конца моей, — и какое мне дело до разных физиологических отклонений? Я испытывал ничем не омраченное счастье полной и совершенной близости. Но сейчас, чуждый всякого упоения, я трезво взглянул на эту давнюю историю, вполне безразличную мне, как, впрочем, и в те далекие времена.

Даша искренне заблуждалась в отношении своей девственности. Она была влюблена в Резникова, зрелого, опытного, сильного и весьма целеустремленного мужчину, и он что-то сделал с ней, хотя и не до конца. Уверив, что не причинит ей вреда, он нарушил девственную плеву, хотя и не решился на последний, завершающий удар. Он был членом редколлегии «Правды» по отделу литературы и искусства и находился накануне какого-то мощного скачка в своей партийной карьере, боязнь скандала удержала его на самом краю. Интересная тема — «партийность и страсть». Даша искренне заблуждалась в отношении своего «достояния», рисовавшегося ей в виде кованого сундука набитого золотыми дублонами. Пират Резников оставил на дне лишь горсточку монет.

Мое повествование приобретает чрезмерно медицинский характер. Я пишу книгу о любви, а не о гигиене девственности. Но что поделать, если близость с Дашей выводит меня на другую любопытную женскую проблему: фригидность. Вскоре выяснилось, что Даша не испытывает того острого завершающего наслаждения, ради которого творится вся постельная борьба, не получает той премии, какую природа учредила для всех живых существ за труд соития во имя продолжения жизни на земле.

Я начал догадываться об этом до ее прямого признания, которое она сделала совершенно легко, не догадываясь о своей обделенности. Я ведь знал, как это бывает у женщин, и, даже учитывая страстный темперамент Геры, Дашино хладнокровие не могло не озадачивать.

Итак, к малокровию прибавилось и хладнокровие. При этом Даша очень любила целоваться, остро ощущала прикосновения, ее собственные руки обладали мощным электрическим зарядом. Но она не знала любовного экстаза и никогда не приближалась к нему.

Если я никогда не пытал ее насчет девственности, то тут я проявлял вполне объяснимое любопытство. И надо сказать, подобные разговоры не только не задевали Дашу, она испытывала к ним сдержанный интерес. За свою жизнь я знал близко несколько фригидных женщин, и эта сексуальная обделенность выражалась у них по-разному. Дашу фригидность лишила сексуального любопытства и привела к сдержанности. Ей надо было полюбить человека, чтобы вступить с ним в близкие отношения, и давалось ей это всегда нелегко, она словно брала высокий опасный барьер. Будь ее воля, она предпочла бы вполне целомудренные отношения, несколько скрашенные поцелуями. Две другие, напротив, ни в грош не ставили то, что им было совершенно безразлично, их холодное, мозговое распутство меня всегда поражало. Хотя удивляться тут нечему: зачем трястись над тем, что для тебя гроша ломаного не стоит? Пути этих женщин были диаметрально противоположны. Одна влюбилась, вышла замуж и стала мужу безукоризненно верной женой, хотя знала о его бесчисленных изменах. Другая спокойно шла по рукам, меняя мужей и любовников и почти не замечая этого, но испытала страсть к женщине, с которой долго была близкой. После разрыва она вернулась к своей половой неразборчивости, предпочитая софическую любовь. Лишь старость и болезни остановили ее кипучую деятельность.

Дашин темперамент, вернее отсутствие такового, меня устраивал. Наверное, мне виделась тут гарантия постоянства. О том, что это может иметь прямо противоположную направленность, я тогда еще не знал. Мне с ней, даже в чисто физическом смысле, было лучше, чем с Герой. Не люблю женщин, что «рвут страсть в клочки», в постели, на мой вкус, это так же плохо, как на сцене. Мне близко пушкинское: «Насколько ты милей, смиренница моя», даже без разделенного поневоле пламени. У Даши было и сексуальное любопытство, и — пусть слово звучит дико — уважение к тому, что так много для меня значило. Она всегда и во всем шла мне навстречу с какой-то умной и хорошей женской добротой. Ей совсем небезразлична была наша близость, которую она постепенно научилась разнообразить, ценя ту страсть, которую во мне пробуждала. «Чувствуешь ты хоть что-нибудь, когда мы близки?» — спросил я ее однажды. «Чувствую, как очень крепкий поцелуй». Спустя много лет она сделала мне другое признание: «Ты дал мне преувеличенное представление о мужском энтузиазме».

Вскоре мы стали независимы от гостеприимства Подколокольного переулка. Теперь мы занимались любовью в Дашиной комнате, словно были одни в квартире. За стеной родители ужинали, разговаривали, кто-то приходил, уходил, Гербет играл на рояле

Листа и Шумана, грузные шаги Анны Михайловны звучали в коридоре, звонил телефон; Дашу по-прежнему не подзывали. Никто не посягал на наш покой — мало подходит это слово к той кутерьме, которую мы учиняли на ее тахте. Сейчас мне кажется, что малый привкус опасности возбуждал Дашу, в убежище отчима она была куда пассивней, безразличней, порой до какой-то степени у себя дома она не уставала «накалять свой расписной, румяный рай». Конечно, отношения с матерью и домом у нее были сложнее, чем мне казалось. Но эти сумерки мне так и не удалось проглянуть. В наших встречах появился ритуал: семейное чаепитие в десять вечера в комнате Гербетов, после чего мы возвращались в «детскую» для завершающего и самого волнующего обряда, который я совершал коленопреклоненным, а Даша — сидя на краешке тахты. Дивно было тянуться к ее губам за поцелуем, ибо одновременно шло внедрение во влажный жар железного мускула страсти.

За стеной Анна Михайловна, уже отошедшая на ложе, дышала тяжело, как корова в хлеву. Она и в мыслях не допускала, что мы зашли так далеко, но самое мое узаконенное пребывание в доме было для нее страшным поражением.

Последние тихие слова у приоткрытой входной двери, то и дело прикладываемый к милым губам палец хранит тревожный сон уснувших. Наконец мы размыкаемся, разрываемся, я выхожу в остудь ночи, пустой и легкий. Я даже не иду, меня несет по воздуху, сперва над двором, потом вдоль Зубовского и резко бросает за угол на Кропоткинскую.

Улица тиха, пуста и задумчива, как река. И хоть бы раз память о миллионах несчастных толкнулась в мое счастливое фашистское сердце, хотя бы о собственном отце, накрытом ночью заполярных лагерей, вспомнил. Я вскоре поеду к нему, и это станет одним из решающих переживаний моей жизни, но сейчас я не помню о нем. Не помню о Мандельштаме, чьи стихи научился бормотать, а его, кажется, уже нет на свете. Не помню обо всех других... Я живу сейчас лишь своим счастьем, другие спят, третьи пьют водку, кто читает, кто лезет на теплую сонную жену, и таких тьма — посторонних вселенской боли. Наверное, в гигантском замолкшем пространстве найдется кто-то, кто плачет или молится, но слезы их не видны, а молитвы не слышны. Нас научили не отвечать друг за друга, не чувствовать друг друга, нас могут заботить лишь те, чей локоть в нашей руке. Фашизм — прекрасный строй для уцелевших в кровавой бойне, он снимает с души ответственность, освобождает от мук совести и от самой совести, он всю ответственность берет на себя. Любой другой строй оставляет на плечах человека слишком много груза, а человек так немощен. Мы хорошо узнали это за последние годы. Хайль, грядущий Сталин, твои усталые русские дети ждут тебя!..

10

Однажды Даша подарила мне том только что вышедших избранных переводов Пастернака. Это случилось в пору, когда я научился слышать стихи.

— Тут есть одно стихотворение Верлена. Это мое — о тебе. — И она неумело, с каким-то детским захлебом, но и с чистой интонацией доверия и нежности прочла верленовские строки из «Так как брезжит день»...

Ибо я хочу в тот час, как гость лучистый
Ночь моей души, спустившись, озарил,
Ввериться любви без умираний чистой
Именем над ней парящих добрых сил.
Я доверяюсь вам, очей моих зарницы,
За тобой пойду, вожатого рука,
Я пойду стезей тернистой ли, случится,
Иль дорога будет мшиста и мягка...

Это было признание в любви.

Вскоре меня ввели в святая святых — домашний круг. То было признание... нет, то была уступка чрезвычайной важности со стороны Анны Михайловны. Фурора я не произвел. Человек, застенчивый от природы, я так умалился в присутствии Пастернака, Нейгауза, Сельвинского, Локса, что мог бы остаться и вовсе незамеченным, если б на помощь не пришел Андрей Платонов. Он оказался другом Пастернака и последним литературным открытием Генриха Нейгауза. При своей тогда блестящей памяти я мог цитировать прозу Платонова, как стихи, чем и пленил Нейгауза. Так началась наша многолетняя дружба, иначе не назовешь те удивительно добрые и доверительные отношения, которые сложились у нас и продолжались до самой кончины Генриха Густавовича, хотя я никогда не забывал о его старшинстве.

Как и Павел Григорьевич Антокольский, Нейгауз терпеть не мог все оттенки почтения, считая его весьма сомнительным преимуществом старости. Но тут уж я ничего не мог поделать с собой.

У нас был пароль — фраза из одного рассказа Платонова: «Ночью нет ничего страшного». Мы всегда обменивались им, хотя оба знали по собственному опыту, что ночь — самое страшное время суток нашей зловещей страны. О том обеде, о дружбе с Нейгаузом у меня есть много раз публиковавшиеся воспоминания, вошли они и в сборник, посвященный памяти великого музыканта, и я не стану повторяться. Скажу лишь, что моя цепкая память на прозу Андрея Платонова лишь поверхностно удивила Бориса Леонидовича, но особого восхищения не вызвала. Я мог бы лучше распорядиться ею. Перед смертью Борис Леонидович грустно признавался в литературном эгоцентризме.

Успех у Нейгауза не мог компенсировать для Анны Михайловны равнодушия Пастернака. При всей любви к Нейгаузу, восхищении его пианизмом, культурой, артистизмом, умом и чудесной душой в доме царил Пастернак.

Н. Н. Вильмонт, автор великой книги о Пастернаке, рассказывал у нас в доме, что в молодые годы Анна Михайловна была влюблена в Бориса Леонидовича и надеялась на ответное чувство. Она же познакомила его с Зинаидой Николаевной, тогда женой Нейгауза. Влюбленные всегда слепы, она одна из всей дружеской компании не догадывалась о тех отношениях, которые довольно скоро связали Бориса Леонидовича с Зинаидой Николаевной. Она узнала это из дарственной надписи Пастернака на новом сборнике стихов, где он с присущими ему искренностью и горячностью благодарил Анну Михайловну «за Зину». Анна Михайловна ответила на посвящение тяжелым истерическим припадком, а Гербет отказал Пастернаку от дома. «В наказание, — наставительно говорил Николай Николаевич, — что тот не пожелал его жены». Зная нрав Анны Михайловны и подкаблучность Гербета, этой истории можно верить. Но с другой стороны, Вильмонт считал бескорыстную ложь формой творчества столь же законной, как и все остальные. Так что вопрос остается открытым.

Маленькой бестактности Пастернака я обязан тому, что узнал наконец историю изгнания Бориса Резникова из дома Гербетов. Кстати, мне очень понятна допущенная Пастернаком промашка. Он вновь после долгого перерыва увидел за обеденным столом Гербетов молодое лицо, естественно связал его появление с Дашей, что и толкнуло память к другому жениху.

— Вы заметили, — как всегда громко, трубно сказал Борис Леонидович, когда уже сидели за столом и выпили по первой рюмке, — что мы опять в тот же самом составе, что и тогда?

— Когда «тогда»? — раздраженно перебила Зинаида Николаевна.

Она вообще говорила с мужем иным тоном, чем со всеми остальными: злым, отрывистым, с явным намерением задеть, обидеть. У Адика, любимого сына, уже началась та страшная болезнь, которая в скором времени сведет его в могилу, и она, как положено слабым и низким душам, вымещала свое горе на безответном человеке. Адик и другой — нелюбимый сын Стасик — были ее детьми от Нейгауза.

— Ну, когда изгнали Резникова, — громогласно пояснил Борис Леонидович.

— Боренька! — предупреждающе сказала Анна Михайловна, метнув косой взгляд на дочь.

Зинаида Николаевна постучала себя костяшками пальцев по лбу, пояснив окружающим, что они имеют дело с идиотом. Пастернак смутился, скулы его зардели.

— Говорите, — спокойно сказала Даша. — Юре будет интересно. Он не знает этой истории.

Нежданно я оказался в центре общего внимания. Удивительно, что этим большим, самоуглубленным, вдохновенным людям захотелось поделиться с незнакомым мальчишкой тем, что давно уже стало черствым хлебом сплетни. Они делали это всем столом, перебивая, поправляя друг друга, споря, крича обижаясь. Не участвовал в нестройном хорю один Гербет, даже мрачный, молчаливый Локс позволил себе несколько угрюмых реплик.

Я не стану пытаться реставрировать долгий, сбивчивый разговор, многие слова, интонация выветрились из памяти, передам лишь его суть.

Резников, несомненно, котировался в этом кругу. Видать, он был человеком значительным, с сильным, хотя и примитивным умом. Но примитивность эта принималась за свойство интеллекта, а не за недостаточность. Резников был для них своего рода инопланетянином, с планеты, обладавшей более низким умственным и духовным уровнем, чем старушка Земля. Воплотившийся грядущий хам, новый хозяин жизни, с которым хочешь не хочешь, а надо считаться. Пастернаку льстило, что его стихи западают в косматое сердце. Сельвинский гордился, что он ближе Резникову, нежели Пастернак, которому жгуче завидовал. Нейгауза по-детски радовало, что этот молодой большевик не ест маленьких детей и даже ходит изредка в консерваторию. Ушаков и Локс сочувствовали его попыткам приобщиться цивилизации. И все чуть-чуть боялись его, не признаваясь в том ни друг другу, ни самим себе. Самое же волнующее — этот бывший пария должен войти через родство с Гербетами в их тесный, интимный круг. И вдруг «Правда» разразилась зубодробительной статьей «Сумбур вместо музыки», оплевавшей Шостаковича и его гениальную оперу «Леди Макбет Мценского уезда» (по-моему, она первоначально так называлась). Было больно за великого композитора, было страшно, что начинается курс на разгром остатков искусства и культуры. Кладбищенская печаль царила за очередным воскресным столом у Гербетов. Первым не выдержал импульсивный Нейгауз:

— Но кто все-таки написал эту гадость? Наверное, Заславский.

— Заславскому так не написать, — возразил Сельвинский. — Жидковат. А здесь топор сжимала крепкая рука.

— Топор! Великолепно! — вскричал Нейгауз. — Но в музыке этот негодяй не смыслит ни черта!

— Ну, почему же обязательно «негодяй»? — с улыбкой сказал Резников. — А если ему не нравится эта темная, не мелодичная, чуждая народу музыка?

— Почему у нас любой мерзавец берется судить от лица народа? — мрачно произнес Локс.

— Вы считаете меня мерзавцем? — повернулся к нему Резников.

— А вы тут при чем?

— Я автор статьи. Я писал, что думал.

— Знаете, Боренька, — почти добродушно загремел Пастернак, — страшно не то, что вы это написали, а то, что вы действительно так думаете.

— Боря, — проникновенно сказала Анна Михайловна, — покиньте наш дом. Немедленно.

— Ну, это, по-моему, решать Даше, — с улыбкой сказал Резников, сохраняя полнейшее хладнокровие.

Даша молча поднялась и, чуть закинув голову, чтобы удержать слезы, вышла из комнаты и заперлась у себя. Резников удалился.

— А что с ним потом было? — спросил я.

— Резонный вопрос, — усмехнулся Сельвинский. — Его вскоре посадили. Он сгинул.

— Но посадили не за статью, — заметил Ушаков и добавил со вздохом: — К сожалению...

11

Только сейчас я заметил, что давно уже качаюсь на ласковых волнах самой счастливой поры моей долгой жизни. И длилось это счастье не дни, не месяцы, а без малого два года, вплоть до самой войны. Это куда больше, чем смеет требовать смертный от богов. Я не собираюсь угощать читателей описанием солнечных лет своей жизни. Нет ничего более скучного, томительного и раздражающего, чем чужое счастье. Несчастье интересно, его сразу примеряешь к себе, и оно почти всегда оказывается впору. Счастливых людей почти не бывает, да и кому они нужны, кроме самих себя. В раю литература невозможна. Поэтому постараюсь промахнуть эти два года как можно быстрее, сосредоточиваясь лишь на тех моментах, которые необходимы для моего повествования.

Даша жила крайне замкнуто. Если исключить меня, то у нее не было своей, особой жизни. Семья растворяла ее в себе без остатка. Во время первого, напряженного, хотя и недолгого романа с Резниковым она как-то вырвалась из своих лет, из своей среды, попала в мир взрослых искушенных людей, да и осталась там, что при всей ее развитости и ранней солидности было все же неестественно. Я жил куда свободнее, шире и вольнее Даши, имел настоящих друзей и обширный круг знакомых, куда порой пытался ввести и ее. Она не противилась, но и не стремилась к сближению. Она всем нравилась и сама отличалась благожелательностью к людям, но как-то так получалось, что не вошла ни в одну компанию. Разнообразие ее тяготило, ей хватало моего, весьма активного присутствия. Шум, многолюдство, обилие впечатлений утомляли, не давая радости. Она жила как бы вглубь, внутрь себя, а не вширь, не в окружающем. И постепенно это стало оказывать влияние на меня.

У немцев есть выражение «царте дрессур», оно не передается буквальным переводом «нежная дрессировка», тут смысл тоньше, полнее, он включает осторожность, осмотрительность, деликатность, умение незаметно навязать свое требование. В «царте дрессур» меньше всего сентиментальной нежности. Это умение подводить объект дрессировки исподволь к желаемому, так что он не подозревает о творимом над ним насилии. Даша приучила меня не желать больше того, что она сама предлагала, даже в той области, в которой молчаливо признавалось мое превосходство. Она довольно быстро сообразила, что моя физиологическая искушенность является напускной. Гера выпустила меня из своих объятий немногим более опытным, чем был Адам после первого спаривания с

Евой. Всю любовную науку мы осваивали с Дашей вместе, порой неумело, неуклюже, но в конце концов неизменно выходили на верную дорогу. И за недолгий срок достигли высокого мастерства, которое, как и во всех групповых гимнастических упражнениях, гарантируется согласованностью, синхронностью действий.

Я не замечал, как меняются мои привычки, весь образ жизни, меняется характер. Павлик отбывал действительную, Оська не расстался еще с гинекологическим раем, с моими вгиковскими коллегами после бурного подъема первых лет установились отношения прохладного товарищества. Я все реже появлялся на людях и все больше проводил время у Гербетов, наши встречи уже никак не лимитировались. Я уподобился Даше, став норным животным. Но для меня не мир ссохся до размеров Дашиной комнаты, а эта комната стала огромна, как мир. Я мог бы повторить следом за Хафизом: «Другого государства мне не надо».

Даша очень дисциплинировала меня. Я и прежде не был шатуном, а теперь все время, свободное от института и встреч с ней, проводил за письменным столом. Вскоре у меня собралась книга рассказов.

В начале июля мы расстались на два месяца. Даша с родителями снова поехала в Коктебель, подобная роскошь оказалась не по плечу отчиму. Он отправил нас с матерью в подмосковную Малеевку, на месяц в дом отдыха, а на месяц по курсовке в близлежащую деревню Вертошино, где нам сняли избу.

Это было самое невыразительное лето в моей жизни. С утра мы отправлялись за грибами. После обеда начинался сумасшедший и безостановочный теннис: играли навылет, но я никогда не давал вышибить себя. Тогда казалось, что из меня выйдет классный игрок. Этого не получилось — я неправильно держал ракетку, а с каждой попыткой поставить игру играл все хуже. Вечером я весьма трудолюбиво стучал шарами на бильярде, потом возвращался в свою вертошинскую избу и читал при керосиновой лампе, отбиваясь от комаров.

Я ни с кем не общался, кроме теннисных и бильярдных партнеров, ни за кем не ухаживал и мечтал о возвращении Даши. Мы уговорились не переписываться, почта работала почти в нынешнем режиме, и все лето ушло бы на ожидание письма.

А потом кто-то из вновь приезжих сказал, что Даша возвращается одна, на неделю раньше срока, и с точностью, какую недостоверные сведения обретают по мере их распространения, назвал день ее возвращения.

Я со всех ног кинулся в Москву. Меня встретило кроткое удивление Верони и бурное — Альфарки. Полагая, что Даша сразу приедет ко мне — что ей делать в пустой и запущенной по летнему времени квартире на Зубовской? — я заказал Вероне прекрасный обед, купил вина, цветов и принялся судорожно ждать, то и дело набирая Дашин телефон, выбегая на улицу при каждом гудке — казалось, подъехало ее такси. Вероня относилась к моей суматохе с сочувственным доверием, а умный пес — с грустью, он-то знал с безошибочным собачьим чутьем, что Даша не приедет, и жалел мое разочарование.

Милый Альфарка не ошибся в главном — Даша действительно не приехала, но вместо разочарования была такая могучая жизнь души, что даже ее приезд не мог бы одарить меня щедрее.

Я поужинал поздно, один, за накрытым для двоих столом, выпил бутылку вина и улегся на приятно прохладные свежие простыни. Я просмотрел короткий сон о Даше, похожий на современные клипы — квинтэссенция наших самых сладостных мгновений — проснулся, попил воды и начал засыпать всерьез, но, прежде чем провалиться во тьму, физически отчетливо ощутил ее возле себя; сон мгновенно соскочил, но несколько секунд она истаивала в моих руках. Я принялся снова думать о ней, вспоминал ее голос, смех и как она читала мне Верлена. В сутолоке обычной жизни мне не удавалось так подробно, так обстоятельно думать о ней, припоминать лучшие наши минуты, и снова наплывал сон, и она тут же возникала своим нежным, добрым телом, я снова просыпался и медленно выпускал ее из рук. Это повторялось до самого утра, право же, Альфарка зря жалел меня...

А Даша таки приехала раньше своих родителей, вырвала для нас три чистых дня счастья. Наша встреча была странной, но, наверное, иной и не могла быть. Даша приехала к себе на квартиру и, как только я вошел, сбросила легкий халатик с угольно-загорелого тела и легла навзничь на обеденный стол. Сейчас меня удивляет, почему она выбрала такое непривычное и неудобное ложе, но тогда это казалось естественным. А где же еще нам было обняться, так истосковавшись друг по другу, не на постели же? Это могло произойти или на столе, или на потолке, или на шкапу, но только не на предназначенном для тихих ласк месте. Я до сих пор помню ее раскаленную кожу, словно она привезла на себе все солнце Коктебеля. Когда к вечеру я спустился вниз, у меня кровоточили колени, ободранные о столешницу.

Жизнь продолжалась. У меня вышли первые рассказы, первые статьи, вскоре я стал регулярно печататься и регулярно зарабатывать, помогать семье. Но на первый относительно крупный заработок я оделся с головы до ног у лучшего тогдашнего портного Смирнова, сшил два костюма и пальто, сделал на заказ пару роскошных туфель, приобрел в комиссионном габардиновый плащ. И стал куда лучше смотреться рядом с Дашей. Тогда была мода на высокие подложные плечи, которые придавали носителю массивности и солидности. Даша высоко оценила мою новую элегантность.

Я съездил к отцу в лагерь, по пути открыв для себя Ленинград и навсегда влюбившись в него. Это единственная причина, почему я перестал туда ездить и едва ли когда-нибудь поеду: не хочу видеть в унижении, распаде, грязи физической и моральной то, что видел в пушкинской прелести.

Привез я и другие впечатления, никак не менее значительные для моей жизни и души, чем город на Неве, хотя совсем другого рода. Я увидел Россию, разграфленную, как шахматная доска, на квадраты колючей проволокой, — гигантскую клетку, где томились люди...

Предстоящий жизненный путь казался мне прямым и ясным. Через два года я окончу институт, еще раньше выйдет в «Советском писателе» мой первый сборник рассказов, меня примут в Союз писателей, Анна Михайловна поймет, как тяжело заблуждалась на мой счет, и благословит наш брак с Дашей. Совсем в тумане рисовался мне выход отца из лагеря. Стоило всерьез задуматься о будущем, как наплывал страшный призрак войны. Никто не верил в серьезность альянса Сталина с Гитлером. Дураки, а их подавляющее большинство, — потому, что считали несовместимыми идеологии коммунизма и фашизма, умные — их было мало — потому, что видели полное тождество этих идеологий и считали, что не ужиться двум медведям в одной берлоге. Гитлер благоволил советскому вождю, он говорил Муссолини, относившемуся к Сталину с гадливым презрением: «Когда я завоюю Россию, то во главе ее оставлю Сталина, конечно, под присмотром Германии, ведь только он знает, как обращаться с этим гнусным народом».

12

Для меня война началась со звонка матери Павлика. Он проходил действительную под Москвой, должен был вскоре демобилизоваться, мечтал вернуться в свой ГИТИС. Его часть погнали на фронт в первый же день войны. Затем был проделан обратный путь от Белоруссии до Подмосковья, где Павлик и погиб. Это случится в октябре, а тогда его мать сказала сквозь слезы:

— Молись о Павлике... Помни о Павлике... — И уронила трубку.

Молился, молюсь, помнил и буду помнить до скорой уже встречи...

Даша прибежала ко мне рано утром, почти сразу появился Оська. Он был простужен и, целуя Даше руку, уронил соплю ей на пальцы.

— Раньше я покончил бы с собой, — сказал Оська, доставая платок. — А сейчас мне наплевать.

Купили вина. Примчался отчим из Подколокольного, то и дело кто-то заходил: А. Платонов, Л. Соловьев, А. Бек, О. Колычев. Настроение было нервное, но не подавленное. Андрей Платонов сказал, что мы обязательно победим. «Каким образом?» — спросила мама. «Пузом», — ответил Платонов.

Постепенно стало ясно, что в тайниках души все сознавали неизбежность войны и, как ни дико это звучит, чувствовали известное облегчение, что она началась. Отвалилась хоть одна грандиозная ложь из всех, опутывающих наше меркнущее сознание: дружба с Гитлером. Тошно было читать в газетах молотовское возмущение союзниками, которые «воюют с идеологией». «Разве можно воевать с идеологией?» — возмущался старый марксист. И это говорилось народу, который с молодых ногтей воспитывали в ненависти к фашизму. Но ложь-то, как сейчас выяснилось, была в прямо противоположном. Молотов не кривил душой, ибо защищал идеологию, ничуть не отличающуюся от большевистской. Есть такая банальность: на Олимпийских играх нет победителей и побежденных — побеждает дружба. Это вполне применимо к Великой Отечественной войне: победила дружба. Оброненное Гитлером знамя со свастикой подхватила крепкая рука Сталина. Приглядитесь, серп и молот — это стилизованная свастика. Идеология, о которой сокрушался Молотов, не была побеждена вместе с лагерями уничтожения, расизмом, национализмом, антисемитизмом и агрессией, она цветет и пахнет в стране, простершейся меж двух океанов.

Со свойственной ему искренностью и полным отсутствием рисовки Оська сказал:

— А мне наплевать, пусть убьют...

Я до сих пор гадаю, какой горький жизненный опыт подсказал восемнадцатилетнему веселому, солнечному человеку эти отчаянные слова?

Первое, что делает война, — это резко делит страну и все ее население на фронт и тыл. Можно много говорить о неоднородности и того, и другого: иные прекрасно устраивались на фронте (во втором, третьем эшелонах), другие погибали в тылу от голода, холода, болезней. Я же подразумеваю под фронтом передний край, где убивают, а под тылом — где правит девиз лысого парикмахера из Клуба писателей: «В этой войне главное — выжить».

Этот девиз взяла на вооружение и Анна Михайловна Гербет. Ввиду крайней сложности ситуации я был мобилизован на обслуживание семьи в качестве, так сказать, вольнонаемного зятя. Вольнонаемные были в самых разных фронтовых службах, но они не считались военными (за таковых их принимал лишь немецкий свинец), не имели званий, пайков, обмундирования, — жалкие люди, изгои войны. Анна Михайловна, чтобы эксплуатировать мой юный труд, условно ввела меня в семью, не подкрепив это ни званием, ни привилегиями. Но каждое утро я обязан был являться на Зубовскую и получать очередное задание, связанное с отовариванием, иначе говоря, созданием продовольственных запасов.

Наша страна умела разваливаться даже от малых войн (вспомним позорище финской кампании), что же говорить о той грандиозной битве, что прозвана Великой Отечественной! Великой войне положен и великий бардак, начавшийся буквально с первых дней. Продовольствие в Москве стремительно исчезало, равно как и керосин, спички, соль, мыло, при этом в магазинах то и дело появлялись продукты, которые вопреки всякой логике продавали в неограниченном количестве. Впрочем, бывали и ограничения: в одни руки не больше пяти-шести килограммов. Через день-другой эти продукты исчезали, но где-то появлялись новые. Тут я узнал о существовании у Анны Михайловны двух родных сестер и малолетнего племянника. Раньше их не пускали в дом, но война уравнивает всех своей бедой.

Домашняя разведка сообщала: в продуктовом на углу Плющихи будут «давать» муку грубого помола. Все, кроме Гербета, даже маленький племянник, получают по мешку и несутся к Плющихе, откуда, выстояв длиннющую очередь, возвращаются с мукой. На другой день команда мчится на Арбат за вермишелью, потом на Новинский бульвар за ячневой крупой и засахаренным медом, на Кропоткинскую за рыбными консервами, на Метростроевскую за подсолнечным маслом. Не помню ни одного пустого дня, равно не помню, чтобы моя семья хоть раз воспользовалась безумием государственного расточительства — отчасти по отсутствию денег, отчасти по брезгливости.

В Анне Михайловне проснулась крестьянка жадная, ухватистая, расчетливая и неутомимая. Она не давала спуска ни себе, ни нам. Совершив очередной трудовой подвиг, мы получали на кухне чай с омерзительно воняющими лепешками на касторовом масле. Мне приходилось во время войны бывать в разных домах, в том числе совсем бедных, но нигде не готовили на касторке. А ведь дом Анны Михайловны был набит харчами, в том числе «русским» и подсолнечным маслом.

Мы продолжали штурмовать магазины, когда Анну Михайловну осенила идея более кардинально решить продовольственную проблему. Она с удивительной быстротой подыскала дачу на Истре и перевезла туда семью, обеих сестер, племянника, заодно и меня, доказавшего годность к физическому труду.

Небескорыстный характер приглашения выяснился в день приезда в деревню — все дачники обязаны были днем работать в колхозе, причем не для вида, а с полной отдачей, и не за палочки в тетрадке, а по твердо гарантированному трудодню.

Каждое утро отправлялись мы в поле по росистой траве с граблями на плече ворошить сено. Это считается самым легким видом полевого труда и потому низко оплачивается: за восьмичасовой рабочий день мы нарабатывали лишь четверть трудодня. С непривычки это нелегко давалось городскому телу, не то что бегать за теннисным мячом по рыжему корту «Динамо». Особенно трудно было ворошить мокрые и тяжеленные рядки клевера, милой, сладковатой кашки, чтоб ей пусто было! Не понимаю, в чем дело, но Даша, чуждая спорта, кроме летнего плавания и танцев, чуждая всех физических усилий, уставала меньше меня. А ее тетки-лошади вовсе не уставали. Что касается Анны Михайловны, то она лишь появлялась в поле и после нескольких ритуальных движений возвращалась домой обслуживать своего ученого мужа. Она приходила будто для того, чтобы благословить наш скорбный труд и дум высокое стремленье. Никто не удивлялся и не возмущался, все знали, что по вечерам у нас на кухне председатель колхоза выпивает прямо из горлышка полбутылки водки. А этого грубого ястреболикого старика все смертельно боялись.

Гербета, конечно, не трогали: он выполнял правительственное задание — писал для вузов курс логики. Книгу ему заказали еще до войны и по разгильдяйству забыли отменить заказ. В ученой среде в этом видели мудрый расчет и хладнокровие Сталина.

Вождь смотрел вперед. Племянника тоже пока оставили в покое, пообещав привлечь к сбору колосков — любимому занятию сельской малышни.

К вечеру я прямо деревенел от чертовых граблей. Мы ходили окунуться на реку, и случалось, я просто ополаскивался у берега, а Даша плавала, наслаждаясь нагревшейся к вечеру водой. Нас обоих странно возбуждала ее голизна. На Дашу — она сама говорила — действовало то, что ее видят, издали, конечно, обнаженной в присутствии мужчины. Возвращаясь домой, мы получали довольно скудный обед; Анна Михайловна жадничала так, словно предстояла если не столетняя, то тридцатилетняя война, а потом начиналось самое страшное: Гербет читал вслух очередную главу «Логики». Хотелось поваляться, отдохнуть, а надо было сидеть в плетеном кресле на веранде и внимательно слушать. Анна Михайловна не ленилась проверить, действительно ли я вникал в текст или считал ворон.

Я терпел эту странную и тягостную жизнь (колхозный труд, если исключить косьбу, был изнурителен и невообразимо нуден), потому что Даша с замечательной находчивостью выкраивала минуты для близости. К нашим услугам были недалекий лес, излучина реки, дровяной сарай, даже горница, где мы спали: старики на продавленном диване, Даша на раскладушке, а я на полу, отделенный от остальной семьи большим обеденным столом. Сестры и Сережа ночевали то на террасе под ворохом тряпья, то на русской печи — в зависимости от погоды. Утром Гербет ходил купаться на реку, освежал тело в студенейшей воде для освежения философской мысли, Анна Михайловна спешила на базар — чем раньше придешь, тем дешевле купишь, ее сопровождала одна из сестер, и Даша ныряла ко мне под одеяло. Тетки были посвящены в наши отношения; завися материально от старшей сестры, они, естественно, ненавидели ее и в силу этого были на нашей стороне. Долгое время мне казалось, что Анна Михайловна тоже догадывается об истине, но тут я глубоко заблуждался.

Одно комическое происшествие открыло мне полноту неведения Анны Михайловны. Отчим подарил мне упаковку презервативов. Это и всегда был дефицитный товар, а во время войны — подавно. Отчим случайно наткнулся на них в аптеке и решил осчастливить меня до конца войны. Как потом обнаружилось, рассчитаны были эти изделия фашистского коричневого цвета — и размером, и толщиной резины, и увесистостью — на слонов. Предприятие, их выпустившее, исходило из циничного лозунга тех дней: война все спишет. Потребовалось неистовое напряжение моей страсти, чтобы заполнить этот скафандр. Даша закричала от боли, а я изнутри познал, что такое фригидность: все делаешь, как надо, и ничего не чувствуешь. В бешенстве я сорвал гнусную резину и вышвырнул в окно. Там ее через некоторое время подобрал Сережа и по естественному ходу детской мысли попытался надуть, но слабых легких на это не хватило. Сережа принес изделие в дом. Никто не мог понять, что это такое. Высказывались разные предположения: камера от какого-то странного продолговатого футбольного мяча, что-то упавшее с неба; деталь воздушной колбасы, занесенная ветром с московской окраины, кусок обшивки дирижабля; Гербет, увлекавшийся научной фантастикой, считал это частью снаряжения инопланетянина.

Анне Михайловне тоже не удалось надуть загадочную резину, так же тщетно попробовал свои силы Гербет, затем, кривясь от омерзения, ибо знали правду, трудились поочередно сестры, и тут Анну Михайловну осенила блестящая мысль использовать находку в качестве шапочки для купания. Все это время я умирал от страха и завидовал Дашиной выдержке, не озадачившись тем, какая за этим искушенность во лжи.

Колхозная страда была детским лепетом перед той мукой, которая начиналась после ужина, когда Гербет читал очередную главу. При моей врожденной неспособности к отвлеченному мышлению, почти равной бездарности в математике, для меня было вдвойне мучительно это испытание. Потрясло спокойствие Гербета: немцы перли в глубь России, разрушая города, сжигая села и деревни, кровь лилась потоком, а профессор спокойно строчил в теньке свои гладкие, хотя и несколько тяжеловесные фразы во славу той дисциплине мышления, которую отвергало все наше абсурдное бытие.

И все-таки, как ни тер я слюнями глаза, как ни щипал себя за руку, ляжку, как ни дергал за мочку уха, а иногда — в отчаянии — болезненно ущемлял половые органы, мне не удавалось преодолеть дремоту. Голос Гербета уподоблялся гудению шмеля, я испуганно вздрагивал и возвращался к полуяви. Это опамятование не оставалось незамеченным, и Анна Михайловна всякий раз отпускала в мой адрес две-три колкости. Даша ни разу не поддержала мать. Мне кажется, она приспособилась спать с открытыми глазами, как это умеют собаки и лошади, и мое оскорбительное поведение во время интеллектуальной литургии оставалось ей неизвестным.

418

Вскоре нас перевели на прополку, которая оплачивалась чуть выше. А затем я перешел на косовицу, за три дня научившись совсем недурно махать литовкой. Это ненужное во всей моей последующей жизни умение сохранилось по сию пору, а вот в теннис играть я разучился. В моей трудовой ведомости появились единицы, порой с десятыми — вот сколько я стал зарабатывать!

Даша продолжала полоть, потом занялась поливом — лето было засушливым, мы работали поврозь и соединились вновь лишь на стоговании. Здесь я мастерски управлялся с длинными вилами, заслужив уважение колхозников. Вообще моя ручная неумелость не распространялась на размашистый, чем-то сродни спорту, сельский труд. «Справный колхозник ваш зять», — говорил председатель колхоза, вытягивая из горла полбутылки. Анна Михайловна заливалась людоедским смехом, но опровергать старого ястреба не решалась.

А потом началась бомбежка Москвы. Воздушная тревога — учебная, как потом выяснилось, — была объявлена уже на вторую ночь войны, напугав многих москвичей до потери сознания, которое к ним уже не вернулось полностью. Как ни грустно, в числе таких душевно рухнувших оказалась и наша Вероня. Даже ее безграничная преданность нам не могла устоять перед ужасом, внушаемым ей воющим голосом сирены. Она тут же бросала все и бежала в метро. Однажды мама ее спросила: «Ну, вот вы возвращаетесь, а нас никого нет. И Юры, которого вы вырастили, нет. Как вы будете жить?» Вероня насупилась и ничего не ответила. Тупой, нерассуждающий страх смял ее чудную, самоотверженную душу. Через месяц после начала войны немцы сбросили первые бомбы. Вот тогда и погибли Ирочка Локс и тенор Лабинский и немало других людей. Затем тревоги, разрывы бомб, треск зениток, пожары вошли в быт. Москвичи в подавляющем своем большинстве к этому скоро привыкли, но спасовавшие в первые дни так и не оправились.

Тревожась за своих, я собрался в Москву. Даша сказала что поедет со мной. Анна Михайловна дочь не пустила, а с меня взяла слово, что я привезу всех домашних.

В Москве за время моего отсутствия сложился новый быт. Самым удивительным оказалась московская ночь, когда все спускались в метро и бомбоубежища, а дежурные лезли на крышу тушить зажигалки. Отчим уже дважды дежурил, и ему очень понравилось. Он был храбрым человеком. Мать не уступала ему в отваге, но пожилых женщин на крышу не брали, она оставалась дома. Не пошла она в метро и той ночью, когда я полез на крышу вместе с отчимом.

Здесь оказалось страшнее, чем я ждал; когда забегали лучи прожекторов, выхватывая из тьмы серебряные крестики самолетов, оглушительно забили зенитки, засвистели и заухали бомбы и твердь под ногами стала зыбкой, я понял, что морально не готов к светопреставлению. Но я же не мог уйти, бросив отчима, приходилось быть храбрым. Побывав впоследствии под фронтовыми бомбежками, я понял, что Москву бомбили слабо. Ни одна зажигалка на крышу нашего дома не упала, но близкий разрыв был — в Староконюшенном разрушило дома, нас чуть не смело воздушной волной.

Словом, впечатлений я набрался, но все это оказалось детским лепетом по сравнению с тем душевным дискомфортом, который я испытал, спустившись на следующую ночь в метро вместе с мамой, Вероней и отчимом. У меня обнаружилась клаустрофобия, о чем я не подозревал, хотя в детские годы дважды испытал нечеловеческий ужас от замкнутого пространства. Но красивое слово «клаустрофобия» прозвучало в моих ушах много времени спустя, когда после второй контузии я попал в госпиталь. Тогда же в метро я метался по штольне от Дворца Советов до Парка культуры, не понимая охватившей меня мучительной и липко-потной тревоги. Здесь не было ни тесно, ни душно, а метрах в ста от станции и вовсе пустынно, но мне нестерпимо хотелось наружу. Вчерашняя крыша со всеми ее шумами, световыми эффектами и зыбкостью представлялась мне раем. Отступя от станции, на путях стояли переносные уборные. В них на виду, с бесстыдством, в котором были неповинны, сидя на корточках, по-коровьи изобильно и шумно мочились женщины. Они хулигански окликали меня, когда гонимый клаустрофобией, я проносился мимо.

Наконец дали отбой. Я сказал матери, что лучше буду каждый день дежурить на крыше, чем еще раз спущусь под землю.

А институт мой опустел: студенты, преподаватели, деканы и даже директорат ушли на фронт с народным ополчением. Пока я копнил и трахался на истринской пойме, мои товарищи проливали кровь на полях сражения. Как потом выяснилось, не было ни сражений, ни крови, лишь одного сценариста случайно ранило в задницу пулей задремавшего часового. Но тогда я этого не знал и решил, что должен разделить их ратный труд. На двери института висело объявление о наборе в школу лейтенантов. Призывной пункт находился неподалеку, в Останкине. Я поспешил туда и был принят с распростертыми объятиями. В два счета прошел медицинскую комиссию, нашедшую меня в отличной форме, заполнил анкету, пожал левую руку комиссару — правую он успел потерять в боях — и отправился домой до вызова.

В результате этого моего поступка мы решили с Дашей расписаться, чтобы не потерять друг друга в сумятице войны. Сделано это было, разумеется, втайне от ее семьи.

Дальше события развивались так. Мама приняла приглашение Анны Михайловны, но выдержала на даче лишь неделю. Вероня не захотела отрываться от метро, отчима не отпустил Радиокомитет, где он в ту пору работал. Зато приехал Оська, но его хватило всего на три дня. Он сбежал, обучив колхозников играть в буру в рабочее время и сказав, что замучен идиотизмом деревенской жизни. Но, конечно, причина была в другом Анна Михайловна в самом деле хотела приютить и спасти как можно больше людей, но дурной характер приходил в непримиримое противоречие с гуманными намерениями.

В результате мы остались в том же составе, я трудился в поле, а по вечерам дремал под унылый текст гербетовской «Логики».

Гремел грозами август, уже началась уборка, и Сереже сшили мешочек для сбора колосков, а школа лейтенантов все молчала. Что ни день звонил я из колхозной конторы или со станции домой — вызова не было.

А немцы подходили все ближе, и с фронта доносились страшные вести вопреки лаконично успокоительным сводкам Информбюро: «Нанеся противнику значительный урон в живой силе и технике, наши войска отошли на заранее подготовленные позиции». В подтексте читалось: и те позиции, на которых мы долбанули врага, были неплохие, а новые еще лучше. Гербет, который не был чужд ехидства, подсчитал по сводкам, что с начала войны немцы потеряли всю авиацию и непонятно, чьи самолеты бросают бомбы на Москву. В эту черную пору газеты и радио старательно потчевали нас сообщениями о вопиюще низком духовном уровне противника. Их рядовые, ефрейторы, унтер-офицеры и фельдфебели не знали наизусть ни строчки Гёте и Шиллера, а некоторые даже не слышали имен Гердера и Ленау. Ясно было, что люди такого уровня, осмелившиеся вторгнуться в страну зачитанных до дыр Пушкина и Лебедева-Кумача, обречены на разгром.

И меня все сильнее мучило, что вгиковские ребята громят безграмотного врага на огневых рубежах, а я торчу в поле, как Микула Селянинович, забывший о своей воинской ипостаси. Ведь когда Змей Горыныч, злой Тугарин или иной поганый супостат вторгался в страну, Микула бросал сошку, опоясывался мечом и кидался в сечу.

В таком юмористическом ключе я сообщил Даше о своем намерении не дожидаться больше вызова, а самому явиться в школу лейтенантов. Это было на террасе, довольно поздно, когда все ушли спать. Я понял вдруг, что Даша уже догадалась о моем решении и сегодня попрощалась со мной.

Когда кончился трудовой день, она взяла меня за руку и повела в лес. Обычно мы шли на реку, я, естественно, не противился, но был удивлен. Отойдя совсем недалеко от опушки, Даша молча сняла через голову сарафан, потом лифчик, трусы, скинула тапочки и осталась совсем нагой. Я так же молча последовал ее примеру. Мы легли на мягкую подстилку из старых, совсем не колющихся игл. Когда я наконец освободил ее, мимо нас, потупив ошалелые глаза, прошел мужик. Даша не обратила на него внимания, словно была не живым человеком, а обнаженной с картины Эдуара Мане «Завтрак на траве». Теперь я все понял, то был ее прощальный дар, и в горести последнего объятия она просто не заметила шляющегося по лесу мужика.

И хотя мои слова, сказанные на террасе, не явились для нее новостью, она расплакалась.

Что так разозлило Анну Михайловну, которая не спала и все слышала? Потеря рабочей силы, Дашины слезы или то, что она приняла за советский патриотизм? Но что бы там ни было, к этому времени все знали: продолжительность жизни комвзвода на фронте — четыре дня. Ведь она же была женщиной, матерью.

— Что из-за него все плачут? — очень горласто донеслось из горницы. — И Гера Ростовцева плакала. — С чего она взяла? — И эта дурища плачет. Подумаешь, какое сокровище!..

— Мама! — сказала Даша, сразу перестав плакать.

— Ты мне не указывай! Я знаю, что говорю. Его пустили в дом, а он приволок этого мерзкого мальчишку.

— Вы сами его пригласили, — вставил я.

— Надо же дойти до такой наглости! В семейный дом привезти этого подонка, этого скомороха!

— Постеснялись бы!.. Вы же мать. Ему, может, жить-то осталось..

— А мне что? — взвизгнула она. — Хороших людей убивают...

— Заткнитесь! — гаркнул я.

— Вы с кем говорите? Кто вы такой? Вы сами-то недалеко от него ушли... А ты дура, дура, дура!.. — Это относилось к дочери.

На какое-то мгновение мне показалось, что я брежу. Я обращался к стене и ответ получал от стены. Сейчас я опомнюсь, и все будет по-прежнему. Увы, нет, стена говорила голосом Анны Михайловны, и мерзкие слова ее стали такой же реальностью жизни, как дом, терраса, ночь и все мы, загнанные в этот отсек ночи. Дашу я теперь видел лишь в отблеске зарниц, которые принимал вначале за световые сигналы московской бомбежки. У нее было бессмысленное, отключенное от происходящего лицо. Рухнуло здание, которое она с таким трудом возводила. Если б Анна Михайловна оскорбляла только меня, я сумел бы переломить себя ради Даши, но Оська был моей болью.

— Вот не думал, что вы можете быть так вульгарны, — сказал я. — Мадам Рекамье с душой кухарки.

В ответ яростный вопль, стенания, слезы:

— Он оскорбил меня, Дявуся! Он оскорбил меня!

— Хочешь, я вышвырну его вон? — раздался вкрадчивый голос Гербета.

Он был всего-навсего отчимом Даши, я не обязан был спускать ему.

— Попробуйте, — сказал я и встал, двинув креслом.

— Дявуся, не ходи! — фальшивым голосом закричала Анна Михайловна. — Этот негодяй убьет тебя!

Послышались слоновьи шаги, щелкнул ключ в замке — Анна Михайловна спасла жизнь мужу.

— Он спал, когда я читал «Логику», — увеличил список моих преступлений Гербет.

— Он страшный, жестокий, некультурный человек! — вновь завелась Анна Михайловна. — Мы не знали таких. Цинизм, разврат, бездушие, за что нам такое наказание, Дявуся?

— Это выше моего понимания. Когда я увидел, как он клюет носом... Но я щадил ваши чувства. Мне же все было ясно. Чужак в доме. Опасный чужак.

— Новый Резников, — подсказал я.

— Да он в тысячу раз лучше! — взвилась Анна Михайловна. — Он личность! Умный, большой, несчастный, сбитый с толку человек!

— Анечка, — успокаивающе сказал Гербет. — Не убивайся так. Мы можем от него избавиться.

— Как? — заинтересовалась Анна Михайловна

— Вспомни, что он говорил вчера утром.

Я крепко выразился насчет полководческого гения товарища Сталина. На десятку, не меньше. И опять мне показалось, что я сплю и сейчас проснусь и вокруг будет нормальный мир. Ведь этот идеалист, друг Аристотеля и Платона, имеет в виду донос.

Анна Михайловна не отозвалась, возможно, она обдумывала предложение.

— Поеду в Москву, — сказал я Даше.

— Сейчас нет поездов, — неуверенно произнесла она.

— Подожду на станции.

Мой чемоданчик стоял на террасе. Даша не двинулась, пока я его собирал, и я не подошел к ней.

Тропинка, ведущая на станцию, начиналась сразу за калиткой. Она шла сквозь заросли высоких репейников, потом лугом. Ночь уже не казалась такой темной, было звездно, то и дело вспыхивали зарницы, над Москвой простиралось розовое облако. Казалось, город горит.

Я сидел на пустынном полустанке. Световое пятно над Москвой пульсировало от разрывов бомб. Там находились последние, кого любил. Отца, да простит мне Бог, я уже не числил в живых и знал вопреки всем самоуговорам, что Павлик не вернется. Вскоре уйдет на фронт Оська. Дашу я потерял. Она слова не сказала в мою защиту. Грязь злой вульгарности и предательства запятнала мою любимую. И тут меня как обухом по голове: я забыл про школу лейтенантов, мне и самому осталось недолго гулять.

Незаметно рассвело, и так же незаметно пришло утро с далекими петухами, мычанием коров, блеянием овец, щелком пастушьего кнута, скрипом колодезного ворота; небо в стороне Москвы было облачным, но спокойным. Пахнуло теплым ветром, его гнала перед собой электричка.

В Москве я сошел не то в Тушине, не то на следующей станции. Железная дорога шла через город к Рижскому вокзалу, эта сторона Москвы была мне не с руки. Проще добраться автобусом до Сокола, а оттуда на метро. Эта окраина Москвы была в ту пору совсем сельской: за штакетником, соснами и пыльными сиренями проглядывали эркеры и шпили ропетовских дачек. На фонарном столбе торчали радиорупоры. Металлический голос диктора преподносил очередную ложь: крепко потрепав гитлеровцев, мы отошли на новые, заранее подготовленные позиции. Похоже, эти позиции были подготовлены неподалеку от Смоленска. По-прежнему немецкие солдаты и младший командный состав не читали ни Шиллера, ни

Гёте, не слушали «Пассакальи» Баха. А у нас были большие успехи в производственной жизни и на колхозных полях.

На один из рупоров села ворона. Она вертела головой, будто удивляясь льющейся в мир из-под нее глупости. И непонятно с чего на какое-то мгновение к сердцу прихлынуло чувство счастья. Оно никак не было связано с окружающим, для него не было пищи в настоящем: меня вышвырнули из дома любимой, впереди светили школа лейтенантов, фронт и неумолимая статистика. Счастье не возникло из воспоминаний, это было таинственное прозрение судьбы, той долгой жизни, что меня ждала. И пусть сейчас, на исходе дней, эта жизнь не кажется мне счастливой, в ней было много радости.

Я заехал домой, бросил чемоданчик и сразу отправился в Останкино.

— А вы разве не знаете, что студентов вернули из ополчения? — спросил меня однорукий капитан. — Первого сентября, как всегда, начнутся занятия. Так что доучивайтесь.

Что-то в его повадке показалось мне подозрительным. Пропала сердечность, он не смотрел в глаза как человек, не привыкший врать, но вынужденный это делать. И не для искушения судьбы, а ради правды я сказал:

— Мое заявление остается в силе. Я не вернусь в институт.

— Мы не можем вас взять. — Голос уже звучал резко, неприязненно. — Приказ о студентах подписан Верховным Главнокомандующим.

Дома в два счета разгадали нехитрую загадку, да я и сам уже догадался.

— Тебя не взяли как сына репрессированного, — сказал отчим. — Разве можно доверить взвод исчадию врага народа?

Жизнь лейтенанта на фронте длится четыре дня, даже на такой короткий срок мне нельзя оказать доверия.

— Трогательная забота о детях политических преступников, — сказала мать с сухой усмешкой. — Мы живем в сумасшедшей и больной стране.

А через два дня ранним утром я открыл дверь Даше. Я находился один в квартире. Вероня, переночевав в метро, отправилась в магазин, а мама с отчимом заигрались в покер у знакомых и остались там.

— Я не могла раньше приехать, — сказала Даша. — Мне не давали взять вещи.

Оказывается, все, что произошло при мне, было жиденькой прелюдией. С моим уходом Анна Михайловна разбушевалась еще пуще, и Гербет вкрадчивым тоном повторил свое предложение в более конкретной форме: сообщить «куда следует» о моих настроениях. Я-то думал, что он хотел припугнуть меня, что тоже было отвратительно, но звездочет-идеалист имел в виду прямой донос. И этого я не простил его памяти, как не простил и несчастного Шалахова у которого он волей случая дважды пытался отбить жилплощадь для своей тещи. С какой гадливостью, удивлением и болью говорит об этом Шалахов в посмертно опубликованных записках! Гербет наверняка был задуман как порядочный человек, но слабость характера не позволила ему выдерживать двойной гнет: власти и супружниц.

— Имейте в виду, что я его жена, — сказала Даша. — Меня тоже посадят.

Анна Михайловна не сразу охватила размеры бедствия. Она решила, что дочь призналась в близости со мной, в растрате семейного достояния, и впала в истерику со слезами, криками, проклятиями, перебудившими весь дом. Пришли очумелые со сна, растрепанные сестры, похожие на шекспировских парок, и заплаканный племянник. Его слегка отшлепали и отослали спать, Анне Михайловне дали воды, валерьянки. Гербет снова пробормотал, что на меня найдется управа. Тогда Даша показала им паспорт со штемпелем зарегистрированного брака. Казалось бы, это должно было хоть немного успокоить Анну Михайловну, все-таки нет позора прелюбодеяния, но истерика пошла крещендо. Она пыталась разорвать Дашин паспорт, лишь полная потеря сил помешала ей осуществить это намерение. Сестры старались ее успокоить: это не церковный брак, развестись так же просто, как расписаться. Ничто не помогало, Анна Михайловна заходилась все сильнее.

Даша рассказывала скупо, неохотно, пыталась привнести в свой рассказ немного иронии, но я чувствовал, что сцена была тяжелая, безобразная и при всей абсурдности вовсе не смешная. Дашу мучило, что она причинила страдание матери, но к этому примешивалась оскорбленность и за себя, и за меня. Даша была скрытной, она сообщала о себе и своих переживаниях ровно столько, сколько считала нужным, и я не пытался расспрашивать ее о подробностях скандала, но догадывался, что матери она простит, уже простила, а Гербету нет. Это соответствовало и моему отношению к случившемуся. Анна Михайловна была ужасна, но вместе — смешна и даже жалка в своем бесчинстве, она не дошла до подлости Гербета.

В конце концов она довела себя до настоящего обморока, когда же ее привели в сознание, стала нищенским голосом просить дочь порвать «с этим чудовищем», то есть со мной. Было что-то жутковатое в такой ненависти. Как будто она проглянула скрытое от всех близких, друзей, ее собственной дочери и меня самого черное и ужасное нутро внешне безобидного человека. Еще немного, и я начал бы гордиться той дьявольской силой, которая таилась во мне.

Анна Михайловна привыкла брать жизнь упорством, давлением сильного, негибкого и неуклонного характера, но забыла, что дочь унаследовала от нее эти качества, усугубив их выдержкой и умением не растрачивать себя впустую. Весь следующий день прошел в уговорах, прерываемых новыми проклятиями и слезами; к вечеру, истратив много сил, она все чаще била на сантименты, вспоминала Дашино детство и как счастливы были они друг с другом, даже попыталась раз стать на колени, чему помешали сестры. При этом она заперла шкаф с Дашиными вещами и спрятала ключ. Никто не вышел в поле, кроме Сережи, которому не терпелось обновить свою рабочую сумочку.

К ночи Анну Михайловну все-таки сморило. Даша вскрыла столовым ножом шкаф, забрала нужные вещи и рано утром ушла на станцию, оставив прощальную записку.

Какие страсти, какая ненависть, и к кому — к мальчишке, которого ждет война! И, вспомнив о войне, я сообщил Даше, что меня не взяли в школу лейтенантов.

— Слава богу! — Она перекрестилась. — Слава богу!.. Оказывается, Даша была уверена, что меня заберут, и приехала, чтобы жить вместе с моей матерью.

Послышался мерзкий звук воздушной тревоги. Я сказал Даше:

— Раздевайся. Иди сюда.

Постель стала нашим бомбоубежищем, самым надежным в мире.

Даша жила у меня до октябрьской паники. Мы ходили в институт — каждый в свой; у меня началась сессия — закончился второй курс. В середине октября немцы подошли к Москве, планомерная эвакуация промышленности и разных важных учреждений на восток перешла в драп. Мы проводили отчима, уехавшего в Куйбышев с Радиокомитетом. Мать ехать отказалась. «Пускаться вдогонку за сталинским социализмом — это чересчур, — сказала она. — Я лучше посмотрю другой вариант земного рая. Наверное, он столь же омерзителен, но для этого хоть не надо трогаться с места». Мой институт эвакуировался в Алма-Ату. Тогда, не сказав своим ни слова, я сделал вторую, но не последнюю попытку отправиться на фронт, избрав простейший путь — через райвоенкомат. И хотя в панике брали всех без разбора — косых, кривых, хромых, кособоких, сердечников и астматиков, — я снова не подошел. Дорогой родине было нужно, чтобы я доучивался в киноинституте. Можно подумать, что самым важным в эту трагическую пору была подготовка новых кадров сценаристов для отечественной кинематографии, даже в лучшие времена выпускавшей на экраны не более десятка фильмов в год. Словом, повторилась история со школой лейтенантов, с одной поправкой. Когда я заупрямился, меня отправили на врачебную комиссию, откуда я вышел белобилетником. А ведь я только что проходил медицинское обследование, признавшее меня годным в любой род войск. А сейчас мне впаяли психушную статью. Вот как давно додумались выбраковывать неугодных людей, объявляя их психами. Хорошо хоть обошлось без принудлечения, хотя районный психдиспансер взял меня на учет. И я остался в Москве. А через короткое время вместе с Дашей переехал на Зубовскую. Этому предшествовал телефонный звонок Анны Михайловны. Она долго говорила с мамой, потом с Дашей, и семейный совет предписал мне помириться с Гербетами. У Анны Михайловны не хватило высоты извиниться передо мной за истринскую сцену.

Даше было тяжело в нашей крошечной квартиренке, она в ней не помещалась. В ванную был ход через мамину комнату. Даша не могла ни вымыться угрюм толком, ни принять душ — мама и ложилась и вставала поздно. На кухню, если там находилась Вероня, было не войти, а в уборную Даша не вписывалась (это не каламбур) из-за своих габаритов. Это помещение годилось для таких астеников, как наша семья (некогда полная Вероня иссохла к старости в дубовый листик), Даша принадлежала к пикническому, или атлетическому, типу.

Дашу угнетало и то, что она сидит у нас на шее. Я зарабатывал журналистикой сущие гроши, Вероня получала пенсию — двадцать три рубля: весь наш доход. А Гербеты процветали. Мало того, что колхозные трудодни обеспечили их, как говорят в деревне, до новины, Август Теодорович в связи с бегством философской профессуры стал нарасхват: в двух институтах он заведовал кафедрой, в трех — преподавал, и самое невероятное — его «Логика» пошла в печать. Почти весь философский корпус состоял из марксистов-ленинистов и, естественно, членов партии, Гербет был беспартийным, идеалистом и занимался греками В философском смысле

Москва уподобилась Элладе, в лице Гербета здесь господствовала афинская школа.

Мне думается, что переезд к Гербетам был началом конца нашего с Дашей брака. Я каждый день навещал маму и Вероню, работал в своем кабинете, но ночевать отправлялся на Зубовскую, не в силу уважения к домостроевским правилам, а из неиссякаемого влечения к Даше. А ей, как я понял много времени спустя, наше уже не запретное, а санкционированное свыше, не романтическое, а официальное, почти механическое еженощное соединение стало докучно. Физиологически она в нем не нуждалась, близость была апофеозом риска домашней борьбы за самостоятельность, бунта утверждения себя, великой тайной. А сейчас за стеной кряхтели, словно пародируя нас, старики (им, кстати, не было пятидесяти), звенел на редкость голосистый металл советской ночной посуды, рушилась вода в уборной.

Правда, поначалу Даша испытывала некоторый подъем. Она впервые взяла верх над семьей, поступила по-своему, стала женой человека, которого сама выбрала, покончила с унизительно затянувшейся детскостью. Теперь она для всех взрослая, замужняя женщина. Конечно, это была нешуточная победа. Даже пойти ночью в ванную по женской надобности, вспугнув чуткий от несмиренности сон матери, доставляло некоторое удовольствие. Подчинение пусть самому любимому человеку все равно надоедает, и мы начинаем мечтать о реванше. Сейчас она брала реванш за покорность, необходимость обманывать, врать, молчать в ответ на злой и обидный вздор. Признаюсь, и моей мстительности блазнило многократно подтверждать перед Анной Михайловной права мужа и повелителя, раз за разом посылая Дашу на ликвидацию наследника.

Из мести Анна Михайловна не давала нам выспаться, в семь утра ее фальшивый голос напоминал, что начался новый день, исполненный забот. Кстати, у нее самой забот почти не было: всех посадили на карточки, писателям дали абонементы или лимиты, какие-либо продовольственные операции стали невозможны, да и не нужны — гербетовские закрома и так ломились.

Но вскоре победное чувство Даши притупилось. Она любила мать и не хотела слишком долго тащить ее за своей колесницей. Она готова была вновь стать покорной дочерью, но уже на новой платформе.

То недолгое время, что Даша жила у меня, характер наших интимных отношений не менялся, они сохраняли свои изначальные особенности: поиск, борьба преодоление, взятие крепости, а порой нежданный и потому особенно волнующий подарок. Мы были в море, нас качала и била крутая волна, порой захлестывала, срывая дыхание, обдавала колючими брызгами, мы теряли направление, забывая, где берег, сейчас ничего этого не стало — наш человек застыл посреди плоского, недвижимого, затянутого ряской пруда. Я заметил это далеко не сразу: сам раскачивая лодку, я воображал, что нас колышут волны. Их не было. Не требовалось ничего преодолевать, Даша спокойно, с милой обязательностью готова была выполнить свои супружеские обязанности, совершенно ей не нужные, если им не сопутствовали психологические сложности, оживлявшие спящее царство ее плоти. Даше нужна была измена, она изменяла со мной своей матери. Сейчас они были если не в разводе, то в сепарации, как говорят на Западе, и акт любви исчерпывался в себе самом, что было достаточно для меня, но не для Даши.

Куда лучше было во время дневных бомбежек, благо немцы стали заниматься этим весьма усердно. Что ни день — налет, с пальбой зениток, свистом и уханьем бомб; иной раз — только дадут отбой, и снова вой сирены: опять прилетели голубчики. Эти бомбежки породили у нас особый ритуал. Мы с Гербетом страдали прямо противоположными психическими сдвигами: я — клаустрофобией, он — агрофобией. При переходе площади его начинало всего трясти, он делал руками какие-то атавистические движения, словно перебирал лианы, — жест, унаследованный от наших косматых предков, когда они спасались на деревьях. Обезьяньи движения перемежались с чисто профессорскими — он нервно, дергая носом, поправлял очки. Бомбежки Гербет смертельно боялся, а подвал, служивший бомбоубежищем, любил, в нем не было пространства. Я же боялся подвала куда больше налетов.

Вот завыла сирена, и тут же слышится фальшиво-испуганный голос Анны Михайловны:

— Ах, какая ужасная бомбежка!.. Они разрушат город. Мы погибнем под обломками. Скорее вниз, это последняя возможность спастись.

Она, как и ее дочь, начисто лишена была страха, но скучно торчать в котельной вдвоем с отключившимся от действительности мужем, поэтому ей хотелось и нас загнать туда.

От зловещих причитаний жены Гербет совсем терял голову и начинал тыкаться в стены, как слепой щенок.

— Держись за меня, Дявуся! — кричала Анна Михайловна, спокойно и зорко оглядывая квартиру, чтобы не оставить включенными электрические приборы, газ. — Дашенька, бери Дявусю под правую руку, Юра толкайте его сзади.

В первый раз этот прием сработал. Мы спустились в котельную. Там было тесно, влажно и жарко. Только молодость и еще не развившаяся во всю мощь болезнь мешали мне поменяться местами с Гербетом в смысле паники. Но чувствовал я себя препогано, что не помешало заметить суетливо-кокетливую молодую дворничиху с крашенными перекисью волосами. Она вела себя, будто хозяйка салона, все время приговаривая: «Располагайтесь! Чувствуйте себя как дома. Я пригласила бы вас к себе, но у меня так тесно!..» Зеленые кошачьи глаза сверкали.

Запомним эту молодую дворничиху, она еще появится в нашем повествовании.

Гербет на какое-то время оклемался, но тут близко забили зенитные пулеметы, и он опять выпал из сознания.

После этого визита в котельную Анне Михайловне при всей ее настырности ни разу не удалось загнать нас туда. Мы помогали спустить Дявусю под пол и возвращались в блаженно пустую квартиру, содрогавшуюся от разрывов, звенящую стеклами окон, и кидались друг другу в объятия. Анне Михайловне тоже хотелось остаться наверху и спокойно попить чайку на кухне, кроме того, она догадывалась, что мы получаем от бомбежки какую-то выгоду, она дико злилась, но ничего поделать не могла — домостроевский устав предписывал жене быть возле мужа, а меня в котельную не заманить.

Возвращался Подколокольный переулок, возвращалась Даша тех дней, а не нынешняя: в длинной спальной рубахе, с лицом, намазанным жирным кремом.

Ах, как это было хорошо! На улице что-то ревело, грохотало, порой зенитные пулеметы словно расстреливали нашу комнату, а то случались провалы странного беззвучия — после особенно мощного разрыва, и вновь пальба и гром, и черные хлопья сажи, как галки, мечутся по двору — где-то поблизости горит. Но мы были неуязвимы, подтверждая справедливость горьковских слов из его наивной поэмы, высмеянной пьяным Сталиным: «Любовь сильнее смерти».

Происходящее между нами обострялось еще и тем, что отбой могли дать в любую минуту, а из котельной до квартиры путь недолгий. Бомбежка управляла ритмом нашей любви по принципу — наоборот. Когда она усиливалась, мы сбавляли темп; когда стихала, мы кидались в погоню за временем.

Но все имеет конец: разгромленные под Москвой, немцы почти прекратили налеты. Кончился и наш с Дашей «героический» период, потекла спокойная, размеренная супружеская жизнь с длинной спальной рубахой и жирным кремом на лице. Но мне это вскоре перестало мешать. Я твердо знал, что возле меня единственно нужная мне женщина на свете, с которой проживу всю жизнь. Иногда верилось, что хорошо проживу, с честью и славой, в достатке и радости. Но пускай нам выпадет и не такая прекрасная жизнь, без успеха и славы, все равно это будет жизнь с ней. Меня до слез трогала фраза Александра Грина, которой он заканчивает несколько своих рассказов: «Они жили долго и умерли в один день». Я готов был умереть раньше Даши, но как прекрасно уйти вместе на склоне долгой и всегда горячей жизни.

В эти дни я распрощался с Оськой, чей отъезд почему-то задержался. Наше расставание так и осталось одним из самых пронзительных и больных переживаний всей моей жизни.

Странное расставание!.. Он затащил меня к себе и стал навязывать все, что оставалось в порядком опустошенном доме. Родители его были в давнем разводе, но уезжали в эвакуацию вместе. Отец-художник забрал собственные картины, Оськины рисунки и фотографии (потом он подарит их мне), мать «реализовала» все, что представляло хоть какую-то ценность. Оставались предметы домашнего обихода, и Оська совал мне рефлектор, электрический утюг, кофемолку, рожок для надевания туфель, пилу-ножовку и две банки горчицы; от испорченной швейной машинки я отказался — не донести было всю эту тяжесть; еще Оська навязывал мне лыжные ботинки и траченную молью шапку-финку, суконную, с барашковым верхом.

Может показаться странной и недостойной эта барахольная возня перед разлукой, скорее всего навечной, ничтожное копание в шмотье посреди такой войны. Неужели не было о чем поговорить, неужели не было друг для друга серьезных и высоких слов? Все было, да не выговаривалось вслух. Нас растили на жестком ветру и приучили не размазывать по столу масляную кашу слов. А говорить можно и простыми, грубыми предметами, которые «пригодятся». «Держи!..» — а за этим меня не будет, а ты носи мою шапку и ботинки и обогревайся рефлектором, когда холодно. «Бери кофемолку, не ломайся!» — это значит: а хорошая у нас была дружба. «Давай, черт с тобой!» — а внутри: друг мой милый, друг золотой, неужели это правда и ничего больше не будет?.. «На дуршлаг» —

но ведь было, было, и этого у нас не отнимешь. Это навсегда с нами. Значит, есть в мире и останется в нем..

А потом я шел вечерней затемненной Москвой и думал, что обязан быть там, где Павлик и Оська, иначе не смогу жить.

И неожиданно это случилось. В исходе сорок первого года были созданы новые фронты со всеми полагающимися службами. Глав-ПУР испытывал нехватку в людях, владеющих немецким языком, для служб контрпропаганды фронтов, армий, дивизий, а также для немецких газет. Наш друг Николай Николаевич Вильмонт порекомендовал меня отделу кадров ПУРа. Меня вызвали, устроили экзамен по языку и, не поинтересовавшись ни моими документами, ни анкетой, зачислили на должность инструктора-литератора газеты для войск противника при ПУ Волховского фронта. Мне выдали обмундирование: полукомандирское-полусолдатское, в петлицы офицерской гимнастерки и куцей солдатской шинели навесили по два кубаря, я с ходу стал лейтенантом, без останкинского научения. Кирзовые сапоги, дерматиновая сумка и дерматиновая пустая кобура на офицерском ремне дополнили мою амуницию, да еще я получил шапку из поддельной цигейки пожарного лисьего цвета. И так, беспартийный — даже в комсомоле не состоял, — я был произведен в политработники.

До сих пор не понимаю, почему мой, вполне естественный для молодого человека поступок был воспринят Гербетами как семейное дезертирство, почти как предательство. Самому Гербету было наплевать с высокой горы, уеду я или нет, но Анна Михайловна и Даша стали мрачнее тучи, и Гербет, подчиняясь их настроению, осуждающе покачивал мудрой головой. Впервые Даша объединилась с матерью против меня. А в чем моя вина? После разгрома немцев под Москвой ни столице, ни Гербетам лично ничто не грозило (меньше всего они боялись немцев), от меня им не было ни морального, ни материального прибытка, теперь же Даша получила половину моего денежного аттестата, равного жалованью командира полка. А это, что ни говори, шаг к мужской ответственности за семью. «Бросить Дашу!.. — вздыхала Анна Михайловна. — Как волка ни корми, он все в лес смотрит». У меня ум за разум заходил. В конце концов я не выдержал: «Можно подумать, что я иду не на фронт, а в публичный дом».

Анна Михайловна ответила на эту дерзость легкой истерикой. В сумбуре отрывочных фраз, прерываемых сухими всхлипами — ей никак не удавалось выжать из себя слезу, — прозвучало кое-что заслуживающее внимания: «Ломать едва начавшуюся жизнь!.. Решил и даже не посоветовался!.. А если с вами что случится?..» Я ухватился за последнее: «Мне предстоит легкая война. Это не передний край. А случиться может и в Москве. Бедная Ирочка Локс погибла на Волхонке. Но что бы ни случилось, я вас собой не затрудню». — «Он не считает нас своей семьей!» — взвилась Анна Михайловна, как будто на этот счет были хоть какие-то сомнения. Я мог бы заткнуться, слова мои падали в пустоту. А ведь она назвала причину своего гнева. Я нарушил устав семьи, мужчины здесь не принимают решений, это дело женщин. Из меня хотели вылепить второго Гербета. А мне взбрело в голову, что их раздражает мой поступок как показной жест советского патриотизма, в чем я неповинен. «Мне необходим жизненный опыт. Ведь я действительно хочу стать писателем». — «Да вас, конечно, примут в Союз писателей как фронтовика», — съехидничала Анна Михайловна. «Спасибо на добром слове. Война скоро кончится. И если не к посевной, то к сеноуборочной я наверняка успею». Моя ирония пропала даром, Анна Михайловна считала вполне естественным пользоваться рабским трудом. Перед моим уходом она милостиво и величественно разрешила поцеловать ей руку. Что я и сделал без особого восторга.

На фронт меня отправляли машиной, входившей в колонну легковушек, предназначенных высшему политсоставу Волховского фронта. Мне предстояло переночевать в помещении бывшей школы возле Донского монастыря, а на рассвете — в путь. Провожала меня одна Даша. Она была не то что печальна, а как-то сумрачна. Взволнованный предстоящей мне самостоятельной мужской жизнью на войне, я не испытывал сильной тоски, к тому же мне почему-то казалось, что мы вскоре свидимся. И Дашей владела не тоска разлуки, а что-то другое. Теперь я знаю, она боялась за будущее, которое представляла себе куда лучше меня, и отнюдь не в тонах утренней Авроры. Не во мне она сомневалась, а в себе самой. Что-то с ней было не в порядке. Она не верила своей способности отстаивать в одиночку нашу еще не сложившуюся жизнь, принесшую покамест если не разочарование, то некоторую утрату былого возвышающего волнения.

Мы сошли на остановке. Было темно, морозно, угрюмо. За высокой оградой торчала башня крематория. Над дверью школы, где мне предстояло провести ночь, горела синяя маскировочная лампочка. Из глубины незнакомой Москвы надвигался тоже синими огнями Дашин трамвай.

— Я поеду, — сказала Даша.

Мы коснулись друг друга морозными лицами.

Я видел, как она послала себя на ступеньку трамвая рывком грузной женщины.

Ни на миг не мелькнуло мне, что это конец той Даши, которая началась безмятежным коктебельским днем три с половиной года назад.

Даша не исчезнет из моей жизни, но то будет совсем другая Даша, а со своей Дашей я расстался навсегда морозной ночью возле крематория...

13

О моей не героической, но все равно тяжелой войне писал много, не стоит повторяться. Журнал «Дружба народов» опубликовал мой «Волховский дневник». Он весьма скуп, я выбросил из него описания боевых действий, полетов на бомбежку (я сбрасывал не бомбы, а газеты и листовки), выхода из окружения под Мясным бором, поскольку обо всем этом у меня есть повести и рассказы, но сдержанность дневника объясняется не только этим. И в том виде, в каком он есть, дневничок тянул на десять лет лагерей без права переписки, а второй эшелон фронта кишел стукачами. Впрочем, их хватало и в первом эшелоне, чего-чего, а этого добра у нас всегда навалом. Вообще фронт очень похож на тыл: здесь так же все проточено доносительством, подсиживаниями, жаждой сделать карьеру, схватить награду или другую жизненную сласть, такой же спрос на водку и баб. Сходство кончается там, где стреляют.

Здесь все присущие человеку чувства сводятся к тоске и страху, но зато кончается советская власть. Она напоминает о себе одиноким вскриком политрука «За Родину! За Сталина!», когда подымаются в атаку. Бойцы таких глупостей не кричат, они идут навстречу смерти с бледными, перекошенными лицами и пустыми глазами, изредка можно услышать «Ура!», похожее на предсмертный хрип. Советская власть доберется до переднего края после летнего приказа Сталина в виде заградотрядов, стреляющих в спину отступающим.

Меня часто посылали во фронтовые командировки, где я попадал не только под бомбежку, артиллерийский и минометный обстрел, но и под пули снайперов, и мне было страшно. Однажды я участвовал в бою, уцелел воистину чудом, и мне было очень страшно. Когда я летал на бомбежку и вокруг рвались зенитные снаряды, тоже было страшно. Когда я вел рупорную передачу из ничьей земли и немцы ударили из счетверенных минометов (моя первая контузия — уже на Воронежском фронте), тоже было страшно, но все это — здоровый, естественный страх, преодолеваемый ради порученного дела. А в седьмом отделе и в газете я испытывал подчас тот нерассуждающий, отвратительный страх, каким были омрачены мое детство и юность, когда ночь напролет я ожидал «воронка». На меня неутомимо капал (обхожусь этим мягким словом вместо положенного «стучал», поскольку то было наушничество, а не письменные доносы, — впрочем, откуда мне знать?) мой коллега по газете, литературовед Верцман. Он не мог мне простить, что на одном и том же секретариате СП (проклятое совпадение) меня приняли, а его не приняли в Союз писателей. Предсказание Анны Михайловны сбылось раньше, чем можно было ждать, еще до выхода моей первой книги. В отместку Верцман восстановил против меня все начальство. Особенно донимал меня главный редактор газеты Полтавский. Такие экземпляры создаются специально для поддержания юдофобства, ибо гнусность Полтавского была окрашена в яркие семитские черты: каракулевая голова, певучие гласные, мучительные усилия сдержать местечковую жестикуляцию, чувство иронического превосходства от мнимого ума — был глуп как пробка, играл в полководца.

Полтавский по каждому поводу и без всякого повода цеплялся ко мне, внушения сменялись разносами, разносы — публичным унижением. И каждый раз он давал мне понять, что это не главная моя провинность, что ему известно про меня такое!.. Вполне возможно. Местные особистские бездельники наверняка докопались до тех подробностей моей биографии, которыми не поинтересовался ГлавПУР. Но меня не трогали. Сразу по приезде нас по одному, совершенно в открытую, приглашал на собеседование прибывший в редакцию особист. После короткого, совсем не въедливого разговора он каждому предлагал стать информатором, без нажима, словно для порядка, и убыл. Но опять же — откуда я знаю, чем кончились его беседы с другими сотрудниками? Не мог же он вернуться с пустыми руками. Больше я его не видел.

Меня все чаще посылали то на фронт, то в небо, и я полюбил эти поездки за чистоту физического страха. Отделы политуправления соревновались в количестве убитых и раненых сотрудников, это доказывало тесную связь с фронтом политслужб. Отдел агитации обставил нас на одного убитого, по раненым счет был ничейный — 2:2. Начальник седьмого отдела, напутствуя меня в командировку, всякий раз советовал мне с застенчивой улыбкой «не избегать». И приводил в пример батальонного комиссара Роженкова, которому за ранение дали орден Красной Звезды.

Но я возвращался невредимым, счет не менялся, на меня злились. Роженков был новичок отдела, а остальные инструктора — народ тертый, такие не попадутся. Видимо, решили, что и я приспособился, и тогда послали... Верцмана. Уезжая, он забыл о нашей вражде и вручил мне письмо, которым извещал жену о своей гибели. Я должен был добавить несколько прочувствованных строк от себя. Ценил мое перо в глубине своей гадской души! Письмо осталось неотосланным, Верцман вернулся. На войне всегда идет вторая война — более существенная, напряженная и более изнурительная, чем с противником, и куда более бесчестная — война со своими. Я был плохим воином на этой войне, куда худшим, чем на той, побочной — с фашистами, где не уронил себя. Здесь же я знал только поражения.

Но война, как говорил Швейк, занятие для маленьких детей, я же пишу о серьезном, о жизни человеческого сердца.

Мы никогда прежде не переписывались с Дашей, а в письмах человек всегда оказывается иным, чем в живом общении. Потом, когда ты привыкаешь к новому ракурсу, как к почерку, он почти сливается со своим привычным образом.

Женщины почти всегда хорошо пишут письма и почти всегда в них — другие. Быть может, причина лежит в лживости женской натуры. Врать письменно, притворяться, имитировать чувство гораздо легче на расстоянии, когда не видно лица, глаз и можно спокойно моделировать воображаемую действительность. Лишь очень прямые натуры, как у моей матери, мгновенно узнаваемы в письмах, но не талантливы.

В Дашиных умело выстроенных посланиях я плохо чувствовал ее. Меня удивило, что она умеет так литературно писать, и когда она сообщила нежданную новость, что бросила на последнем курсе ненавистный текстильный институт и поступила в Литературный имени Горького, я принял это как должное. Конечно, ей помог Гербет, преподававший там философию, потому что домашних работ, свидетельствующих о творческих возможностях, она представить не могла — сроду не притрагивалась к перу. Эпистолярный жанр, у нас отсутствующий, — совершенно особый род литературы, женщина, пишущая прекрасные письма, может оказаться не в состоянии накорябать газетную заметку. Я никогда не слышал от Даши таких гладких, круглых и пространных фраз, из которых состояли ее письма. Живая речь моей жены была крайне проста, скупа, малословна и точна. Мне нравилось, как она разговаривает, потому что за каждым словом отчетливо возникал предмет, явление, чувство. Слово было адекватно тому, что оно призвано выразить. А в этой новой мадам де Севиньи я тщетно пытался разглядеть милые черты, она ускользала от меня в своей изящной, чуть жеманной эпистолярной прозе. Но вместе с тем я гордился ее письмами, ценя то усилие, которое она в них вкладывала. Не писала впопыхах, тяп-ляп, лишь бы отделаться, а отдавалась этому как благостному труду. Брала тугой хороший лист бумаги, свежее перо и на час, а то и более уходила в общение со мной.

Я послал Даше свою маленькую фотографию, сделанную для командирского удостоверения. Я был пострижен под бокс, что выглядело довольно вульгарно, но художник Шишловский, наш сотрудник, ловко пририсовал меховой треух, придавший мне весьма лихой вид. Даша написала: «Спасибо Шишловскому за красивого мужа». Я снова ощутил ужимку, но горделиво показал письмо Шишловскому. Постепенно я стал как-то привыкать к этой эпистолярной Даше, но слияния контуров — прежнего и нынешнего — не произошло.

Даша словно помолодела. Она и так была далеко не старуха — двадцать три года, но она жила не в советском, а в дореволюционном возрасте; у нас в двадцать три — комсомолка, а в старину — молодая дама либо грустный перестарок. Даша никогда не выглядела студенткой, а сейчас за ее письмами мне виделось румяное лицо литвузовки, общественницы и чуть ли не комсомолки.

Когда же в этих солнечных письмах возникала нота тоски: она писала что в обморочной яви видит меня коленопреклоненным возле ее тахты, — я испытывал не волнение, а стыд, как от разглашения интимной тайны. И чем дальше, тем отчетливей ощущал я фальшь литературного приема. Порой я спрашивал себя: а было ли ей хоть немного грустно, когда я уехал? Конечно, вариант с Литературным институтом был просчитан семьей еще до моего отъезда на фронт.

Тоска по Даше как-то раздваивалась. Я тосковал и душой и телом по Даше коктебельской, Даше Подколокольного переулка, Даше на столешнице пустой летней квартиры Гербетов, Даше на краешке низкой тахты, Даше лесной, Даше в грохоте воздушного налета, Даше, тепло и дружески улыбающейся Павлику, когда она впервые увидела его бритую маленькую солдатскую голову, Даше, танцующей с Оськой под ресторанное танго, и по многим другим

Дашам, но не по той Даше, что всплывала со страниц длинных, старательных писем: увлеченной студентке и общественнице, посещающей раненых в госпиталях, хлестко судящей о скудной военной литературе, своей в доску среди однокашников.

Даша словно наверстывала ту глуповатую студенческую молодость, которой была лишена в положенное время, потраченное на врага сумбурной антинародной музыки, отчасти — на борьбу за меня.

Случалось ли вам видеть, как выпускают коров после долгого зимнего стойлового содержания на волю, на весеннюю травку? Огромные, неуклюжие, рогатые, с тяжелым выменем и печальными глазами, животные прыгают, скачут, задирают морды к небу, мычат, валяются на траве, чуть ли не кувыркаются. Зрелище нелепое и до слез трогательное. Об этом напомнила мне Дашина метаморфоза, но трогательного чувства я не испытывал.

Напротив. Тут пахло воровством У меня украли мою Дашу с полного ее согласия. Конечно, я далеко не сразу понял, а поняв, признал свою потерю, прошли месяцы, прежде чем я отважился найти для случившегося прямое слово. Каждое новое письмо Даши — она строго дозировала переписку — уводило ее все дальше от меня.

Меж тем вокруг творилась весна с шипящим таянием толстых снегов, бурлили ручьи, грачи кружились над разрушенной колокольней, пахло землей и набухающими почками, и высокий тонус прифронтовой половой жизни достиг размаха стихийного бедствия. Мужчины совсем осатанели от доступности юных существ в шинелях и голубых мужских кальсонах, плотно обтягивающих крепкие икры. Не знаю, как на других фронтах, на Волховском все дамы и девицы: связистки, почтарши, телефонистки, медсестры, сандружинницы, официантки офицерских столовых, кладовщицы, машинистки и секретарши военных канцелярий — щеголяли в люминисцирующих кальсонах цвета неба венецианца Тьеполо.

Ночью над Малой Вишерой, где в ту пору располагалось ПУ и другие учреждения фронтового значения, воздух полнился любовным стоном. И в этом половом раю я вел себя как старый евнух. Надо мной смеялись, хоть придумывай себе роман, чтобы не быть притчей во языцех. Но я не мог быть с другой женщиной, я был отравлен Дашей.

Особенно остро я ощутил это, когда мы перебрались в деревню Акуловку под Неболчами. Немцы, проведавшие, что Малая Вишера — мозговой центр фронта, яростно бомбили нас с пикирующих «юнкерсов». Мне кажется, им следовало бы оберегать мозг, помогавший 2-й Ударной попасть в приготовленный под Мясным бором котел. Впрочем, главным поваром тут был Сталин, упорно не внимавший предупреждениям Власова и Мерецкова. Другим объектом бомбежки была железнодорожная станция. А там на запасных путях стоял поезд-типография, где печатались «Фронтовая правда» и наша «Зольдатен фронт Цейтунг» — для войск противника. И поезд решили хорошенько упрятать в лесу. Такой лес нашелся в одиннадцати километрах от Неболчей, откуда начинался пока что бесславный путь Волховского фронта.

Работники русской газеты жили в поезде, а нас поселили неподалеку, в деревне Акуловке; и там я встретил Марусю, самую красивую сельскую девушку в мире, из которой, живи она в городе, вышла бы, как поется в старой песне, «хоть куда мадам». А может, и вышла, я ведь не знаю ее судьбы.

О ней я придумал повесть «Перекур», ставшую фильмом «Пристань на том берегу». Тут много выдуманного, а правда — в прелести Маруси и в том, что наш роман остался незавершенным. Не Маруся, а я тому причиной, мы остановились на пороге, не перешагнув его. Увлеченность Марусей обернулась во мне ощущением не своей, а Дашиной неверности. Я не мог бы ни обнимать, ни целовать Марусю, если б не смутное и вместе неотвязное чувство, что Даша уже не принадлежит мне.

Эта муть давно копилась в душе, но обрела четкие очертания после недавнего письма Даши. Я попросил маму отдать гонорар за рассказ, опубликованный в «Вечерней Москве», моей бывшей няньке Кате, которая очень нуждалась. Наверное, Даша узнала от мамы об этом весьма скромном жесте человеколюбия и отозвалась на него самым неожиданным образом. Сухо, жестко она сообщила мне, что откажется от аттестата, если я намерен продолжать свою благотворительную деятельность. У нас никогда не было материальных счетов. По правде говоря, меня удивило, что Даша вообще не отказалась от своей половины аттестата. При заработках и пайках Гербета эти гроши были им, что слону дробина, а моя семья жила очень трудно. Отчим болел тромбофлебитом, лежал, почти ничего не зарабатывал. Но матери не пришло в голову укорять меня маленькой помощью несчастной старухе. Напротив, она была рада. За Дашиным поступком угадывалась направляющая рука Анны Михайловны, она опять овладела дочерью, иначе не подвигнешь благородного человека на низкий поступок. Но при всей жадности и алчности Анны Михайловны дело было не в тех грошах, которые пошли бывшей няньке, а во всей системе отношений. Я становился реальностью, во что Анна Михайловна никогда не верила. Писатель-фронтовик, член СП, мое имя мелькало на страницах газет, журналов, звучало по радио. На выходе была первая книжка и уже принята вторая. Словом, я представлял собой материал, из которого можно вылепить мужа. А муж нужен только такой: «муж-мальчик, муж-слуга, из жениных пажей». Для этого прежде всего надо оторвать меня от матери и семьи, я должен быть весь, со всеми потрохами, на службе Гербетов. Этого не добьешься, если не расшатать Дашиного чувства ко мне, чем Анна Михайловна, несомненно, с радостно-мстительным чувством и занялась. Вообще принято обвинять в своих бедах кого угодно, только не любимых. Конечно, Анна Михайловна ничего не добилась бы, если б Даша не пошла ей навстречу. Возможно, оставайся я рядом, Анна Михайловна потерпела бы очередное поражение, но меня не было, а пьянящий воздух запоздалой студенческой весны кружил Даше голову, дома же подводилась теоретическая база под ту внутреннюю свободу, которой должна обладать женщина в браке.

Сейчас, вспоминая то далекое время, я острее переживаю свою обиду, чем это было на самом деле. Наверное, в молодой черствости, захваченное всем объемом бытия и ощущением бесконечности отпущенного времени многое воспринималось легче, чем кажется из потемков старости. Помогла мне и упомянутая выше способность к идиотической слепоте, надежной форме самозащиты. Так будет и впредь. Пока женщина не теряла для меня своей привлекательности, я ничего не видел. Потом иссыхал родник, я рвал — сразу и без сожаления, — и тут оказывалось, что и раньше знал все, но по доброй воле носил шоры.

Даша была мне нужна. И остановившись с Марусей на самом краю, я как бы остановил и Дашу. Это не значило, что я всерьез верил в мистическую взаимосвязь нашего душевного поведения. У меня не было и до конца отчетливой оценки происходящего. Единственно, в чем я был уверен, так это в дурном влиянии Анны Михайловны на дочь и в том, что она вновь взялась за меня, хотя совсем с другой стороны. Остальное принадлежало к тайнознанию, которое куда совершенней дневного разума, но далеко не всегда торопится сообщить о своих открытиях.

Дальнейшие события развивались энергично. Немецкие газеты приказом свыше закрыли, толку от них, как от козла молока. Работников газет стали распределять по другим службам контрпропаганды. Я же получил приглашение в газету воздушной армии

Волховского фронта, но отпустить меня не могли без санкции ГлавПУРа. И тут вспомнили о старом вызове из «Советского писателя» для ознакомления с версткой. Так было принято, но Полтавский обвинил меня публично в дезертирстве и не отпустил. Сейчас работники отдела кадров ПУ вспомнили об устаревшей бумажке и предложили оформить недельную командировку в Москву, если я привезу три литра водки. Я пообещал и через два дня, не успев предупредить домашних о своем приезде, вошел в квартиренку на улице Фурманова.

Все мое короткое пребывание в Москве шло под песню «Как на темный ерик», невероятно популярную в те дни. Ею приветствовали приезжающих в отпуск или в командировку фронтовиков. Там были такие волнующие слова:

Любо, братцы, любо.
Любо, братцы, жить.
С нашим атаманом не велено тужить.
Не велено тужить.

Тут взгляды обращались к герою, и все рюмки тянулись к нему. Я едва перешагнул родной порог, как появилась водка, и новая мамина подруга, соседка по подъезду, вдова пародиста Архангельского, Кира, зубастая, очкастая, с сильным ловким телом, завела разухабисто:

Как на темный ерик, как на темный ерик
Грянули казаки — сорок тысяч лошадей...

Бедная мама не справилась с потрясением, сразу напилась и отключилась от происходящего. Дождавшись десяти часов — раньше я не решился тревожить Гербетов, — я позвонил Даше. Она сама сняла трубку.

— Приезжай, — сказал я.

— Как ты очутился тут? — В голосе — растерянность и настороженность.

Я объяснил.

— Мне надо в институт. У нас начинается сессия. Я заеду по пути, только ненадолго.

— На сколько можешь.

Как это было не похоже на безумие моих домашних. Мама восторженно-отчаянно напилась, у Верони не просыхали глаза, отчим, который никогда не пел по причине полного отсутствия слуха и голоса, так горланил с Кирой дуэтом про ерик, что наверняка распугал все сорок тысяч лошадей. Это была радость так радость! А Даша разговаривала со мной так, будто я вернулся раньше срока из подмосковного дома отдыха. Но ее холодная сдержанность не насторожила меня и не огорчила, я думал лишь о том, что сейчас увижу ее.

Она приехала не слишком скоро.

— У вас тут гулянье? — спросила она, закатив глаз.

— Да, выпили немного. Пойдем.

— Куда ты меня тянешь?

— А ты не понимаешь?

Я с какой-то грубой нежностью втолкнул ее в свою комнату. Она показалась мне немного опухшей, похудевшей, что ей не шло, и вообще какой-то не такой. Я успел это увидеть сквозь объявший меня отнюдь не тусклый огонь желания.

Диван стоял как раз напротив двери. Я толкнул Дашу на него, она упала навзничь. Я, неуклюже, бестолково и не думая о предосторожностях, овладел ею. Это было словно не с любимой и не с женой, а со случайной девкой в подъезде или у водосточной трубы. Причиной тому избыток желания, и она могла бы это понять, но не захотела. Она поднялась с хмурым, оскорбленным видом, одернула юбку:

— Моя миссия выполнена?

— Я слишком соскучился, — пробормотал я.

Опять она закатила глаз, то ли у нее усилилась косина, то ли все, что шло от меня, вызывало недовольство.

— Мне пора в институт, — сказала она. — Увидимся вечером.

— Приходи сюда. Мама и отчим уйдут к Кире и там останутся. Мы будем одни.

Она чуть подумала и согласилась.

— А когда ты у нас появишься?

— Завтра.

— Завтра день рождения Сережи. Тетка что-то устраивает. Будет мама и мои новые друзья.

— Кто такие?

— Одного ты знаешь, Резунов, молодой прозаик. О другом я тебе писала — Стась, раненый летчик, мы познакомились в госпитале.

Я вспомнил Резунова — Илья Муромец с носом-кнопкой. Если б не нос, он был бы хоть куда: высоченный, плечистый, с серыми внимательными глазами, застенчивой улыбкой. Он всячески подчеркивал и свою простонародность, и свою былинность: носил косоворотку, кожух; проза его чуть отдавала Клюевым. Правда, я знал всего один рассказ. Меня позвали на литинститутский семинар, где он читал. Мне запомнилась фраза «Задрала ногу чудодевка, стон по лесу пошел!». Ногу она задрала вполне целомудренно, залезая на телегу. Его однокашник, красивый юноша с пятнистым румянцем, сказал на слезе: «Старик, ты и сам не знаешь, насколько ты талантлив!» Остальные участники семинара были тоже потрясены. Герой молчал, только вздыхал и разводил руками, то был жест Островского, но слова великого драматурга, произнесенные после премьеры «Бедность не порок», остались в подтексте: «Простите, братцы, не я, Господь Бог писал моей рукой». Впоследствии, когда отпала былинная шелуха, он стал писать талантливые, крепкие рассказы. Я помог этому человеку, отнявшему у меня жену, издать книгу, написал похвальную рецензию и дал рекомендацию в Союз писателей. Насчет того, что он отнял у меня жену, это так, для красного словца. Отнять жену нельзя, женщина или хочет этого, или не хочет. Если не хочет, то можно красавца Алена Делона помножить на миллиардера Теддера и еще на Нильса Бора, и все равно ничего не выйдет, если женщина хочет, достаточно одного Резунова.

Он давно исчез, и я не знаю, жив он или умер. У него оказалось серьезное психическое расстройство, поэтому такого здоровяка не взяли в армию. Прежде я думал, что он такой же псих, каким я сам значился до контузий, но у него никто не сидел, он действительно был болен.

О летчике Даша мне писала. Он был поляком из Риги, они познакомились в госпитале, над которым шефствовал литвуз. Госпитальное знакомство продолжалось. Именно Стась, так его звали, перетерпев Резунова и мои пиратские набеги, станет Дашиным мужем, отцом ее ребенка. Он тоже умер несколько лет назад, я узнал о его кончине из газетного некролога. Был слух, что они с Дашей разошлись. Я пишу кладбищенский роман, почти все герои покинули свет. А давно ли все начиналось? Бог мой, как скоро ночь минула!

Но Стась был покамест в глубоком запасе, а на мое поле ворвался Илья Муромец, о чем я тогда не подозревал.

Вечером Даша явилась совсем другой, нежели утром, подмазанная, принаряженная, оживленная и ненастоящая, что я ощутил с присущей мне чувствительностью, тут же растворив в серной кислоте своего спасительного идиотизма. Она изо всех сил маскировала отчуждение, которое испытывала ко мне. Я одного так и не понял, было ли ее поведение результатом домашней разработки или она вела собственную игру, в которой присутствовал остаток прежнего чувства ко мне. Она решала ряд задач, одной из них — наименее важной — было проверить, сохранилось ли хоть что-то от былого чувства. Но даже если так, дух Анны Михайловны незримо витал над нами.

Ведь при всех обстоятельствах семья не ставила себе целью отделаться от меня любым способом. Цель была прямо противоположная: сохранить наш брак, но на совершенно иной основе. Резунов хорош был для былины, но не для дома Гербетов и вообще не для брачной жизни. Это о нем поется: «Ни кола ни двора, зипун — весь пожиток». За минувшее время Анна Михайловна не превратилась в сентиментальную идеалистку. Покровительствуя роману дочери, она хотела проучить меня, а главное, лишить той опоры, которую я всегда находил в Даше...

В тот вечер мы как будто связали прошлое с настоящим, все было, как встарь: ужин вдвоем, вино, разговоры, постель, вечность. Все на двоих, вечность — только мне. Вернувшись на землю, я закурил. Это было ново для Даши. Курить я начал в голодные дни — нас в наказание за разгром под Мясным бором превратили в часть Ленинградского фронта и сняли с довольствия. Ведь находившиеся в кольце блокады войска снабжались зимой по льду, летом по воде и воздуху. К нам вели три железные дороги, но военные чиновники о них словно забыли и перестали нас кормить. Я заметил, что курящие люди легче переносят голод, и закурил, благо запас курева у меня был.

— Дай мне попробовать, — попросила Даша.

Я дал ей беломорину, после двух затяжек она закашлялась, закатила глаз и сказала, что ей дурно. Шатаясь, прошла в ванную, там долго и тщетно давилась, а вернувшись, сообщила нечто ошеломляющее: «Я попалась». — «Как попалась?» — «Ты утром не пожалел меня, я забеременела». В нашей практике уже было бескровное лишение девства, сейчас к этому прибавилась молниеносная беременность. Даша была женщиной с парадоксальной физиологией. Как поступил бы на моем месте нормальный мужчина? Рассмеялся бы или, что более вероятно, набил морду. Как поступил я? Поверил.

Но, поверив, повел себя нелогично. Коль зачатие свершилось, в предостережениях не стало нужды, я же удвоил осмотрительность. Не хотел, видимо, углублять беременность. Что творилось в моей бедной голове? Что творилось в моей бедной душе? То же, что и всегда: растерянность и бессилие перед любимым человеком. Все, кого я по-настоящему любил, делали со мной что хотели. Хорошо еще, что таких было не слишком много.

Во все мое оставшееся пребывание в Москве о беременности больше не упоминалось, а я деликатно не расспрашивал. Первую ложь вообще легко проглотить. Впоследствии она может сойти за шутку, розыгрыш, слуховую галлюцинацию, недоразумение, но если дать ей обрасти деталями и аргументами, гниль лжи невыносимо засмердит. Даша знала, что может заставить меня поверить во что угодно, но ведь я жил не в вакууме и вполне мог сказать маме, что ей предстоит стать бабушкой. И Даша села бы в лужу. Нет, в лужу сел бы я. Даша закатит глаз и скажет со вздохом: «Боже, как ты отупел на фронте, шуток не понимаешь».

Если же она действительно была беременна, то зачем было сейчас об этом говорить? Можно сказать через месяц, все выглядело бы вполне достоверно. Единственно разумное объяснение, которое пришло мне в голову только сейчас: своим заявлением она обеспечивала Илье Муромцу полную половую свободу. Богатырская натура не умела себя сдерживать, а на резинки у него не было денег. Аборт Даша таки сделала, по ее словам, о чем я узнал, уже порвав с ней.

Вся тьма, путаница, нелепость, в которую оказались вовлечены участники этой любовной истории, шли от того, что нашим маленьким оркестром дирижировала Анна Михайловна. Она была очень плохим дирижером, ибо думала не о музыке, а том, что стоит за пультом и палочка у нее в руке. Предоставленные самим себе, мы, наверное, как-то разобрались бы в своих отношениях, тут было много любви: и новой, и старой, — а где любовь, там есть надежда на свет. Она же нас чудовищно запутала. Наверное, Даше следовало сказать мне все начистоту, я дал бы ей свободу, и тут открылось бы, что мы не можем друг без друга, ведь так оно и сталось, но по-дурному, по-низкому. Анне Михайловне очень захотелось, чтобы адюльтер происходил под прикрытием брака, ей нужны были мое унижение и абсолютная подчиненность дочери. Добилась же она прямо противоположного.

На следующий день я отправился к Дашиной тетке на день рождения Сережи, мальчика, который собирал колоски в истринском колхозе. Наверное, он был хорошим мальчиком, но я как-то проглядел его. У меня не было ощущения непрерывности его существования, мне казалось, что Анна Михайловна всякий раз создает его наново, как гомункулуса, для каких-то своих нужд. То он понадобился, чтобы стоять в очередях, то для трудодня, а сейчас, чтобы ткнуть меня носом в моих могучих соперников.

У него нашлась еще побочная задача: помочь мне разыграть роль ветерана, испытанного мечом и огнем усталого воина, которому неуютно среди тыловых крыс, за крытым скатертью столом, бивуачному человеку, разучившемуся пользоваться вилкой. Мне бы выхватывать печенную в золе картошку струганой палочкой, обрезать кусок мяса у губ ножевым немецким штыком.. Завороженный огромной штатской фигурой Резунова, я совсем забыл, что тут сидит настоящий, тяжело раненный воин Стась.

Сережа заинтересовался висящим у меня на ремнях наганом. Я был экипирован несколько причудливо. Кира достала мне в обмен на мою куцую шинельку длиннющую кавалерийскую шинель времен гражданской войны, с длиннющим разрезом сзади и стрелами на обшлагах рукавов, поверх много мужественных ремней и наган в громадной кобуре. Я походил на стилизованного кавалериста из кинофильма «Щорс». Стась поглядывал на мою экипировку с добродушным удивлением, но Резунов был ошеломлен двойным величием воина и члена Союза писателей. Сережа, конечно, тянулся к оружию. Этот ужасный, никогда не чищенный наган-несамовзвод мне подарил Сева Багрицкий накануне своей гибели. Я стрелял из него дважды. В первый раз по немецкому подбитому бомбардировщику, ползшему над крышами Малой Вишеры и рухнувшему на окраине, естественно, не от моих выстрелов; второй раз в бою — по немецким танкам (!). Я закрывал лицо сгибом руки, боясь, что он разорвется и вышибет мне глаза. Сейчас я с серьезным видом высыпал из него пули и, обезопасив тем самым, дал поиграть Сереже. Все это было глупо, смешно, но как-то помогало терпеть двусмысленную и напряженную обстановку.

Никто не пил, хотя, как выяснилось впоследствии, оба жениха были выдающимися выпивохами: Стась — в прибалтийском туповато-выдержанном пошибе, а Резунов — в духе русского алкоголизма. Я лихо, «по-фронтовому» хватил две рюмки, но дальше заклинило, пить одному в компании невозможно. Сквозь густой туман, окутывающий мое сознание в близости Даши, я начал что-то различать, и то, что я различал, мне не нравилось. Я, как Чацкий с корабля на бал, явился на этот тусклый праздник после десятимесячного отсутствия. Неужели так уж необходимо было это сборище? Сережин день рождения можно было отметить, пригласив его сверстников и накормив их касторовыми лепешками, омлетом из яичного порошка и тертой редькой — такова была спартанская закусь в этом бедном доме, да и откуда взяться другой, если Анна Михайловна не посчитала нужным расцветить стол дефицитами из своих закромов? Но смысл тут был — информативный. Меня не словесно — что слова — дым! — а визуально поставили в известность, как обстоят дела. Обычно сдержанная до суховатости на людях, Даша была раскованна, мила и даже весела, чего я за ней почти не наблюдал. Она купалась в мутных водах нашего обожания. Женихи сидели прямые, «как выстрел из ружья», и, не переставая, смолили самокрутки. Захлебный и торжествующий смех Анны Михайловны, не соответствующий унылой атмосфере, бил по нервам. Я не выдержал и под каким-то малоубедительным предлогом покинул компанию. Меня не удерживали...

Как странно, что эти важнейшие для меня дни, когда я терял Дашу, совсем не остались в памяти. А ведь был среди них и тот день, когда мы виделись в последний раз перед разрывом, происшедшим очень скоро, в мой непредвиденный приезд-проезд, но без свидания, по телефону. Столько мусора хранится в памяти, а слом жизни не сохранился.

Я «отметился» у Гербетов, провел там скучный, ничем не примечательный, какой-то мертвый вечер, переночевал, утром попил чая, Даша торопилась в институт — не было в литвузе за всю его историю более старательной студентки, — я в ГлавПУР за своим ближайшим будущим. А затем уже полная тьма. Не может быть, чтобы мы больше не виделись, иначе я не позвонил бы ей, вернувшись через несколько дней в Москву. Знаю, что никакого объяснения между нами не было, даже намека на попытку разобраться в случившемся, но что-то такое было, если она не пошла меня провожать. То, что она пренебрегла традиционным жестом доброты, в котором, может, ничего и нет, кроме толики почему-то нужного суеверия, говорит о многом. Значит, внутренний разрыв произошел? Наверное, хотя мы оба ни словом не обмолвились о своем отчуждении. Каждый делал вид, будто ничего не произошло: дела, дела, дела... У нее экзамены на носу, у меня свои заботы. В близком подтексте была лишь одна фальшь: двери нашего дома для тебя открыты, но ты предпочитаешь свою старую семью. Конечно, я хотел быть с ними, но и с Дашей, чему не было никаких препятствий, и Даша прекрасно понимала это, ведь Гербеты не изводились сердцем во время моего долгого отсутствия, как мама и Вероня. Но ей душевно удобнее было играть в обиду за свой дом. Впрочем, обида эта лишь подразумевалась, не выражаясь в словах.

Я вернулся в Неболчи — ПУ опять перебралось сюда, отдал обещанную водку отделу кадров и услышал нежданное известие: меня отзывает ГлавПУР для нового назначения. Надежды работать в нормальной русской газете погорели, контрпропаганда цепко держалась за свои худосочные кадры. Быстрота, с какой пришел вызов, говорила о срочной нужде в таком незаменимом работнике, как я. Это и льстило, и огорчало. Значит, я едва успею заглянуть домой — и сразу в путь, в неизвестность. Признаться, военное будущее волновало меня куда меньше возможности хоть день провести со своими. Видать, надо прямо с вокзала ехать в ГлавПУР, но ведь я живу совсем рядом — была не была, пусть день, да мой! Обниму маму, Вероню, увижу Дашу, а там хоть на Страшный суд.

Эти бедные расчеты едва не рухнули на разбомбленной станции Неболчи: я чуть было не опоздал на поезд, идущий раз в три дня. Врач из санпропускника обнаружил на поясе моих воинских шаровар вошь и послал меня на обработку. Пришлось мчаться с двумя тяжеленными чемоданами — соратники нагрузили меня консервами для своих родных — через все пути в поезд-баню, а там раздеваться, сдавать одежду в вошебойню, имитировать мытье, невозможное по причине отсутствия холодной воды, вытираться, получать прокаленные, сухо-горячие вещи, одеваться, бежать назад к врачу, получать штемпель на литер, удостоверяющий мою стерильность. Я штурмовал поезд уже на ходу, швырнул чемоданы в тамбур, ухватился за поручень и поймал ускользающую ступеньку.

О пути в памяти — мучительное, бессонное нетерпение, желание подтолкнуть поезд, натужно одолевающий медленно кружащийся однообразный пустынный пейзаж и вдруг застывающий на месте, словно в раздумье, стоит ли продолжать тяжелую и бесплодную борьбу с расстоянием. В исходе второго дня мы добрались до Дмитрова. Поезд шел не по расписанию, значит, я могу наврать в ПуРе, что ехал четыре дня, никто проверять не станет. И тут меня до смерти напугал подсевший в Дмитрове старлей. Он стал травить про зверства московской военной комендатуры. Вышел на днях секретный приказ забирать всех военных с просроченными командировочными предписаниями, а также не носящих противогазы и через комендатуру отправлять на передний край. Бессмысленная и неудобная штука — противогаз у меня имелся. А вот командировочное предписание было составлено без учета реального движения поездов — я мог бы поспеть вовремя разве на довоенной «Красной стреле». Ладно, Бог не выдаст, свинья не съест, день свой никому не отдам.

У Сивцева Вражка стоял патруль, я доехал до следующей остановки трамвая, у Кропоткинских ворот. И там был патруль, но на другой стороне. Я схватил свои чемоданы и на рысях помчался в спасительное устье Гагаринского переулка.

Не стану описывать слез Верони, с трудом пресеченных попыток мамы немедленно вызвать Киру и начать пир с «Темным ериком», мною владело одно желание: скорее увидеть Дашу. Что-то случилось со мной, отпало все дурное, я вновь исполнился веры в нашу бессмертную любовь. Я позвонил, долго никто не подходил, затем раздался сонный Дашин голос «Слушаю».

— Это я! — закричал я с восторгом человека, принесшего счастливую весть. — У меня всего один день, и то незаконный. Отсылают на другой фронт. Я тебя жду.

Долгое молчание, затем:

— Лучше ты приходи... когда освободишься.

— Да я не занят. Просто боюсь засыпаться, на всех углах патрули, а у меня просроченное предписание.

— Так рано... — Даша зевнула. — Я плохо соображаю. Ты можешь перезвонить?

— Когда? — Убыль ничем не оправданного оптимизма я почувствую много позже.

— Ну, днем.. Мне надо в институт. Ты забыл, что у меня сессия?

— По правде говоря — да! — сообщил я жизнерадостно.

— Ты всегда думаешь только о себе.

— Ладно. Я позвоню в два. Ты вернешься?

Ответа я не услышал, нас разъединили, а может, она положила трубку, считая, что мы договорились.

— Я пока свободен, — сказал я матери. — Зови Киру... Водка хорошо скрадывает время, особенно под «Темный ерик».

Примчался из своего Подколокольного отчим и сразу включился в хор. Вероня изжарила замечательную, большую, пышную, совсем довоенную лепешку, шипела и пузырилась яичница из настоящих яиц, и не из рузвельтовских. В бедном доме не пахло касторовым маслом, здесь готовили на сливочном.

В начале третьего я позвонил Даше. Трубку взяла Анна Михайловна и сообщила, что Даша не сможет сегодня встретиться со мной, она пошла к подруге, чтобы вместе готовиться к ответственному экзамену. Я только сейчас обратил внимание на тайный яд этого сообщения: мне преподносилась та же ложь, что прежде Анне

Михайловне, когда Даша встречалась со мной, — на свет появилась мифическая институтская подруга.

— Ей так важен этот экзамен?

— Она обещала Дявусе сдать его на пятерку.

— Анна Михайловна, вы понимаете, что говорите? Меня могут завтра отправить на фронт. У нас не будет другой возможности увидеться.

— Что вы на меня кричите? (Я говорил взволнованным, но тихим голосом — не хотел, чтобы унизительный разговор слышали.) Я-то тут при чем? Вы спросили, я вам ответила.

— Мне трудно поверить, что вы говорите всерьез. Даша всегда плохо училась, но ни вас, ни Дявусю это ничуть не волновало. С чего вдруг вам приспичило делать из нее отличницу?

— Вы что, выпили?

— Не ваше дело. Я больше не позвоню, и передайте Даше, чтобы она не смела звонить мне.

Вот так я расстался с Дашей — по телефону, да еще через посредницу.

Конечно, я не уехал ни на следующий день, ни через день, ни через неделю, игра в оперативность кончилась, в дело вступил обычный серьезный бардак, который в военных структурах еще крепче узаконен, нежели в гражданских.

— А что вам?.. Отдыхайте, — потягиваясь, сказал мой пуровский шеф, полковой комиссар Беляев, человек редкой симпатичности и внутреннего покоя. — Мы вас вызовем. И давайте я вам сделаю пометку на бланке, чтобы вас не замели.

Почти две недели провел я в Москве, спел полсотни раз про «Темный ерик», получил в «Советском писателе» верстку своей книги и отдельно обложку, завел очень приятное знакомство с новыми мамиными друзьями — большой, сказочно обаятельной семьей, жившей поблизости от нас в Сивцевом Вражке.

Накануне отъезда вдруг раздался Дашин звонок. Наверное, я попался на глаза кому-то из общих знакомых.

— Ты еще здесь? — спросила она чуть иронически. — Значит, все было не так страшно.

— Да, отъезд задержался.

— И не счел нужным сообщить мне об этом?

— Нет. Это ни к чему. Все кончилось.

— Что кончилось?

— Все. Я ведь сказал твоей матери, чтобы ты не звонила.

И положил трубку. Ничто во мне не дрогнуло, мной владела спокойная и непоколебимая злость. Голос Даши был нейтрален, в нем не слышалось теплых нот, она не искала примирения, просто хотела определиться. Насколько серьезно приняла она мои слова, не знаю, но свободу на ближайшее будущее обрела. Она не сомневалась, что в случае необходимости может вернуть меня. Так ли она ошибалась в этом, покажет дальнейший рассказ.

14

На другой день я уехал на Воронежский фронт, откуда вернулся ровно через месяц в весьма неважном виде. Этот месяц прошел в темпе замедленной съемки, когда на экране действие обретает невероятную дергающуюся быстроту. Я оказался в плохой компании, хотя точнее — в очень хорошей компании связанных тесной дружбой людей, которым я был не только не нужен, но и опасен. Меня прислали на должность инструктора-литератора, которую занял без санкции ГлавПУРа один из этой компании, сразу скажу, работник высокого класса. Меня же, опять самовольно, определили на его должность переводчика, что было на ступеньку ниже. Поскольку фронт готовился к освобождению Воронежа и активных боевых действий не вел, пленных не было, и в отсутствие собеседников меня использовали в качестве радиодиктора а иногда — в качестве машинистки; штатная машинистка, мордастенькая, с теплым, добрым телом, была полезна отделу не за машинкой, которой почти не владела, другим своим, несомненным, умением. Случалось, меня посылали за водкой в райцентр, и там меня засыпало землей от разорвавшегося поблизости небольшого фугаса. А потом, во время рупорной передачи из ничьей земли, контузило серьезно — и на всю жизнь. Меня отправили во фронтовой госпиталь, после обследования — в Москву на комиссию, где я получил — уже без дураков — плохую психушную статью и направление в больницу имени Кащенко, откуда сбежал в тот же день, ибо ничего страшнее этого богоугодного заведения нет на свете (я говорю о том времени, возможно, сейчас это рай для сумасшедших). Два знаменитых профессора, психиатр и невропатолог, стали восстанавливать мне душу в домашних условиях. Через два месяца я был в отличной форме, примерно в той, в какой находится петух, сумаТошно бегая по двору с отрубленной головой. Мне полагалась инвалидная статья. Я не устаю благодарить маму за то, что она удержала меня от горестной судьбы инвалида Отечественной войны. Она сказала: «Дело даже не в том, что замучают комиссиями-перекомиссиями, они тягают на проверку даже безногих, ты будешь придавлен своей неполноценностью. А ты забудь о статье, живи, как здоровый человек». Я так и сделал. Конечно, болезнь не заговоришь словами, она напоминала о себе, порой довольно жестоко, но с годами все реже и мягче. Я привык к ней, она — ко мне, мы зажили душа в душу. Для меня не в новинку было одолевать жизнь с черного хода, проще говоря, по блату, ведь и на фронт я попал не через парадные двери. Пришло время, и я по блату получил шоферские права, по блату доставал медицинские справки для зарубежных поездок, да и налоги теперь с меня дерут, как со здорового. От районного психдиспансера, где я числился на учете, никакой докуки не было, а с наступлением старческого маразма меня сняли с учета.

Вернемся в то время, о котором шла речь. Немного оклемавшись, я съездил от «Комсомольской правды» в Сталинград, который начали расчищать, в том числе от прятавшихся в подвалах обезумевших немецких солдат, а затем, переболев страшным сталинградским колитом от зараженной трупным ядом воды, стал одним из трех военных корреспондентов в штатском газеты «Труд» и, таким образом, снова зацепился за войну.

Нездоровье скрадывает время, избавляя от ненужных мыслей, еще надежнее, чем водка. А потом меня захлестнула суета устройства, поездок, срочной работы, внутренняя остановка произошла где-то в начале холодного, сырого, черного апреля, похожего не на весенний месяц, а на раннюю февральскую ростепель. И наступило то чувство, которое сродни ностальгии, только не по родине, а по человеку, по всему, что он внес с собой в твою жизнь. Наверное, это имел в виду Пастернак, когда писал о своем умершем родственнике-музыканте: «Черты в две орлиных дуги несли на буксире квартиру, обрывки афиш и цветы и приторный запах эфира». У эстонцев есть хорошее, короткое, гриновское слово для обозначения такой вот тоски, от которой выть хочется, но я его забыл.

«...к дому на Зубовском у него были другие вопросы... Это очень большой по тем временам, П-образный семиэтажный кирпичный дом, построенный в середине тридцатых годов.

Внутреннюю часть буквы „П" составлял обширный двор, посреди находился сквер с тощими липами, лавочками, деревянными грибами, беседкой и площадкой для детских игр, обнесенный низенькой оградой. Старые московские дворы поэтичны, этот двор, предтеча бесконечных безликих, скучных дворов новой московской застройки, был начисто лишен поэзии, хоть какой-то зацепки для лирического чувства. Дашина семья жила на первом этаже в левом крыле дома. Окна располагались довольно близко к земле, и, став на цыпочки, можно было заглянуть в комнаты, поэтому окна всегда оставались зашторенными. Все равно можно было исхитриться и ухватить глазом какие-то предметы обстановки в Дашиной комнате: люстру с матово-молочным колпаком, ее семнадцатилетнюю фотографию на стене — возраст первой любви, — угол платяного шкафа; иногда, если штору задергивали небрежно, приоткрывалась другая часть комнаты, с книжной полкой и коктебельской акварелью Волошина. Но, как он ни тщился, ему ни разу не удалось увидеть краешек дивана, перед которым он стоял на коленях. Кроме дивана, его ничто не волновало в Дашиной комнате, ибо тут все было нейтрально к ее личности. Пейзаж Волошина ее не трогал, в нем не было коктебельского солнца, покрывавшего ее каждое лето плотным шоколадным загаром. Фотографию свою она не любила, как напоминание о том, что хочется забыть. Карточку нашел и повесил на стену он. Даша вначале недовольно кривилась, потом перестала ее замечать. Она была интимно связана не с обстановкой, которой распоряжалась ее мать, а с одеждой, любя дома теплое, мягкое и уютное: платки, чесанки, стеганые халаты, высокие войлочные туфли, а на выход — вещи яркие, броские, придававшие ей уверенность. На людях она была довольно молчалива и, пожалуй, застенчива, одежда как бы возмещала недостаток апломба. Поэтому он не часто заглядывал в Дашину комнату.

Его привлекал самый дом тем волнением, которое он испытывал в счастливые времена, приближаясь к нему. Он жил неподалеку, у Кропоткинской площади, но почему-то всегда ехал сюда на трамвае. До войны москвичи не любили ходить пешком, даже одну остановку стремились проехать на трамвае, пусть вися на подножке.

Он отправлялся на свидание с таким чувством, будто оно обязательно не состоится. Сумеет ли он доехать, ведь от Кропоткинской до Зубовской площади дальше, чем до самой далекой звезды. Трамвай сойдет с рельс, он попадет под машину, случится землетрясение, и на месте Дашиного дома останутся развалины. Фашисты без объявления войны разбомбят Москву, хулиганы с Усачевки всадят ему в спину нож, его не впустят в дом за неведомую страшную провинность. Даша заболела, умерла, вышла замуж. И странное дело, последние, более возможные причины его провала волновали меньше, чем глобальные катаклизмы, главное, чтобы дом уцелел. Если дом на месте, то не все пропало.

Трамвай трясся по длинной Кропоткинской улице, обстроенной старыми особняками. Одни здания несли в себе надежду, другие вещали о беде. Дом ученых, вечером хорошо освещенный, закручивающий вокруг себя малый людской водоворот, был добрым знаком, каланча же пожарной части своей угрюмостью и настороженностью обрывала сердце дурным предчувствием, но если успеть поймать вторым зрением Музей западной живописи по другую сторону улицы, то угроза смягчалась, чтобы начать новое стремительное нарастание в обставе высоких безобразных домов близ Зубовской площади.

Он соскакивал на остановке, темное ущелье Кропоткинской оставалось позади, впереди открывался широкий просвет от площади к Хамовникам, возвращая надежду. Он перебегал улицу. Здесь на углу находилось становище седоусого айсора в кубанке с вытертым овечьим мехом. За его спиной змеились черные и коричневые шнурки, посверкивали баночки с гуталином, свисали аппетитные гроздья стелек, жесткие щетки на ящике с подставкой для ноги обещали навести глянец на весь мир. Вкусный запах сапожной мази оборачивался гарантией успеха, весь последующий путь страхи отпадали, как увядшие листья с капустного кочана. Он уже знал; дом на месте, и сейчас ему откроет дверь Даша в шерстяном или шелковом платке на плечах, аккуратных валеночках или войлочных туфлях, такая уютная, милая, родная, враждебная лишь косиной правого глаза, которая пройдет, как только она убедится, что он не стал чужим. Он любил эту некрасивую косину, потому что то была примета ее заинтересованности в нем...

...И вот сейчас, повторяя ритуальный свой, теперь уже бесцельный маршрут (по-прежнему — только на трамвае), он испытывал все те же чувства: волнение, ожидание беды, нежность к Дому ученых, страх перед пожарной каланчой, подавленность от высоких безобразных домов с приближением к Зубовской площади, подъем духа в виду просвета Хамовников и все усиливающуюся веру в удачу от становища айсора (война не сдвинула его с места) до подъезда, но, не дойдя двух-трех метров, он расшибался о пустоту, как птица о стекло витрины, с ощущением не воображаемого, а физического удара.

Зачем он ходит сюда? Он не знал. Вот ведь дичь — ему притягателен этот бездарный, безликий дом с жидким сквериком и детской площадкой, отбивающей охоту вернуться в детство. Если бы он мог понять то темное и не желающее самоопределиться чувство, которое гнало его сюда, возможно, он избавился бы от недоумения, в которое повергло его предательство Даши. Много слов для нее не было. Ведь оба они считали, что это на всю жизнь, что им невозможно и не нужно врозь. Они были так полны друг другом, что в эту цельность не могло проникнуть ни постороннее чувство, ни посторонний человек. Все, что не их спай, — так нище, холодно, ненужно! Порой ему казалось, что она тоже мучается бессмыслицей, разорвавшей единое и неделимое. Но ему ни разу не пришло на ум встретиться с ней, объясниться, не было такой силы, которая могла бы вернуть к ней. Так чего же он добивался своим паломничеством к ее дому? Может, просто воскрешал прошлое, еще не обесцененное настоящим? Но почему такое простое и естественное объяснение не приходило ему на ум? Скорее уж, он ждал какого-то чуда. Но не чуда возвращения к ней, а чуда освобождения от нее. Ему хотелось увидеть дом не воплощением тайны, а чем он был на самом деле: огромной, унылой коробкой, где продолжала жить ставшая ненужной женщина...»

Так я писал когда-то об этой поре моей жизни, писал с ощущением полной жизненной правды. И все же проговорился сомнением в ней словечком «он». Почему я прибегнул к третьему лицу, если писал о себе? Потому что нет во мне довлатовской свободы в обращении с материалом собственной жизни. Кажется, что Довлатов насквозь, до мельчайших подробностей, автобиографичен, что каждая его повесть — фрагмент жизни автора. Но попробуйте сложить эти фрагменты в единую картину — ничего не получится. Об одном и том же — ключевом — событии: встреча с будущей женой, отъезд на «историческую родину» в США и прочее — он всякий раз рассказывает по-другому. Иногда кажется, что у него было несколько тихих, равнодушно-очаровательных жен, несколько отъездов в эмиграцию. А как все это выглядело на самом деле, он, похоже, и сам не знает, ибо что такое «на самом деле»? Ведь спроси его жену о тех же событиях, и окажется, что она помнит их на свой лад, ее «на самом деле» не совпадет с довлатовскими вариантами. И дело не в том, что память человеческая несовершенна, а в том, что воспоминание у любого человека, тем паче писателя, — это творческий акт. Воспитанный в школьных правилах социалистического реализма, я против воли стремлюсь к сомнительной цельности, единообразию, когда рассказываю о себе, и беспомощно хватаюсь за «он», если пережитое возникает в новом ракурсе и освещении.

Я знаю точно, что проделал описанный выше маршрут, но, кажется, всего лишь однажды, правда, в другой раз я подошел к заветному дому со стороны метро «Парк культуры», нарочно проехав свою остановку. Но сколько раз я повторял мысленно тот короткий и бесконечный путь, что был некогда путем к счастью! Значит, не нужно никакого «он», это я раз за разом садился в трамвай у Кропоткинской площади и ехал в недостижимую страну своего прошлого...

А потом позвонила Даша и попала прямо на меня. Я не ждал звонка, не был готов к разговору, а главное, не мог понять, нужен мне ее звонок или нет. Ведь тосковал я по той Даше, что осталась в прошлом, а не по той, чей знакомый и чужой голос доносился из трубки, не волнуя, не радуя, не умиляя, но все-таки тревожа. После каких-то незначащих фраз она сообщила, что сделала аборт. Я промычал что-то нечленораздельное. Но ей удалось поймать доверительный, чуть печальный, дружеский тон, а я уподобился актеру, не выучившему роли. В этом было что-то унизительное.

— Ты не хочешь меня увидеть? — спросила Даша.

— Зачем?

— Разве мы не можем остаться друзьями?

— Можем, наверное.

— Ты пишешь для себя?

— Да. Вот о тебе написал.

— Ты дашь мне прочесть?

Я подумал и ответил утвердительно.

— А где нам увидеться? — спросила Даша.

— Приходи ко мне.

— Нет. Сейчас не время. И у меня не надо. Давай на ничьей земле.

— Можно у Киры Архангельской. Она даст мне ключ.

— Хорошо.

И мы встретились. Едва она вошла, я сразу, чисто рефлекторно, хотел ее обнять. Она не резко, но холодно и как-то обидно пресекла мою попытку. Даша очень изменилась: похудела и при этом обабилась. Слишком напудренное, погрубевшее лицо утратило прежний смугловатый оттенок. В Даше появилось что-то простонародное. Она не нравилась мне, но все равно вызывала желание. Вспомнилось погодинское: «Быть тебе только другом я не могу, о, нет». Даша затеяла со мной жестокую игру. Желание возбуждали ее бедра, колени, ноги, надо смотреть не вниз, а вверх, на ее мучнистое лицо. Простонародное появилось в Даше не случайно, женщина непроизвольно принимает тот образ, который желанен близкому ей мужчине. Эту Дашу сформировал черносошный Резунов. Раздражение помогло мне собраться.

Я прочел Даше небольшое, страниц на шесть, произведение, посвященное моей любви к ней и нашему разрыву. Так, как написан этот кусок, я тогда не умел писать. Отчим без моего разрешения дал прочитать Андрею Платонову. «Он и все другое так пишет?» — озабоченно спросил Андрей Платонов. «Нет, — честно ответил отчим, — другое — хуже». — «То-то!» — со странным удовлетворением сказал Платонов. Сохранись фрагмент, я дал бы его в эту книгу, но он пропал так же загадочно, как и многое другое, принадлежащее мне, после смерти матери. Сила владевшего мною чувства нашла в нем необходимые, быть может, единственные слова. И все же удивительно, как я отважился прочесть Даше свое проклятие сквозь слезы. Особенно жестоко обошелся я с ее матерью. Даша выслушала все с завидным хладнокровием, думается, она не столько слушала, сколько пропускала мимо слуха как нечто мешающее ее намерениям. Она уловила главное: из равнодушия не может родиться такая ярость.

Наше свидание напомнило мне давнишнюю и ужасную встречу Нового года в Подколокольном переулке. Тогда Даша изменила первоначальному намерению, сломала ею же задуманное и обрекла нас на взаимное мучительство из любви к матери — сохранила ей верность. Сейчас она замыслила нечто вроде разведки боем — с прямым выходом на противника. С какой целью? Понять, осталось ли хоть что-то от ее власти надо мной? Быть может, она сознавала, что осыпался ее вешний цвет, и хотела проверить, чего теперь стоит? Нет, это чушь. Укутанная в овчины резуновского обожания, она не могла так думать. Пройдет несколько лет, и к Даше вернется та «прелесть утреннего часа», что овевала ее голову в Коктебеле. Климат Резунова почему-то действовал на ее внешность, но сама она о том не догадывалась.

Я никак не мог понять, зачем понадобилась ей сухая, натянутая, полулитературная встреча. Кирину квартиру можно было освоить с гораздо большей пользой, но Даша сразу, ясно и жестко показала, что на это нечего рассчитывать. Теряясь в темных закоулках ее души, я по обыкновению стал искать разгадку в Анне Михайловне, в ее сложных жизненных расчетах. Возможно, Даше ничуть не нужна эта встреча, но, как и в прежние времена, она подчинилась нажиму матери. Даша вообще охотно уступала ей по неглавной линии, легко сдавая ненужные позиции, а в том, что действительно важно, уступала при сближенности желаний.

У Анны Михайловны было прочное жизненное правило: не терять друзей. Несмотря на возникавшие время от времени сложности — изгнание Пастернака за нелюбовь, а Вильмонта за сплетни, — она сохранила весь киевско-ирпеньский круг, не потеряв никого. Шло ли это от жизненной практичности: старый друг в самом деле лучше новых двух — или от лирического чувства, вовсе не чуждого ее большой и сложной душе, не столь важно. Анна Михайловна не разбрасывалась людьми, если они приживались к ткани гербетовского быта. Я вполне допускаю, что, обозрев уже долгую историю наших отношений, она решила не вышвыривать меня на помойку: испытанный человек всегда может пригодиться. У меня мелькнула мысль, что к этому примешивалось некоторое разочарование в былинном Резунове, но тут я глубоко ошибался (как и во всем прочем) — семья переживала пору наивысшего восхищения богатырем.

Даша, к моему облегчению, вскоре заспешила домой. Мы попрощались, тщетно пытаясь выдавить из себя хоть какие-то знаки взаимного расположения. Она выглядела лучше в этой томительной психологической борьбе, ей достаточно было опустить веки с большими ресницами, и лицо обретало глубокое и печальное выражение, говорящее о тайне, я же оставался весь на виду с пустой, бессодержательной ряшкой и неловким, скованным телом.

Даша ушла, а я прилег на тахту, как-то вяло пытаясь понять, во что меня опять вовлекают. Я курил папиросу за папиросой, но никакого озарения не приходило. Спуститься вниз, где играли в преферанс либо пели про темный ерик, не хотелось.

Я обманывал себя надеждой, что за истекшие с нашего разрыва месяцы сделал большой шаг на пути освобождения от Даши: научился быть с другими женщинами. И первой оказалась та самая Оськина знакомая, которая так откровенно пыталась соблазнить меня. Я ей сам позвонил, и она восприняла мой звонок настолько естественно, без следа удивления, будто после нашей единственной и весьма неудачной встречи прошла неделя, а не годы со страшной, все еще длящейся войной. «Да, милый, куда вы запропастились?..» Хорошо, что в мире существуют нетребовательные и необязательные женщины, не предъявляющие никаких требований ни к себе, ни к другим, кроме требований плоти, которым они подчиняются безоговорочно. Эта милая женщина сразу избавила меня от неуверенности, сопутствующей слишком долгой привязанности к одному объекту. Кавалер де Грие не только от зацикленности на Манон и чистоты души не мог принять утешения от ее подруг, он думал, у него ничего не получится. Профессионалка страсти уверенно вывела меня на путь греха, с которого я не сходил в ближайшие четверть века. Точнее сказать, она навсегда освободила меня от ощущения греха своим поведением, а главное, правдивыми рассказами о наших общих знакомых, поголовно погрязших в свинстве. И оказалось, что это свинство прекрасно уживается с супружеской любовью, преданностью, взаимным уважением, дружбой и другими прекрасными человеческими качествами.

А сейчас, так и не разобравшись в затеянной Дашей новой игре, я лишний раз убедился, что ни славная моя наставница, ни другие милые — каждая на свой лад — женщины не могут при всем своем искреннем старании заменить мне одну подурневшую Дашу с мучнистым лицом. С той ее прелестью, что продолжала жить во мне, ничего не могли поделать все дурные ухищрения грубой реальности. Живая Даша скорее мешала моей любви...

Жизнь продолжалась, смерть продолжалась. Я ездил на фронт и на освобожденные земли, возвращался, писал, встречался с людьми, довольно много пил, но во мне ничего не менялось. Я мог вовсе не думать о Даше и все равно страдал. Это стало моим обычным состоянием, я сжился с ним, как человек сживается с раком, если тот не слишком спешит, с килой, горбом, тяжесть этих чуждых изначальной природе надбавок всегда с тобой, но ты дышишь, передвигаешься, делаешь предназначенное тебе дело, гуляешь по праздникам.

И опять прошло время. Даша позвонила и сказала, что надо оформить развод. «Ты выходишь замуж?» — спросил я. «Нет, но глупо ходить в соломенных вдовах». Я не знал, что такое «соломенная вдова», не знаю до сих пор, но аргумент показался мне убедительным. Мы встретились около загса в Чертольском переулке и начали прохаживаться взад-вперед, болтая о всякой чепухе, вместо того чтобы сразу покончить с делом.

Даша похорошела, стала приветлива, оживленна, она надела свой старый синий габардиновый плащ, который я увидел на ней в нашу первую весну и очень любил. Он был на Даше, когда мы ходили сниматься к знаменитому фотографу Наппельбауму на Петровку. У дверей учреждения, которое прекратит наш брачный союз, мы испытывали прилив доверия друг к другу, прежнюю легкость, даже родность. Ведь нас столько связывало: воспоминания, общие дружбы и общая боль о погибших. Без устали мерили мы шагами тротуар от Кропоткинской до Гагаринского, но знали, что все равно не отговориться, не заполнить словами то долгое молчание, которое воцарилось между нами с последней, тягостной встречи у Киры. Когда мы опомнились, загс закрылся.

— Ну что ж, — с комическим разочарованием сказала Даша, — придется нам прийти сюда опять. Завтра я занята, послезавтра ты можешь?.. Давай в три часа, сразу после перерыва, когда меньше разбитых сердец.

Точное наблюдение: люди охотно разводятся с утра, а расписываются во второй половине дня. В пору нашей молодости загсы одновременно работали в оба конца, на соединение и разъединение, впоследствии эти функции разделили. Очевидно, людям душевно удобнее развестись пораньше и в дневной суете утопить тягостное ощущение, равно удобнее расписаться попозже — и сразу за свадебный стол. Тогда не было увитых лентами машин и блядских целлулоидных кукол на передке, поездок к могиле Неизвестного солдата и на Воробьевы горы, жили проще: расписался — и сразу пьянка.

Когда-то мой отчим Як. Рыкачев в повести «Похороны» произвел социально-психологический анализ обряда советских похорон. Загс не менее интересная тема. Я не обладаю качествами аналитика, поэтому ограничусь некоторыми соображениями. Почему-то в отдел регистрации браков набирали самых безобразных и злых баб того сумрачного возраста, когда окончательно убита надежда, но тлеет тусклый огонь вожделения. Грубостью и приказательностью тона служительницы Гименея могли поспорить со всесильными продавщицами продовольственных магазинов. В отделе расторжения уз действовали юные, хотя и не слишком любезные девицы, которым ежедневно давался урок бренности бедных человеческих надежд. Тут не могло быть случайности. Негласный обычай входил в систему государственного подавления личности. Институция брака, вопреки всем однообразным и тупым предсказаниям антиутопистов, осталась при социализме и сохранила свой независимый от власти характер. Государство — за редким исключением — не могло ни предписать вступить в брак, ни повелеть развестись. Более того, и в обозримом будущем не светила выдача мужей и жен по талонам. И коль государство вынуждено было мириться с чудовищным своеволием, тлетворным, враждебным светлому будущему духом индивидуализма, оно старалось сделать максимально невыносимыми, отвратительными акции, потворствующие мятежному духу граждан. Пусть помнят и в минуты мнимой свободы, что они ничто, плевок, всхарк, который растопчет державная нога. Этим же объясняется, почему к разводящимся относились чуть милостивей: те испытали на собственной шкуре и показали другим, к чему приводит самоуправство.

Мы получили свою порцию хамства, но весьма умеренную: не так подошли, не так встали, застим свет, переговариваемся, — мы извинялись и спешили исправить оплошность. Но когда маленькая, пухленькая, со щечками, похожая на лютую морскую свинку девица, глядя в брачное свидетельство, спросила кто из нас Гербет, я не выдержал: «Я — Гербет Дарья Владимировна, а она — Нагибин Юрий Маркович». Девица раскричалась, брызгая слюной, что не будет нас «оформлять», выскочила из-за стола и убежала. Те из окружающих, что были свидетелями этой сцены, тут же приняли ее сторону — холуйство советских граждан перед властью равно их презрению друг к другу. Наконец девица вернулась, что-то дожевывая, и разорвала «два стальных кольца».

Мы вышли из загса и побрели в сторону Дашиного дома. Мы шли, то и дело останавливаясь, чтобы попрощаться, но всякий раз, не сговариваясь, шли дальше. Миновали Дом ученых, пожарную часть с каланчой, увидели просвет Зубовской площади и решили, что я провожу Дашу до дверей.

Почему-то разговор повернул на Резунова. Полагаю, инициатива принадлежала Даше, меня литературный богатырь не больно занимал, ибо я недооценивал его значения в Дашиной, а следовательно, и в моей жизни.

Даша говорила о нем с придыханием, как говорят о чем-то не вполне постижимом человеческим рассудком. Он был воплощением подвига. Когда наступили крещенские морозы и кончились дрова для печурок на тощих московских рынках, Гербеты лишь по отсутствию среди них дровосека чуть не разрубили на топливо кухонный табурет. «Ты мужчина или нет?» — кричала Анна Михайловна на Августа Теодоровича, неумело и опасливо жалящего ножку табурета тупым лезвием колуна. И в эту минуту в дверь что-то толкнулось. Гербеты молча переглянулись — время приближалось к комендантскому часу, когда не ходят в гости. Слабо охнув, Гербет скрылся в уборной, Анна Михайловна закрыла лицо ладонями, собирая себя для новой борьбы с судьбой. Наиболее хладнокровная, Даша пошла и открыла дверь. Там стоял заснеженный смеющийся Пастернак, а над ним высилась гора из снега, створки ворот и человека. То был Резунов с топливом на плечах. Он сорвал створку на Усачевке, где было много деревянных строе-

462

ний, и притащил на спине сквозь стужу, метель и воинские дозоры, защищающие город от лихих людей, столкнувшись у гербетовских дверей с жившим у них тогда Пастернаком.

Конечно, все были потрясены таким доказательством любви, силы и бесстрашия. Особенно шумно восхищался Пастернак и даже сделал попытку поднять ворота, но это оказалось непосильным его крепкому, мускульному телу.

Оказывается, Пастернака угощали и творчеством Резунова, которое, как я понял, ценилось у Гербетов неизмеримо выше моего. В Резунове зрилось могучее, земляное, исконно русское начало, его прозаические былины смешно сравнивать с худосочными поделками маменькиного сынка, вскормленного на тощей ниве интеллигентского бумагомарания. Конечно, Даша не произносила никаких обидных слов в мой адрес, она даже не восхваляла Резунова, только, говоря о нем, распахивала свои чудесные светлокарие глаза, будто пыталась охватить огромность этого человека, могучего и щедрого, как сама природа.

Сопротивляясь тому впечатлению, которое произвел на меня Резунов в Дашином изображении, я подумал о его странном сходстве с врагом музыкального сумбура Резниковым. Они были совершенно разные, но чем-то схожи: неинтеллигентностью, чужеродностью миру Гербетов. И отсюда их пленящая сила. Гербеты, несмотря на свои русские паспорта, были иноземцами и боялись народа, в котором им приходилось жить. Даже сравнительно цивилизованный Твардовский их пугал, что же говорить о таких стихийных натурах, как Резников и Резунов. Гербетам хотелось народного покровительства, а в русских интеллигентах они видели такую же тварь дрожащую, как они сами и все их привычное окружение. Это относится прежде всего к старшему поколению и духу семьи, несомненно, влиявшим на Дашу и укреплявшим ее в очарованности витязем Резуновым.

— Ты что, живешь с ним? — несколько неожиданно для самого себя спросил я.

Она как-то странно сложилась, будто я ударил ее в грудь:

— Да, конечно... сейчас.

Она посмотрела на меня и разрыдалась. Какое же у меня было лицо? Убейте меня, я не сомневался в отрицательном ответе. Если б не было китайской оперы «Исповедь идиота», я так назвал бы эту книгу. Чем объяснить мою противоестественную слепоту? С одной стороны — памятью о том, как мучительно трудно было мне взять эту крепость. С другой — свежей памятью о том, как непросто было мне переступить черту, а я считал себя куда испорченней и ниже ее. Я не допускал, что Даша при ее гордости, даже высокомерии, холодности, выдержке и брезгливости пойдет на близость с человеком, который всегда будет для нее чужой кровью.

Почему завела Даша похвальную песнь Резунову? И как случился ее последний ответ? Ведь она умеет врать, когда надо. Как ни странно, ею двигали честность и порядочность. Она открыла мне все карты. Я потерял ее не по капризу, ее поведение не было данью военной распущенности, за ним стояло сильное чувство, которое расшибает человека как гром, и ничего тут не поделать. Но она не поддалась сразу, она берегла наше, столь трудно нажитое; ворвавшийся в ее существование человек заплатил по всем счетам любовью, преданностью, терпением, подвигами, он — не знак настырной мировой суеты, а большой, самобытный талант, яркая личность, признанная самим Пастернаком. Я не могу чувствовать себя униженным случившимся, была сыграна высокая человеческая игра достойными партнерами. Игра не кончена. Даше хотелось, чтобы я взял на себя роль благородного друга.

Первоначально ей рисовалось классическое трио, которое так дивно и убийственно изобразил Достоевский в «Зимних заметках о летних впечатлениях». Даша не читала этого произведения и не знала, что Достоевский уже все придумал за нее. Он писал о французах. Треугольник состоял из жены, очаровательной Мабиш, мужа Бри-Бри, доброго и снисходительного увальня, и любовника Гюстава, основное качество которого — благородство. Гюстав так благороден, хотя не понять, чем именно, что вызывает у окружающих слезы умиления. Бри-Бри вовсе не дурак, не водевильный околпаченный муж, он все понимает и потому прощает, у него огромное сердце, и он так любит Мабиш, что переносит часть любви на Гюстава. Вот чего хотелось Даше, вот для чего она звонила, спровоцировала встречу у Киры, заговорила меня, чтобы оттянуть развод, она надеялась, что во мне проснется Бри-Бри. Но мы все-таки развелись, и Даша быстро пересмотрела схему: Бри-Бри становится преданным другом. И бац — мой неожиданный глупый вопрос. Она не сомневалась, что я все знаю, их отношения с Резуновым ни для кого не были тайной. Она сказала правду от растерянности, в какую поверг ее мой идиотизм. И зарыдала не только от жалости ко мне, увидев мое опрокинувшееся лицо, но и от досады на себя, что так глупо проговорилась. У нее была возможность для долгой и тонкой лжи ради превращения меня в модификацию Бри-Бри, и она все погубила нечаянным проговором правды. Тут не было ничего плохого, напротив: Даша не хотела, чтобы я выпал из кузовка, как лишний гриб, я был душевно нужен, она не зачеркивала прошлого, которое мощно жило в ней, навсегда войдя в состав меняющегося настоящего. Это было почти как любовь, я мог бы гордиться такой привязанностью, если бы смотрел на жизнь ясным, трезвым взглядом, а не сквозь белесый налет идиотического доверия.

Даша не ошибалась, полагая, что я продолжаю любить ее, она ошибалась лишь в окраске этой любви. Ей казалось, что, пройдя все испытания и бури, моя любовь стала тем тихим, но прочным чувством — в чем-то и требовательным нужны встречи, разговоры, поверение тайн, вздохи о минувшем и высокое смирение перед настоящим, — которое она испытывала ко мне. Она не понимала, что я люблю ее по-другому — страстью. Моя любовь к ней могла стать и стала в свой час — помойкой, но не могла стать «вежливым гавотом» или «соловьиным скитом», на это я не был способен. А Даше хватало темперамента, чтобы понять мою обреченность только на такую любовь к ней...

15

Напрасно думал я, что между нами все кончено. Я настолько уверился в окончательном разрыве, что даже женился. Даша откуда-то прослышала об этом неярком событии и позвонила поздравить меня. Голос был исполнен тепла и какого-то милого, чисто женского любопытства. Я сказал, что, к сожалению, ничего интересного о случившемся событии рассказать не могу, после чего Даша пригласила меня в гости. «Знаешь, мама обижается: почему Юра никогда к нам не зайдет? Все-таки не чужой». Я так изумился, что чуть не на другой день примчался к Гербетам. То был необычайно тусклый визит с неожиданно ярким финалом. Настроившись на родственность, которую обещало Дашино приглашение, я не расшибся, для этого недостаточен был разбег, но уперся в равнодушие людей, поленившихся проявить хоть искусственную душевность. От Гербета я ничего не ждал, но с Анной Михайловной нас все-таки крепко связала долгая взаимная неприязнь. Поскольку сейчас повод для нее отпал, это сильное чувство приняло во мне оттенок расположения, близости. Но ответного тока я не почувствовал и пребывал в неловком положении воюющей страны, односторонне прекратившей огонь. Но что-то все-таки тут произошло. Возможно, потускнел жемчуг отношений Даши с Резуновым, и деятельная, вечно ищущая мысль Анны Михайловны принялась обшаривать далекие горизонты, — дом Гербетов показался мне не монолитом, как я ждал, а студнем, хотя и хорошо застывшим.

Не понимаю, почему у нас не оказалось темы для разговора. Я со своими поездками, с той незнакомой Гербетам околоправительственной средой, куда меня занесло женитьбой, являлся источником довольно интересной информации, но вопросов ко мне не было. Об их житье-бытье я знал от Даши. Мы сидели, пили чай с теми же касторовыми коржами, что и в начале войны, возможно, они сохранились с тех далеких дней, и вели какие-то ватные речи. Самый воздух казался мне ватным, горло, грудь, бронхи забило ватой, было трудно дышать. Мне в голову не могло прийти, что Анна Михайловна получала от меня необходимые ей сведения. «У вас все здоровы?.. Как настроение у Ксении Алексеевны?.. Вера Ивановна еще скрипит?.. Вы часто бываете с ними?.. Семья по-прежнему дружна?..» Я-то слышал в этих изредка роняемых вопросах вялые усилия вежливости, а тут таились смысл и весьма далекий расчет. Истина открылась мне много позже.

Вдруг эта вата разом вспыхнула и сгорела дотла, оставив по себе бодрящий горьковатый запах и несколько лепестков гари — явился почему-то вновь живущий у Гербетов Борис Леонидович Пастернак. Он вошел, с порога рокоча, гудя, рассыпая улыбки вместе с огромными желтыми зубами, не державшимися в деснах, — мощный, бодрый, свежий, заряженный жизнью. По его сердечному — впервые — рукопожатию я понял, что ему разонравился Резунов, если вообще когда-то нравился.

— Вы были на лобном месте? — спросил он с ходу.

Я не понял. Оказывается, он имел в виду состоявшуюся накануне проработку Зощенко за повесть «Перед восходом солнца» в Союзе писателей. То была генеральная репетиция последовавшего вскоре уничтожения великого писателя. Уже тогда я не посещал гнусных писательских сходок, но мой отчим был там и подробно все рассказал. Больше всего удивляло и огорчало предательство Виктора Шкловского, друга и соратника Зощенко по «Серапионовым братьям», которого я привык чтить за ранние книги: «Гамбургский счет», «Зоо», «Третья фабрика». «Витя, — потрясенно сказал после его хлесткого выступления Михаил Михайлович, — но ты же совсем другое говорил мне в Ташкенте». — «Я не попугай», — осклабился большой карлик, как прозвал его Катаев, и обласкал пухлой рукой голый блестящий череп. «Боже, как вы злы, беспощадны и несправедливы!» — были последние слова Зощенко в литературном застенке.

Я передал Пастернаку в подробностях рассказ отчима. Борис Леонидович пришел в сильное возбуждение, сообщившееся Гербетам, которые слушали меня со скучными лицами. Но Боренька взволнован, Боренька возмущен — все обязаны разделять его чувства.

— Еголин, скотина, звонил мне вчера утром и уговаривал прийти на обсуждение. «Это очень важно», — говорил значительным голосом. Вот наглец.

Руки Пастернака обшаривали карманы пиджака, брюк, наконец нашли какую-то бумажку, и он кинулся к телефону.

— Как вы осмелились приглашать меня на это позорище? — громово разнеслось по квартире. — Это гадость, слышите, гадость! Так обращаться с писателем. И не смейте мне больше звонить! — Трубка шмякнулась на рычажок.

Борис Леонидович вернулся в комнату, плотоядно улыбаясь.

— Боренька, вы погубите себя и всех нас, — сказала Анна Михайловна, испуганная ничуть не больше, чем во время бомбежек.

Еголин в ту пору ведал литературой в ЦК.

Гербет нервно поправлял очки, готовый броситься под спасительные своды дворницкой-котельной.

Отстрелявшись, Борис Леонидович пришел в отменное расположение духа и стал шумно восторгаться погодой — стояли солнечные, сухие дни. Удивительно, почему погода так много значила для его мироощущения и поэзии?

Я жил у своей новой жены, а работать приходил к матери, где у меня была комната, удобный письменный стол, книги и взятая напрокат пишущая машинка «Оливетти». Приходил точно, как на службу, к десяти утра, а уходил в разное время, случалось, и нередко, оставался ночевать. Мне здесь было интереснее. Как-то раз я пришел, и мать огорошила меня сообщением:

— Звонила Анна Михайловна Гербет и пригласила себя со всей семьей к нам в гости. Вероня пошла на рынок за телятиной.

— И Даша будет? — спросил я растерянно.

— Само собой. Что это наехало на твою бывшую тещу?

— Понятия не имею. Я заходил к ним на прошлой неделе, об этом не было речи.

— Разливалась соловьем, сказала, что безумно соскучилась. Так мало осталось в мире близких душ. Война всех раскидала, и люди никак не вернут себе навык общения. Просила, чтобы чужих не звали.

— Значит, Киру мы не увидим?

— Да. Обойдемся разок без «Темного ерика».

— А как же же Бровин?

У нас ютился мой товарищ по киноискусству, режиссер, переключившийся на драматургию. Он недавно демобилизовался и еще не подыскал жилья. Сам был из Моздока.

— Я сказала что это твой лучший друг, Дашин знакомый еще с довоенной поры, ему разрешено присутствовать.

— Дивны дела твои, Господи!

— А что такого! — пожала плечами мама — Они люди нашего круга, не то что твоя новая родня. Министры, маршалы, генералы, а чуть потри — шофера.

— Я должен позвать Галю. Не могу ее так обманывать.

— А то я не знаю, что ты обманываешь ее почем зря.

— По-другому. Это слишком громоздкая ложь, со многими участниками. Некрасиво, если она узнает со стороны. Я хочу выглядеть чисто перед ней. Неужели я и тут должен плясать под дудку Анны Михайловны?

Я набрал Галин телефон.

— Не жди меня к обеду, — сказал я. — А вечером давай сюда. Придут Гербеты, Август Теодорович будет читать новые главы из своей «Эстетики».

Галя не испытала даже секундного колебания:

— Ой, мне надо на дачу! Звонила нянька. Бубульку тошнит. (Бубулька — Галина дочь от первого брака, хорошая, но чудовищно забалованная девочка.)

— Ее каждый день тошнит.

— Она отрыгнула весь завтрак: яички, рисовую кашку, апельсин, какао. — Меня всегда восхищала легкость, с какой моя жена лгала. — Ты извинись за меня. Так хочется послушать!..

— Жаль. Гербет будет читать об основах эстетики Платона. Значит, до завтра.

— Ты называешь это «чисто выглядеть»? — поинтересовалась мама.

На миг мне стало жарко: а что, если Галю также восхищает мое умение лгать? Тогда наша жизнь идет более сложными, извилистыми путями, чем мне представляется.

Наш скромный дом не ударил в грязь лицом перед Гербетами. Отчим отнес в ломбард мамину кротовую шубу, благо уже наступила весна, и накупил всяких разносолов. Он подделал талоны на «Тархун» и «Салхино», которые отоваривали в магазине рядом с «Националем». Вероня великолепно зажарила телячью ногу, испекла пирог с капустой.

Гости явились минута в минуту, с чисто немецкой пунктуальностью. Даша опиралась на палочку — поскользнулась и расшибла колено, которое ей забинтовали в поликлинике. Это небольшое увечье сделало ее беспомощно-трогательной. Милой улыбкой она извинялась, что причиняет окружающим беспокойство. А вот с Анной Михайловной произошло что-то тревожное. Я это заметил, когда заходил к ним в последний раз, но ведь в привычной домашней обстановке человека не видишь так отчетливо, как в резком, неподкупном свете той рампы, какой является чужой мир. Казалось бы, нарядная одежда, умело наложенный грим молодят и украшают женщину, а в Анне Михайловне появилось что-то трагическое. Она сильно обхудала, у нее образовалась талия и высоко поднялись схваченные тугим лифчиком груди, густые волосы чуть поредели на висках, открыв беззащитные плоскости с пульсирующими голубыми жилками. Она стала красива, но жутковатой, обреченной красотой. Такой была Медея, принявшая свое роковое решение. Один Гербет предстал в обычном, будто застывшем образе, но я заметил в ходе долгого ужина, что он стал чаще обычного выпадать из разговора, уносясь в какие-то свои дали. Но водку пил исправно и, как всегда, ничуть не хмелея.

Мой друг Бровин, человек умный, с точным душевным слухом, хорошо поддерживал компанию.

Вечер шел гладко, дружелюбно, даже растроганно, — самый странный вечер в моей жизни, за которым последовала еще более странная ночь. Тон задавала Анна Михайловна, она, конечно, была очень сильным человеком, если подавляла даже мою мятежную мать. Она пила только вино, но безотказно, бокал за бокалом, и как бы подавала нам пример — сбросьте оковы, среди своих они ни к чему. И, ощущая ее поддержку, мы все хорошо пили, особенно Гербет, чья красивая мужская рука все тверже и уверенней тянулась к графинчику. Наша семья тоже не передергивала, но какое-то не отпускающее внутреннее напряжение мешало алкоголю оказать положенное воздействие. Правда, отчим, утомленный беседой с Гербетом о Кьеркегоре — Рыкачев являл собой главную культурную силу семьи и потому был приставлен к философу, — захотел было расслабиться «Темным ериком», но заткнулся, сраженный выблеском маминого взгляда. А вот Даша непривычно быстро захмелела, наверное, ей хотелось поскорее отделить себя от происходящего завесой хмеля. Но и опьянение ее было красиво, как костыль и неуклюжесть хромоты. «В красивом существе все красиво», — говорил Жан Жироду, а он знал в этом толк. Я перепадал из рая в ад, и снова в рай, и снова в ад, в зависимости от того, что брало во мне верх: гипнотическое воздействие живой прелести Даши или память об измене. И меня бесило дружное несчитание Гербетов с моим новым жизненным статусом. Они в грош не ставили ни мою женитьбу, ни мою жену. Я был оскорблен за Галю, раздражен на Анну Михайловну, уверенную, что я, как собачонка, прибегу по первому зову, но мои дурные чувства не выплескивались наружу, что нередко случается со мной в подпитии, ибо я твердо знал: Анна Михайловна снова, как и всегда со мной, промахнется. Я могу очень далеко пойти с Дашей, но только туда, куда мне самому хочется.

За всю мою жизнь никто так не злил и не раздражал меня, как Анна Михайловна. Этот вечер не явил собой исключения, хотя сама она ничуть к тому не стремилась. И все же я подпал под ее обаяние. Никогда не думал, что она может быть настолько дружелюбна, сердечна, трогательна и улыбчиво-изящна в своем поведении. Теперь я понял, чем она была для своего кружка в молодые ирпеньские годы и откуда верность, почтительная привязанность к ней всех мужчин этого кружка. Советская жизнь с вечными страхами, неуверенностью в завтрашнем дне, хамством и низостью затоптала в ней царицу. Другая немка, сумевшая сесть на русский престол, тоже была не мед и не сахар, а двоедушна, и лицемерна, и жестока, лицедейка перед всем миром, но недаром ее называли Великой.

Она вносила в наш застольный тон серьезную, душевную, с горестным отзвоном ноту, у нее было прекрасное, бездонное, трагическое лицо, в котором все — правда последняя, неподкупная правда, ведь она знала то, чего не знали мы и о чем только начинали догадываться ее дочь и муж, что она неизлечимо больна и жить ей осталось считаные месяцы.

Но как она уйдет, покинув Дашу, которую любила какой-то свирепой любовью, рыхлую, неприспособленную, непрактичную, на дуботола-полупсиха, грозившего навсегда остаться литературным подростком? Нищий поэт — освящено традицией и — в отдалении — красиво, нищий прозаик — черт знает что. И нет за ним ни семьи, ни защиты, ни опоры. Она угадала вещим сердцем, что Гербет уйдет из дома, когда ее не станет, к другой женщине, которая ждет не дождется ее кончины, и эта молодая женщина родит ему дитя, и он забудет о существовании Даши. Наверное, сейчас она понимала, сколь неумно, нерасчетливо вела Дашу, дав ей так рано изведать взрослую страсть, а затем лишив всякой самостоятельности. Она помешала Даше получить профессию, отдав ее в литсад имени Горького, как в старину отдавали девушек в институт благородных девиц. Тут сказалась глубокая литературность Анны Михайловны. Прожив жизнь в световом круге Пастернака, она, сама не отдавая себе отчета, считала литературу единственным занятием, достойным человека. Но у Даши не было критического таланта, она вообще была нетворческой личностью. Дашин талант был в облике, взмахе ресниц, очаровании женственности, ее предназначение быть возлюбленной — неважно, в браке или без формальных уз. Но это можно, пока рядом есть мама. А когда мамы не станет?.. И тут блуждающий взор Анны Михайловны обратился к нашей семье, небогатой, не взысканной советским успехом и привилегиями, но крепкой, надежной, выдержавшей немало бурь и уцелевшей. Самым притягательным в этой семье был не я, хотя она уже поняла, что я крепкий орешек, не умный, интересный ей Рыкачев, а несгибаемый характер моей матери. Вот кому она могла доверить Дашу.

Когда люди говорят друг другу хорошие слова и в словах этих есть хоть крупица живого чувства, создается столь редкая на земле атмосфера благорастворения. Мы все страшно одиноки, в каменных домах с центральным отоплением мы такие же продрогшие существа, как наши косматые предки в насквозь продуваемых хижинах. Наша дрожь не с холода пространств, она рождается изнутри, из застуженного сердца. И если кому вдруг удается растопить ледяную корочку, мы становимся от радости добрыми, доверчивыми, немного глупыми. Такую вот атмосферу чуть глуповатой доброты удалось создать к концу вечера Анне Михайловне. Но я и тогда знал, что являюсь наименее растроганным из всех присутствующих. Впрочем, о какой растроганности Гербета может идти речь? Ему было хорошо от выпивки и что его не шпыняют, но душа его витала в иных пределах. Мог ли он вообразить, что в этих пределах нальется для него всклень чаша унижений и стыда? В отличие от Гербета я хотел бы раствориться в добре и ласковости, даже тени недоброжелательности к Анне Михайловне не осталось во мне, но Даша была слишком сильным и сложным раздражителем, чтобы я мог благодушествовать возле нее.

Когда вставали из-за стола, несколько тяжеловато, ибо все порядком нагрузились, Даша покачнулась на своей поврежденной ноге и сказала удивленно-беспомощным голосом:

— Кажется, мне не дойти.

— Зачем ногу трудить? — беспечно отозвалась Анна Михайловна. — Где-нибудь прикорнешь, а утром Юра тебя привезет.

«Что это — простодушие или цинизм?» — подумал я, мне в голову не пришло, что это отчаяние.

Но что-то забрезжило, и довольно отчетливо, когда мы стали прощаться. Анна Михайловна затеяла в нашем узком коридоре какой-то поцелуйный обряд. Она расцеловалась щека в щеку с мамой и, уже отпустив ее голову, поцеловала еще раз, вверяя ей Дашу этим поцелуем, о чем мама, разумеется, не догадывалась. Потом она целовалась с отчимом, тоже очень истово, после чего попала в мои объятия. Я никогда не целовал Анну Михайловну, что несколько странно для близких людей, знавших столько расставаний и встреч, и с непривычки чуточку перестарался. Мы поцеловались по-родственному крепко в уста несколько раз, затем я поцеловал ее глаза и в шею. Она покорно, мягко-женственно стерпела эти излишества. Когда я поцеловал ее в шею, у меня возникло пронзительное ощущение, что мои губы внедряются в больную плоть. Под челюстной костью с двух сторон явственно ощущались вздутия, крупные желваки. И когда я вскоре узнал, что у Анны Михайловны рак лимфатической системы, то не удивился, ибо неназванно заподозрил у нее эту болезнь.

Я вполне допускаю, что несу бред. Возможно, дело было просто в худобе. У нее начала образовываться «лошадиная голова», как бывает при некоторых раковых заболеваниях, вызывающих резкое похудение. Человек худеет неравномерно: сразу утончается шея, западает за ушами, а какие-то мягкие ткани, не столь податливые, оборачиваются припухлостями. Если это так, то из ложных предпосылок я сделал правильный вывод, о котором никому не сказал.

Это открытие, пусть еще туманное, не смягчило меня к Даше, которая снова шла на материнских помочах. И хоть на этот раз ее вели ко мне, я не хотел получать такой подарок из чужих рук.

Только сейчас, за машинкой, я понял, что и Даша, и Гербет знали о состоянии Анны Михайловны куда больше, чем мне тогда казалось. И бедная Анна Михайловна напрасно думала, что обманула проницательность близких людей, особенно такого любящего человека, как Даша. Анна Михайловна всегда шла, как танк, к своей цели, но дочь далеко не всегда так покорно следовала за ней. Сейчас Анна Михайловна была подбитым танком, с заклиненным орудием, порванной гусеницей, развороченной башней и все ломила вперед к своей недостижимой цели. Было истинным героизмом для человека с такой болезнью затеять эту встречу, подготовиться к ней, притащить сюда свое страдающее тело и вливать в него вредоносное вино, держать в руках компанию, улыбаться, говорить добрые слова и отправляться сквозь ночь домой. Из смертной жалости к любимому человеку Даша выполняла все ее желания. Она и не на такое была способна ради матери. Даша боялась за себя куда меньше, чем мать, и с Резуновым она не порывала — его просто отставили на время, все личное отошло для нее на второй план. Она служила матери. Я не думаю, что в данном случае это давалось ей с мучительным трудом, у нее ко мне осталось много хорошего (как покажет время, неизмеримо больше, чем я мог предполагать).

Мы прошли в мою комнату, я прилег на тахту, Даша села рядом, а напротив — довольно неожиданно — расположился в кресле мой друг с институтских времен Бровин. Я вдруг почувствовал грусть и усталость, пережитый вечер не укладывался в уже ставшую привычной, но проходящую словно в стороне от предназначенного мне пути жизнь. Свидание двух кланов было по-своему высокохудожественно и абсурдно, трагично и жалко, оно загадало много новых загадок, ничего не распутав в настоящем, разбередило душу сумбуром противоречивых чувств, а главное, еще не кончилось.

Я закрыл глаза, как бы выключил свет, чтобы в темноте и внутренней тишине хоть как-то собрать себя воедино, но присутствующие в комнате решили, что я уснул. И тут произошло нечто, похожее на цирк, когда после опасного подкупольного полета на арене кочевряжится коверный. Мой верный друг принялся кадрить Дашу. Тогда еще не было этого слова, но обозначаемое им действие существовало: это неизящный, нахрапистый современный способ ухаживания.

Мой друг был человеком умным и одаренным, но с неизжитым провинциализмом, что сказывалось не только в жестах, манере шутить, промахах поведения, но и в какой-то ограниченности: из Моздока жизнь выглядела грубее, примитивней, проще, чем она есть на самом деле.

Ничего не стоило пресечь эти вульгарные поползновения, но мне вдруг показалось интересным увидеть Дашу в такой ситуации. Ведь я никогда не видел, да и видеть не мог, какой она делается, когда к ней пристают. Это было не в духе присущего мне прямодушия, я был себе противен, что не мешало кисло-сладкому наслаждению от затеянного обмана. Была разыграна классическая сцена советского обольщения, включающая непременное предательство. Мой друг начал с того, что уничтожил меня как писателя. Он сообщил Даше, что написал три пьесы (не реализованные, но это уже другой разговор), иначе — три повести, нет, три романа не то что жалкие рассказики. Втоптав меня в грязь вместе с жанром, которому я служил, драматург перешел к прямой и энергичной осаде крепости. Поначалу только словесной. Удивляла безответность Даши, не сказавшей и слова в мою защиту, а как-то согласно, инфантильно внимавшей напористым речам.

Я действительно не знал такой Даши: доверчивой, расслабленной, лопоушной и не по годам наивной. Неужели так повернута она той жизни, в которой мы стали врозь? Она даже в коктебельские далекие дни была взрослей, строже, достойней, неизменно держа расстояние между собой и окружающими. Она не терялась и в присутствии великих, являя собой равнозначную ценность. Я незаметно, из-под руки, закинутой на лицо, выглянул и увидел ее лицо. Оно не было ни наивным, ни доверчивым, ни расслабленным, оно было отсутствующим. Возникновение страстного Бровина оказалось для нее неожиданностью, она не знала, что ей делать с новой гримасой жизни, и скрылась в себе самой, оставив снаружи личину дурочки с переулочка. Ей ничего не стоило подняться до Пастернака, но было не по силам опуститься до Бровина. Надо было выручать ее. Я шумно вздохнул, проснулся и отправил Бровина на его место в Верониной комнате, возле батареи.

Я погасил свет, на улице занималось утро.

— Не надо стелить, — сказала Даша, — все равно скоро вставать.

Я все-таки достал из короба под тахтой подушку и одеяло, постелив тонкий, верблюжьей шерсти плед. В комнате было жарко, центральное отопление словно хотело возместить жильцам все, что недодало за войну.

Даша до боли знакомыми неторопливыми движениями сняла через голову шерстяное платье, завела руку за спину, расстегнула лифчик и вытащила его через вырез рубашки. Чулки и пояс она снимать не стала. Я увидел сквозь шелк чулка толсто перебинтованное колено и помог ей лечь.

Лифчик, брошенный на ручку кресла, упал на пол, я поднял его, ощутив живое тепло тела, и на несколько мгновений стал фетишистом, мне почудилось, что лифчик может заменить все.

— Что с тобой? — спросила Даша.

— Ничего.

Я вместился между ее телом и холодной стеной, с которой когда-то сшиб двух клопов — вестников любви. Вот ее голова, ее шея, плечи, грудь. Всеми напрягшимися, готовыми лопнуть нервами я жду одергивающего окрика, но его нет, а рука гладит мои волосы. И тут я понимаю — защита в больной ноге, не могу же я причинить ей боль. С моей стороны она была здоровой, и я осторожно, но сильно прижался к ее бедру.

— Ляжь на меня, — сказала она, — не бойся.

У нее была прекрасная речь, но самым прекрасным было слово «ляжь» вместо «ляг», оно напрягало меня, как звук охотничьего рога узкое тело борзой.

— Больше на эту сторону, — корректировала она мое восхождение. — Не волнуйся. У нас все выйдет. Вот так. Тебе удобно?

Мне было удобно. У нас все вышло. Я никогда не захожусь до самозабвения, вернее, и в забвении сохраняю самоконтроль. Лишь раз на ее лице мелькнула гримаска боли, а потом оно окончательно разгладилось в полном доверии ко мне, и тут единственный раз связалось прошлое с настоящим, и я забыл о разрыве последних лет. У нас все вышло во второй, в третий, в четвертый раз и продолжало выходить до обвала воды в уборной — кто-то начал утро.

Вскоре раздался скрежещущий звук: четырехлетний сын дворника Кольки-цыгана занялся ежеутренним наскальным творчеством. Вот уже второй год он пытается нацарапать на крыле моего «Москвича», стоящего под окнами, то сакраментальное слово, которое заменяет русскому народу половину языка.

— Мне пора, — сказала Даша.

— Я отвезу тебя.

— Нет, я пойду сама. Не провожай меня.

— Но мне надо спасать машину от этого гаденыша. — Я кивнул на окно.

— Нет, — сказала она твердо. — Мне хочется пойти одной.

— Ты боишься, что нас увидят вместе?

Она удивленно вскинула глаза:

— Господь с тобой! Мне хочется медленно, тихо пойти домой. Я даже на трамвай не сяду.

— А нога?

— Она почти не болит. Ну, не упрямься. Дай мне сделать по-своему. Все будет в порядке. Я позвоню тебе. Мама приглашает вас к нам.

— Я уже знаю. Какая мама стала красивая!

— Да, мама очень красивая.

Когда я вышел из дома, чтобы перегнать машину, в конце переулка еще виднелась Дашина фигура Она шла медленно, осторожно, соизмеряя шаг с упором на палочку.

Я видел ее будто в тумане. Я ничего не простил, не забыл и не забуду. Во мне осталось только желание — дань привычке. Я не люблю ее, а она не любит меня. Но я знал, что за эту нелюбовь я отдам все прошлые, настоящие и будущие любови...

16

Ответный визит нашей семьи к Гербетам не состоялся — Анна Михайловна быстро, решительно, словно торопясь, устремилась в смерть.

У нее был рак лимфатической системы. И был уже давно, она знала об этом, но скрывала от домашних. Потом они догадались, но играли в молчанку, скрывая друг от друга свое знание. Когда же болезнь была названа, Анна Михайловна слегла. Я не хочу сказать, что, спохватись они раньше, ее можно было бы спасти, неоперабельный рак как был, так и остался неизлечим, во всяком случае в нашей стране. Она, подобно Елизавете Английской, до самой последней возможности оставалась на ногах, помешивая ложкой кипящий домашний суп. Мужество не оставило ее и на смертном ложе, когда роковые слова были произнесены вслух.

Я узнал обо всем этом, вернувшись из командировки. Позвонил. Даша взяла трубку, но разрыдалась и не могла говорить. Больше она не выронила ни слезинки. Она неотступно находилась при матери, наладив образцовый уход, спокойная, тихая, и было ли ее самообладание силой, почерпнутой у матери, или глубиной отчаяния, сказать не берусь. Она не поддерживала тона расслабляющей жалости и позволяла говорить о матери лишь как о человеке, продолжающем трудное дело жизни, без жидких слез сочувствия. Я знаю об этом не с чужих слов, поскольку что ни день заезжал к Гербетам. Мне хотелось быть полезным, но Даша после двух-трех суховатых отказов сказала твердо: «Мы делаем для мамы все. Она ни в чем не нуждается. Приходи, когда можешь, больше ничего не нужно».

А вызвала она меня сама: «Мама хочет тебя видеть». Я пришел. Даша куталась в шерстяной платок, на ногах вязаные чувяки, хотя на улице — лето, а в доме — теплынь. Видать, озноб шел изнутри. Анна Михайловна лежала в большой комнате, где происходили наши праздничные обеды. В комнате полумрак, окно занавешено, на маленьком столике возле больной горел ночник, лежала раскрытая книга. Лицо Анны Михайловны оставалось в тени, под знакомым шотландским пледом не ощущалось тела. Впечатление было такое, что от нее остались лишь голова и руки, чью худобу скрывали рукава байковой кофты. Есть такая игрушка — кукла-бибабо: голова, руки и рубашка, которую должна заполнить твоя кисть, чтобы наделить игрушку движением. Я стоял молча, не в силах отвести взгляд от плоского натяга одеяла.

— Юрочка? — послышался знакомый, еле слышный, но отчетливый голос. — Видите, как быстро все переменилось... Не надо меня целовать. (Я и не собирался, боясь заразиться раком.) Сядьте вон там, в ноги, чтобы я вас видела. На меня не надо смотреть. Я стала такая страшная.

Я повиновался. Мое перемещение как-то сместило свет и тени, и я увидел ее лицо. Оно было страшным и красивым — какой-то ужасной, изможденной, нечеловеческой красотой. Плоть отпала целыми сегментами, побуревшая кожа обтягивала костяк, который был совершенен, из темных ям смотрели светло-ореховые, с прозеленью глаза. Оказывается, я не знал цвета ее глаз.

— О чем вы, Анна Михайловна?.. — пробормотал я. — Вы красивая...

Я впервые находился у постели умирающего человека — и не знал, как себя вести, что говорить, все казалось ничтожным, ненужным, даже оскорбительным рядом с последней серьезностью смерти. Это ложное чувство — умирающий человек еще живет, живет всем объемом жизни, ему интересно все, кроме смерти.

Анна Михайловна заговорила о том, что людям не хватает щенячести. Той беспредметной, беспричинной радости жизни, которой предаются щенки, открывшие, что мир состоит не только из теплого, питающего материнского живота. Нам не хватает веселой возни, готовности к игре, ласке, беззлобности и беззаботности. Мы всегда настороженны, изначально угрюмы, боимся верить другому человеку, заторможенны на жест добра. Нехорошо это, грех перед собой, грех перед жизнью... Она еще что-то говорила, а я думал о том, почему так мало щенячести было проявлено ко мне, виноватому лишь в любви к Даше. Да за одно теплое слово я повалился бы на спину, суча лапами и открыв розовое, беззащитное блохастое брюшко. Когда я потом передал рассуждения Анны Михайловны моей матери, та покусала губы, что было признаком заинтересованности, и сказала: мне это нравится, я ее понимаю. Нам правда не хватает щенячести. Только где ее взять? Она говорит оттуда, там иной воздух. Она уже забыла о нашей духоте и мраке...

— Ладно. Ступайте, — отпустила меня Анна Михайловна. — Я устала. — И, не глядя, чувствуя в дверях Дашину фигуру, сказала ей: — Дай мне лекарство.

Она держалась на болеутоляющих средствах. Нет, это неправда, она держалась силой духа а физические страдания умеряла лекарствами.

Уходя, я снова увидел ее глаза, они сменили цвет, вернее, стали почти бесцветны, но с оттенком, как вода в стакане, куда насыпались свежие еловые иглы.

Я прошел в кабинет Гербета. Даша рокировалась с ним: он перебрался в ее комнату, а она — в кабинет, чтобы слышать через тонкую стену тяжелое дыхание матери. Август Теодорович теперь целыми днями отсутствовал, перегруженный работой. Конечно, он был перегружен не только работой, но и вниманием той молодой женщины, его ученицы, существование которой давно уже высчитала Анна Михайловна. Ее влюбленность в профессора стремительно нарастала с угасанием Анны Михайловны, чтобы достигнуть пика к моменту его освобождения и не дать ему одуматься. Поводья выпали из ослабевшей руки больной и были подхвачены рукой куда более решительной и жесткой. Но неискушенному в науке страсти нежной Гербету казалось, что он меняет континентальный климат на средиземноморский.

В кабинете, заваленном книгами, папками с рукописями, всевозможным бумажным мусором, вроде гранок «Логики» и «Эстетики», целый угол занимал мой старый знакомец — телескоп. С грустью и умилением глядел я на зачехленную трубу, в которую Гербет наблюдал мироздание под испуганно-восхищенными взглядами отдыхающих. «Скажите, товарищ профессор, а есть жизнь на Луне?» — услышал я шаткий от почтительности голос. И вежливо извиняющийся (за планету) ответ: «Нет, товарищи, на Луне нет жизни». Бедная Луна! А на Земле и жизнь, и смерть, от которой в испуге попятился профессор.

Вернулась Даша в своих неслышных чувяках. Она пришла будто не из комнаты умирающей матери, а из старых дней...

Писать о себе, и писать правду, порой невыносимо. Как бы мне хотелось остаться в тех горестных днях добрым, чутким другом, этаким Санта Клаусом без мешка с подарками, но помните пушкинское:

И с отвращением читая жизнь мою,
Я трепещу и проклинаю.
И горько жалуюсь и горько слезы лью,
Но строк печальных не смываю.

И я не стану смывать. Шерстяной платок и чувяки начали, а дурацкая труба, втянувшая в захламленный кабинет весь Коктебель, довершила перепад доброго самаритянина в кобеля. Почему она не возмутилась, не выгнала меня, ну, хотя бы не пристыдила? С отсутствующим лицом — верно, прислушивалась к тому, что за стеной, — она пропускала мимо ушей мое тягостное бормотание, сразу, конечно, поняв его цель, а потом спросила рассеянно, но потоварищески:

— Это очень нужно?

Ответный захлеб она тоже не слушала, блуждая взглядом по кабинету. Никаких моральных проблем, она решала чисто техническую задачу, где бы устроиться. Потому что устроиться тут было негде. Очевидно, Даша спала в комнате матери на раскладушке. Кабинет Гербета был начисто не приспособлен для любви. Я начал впадать в панику.

— Придется на полу, — как бы для себя сказала Даша.

Она легла на грязноватый, вытертый коврик и задрала юбку. То, что пронизывало меня дрожью вожделения и теневым сознанием собственной низости, было для нее всего лишь внеочередной заботой этих трудных дней, продолжением службы матери, ибо та хотела видеть меня, продолжая связывать со мной бедные надежды на Дашино устройство в мире, где ее не будет. Для Даши это было тем же, что вынести горшок, смазать пролежни, сменить белье под больной.

Я продолжал наведываться к Гербетам. Как бы тихо я ни входил, Анна Михайловна улавливала шум в прихожей.

— Кто там? — спрашивала она.

Даша заглядывала к ней в комнату:

— Это Юра.

— А, Юрочка!

Но желания видеть меня не изъявляла.

— Мама еще больше исхудала, — говорила Даша — Ее мучают пролежни. Врачи и тут не могут помочь. Она ужасно слаба. Почти не ест. Только пьет холодный чай с лимоном. Но, знаешь, она каждый день хоть немного читает. Своих любимых греков. И никогда не жалуется.

— Какой мужественный человек!

— Да, — вздыхала Даша и покорно ложилась на грязный коврик. Тут вообще собрались мужественные люди: каждый неуклонно, воистину всем смертям назло, служил своему богу или бесу. Анна Михайловна, превращая смерть в акт высокой жизни, заряжала свою дочь для будущего. Даша фанатично ей служила. А два подонка, Гербет и я, «справляли», как говорят ивановские ткачихи, «свое удовольствие» у гробового входа. Великое оружие — эгоцентризм! Я не моралист — куда там! — и все-таки скажу моим молодым читателям: не трахайтесь на голове умирающих. Воздержитесь. Это окупится добрым светом в последующей жизни.

Однажды мы чуть не завалились. Дело было к вечеру, и Гербет неожиданно явился много раньше обычного. Мы едва успели вскочить. Даша толком не сумела натянуть штаны — они зацепились за резинки чулок, — незаметные, разумеется, под юбкой, но навязавшие ей семенящую поступь. А меня как-то скрючило от невоплотившегося желания.

Даша высеменила в коридор, не закрыв за собой дверь, и столкнулась с Гербетом.

— Как мама? — тихо спросил он.

И тут в квартиру постучали. Даша и Гербет уставились на входную дверь, не зная, пускать или не пускать нежданного посетителя. А тот проявил настойчивость, он тряс дверь, так что звякала цепочка.

И мы услышали не наполненный плотью звука голос:

— Там Боря... Откройте...

Пастернак влетел, распространяя запах «Шипра» и пудры. Выбритый до кости, с седым начесом вкось лба, в белых брюках и белых, начищенных зубным порошком парусиновых туфлях, черном пиджаке и рубашке апаш, открывающей в распахнутом вороте крепкую загорелую грудь, он исходил силой жизни, глаза сверкали, а рот плотоядно улыбался, открывая конскую челюсть. Вскоре он вставит зубы, давшие красоту и без того замечательному лицу. Он чувствовал себя нарядным, бодрым и счастливым, спешил на любовное свидание, а сюда заглянул, искупая жестом милосердия слишком большое счастье разделенной любви.

Пастернак когда-то сказал, что самое важное для поэта — не стихи, которые он пишет, и уж никак не слава и признание, а творческое состояние. Считается, что он был страстно влюблен в первую жену, в Зинаиду Николаевну, и Ольгу Ивинскую, да он и сам так считал. Но главным для него была не любимая женщина, а состояние любви. Он был влюблен в себя влюбленного. Иначе и не могло быть у такого эгоцентрика, как Борис Леонидович, умудрившегося, в чем он сам позднее признавался, пройти мимо всей современной ему поэзии (кроме Маяковского, в котором с облегчением разочаровался), в упор не видевшего даже близких — и очень больших — людей. Страшновато читать его «слепую» переписку с двоюродной сестрой, умной, высокоталантливой Фрейденберг, — с полубезумной рассеянностью и упорством он приглашает умирающую от голода в Ленинграде блокадницу погостить у него в Переделкине. Ему все прощалось за талант и какое-то звериное изящество натуры, лишь Зинаида Николаевна, подобно другой великой жене, Софье Андреевне, мерила мужа житейской мерой и глубоко презирала.

Пастернак ворвался в квартиру, пахнущую смертью, как самум, как торнадо.

— Здравствуйте!.. Все!.. Все!.. Все!.. Как Анечка?.. Лучше? — Он пропустил мимо ушей шепот Гербета, что хуже. — Должно быть лучше, когда такая весна! Что за дни стоят!.. Господь Бог послал такую погоду!..

— Боренька, что вы там шумите в коридоре? — Как странно было услышать почти прежний голос Анны Михайловны. — Идите сюда.

Пастернак сделал какое-то летучее движение и оказался в комнате больной, мы вкатились за ним следом, хотя нас не звали.

Хорошенькая компания собралась у смертного ложа: один был от бабы, другой шел к бабе, у третьего раскаленный прут углом выпячивал ширинку, четвертая так и не сумела натянуть штаны. Чистой духовностью веяло лишь от умирающей. Мы же были вульгарно шумны и физиологичны. Но кто знает, быть может, больной был полезен этот грубый ток жизни, тогда мы не заслуживаем казни.

Борис Леонидович лучился энергией успеха: театры дерутся за его шекспировские переводы, стихи из романа печатаются в журналах, они у всех на устах, сам роман ждет блистательная будущность (так оно в конечном счете и оказалось), а ко всему еще — и важнее всего — эта великолепная, пьянящая погода! «Милый человек, — говорила Ахматова, прочтя революционные поэмы Бориса Леонидовича, — он думает, что пишет о революции, а пишет о погоде». А сейчас мне показалось, что, говоря о погоде, «милый человек» имел в виду свою любовь, во всяком случае, она включалась в опьянение погодой. Я думаю, что Анна Михайловна понимала это; не знаю, как относилась она к последней любви Бориса Леонидовича — в доме при мне об этом никогда не говорили, — но сейчас улыбчиво отзывалась на оленью трубу страсти. Она даже попросила Дашу поднять ей повыше подушки.

Я ушел вслед за Пастернаком, оставив семью в каком-то праздничном изнеможении.

Под утро Анна Михайловна умерла...

Ночью Даша услышала какой-то шум — вот она, машинальность письма, — мышиный шорох и вскочила со своей раскладушки. Горел ночник, мать с закрытыми глазами шарила пальцами по одеялу, простыне, дотягивалась порой до ночного столика, как будто что-то искала. «Прибирается, — говорят в народе, — значит, сейчас помрет». Даша не знала этой приметы. «Ты хочешь пить?» — спросила она. «Нет, — низким, чужим голосом ответила мать. — Где Марцелл?» — «Вот он». Даша положила руку матери на книгу. «Где Платон?» — тем же отчужденным голосом спросила Анна Михайловна. «Вот он». — «Положи мне на грудь. Где Аристотель?» — «Здесь». — «Положи справа». Даша повиновалась. «Слушай внимательно. Платье тафтяное серое, мое любимое, туфли серые замшевые... И только обручальное кольцо... Ты поняла?.. Ничего больше. Прощение всем... И прошу... меня тоже... Поцелуй... Ну, вот и все. Теперь ступай... Хочу одна...» И это было так сказано, что Даша тут же вышла. Она думала разбудить Гербета, но вспомнила, что мать ей этого не наказывала. Ему не нашлось места в последних распоряжениях матери. Значит, он ей не нужен...

Даша долго плакала, затыкая рот шерстяным платком, чтобы мать не услышала, а затем вдруг уснула — каким-то мгновенным провалом. Она проснулась около восьми утра, прислушалась и поняла, что мамы уже нет...

17

Вот и не стало Анны Михайловны. Боже, как я ее ненавидел вплоть до того дня, когда под моими губами оказалась ее гибнущая плоть. А ведь вся ее вина, скорее беда, была в избытке любви. Безмерность никогда не доводит до добра. Ее судьба в чем-то схожа с судьбой моей матери, а моя — с Дашиной. Нам обоим с появлением на свет было отказано в отцовской защите, и вся ответственность за нашу хрупкую жизнь легла на матерей. Анне Михайловне повезло больше: робкий, трусливый, дрожащий Гербет оказался прочен, как утес, в советском море. У матери все хорошо началось, но с двадцать восьмого года ее жизнь стала неотделима от таких слов, как «передача», «свидание», «тюрьма», «пересылка», «этап», «лагерь», «ссылка». Вечным узником стал мой приемный отец и умер в ссылке, сел в тридцать седьмом отчим. Мать смертельно боялась за меня, но ее страх был ориентирован в сторону Лубянки — площади Дзержинского, в остальном умела обуздывать свой страх, она не вмешивалась в мою жизнь. Анна Михайловна как испугалась за крошечный беспомощный комочек плоти, что поднесли к ее груди, так и не избавилась от этого страха. Она словно не видела, что бедный чавкающий комочек стал изобильной плотью, и все хотела держать дочь у своей груди. Страх — плохой советчик. Все выстрелы Анны Михайловны были мимо цели, вплоть до последнего. Она опоздала вернуть мне Дашу.

Я тяжело переживал смерть Анны Михайловны и, как всегда в подобных случаях, оказался не на высоте. Я запил в день ее кончины и пил беспробудно три дня, втянув в тризну жену, тещу и всех посетителей дома. Анну Михайловну никто из них не знал и боль потери испытывать не мог. Жена и теща по русской традиции ненавидели ее почти так же пламенно, как Дашу. У меня дома на письменном столе стояла фотография семнадцатилетней Даши, жена уничтожила ее, за что понесла суровое наказание. Оклемавшись, она ликвидировала, непонятно как доискавшись, то произведение, посвященное Даше, которое я читал у Киры. Но, обладая в молодости отличной памятью, я его почти дословно восстановил. В ту пору у меня была не только хорошая память, но и выдающееся красноречие — под высоким градусом, слабые следы которого сохранились по сию пору. Замечательный, хотя и не постоянный ораторский дар слабел во мне по мере снижения того градуса, который я способен выдержать. Тогда я не уступал Демосфену и управлял пьяной оравой, как Цицерон сенатом. Я так распинался об Анне Михайловне, что и жена, и теща, и все собутыльники плакали навзрыд. Я говорил о великих греках, которых она унесла с собой в могилу, и требовательно спрашивал свою цветущую тещу, какую литературу захватит она в последний путь. С заплаканными глазами теща, отнюдь не книголюб, обещала взять с собой томик Марселя Прево и загадочную «Трагедию Сиканэ». Последнее произведение никому не было известно, и я долго и ярко стыдил тещу за некультурность. «Анна Михайловна ушла с Платоном и Аристотелем, — витийствовал я, — а вы намерены оскорбить небо французским пошляком и какой-то чушью собачьей!» Теща, рыдая, отстаивала достоинства Марселя Прево, а «Трагедию Сиканэ» обещала заменить рекомендованной мною литературой. Нашему чудовищному пьянству помогало отсутствие тестя, находившегося в санатории. На третий день пьянства ни водка, ни коньяк, ни вино не лезли в опаленное горло, и мы затеяли варить глинтвейн из красного «Напареули» с сахаром, апельсинами, мандаринами, яблоками, с корицей и гвоздикой. Всю ночь мы поминали Анну Михайловну горячим пряным напитком, а утром блевали над унитазами, умывальниками, раковинами двух квартир. Я не мог подняться, и жена, шатаясь и падая, принесла большой таз к постели. С темно-красной жидкостью выходили целые дольки мандаринов, апельсинов и куски яблок. Осмрадненный дух корицы и гвоздики пропитал воздух. Надышавшись сладко-пряной вони, начала блевать моя маленькая падчерица — вот уж воистину в чужом пиру похмелье.

Конечно, ни на какие похороны я не пошел. Я и на ноги подняться не мог. Нашу семью на Новодевичьем кладбище представлял отчим. Он принес цветы и якобы отпечатанную мной записку с соболезнованиями и объяснением причины отсутствия, конечно, по болезни. Даша все поняла и впервые по-настоящему обиделась. Я и сам не находил себе извинений. Через несколько дней, восстановившись, я позвонил Даше и, услышав ледяной голос, понял: говорить не о чем.

Смерть Анны Михайловны завершила очередной этап наших с Дашей отношений. Она выпала из моей жизни. Почему-то я был уверен, что вернется «дорогая пропажа» — Резунов, и не ошибся, хотя возвращение изгнанника произошло далеко не сразу.

Гербет неожиданно, хотя и ненадолго, оказался на высоте. Он хотел выкупить свое освобождение от прошлого. Прежде всего он поставил превосходный памятник Анне Михайловне работы Гинзбурга — единственное высокохудожественное творение на престижном и безвкусном кладбище, затем взял Дашу с собой в Коктебель. А по возвращении с той же энергией, но теперь уже не своей, а заимствованной, разменял квартиру, оставив Даше одну комнату, где умерла Анна Михайловна, и сразу съехал, забрав трубу и благородно поделив мебель, постельное белье и кухонную утварь. После чего полностью исключил Дашу из своего обихода, не предложив ей хоть малой материальной поддержки. Тут уже им управляла чужая воля, которой он беспрекословно подчинился. Вскоре молодая жена подарила ему дочь-урода: правая сторона у нее была больше левой, как у жены Гуго Карловича Пекторалиса, обладателя железной воли. И вот тут произошло возвращение Резунова.

Я воспринял эту новость равнодушно. У меня хватало собственных забот. Мой брак медленно и неопрятно разваливался. По причинам, не имеющим отношения к той истории, которую я рассказываю. Наша домашняя телега давно уже скрипела, но тут дело дошло до того, что, не заговаривая о разводе, мы с женой разъехались, я вернулся на свою базу; мы изредка встречались то у нее, то у меня, но обоим было ясно, что все кончилось, по правде говоря, так толком и не начавшись.

В эти темные времена, крепко упившись, я решил нанести Даше ночной визит. Меня ничуть не смущало, что я могу наткнуться на Резунова и визит в два часа ночи едва ли покажется ему уместным. Резунов был в тяжелом весе, я же тогдашний едва ли тянул даже на первый средний, но чего-чего, а драк я не боялся, как-то не думал об этом. В пьяной башке намертво укрепилось одно соображение, объяснявшее мое право на такой визит: в канун рокового дня неожиданный приход Гербета вспугнул нас, и я не кончил. Я не претендовал ни на Дашины чувства, ни на сколь-нибудь длительное внимание, не собирался вмешиваться в ее жизнь и разрушать неофициальную семью, я просто хотел получить по старому счету, это естественно и справедливо. И кто такой Резунов? Просто сожитель. Он увел у меня жену, сволочь такая, пусть потерпит, пока я получу должок. Вот так простодушно и отнюдь не агрессивно рассуждал я, отправившись на Зубовскую. Вскоре я постучал в темное окно.

Стучал я долго. В конце концов с той стороны окна замаячила долговязая мужская фигура. Значит, Резунов все-таки ночует здесь. Снаружи было очень плохо видно, наверное, из комнаты я просматривался лучше в свете уличных фонарей. Я углядел, что человек двинулся в глубь комнаты, вышел в коридор, но свернул не в сторону входной двери, а к столовой. Через минуту-другую там загорелась настольная лампа. Я переместился к окну столовой и вскоре разглядел Дашу в спальной рубашке. Она сделала мне знак, чтобы я заходил.

Входную дверь мне открыла Даша. Оказывается, я разбудил ее племянника, сильно подросшего Сережу. Новые жильцы все еще не переехали, только в бывшем кабинете Гербета начался вялый ремонт. Я различал едкий запах гниловатой шпаклевицы. Сереже разрешили временно занять пустую комнату.

В самую пору опять вспомнить пушкинские строки: «И с отвращением читая жизнь мою...» В смысле постыдности поведения даже в моей грешной жизни нет аналогов.

Я нес несусветный бред, в котором ложь была так перепутана с правдой, что я сам запутался и, как мне казалось — с торжеством, — запутал бедную непроспавшуюся Дашу. Не запутал. При всей ее ошеломленности моим никак не ожидавшимся, наглым ночным приходом, цели которого я не скрывал, она чувствовала что-то более серьезное в не свойственном мне поступке, а вовсе не пьяную выходку, не запоздалый и нелепый взрыв ревности и провокацию скандала и даже не маниакальную физическую тягу к ней. Но это я понял куда позднее. В моей затуманенной башке крутилось совсем другое: я казался себе дьявольски хитрым и коварным, я добивался своей цели с циничной изворотливостью Казановы и полуфальшивым пылом Дон Жуана. Я незаметно смазал слюнями глаза и приложил к ним Дашину руку, чтобы она почувствовала мои слезы, а Даша знала, насколько я неплаксив. Наслаждаясь своим лицедейством, я не понимал, до чего был искренен, несчастлив и жалок. Даша угадала эту искренность за всеми напластованиями дряни и с усталым вздохом приняла меня.

Я обманывал не ее, а самого себя. Пришло бы мне в голову разыграть подобную комедию ради другой женщины? Да ни в жизнь! Фальшивы были слезы, но не посыл имитировать. И разве фальшива была сила, заставившая меня, пьяного, полубезумного, тащиться через ночь, спотыкаясь, падая, расшибаясь об углы, под окно, откуда мог выпрыгнуть здоровенный амбал и размазать меня по асфальту? В пьяном поступке сказалась правда души. Я не знал, как мне вернуться к Даше, я не умею выяснять отношений, не умею каяться и просить прощения. Бессознательно я выбрал единственно возможный для себя способ: глупый, отчаянный, шутовской. И умное Дашино сердце все это поняло.

Утром, когда Сережа ушел в школу, а мы пили чай на кухне, я узнал кое-что о Дашиной жизни. С Резуновым было покончено, хотя дружеские отношения не были порваны, Даша вообще не любила окончательно терять людей. Я спросил о причине разрыва.

— Щи, — был короткий ответ.

— Что это значит?

— Надоело варить щи. Не могу больше слышать запаха кислой капусты. Он, хотя в армии не служил, ест щи по-солдатски два раза в день.

Я понял, что «щи» надо понимать не только буквально, но и символически. Резунов изжил себя полностью, голос Даши звучал мертвым равнодушием.

— Вы больше не видитесь?

— Он звонит иногда. Как-то раз Стась позвал его на водку. Ага, значит, пришла очередь Стася! Терпеливо же дожидался он своего часа. Совсем по Омару Хайяму: «Нет в женщинах и в жизни постоянства, зато бывает очередь моя».

— Зачем он Стасю нужен?

— Не знаю. Стась считает его хорошим человеком. Для Стася очень важно, чтобы человек был хорошим.

— Стась и сам хороший человек. Резунов тоже был задуман как хороший человек, но литература и не таких корежит.

— Он не искореженный. Скучный. Бог с ним Как ты живешь?

Я рассказал, что, по существу, расстался с Галей, что у меня наметилась постоянная подруга, «есть и кроме», но живу паршиво: пишу много, печатаю мало, зарабатываю на жизнь чем придется: газетной работой, на радио, в Информбюро — пишу о свежих огурцах в Сыктывкаре, не брезгую негритянской работой — навалял книгу о севастопольской обороне за бывшего секретаря горкома партии. Гордиться нечем.

Я уже понял, что Даша никак не связывает со мной своего будущего, признав недействительным негласный договор, составленный Анной Михайловной, и мог бы стать с нею прост и откровенен. А я зачем-то ломаюсь. Моя жизнь даже в литературном плане не была столь уж кромешной: я опубликовал несколько рассказов, хорошо замеченных, и это было чудом, поскольку новеллистика находилась в полном загоне. Величие Сталина требовало больших романов и эпопей. В «Советском писателе» у меня выходила очередная книга. Да и зарабатывал я своей халтурой более чем прилично, собирался сменить «Москвич» на «Победу». Откуда возник этот некрасовский тон черной печали, образ труженика, надрывающего непосильной работой чахоточную грудь? То был вызов буржуазному спокойствию Даши, легко сменившей безумца Резунова на крепкого, спокойного, уравновешенного Стася. С нашего разрыва я был поставлен в ложное положение в отношении Даши. Мое место было рядом с ней — навсегда. И что бы между нами ни происходило, я не мог быть до конца естественным. В заговоре Анны

Михайловны участвовали все, включая меня, кроме Даши, несмотря на внешнюю покорность. Я был ей нужен, но как-то иначе, чем она мне.

Желая меня подбодрить (мол, есть еще более несчастные люди), Даша рассказала о бредовом явлении Бориса Резникова, пронесшего сквозь пятнадцатилетнее отсутствие матримониальные намерения. Дальнейший разговор был прерван появлением маляров: трех уже с утра подвыпивших, изможденных оборванцев, принесших смрадный дух гнилой шпаклевки, перегара, селедки и табака. Даша сказала, что они с трудом дотягивают до обеда, поскольку к тому времени едва стоят на ногах. Но это к лучшему — откладывается переезд соседей.

Выйдя на улицу и глотнув свежего воздуха с Москвы-реки, я подумал, что не скоро вернусь на это пепелище, исподволь становящееся стройплощадкой новой жизни. Плоть моя угомонилась, хмель вышел, дух освободился, впору было разобраться в собственных проблемах, чем лезть в чужую жизнь.

Благими намерениями ад вымощен. Не прошло и двух недель, как я опять нагрянул к Даше, и опять глубокой ночью, и опять пьяный. А ведь у меня и впрямь завелась чудесная подруга, с которой все получалось лучше, чем с нынешней Дашей, и веселее, и легче. И общение наше было богаче, она была умнее и острее Даши и шире развернута к миру.

И все же я притащился сюда. Сережи не было, мать легла в больницу, и он вернулся домой. В квартире все оставалось по-прежнему, но приняли меня куда суше. Без слез и отчаяния моя притягательность как-то не срабатывала. Но главное, конечно, было не в этом: Даша решила всерьез и по всем правилам связать свою жизнь со Стасем, и ночные визитеры становились нежелательны.

И все-таки у нее не хватило духа выгнать меня. Она даже согласилась пустить меня в постель, но предупредила, что утех не будет. Я добровольно обрек себя на мучения. Даже кошмарная новогодняя ночь в Подколокольном далась легче, ибо не исключался паллиативный вариант. А здесь — наглухо. Она позволила себя обнять, но строго держала дистанцию. Проведя в изнурительной борьбе всю ночь, мы едва нашли силы подняться к приходу маляров. За чаем я грустно и смиренно сообщил, что оплатил ее бессмысленное упрямство потерей мужской силы. Как я понимаю, навсегда. Что ж, этим должно было кончиться, струна лопнула. На миг она поверила, в глазах мелькнули сострадание и страх, затем протянула руку, и мне пришлось изобразить изумленный восторг от волшебного исцеления.

Дальше я помню себя уже гостем Даши и Стася. Но при этом я вопреки очевидности про себя считаю, будто мы оба в гостях. Они еще не расписаны, но между ними все решено. Мы всегда пьем при встречах. Стась пьет много, но крепок к выпивке, как все прибалты. Даша научилась пить. Раньше ее поводило с бокала вина, сейчас она предпочитает водку и спокойно, целенаправленно пьет до охмеления, которое никогда не бывает у нее вульгарным, по-бабски шумным и противным. Она добреет, веселеет, становится открытее, проще, ищет душевной близости с окружающими, но образ, по-своему очаровательный, новой Даши меня ранит, ведь не я изваял эту Галатею. Нынешняя Даша создавалась в студенческой среде литвуза в общении с Резуновым, их общими друзьями, в близости со Стасем и вовсе неведомым мне кругом молодых экономистов. Печаль и раздражение оседают на дне души, здесь ко мне так добры, что я не позволяю дурным чувствам вылиться наружу.

Но однажды они все-таки вылились.

У Стася было намариновано несколько банок молодых, замечательно вкусных опят. Он не жалел крепкого уксуса, перца и гвоздики, а для меня чем острей, тем лучше. Стась был в восторге, он гордился своими грибами, а они не имели успеха у его знакомых. Советские люди не выносят ничего острого: ни пряных соусов, ни наперченных борщей, никаких забористых приправ. Наверное, от плохого питания в детстве у всех слабые желудки, невыносливая слизистая оболочка, вялый кишечник, а любителей острого раздражают пресноеды. Я все накладывал себе грибков, к вящему восторгу Стася, что было мило и трогательно в сдержанном, неулыбчивом человеке с некрасивым, мрачным и чем-то привлекательным лицом. Потом я разобрался, чем привлекала угрюмая физиономия Стася — доброкачественностью и достоинством, которыми обладают лишь рожденные и выросшие на воле. До самого освобождения Латвии советскими войсками Стась жил в свободной стране. Я никогда не замечал у Стася ни крупицы польского национального гонора, но свою маленькую Латвию и родную Ригу он любил до слезы даже в трезвом виде.

С гнилых советских внутренностей наш разговор незаметно перекинулся на гнилой организм советской государственности, и оказалось, что нас роднит не только пристрастие к остро маринованным опятам. Тем неожиданнее оказался финал теплой встречи.

Когда была выпита последняя капля водки и съеден последний скользкий грибок, долго не дававшийся вилке, а разговор стал рваным и невразумительным, Даша заплетающимся языком напомнила, что пора по домам. Я не возражал, но тут выяснилось, что по домам пора мне одному, а Стась вроде бы уже находится дома. Алкоголь во мне смертельно обиделся. Я позволил Стасю натянуть на меня плащ и вывалился из квартиры, не попрощавшись с Дашей. Он последовал за мной, как потом выяснилось, хотел посадить на такси.

Не помню, как мы дотащились до угла Зубовской и Кропоткинской, видимо, Стась волок меня на себе. Но у заветной будки чистильщика сапог, которая так много значила в моем паломничестве к Дашиному дому, я полуочнулся, вспомнил все свои глиняные обиды и заявил, что никуда не пойду.

— Надо идти, — мягко сказал Стась. — Мы поймаем такси.

— Вот ты и катись! — Я сделал попытку повернуть назад.

Он преградил мне дорогу. И все было разом забыто: маринованные грибки, ледяная водка, добрый разговор, завязавшееся на общей ненависти к советской власти понимание, готовое перейти в дружбу, — я развернулся и врезал ему в ухо. Голова его мотнулась назад, он попятился, я ударил снова. Он успел уклониться, и мой кулак угодил в продолговатое зеркало на боковой стенке айсорского агрегата. Зеркало треснуло по всей длине, а у меня вылетел из гнезда большой палец. Я не потерял сознание лишь потому, что нечего было терять. Тупо уставившись на свою изуродованную руку, я вдруг почувствовал себя человеком без будущего. Стась не воспользовался моей беспомощностью. А ведь он был в своем праве, да и в желудке у него плескалось не меньше водки, чем в моем. Меня спасли врожденное благородство Стася, этика западного человека, и охраняющий дух Даши витал над моей бедной головой. Смутно помню, что он остановил машину, о чем-то говорил с шофером, затем провал и опамятование утром в своей постели.

Палец мне вправили в поликлинике, руку загипсовали, и я уехал в командировку под Харьков. Гипс сняли по возвращении, а тут еще нежданно быстро вышла моя новая книга в «Советском писателе». Я стал раздумывать, нельзя ли под эту книгу вернуться в дом на Зубовской — гостем, другом, ни на что больше я не претендовал. Не знаю, сколько времени разъедала бы меня русскосоветская рефлексия, но тут позвонил Стась.

Он был в восторге от моей книги, которую приобрел в книжной лавке на Кузнецком. Книжка — хуже некуда, но в одном рассказе удались описания лошадей и колхозных бегов, а Стась в своей рижской юности увлекался конным спортом.

— Приходи, подпишешь мне книгу.

Будь на месте Стася кто другой, я поостерегся бы или захватил с собой заточку, но я знал, что имею дело с безукоризненным человеком.

— Я с удовольствием. Когда?

— А чего тянуть? Приходи сегодня, к семи. Поужинаем.

— Спасибо. Буду.

— Ждем. Бегу за горючим. Даша рвет трубку.

Некоторое время мы с Дашей обменивались ничего не значащими фразами, затем я услышал, как хлопнула входная дверь.

— Что у вас произошло? — сразу спросила Даша.

— О чем ты? — Мне не была известна версия Стася, и не хотелось подводить его.

— Стась почти оглох на одно ухо. Он лечился в поликлинике.

Я промолчал.

— Мы расписались, — сказала Даша. — Стась переехал ко мне.

— Поздравляю, — сказал я. — Стась прекрасный малый.

— Может, ты придешь с Лелей?

Меня удивило, что она помнит имя моей подруги.

— Если смогу ее поймать.

Бедная Даша хотела максимально обезопасить предстоящую встречу, но боги смеются над жалкими ухищрениями смертных.

— Что у тебя с рукой?

— Ничего. А что?

— Зачем ты врешь? Мне о тебе все докладывают.

— Есть правило: никогда не говорить о том, что было в пьяном виде.

— А можно в пьяном виде не делать того, о чем потом нельзя говорить?

— Я постараюсь. Ты не волнуйся: твой Стась вел себя, как дон Сезар де Базан.

— Попробовал бы он вести себя иначе! — угрожающе сказала Даша.

Я пришел один, Леля оказалась вне пределов досягаемости. Мы провели время на редкость дружественно, хотя и не слишком оригинально: опять много водки, опять маринованные грибы, на этот раз покупные, и тот беспорядочный, вперебив, разговор, который случается между людьми, когда им хорошо друг с другом Я пил за Дашу, за Стася, за них обоих, они — за меня. Потом раз-

дался телефонный звонок. Стась снял трубку и ликующе завопил:

— Вольдемар?! Ах ты, пропащая душа!.. Давай ноги в руки —
и к нам... У нас Юра, мы гуляем, как опричники. Ничего не надо,
все есть. Боеприпасы — моя забота...

Он повернул к нам сияющее лицо.

— Надо же, Вольдемар! Как по заказу. Наконец-то объявился.

Я спросил, кто такой Вольдемар.

— Стась так называет Резунова, — пояснила Даша.

— Ему это идет, как корове седло, — поддавшись мгновенному
чувству недоброжелательности, сказал я.

— Прием контраста, — засмеялся Стась. — Все, бегу за подкре-
плением.

Схватил авоську и умчался в магазин.

— Я позвоню Леле, — сказал я Даше.

— Зачем? — спросила она сухо.

— Позову ее. Ты же сама предлагала.

— Сейчас я не хочу. Поздно.

— А Резунову в самый раз?

— Сравнил! — И знакомо закатила глаз.

Понять ее отказ было проще простого: ей не хотелось знако-
миться с Лелей в подпитии, когда стол разорен, в комнате беспоря-
док, воздух тяжел от алкоголя и табака. Другое дело, если б Леля
распадалась вместе с нами. Резунов был свой человек, к тому же
Стась позвал его, не спрашивая ее согласия. А с Лелей надо быть в
форме. Но в моем воспаленном мозгу вспыхнуло совсем другое: ей
не хочется делиться, она одна будет купаться в обожании трех
мужчин. Собачья свадьба: три кобеля дрожат, скулят, огрызаются,
то и дело задирая ногу, а сучка вертит задом.

Ни слова не говоря, я поднялся и вышел.

Моя машина стояла под окнами, в ту пору я редко садился за
руль трезвый. Переполнявший меня гнев отыгрался неловкостью:
разворачиваясь, я задел бампером низенькую деревянную огород-
ку детской площадки.

Сворачивая на Кропоткинскую, я заметил Резунова в коротком
плаще и кокетливой кепочке — «семь листов, одна заклепка» называют в народе этот фасон. До чего быстро он появился. Похоже,
звонил откуда-то неподалеку, может, уже направляясь сюда.

Смертельно оскорбленный за Лелю, я поехал к ней и застал
дома. Отсюда мы отправились в «Арагви», а потом к ее родственникам, у которых для нас имелась маленькая комната, служив-

шая нам верой и правдой вплоть до моего освобождения от брачных уз.

Вернулся я домой поздно утром и узнал, что накануне вечером меня разыскивал Стась. Я решил, что его огорчил мой внезапный уход, расстроивший тайную вечерю дружбы и любви, и не стал отзванивать, наш ужин принадлежал прошлому.

Вскоре выяснилось, что самое интересное на Зубовской произошло после моего ухода. А не уйди я, тоже произошло бы что-то интересное, но в другом роде. Застав Дашу одну, Резунов хватил стакан водки «под рукав» и стал к ней приставать. Не найдя понимания, он вспомнил о своей богатырской сути, схватил стул и ударом об пол превратил в щепу. После чего принялся выкручивать Даше руки и валить на диван. И тут вернулся Стась. Резунов успел отпустить Дашу, отошел к окну и закурил.

Стась вошел, звеня бутылками, сияя доброжелательностью, и увидел останки стула, заплаканную жену, растирающую синяки на руках, смущенно и застенчиво улыбающегося Резунова. «Юра?» — вскричал Стась и кинулся к телефону. Меня дома не оказалось, а Даша во избежание побоища не стала рассеивать заблуждения мужа. Резунов сразу собрался уходить. Стась, гостеприимный даже в скруте ярости, заставил чокнуться. «Ты уж прости, Вольдемар, что так нелепо получилось». — «Бывает», — вздыхал Вольдемар, натягивая плащ. Он отбыл, а Стась опять кинулся к телефону.

— Брось, — остановила его Даша. — Юра ушел к своей Леле следом за тобой. Это Резунов.

— Не верю.

— Юра не ломает стульев и не насилует женщин.

— Он тебя изнасиловал?

— Конечно нет. Но пытался.

— Я его убью!

И тут раздался стук в дверь. Резунов вернулся за кепочкой, которую в вихре событий и переживаний оставил на вешалке. Было произнесено одно слово: «Подлец!», — за ним последовало несколько коротких сухих ударов, и Резунов оказался на полу. Он пополз, потом вскочил и с древним русским боевым кличем «Еб твою мать!» кинулся на Стася, размахивая руками, как мельница крыльями. «Кирне елейсон!» — ответил Стась старинным кличем польского рыцарства и разрушил ему нос. Резунов дубасил и месил воздух, Стась легко уклонялся от его размашистых ударов. Следующий его выпад лишил Резунова резца. Кровь потекла ему на шею, за ворот. Даше стало его жалко. «Хватит, Стась, пусть уходит!»

Стась вырвал из ее рук кепочку — «семь листов, одна заклепка» — и влепил в окровавленное лицо, Резунов повалился навзничь. Да, это было не ворота таскать! Тренированная сухая западная сила столкнулась с сырым российским рукосуйством и раздавила его. Стась поднял Резунова за шиворот и вышвырнул за дверь. Вдогон послал кепочку. Прошло не меньше пяти минут, пока они услышали, как хлопнула парадная дверь. Вот что ожидало меня на углу Зубовской и Кропоткинской, если б Стась дал себе волю...

А потом началось противоестественное содружество четырех: Даши, Стася — Лели и меня. Ничто не мешало этому альянсу быть нормальным и милым, если б между мной и Дашей все окончательно оборвалось, но этого не было. Впрочем, знали об этом только мы с Дашей, да и то подпольным знанием...

18

Помню хороший зимний день. Звонок Стася.

— Слушай, чего мы киснем, как старики? Пошли на каток.

— Я не катался со школы.

— Ну и что? Ты даже в хоккей играл. Навык не пропадает.

Леля была у меня, слышала разговор, предложение увлекло ее.

К тому времени она начала полнеть, и я с сомнением отнесся к ее конькобежным способностям.

— Вы не верили, что я и в волейбол играю.

Ни с кем в моей жизни я не был более на «ты», чем с Лелей, но мы так и остались на «вы» до последнего ее дня. А насчет волейбола — правда. В нашей стране всегда существовал пляжный волейбол, хотя родиной его считается Америка. Мы жили в деревне на канале Москва — Волга и каждый день на пляже в паре с Лелей обыгрывали всех желающих. Игра шла двое на двое, как и положено в пляжном волейболе, но мы не возражали, если против нас выходили втроем и даже вчетвером. Выигрывали мы отчасти из-за моей подвижности, я доставал все мячи, но главным образом благодаря Лелиным совершенным пассам — она выводила меня на завершающий удар с любой позиции. Ее бывший муж и отец сына был знаменитый волейболист из той легендарной сборной страны, которая впервые выиграла первенство Европы и мира. Я думал, что Леля обязана ему своим искусством, но она утверждала обратное: виртуоз легкого мяча влюбился в нее, увидев на волейбольной площадке.

Неплохо, если мы составим с Лелей на льду такую же привлекательную пару, как и на площадке, и я сказал Стасю:

— Леля едет с нами. Кирин елейсон!

Увы, на королеву льда Леля не потянула, я даже усомнился, что она когда-нибудь стояла на коньках. Мы выбрали Парк культуры и отдыха, самый быстрый любительский каток в Москве, но в последний момент предпочли беговым аллеям тихую заводь катка для начинающих — небольшой серебряный пятачок, весь уставленный креслами на полозьях. Держась за спинку, даже совсем не умеющий кататься мог как-то передвигаться по льду, хотя бы не падать. Леля с неимоверным трудом доковыляла от раздевалки до катка и как схватилась за спинку кресла, так уже не отпускала. При этом она панически кричала, чтобы к ней не приближались. Ее гусиный шлеп ботинками, а не коньками по льду с последующим проскользом за креслом — пальцы судорожно вцепились в спинку, ноги раскорячены, в глазах ужас — был зрелищем не для слабонервных.

Стась, очень элегантный — на шее бордовый шарф, красиво заправленный под борта темного пиджака, на голове каракулевый пирожок, — делал уверенный разбег, затем цеплял мыском конька лед и падал во всю длину. Он объяснял это тремя рюмками коньяка, выпитыми натощак. Когда коньяк подвыдохся, он стал выписывать изящные круги, к вящему восторгу окружающих бедолаг.

Я — странное дело — мог кататься только задом. У меня хорошо получались и волнообразные движения, когда конек не отрывается ото льда, и вразножку по кругу. Вперед я тоже мог, не утратив сноровки, но буквально через два шага мучительная боль схватывала лодыжки, будто их стальными клещами сжимали, и я плюхался на ближайшую скамейку. Черт его знает, что произошло с ногами, я играл в теннис, был хорошим ходоком, бегал на лыжах, а тут — волком вой. Я ослабил шнуровку на ботинках — не помогло.

— Что с тобой? — спросил Стась, подъехав и форсисто затормозив.

— Смотри.

Я с трудом оторвался от скамейки, заложил руки за спину и пошел размашистым шагом, затем, сняв одну руку, вписался в поворот и рухнул на скамейку. Стась подкатил с тем же форсом.

— Ты видишь, что я могу?

— Вижу.

— Но это все. Ноги как в тисках.

— Нарушение кровообращения. А когда задом, не болит?

— Нет.

— Интересный случай. Ну и катайся раком. — И пошел выписывать вензеля.

Я посмотрел на Лелю. Трудно было поверить, что на суше она являла собой столь любимый мною тип «бель-фам».

В конце концов нам все это надоело, даже Стась, выдержавший экзамен на скорохода, устал и потерял спортивный дух. Мы оторвали Лелю от кресла, подхватили с двух сторон и отволокли в раздевалку.

А выйдя из парка, мы увидели разрумянившиеся лица друг друга, еще недавно по-городскому, по-зимнему серые, и восхитились своим спортивным подвигом. При этом мы знали, что не вернемся сюда ни за какие коврижки, и радость усугубилась чувством облегчения. Похохатывая, мы уселись в машину и одновременно обнаружили наискосок через улицу, в стороне Калужской, пельменную, затеплившую еще при свете дня свой бледно-зеленый неоновый огонек.

— Как насчет того, чтобы отметить спортивный праздник? — неуверенно предложил Стась.

— И то, что Леля впервые в жизни встала на коньки, — добавил я.

— Да я прекрасно каталась! — сразу завелась Леля. — Просто я растренирована. А вы бы помолчали — рыцарь ракового хода.

— Вы читали Аполлона Григорьева?

— Не будем ссориться, — вмешался Стась. — Сегодня воскресенье, пельменные рано закрываются.

От испуга я так рванул с места, что Леля и Стась опрокинулись.

В пельменной действовала система самообслуживания, народа почти не было, и мы в мгновение ока стали обладателями металлических мисок с горой разваренных, выпавших из тестовой оболочки пельмешек и бутылки «Столичной».

— А все-таки мы молодцы! — сказала Леля. — Кто в наши годы ходит на каток?

— Есть еще порюх в пороховницах! — поддержал я, впервые ощутив, что пороха осталось разве что на донышке, да и тот отсырел.

— За лучшего друга советских физкультурников! — провозгласил Стась.

После второй бутылки я высказал соображение, что знаменитую статую «Женщина с веслом» — символ советской молодости и красоты — теперь заменят изваянием Лели с каталкой. Леля добродушно ткнула меня кулаком в бок.

И тут мы заметили, что на ресницы Стася набежала слеза.

— Что с вами? — участливо спросила Леля.

— Дашеньку жалко. Мы спортом занимаемся, отдыхаем, а она сидит себе одна...

— А почему вы ее не взяли?

— Она не умеет кататься.

— Бедняга! — искренне посочувствовала Леля.

— Возьмем водки, пельменей и поедем к вам, — предложил я. — Для полноты эффекта Даша может немного потолкать перед собой кресло.

— Я не знала, что вы такой злой... — начала Леля. Ее заглушил восторженный рев Стася:

— Ребята, какие вы молодцы! Вот Даша обрадуется!.. — Чуть не опрокинув столик, Стась кинулся к кассе...

Дашу обрадовало появление спортсменов. С Лелей она давно познакомилась, и та пришлась ей по душе. Даша вообще была крайне снисходительна к увлечениям своих бывших избранников. Так, она не забывала информировать меня о возлюбленных, невестах и, наконец, жене поэта — и все это были женщины выдающейся красоты, громкой репутации и редких душевных качеств. Она единственный раз вспомнила в разговоре — через много лет — о Резунове, чтобы сообщить мне о его женитьбе на чернобровой и кареглазой украинке. Леля была натурой богатой и сложной, но для самозащиты использовала природой данное ей оружие — симпатичность. Легкая на подъем, компанейская, добрая при редкой проницательности, она все другие свойства хранила лишь для избранных людей. Даже близкие подруги не ведали о ее едком остроумии, сильной воле и склонности к печальной самоиронии. Думаю, что в глубине души Леля относилась к Даше куда холоднее, ибо не доверяла ей. И была права.

Мы оказались желанными гостями еще и потому, что Даше не терпелось похвастаться щенком — эрдельтерьером, первой собственной собакой в ее жизни. Никогда не видев эрделя вблизи, я сразу и навсегда влюбился в бородатый кирпичик. Щенок был уже достаточно крупный, со всеми положенными свойствами породы: черным курчавящимся чепраком, желтой мордой кирпичиком и лапами, бородкой молодого попа, торчком обрезанным хвостиком, глядящим вперед, толстыми передними и мощными задними ногами. Странно, когда он вырос, то утратил некоторые качества: похудали передние ноги, раскорячились задние, грудь не обрела обещанной мощности, великолепны остались массивная голова и налакированный чепрак. Характер эрделий у щенка был весь налицо: страстный, деятельный, неутомимый и упрямый. Забегая вперед, скажу, увидев мою потрясенность, Леля через два месяца преподнесла мне на день рождения молочного щенка — эрделя, незабвенного Лешку. За неумное хулиганство я прозвал его Бушменом. Вероня думала, что это фамилия, а полное имя: Леонид Бушмен.

Мы так надрались, что хозяева не отпустили нас домой. Они считали, что в таком виде нельзя садиться за руль. «Как водитель он более опасен, когда трезв, — уверяла Леля. — Мало опыта». Но они настояли на своем.

К этому времени Даша и Стась остались в одной комнате, соседи все-таки переехали. Нам всем пришлось лечь, не раздеваясь, впокат на широкой низкой тахте.

Утром, когда Стась побежал за опохмелкой, а Леля принимала душ, Даша сказала с какой-то странной интонацией:

— Ты обнял Лелю во сне. Вы всегда так нежно спите?

В тоне не было ни подвоха, ни насмешки, ни скрытого недоброхотства — какой-то добрый и грустный интерес. Я долго потом думал над ее интонацией. Даше была чужда праздная игра чувств, равно и пустая болтливость, за каждым ее словом всегда скрывался смысл, важный для нее, но я не разгадал подтекста вопроса...

Осенью Даша затеяла поход в Нескучный сад, мы должны познакомить наших собак.

— Они же кобельки, — сказала Леля. — Вряд ли сойдутся.

— Ну, ваш еще щенок, а наш только вошел в юношеский возраст, — возразила Даша. — Оба еще мальчики, им нечего делить.

Идею всеобщего сближения и сдруживания Даша унаследовала от матери, которая в жизненной практике нередко достигала прямо противоположного результата. Мне кажется, что этим благородным, хотя и нереальным стремлением проникся и Стась. Даже печальный опыт Резунова ничему его не научил.

Поездка в Нескучный сад по своей нелепости, утомительности и несостоятельности мало чем отличалась от ледовой феерии. Но все же и от нее какой-то свет в душе остался. Медь октябрьских деревьев, выблески крестов сквозь марево, накрывшее город, тяжелая вода Москвы-реки в голубых пятнах неба. Этот день был — среди стольких дней, не оставивших по себе никакой памяти.

Лешка принадлежал к числу рослых эрделей и, хоть еще лопух, был выше, мощней, шире в груди, чем его старший собрат. На своих длинных, толстых ногах Лешка как-то выявил неаристократичность Джоя. Влюбленные глаза хозяев этого не замечали, но сам пес заметил и проникся антипатией к Лешке. Его не смягчило и то, что Лешка сразу признал в нем пахана и с трогательной доверчивостью стал учиться у него жизни.

Истерика началась еще в машине по пути к Воробьевым горам. Джой лаял, выл, куда-то рвался. Стась едва удерживал его своей сильной рукой, награждая порой увесистыми шлепками. Тот скалил желтые клыки, утробно рычал, но, боясь хозяина, делал вид, что его раздражает творящееся за окнами машины. Наш довольно долго терпел, только вздрагивал и прижимался к Леле. Они сидели впереди, возле меня. Эрдели очень возбудимы, и вскоре Лешка стал отзываться рыку и клокотанью Джоя сперва поскуливанием, жалобными взвоями, потом зашелся в захлебном детском лае. Он завертелся, вырвался из Лелиных рук и вдруг сел на руль. Некоторое время мы ехали, как «скорая помощь», беспрерывно сигналя, — Лешка то нажимал задом сигнал, то освобождал его, наваливаясь на меня. «Идем слепым полетом!» — сообщил я пассажирам, тщетно пытаясь избавиться от Лешки. В ту пору гудки еще не были запрещены, но наша музыка привлекла внимание гаишника. Он дал знак остановиться и прижаться к поребрику тротуара.

Я опустил стекло, и, когда милиционер подошел, Джой излил на него всю переполнявшую его ярость. Он стал лапами на спинку моего сиденья, высунул в окошко львиную башку и так облаял милиционера, что тот попятился. Оттого что Стась тянул его за ошейник, он охрип, и это усилило грозность басовых рулад. Холуи атавистически боятся собак, из мента как будто выпустили воздух. Подражая пахану, и наш Лешка слез с руля и довольно убедительно разыграл ярость. Теперь они материли стража порядка в два горла.

— Что у вас с сигналом? — пытаясь сохранить достоинство, крикнул мент. — Предъявите права!

— Собачка случайно села на руль. Больше этого не повторится, товарищ лейтенант! — Из подхалимства я произвел старшину в офицеры. — На выставку служебных собак едем.

— Предъявите права, — повторил он, но куда мягче.

Тут Джой с таким бешенством рванулся в окно, что Стась едва сумел его удержать.

— Проезжайте! — крикнул мент.

Я не заставил повторять. Мы кое-как справились с псами и благополучно добрались до Воробьевых гор.

В чудесной желто-красной аллее, протянувшейся по-над Москвой-рекой, мы вышли из машины и отпустили на волю наших парней. Джой принялся деловито обнюхивать подножия деревьев, кусты, собранную в кучи палую листву, энергично вскидывая ногу, где требовалось удостоверить свою личность. Младший был очарован его удалью и стал изо всех сил подражать специалисту. Леша, еще путавший мужественный вскид задней лапки с бабьим приседанием, теперь понял, как должен вести себя настоящий мужчина, но поначалу от излишнего усердия делал слишком резкое движение ногой и шлепался на землю. Обиженно оглянувшись, он вставал и снова начинал кропить окрестность. Дело шло все лучше и лучше. Вскоре он по изяществу и лихости сравнялся со своим учителем, а там и превзошел его. Сказалось преимущество более длинных и стройных ног. Он научился у пахана не только жесту, но и умному, экономному расходованию золотого запаса, чтобы хватило пометить все нужные участки.

Когда освоение жизненного пространства завершилось, Стась стал бросать палочку Джою. Тот прослеживал полет, чуть присев на задние ноги, затем кидался вперед упругим скачком, мчался, пригнув голову, и приносил палочку. Стась благодарно трепал его загривок, пес прижимал уши, но палочку не отдавал. Он грозно рычал, тряс головой, перехватывал палочку, скаля зубы, — это тоже входило в игру, но в какой-то момент уступал и с горящими глазами ждал нового броска.

Леша вначале не мог взять в толк сути игры. Он мчался следом за Джоем и хватал первое, что попадалось на зуб: шишку, какую-то грязную тряпку, гнилую ветку, — и, гордо закинув голову, нес мне свой улов. Он не мог понять, почему я не благодарю его за подарок. Когда же я стал кидать ему палочку, он не бежал за ней, а смотрел, будто ждал разъяснений. Я не мог дать их, и он косил на молодчагу Джоя и наконец понял что к чему. Какой был восторг, какое упоение, когда, схватив палочку, он нес ее мне, выслушивал комплимент, прижав ушки, а затем разыгрывал обряд мнимого нежелания расстаться с добычей.

Какое-то время было хорошо — от деревьев, горького запаха сухой листвы, просвечивающего сквозь медные кроны бледно-голубого, не московского, а слабенького деревенского неба, собачьей веселой энергии, — затем пошла порча. И началось с собак: дружбы явно не получилось, все шло врозь, когда же Леша попробовал кокетливо-почтительно задеть Джоя, тот злобно огрызнулся, глаза его натекли кровью. Упрямый, как все эрдели, Леша повторил предложение к возне, и Джой тяпнул его всерьез. Леша взвизгнул, отскочил, затем подбежал ко мне за утешением.

Даша огорчилась. Стась сурово выговорил Джою, но хозяевам в глубине души всегда приятно, если их собака берет верх. Джой понимал, что выговор несерьезный, и когда успокоенный Леша подбежал к нему, чтобы восстановить отношения, он укусил его от души.

— Так не пойдет, — сказал я.

Владельцы агрессора поняли, что я разозлился всерьез. Стась сгреб Джоя и крепко хлестнул его поводком. Джой завизжал, будто его режут. У Даши притемнилось лицо, она еще раз поняла, что односторонне добрые намерения не гарантируют успеха. Леша, впервые видевший наказание, прижавшись ко мне, дрожал мелкой дрожью. Леля отвернулась. Нам всем было неловко: живая природа не подчинялась и разрушила самоуверенные человечьи расчеты.

А я подумал, что Даша по-эрдельи упрямо втягивает меня не в мою игру, и это обречено, как попытка сдружить наших псов, не нужна мне семейная дружба, при самом добром расположении к Стасю она хуже гнусного, но искреннего поведения Резунова, потому что нет ничего противнее фальши. Даша не фальшивит, но не хочет считаться с действительностью, ведь она знает о моем настоящем отношении к ней, весьма далеком от расслабленных благорастворений дружбы. И почему она меня не отпустит, я же могу заставить себя не звонить ей! Я не знаю, когда печаль потери невыносимей — когда она уходит в воспоминания или когда я, находясь возле нее, чувствую себя отброшенным дальше, чем самые слабые звезды, которые Гербет наблюдал в цейссовско-молотовский телескоп.

Утомленные псы на обратном пути вели себя тихо, подремывая на сиденье и теряя равновесие при каждой перемене скорости машины. Мы добрались до Зубовской без приключений. Стась настоял, чтобы мы по традиции отметили воскресное мероприятие глотком-другим. Мы зашли к ним, но посиделок не получилось. Джой осатанел от злобы, что чужак вторгся на его территорию. Он выписывал круги по комнате, рыча, скуля, воя, рыдая и кропя золотистой струей обои. Видимо, у него оставался энзэ, наш бедный пес даже не пробовал помочиться, полностью истратившись в Нескучном. Ни окрики, ни шлепки Стася не помогали. Джой до последней капли мочи готов был отстаивать свое место в доме, свое место возле любимых хозяев против наглого захватчика, который сидел ни жив ни мертв у моих ног, но уже начал как-то опасно клокотать внутри своего полудетского организма, ведь он был эрделем и смирение не входило в число его добродетелей. Пройдут оторопь и детский страх перед паханом, и он ринется на обидчика с тем же бесстрашием, с каким его родичи кидались на немецкие танки.

Где тут было рассиживаться, мы выпили второпях по рюмке и отправились восвояси...

Время шло, у Даши родился ребенок, увесистый малый, она вся была в пеленках, кормлении, детских болезнях — советские дети получают в роддомах солидную порцию микробов. Мы носили новорожденному «на зубок», поздравляли счастливых родителей, приходили взглянуть на его первые самостоятельные шаги.

Страна меж тем жила своей темной, исключенной из мирового обмена, фантасмагорической жизнью — с безродными космополитами, врачами-отравителями, разгромами лучших писателей и музыкантов, с нудными декадами национальных искусств в Большом театре, со сталинским учением о языке, с переполненными тюрьмами и лагерями, со всем маразмом состарившегося диктатора-кровопийцы, в параличном ожидании апокалипсиса. И вдруг лопнул какой-то крошечный сосудик, перестало биться злое сердце, и все разом пояснело: оказывается, мы жили совсем не так, как надо. А как надо, показал мужицкий царь Никита. Оставшаяся позади великая, как нам втемяшивали, эпоха обернулась культом личности, а новое время поначалу называли оттепелью. Пройдет не так много времени, и оттепель окажется волюнтаризмом буйного Никиты. Но мы этого знать не могли и упивались скупо отпускаемым воздухом свободы. Затем этого воздуха стало куда больше, мы дышали всей грудью, но тут краны опять подзакрутили. Впрочем, это уже не имеет отношения к нашему повествованию. С приходом эпохи застоя расстались Дафнис и Хлоя.

В гниловатую, сопливую, простудную и все равно благословенную эпоху оттепели сохранились времена года. Стоял жаркий июль, когда я почему-то оказался у Даши и Стася. Я все с меньшей охотой бывал у них: они отдали Джоя. То ли пес не захотел делиться с новоселом любовью и заботой хозяев, то ли ребенок его боялся. Я никогда не пылал особой любовью к Джою, травившему моего Лешу, но *мне* его не хватало, этот сукин сын при всей своей истеричности был мне куда милее сына человеческого, хмуро ковылявшего по комнате.

Сейчас, впрочем, не было ни Джоя, ни его погубителя, отправленного с теткой на дачу.

Комнату пронизывали пыльные солнечные лучи, в форточку тянуло выхлопными газами, всей вонькой духотой московского жаркого июля. Даша сетовала на то, что опять осталась в городе, она уже забыла, как пахнут лес, трава, река, забыла названия полевых цветов и чувство земли под ногой.

— Хотите, я вывезу вас на природу? — предложил я.

— Мне нравится летняя Москва, — сказал Стась.

— Он любит этот ужасный «Эрмитаж», — сказала Даша. — И какое-то еще кромешное место — сад Баумана, что ли?

— Я даже не знаю, где он находится, — пожал плечами Стась. — А «Эрмитаж» мне пришелся. Напоминает Ригу. Неплохой оркестр, ресторан на открытом воздухе, вкусное мороженое, веселая толпа.

— Толпа не бывает веселой, — сказал я, — она всегда нацелена на убийство. Нет ничего страшнее московских летних садов. Островки пыльной зелени, зажатые домами, с мусорными аллеями, дешевыми девками и оглушительной музыкой.

Даша пошла на кухню за чайником.

— «Эрмитаж», конечно, гнусное местечко, — со смешком сказал Стась. — Но ведь надо где-то чемодан разгружать.

Я понял, что он имеет в виду, лишь когда он назвал имя своего вожа, открывшего ему соблазны «Эрмитажа», моего старого приятеля Ваверлея. От молодого социолога Ваверлея, тогда докторанта, ждали много в научных кругах, и он не обманул ожиданий, став неоспоримым авторитетом в своей области, профессором, академиком. Но до того, как он осуществился в науке, Ваверлей осуществился в образе самого выдающегося бабника Москвы. У Ваверлея всегда был один главный роман (в дни, о которых идет речь, его избранницей оказалась наша голенастая домработница Нюська, поэтому у нас в доме не переводились свежие розы и лилии), но Ваверлею необходимы были летучие связи для полного освобождения плоти и духа, влекомого к демографическим проблемам. Осенью и зимой он посещал московские плешки возле «Метрополя» и «Гранд-отеля», весной и летом — сад «Эрмитаж». Так вот что значит «разгрузить чемодан»!

И как легко это было сказано! Впервые от Стася пахнуло пошлостью маленькой провинциальной страны. Ваверлей разгружался чуть не ежедневно, но всегда спьяну, по наитию, в надежде на романтический поворот вульгарного приключения. Он каждому падшему созданию хотел купить швейную машину «Зингер», и не делал этого лишь потому, что наших курв не прельщает участь швеи. А тут прозвучала бюргерски спокойная расчетливость. Так ходят в парикмахерскую, в баню, в бассейн. Ночевая с женой уже приелась, не удовлетворяет, а среди пыльных кущ «Эрмитажа» ждет оперативное наслаждение за пятерку.

Почему так болезненно задела откровенность Стася? Я оскорбился за Дашу? Но ведь этот чисто физиологический акт даже изменой нельзя назвать. Эдакое хладнокровное отправление естественной надобности... Тем-то оно и было противно. То, что для меня и через пятнадцать лет оставалось чудом, для него потеряло цену, едва став привычным. И эта сытая невозмутимость! Мне было жалко Дашу и почему-то жалко себя, спокойный цинизм Стася обесценивал трудную непростоту наших отношений. Болезненное волнение охватывает меня всякий раз, когда я вижу Дашин профиль: крутизну лба, чуть вздернутый нос, изящную линию от верхней губы к шее и притемненный в коричневу густыми ресницами глаз цвета лесного ореха. И от всего этого пресытившийся охламон спешит в «Эрмитаж» разгружать чемодан! Уважение, которое я испытывал к этому браку, улетучилось без следа. Я предложил Стасю подбросить его вместе со всем багажом в «Эрмитаж», а уходя, спросил Дашу:

— Хочешь съездить на Истру или в Химки?

— Истра далеко, я не очень хорошо переношу машину, а Химки — тот же «Эрмитаж». Неужели чистый воздух стал так труднодостижим?

— Нет, конечно. Я думал, тебе интересно взглянуть на знакомые места.

— Это не лучшие воспоминания.

— Ладно, найдем, что нужно...

Но найти то, что было нужно мне, оказалось делом не простым. Я не стал играть с Дашей в недомолвки и всякие тонкие игры и, едва мы тронулись в путь, сказал:

— Я истосковался по тебе. Так дальше нельзя... — Она вздохнула. — Ты мне веришь?

— Приходится верить. Стал бы ты меня возить...

Несвойственная ей простота, покорный вздох и теплота тона подсказали мне, что Даша догадывается об истинной цели буколических прогулок Стася. Ведь она никогда не романтизировала его, как это было с Резуновым. Тихая пристань. Но оказалось, что тихая пристань стоит над тихим омутом где, как известно, черти водятся. Открытие, конечно, не доставило радости, но драматизировать его она не стала. Был ребенок, был дом, налаженная жизнь и был, наконец, я, заигравшийся в дружбу, вместо того чтобы нести положенную службу любви. Сейчас все возвращается на круги своя.

Я понял меру моей тоски, лишь услышав ее слова, означавшие согласие, — какая-то странная истома овладела мною. Наверное, такое чувство испытывает бегун на длинные дистанции, когда разрывает потной, простреливаемой изнутри — сердцем — грудью финишную ленточку. Нет, это неточный образ. Я лишь вышел на финишную прямую, а ленточка чуть видна далеко впереди, до нее еще надо добежать, мобилизовав остаток сил. Внутреннее напряжение реализовалось физически: я до отказа выжал педаль газа, и машину швырнуло вперед. Мы чуть не врезались в зад впереди идущего грузовика. И тут же раздался милицейский свисток.

Уплатив штраф и сочтя его искупительной жертвой, я приказал себе успокоиться. Если я буду продолжать в том же духе, мы окажемся вместо леса в институте Склифосовского или в отделении ГАИ.

Я справился с нервами, больше меня не останавливали. Я выбрал знакомый мне по грибной охоте опрятный смешанный лесок по Калужской дороге. Тогда это было узенькое, лишь недавно сменившее булыжник на асфальт шоссе, никуда не ведущее, просто упиравшееся в старую Варшавскую дорогу, с малым движением и безлюдными просторами. В пути мы почти не разговаривали. Даша опустила стекло, подставив висок, щеку и выбившийся из-под платка локон встречному ветру. Она наслаждалась чистым, хорошо настоявшимся на хвое и листве воздухом, мелькающими мимо рощами, перелесками, лугами, громоздом кучевых облаков, придававших небу сочной синевы, отсутствием Стася и тяжелым помешательством на ней ведущего машину человека.

Лес, который я наметил, неожиданно оказался куда дальше от Москвы, чем казалось. Даша неважно переносит машину, а вдруг она скажет: давай выйдем здесь, что-то меня мутит? А затем, попрыгав козочкой по траве, попросит отвезти ее домой. Меня аж пот прошиб. Здесь все просматривается, как на юру. И ведь не заставишь ее ехать дальше. Я уже слышал положенные в таких случаях слова: ну, милый, не будь таким упрямым, мы же не в последний раз видимся. Зачем так спешить? Неужели тебе ничего от меня не надо? Посмотри, какой лес, какая трава как хорошо нам сейчас. Это же начало, а не конец. Всеблагой Боже, сделай, чтоб ее не замутило!..

Я прибавил скорость. Родная, потерпи, молил я Дашу беззвучно, мы скоро приедем. И не думай... Ты же знаешь, как я люблю природу. Я буду Фабром, Левитаном и Пришвиным в одном лице. Природолюбец, певец природы, человек из глубины пейзажа. Там так хорошо, куда я тебя везу: прогретые солнцем, устланные хвоей опушки, дивная прель глубоких балок, заросших таволгой и дудками со скипидарным запахом; там воздух напоен ароматом сосновой смолы и горечью березовой коры...

Мелькание черных и белых пятен впереди на дороге обернулось стадом коров остфризской породы, пересекавшим шоссе. С какой омерзительной медлительностью и бестолковостью совершают коровы этот нехитрый переход! Недаром по умению переходить дорогу определяется ум живого существа. На первом месте — свинья, на втором — гусь, а корова уступает даже человеку, не говоря уже о собаке. Я был далеко, когда находившиеся на шоссейном полотне коровы дружно остановились и повернули ко мне тупые рогатые головы. Я подъехал ближе и выключил мотор, чтобы не отвлекать их. Тщетная предосторожность, ни одна не двинулась, более того, уже перешедшие вернулись назад. Они смотрели на машину с таким видом, будто приплелись сюда из феодальной России и сроду не видели автомобиля — волшебной самодвижущейся телеги. А пастух с квелым лицом пропойцы, на плече размочалившийся кнут, равнодушно сворачивал «козью ножку».

— Эй, дядя! — крикнул я ему. — Может, освободишь шоссе?

Он посмотрел сонными медвежьими глазками, никак не отозвался и принялся слюнить газетный обрывок толстым синим коровьим языком, чтобы заклеить трубочку.

— Коровы! — обрадовалась Даша. — Я так давно не видела коров!

Я сообразил, что, пока машина стоит и мотор выключен, ее не укачивает, и успокоился. Пастух задымил с тем же безучастным видом, но, разочарованный моей пассивностью, исключающей возможность и шантажа, и сладкой русскому сердцу склоки, сам взялся за кнут и прогнал скотину с шоссе.

Наконец-то добрались мы до места назначения. Я поставил машину в тень, мы вышли. До опушки леса было шагов десять, но добраться до него оказалось делом непростым. Мне вспомнилась шутка толстяка Апухтина: жизнь прожить проще, чем перейти поле. Дашу зачаровало цветочное изобилие маленькой лужайки.

— Боже, я забыла их имена. Это колокольчик, это львиный зев, а это кто?.. Такая липучая. Гвоздика?

— Нет, смолка лесная.

Она с сомнением поглядела на меня:

— А это?

— Герань полевая. А это фригийский василек... Ты зря их рвешь. Букет завянет, его не довезти, а кроме того, они все занесены в Красную книгу. — Названия я, возможно, и путал, а вот насчет книги наврал сознательно. Надо было скорее перейти это поле, чтобы вернулась жизнь.

— А раньше цветы не вяли? Мы всегда приносили из леса букеты.

— Ну, и долго они у вас стояли? Полдня от силы. Вы их выбрасывали и набирали новые. Держатся только ландыши, ночные фиалки и рюмашки. Но те уже сошли, а ромашек что-то не видать. Львиный зев тоже крепкий цветок, но лучше нарвать их на обратном пути.

Мы вошли в лес. Я забыл, что уже начался грибной сезон. Всюду звучало «ау» и шныряли шустрые старухи с кошелками. Только мы опустились на мягкий мох у подножия трех сросшихся корнями плакучих берез, как прямо на нас выскочила старая карга с палкой-щупом, охнула, перекрестилась и враз исчезла.

Место было осквернено. Мы с достоинством поднялись и проследовали в глубь леса, пока валежник не преградил нам путь. Здесь росли высокие папоротники, а за ними сухой игольчатый настил уходил под лапчатый свод старых елей. Я расстелил широким пастернаковским жестом свой пиджак в ширину. Даша опустилась на него. Я окинул взглядом зеленую вверху и внизу, дымчато-фиолетовую в прозорах между стволами обитель счастья и стал на колени рядом с ней. Я не успел обнять Дашу. Лес наполнился грохотом, будто лосиное стадо ломилось сквозь чащу, — в папоротники ворвалась, на ходу задирая юбку, цыганистого обличья грибница и, не заметив нас, повернулась задом, отвратительно раскорячилась и по-коровьему мощно, шумно стала поливать тугие растения. Мне казалось, я вижу жерло сивиллы, явленное Пантагрюэлю и его спутникам, искавшим по миру последнюю мудрость. Короткой растерянностью я подарил хрычовке несколько лишних секунд удовольствия, затем крикнул:

— Катись отсюда, чертова перечница!

Она охнула, взвизгнула и, гулко кропя папоротники, ринулась прочь, забыв опустить подол.

— Не лес, а общественная уборная, — сказал я. — Ну его к бесу, поедем дальше.

Новое место я нашел по наитию, ибо никогда не бывал тут раньше. Меня привлек широкий, совсем ненаезженный большак, отходивший от шоссе километрах в трех от нашей первой стоянки. Дорога пересекала поле, пошла перелеском, становящимся все гуще и гуще, и вот уже вокруг нас шумит и трепещет лиственный лес: березы, осины, — а дорогу словно отжало за ольховую опушку. Я припарковал машину в орешнике. Мы вышли.

Лес, словно концентрационный лагерь, окружала колючая проволока, местами оборванная, спущенная со столбов, втоптанная в траву и землю. То был странный лес — сквозной, без подлеска и валежника. Вдруг перед нами возникло нечто похожее на тюремную стену, высокая бетонная огорожа, по-над которой тянулась колючая проволока. Но задумываться над этим я не стал, не до того было. Даша ни о чем не спрашивала, целиком доверившись мне. Лихой пастернаковский жест — лесная постель готова.

Я как раз успел снять штаны, когда раздался спокойный, четкий мужской голос:

— Мы открываем огонь без предупреждения.

Перед нами стоял капитан, в ремнях, со шпалером в кобуре и повязкой дежурного по части на рукаве. Он не дал себе труда ни для насмешки, ни для иронии, ни для разноса, добавив бесстрастным голосом:

— У вас есть три минуты.

— В три минуты мы не уложимся... — начал я остроумничать и вдруг понял, что слова капитана не пустая угроза.

Я быстро привел себя в порядок. Капитан следил за мной тяжелым, неподвижным взглядом.

— Похоже на гитлеровский бункер в Мазурских болотах, — сообщил я ему, кивнув на бетонную стену.

Он не отозвался. Мы пошли из леса, чувствуя спиной его неотступный взгляд. Я украдкой глянул на часы, у нас оставалось в запасе полминуты.

Мы уложились.

— «Весь мир враждебен нашей страсти нежной!» — пропела Даша впервые на моей памяти, когда мы оказались в безопасности.

Это из какой-то старой оперы, «Тисбе», что ли? Даша пела, Даша не злилась на меня за эти неопрятные приключения. Она была в прекрасном настроении, фатальные неудачи только веселили ее. Тогда ничто еще не пропало, вперед к новым рубежам!..

Не мудрствуя лукаво, ибо уже убедился, что боги смеются над бедными человеческими расчетами, я тихо повел машину вдоль опушки, надеясь, что зона с колючей проволокой когда-нибудь кончится. Они открывают огонь без предупреждения, а заделать прорехи в колючей огороже у них руки не доходят. Как это по-советски: сразу стрелять, лишь бы не сделать рабочего усилия. Я внимательно приглядывался к лесу, но, черт бы их побрал, всюду посверкивали металлические колючки. Неужто они устроили в Подмосковье лагерную зону на манер Карельской? Я не знал тогда, что это был — еще в зачатке — новый оборонительный пояс вокруг столицы, ныне лишивший Подмосковье чуть ли не половины лесов.

Случись такое с гражданами нормальной страны, они бы угомонились, признав свое поражение. Но ведь наш народ вносит свои поправки в любую акцию властей. Проволоку порвали грибники. Неужели они шли на смертельный риск ради подберезовиков, лисичек и сыроежек? А может, там и рыжики попадаются? Нет лучше закуски — соленого рыжичка! Но даже при нашем живодерстве трудно поверить, что по любителям рыжиков вели смертоносный огонь из-за бетонной стены. Ну, стрельнут раз-другой для острастки, может, кого и заденут, кого и уложат, но не всех же, отдельных неудачников, а раз так, то стоит рискнуть. Нельзя отступать, когда цель так близка.

Я углядел разрыв в огороже, подъехал почти впритык и остановил машину. Даша беспечно последовала за мной, похоже, ее мало озаботила угроза капитана.

Я увидел неподалеку от лаза, у подножия голенастой елки, какую-то кочку и решил на ней построить здание своего счастья. Стелиться в ширину было все-таки опасно, и я избрал способ, позволяющий в случае необходимости совершить быструю ретираду. Поэт не оставил метафорического намека на эту позу, а мне хотелось бы избежать физиологизма Генри Миллера. Короче, я опять спустил штаны, уселся на эту кочку, но не успел притянуть к себе Дашу, взвившись с воплем над песчаным бугорком. Это был скрытый муравейник, и несколько огромных рыжих, с черным рылом муравьев впились мне в задницу. На обычный, открытый, кишащий черными муравьями муравейник можно положить руку ладонью вниз, и они не тронут, хоть и облепят со всех сторон. Быстро встряхни кисть, и только спиртовой запах будет напоминать о смелом эксперименте. Но упаси боже садиться голой задницей на скрытый муравейник с желтыми бешеными обитателями.

Вырвав из тела рыжих палачей, я с бешенством отчаяния повалил хохочущую Дашу на землю и упал на нее. Плевать я на все хотел: приходите, капитаны, полковники и генералы, открывайте огонь из всех видов оружия с ваших вышек, из амбразур и бойниц. Бейте по любви всеми калибрами, расстреливайте мою голую задницу, лупите в беззащитную спину под лопатку, и пусть мою любимую прошьет той же пулей. Меня тошнит от вас и от тех, кто вложил оружие в ваши детски беспомощные руки. Эти гады лишили неприкосновенности наши жилища, влезли с грязными ногами в наши души, теперь отняли последнее — природу, тишину и чистоту зеленой жизни. Погибая от любви и захлебываясь от ненависти, я завершил акт воссоединения с Дашей.

Когда мы подъезжали к Дашиному дому, она сказала: на природе чудесно, но, кажется, я тоже становлюсь урбанисткой...

19

Даша все-таки сумела осуществить свой давно лелеемый план о воссоздании старой французской ситуации, только при другом распределении ролей. Она, естественно, осталась Мабиш, но я вместо предлагаемого мне прежде Бри-Бри стал Гюставом, исполненным редкого благородства. А Бри-Бри пришлось взять на себя Стасю, хотя не думаю, чтобы он догадывался о своем участии в спектакле. Иногда мне кажется, что он не знал об истинной сути моих отношений с Дашей, а иногда — что у него мелькала смутная догадка, которую он гнал прочь, оберегая свой эрмитажный рай. Вернуться в образ добродетельного супруга, домоседа, сторожа семейного очага он уже не мог. Яркая жизнь Ваверлея манила куда сильнее, нежели тишина родных пенатов. Даша не представляла для него такой ценности, как для меня, поэтому проще было видеть во мне старого друга, согласного на чуть обременительную обязанность развлекать бывшую жену, нежели человека, охваченного страстью, уцелевшей во всех жизненных передрягах.

Следующая встреча с Дашей прошла совсем в ином ключе. Нечистый подтолкнул нас пойти в ресторан «Москва», так много значивший в нашей юности. Уже у входа мимо нас промелькнул Павлик в военной форме, точно такой, каким я видел его в последний раз. Тогда он хотел чокнуться с Оськой, посланным вперед, чтобы занять столик, но обнаружил, что опаздывает в часть. «Привет Осляти!» — сказал Павлик и побежал за троллейбусом. У меня и в мыслях не было, что мы больше не свидимся — его отправили в летние лагеря, а оттуда на фронт, — но почему-то я долго смотрел вслед долговязой, сухой и ловкой фигуре, пока ее не поглотила толпа. И сейчас я долго следил за его призраком, то исчезающим, то возникающим вновь, провожая его за пределы реального зрения, ибо колено улицы не позволяло видеть площадь Пушкина, а я расстался с ним у памятника.

— Что с тобой? — спросила Даша.

— Я видел Павлика.

Она странно посмотрела на меня:

— И я его видела.

Вот то, чего у меня не может быть ни с какой другой женщиной: увидеть вдвоем (вопреки утверждению Гёте) призрак из дней юности.

И дальше все шло на срывающей душу ноте. Мы оказались за тем самым (или соседним) столиком, где мы сидели с Оськой, когда моя жизнь пошла на слова погодинского романса. И Оська пришел и занял свое место. Он помалкивал, только улыбался смущенно-лукаво: вот, мол, какую штуку я отчудил. Что он имел в виду: свою гибель или свое появление? Я сделал заказ и, когда официант принес графинчик с водкой, разлил на троих. Даша не удивилась, она взяла свою рюмку и сказала: «Не чокаясь!»

Мы выпили и остались за столиком вдвоем, но теперь я слышал Оськин голос: «Молодой человек, а без огня. Мне он ни к чему, я зажигаю трением». Я долго крепился, меня доконала, как всегда, грубая драматургия жизни: оркестр заиграл «Танго расставания», и молодой тенор, подражая проникновенной манере Аркадия Погодина, потек жалобой:

> *Мой милый друг, к чему все объяснения,*
> *Я понял все, не любишь больше, нет,*
> *И просто так, из сожаления*
> *Не хочешь дать мне искренний ответ..*

Я закрыл салфеткой мокрое лицо. Пришлось пойти в туалет и умыться холодной водой. Когда я вернулся, Даша спросила:

— Мы можем пойти в Подколокольный?

— Ключ со мной, хотя я не думал, что мы туда пойдем.

— Почему?

— Я не ожидал встретить здесь Павлика и Оську. Но Подколокольный населен призраками, как старый шотландский замок.

— Там мы всегда были одни, — с женским здравомыслием возразила Даша.

— Самое страшное — встретиться с призраком самого себя.

— А я бы не прочь увидеть свое молоденькое привидение.

Я подозвал официанта.

В Подколокольном меня — не знаю Дашиного ощущения — окружили призраки не людей, а вещей. С тех пор как эта кварти- ренка перестала быть нашим с Дашей приютом, я был тут лишь од- нажды, во время войны, по сугубо житейскому делу. Никакой ма- гии: убогое холостяцкое жилье — лежак, обшарпанный письменный стол, бедная книжная полка, пыльное окно, глядящее в скучный деловой двор.

Но когда мы с Дашей вошли, я сразу уловил, как приосанились вещи, словно вспомнив о своей важной тайне. Окно населилось вязом и небом, письменный стол помнил, как Даша ударилась о него лбом, когда услышала, что меня не убьют на финской войне, тощая тахта напустила на себя томность, а пружины, когда мы опустились на нее, взныли первыми тактами бетховенской оды «К радости».

Так же важны и насыщены памятью были все мелкие вещицы в доме: водопроводный кран с подвязанной к нему тряпицей, по ко- торой стекала в умывальник вода, конфорка, дарящая после яркой пожарной вспышки слабый фиолетовый венчик пламени, алюми- ниевый чайник с обгорелым днищем, щербатая чашка, граненый стакан, непарные ложки, пиленый сахар в синей обертке и сушки, судя по их твердости, сохранившиеся с довоенных дней, — весь спартанский обиход очень бедной жизни.

Замкнулся круг, мы опять были там, где началась наша бли- зость. Между первым и сегодняшним приходом сюда легло столь- ко нелегкой жизни: война, потеря друзей, смерть Дашиной матери, разрушение ее дома, создание нового, рождение ребенка, эти года вместили и Марин лагерь, и его возвращение из мертвых, и ссыль- ную жизнь, и раннюю смерть; я уже дважды начинал ее сначала, на очереди третья перемена, которая ничего не изменит в главном. У меня было особенно много ненужностей: рук, губ, объятий, не- состоявшихся дружб, после Павлика и Оськи я получал от людей куда меньше, чем давал, а на периферии личной жизни творилась история, естественно, затрагивая нас: грязная история сталинско- го бреда, забивание вражеских стволов русским мясом, гнусная расправа с теми, кого Сталин, перехитрив самого себя, подставил немцам, удушение литературы, искусств, науки и мысли, расправа с лучшими в народе, фашистский разгул затянувшейся агонии ве- ликого диктатора, новая ложь и обман надежд, кукурузный бум без кукурузы, забой всего домашнего скота, включая ишаков, во имя возвращения к ленинским нормам жизни и скорейшего прихода коммунизма на пепелище, — и через все это безумие, спотыкаясь, падая, теряя сознание, мы вели нашу линию, вроде бы и сами не ведая о том, не ставя себе никаких целей, но покорные тайному голосу.

Люди не меняются, жизнь никого ничему не учит — это справедливо, но, как всякое крайнее утверждение, неверно. Кого-то чему-то учит. Кто-то в чем-то меняется. Учатся чаще всего смирению и меняются, поступаясь крайностями своего темперамента. Даша научилась уважать ту силу желания, которая влекла меня к ней. Теперь она видела в этом нечто большее, чем неопрятную и вульгарную физиологию, унижающую ее. Само время было гарантом качества чувства, помогающего ее самоутверждению.

Даша всегда была для меня закрытой книгой. Лишь в редких вспышках открывалось мне, что она чувствует ко мне. Так было, когда она больно приложилась лбом к столешнице, выдав тщательно таимый страх за меня и боязнь разлуки. Так было, когда, неуверенная, тихая, подавленная, она пришла в эту комнату после разрыва. Так было едва уловимо еще раз-другой за долгую нашу историю. Она бросила доспех и разоружилась, когда мы совершали нашу чудесную загородную прогулку и нам в лицо смотрели жерло сивиллы и жерла лесных фортификаций. Ее искренне, без всяких внутренних запретов радовало, что вся эта водевильная и опасноватая колбасня творилась в ее честь. Но я не верил в прочность перемены, счел реакцией на какие-то свои незадачи. Нет, то был серьезный поворот ко мне. Она угадала и разделила мою печаль от неосторожного прикосновения к прошлому и сама предложила поехать в Подколокольный. И не было тех внутренних торможений, остановок, которыми изобиловала даже лучшая пора нашей любви. Каждое движение во утоление моего безобразного желания: сбросить ли туфлю, снять ли кофту, расстегнуть ли бюстгальтер — почти всегда сопровождалось вздохом, порой чуть слышным, порой подчеркнуто громким. Я должен был все время помнить, что ей это не нужно, что она снисходит к моей обезьяньей чувственности. Конечно, и здесь категоричность ложна, легко припомнить случаи, когда обходилось без вздохов, когда был ответный порыв. Но то были случаи, а томительный ход дачного поезда со всеми остановками — нормой.

И все же я не решался объяснить нынешнюю податливость Даши хотя бы привязанностью ко мне, не говоря уже о более сильном чувстве. В ее семье ценились традиции, постоянство, фактор времени считался лучшей проверкой отношений. Я выдержал испытание на прочность и стал достоин награды...

Наши встречи обрели если не регулярность, то периодичность. Мы и не могли чаще встречаться. Если я при всех своих женитьбах оставался в бытовом плане холостяком, то Даша была жена и мать, хранительница семейного очага. Обычно звонила первой она, если же это делал изредка я, то всегда не вовремя: болел сын, Стась вывихнул ногу, какое-то домашнее торжество — причина всегда находилась, и вовсе не выдуманная. Даша была вписана в определенную систему отношений, домашних обязанностей, дел, материнских забот. Когда же звонила она и предлагала встретиться, это означало, что она сумела распутать сеть занятости и выкроить для нас долгий, спокойный вечер. И всегда ее звонок оказывался в самый раз, я тут же начинал чувствовать, что струна опасно натянулась. Впрочем, позвони она раньше, наверняка было бы то же самое, но я неизменно поражался уместностью и благостью ее звонка. Случалось, заезжая за Дашей, я натыкался на Стася, но никаких осложнений не возникало — почва была хорошо подготовлена, он встречал меня тепло, даже радостно, особенно если ему предстояла прогулка в кущах «Эрмитажа». Иногда он уходил вместе с нами, но в другую сторону, и тогда ребенка поручали соседям, с которыми установились дружеские отношения, иногда оставался дома, сетуя на роль мужа-подкаблучника. Отлаженность поведения в нашей троице была почище французской: исполненный благородства Гюстав уводит Мабиш, а добряк Бри-Бри остается прикрывать тылы.

Мы перестроили порядок наших встреч: они начинались с Подколокольного, затем следовал ресторан. Конечно, мы за версту обходили «Москву» и после нескольких прикидок остановили выбор на «Савое», где я до этого был лишь однажды, но сбежал от дурновкусия стиля «купец Епишкин» — золото, лепнина, барочный завиток, столь милый тянущимся к культуре второгильдийным. Но здесь оказалась хорошая кухня, быстрое обслуживание и гарантия, что не встретишь знакомых. Интеллигентные люди в этот ресторан не ходили. Однажды я предложил Даше позвать Стася на наш далеко не прощальный ужин.

— Это, значит, после Подколокольного? — Даша завела глаз.

— А что тут такого? — беспечно спросил я.

— Ну, зачем же из него дурака делать?

Я понял, что уронил роль Гюстава, исполненного несказанного благородства...

Кто-то из французов, кажется Поль Бурже, сказал: животное после спаривания грустнеет. Я люблю банальные мысли, только в них и бывает истина. Сама банальность тому доказательство, значит, мысль соответствует общечеловеческому опыту. В юные годы освобождение — временное — от груза желания вызывало у меня подъем энергии, прилив жизненных сил, я становился оживлен, говорлив, весел, реактивен, что невероятно раздражало Дашу. «Тебе очень весело?» — спрашивала она, закатывая глаз. Она считала, что такое поведение роняет величие ее дара-жертвы, хотя на самом деле все наоборот — нет ничего дороже радости, столь редкой гостьи на земле. Но с приближением к середине жизненного пути я стал более соответствовать Дашиному представлению о мере вещей, равно и трюизму Бурже. С другими женщинами я чувствовал чаще всего отвращение, и желание оказаться на другом конце света с Лелей — глубокий, блаженный покой, а с Дашей — печаль. Во мне пробуждалось чувство вины перед прошлым. В наших нынешних объятиях не было ни фальши, ни натуги, ни искусственности, ни принуждения души и плоти к чему-то утратившему душевный смысл. Но когда я вспоминал былое, мне начинало казаться, что мы празднуем черствые именины: холодный пирог царапает горло, а вино — скорее лечебное средство, нежели волшебный нектар.

В те годы я ни с кем не делил Дашу, а если и делил, то с ее матерью, что тоже было невыносимо, но все же не так, как нынешний дележ. И тот первый, ставший между нами, тоже незримо витал над сумрачным ложем. Меня ничуть не волновало прошлое моих других жен и тех женщин, с которыми меня сводила или влюбленность, или увлечение, или просто желание, но не так было с Дашей. И чем нежнее, доверчивей, откровенней тянулась она ко мне, тем едучей память о ее предательстве. Как это бездарно, тихо злился я, объятый теплом ее тела, вгоняя в усталость никотин, больно нужен был этот богатырь, чтобы опять лежать рядом со мной в чужих простынях. Как бы мы ни обнимались сейчас, какие бы тайны ни поверяли друг другу, той цельности и чистоты, что были у нас прежде, уже не вернуть. Праздник кончился тогда, но мы снова сели за стол с дурной, похмельной головой и тяжелым желудком.

И было еще одно: она обесценивала моих жен, заставляя меня менять их, вовсе даже того не желая, ибо ни одна не могла стать тем, чем была раньше Даша, — единственной. Но и она сама, оставшись самой важной, не может уже быть единственной, я сплю с Лелей, сплю с другой женщиной, на которой женюсь в свой час, чтобы снова уйти к другой, а сколько случайных, вовсе не нужных связей! Я сбит со своего пути. Ведь мог же я посреди фронтового бардака оставаться верен далекой жене, уже чувствуя, что теряю ее. Тогда я был настоящим, а тот, кем я стал, мне чужд, порой до омерзения. И я ревную, как ни хотелось мне избежать этого слова, ревную не к Резунову и уж подавно не к Стасю, я, тогдашний, ревную ее к себе сегодняшнему, к подонку и блядуну, к Гюставу, исполненному несказанного благородства.

И было еще, что мне мешало. Даша стала проявлять в постели энергию, которую я поначалу принял за старательность, желание доставить максимальное удовольствие, но которая больше смахивала на поздно проснувшуюся чувственность. Я, как Пушкин — до чего же мы похожи, — никогда не дорожил мятежным наслаждением. А если слышал стоны и крики вакханки молодой, то с трудом удерживался от желания дать ей по морде. Нет, мой идеал — это пушкинское:

> О, как милее ты, смиренница моя!
> О, как мучительно тобою счастлив я,
> Когда склонялся на долгие моленья,
> Ты предаешься мне, нежна без упоенья.
> Счастлива холодна, восторгу моему
> Едва ответствуешь, не внемлешь ничему.

И мне совершенно не требовалось, чтобы моя любимая, раскочегарившись, делила «наконец мой пламень поневоле». Меньше всего мне это было нужно от Даши. Ведь, если всерьез, ты трахаешь самого себя, а партнерша — это приспособление, удобное, милое, нежное, желанное, умело помогающее или мешающее тебе соединиться с самим собой. Даша с ее морозным холодком была мне великой помощницей, а нынешняя активность мешала, тем более что я угадывал не мое научение.

Конечно, я не занимался рассуждениями в те дни, когда квартира отчима снова стала нашим пристанищем. Но то, что облекается в слова сейчас, входило в мое переживание, смутность которого не мешала точности догадок. Как прав поэт, призывавший слово вернуться в музыку. Эта музыка богаче и в чем-то определенней вечно не дающихся словесных формулировок.

Моя ограниченность была в том, что я хотел вторично войти в ту же реку, а это невозможно. Поверить бы Гераклиту и смиренно благодарить судьбу за ее подарок, а я рефлексировал. Это слово, как и основа его «рефлексия», ненавистно мне со школьной скамьи. Все непривлекательные герои русской литературы (их еще лишними людьми называют): Печорин, Рудин, Вельский, Райский — рефлексировали.

Рефлексировать я переставал в ресторане «Савой» с первой же рюмкой. Водка — лучшее средство против рефлексии. Я смотрел на Дашу — свет громадной дворцовой люстры хорошо золотил и молодил ее милое лицо, она улыбалась, довольная, что торжественная часть нашей встречи, высокочтимая, но все же несколько утомительная и докучная, осталась позади, а впереди у нас долгий разговор, воспоминания, сладость дорогих имен на языке. В ее семье высоко ценился разговор, да и какие говоруны были: Пастернак, Нейгауз, Вильмонт. Болтовню, даже изящную, презирали, как и голую информацию, — те же сплетни, старались дойти «до самой сути», конечно, никогда не достигая ее, но одерживая духовные победы по пути. И Дашу хлебом не корми — дай без запальчивости, крайностей, дискуссионного напора распутать (или, еще лучше, запутать) какой-нибудь психологический узелок, открыть новый нюанс в отношениях людей, казавшихся давно прочитанной книгой, поделиться наблюдением, дающим возможность для размышления. Я односторонне подходил к Даше, беря от нее лишь то, что лежит в сфере чувства, а ведь она была, подобно своей матери, «умственным» человеком. Она не умничала, боже упаси, но всегда думала о жизни, людях, отношениях, а не просто жила, как птица. Я, конечно, упрощал Дашу себе на потребу, слишком мощная волна несла меня к ней, но в ресторане, блаженно выпотрошенный, я мог расслабиться до интеллектуального партнерства. И видно было по ее расцветшему лицу и блеску глаз, какое это доставляет ей удовольствие.

Я не склонен к отвлеченному мышлению и могу отнести к себе слова Блеза Паскаля, что серьезные мысли занимали самое маленькое место в работе его головного мозга. Правда, Паскаль в этой равно чуждой нам области преуспел больше. И я не в силах передать сути наших «савойских» бесед, поскольку в них было много метафизики и мало плоти действительной жизни. Но один разговор мне запомнился именно в силу своего житейского характера, и поскольку он касается действующего лица этих записок, я о нем расскажу.

Однажды, когда я в очередной раз заехал за Дашей, мне почудилось, что в парадное зашел Гербет. Я подумал, что он решил навестить заброшенную падчерицу. Незадолго перед тем Стась рассказал мне любопытное происшествие, которое Даша от меня скрыла.

Стась уже заканчивал диссертацию, когда без предупреждения появился Гербет и забрал пишущую машинку. Он зарезал Стася без ножа — денег на машинистку у того не было. И тогда Даша отправилась к Гербету, в стан врагов, и, не обращая внимания на обитателей, не говоря ни слова, прошла в кабинет, взяла машинку и удалилась. Немая сцена редкой выразительности и драматизма. Неужели Гербет выбрал мой день для объяснений или примирения? Если он задержится, я его прикончу. Но, войдя в квартиру, я обнаружил, что Гербета там нет.

В ресторане, когда Дашины разговоры снова втолкнули меня в мир Гербетов, я с полной отчетливостью вспомнил этих людей, их манеры, привычки, всю сопутствующую им ауру и понял, что не мог так грубо ошибиться: я видел Гербета, его старую фетровую шляпу с большими отвисшими полями, поношенное ратиновое пальто, шарф, калоши и большой, истершийся до лепестковой тонины кожаный портфель, но он дематериализовался. Я сказал Даше об этом случае. Может, то был призрак Гербета?

Даша рассмеялась:

— Ты веришь в привидения?

— Начинаю верить. Не мог же нынешний Гербет донашивать довоенный доспех. На нем не было ни одной свежей вещи: от шляпы до калош — в довоенном, а портфель — времен Института красной профессуры.

— Ты видел живого Августа Теодоровича, — сказала Даша. — Его строго держат, к тому же он не франт.

— Ну, ему и раньше не больно давали мотать.

— Нет, конечно. Но он и сам довольно аккуратен в тратах, его не приходилось хватать за руки. А сейчас он под жестким прессом. Надо содержать все растущую семью.

— Я слышал, что его дочка умерла.

— Его — да. К счастью для всех и для себя самой. Несчастное существо! Но появились другие дети, много детей.

— Не ожидал от Гербета такой прыти. Он же старый человек.

— Но у него молодые студенты. Почему-то несчастную мать привлекали юноши из развивающихся стран. Я не помню ни национальности, ни последовательности этих юных отцов. Кажется, сперва родился негр. Потом вьетнамец или китаец — кто-то желтый. Потом сириец или египтянин — в ореховых тонах. Тебе это очень важно?

— Мне — нет. Но Гербету, наверное, важно. Он же не слепой.

— Конечно нет. Поэтому, отправляясь в роддом, грешная супруга оставляет записку: «Прости меня и забудь. Я сама воспитаю несчастного малютку». Гербет тут же покупает гвоздики, мчится в роддом и передает цветы вместе с запиской: «Ни о чем не тревожься. Я воспитаю его как родного».

— Страшноватая история.

— Ты слышал, как называют этот семейный интернационал?

— Нет.

— Дети разных народов.

— Хорошо! У Дявуси не жизнь, а сплошной международный фестиваль. Но какое все это имеет отношение к призраку у тебя в подъезде?

— Самое прямое. Покорившись внешне, он тихо взбунтовался на свой мышиный лад. Ты помнишь дворничиху, которая принимала нас в котельной во время бомбежки? Ее грациозный облик глубоко запал в скрытную душу Дявуси. И недавно воскрес. Он регулярно навещает ее, приносит гвоздики, консервы, сыр. Они пьют чай и наслаждаются любовью. Я с ним уже дважды сталкивалась в подъезде, он кланяется, смущенно улыбается, но ничего не говорит. Вероятно, уверен в моей порядочности. Я и молчу.

— Мне же вот рассказала...

— Ты засек его. И наверняка кому-то сболтнешь о призраке Гербета. Поползут слухи и — сам понимаешь... Не выдавай его... и меня. Ладно? Ты видел Гербета из плоти и крови, он не растворился в воздухе, а сошел в подвал любви.

— У Гербета рай в преисподней. Я обещаю тебе хранить тайну, пока он жив. За будущее не ручаюсь. У меня с ним свои счеты.

— Неужели ты так злопамятен?

До чего же богата — при всей бедности — и неисповедима жизнь! Мог ли Гербет вообразить, что подвал, куда его сводила при воях воздушной тревоги олимпийски спокойная жена, холодным голосом изображающая ужас, и где встречала молодая дворничиха, гордая визитом таких больших, знатных людей, станет прибежищем его обманутого сердца, попранного достоинства, разрушенного покоя? И могла ли думать юная служительница метлы, с мазком угольной грязи на смазливой мордахе, принимая дергающегося от страха, закидывающего голову, как конь, наскочивший на плетень, с закатившимся за очками взором профессора, что то грядет жених во полунощи? Мифы и были Древней Греции, которой Гербет посвятил свою жизнь, должны поддерживать его в нынешнюю сумеречную пору. Он, как Орфей, спускался в Аид за Эвридикой, но не для того, чтобы вывести ее на свет и потерять, а чтобы в ее подземном царстве обрести силы для новых песен. А как искорежила жизнь величайшего из великих, Сократа, сварливая и неверная жена Ксантиппа? А бывшая ученица Гербета и нынешняя супруга не была сварлива, она только заставляла его признавать своими чужих детей да совершать разные неблаговидные поступки: отобрать пишущую машинку у нуждающейся падчерицы и квартиру у больного лагерника, не для себя, боже упаси, для своей мамы. Он подчинялся, но делал все как-то неудачно: и машинки лишился, и дважды потерпел поражение в борьбе за квартиру от актированного по болезни и слабости полуслепого писателя-лагерника. Но Сократ превращался в Орфея и — пусть не с арфой и песней, а с бычками в томате и сыром — погружался в подземное царство, куда не достигали грубые шумы жизни и было всегда тепло от близости котельной и негасимой любви Эвридики. И начиналась любовь под метлами...

Интересно, посещали ли Гербета элегические мысли о том, что когда-то строго над подвалом звучал рояль Нейгауза и его собственный рояль, Пастернак читал из «Доктора Живаго», а Сельвинский — о тигре, западающем в свое тело, умно рокотал Локс и Вильмонт кидал блестящие остроты своим евнухиальным голосом? Или он с клошарьей уютностью думал, что сейчас лучше?..

20

И опять прошли годы, а может, десятилетия, а может, века. Крутилась безостановочно карусель жизни, и что-то в ней казалось важным, как кукуруза или соевые культуры, которые должны были в 1984 году привести нас к коммунизму, но привели к оруэлловской антиутопии; разгромили «Литературную Москву» — героическую и жалкую попытку создать первый независимый альманах, и я угодил в черный список; было и хорошее: вышел в «Худлите» однотомник, пошли дела в кино, я начал ездить за границу, отмеряемую мне по каплям, как слишком опасное, сильнодействующее средство; попал я под добрый писательский суд за клевету на «маяка» Орловского, которого взял прообразом героя будущего фильма «Председатель». Потом будет инфаркт как результат травли, и я навсегда зачехлю теннисную ракетку. Но уже прочно вошли в мою жизнь рыбачьи и охотничьи зори. Были новые компании, самая замечательная — цыгане из «Ромэна», с гитарой и плясками, с лебедевским романсом и шишковскими таборными песнями, да и новая женитьба назревала. Словом, все шло путем и нередко дарило ощущением важности, значительности, всамделишности происходящего. Я не мог сказать о своей жизни переиначенными Анатолем Франсом словами Гераклита: «Все течет, но ничего не изменяется». Почти ничего не менялось в общественной и государственной жизни, ибо еще в царствование отяжелевшего Никиты мы поняли обман оттепели и XX съезда: пресловутые ленинские нормы, скользко-верткие, как угорь, опять выскользнули из рук наших правителей. На самом деле мы всегда жили по ленинским нормам, лишь на короткое время просвеченным слабым болотным огоньком призрака свободы. В личной жизни перемены были, но больше внешние — новыми актерами разыгрывалась старая пьеса. Но вдруг раздавался звонок, и карусельно-однообразное кружение жизни прекращалось. И в эту короткую остановку начинала двигаться не по кругу, а вперед душа, совершалась истинная жизнь — со страстью, самозабвением, захлебной речью, безграничным доверием, прожигающей рюмкой — несколько часов вмещали жизнь во всей ее полноте. Затем мы расставались, и я опять влезал на деревянного расписного конька, и карусель приходила в движение. Она начинала звенеть, бренчать, возникала музыка, воздух обтекал лицо, казалось, ты куда-то приедешь. Нет, ты двигался по кругу...

В эту пору я плохо представлял себе Дашину жизнь, ее знакомых, утехи и дни семьи, она ощущала поступательный ход жизни, а не кружение на месте, хотя бы из-за сына. Он рос, мужал, развивался, толкая время вперед...

...Это было зимой в жгуче морозный день. Я заехал за Дашей, и мы привычным маршрутом покатили в Подколокольный. Холод проникал во все щели машины, даже печка не помогала. Пока мы доехали, Даша совсем закоченела. Я дал ей ключ от квартиры, а сам побежал в магазин за четвертинкой коньяка. Мы никогда не предваряли в Подколокольном близость выпивкой, в этом не было никакой нужды: Даша справлялась со своими обязанностями без подогрева, мне же алкоголь только мешал, наводя туман на то, что было пронзающе сильно и значительно в ясном свете реальности. Вином, уже в ресторане, заканчивались наши встречи, там оно помогало разговориться, долгие паузы в общении все-таки разводили нас, да и смягчало предстоящее расставание. Но сейчас был особый случай.

Когда я вернулся, Даша отогревала над газовой колонкой окоченевшие руки.

— Неужели не согрелась? Здесь же тепло.

— Ты же знаешь меня...

Словечко «знаешь», ласково коснувшись сердца, вдруг укололо шипом. Да знаю ли я хоть немного эту женщину, которая безжалостно разрушила наше так долго и трудно возводимое здание, чтобы на обломках ставить карточные домики?

Вздрагивая, стуча зубами, Даша выпила рюмку, поперхнулась. Запить было нечем, мы не подумали согреть чаю, поставить кофе. И это как-то подчеркнуло краткость нашего пребывания здесь, невнедренность в это жизненное пространство. Мы пользовались квартирой, как тем специальным номером гостиницы, который сдается не на дни, а на часы и обставлен лишь кроватью, умывальником, биде и стулом, чтобы кинуть одежду. Спартанское жилье отчима отличалось от убежища кратковременных радостей наличием книжной полки и отсутствием биде.

Чуть поскуливая и дрожа, Даша стала раздеваться. Я ждал традиционного вопроса: можно оставить лифчик? После родов у нее подпортилась грудь, обвисла, погрубели соски. Это в порядке вещей, но жаль было лишиться ее грудей, которые я так любил. А вообще, Даша сильно изменилась. Одежда делала эту перемену менее заметной, но теперь, когда она раздевалась, я должен был что-то преодолеть в себе, чтобы принять эту новую Дашу. Тело ее не постарело, не утратило упругости, скорее даже поюнело за счет худобы, но мне стало чего-то не хватать. Мне мало было ее теперешней плоти, мало рук, плеч, бедер, икр, она не заполняла моего объятия так плотно, как прежде. Мы с ней поменялись ролями; прежде, худой как щепка, я словно растворялся в ее телесном обилии, и нежная, дивная субстанция обволакивала меня, топила в себе, а сейчас, грузный, тяжелый, заматеревший, я давил на ее хрупкие косточки, грозя их поломать.

Быстро, деловито мы принялись отрабатывать урок, и новая активность Даши, отчетливо ставшая соучастием, торопя меня к финалу, мешала достигнуть главного: воплотиться в нее, воплотить ее в себя, чтобы из двух стал один. Один я на воздушном океане наслаждения. И тут я услышал, что она скрипит зубами. Какой там морозный холодок!.. Ее тело раскалилось, а нутро дышало жаром. И спешила она по своему делу, а не по утолению моей ненасытности.

Освободив ее наконец от своей тяжести, я спросил:

— Похоже, ты поняла, что это не пустая трата времени?

— О чем ты?

Я объяснил.

— Вот ты о чем!.. Нет, тут все по-прежнему.

Ее нейтральный, неокрашенный голос поколебал меня. Когда Даша была на страже, она никогда не выдавала себя. Ее можно было поймать только врасплох, но, если тема определилась, ее голой рукой не возьмешь. Как мастерски водила она за нос свою умную и проницательную мать! А с какой легкостью и простотой делала дурака из меня! Почему-то ей не хотелось признаться в зигзаге своей физиологии, быть может, она догадывалась, что у меня это не вызывает восторга.

Наверное, я был обречен на непонимание самой близкой женщины, чье прерывистое — для меня — существование прошло сквозь мусор трех эпох, помогая мне не забыть себя в хаосе моей личной жизни, потому что я принадлежал не ему, а ей. И ведь она всегда играла свою собственную игру, в которой я был подыгрывающим. В последнем есть упрощение, неизвестно почему я всегда преуменьшал свое значение для нее, желая во что бы то ни стало быть обиженной стороной. А разве это не правда? Правда, но не для тех, кто хочет все знать.

Я перекатывал в уме эти безмускульные мыслишки, когда случилось что-то ужасное. На меня пахнуло невыносимым и жутким смрадом, жутким потому, что в нем я ощутил привычный и любимый Дашин запах. Я почти сразу догадался о его не физической природе, ибо он пришел как бы извне, спустился сверху, забрался под одеяло, окутал, проник внутрь, забил гортань, легкие, каждую клеточку организма, — тошный, рвотный, невыносимый. В этом ужасном запахе сконцентрировалось все дурное, что было между нами за прожитые годы, смрадный дух измен, лжи, чужих касаний, чужой кожи, слюны, слизи, секреции. Тут было все, чем мы осквернили наше золотое, которого нам могло бы хватить на всю жизнь. Такой нечистоты не отмоешь ни в каких водах, не соскребешь никакой скребницей. Почему это гадкое явилось только сейчас, всем навалом, где таилось оно раньше? Наверное, шло какое-то накопление, сгущение, и нужен был лишь случайный толчок, чтобы злой дух вырвался из бутылки. Не стоит ломать голову, что послужило толчком, — какая разница? Он явился смрадным удушьем взаимного греха.

Я вскочил и начал судорожно одеваться.

— Что случилось? — испуганно спросила Даша.

— Ничего... Я сейчас.

— Куда ты?.. Что с тобой? — Она встревожилась не на шутку.

— Прогреть машину. Я забыл залить антифриз.

Не застегнув каких-то пуговиц, не завязав шнурков, не заправив толком рубашку в брюки, я выскочил в прихожую, натянул пальто и без шапки вывалился из квартиры.

Антифриз был залит, и машина могла простоять на морозе, который стал менее ощутим, сколько угодно времени, но я залез в машину и принялся зачем-то прогревать мотор. Этим как бы оправдывалась моя ложь. Я закурил и омылся табачным дымом, заполнившим тесное пространство машины.

Я выключил мотор, выбрался из машины, запер дверцу и неторопливо пошел назад.

Даша все так же лежала в постели, меня встретил чуть неуверенный, заблудившийся между испугом и радостью взгляд. Я разделся, лег, дивно пахло любимой женщиной, наваждение кончилось.

А потом был ресторан «Савой» со швейцаром, сохранившимся с дней русско-турецкой войны, золотой, хрустальный, малахитовый купеческий рай, запотелый графинчик с водкой, рюмка в узкой, изящной руке и сознание непоправимой ошибки.

В какое-то мгновение я поймал себя на том, что воспринимаю происходящее как бы в прошедшем времени. Мы сидели с Дашей в ресторане «Савой» друг против друга, пили водку, Даша улыбалась, у нее было доверчивое, оживленное лицо. Оказывается, встречи со мной были для нее маленькими праздниками, а я не догадывался об этом, считая их скорее данью прошлому, традиции, неким скрепом, придающим жизни цельность и прочность. Почему мы не могли тогда договориться?.. Почему люди никогда ни о чем не могут договориться?.. Что-то кончилось, что-то невозвратно кончилось, когда я, кое-как одетый, бежал от нее на улицу.

Я вернулся в настоящее время, Даша не заметила моего отсутствия, она что-то говорила тем глубоким голосом, который появился у нее, когда наш путь вновь привел нас в Подколокольный...

В отличие от арзамасского ужаса Льва Толстого, пережитый мной ужас в Подколокольном переулке не явился для меня нравственным кризисом, за которым последовало обновление духовного существа. Мой ужас был знаком, предвестием грядущей перемены, предостережением, подобным огненным письменам, явленным злосчастному Валтасару на пиру. Не помню, продолжал ли Валтасар пировать, прочтя грозное предсказание, но в моей жизни ничего не изменилось: наши редкие встречи с Дашей продолжались. Даше хотелось все знать про меня: как я живу, с кем встречаюсь, что пишу и печатаю, что у меня ставится в кино, какие новые подлости измыслили в отношении меня Союз писателей и «Литературная газета». Даше хотелось, чтобы я отбивался. Но я не обладал бойцовым характером и, поняв, что злопыхатели не могут сколь-нибудь серьезно повлиять на мою литературную судьбу, не обращал на них внимания. Даша расспрашивала о людях, которых в глаза не видела, о моих друзьях по охоте и рыбалке, о спутниках по туристским поездкам, о новых литературных знакомствах, доброжелателях и недругах, и я понял, что окружающий ее человеческий пейзаж очень скуден. А ведь ее с самых ранних лет приучали ценить превыше всего богатство человеческого общения, дар глубокой беседы.

В справедливости своей догадки я убедился на одном примере. Был ее день рождения, который мы когда-то так пышно праздновали в Коктебеле. Я плохо помню даты, но тут меня осенило, я пошел в цветочный магазин на Кропоткинскую, приобрел там до неприличия громадный букет роз и послал с поздравительной карточкой, но без подписи. Я был уверен, что Даша и Стась поймут, от кого цветы, и с щепетильностью наиблагороднейшего Гюстава нарочно придал посланию сердца чуть комический характер — для букета потребовались два посыльных. В тот же день они мне позвонили и пригласили на ужин. «Мы не празднуем, у нас никого не будет. Только свои».

«Своими» оказались Дашин племянник Сережа, вымахавший в молодого гиганта с хорошеньким, но каким-то несформировавшимся личиком, и «самый близкий друг дома», доктор наук, профессор и светило — средних лет, некрасивый, с огромными залысинами, ломчий человек в очках, с противной приметой: когда он говорил или улыбался, у него выворачивался наружу розовый подбой нижней губы. Мне он не понравился не только этим. Я усмотрел в его явлении, рекомендациях хозяев, в их почтительной повадке назидание мне: мол, вот тоже не последний за столом жизни, а ведь более внимателен и чуток, чем некоторые друзья с пенсионным стажем.

Вскоре причина такого предпочтения выяснилась. Когда я, несколько задетый, меланхолически обозревал расставленные по всей комнате вазы и кувшины с розами из моего букета, я услышал медовый Дашин голос:

— Где вы, Сэм, там всегда цветы.

А Стась довольно гоготнул:

— Мы думали, это букет с Марса!

— Где только вы их нашли? — умилялась Даша.

— Советские розы не пахнут, — заметил Стась, — а тут благоухание до самой Зубовской.

В своем высказывании Стась ловко соединил комплимент с хулой на ненавистную власть.

Мать честная, они говорят о моем букете, приписав его этому уроду! А он хоть бы что, и не думает отрицать. Посмеивается, уводит глаза: мол, так уж приучен, старая школа.

Я едва досидел до конца ужина.

А при нашей очередной встрече с Дашей спросил:

— Как поживает цветочный Сэм?

Она хмуро глянула на меня:

— Это ты прислал розы?

— Да нет же. Куда мне! Там, где Сэм, всегда цветы.

Даша вздохнула:

— Стась его вышвырнул вон. Как Резунова.

— Он что, полез к тебе?

— Если бы ко мне! К Сереже.

Передо мной распахнулось широкое поле реванша, но я не шагнул на него из сочувствия к двойному разочарованию Даши, потерявшей и поклонника и человека для беседы. Она не скрывала своего огорчения:

— Что-то не везет мне на людей. У нас и так никого нет, а к этому мы успели привязаться. Оказывается, он ходил не ради нас, а ради Сережи...

21

Сейчас я понимаю — Даша догадалась, что равновесие в наших отношениях нарушено. Ей наши встречи стали нужнее, чем мне. Так, во всяком случае, она могла и должна была считать. Я и раньше редко проявлял инициативу, зная, что все равно будет так, как она хочет. Но сейчас я и звонить перестал. Не из равнодушия, а ради того, чтобы это равнодушие обрести. Нет, о равнодушии и речи не было, хотя бы спокойствие привычки, спокойствие непреложности встреч могло бы ко мне прийти. Но встречи наши не утратили своей остроты, вспарывающей естественный ход жизни. Я говорю о себе. Даша не была и не стала моим «Эрмитажем», чтобы разгрузить чемодан. Если б дело обстояло так, я, может, и по сию пору встречался бы с ней. Есть невообразимая прелесть в близости с женщиной, которую любишь и знаешь столько лет. Привычка оборачивается новизной и свежестью ощущения. Особенно если эту привычку освящает незаконность, грех. Но физическая привлекательность Даши уступала моей обреченности ей.

Даша возвращалась к сыну, семье, требовавшим ее ежечасной заботы, и, готовя борщ, не без удовольствия прокатывала через душу подробности нашей встречи, разговоры, которые мы вели, новости, услышанные от меня. Мне некуда было возвращаться. Все то жилое пространство, которое у меня образовалось в Москве и за городом, было домом моей матери, которым она распоряжалась с присущей ей властностью. Гостьей — желанной или нежеланной — оказывалась моя очередная жена. И происходило это не от слабости моего характера, не от подчиненности материнскому авторитету, а от непреходящего ощущения искусственности, картинности всех моих попыток самостоятельной жизни. Я сам в них не верил, как не верил и в своих спутниц. Они, в свою очередь, не слишком верили в меня, догадываясь о какой-то моей порче. Для этой порчи в народе, идиотичном в каждое отдельное время, мудром и всезнающем в веках, есть точное слово: присуха. Под ногой у меня был зыбучий песок, строить на нем что-либо бессмысленно. Стопа находила опору в тот момент, когда Даша садилась в машину, чтобы ехать в Подколокольный. Я чувствовал вес каждой секунды, насыщенной тем, без чего нельзя.

Человек думает обо всем, и у меня порой мелькала мысль: а если начать сначала? В практическом, бытовом плане тут не было ничего сложного, но сразу во рту возникал вкус медной проволоки. Я видел, как успокоенная Даша косит в сторону, чтоб всколыхнуть стоячие воды благополучия, да и себе я не больно верил: не вернуться мне в образ волховского паладина, беззаветно верного своей Даме.

Даша почувствовала угрозу, хотя и не понимала, откуда она идет. Она прибегла к очень простому и дешевому трюку, попасться на который мог только такой кретин, как я. В то лето она после долгого перерыва съездила на море, в Гурзуф или Симеиз, не помню, да это и не важно. Мы встретились у нее. Стась пропадал в горах, он увлекся альпинизмом; сын участвовал в каком-то походе, был август, время каникул и отпусков еще не кончилось.

Я отвык от шоколадной Даши, она сохранила способность к густому, ровному, обливному загару. Мне вспомнилась другая встреча у нее в доме, когда она, опередив родителей, прилетела из Коктебеля и распласталась на столешнице, темнокожая и обжигающе горячая. С возрастом меняются реакции, прежде это воспоминание вылилось бы в немедленный рывок к ней, сейчас мне стало грустно. Тогда я растворился в ее солнце, а воскреснув, унес его с собой, сейчас мне этот смуглый пейзаж принадлежал не больше, чем крымский пляж курортнику. Приняв мою пассивность за недостаток желания, Даша решила с ходу разрубить гордиев узел. Как-то ни с того ни с сего она сказала:

— Знаешь, я тебе изменила.

Я сразу поверил и почувствовал боль. Не смертельную, не идущую в сравнение с той, что она мне когда-то причинила, но увесистую, как удар кулаком в грудную кость: что-то внутри сжимается, и дышать трудно. К этой боли добавилось чувство оскорбленности. Не за себя, убей меня бог, — за Стася. Дашина измена — это не деловые эрмитажные разгрузки Стася, а предательство. Наверное, я никогда не был настолько Поставом, исполненным благородства, чем в эти минуты, когда я проклинал в душе Мабиш, посягнувшую на священный треугольник, злоупотребившую доверием Бри-Бри.

Она смотрела на меня выжидательно. Я не хотел, чтобы она догадалась, что творится у меня в душе, и спросил почти небрежно:

— С кем?

— Он врач. Профессор. По-моему, влюбился в меня. Представляешь, в меня еще можно влюбиться.

— Где это произошло?

— Ты спрашиваешь, как о дорожном происшествии. В доме отдыха. Я растеряна. Что мне делать?

— Тебе — не знаю. А он обязан жениться.

Она закатила глаз:

— Это так весело?

— Чего ж веселого! Раз вырвалась на волю и разговелась на первой куче. Вы продолжаете встречаться?

— С кем? — бессмысленно спросила Даша.

— С этим врачишкой.

— Он не врачишка. Очень крупный хирург. Если бы мы встречались, тебя бы здесь не было.

— Ну, так и нечего говорить о нем. Я помогу тебе снять тяжесть с души: мы квиты.

— В каком смысле?

— У меня тоже был роман, и довольно бурный.

Я не совсем врал, у меня действительно был роман больше года назад, а сейчас он катился по наезженному пути к очередному браку, такому же ненужному, как все предшествующие, кроме первого.

— А кто твоя избранница?

У меня было впечатление, что в пору, когда роман начинался, я рассказывал о нем Даше, принявшей эту откровенность весьма благосклонно, ибо ее тревожил мой слишком затянувшийся последний брак. Она опасалась, как бы он не оказался всерьез, тем более что вначале было настоящее и столь редкое у меня увлечение. То ли Даша забыла об этом, то ли подзапуталась в смене блюд. Она стояла на принципе справедливости: раз она замужем, я могу быть женат, только не надо относиться к этому слишком всерьез. А с другой возлюбленной она не хотела мириться, как и я с другим ее любовником.

Я не был слишком многословен, ожидая, что она спохватится и прервет меня. Но она слушала, устремив грустный взгляд в какую-то далекую пустоту и покусывая нижнюю губу. Казалось, она опять не слышит или слышит вполуха, занятая своими мыслями. Когда же я выложился, сказала с бедным торжеством:

— Вот я тебя и поймала. Никакого романа у меня не было. Я была весь месяц со Стасем.

— Значит, у тебя был роман со Стасем, — довольно глупо (а может, и не так глупо?) сказал я.

— Со Стасем у меня нет романа. Ты это знаешь. А что же ты так оскоромился? Говорил, что любишь.

И тут я увидел, что нанес сильный удар. Зачем понадобилось ей провоцировать меня? Она хотела проверить мою верность, но выбрала дурной способ. Я попался, как последний дурак, самое же глупое в случившемся, что я ей тоже врал. Признаться в этом — не пройдет. Мой рассказ в отличие от ее лапидарного сообщения содержал подробности, которых не придумаешь с ходу. Да в нем все и было правдой, кроме того, что несчастный случай произошел год назад, о чем Даша была своевременно оповещена. Но поскольку она ничего не помнит, всякие объяснения будут выглядеть трусливым изворачиванием, заслуживающим презрения. И все же я сказал бы ей правду, не думая о последствиях, если б не одна странная загвоздка: ее довольно банальная бабья выдумка, ловушка для дураков, осталась во мне шипом, пробудив память о том признании, которое было истинным. Более того, я не сомневался, что она соврала, но жить я теперь буду с мыслью, что в Гурзуфе или Симеизе она нарушила молчаливый обет верности. Слишком естественно звучала ее ложь, куда естественней моей правды, в которой отчетливо слышался захлеб отместки.

— Ты наврала мне, но откуда ты знаешь, что я сказал тебе правду? Мы встали на очень дурной путь. Он заведет нас в тупик.

— Ловко я тебя поймала? — мимо моих слов сказала она. Казалось, она сейчас заплачет.

Она ревновала меня, впервые в жизни. Ведь даже на заре наших отношений, когда возникла Гера, в ее ощущении случившегося ревность занимала последнее место. Наверное, следовало гордиться, что после стольких лет близости, когда даже самый большой костер горит без гуда и треска, еще играя пламенем и даря тепло, но умиротворенно, устало, я вызвал в моей подруге такое сильное и новое чувство, но я не испытывал радости. Не надо держать меня уловками, есть в этом что-то бабье, нищее, недостойное Даши.

И внезапная, без перехода нежность, овладевшая ею, такая далекая от обычной сдержанности, скорее мешала, чем помогала моему слиянию с ней. Конечно, в какое-то мгновение я перестал слышать фальшивую ноту и под чистый звук эоловой арфы вознесся в свой не ветшающий рай. Но когда пришла физиологическая грусть Бурже, я подумал, что похож на столь любимый в детстве китайский бумажный мячик, прикрепленный к длинной тонкой резинке. Он стремительно летел вперед и так же стремительно возвращался в ладонь, покорный слабому движению руки. Мячик недолговечен — бумага лопается, и высыпаются опилки. Я был сделан из более прочного материала, — неужели я до конца дней останусь китайской игрушкой?

Я насквозь литературный человек. Книжных героев я воспринимаю как живых людей, не помня о том, что они созданы писательским воображением, нахожусь с ними в постоянном обмене, диалоге, споре, случаются ссоры и примирения. Пытаясь разобраться в собственных обстоятельствах, я редко обращаюсь к жизненным примерам, предпочитая литературу. Когда-то я набросал небольшой рассказ (таинственно пропавший, как и весь мой ранний архив), в котором уподобил себя герою «Воспитания чувств» Фредерику, а Дашу — его вечной и безнадежной любви, госпоже Арну. Но между нами была существенная разница. Фредерик всю жизнь верно и бесплодно любил г-жу Арну, когда же она наконец решила увенчать его бескорыстное поклонение, он сам отказался от награды, обнаружив, что любимая сильно поиздержалась в дороге, и не желая портить впечатления. Я написал этот рассказ еще во время войны, думая, что потерял Дашу, и уверенный, что все равно буду любить ее до последнего дня. Есть куда более точный образ, связанный с литературой, но воплощенный в жизни: Тургенев, промотавший жизнь у юбок Полины Виардо. Один из самых противных для меня образов душевного бессилия мужчины.

Наверное, я не случайно выбрал литературу оружием для спасения от участи Тургенева.

Когда пишешь о себе, даже назвавшись другим именем, а я так нередко поступал и сейчас собирался повторить прием, но раздумал (чужое имя — все-таки маска, пусть прозрачная, а здесь мне хотелось до конца быть самим собою), тебя подстерегает множество опасностей, и наихудшая — стремление самооправдаться. Человеку не только поставить на себе крест мучительно трудно, почти невозможно, но даже пометить крестом стыдные, дурные поступки. Так хочется пригоже выглядеть и в чужих, и, главное, в собственных глазах. «Исповедь» Руссо — единичное явление в мировой литературе, все остальные автобиографические книги весьма опрятны, чаще же всего апологетичны. Легче возвести на себя грандиозную напраслину, посмеиваясь в душе над обманом, ибо масштабное злодеяние придает личности черты демонизма, чем признаться в мелком пороке, подленьком поступке, рядовой низости. В бытовой подлянке невозможно оправдаться. Хозе убивает Кармен и просит: «Арестуйте меня, я убийца ее!», и мы исполняемся к нему жалости, мы восхищаемся его прямотой и мужеством, попробуйте сознаться в краже серебряных ложек — ничего, кроме плевка, не заслужите.

Едва ли покажется корректным тот способ освобождения, каким я бессознательно воспользовался, наверное, в силу своей про-литературенности. «Бессознательно» сказано не для самооправдания, у меня не было плана, я не думал о последствиях того, о чем сейчас пойдет речь. Тем паче что поначалу никаких последствий не было. Даша долго объясняла мои эскапады зигзагами любви, впрочем, так оно и было, хотя вели они к разрыву.

Мои повести, рассказы, даже сценарии раз за разом населялись персонажами, очень похожими на Дашу и на меня, а главное, поставленными в схожую с нашей эмоциональную и психологическую ситуацию. Затем появилась под разными соусами Анна Михайловна, запахло домом Гербетов. Я не щадил Дашу, а к бедной Анне Михайловне был вовсе беспощаден. Иногда я вплотную приближался к реальности, вернее, к тому, что представлялось реальностью мне, наверное, у Даши были серьезные коррективы к набрасываемым мною картинам.

Можно удивляться Дашиному терпению. Как же хотелось ей сохранить меня, если она раз за разом наступала на собственное сердце! И она никогда не говорила со мной о моем беллетристическом нытье. Конечно, я всюду выглядел рыцарем без страха и упрека, чистым, доверчивым мальчиком, в чью беззащитную душу плевали змея подколодная — жена и ведьма — теща. Иногда это выглядело довольно плоско, но случалось, незабытое чувство оскорбленности находило сильные слова. Возможно, Дашу это задевало, но ей доставало стойкости, чтобы не показывать вида. Зато самого себя я растравил основательно — старые раны опять закровоточили.

Стась, с которым я изредка встречался на Кропоткинской, порой случайно, порой по его звонку — он работал поблизости и приглашал выпить пива в забегаловке на Метростроевской, — тоже никогда не говорил об этих писаниях, хотя старался не пропускать ничего, мною опубликованного. Мои стенания о прошедшем дарили его душевным комфортом, он не понимал, что можно, не прощая прошлого, любить в настоящем. Гербета он ненавидел, называл не иначе, как «Теодоро», ему виделась в этом обидная едкость. Похоже, отношения с Анной Михайловной тоже не отличались прозрачностью. Она, насколько я понимаю, держала в свое время сторону Резунова. «Теодоро» он поносил при каждом удобном случае, но не считал для себя позволительным обсуждать, а тем более осуждать мать своей жены. Когда это делали — в литературной форме — другие, он не возражал. Глядя на меня из-за края пивной кружки, Стась довольно похохатывал.

Когда я садился за эту повесть или роман — не знаю, что у меня получилось, — я был исполнен старой непримиримости к Анне Михайловне, а сейчас, допечатывая последние страницы, я ее люблю. И когда думаю о высоком ее уходе, у меня сжимается горло.

Вскоре я переехал в другую часть города, и наши походы со Стасем в забегаловку прекратились. С Дашей я тоже встречался все реже и реже, и Подколокольный отошел в прошлое. Наши разговоры происходили за столиком в кафе-мороженое на улице Горького или в «Артистическом» напротив МХАТа. Даша по-прежнему жадно интересовалась моей жизнью. Самой ей рассказывать было почти нечего, она жила изо дня в день семейными и материнскими обязанностями. А я рассказывал: о Марокко, Касабланке, перевале через Высокий Атлас, о пальмовых рощах под Маракешем, о Париже — с ощущением какой-то лжи, хотя я ничего не придумывал.

Пломбир съеден, кофе выпит, никаких горячительных напитков, я уже трижды лишался прав за вождение в нетрезвом виде, Даша только пригубила свой бокал. Мы расплачиваемся и выходим. Я везу Дашу домой, но почему-то мы оказываемся не на Зубовской, а в Новогирееве, Богородском, Черкизове. Кругом деревья, кусты, низенькие домики с подслеповатыми окошками, в темном небе — огни строительных кранов. Мы молча переходим на заднее сиденье. И вот оно — Марокко, Высокий Атлас, пальмовые рощи под слепяще синим небом Маракеша, вот он — Париж и Триумфальная арка. Все остальное — подделка. Затем мы так же молча едем на Зубовскую...

Вот с чем хотела покончить моя отомщевательная литература. То не было убылью любви к Даше, то была отчаянная попытка высвободиться из ловушки. Я попал в волчий капкан и тащил его, намертво захлопнувшийся на моей ноге, впившийся в плоть железными зубами, а мне, как никогда, нужна была свобода. Я уже упоминал о новой перемене в моей жизни. Все началось легко и необязательно, но в какой-то час представилось судьбой. Мне казалось, что я выхожу на последнюю прямую, и мне нетерпимы были посторонние отягощения. То было глубокое заблуждение: никогда еще меня так далеко не заносило в сторону от моей судьбы, моей сути и жизненной цели, но понадобились годы, чтобы это понять. Андрей Платонов говорил: излечиться от сердечной муки в одиночку нельзя, нужно лечиться другим человеком. Беда в том, что такого человека не всегда угадаешь. Тогда я не угадал и поплатился за свою близорукость. А он был, такой человек, только я не знал о его существовании, а он не знал о моем, но придет день, и мы встретимся, и я обрету цельность, внутреннюю свободу и сильно припозднившееся достоинство. Уже четверть века тому. В молодости мое счастье было коротким, зато оно объяло всю мою старость, а это самая важная, тонкая, нежная, грустная и прекрасная пора человеческой жизни.

Но все в далеком будущем, а пока что я думал обрести свободу с помощью литературы. Да нет, не думал я об этом, за меня думала моя боль, и думала глупо. Несостоятельное трепыхание напоминало попытки петуха взлететь под облака, а выше забора ему не поднять свое грузное тело, как ни бей слабыми крыльями. И Даша справедливо не придавала значения беллетристическим упражнениям в злости.

И все-таки я ее достал, в одном рассказе у меня появилась стареющая женщина в «меховой шубке, вывернутой на третью сторону». Она, конечно, узнала себя, хотя злоба затуманила мне мозги — меховые вещи не выворачивают наизнанку, а либо донашивают до мездры, либо восстанавливают у скорняка. Глупость сочеталась с неблагородством: Даша и Стась были небогатые люди и не могли купить новую меховую шубу. Даша носила оставшееся от матери каракулевое манто, которое выглядело вполне прилично, особенно на мужской невъедливый глаз. И не знай я, что шуба принадлежала Анне Михайловне, я бы тоже не заметил никакого ущерба. Даша могла выдержать все, но нет ничего обиднее для женщины, чем насмешки над ее туалетами. Я нанес удар ниже пояса. Даша перестала звонить. Мы больше никогда не виделись.

Поначалу я не верил в окончательность разрыва. Затем как-то не думал об этом, занятый кошмаром своей идущей под откос семейной жизни, хотя не помню дня, чтобы я не вспомнил Дашу. Затем я остался один и, придя в себя, оглядевшись, вдохнув полной грудью воздух свободы, потрясенно обнаружил, что прошло семь лет с нашей последней встречи.

Теперь, засыпая, я опять много и подробно думал о Даше и рисовал себе наше свидание. От поэта, с которым соседствовал, я изредка получал какие-то куцые известия о Даше: они переехали, получив новую квартиру, Дашу кто-то видел, она по-прежнему хороша собой. Потом он сказал, не ручаясь за достоверность, что Стась оставил Дашу. Это упрощало задачу покаяния. Хотя, честно говоря, я думал прийти к Даше не с покаянием, а с объяснением своих кривых литературных поступков. Дело было за малым — узнать адрес. Каждый раз, отправляясь в Москву — я жил теперь постоянно за городом, — я давал себе слово обратиться в справочное бюро, но всегда что-то мешало. Наверное, это «что-то» сидело во мне самом, не может быть такой власти внешних обстоятельств над человеком. Потом я решил предварить свое появление письмом, но опять же не мог добраться до адресного стола. О телефоне у меня и мысли не было — я умею разводиться по телефону, но не соединиться. При этом образ встречи рисовался мне все заманчивей, трогательней, бывало, у меня слезы наворачивались на глаза.

Что меня держало? Я мог бы сказать: предчувствие, — но даже тени дурного предчувствия не было. А потом из Крыма вернулась знакомая начинающая писательница и сказала: есть человек, который вас терпеть не может.

— Ну, таких более чем достаточно. Для этого не нужно ездить в Крым.

— В литературной среде все друг друга ненавидят. Это единственное, что я пока знаю о писательской профессии. Но это не писатель. По-моему, экономист, очень еще молодой человек.

Я вспомнил о Стасе и Ваверлее.

— Странно! Экономисты питают ко мне слабость.

— Я сидела с вашей книжкой на лавке в парке, он подошел, поинтересовался, что я читаю. Я сказала. «Зачем вам эта гадость?» — «А мне нравится!» Он весь скривился: «Терпеть не могу!» — и пошел прочь. Он тянулся ко мне, этот молодой человек, а с того разговора стал меня избегать. Я никогда в жизни не видела такой раскаленной ненависти. И конечно, к человеку, а не к автору.

— А как он выглядел?

— Довольно высокий, худой, с некрасивым, угрюмым, но каким-то надежным лицом.

— Надежным? Тогда я догадываюсь, кто этот молодой человек. Сын моей первой жены.

— Вон что! Вы плохо поступили с его матерью?

— Да.

Ну что ж, точка поставлена. В справочное бюро обращаться не надо. Трогательной встречи двух старых любовников не будет. Я больше не увижу Дашу. Но ведь я этого хотел? Не знаю. Когда наше с ней начиналось, я хотел одного: прожить с ней до старости, до конца. И верил в это. Кто знает, может, мы остались бы с ней, перешагни я через то, что со старомодностью девятнадцатого века называю до сих пор предательством. Вот почему потерпела неудачу запоздалая попытка Анны Михайловны вновь соединить нас. Но не только из-за моего нежизненного максимализма — Даша этого не хотела. И вовсе не из-за пылкой любви к Резунову. Было увлечение, и в обычной супружеской жизни люди перешагивают через подобные ухабы с той или иной мерой горечи, даже страдания, но не теряют друг друга, а если и теряют, то на время, конечно, если сохраняется взаимное чувство, хоть на донышке. Я не говорю о тех случаях, когда людей держит внешний сцеп: дом, дети, быт, материальная зависимость, — тогда все обходится небольшим вульгарным скандалом. Мы не были ничем связаны друг с другом, кроме любви, — но разве ее недостаточно, чтобы сохранить союз? Так он и сохранился, без формальных пут.

Анна Михайловна тщетно стремилась руководить нами. Она одерживала практические победы, чтобы начисто проиграть войну. Строго по-немецки. Воюя, немцы побеждают во всех сражениях, кроме последнего. Опыт двух последних мировых войн тому примером. И хотя противоборствовал Анне Михайловне я, на самом деле хозяином положения всегда была Даша, покорная, железная Даша.

Она не совершала ошибок. Да, наш брак очень скоро оборвался, но на этом этапе жизни я был меньше всего интересен ей в качестве мужа. Я был нужен, и очень нужен, как вечное приключение. Слишком рано начавшаяся, непосильная для юного существа душевная жизнь сбила ей дыхание. Страдальческое, взрослое переживание, каким обернулся ее роман с Резниковым, едва не погубило нежный росток комнатного цветка. Ей нужно было бы сразу вернуться в свой возраст, в глупую студенческую молодость, а она под нажимом матери продолжала путь ранней зрелости среди людей, годящихся ей в отцы и матери, искушенных, сильных умом и волей, как бы повиснув меж юностью и преждевременной взрослостью. В последнюю ее упорно втягивала мать, отсюда и поэт, и докторант Бахрах, и другие кандидаты, мне неведомые. Боясь за нее, Анна Михайловна стремилась как можно скорее увидеть дочь женой, матерью, хозяйкой дома. А Даша не была к этому готова, ей не хотелось ни к плите, ни к колыбели, ни к умному салонному времяпрепровождению, хотя уже была заражена бациллой анализирования. По-настоящему ей хотелось приключений, секретов, жгучих волнений, даже обмана любимой, но чересчур самовластной матери. То было естественной принадлежностью молодой жизни, которую необходимо прожить, самой прожить, а не быть присутствующей в конце стола на пиру небожителей. Даже бесшабашный, развязный, веселый Оська оказался ей после долгого внутреннего сопротивления ближе духовных великанов ее привычного окружения. Она узнала со мной молодую дружбу и преданность без насилия над собой, верность без дрожащей на реснице слезы умиления, привезенной из полумифологического Ирпеня.

Ей годилось все: даже мой роман с Герой, походы в Подколокольный, временный разрыв и ослепительное примирение, потное объятие после истринского трудового дня, тайный брак, преступные объятия на полу в шаге от умирающей, загадочный форт в глубине леса, муравьи, впившиеся мне в задницу, которую я тут же подставил под выстрелы снайперов, открывающих огонь без предупреждения, новые тайные походы в Подколокольный, купеческий ресторан, бешеная гонка по Москве с нетрезвым водителем за рулем, даже мои литературные и кинематографические мельтешня и скандалы. Уход на фронт опечалил и взволновал, стало быть, работал в нужном направлении, но самый отъезд представлялся дезертирством. Приключение оборвалось. Свято место пусто не бывает, возник богатырь-вратоносец.

С Резниковым у нее могло получиться, он был безумец: партийный карьерист, яростно жадный до жизни, обреченный сломать свою шишковатую голову, ибо в сфере, где он действовал, нужны головы гладкие и круглые, как бильярдные шары. Поэт и Бахрах не годились: за поэтическими озарениями одного и научными поисками другого угадывалась скудная мечта о семейном уюте с запахом пеленок, кухни и взметенной уборкой на раньи пыли. Оба были людьми порядка, крепкого быта. Резунов хорошо начал, но быстро угомонился над тарелкой дымящихся щей. Стась исчерпал свой романтический заряд на госпитальной койке и слишком рано принялся разгружать чемодан на стороне.

Я был кругом хорош. Покоем, стабильностью, детской присыпкой от меня не тянуло, но мой официальный статус с признанием в семье несколько снизил Дашин интерес ко мне. То, что вчера было королевским даром, прихотью, милостью Клеопатры, царицы Тамары, Екатерины Великой, стало обыденностью, тайна исчезла, приключение кончилось. Мне следовало совершить попытку самоубийства или прикончить Гербета, нахамить Анне Михайловне, поджечь дом, чтобы вновь обрести ценность в Дашиных глазах. О каком приключении могла идти речь, если Даша, тяжело шаркая ногами, тащилась ночью в туалет ликвидировать очередного наследника, который с шумом, будящим спящую квартиру, низвергался в канализационную систему. Этот вульгарный шум предрешил мою участь. Я уехал, и Резунов легко взял воображаемую высоту, которую никто не защищал. А затем я вернулся, создав для Даши желанно сложную ситуацию, которая была для нее наиболее благоприятной средой обитания.

Вскоре, в новом образе, я стал для Даши тем же, чем был всегда: вечным раздражителем, угрозой покою, партнером по психологическим углублениям и — это можно было бы поставить вначале — любовником, над которым не властна привычка. Я был средством для сохранения молодости, ведь женщина стареет не с годами, а по убыванию своей способности волновать. Со мной Даше это не грозило.

Лесковский человек на часах покинул пост, чтобы спасти утопающего. Он получил за это тяжелое солдатское наказание и полфунта чая от доброго командира. Его осудил устав воинской службы, но ни одно живое сердце не могло не оценить самоотверженного поступка. Я тоже покинул свой пост, сбежал с тридцатилетней — без малого — вахты, но спасал я не гибнущего в волнах, а самого себя, а в этом нет ни самоотверженности, ни благородства.

А может, мне следовало повторить и даже превзойти подвиг литературного Фредерика и живого Тургенева — сохранить до конца верность своей Прекрасной даме? Не раз бессонной ночью задавал я себе этот вопрос. Но жизнь работает из дневного материала, а не из бесплодных образов полусна.

Мне кажется, я догадался, почему объявил литературную войну Даше. Я отстаивал не тогдашнюю свою жизнь, лишенную ценности и достоинства, а то, что забрезжило впереди. В сумбуре, неопрятности, бреде моего тогдашнего существования мелькнуло однажды лицо женщины, которая в недалеком будущем станет моей последней — нет, первой и последней — женой, сопутницей ко спасению, как называл свою верную, горестную Марковну протопоп Аввакум. Я угадал того «другого человека», которым только и можно излечить душу, и двинулся ему навстречу. И тогда моя позорная война с Дашей имеет не оправдание, а объяснение, я стал защищать то человечье, невостребованное и неизрасходованное, что еще оставалось во мне.

Я перестал служить приключению другого человека, я служу собственному — тихому, медленному, с бытовым окрасом, но и со все новыми открытиями, как в самой не романтической и самой обязательной для каждого книге на свете «Приключения Робинзона Крузо».

Даша, если ты есть, прости меня.

1992

РАССКАЗ
СИНЕГО ЛЯГУШОНКА

Лягушонок — это дитя, но люди привыкли называть так каждую маленькую лягушку, не заботясь ее возрастом. А я хоть и взрослый, но очень маленький, значит — лягушонок. И я не синий, а бурый, как полый перепревший осиновый лист, когда совсем потухает на нем багрец и сходит желтизна с прожилок. Меня не обнаружишь на такой листве даже пронзительным вороньим глазом, но весной я, как и все мои сородичи, обретаю ярко-синюю окраску, бьющую на солнце в кобальт. Эта чрезмерная яркость не смущает и не пугает нас, хотя мы не любим привлекать к себе внимание, но вешней порой забываешь о страхе, даже о естественной осторожности: подруги должны узнавать нас издали своими близорукими глазами и слетаться на синюю красоту, как мотыльки на огонек.

Я не выделяю себя из сородичей, но у меня особые обстоятельства. Я продолжал любить Алису и был равнодушен к порывам болотных красавиц, хотя природа брала свое, и без вожделения, со стыдом и отвращением к самому себе, я уступал велению Закона, требующего, чтобы всплыла под листья кувшинок и кубышек оплодотворенная прозрачно-бесцветная икра.

Лягушки беззащитны, самые беззащитные существа на свете, как будто созданные для повального истребления. Единственная наша оборона — воля к размножению. Оглушительные весенние концерты, цветовые превращения, бесстрашие, с каким мы рвемся к любимым сквозь все препятствия и смертельные опасности, неутомимость партнерш, способных день-деньской скакать под грузом зачарованного всадника, — все служит одной цели: не дать исчезнуть нашему кроткому роду. Но у меня, как уже сказано, особое положение: еще недавно я был человеком и все время помнил об этом. Только не надо думать о колдовских чарах, злом волшебстве: случившееся со мной вполне закономерно и естественно, как и те непознанные события в потоке сущего, которые мы условно называем рождением и смертью, — прекраснейшие символы из всех придуманных людьми для обозначения недоступного разуму. Так вот, в моем превращении нет ничего от глуповатых сказок о принцессе-лягушке или обращенном в зверя лесном царевиче и тому подобной галиматьи, которой морочат холодное и трезвое сознание ребенка.

Так что же случилось со мной? Да то же, что рано или поздно случается с каждым гостем земли: я умер по изжитию довольно долгого и трудного, как у всех моих соотечественников, но не ужасного и трагичного, что тоже не редкость, существования, узнав много радостей и не меньше горестей, частично осуществив свое земное назначение, если я его правильно понимал, больной и сильно изношенный, но не истратившийся до конца, ибо мог сильно, все время помня об этом, любить. Я любил свою жену, с которой прожил последние тридцать лет жизни — самых важных и лучших. К поре нашей встречи во мне угасли низкие страсти затянувшейся молодости (справедливо, что не дает плодов то дерево, которое не цвело весной, но плохо, когда весна слишком затягивается и цветенье становится ложным — пустоцвет), и, уже не отягощенный ими, каждый божий день, каждый божий час жил своей любовью, что не мешало работе, радости от книг, музыки, живописи, новых мест, социальной заинтересованности и все обостряющемуся чувству природы. Это была жизнь без ущерба, моя старость не стала немощью, хворобы не застили солнца, мы были полно счастливы в кратере вулканической помойки, способной в любое мгновение излиться лавой крови и дерьма.

Но долгое мое умирание было омрачено обидой и болью — не надышался я дорогим человеком, не наговорился с ним всласть, я еще был способен на объятие, на восторг, на жестокую ссору — спектр наших отношений не потерял ни одной краски, напротив, все сильнее и сильнее чувствовал я ее жизнь рядом с собой. Нам даже путешествовать расхотелось, а мы так любили слоняться по миру. Куда увлекательнее оказалось непрекращающееся путешествие друг к другу. Нет, рано нас растащили, рано отправили меня в иное странствие.

А смерть так и начинается. Это все правда, то, что казалось пустой болтовней досужих и беспокойных умом людей: залитый слезами — покойники плачут внутренним, никому не видимым лицом, — ты, уже испустивший последний вздох и отключенный от мира живых, но все сознающий, просквоженный страданием, вовлекаешься в долгий узкий тоннель со светлой точкой в конце. Ты летишь по нему, слезы обсыхают на щеках, и затухает музыка, о которой ты прежде не догадывался, — тихая музыка мироздания, включающая и твою собственную ноту.

Она замолкла до того, как я достиг конца тоннеля. Дальше — провал. Не знаю, со всеми ли так бывает, возможно, исход каждого творится на свой особый лад, но я потерял себя раньше, чем вырвался в манящий свет.

Очнулся я и обрел новое место в мире, уже просуществовав в нем бессознательно то время, какое надо, чтобы из икринки вылупился головастик, вырос, оформился в хвостатое дитя, выбрался на берег, сбросил хвост, подрос и уже взрослой особью вдруг осознал свой новый образ. Я тщетно пытаюсь вспомнить хоть какой-то проблеск сознания на этом длинном пути развития. Но ведь и в человечьей моей жизни я ничего не знал о себе до четырехлетнего возраста. Близкие долго мучили меня в детстве, заставляя вспомнить, как бабушка играла на рояле «Турецкий марш», чтобы я ел манную кашу. Оказывается, уже в три года я обладал четкими вкусами: обожал моцартовский марш и ненавидел полезнейшую размазню. Не знаю, почему им так хотелось, чтобы я вспомнил то, чего для меня не было. И бабушка, и рояль, и манная каша ушли до пробуждения во мне памяти. А «Турецким маршем» озвучились мои школьные годы. Скорее всего, моему беспамятству не верили, принимая его за тупое и злостное детское упрямство. А упрямство надо сломать для моего же блага. Они так мне надоели, что я вспомнил музыкальную кормежку, но перестарался, включив в нее фокстерьера Трильби, который обтявкивал мое детство в еще более раннюю пору. Окружающие с грустью убедились, что я не только упрямец, но еще и врун, поскольку Трильби я действительно не мог помнить. Сейчас мне и самому странно, что я так поздно родился для себя. Ведь какой сложной физиологической и психической жизнью я уже жил, общался с близкими, даже сочинил, как мне потом говорили, какие-то идиотские стишки, и при этом словно не существовал.

Так и здесь. Кто-то, вполне вероятно, видел меня юрким головастиком, шустрым лягушонком — для меня там пустота. Все началось с того мгновения, когда надо мной закачался зеленый лес.

Этим лесом была трава, но прошло какое-то время, прежде чем я смог назвать густую поросль травой, а не лесом. В первые часы и дни после опамятования самое трудное было привыкнуть к невероятным размерам насельников мироздания — так пышно именую я опушку леса, поляну, шоссе и весеннее озерко, составившие отныне все мое жизненное пространство. Каким все стало огромным: травинки, цветы, крылатые чудовища, в которых так трудно признать знакомых воробьев, ласточек, трясогузок, малиновок, чибисов, ворон. Невероятно увеличились бабочки, стрекозы, жуки, даже божьи коровки, и все лишь потому, что я стал таким маленьким. Даже некоторые мои сородичи оказались куда крупнее меня, а дальние родственники, серые пупырчатые жабы, обернулись бегемотами. Правда, я открыл для себя неведомый мир дробных существ, которых прежде не замечал в своем человеческом величии. Трава кишела прыгающими, ползающими, скачущими, летающими малышами, иные были очень красивы и утонченны.

Вначале я тяжело переживал свое умаление. Мне не удавалось доглянуть верхушки деревьев-небоскребов, каждая лужица стала прудом, налитые талыми водами колеи — реками, весенний болотный натек — озером. Особенно угнетала ширь асфальтового шоссе, отделявшего лес от озерка; оно казалось бескрайним, и перейти эту ширь, это поле было труднее, чем прожить жизнь. По нему мчались раскаленные грузовики, смрадные мотоциклы, гоняли на велосипедах беспощадные ко всему живому мальчишки.

И все же моя мизерность угнетала меня не так сильно, как может показаться, а главное, не так долго: до усвоения новых соотношений тел и предметов. Начав играть по изменившимся правилам, я перестал мучиться, ибо — помимо всего прочего — осталось, а частично возникло, множество существ куда меньших, чем я сам. И наличие этой крошечной разнообразной и энергичной жизни бодрило, успокаивало.

В ином была непреходящая моя мука и мука тех, кто в новой жизни утратил человечье обличье. Об этом никогда не говорят на тайном языке бессловесных, но я угадывал среди прыгающих, плавающих, летающих, бегающих на четырех ногах таких, кто, подобно мне, был в прежнем существовании человеком, угадывал по страданию, какого не знают живущие впервые или возникшие из растения или зверя. Но я понятия не имею, с помощью какого внутреннего устройства возникало это постижение.

Меня всегда потрясали строчки поэта: «Над бездной мук сияют наши воды, //над бездной горя высятся леса». Но тут говорится о прямом взаимоистреблении живых существ, населяющих природу, ради выживания, а я — о другой, куда худшей муке. Не знаю, что чувствуют растения, когда-то бывшие людьми: деревья, кусты, травы, цветы, — хотя о чем-то догадываюсь. Вы слышали когда-нибудь ночные голоса леса? Не крики совы, сыча, не уханье филина, не предсмертный визг, взвой, хрип прокушенного более сильным врагом зверя, не начинающийся во тьме щелк соловья, а скрип деревьев, вздохи трав? Я не раз наблюдал, став лягушкой, как по-разному ведут себя деревья с наступлением ночного часа. Соседствуют две березы-однолетки, с крепкой корой без раковых наплывов и здоровой сердцевиной ствола, с густо облиственной кроной, но приходит ночь, и одно дерево спокойно, тихо спит, а другое начинает скрипеть — в полное безветрие. И скрип этот — как стон, как бессильная жалоба, как сухой, бесслезный плач. У природы нет общего языка, как нет его у людей. И все-таки я знаю, о чем они скрипят и стонут — по оставшимся в прежней жизни. Пока ты человек, кажется, что мир стоит на ненависти, что им движут властолюбие, честолюбие и корысть, — это правда, но не вся правда. Зло заметнее, ярче в силу своей активности. Для тех, кто живет по злу, жизнь — предприятие, но для большинства людей она — состояние. И в нем главное — любовь. Эту любовь уносят с собой во все последующие превращения, безысходно тоскуя об утраченных. О них скрипят и стонут деревья, о них вздыхают, шепчут травы, называя далекие имена. Я все это знаю по себе: едва соприкоснувшись в новом своем облике с предназначенной мне средой обитания, я смертельно затосковал об Алисе.

Мой нынешний — ничтожный для человека, но вполне пристойный для пресмыкающегося — вид никак не отражался на силе и глубине переживания. При этом нельзя сказать, что дух остался нейтрален к изменившемуся естеству, нет, в чем-то я соответствовал новой сути. Очнувшись в весне, я не остался глух к ее чарам и, словно не отягощенный тоской, борзо заскакал к озерцу, откуда неслись гортанные призывные голоса.

Отдав весьма энергично дань природе, я потом долго торчал в зеленоватой воде, наполненной страстным шевелением охваченных любовной жаждой синих существ. Пошел быстрый и светлый весенний дождик, в его нитях солнечный свет преломлялся и дробился многоцветно. Меня рассмешило, как поспешно скрылись под водой болотные Ромео и Джульетты. Они, видимо, боялись намокнуть. Я остался с чувством превосходства, но через минуту-другую тоже нырнул и устроился под листом кубышки — оказывается, капли дождя весьма чувствительны сквозь тонкую, хотя и крепкую кожу.

Дождь кончился довольно скоро, мы все опять высунули наружу мордки и заурчали, вздувая горловой пузырь. Ко мне, сильно рассекая воду, устремилась большая зеленая лягушка — ее сладострастие заряжало воду электричеством впереди нее. Я услышал сигнал, нырнул под корягу и спасся от ненужных ласк.

Разворачиваясь, она взмутила илистую воду задней лапой. Стало трудно дышать. Я поплыл к берегу и устроился в чистом мелководье на коряге, обтянутой мягким донным мхом. В плоской воде у берега я отчетливо видел свое отражение: огромный рот, выпученные глаза, бледное брюхо, начинающееся прямо подо ртом, — сколько мерзости в таком ничтожном комочке плоти! Но странно, это меня почти не тронуло. Опять навалившаяся тоска делала безразличным все на свете.

Будучи человеком, я заигрывал с идеей переселения душ, гарантирующей жизнь вечную. Казалось заманчивым примерить на себя другие личины. Разве знал я, что в это бессмертие втянется лютая тоска. Господи, спаси меня и помилуй от такой вечности, насколько желанней была бы полная и окончательная смерть. А если попробовать? Коли я не умру всерьез, то стану кем-то иным. Все равно кем: львом или пауком, пальмой или крысой. Тоска подчинит себе любой образ, даже самый прекрасный. А вдруг воплотишься в такую ничтожную зачаточную форму жизни — в полипа, моллюска, медузу, — что в ней заглохнет сознание, а заодно и тоска?..

Я выполз на шоссе, прыгать не было энергии, и сгорбился на асфальтовом, помягчавшем от жары закрайке. Несколько грузовиков пронеслись мимо, обдав чудовищным грохотом, вонью и дымом. Я всякий раз терял сознание, а когда приходил в себя, не мог отплеваться от гари. Раз-другой меня накрывала тень большой птицы, и я невольно съеживался, ожидая удара стального носа цапли или аиста. Но тень сплывала, то были вороны или галки.

Какая-то опустошенность овладела мною. Так же неуклюже и медленно, по-жабьему отклячивая задние ноги, я пересек шоссе, пропустил над собой еще одну машину, побывал в коротком обмороке и, спустившись с насыпи по другую сторону, направился к лесу. Зачем я это делал, убей бог, не знаю, да и положено мне, пока длится брачная песня, находиться при воде. Лишь когда погаснет синяя расцветка, можно идти на все четыре стороны.

На опушке я обнаружил у подножия березы ямку, в которой копошились черные жуки. Я потрогал их языком, понял, что они съедобны, и поел немного. Потом нашел какой-то мягкий сладкий корешок и помусолил беззубым ртом. Зарылся в полую листву и заснул.

Проснулся я среди ночи и не сразу узнал звезды. Ночные светила расплывались в моих новых глазах, небо было в туманных круглых пятнах, завихрениях и кольцах. Наверное, это было красиво, но чувство сиротства усилилось, не под такими звездами текла наша жизнь с Алисой.

Тишину безветрия нарушали деревья, скрипевшие из своего нутра, — такие же сироты, как я. И я тихонько заурчал, будто полоща горло, присоединился к их жалобе.

Скрип деревьев, бормот кустов, шепот трав перебили и заглушили другие звуки — ухали, охали, скулили, взрыдывали животные, бывшие когда-то людьми. Те же, что не пили жизни из человечьей чаши, спали безмятежно, глухие к памяти своих былых превращений; среди этих тихонь находились и первенцы бытия. А ведь и они могут когда-нибудь очнуться в человечью муку.

Так прошел год. Нет, не совсем так. Было пять блаженных месяцев зимней смерти, когда кровь застыла в жилах, остановилось сердце, и, примороженный к земле у корня старого дуба, я стал холоден и бесчувствен, как льдышка. И до чего же ненужным показалось апрельское опамятование!

Я понял, что вернулся в эту ненужную, невыносимую жизнь, по боли оттаивания. Казалось, меня раздирают на части крючьями — это распрямлялось и расширялось согретое солнцем тело. Когда боль подутихла, я хотел почиститься, но за долгую спячку сор искрошившихся листьев, сухих травинок, мертвых насекомых так въелся в кожу, что отдирался с кровью. Пришлось отложить туалет до того дня, когда можно будет отмыться в озерке. Этот день наступил неожиданно скоро. Вдруг зашумели ручьи; снег прямо на глазах оседал, лопался, разваливался, тек, серые ноздреватые блины оставались лишь у подножий деревьев. Земля просыхала удивительно быстро. Появились белые чистенькие горностаи и заиграли вокруг берез.

А на меня опять навалилась тоска. Даже пищу отыскивать не хотелось. Я обхудал так, что косточки на задних ногах едва не прорывали кожу. И на озерко я потащился лишь потому, что все шли. Меня перегоняли даже старые жабы, которые и прыгать-то не могли, только ползли, волоча брюхо по земле.

Наши шли из леса как партизаны. Валом валили. Внушительное зрелище. Кто прыжком, кто ползком, жестко сосредоточенные и необщительные. Дружба — весьма горячая — начнется там, в воде, а сейчас была одна цель — добраться до обетованного места. Уж очень всех изнурила зима, силенок почти не осталось. Но до чего мы, оказывается, разные: есть такие крошки, что издали примешь за кузнечика, а есть — чуть не с морскую черепаху, даже оторопь берет. Лучше и наряднее всех выглядели мы — синие лягушки. Я очнулся после спячки бурым, как прелый лист, и не заметил, когда засинился.

Еще издали мы услышали слитный гортанный хор. Обитатели окружающих озерко зарослей уже перебрались на весенние квартиры. На берегу стояли люди. По счастью, среди них не было детей, не то хилая наша рать могла бы сильно поредеть. Детей тянет к уничтожению беззащитных жителей земли: лягушек, ящериц, жуков, стрекоз, птиц, бродячих домашних животных. Но еще при моей жизни детвора все чаще стала обращать губительный и холодный взор на себе подобных. Ребенок куда страшнее взрослого, его задерживающие центры работают лишь на страхе и никогда — на этике.

Конечно, люди на берегу пришли не ради картавого хора, а чтобы полюбоваться на нас — синеньких. Я и сам так делал, когда был человеком. Нельзя оторваться от синих таинственных огоньков, горящих в воде. На остальных и глядеть неохота: тусклые, пупырчатые, громоздко-неуклюжие. Я поймал себя на том, что испытываю гордость за свою породу. Этого еще не хватало! Неужели я становлюсь настоящей лягушкой? А ведь я не завидую этим людям, и нет чувства приниженности перед ними. Наверное, так и должно быть, иначе не состоится определенное Законом превращение. И хорошо бы оно поскорее стало полным, окончательным, убив память, которая после долгого беспробудного сна потускнела, но могла вернуться в прежней силе, чего я больше всего боялся.

Я гордо проскакал мимо голых загорелых ног какой-то барышни, показавшихся мне колоннами Большого театра, покрашенными в золотисто-шоколадный цвет, слегка потрескавшимися и облупившимися — такой представилась гладкая молодая кожа телескопическому лупоглазью, — и не без форса нырнул в воду. Прыжок получился не слишком изящным, я перекувырнулся в воздухе, блеснув своим белым брюшком, которое мне самому было противно — чем-то вульгарно-пресмыкающимся веяло от него, а ведь мы не ползающие и не стелющиеся по земле, мы прыгуны-летуны, мы ближе к птицам, чем к гадам ползучим. Только не хватайте меня за лапку — жабы не из нашей команды, к тому же умеют прыгать, но ленятся.

— Лягушонок-акробат! — сказала обладательница облупившихся колонн. — Видали, какое он скрутил сальто-мортале?

— Какой я тебе лягушонок, дура? — заорал я в бешенстве. — Я взрослый мужик. Попадись ты мне только!.. — Но для нее эта громкая тирада была пересыпанием гороха в стеклянной банке.

И я подумал, что лучше бы мне забыть человеческую речь. Раз общение невозможно, зачем мне знать, о чем говорят те, одним из которых и я недавно был. Куда важнее понять язык моих новых сородичей. Природа не знает бессмысленностей и бесцельностей, это удел людей, и коли картавая французистая речь так неутомимо обслуживает мокрую весну, значит, она служит чему-то важному. Надо ей научиться.

А затем был долгий, еще не занятый спариванием день, безмятежное блаженство меж прохладой воды и теплом солнца. Удивительно приятно, когда сверху припекает, а снизу поддает остудью, особенно если ты нашел место с пузырьками, всплывающими со дна и лопающимися у тебя под брюхом. Лежишь, слегка раскорячившись, и пялишься на божий мир — вот проклюнулся цветок мать-и-мачехи, вот треснула коробочка одуванчика и полыхнуло желтым огоньком, взблеснул погнавшийся за мухой пескарик, стрекоза опустилась на бутон кубышки, и защипало глаза от слюдяного сверка ее крылышек. Пролетела еще неуверенными зигзагами милая бабочка, ондатра нырнула с кочки в воду, пустив тугую волну, и закачало дурманно... Смотришь на весь заигравший мир и ни о чем не думаешь, это почти сон, но не зимний, глухой, бесчувственный, а легкий, вполглаза, животворящий. Мир ощущался как единый организм, в нем циркулировали соки, роднящие все живое на свете и создающие некое вселенское братство, которое, увы, не может быть столь истинным и полным, как на заре бытия, до первой пролитой крови. С ударом Каина в мире поселилась опасность, исчезло доверие, и лишь в весеннем коротком все промелькивает та любовность, которая некогда объединяла все сущее.

Когда я очнулся от своих грез, водоем опустел, наши попрятались, вода стала розовой, а водоросли бархатно потемнели. Пространство оцепенело — ни дуновения, ни шелоха, ни звука. Не знаю, зачем я выбрался на пустынный берег. Чувство внезапного одиночества обернулось лютой тоской, а тоска сразу нашла образ: взмах ресниц над темно-карими глазами. Кончики ресниц были так близко, что я мог дотянуться до них и уколоться. Если б мог!.. Вот я и получил ответ на вопрос, заданный себе утром: кто я? Со мной случилось самое худшее из всего, что могло принести новое существование: я был лягушкой с человечьей памятью и тоской.

...Я видел дачную террасу в дождливый день исхода августа. Очередной дождь только что прошел, в густом саду измокшие листья тихо шевелились от стекающих капель, показывая то темную рубашку, то светлый испод. Текло по стеклам террасы, капало с крыши, струйкой бежало с водостока. Заросший, в туманной влаге сад походил на морское дно. А застекленную террасу легко было представить себе подводной лабораторией Жак-Ива Кусто, — казалось, вот-вот сквозь боярышник, рябину и яблони поплывут большие рыбы с жалобными ртами.

Алиса лежала на тахте, к ней приставал щенок эрдель, требуя, чтобы его почесали. У них была такая игра: Алиса чесала его длинными ногтями по крестцу от шеи к обрубку хвоста, он изгибался, задирал морду и часто-часто колотил левой лапой по полу. А потом она говорила, словно про себя: «Надо Проше бородку расчесать», — и он тут же, жалко ссутулившись и поджимая свой обрубок, убегал и с грохотом забивался под стол, чтобы минуты через две-три появиться опять с великой опаской, тогда все начиналось сначала. Это был ежедневный, слегка надоевший мне своим однообразием ритуал, но почему-то в тот день, когда мы погрузились в морскую пучину, я сказал себе на слезном спазме: «Это и есть счастье. Когда-нибудь ты вспомнишь о нем».

Мог ли я думать, что воспоминание придет к синему лягушонку, скорчившемуся у весенней воды?

В нашей долгой жизни с Алисой — мы и серебряную справили — было столько Берендеевых лесов, столько Средиземноморья, островов, лагун, столько храмов и старинных городов, дивной музыки и нетленной живописи, а образом счастья оказался мокрый сад, терраса и длинные пальцы, погруженные в жесткие завитки эрдельей шерсти.

Так я томился на берегу, маленький, жалкий комок плоти, выплевок, куда запихали слишком большую душу, а вокруг творилось вечное волшебство божьего мира — ночь высеребрилась из края в край и наполнилась тайными голосами...

Проснулся я с тем странным вздрогом, опадением сердца, когда чувствуешь, как отлетает от тебя жизнь. Однажды я так же вздрогнул во сне, вскрикнул, хотел вскочить, ухватиться за ускользающее, но не успел. И был тоннель... Очевидно, я и в новой жизни остался сердечником. Это меня не взволновало, как не волновало и в той, первой жизни. Там я не хотел страхом смерти отравлять свои дни, здесь я не хотел их длить. Коли уж я приговорен к вечности, пусть скорее наступит другое, пусть быстрее сменяются эти личины, мне все равно с ними не сжиться.

Существо человека ничуть не выше существа лягушки, крысы или вороны. Их структура куда совершеннее. Человек слишком рано оторвал передние лапы от земли и, выпрямившись, перегрузил позвоночник. К старости у всех мучительно болит спина, поясница, ноги и портится характер. Добавьте к больным ногам, лишающим высшего счастья — бродить по земле, еще непрерывно действующее сознание, и станет ясным: какая жалкая тварь человек. А лягушка, крыса, ворона достигают старости в отличной форме, к тому же не разъедены рефлексией, как в школьных учебниках называют способность к размышлению.

Странно, лишь став лягушкой, я принялся рефлектировать. Лягушка-резонер. Шутки в сторону: из всех ужасных игр Творца самая страшная — вечная жизнь души. Для души есть, увы, всего лишь одно вместилище — несовершенное, плохо приспособленное и незащищенное человеческое тело, во всех иных превращениях с душой нечего делать. Она мешает. И коли есть смерть тела, так должна быть и смерть души. И будь она благословенна!..

...Это случилось в разгаре весны. Я выбрался на берег и увидел небольшого безрогого оленя. Что-то подсказало мне — олениху. Она стояла на берегу и раздумывала, напиться ли из водоема, кишащего лягушками, или поискать не столь замутненный источник. Она не могла брезговать нами, самыми чистыми существами на свете. Недаром хозяйки кладут нас в молоко для охлаждения. Ведь мы обладаем замечательным свойством: чем теплее среда — вода или воздух, — тем ниже у нас температура. От теплого парного молока мы холодеем и остужаем молоко. Но, гоняясь друг за дружкой, ныряя и безумствуя, подымаем со дна ил.

Косуля — я вспомнил, как называется незнакомка, — нашла чистое место, вытянула шею и принялась пить. Мне понравилось, как ловко и деликатно лакает она воду узким, длинным нежно-розовым языком. Попив, она облизалась, змейкой пустив язык вправо-влево, затем по темному пятачку носа. У нее были удлиненные темно-карие глаза и длинные ресницы. Она мигала редко и старательно, словно пытаясь прихлопнуть слепящий солнечный луч. Но он выскальзывал. Меня развеселила эта милая игра для самой себя. Удивительно приятно было смотреть на нее, хотя какое мне дело до таких больших и гордых животных, с которыми невозможен никакой контакт? А вот же, оторваться не мог. Пялился во все пучеглазье на ее изящную головку, которую она то и дело щегольски вскидывала, на крепкие ноги с красивыми острыми копытцами, на гибкую, с острым хребетиком спину. Тугая кожа оформляла в доброжелательную улыбку каждый ее отзыв на внешнее впечатление — от стрекозы, шмеля, камышевки. И так хотелось прикоснуться к гладкой черно-бурой шерстке! До чего же она мне нравилась — в разрыв души, и, бессильный выразить свое восхищение, я стал кувыркаться, ужасно неловко, неуклюже, мы вообще неловки во всех движениях, кроме прыжка, да и то, бывает, заваливаемся на спину. Но какое это имело значение? Она и внимания на меня не обращала. А я совсем зашелся и стал бить себя передними лапками в грудь, хотя они не приспособлены для таких движений, и тонкие косточки затрещали. Это было больно, но мне нужна стала такая боль, чтобы не пустить другую, куда худшую, — от надвигающейся угадки.

Косуля заметила гимнастику маленького синего гада, и в продолговатых глазах ее зажглось благожелательное удивление. Наверное, она приняла это за какие-то ритуальные движения весеннего обряда и, разумеется, не отнесла к себе. Я же становился все более неприличен: катался по земле, не стесняясь своего бледного глянцевого брюха, пытался встать на голову, но шлепнулся, сделав обратное сальто, чуть не выколов глаз о сухую былинку, а потом пополз к ней, волоча задние ноги, как паралитичный, припал широким беззубым ртом к копытцу и стал мусолить его, что самому мне казалось поцелуем. Она отдернула ногу — не то брезгливо, не то испуганно. Но я опять подполз, уткнулся в копытце, похожее на детский бумажный кораблик, и вдруг утратил окружающее. Я уже давно знал, что это Алиса, но только сейчас понял, что она тоже умерла, и от жалости к ней лишился чувств.

Я очнулся от прикосновения чего-то нежного и влажного. Она осторожно лизала меня своим узким язычком. Боже мой, неужели она поняла, что за смехотворными моими кривляниями — признание в любви? А что, если она поняла больше?.. Узнала меня?.. Узнал же я ее... Да что тут общего? Нам выпали разные превращения. Она осталась Алисой: те же милота и грация, узкое лицо, удлиненные глаза, долгая улыбка, даже щегольской вскид головы — все было от прежней Алисы: прекрасная женщина стала прекрасным зверем. Косулю-Алису можно было высмотреть в Алисечеловеке, но даже мой злейший враг не углядел бы во мне прежнем болотного скакуна.

И чего я, как слабонервная девица, все время грохаюсь в обморок? Надо петь, сходить с ума от невероятного, немыслимого счастья, что тоннель из смерти в другую жизнь вынес Алису на берег лягушиного озерца и дал мне уткнуться глупой башкой в ее копытце.

Почему она меня лижет? Могла она проглянуть какую-то загадку, тайну в исступленных ужимках синего лягушонка? Ведь она была из тех же несчастных, что сохранили память, и боль, и тоску о минувшем.

Не без усилия принял я сидячее положение. Ее лицо было совсем близко от меня, и я увидел, как из уголка глаза выкатилась и побежала, оставляя глянцевую полоску на темно-бурой шерсти, крупная, как виноградина, слеза. В ней, словно в выпуклом зеркальце, отразился раздувшийся в шар уродец — еще более отвратительный, чем на самом деле. Господи, можно ли поверить, что это я — я — я?! Почему же она плачет? Неужели ее вещая душа, вопреки разуму и очевидности, сказала ей правду?..

Ее большая, но не пугающая голова еще приблизилась, теперь пузатое чудило переместилось в рисинки зрачков, открылся розовый зев и бережно вобрал меня в себя. Я поместился в мягкой влажной ямке у нижней челюсти. Алиса оттопырила губу, чтобы поступал воздух и я мог дышать, и в таком блаженном экипаже отправился я в новое свадебное путешествие.

У нее в лесу был тайник, недалеко от опушки, но вовсе неприметный: ложбинка в густом кустарнике, сквозь который не пробраться, коли не знать лаза. Я-то проскользну в любую щель, но крупное существо, если сунется наугад, оставит всю свою шерсть на колючих сучьях.

Алиса выпустила меня на волю и легла, уютно свернувшись в кольцо. Я облюбовал для ночлега ее ухо, более прохладное, чем остальное тело. Видимо, ей было щекотно, она некоторое время дергала ухом, потом смирилась. Мы уснули...

И началась наша совместная жизнь. Неожиданно мы оба оказались полуночниками. Я отправлялся на кормежку ночью, потому что моя пища — летучая, быстрая, верткая — доступна длинному языку лишь в сонном состоянии. Конечно, на озерке я мог иной раз слизнуть зазевавшуюся букашку и даже ловкую изумрудную муху, но этим сыт не будешь. Я ходил на промысел, когда все летуны и ползуны спали. Странно, что я, такой крошка, был мясоед, а Алиса, такая большая, — вегетарианка: щипала траву, объедала листву и молодые побеги. Свою еду она могла брать и днем, но дня она боялась и очень редко отправлялась на прогулку при солнечном свете. Особенно после того, как в просеках зазвучали выстрелы. Она забивалась в свою ямку и беспрерывно дрожала. Это браконьеры стреляли вальдшнепов на тяге. Вообще-то тут была запретная для охоты зона, поэтому в небольших здешних лесах сохранились и лоси, и лисы, и зайцы, и горностаи, я их всех видел не раз, а вот другой косули не встречал.

Мне было мучительно жалко Алису, и, чтобы ее подбодрить, я демонстрировал великолепное бесстрашие — беспечно скакал, дурачился, к сожалению, это мое удальство пропадало втуне.

Насытившись, мы обычно играли. Алиса любила прятаться, я должен был ее искать. Это сохранилось в ней от наших человеческих дней: она вдруг пропадала, не уходя с дачи. Обычно я знал, где она находится, но вдруг возникало странное ощущение пустоты. Я звал ее, она не откликалась. И хотя это повторялось раз за разом, я пугался и начинал поиски. Мотался как последний дурак вверх и вниз но даче, заглядывал на кухню, в ванную, на нижнюю террасу, на солярий, а она стояла под винтовой деревянной лестницей, зажав себе рот, чтобы не выдать себя смехом. А могла просто лежать на диване в гостиной, так ловко накинув сверху какую-нибудь тряпку, что мне и в голову не приходило посмотреть там. Могла спуститься в погреб на кухне, делая вид, будто не слышала моего зова. Самое удивительное — я никогда не находил ее. В игре была своя, только нам доступная глубина. Мы жили вдвоем, практически никогда не разлучались, даже на короткое время, наверное, нам надо было чем-то освежать восприятие друг друга. Недаром мы оба так радовались, когда она вдруг объявлялась с громким радостным смехом — такая несмешливая в обычное время. Хоть это и жутковато звучит, но суть безобидной игры состояла в умирании и воскресении. Мы бессознательно наигрывали то, что нас ждало в будущем.

А сейчас мы играли в прятки из любви к нашему прошлому. Мы так мало могли взять из него в настоящее: совместную трапезу и сон да вот эти игрища. Впрочем, так ли уж это мало?..

Мы жили очень уединенно. Порой нас навещали соседи, чаще других заяц, которого Алиса любила и жалела за кротость, деликатность и всегдашнюю готовность к несчастью. Иногда он приходил вдвоем, с женой или подругой — не знаю, меня их отношения не касались. Заяц при всей своей симпатичности относился ко мне не сказать свысока, а как-то небрежно. Мне кажется, он не догадывался, какое место я занимаю в доме. Однажды появилась лиса с умильным видом, но была решительно прогнана Алисой. Вот не думал, что кроткие косули могут быть такими яростными. Оголодавшие лисы поедают лягушек. Алиса чуть не пришибла ее задними ногами. Больше мы рыжую не видели. Захаживали лосята-годовики — горбоносые, голенастые и удивительно застенчивые. Алиса была приветлива с ними, но держала дистанцию. Молодые люди, потоптавшись у нашего логовища и ободрав кору с осинок, отправлялись восвояси, шумя сквозь чащу, как ураган.

Все это были простодушные существа, то ли перворожденные, то ли уже посетившие мир в виде животных или растений, ни один не скрывал в себе грустной тайны человека. Быть может, поэтому и не завязывалось отношений. Да нам никто не был нужен.

Нет большего счастья, чем быть с тем, кого любишь. Ощущение друг друга, когда оно такое сильное, как у нас, до краев заполняет время. К тому же теперь мы были погружены в природу; ее музыка, ее живопись, ее книга, которую не дочитать до конца, куда увлекательнее копий, создаваемых людьми. Чтобы по-настоящему оценить природу, надо беспрерывно находиться в ней, тогда ты не просто гость и наблюдатель, ты от нее зависишь. Ты обязан угадывать, что в ней зреет, иначе она застанет тебя врасплох. Тепло и холод, дождь и вёдро, ветер и снег, град и утренник — даже для городских жителей это немало значит, а что же говорить о нас, не защищенных стенами и крышей, прикрытых лишь тем, что нам дала природа, а дала она кому теплый мех, кому тонкую кожицу, но в утешение — дар спасительной зимней смерти; впрочем, медведь в своей дохе тоже должен на зиму умирать, иначе станет шатуном и сойдет с ума от голода.

Это как бы деловая жизнь в природе, служащая самосохранению, а куда как огромно пространство бескорыстной радости от соучастия в суете естественного мира. Каждое живое существо — часть природы, лишь человек противопоставил себя ей, и в этом его проклятие. Мне трудно судить о качестве ощущения природы теми, у кого зачаточное сознание, во мне оставалось слишком много человеческого. Да все во мне было человеческое, кроме физической структуры, что, впрочем, немало. И это человеческое, с одной стороны, обостряло чувство естественной жизни, с другой — мешало слиться с ней. Наш — мой и Алисин — взгляд на окружающее был все-таки взглядом со стороны. Но с некоторых пор мне стало казаться, что мы дружно и благостно глупеем, и это делало нас более свойскими в мире, поющем песню без слов.

У нас были свои любимые цветы, травы и молодые деревца, за ростом и развитием которых мы следили, свои заветные места в лесу, где собиралось много мелкой жизни и на пространстве с медный пятачок творились шекспировские страсти. Нет ничего интереснее любовных утех насекомых. Тут все чудо. Ухаживание — галантный восемнадцатый век не создавал таких шедевров изящества, грациозности, жеманства и утонченности, какой являет пара флиртующих кузнечиков; а как изысканно-нервно соблазняет стрекозиный кавалер свою разборчивую даму! Но еще удивительнее — апофеоз любви. Японские эротические альбомы — вершина назидательной порнографии — ничему не могли бы научить этих специалистов. Признаюсь, меня порой шокировало, когда две одушевленные прочищалки для примуса или бельевые защелки начинали предаваться своим чудовищным ласкам на глазах у Алисы. По счастью, она только вдаль хорошо видела. Если брать природу за нравственный образец, кодекс приличий должен стать куда снисходительней. А ведь это мудро: естественный мир законно стремится извлечь максимум удовольствия из той премии, которая положена за продолжение рода.

Знаменитый натуралист Фабр сказал, что если у человека есть два акра пустыря, то счастья наблюдений ему хватит на всю жизнь. А у нас были не жалкие два акра, а лесное государство, в полное владение которым мы вступили с уходом браконьеров.

Отсинели июльские ночи, отгремели августовские грозы, проплыла паутинка бабьего лета, и закружились в воздухе желтые листья. Минул сентябрьский березовый листопад, затем октябрьский — осиново-ольховый, жестким гребешком ветер дочесал рощи до полной голизны, а в нашем лесу сохранил лишь усталую зелень хвойных. Слишком сквозным, открытым и беззащитным стало наше государство, в нем опять поселился страх. Большие звери попрятались и выходить стали только ночью.

Опять дрожала Алиса, свернувшись в своей ямке, и опять я пыжился вселить в нее бодрость своим ухарским видом. Но вскоре пал и этот жалчайший бастион — ударили морозы, кровь застыла во мне, и я погрузился в зимнюю спячку. Перед этим я успел заметить, что пошел снег и Алиса нагребает на меня копытцем палую листву.

И начался тот невероятный сон, когда я понял таинственные строки Лермонтова:

> Но не тем холодным сном могилы...
> Я б желал навеки так заснуть,
> Чтоб в груди дремали жизни силы,
> Чтоб, дыша, вздымалась тихо грудь;
> Чтоб всю ночь, весь день мой слух лелея,
> Про любовь мне сладкий голос пел.
> Надо мной чтоб, вечно зеленея,
> Темный дуб склонялся и шумел.

При своем тупо-реалистическом мышлении я никак не мог представить себе такого вот вечного сна. Мне казалось, о чем бы ни пел мне сладкий голос, у меня будет лишь одно желание — скорее проснуться. Наверное, во мне говорила клаустрофобия. Такой вот сознающий себя, но безвыходный сон страшнее любого замкнутого пространства, даже застрявшего лифта. И никакая песня любви, никакой вечнозеленый дуб, как бы он ни склонялся и ни шумел, не примирят меня с безвыходной околдованностью сознающего себя сна. А теперь я понял, что Лермонтов и тут угадал. Этому поэту было открыто то, чего не было, да и быть не могло, не только в его собственном опыте, но и в коллективном опыте его времени. В том же стихотворении он говорит:

> В небесах торжественно и чудно!
> Спит Земля в сияньи голубом.

Откуда он мог знать, что Земля отбрасывает голубой отблеск на мировое пространство? Он же не летал в космос. Но разве не космическим видением рождены эти строки:

> На воздушном океане
> Без руля и без ветрил
> Тихо плавают в тумане
> Хоры стройные светил.

И он, оказывается, знал, изнутри знал анабиоз. Причем не простую остановку жизни в переохлажденном организме, а мой редкий случай — анабиоз под охраной любимого существа. Не проделал ли Михаил Юрьевич обратный путь: от лягушки к человеку?

Пусть не пел мне сладкий голос — косуля лишена песенного дара, она может фыркать, ворчать, урчать, может закричать призывно и смертно, но Алиса безмолвствовала. Она просто была при мне, иногда обнюхивала мерзлый камушек и угадывала — живой. Она лежала рядом, но не слишком близко, ибо ее тепло могло меня разморозить, а наружный холод — убить. Откуда она все это знала? Но я слышал, слышал ее дыхание, стук ее сердца, я чувствовал ее любовь и видел, видел зазеленевшие побеги весны моего пробуждения.

Ни разу не шевельнулось во мне желание скинуть путы недвижности, вырваться из пространства, равного моему оцепенению, в которое я был замурован, и не нужно было ни видеть любимую, ни прикасаться к ней, такая полнота счастья и покоя владела мною, такая надбытийная завершенность.

Я знал, когда она уходила, потому что замолкала неустанно звенящая нота, — и тогда мой сон становился провальным, избавляя от тоски и страха, она возвращалась — и опять звучала та высокая нота, а сон-смерть оборачивался дремой жизненных сил.

Так прошла зима. А весной я очнулся, подполз, скрипя негнущимися суставами, к спящей Алисе, приткнулся к ней и стал отогреваться.

То была, на радость, дружная, не капризная весна. Быстро растопила она снег даже в самых укромных местах, прогнала бурливые ручьи и принялась сушить землю и тащить из нее траву и цветы. Нас навестил полуоблезлый заяц, торопливая, неопрятная линька придавала ему, всегда такому аккуратному, вид бомжа. Забежала белочка, вся серая, а хвост и ушки огненно-рыжие. Лес налился птичьими голосами, и меня вдруг неудержимо потянуло на озерко.

А я-то думал, что покончил с этими глупостями. Алиса проводила меня до опушки. Дальше идти она побоялась, в просеках уже постреливали браконьеры, что-то рано началась тяга в этом году. Мне казалось, она чуть лукаво улыбалась, словно догадываясь о моих кавалерственных намерениях. Но может, я и придумываю.

Я благополучно перебрался через шоссе, где перламутрово сверкали под солнцем трупы наших, как всегда, брюшком вверх. Торопясь к обетованным водам, они пали под колесами грузовиков.

Меня встретил мощный хор, брачные торжества были в самом разгаре. До чего же приятно было погрузиться в холодную воду, сразу разогревшую кровь.

Ну и наповесничал я там! И хоть бы совесть заговорила. Нет, не совесть, а усталость погнала меня с озерка.

Совсем уже без сил, где скоком, где ползком, тащился я домой. С бугра за шоссе я просто скатился, повредив тонкую кожу, кое-как дотрюхал до опушки, здесь сделал долгую остановку, после чего двинулся дальше. Было неприятно, что Алиса увидит меня в таком непрезентабельном виде, и я уже подумывал, не поспать ли часок-другой в теньке под лопухом, но сквозь усталость пробилась непонятная тревога. Что-то такое чувствовалось в воздухе. Гарь? Лесной пожар? Его дым пахнет лесом, а это был чужеродный запах. Забыв об усталости, я припустил к дому.

На краю ложбины я почти успокоился, поняв тем чувством, которое было во мне от зверя, что Алиса там, но успокоиться совсем помешало другое, смутное чувство, идущее от человека, что она там, но ее нет.

Я прыгнул вниз и уткнулся в нее, в ее мертвое, залитое кровью тело. Не пожарная гарь, а селитряная вонь пороха истаивала в воздухе на опушке.

Зачем она вышла из укрытия, когда в просеках стреляли? Возможно, ее встревожило мое долгое отсутствие. Только этого не хватало — думать, что из-за меня... Вся израненная, с простреленной головой, она дотащилась сюда, до нашего обиталища. А я бесчинствовал на озерке, как японский бизнесмен в Хаммер-центре. Я засмеялся. И смеялся до изнеможения над ни с чем не сравнимой по нарочитости, вульгарности, бездарности и антихудожественности драматургией жизни. А потом я спросил себя: кому нужна жестокость без очищения? Чему это научит мировую душу? О чем думал Господь, помешивая поварешкой свой кипящий суп? Если ты не хочешь, не можешь повторить чуда Иова, Господи, то убери свои руки от мира, зверствовать здесь и без тебя умеют.

Я не задержался в логове. Мертвая косуля, холодная и твердая, с оскаленной пастью и пыльными глазами, уже не была Алисой. Я торопился на шоссе. И пока я туда добирался, меня не оставляло чувство, что я о чем-то забыл, о чем-то очень важном, не спасающем — какой там! — но необходимом...

Первый грузовик прогрохотал, не причинив мне никакого вреда, только оглушив и одурманив на время, хотя я выбрал место на самой колее, на черном подплаве разогретого солнцем и помятого шинами асфальта. И две легковые машины побрезговали моим ничтожеством. А затем надвинулся такой невероятный чудовищный грохот и жар, что я рванулся к нему, едва не умерев до смерти, но вся эта обвальная мощь обернулась раздавленной задней лапкой. Как могла такая махина ухватить эту малость?..

И тут послышались детские голоса, и чья-то рука подняла меня с земли. Я расслышал радостный возглас: «Ну все! Хватит! Порядок!» И обрадовался. Не то чтобы я раздумал умирать, но мне так нужно было сочувственное слово, хоть чуточку участия.

Мальчик куда-то понес меня. Вскоре мы оказались на лужайке под старым засохшим дубом. Еще издали меня опахнуло неприятным жаром. Организм тут же ответил резким понижением температуры, но жар был слишком силен, и защита перестала действовать.

Горел костер. А возле него лежали нанизанные на деревянные вертела мои собратья. Мальчишки собирались жарить шашлык. Это увлечение занес к нам американский детский приключенческий фильм «Дик и Пэгги в лесах», убедительно доказывающий, что смышленые и умелые нигде не пропадут. В целом это было назидательное и благолепное, как воскресная школа, зрелище, но наша детвора вынесла из него лишь пристрастие к лягушиному шашлыку. Заостренный прутик вонзился мне в зад и, порвав что-то внутри, вышел через рот. Я не был ни смышленым, ни умелым, мне надлежало пропасть.

По сторонам костра были вбиты рогатки, на эти рогатки уложили отягощенные мясом шампура. Мы все еще были живы и начали корчиться, когда пламя лизнуло кожу. О, это совсем не легкая смерть и не быстрая, даже для таких хрупких и незащищенных созданий, как мы. Корчась и задыхаясь, я сумел вспомнить о том, что толкалось мне в мозг и душу, когда я шел от мертвой Алисы: это не конец, будет еще тоннель... А раз так... То когда-нибудь, где-нибудь... Пусть через тысячи лет, через все превращения и муки... Господи, прости мне хулу на тебя... Господи, воля твоя!..

1998

Содержание

Литературно-художественное издание
Неоклассика

Нагибин Юрий Маркович

О любви

Генеральный директор издательства *С. М. Макаренков*

Выпускающий редактор *Е. А. Крылова*
Разработка серийного оформления: *Н. Ю. Дмитриева*
Художественное оформление: *Е. А. Калугина*
Компьютерная верстка: *А. В. Дятлов*
Корректор *Т. Е. Антонова*
Изготовление макета: *ООО «Прогресс РК»*

Подписано в печать 28.12.2009 г.
Формат 60×90/16. Гарнитура «Petersburd». Печ. л. 35,0
Тираж 3000 экз.
Заказ № 471.

Адрес электронной почты: info@ripol.ru
Сайт в Интернете: www.ripol.ru

ООО Группа Компаний «РИПОЛ классик»
109147, г. Москва, ул. Большая Андроньевская, д. 23

Отпечатано с готовых файлов заказчика
в ОАО «ИПК «Ульяновский Дом печати»
432980, г. Ульяновск, ул. Гончарова, 14